VAL
McDERMID

LUFTGÄRTEN

Kate Brannigans zweiter Fall

Roman

Aus dem Englischen
von Brigitta Merschmann

Weltbild

Val McDermid wuchs in einem schottischen Bergbaugebiet auf und studierte dann Englisch in Oxford. Nach Jahren als Literaturdozentin und als Journalistin bei namhaften englischen Zeitungen lebt sie heute als freie Autorin in Manchester.
Sie gilt als eine der interessantesten neuen britischen Autorinnen im Spannungsgenre.

Die englischen Originalausgaben erschienen unter den Titeln
Kick Back und *Crackdown*

Besuchen Sie uns im Internet:
www.weltbild.de

Genehmigte Lizenzausgabe für Verlagsgruppe Weltbild GmbH,
Steinerne Furt, 86167 Augsburg
Luftgärten

Übersetzung: Brigitta Merschmann

Skrupellos

Übersetzung: Brigitta Merschmann

Umschlaggestaltung: Thomas Jarzina, Köln
Umschlagmotiv: IFA Bilderteam, Düsseldorf
Gesamtherstellung: Oldenburg Taschenbuch GmbH,
Hürderstraße 4, 85551 Kirchheim

ISBN 3-8289-7562-3

2007 2006 2005 2004
Die letzte Jahreszahl gibt die aktuelle Lizenzausgabe an.

1. Kapitel

Der Fall der verschwundenen Wintergärten. Klingt nach einer Sherlock-Holmes-Geschichte, die zu schreiben Conan Doyle nie die Zeit fand, weil sie ihm zu langweilig war. Ich versichere Ihnen, ich war zusammen mit Conan Doyle dabei. Hätte das Liebesleben unserer Sekretärin nicht so dringend einer Elektroschocktherapie bedurft, wäre ich bestimmt nicht da hineingezogen worden. Was, wie sich herausstellte, vielleicht nicht schlecht gewesen wäre.

Ich kauerte hinter der wuchtigen Masse des Aufzugwerks, hielt den Atem an und betete, daß ich den richtigen Zeitpunkt erwischte. Mir war klar, daß ich bei Vohauls Killer keine zweite Chance haben würde. Ich erblickte ihn, als er aus dem Treppenschacht trat. Ich sprang auf und warf mich gegen einen der beiden schweren Flaschenzüge, die an der Decke aufgehängt waren. Er schoß durch den Raum auf meinen unerbittlichen Gegenspieler zu. Im letzten Moment drehte der sich um, sah ihn, duckte sich und ließ ihn pfeifend über seinen Kopf hinwegschwingen. Vor Angst wurde mein Mund trocken, als er mich entdeckte und drohend auf mich zukam. Ich schlüpfte wieder hinter das Aufzugwerk, um in seinem Schutz zur Treppe zu sprinten. Als er mir nachsetzte, stieß ich in meiner Verzweiflung den anderen Flaschenzug nach ihm. Er traf ihn seitlich am Kopf, die Wucht des Aufpralls ließ ihn über den Rand des Aufzugsschachts in die schwarze Tiefe stürzen. Ich hatte es geschafft! Es war mir gelungen, am Leben zu bleiben!

Ich seufzte erleichtert auf, lehnte mich im Stuhl zurück und drückte auf die Taste mit der »Spiel speichern«-Option. Ein Blick auf meine Uhr sagte mir, daß es Zeit war, Space Quest III für heute zu beenden. Meine halbstündige Mittagspause war vorüber, und mehr konnte ich mir in Abwesenheit meines Partners Bill nicht erlauben. Außerdem wußte ich, daß unsere Sekretärin Shelley jeden Augenblick aus ihrer Mittagspause zurückkommen würde, und ich wollte nicht, daß sie zufällig hereinschneite und mich ertappte.

Wenn die Katze aus dem Haus ist, spielen die Mäuse Space Quest und so weiter. Für die Teilhaberin einer Agentur für Sicherheitsberatung und Privatermittlungen kein sonderlich geschäftsförderndes Verhalten. Auch wenn ich nur die Juniorteilhaberin bin.

In dieser speziellen Woche lief nur ich in diesem Theater. Bill hatte das Schiff zugunsten der Fleischtöpfe (oder sollte ich sagen Hummertöpfe?) der Kanalinseln verlassen, um dort im Auftrag einer Handelsbank ein Seminar über Datensicherung zu veranstalten. Was bedeutete, daß Kate Brannigan vorerst der einzige Aktivposten des Zweiergespanns Mortensen und Brannigan war, zumindest auf dem britischen Festland. Wenn man unsere Namen schnell herunterrattert, hören wir uns eher nach einem Komikerduo an, und nicht nach einer zweiköpfigen Privatdetektei, die es mit einem nicht unbeträchtlichen Anteil der Wirtschaftskriminalität im Nordwesten Englands zu tun hat.

Ich ging hinaus zu dem Wandschrank vor meinem Büro, der eine Doppelfunktion als Damenklo und Dunkelkammer erfüllt. Ich hatte noch zwei Filme zu entwickeln von meiner Wochenendobservierung des Labors einer Pharmazeutikfirma. Bei PharmaAce Supplies waren bei der Überprüfung des Lagerbestands Probleme aufgetaucht. Ich hatte zuvor bereits zwei Tage intern dort als Hilfsassistentin gearbeitet, lange genug, um festzustellen, daß das Problem nicht war, was sich dort während der Arbeitszeit abspielte; jemand schlich sich ein, wenn das Labor geschlossen war, und bediente sich. Anschließend drang er oder sie in die computerisierte Lagerbuchführung ein, um sie zu frisieren. Ich brauchte nur noch die Identität des Hackers zu ermitteln, was mir auch gelungen war, nachdem ich zwei Abende verkrampft hinten in dem engen Heck des neuesten Spielzeugs von Mortensen und Brannigan gesessen hatte, einem Little-Rascal-Lieferwagen mit einer Spezialausrüstung für Observierungsarbeit. Hoffentlich hielt ich hier den Beweis – für alle Zeit auf den empfindlichsten Film gebannt, der für Geld zu haben war – in der Hand, der den Seniorlabortechniker überführen würde.

Ich freute mich auf eine halbe Stunde in der Dunkelkammer außer Reichweite der Telefone, die nicht aufhörten zu läuten, seit Bill weg war. Es sollte nicht sein. Kaum hatte ich den Verdunkelungsvorhang zugezogen, als die Gegensprechanlage mich ansummte wie einer dieser scheußlichen Bohrer beim Zahnarzt. Das Summen verstummte, und Shelleys verfremdete Stimme ging auf mich los wie Donald Duck auf Helium. »Kate, ich habe einen Klienten für dich«, verstand ich.

Ich seufzte. Die Rache der Bösen Fee, weil ich am Bürocomputer gespielt hatte. »Kate? Kannst du mich hören?« schrie Shelley.

»Im Buch steht kein Termin.« Ein letzter Versuch.

»Es ist ein Notfall. Kannst du bitte aus der Dunkelkammer kommen?«

»Ich komm schon«, grummelte ich. Mir war klar, daß es keinen Zweck hatte, mich zu weigern. Shelley ist jederzeit imstande, eine Minute verstreichen zu lassen und dann unter lautem Hämmern an der Tür einen dringenden Fall der Rache Montezumas von den Speisen unten in der mexikanischen Taco-Bar vorzuschützen, wo sie sich einmal die Woche ein Mittagessen gönnt. Sie wechselt ständig den Tag, so daß ich sie nie bei einer Lüge ertappen kann.

Noch bevor ich die drei Schritte zu meinem Stuhl zurückgelegt hatte, war Shelley im Zimmer und schloß fest die Tür hinter sich. Sie sah leicht erregt aus, als sie zu meinem Schreibtisch herüberkam, ein Ausdruck, der auf ihrem Gesicht etwa so geläufig ist wie echtes Mitgefühl auf dem von Baroness Thatcher. Sie reichte mir ein Vertragsformular für einen neuen Klienten, auf dem bereits ein Name eingetragen war. Ted Barlow. »Erzähl schon«, sagte ich und ergab mich in mein Schicksal.

»Er hat eine Firma, die Wintergärten baut und installiert, und jetzt fordert seine Bank das Darlehen von ihm zurück, man verlangt, daß er sein Konto ausgleicht und verweigert ihm die Stundung. Wir sollen herausfinden, aus welchem Grund, und seine Bank dazu bewegen, es sich anders zu überlegen«, erklärte Shelley ein wenig atemlos. Ganz und gar untypisch. Allmählich fragte ich mich, ob ihr beim Mittagessen wohl wirklich etwas zugestoßen war.

»Shelley«, stöhnte ich. »Du weißt genau, daß wir so etwas nicht machen. Der Typ hat irgendwelche krummen Dinger gedreht, die Bank ist ihm auf die Schliche gekommen, und jetzt will er, daß ihn jemand aus der Scheiße zieht. Ganz einfach. Wenn nichts dabei herausspringt, hat es keinen Sinn.«

»Kate, sprich wenigstens mit ihm, bitte, ja?« Shelley als Bittstellerin war eine neue Erfahrung für mich. Sie bittet nie um etwas. Selbst ihre Forderungen nach Lohnerhöhung werden uns in Form präziser, wohlfundierter Memos präsentiert. »Der Typ ist verzweifelt, er braucht wirklich Hilfe. Er hat keine krummen Dinger gedreht, da gehe ich jede Wette ein.«

»Wenn er keine krummen Dinger dreht, ist er der erste Bauunternehmer, der ohne auskommt, seit Salomo den Tempel errichten ließ«, sagte ich.

Shelley schüttelte den Kopf, und die in ihre Zöpfe eingeflochtenen Perlen klimperten wie ein Glockenspiel. »Was ist los mit dir, Kate?« forderte sie mich heraus. »Fühlst du dich inzwischen erhaben über die kleinen Leute? Gibst du dich neuerdings nur noch mit Rockstars und Aufsichtsräten ab? Du erzählst mir doch ständig, wie stolz du auf deinen Dad bist, weil er sich bei Cowley vom Fließband zum Werksmeister hochgearbeitet hat. Wenn da draußen dein Dad mit seinem kleinen Problem säße, würdest du ihm dann auch sagen, er solle sich fortscheren? Dieser Typ ist kein hohes Tier, er ist bloß ein tüchtiger Bursche, der es durch harte Arbeit zu etwas gebracht hat, und nun will irgendein anonymer Bankmanager ihm alles wieder wegnehmen. Komm schon, Kate, oder hast du kein Herz mehr?« Shelley brach jäh ab, sie sah schockiert aus.

Und das war auch angebracht. Sie lag völlig daneben. Und doch hatte sie mein Interesse geweckt, wenn auch nicht aus dem Grund, der ihr vorschwebte. Ich beschloß, mir Ted Barlow anzusehen, nicht weil sie mich bei meinen Schuldgefühlen gepackt hatte. Nein, es reizte mich, den Mann zu sehen, der Shelley in die Rolle einer Löwin schlüpfen ließ, die ihre Jungen verteidigt. Seit ihrer Scheidung war mir kein Mann untergekommen, der ihre beneidenswerte Kühle auch nur um einen Grad erwärmt hätte.

»Schick ihn rein, Shelley«, antwortete ich knapp. »Mal sehen, was der Mann selbst zu sagen hat.«

Shelley stolzierte zur Tür und zog sie auf. »Mr. Barlow? Miss Brannigan wird Sie jetzt empfangen.« Sie lächelte geziert. Ich schwöre bei Gott, diese zähe kleine Frau, die bei ihren zwei Kindern im Teenageralter ein Regiment führt wie Attila, der Hunnenkönig, lächelte *geziert*.

Neben dem Mann, der im Türrahmen erschien, sah Shelley so zerbrechlich aus wie eine Giacometti-Skulptur. Er war gut einsachtzig groß und wirkte, als wäre ein Anzug ihm so fremd wie eine peruanische Panflöte. Dabei war er keineswegs massig. Seine breiten

Schultern verjüngten sich zu einer kräftigen Brust und einer schmalen Taille, ohne daß sich irgendwo die Nähte seines Konfektionsanzugs spannten. Man merkte gleich, daß er nur aus Muskeln bestand. Und als ob das noch nicht genug wäre, hatte er auch noch lange und schlanke Beine. Ein Körper zum Schwachwerden.

Schöne Beine, aber was für ein Gesicht. Vom Hals an aufwärts war Ted Barlow mitnichten sexy. Seine Nase war zu groß, die Ohren standen ab, seine Augenbrauen waren in der Mitte zusammengewachsen. Dafür hatte er freundliche Augen, von denen strahlenförmig Lachfältchen ausgingen. Ich schätzte ihn auf Mitte Dreißig, und davon schien er seiner Körpersprache nach nicht allzu viele Jahre im Büro zugebracht zu haben. Er stand unbeholfen in der Tür, trat von einem Fuß auf den anderen, und sein unsicheres Lächeln reichte nicht bis zu seinen sanften blauen Augen.

»Kommen Sie herein, setzen Sie sich«, sagte ich, stand auf und deutete auf die beiden höchst bequemen Stühle aus Leder und Holz, die ich in einem Anflug untypischer Freundlichkeit für die Klienten erstanden hatte. Er kam unsicher näher und starrte auf die Stühle, als habe er Zweifel, ob er hineinpassen würde. »Danke, Shelley«, sagte ich spitz, als sie weiter an der Tür herumtrödelte. Sie ging, ausnahmsweise einmal zögernd.

Ted ließ sich auf den Stuhl sinken und wurde – überrascht von der Bequemlichkeit – ein wenig lockerer. Sie verfehlen nie ihren Zweck, diese Stühle. Sehen grauenhaft aus, fühlen sich traumhaft an. Ich blickte auf das Formular mit seinem Namen und sagte: »Mr. Barlow, ich benötige zunächst einige Angaben, um festzustellen, ob wir Ihnen die Hilfe anbieten können, die Sie brauchen.« Shelley mochte ja ganz vernarrt sein, ich meinesteils gab ohne triftigen Grund nicht einen Zentimeter weit nach. Er nannte mir seine Telefonnummer und die Adresse – ein Industriegebiet in Stockport –, anschließend fragte ich, durch wen er von uns gehört hatte. Ich hoffte inständig, daß er uns aus den Gelben Seiten herausgesucht hatte, damit ich ihn loswerden konnte, ohne noch jemand anders als Shelley vor den Kopf zu stoßen, doch offensichtlich sollte die Ausschaltung von Vohauls Killer heute mein einziges Erfolgserlebnis bleiben.

»Mark Buckland von SecureSure meinte, Sie würden mir aus der Klemme helfen«, sagte er.

»Sie kennen Mark gut?« Dummerweise hatte ich die Hoffnung

noch nicht ganz aufgegeben. Vielleicht kannte er Mark ja lediglich, weil SecureSure seine Alarmanlage montiert hatte. In diesem Fall konnte ich ihn immer noch rausschmeißen, ohne den ansehnlichen Rabatt zu gefährden, den Mark uns auf sämtliche Hardware einräumt, die wir bei ihm ordern.

Diesmal ließ Teds Lächeln sein ganzes Gesicht aufleuchten und brachte einen jungenhaften Charme zum Vorschein, von dem ich schon zu Hause reichlich genug habe, besten Dank. »Wir sind seit Jahren gute Kumpel. Wir sind zusammen zur Schule gegangen und spielen noch immer gemeinsam Cricket. Als Schlagmänner bei Stockport Viaduct.«

Ich unterdrückte einen Seufzer und kam zur Sache. »Worin genau besteht Ihr Problem?«

»Es geht um die Bank. Heute morgen habe ich das hier erhalten.« Er hielt mir zögernd ein gefaltetes Blatt Papier hin.

Ich erbarmte mich seiner und nahm es. Er sah aus, als hätte ich ihm die Last der ganzen Welt von den breiten Schultern genommen. Ich faltete das Papier auseinander und kämpfte mich durch das umständliche Geschwafel. Es lief darauf hinaus, daß er auf ein Darlehen über 100000 Pfund noch einen Rückstand von 74587,34 Pfund und zudem sein Konto um 6325,67 Pfund überzogen hatte. Die Royal Pennine Bank wollte ihr Geld zurückhaben, und zwar dalli, andernfalls würde man sein Haus und seinen Betrieb pfänden lassen. Ihre Partnerfinanzierungsgesellschaft würde ihm noch gesondert schreiben, im wesentlichen, um ihm mitzuteilen, daß auch seine Kunden ihnen keine weiteren Darlehen mehr entlocken könnten. Und ich hatte gedacht, meine Bank schreibe schon muffelige Briefe. Ich konnte verstehen, warum Ted so fertig aussah. »Aha«, sagte ich. »Und haben Sie eine Ahnung, aus welchem Grund man Ihnen diesen Brief geschrieben hat?«

Er sah verwirrt aus. »Als er mit der Post kam, hab ich gleich bei der Bank angerufen, klar. Man sagte mir, am Telefon könne man die Angelegenheit nicht erörtern, ob ich nicht vorbeikommen wollte. Also sagte ich, ich würde heute morgen vorbeischauen. Es war nämlich nicht meine örtliche Zweigstelle. Alle kleineren Filialen unterstehen jetzt der großen Filiale in Stockport, deshalb kannte ich den Kerl, der den Brief unterzeichnet hat, nicht.« Er legte eine Pause ein, als ob er auf etwas wartete.

Ich nickte und lächelte aufmunternd. Das wirkte offenbar.

»Na ja, ich hab mit dem Knaben, der den Brief abgezeichnet hat, geredet. Ich hab ihn gefragt, um was es eigentlich gehe, und er sagte, wenn ich in meinen Unterlagen nachsehen wollte, würde ich feststellen, daß er nicht verpflichtet sei, mir Näheres mitzuteilen. Ein richtig kalter Fisch, das war er. Dann hat er gesagt, er sei nicht befugt, die vertraulichen Beweggründe der Bank für ihre Entscheidung zu erörtern. Tja, damit gab ich mich nicht zufrieden. Schließlich bin ich mit keiner einzigen Rate zu diesem Darlehen in Verzug, seit ich es vor vier Monaten erhalten habe, und die Kontoüberziehung habe ich im Laufe der vergangenen sechs Monate auch um vier Riesen verringert. Das habe ich ihm erzählt, ich hab gesagt, Sie sind nicht fair mir gegenüber. Und er hat nur die Achseln gezuckt und gesagt: Bedaure.« Ted war vor Empörung lauter geworden. Ich verstand ihn.

»Und wie ging es dann weiter?« half ich nach.

»Nun, ich bin leider etwas ausgerastet. Ich hab ihm gesagt, er bedaure doch überhaupt nichts und daß ich mich nicht damit abfinden würde. Dann bin ich gegangen.«

Ich gab mir Mühe, ernst zu bleiben. Wenn Ted das unter ausrasten verstand, dann war Shelley ganz klar genau die Richtige für ihn. »Sie müssen doch eine Vermutung haben, was hinter dieser Sache steckt, Mr. Barlow«, hakte ich nach.

Er schüttelte aufrichtig verblüfft den Kopf. »Ich hab keinen Schimmer. Ich habe der Bank immer fristgemäß gezahlt, was ihr zustand. Dieses Darlehen habe ich aufgenommen, damit die Firma expandieren konnte. Wir sind gerade in einen neuen Industriepark in Cheadle Heath gezogen, aber ich wußte, daß das Geschäft gut genug lief, um das Darlehen pünktlich zurückzuzahlen.«

»Sind Sie sicher, daß Ihre Auftragslage nicht unter der Rezession gelitten hat und die Bank Vorsichtsmaßnahmen ergreift?« spekulierte ich.

Er schüttelte den Kopf und griff nervös nach seiner Jackentasche. Schuldbewußt hielt er inne. »Darf ich rauchen?« fragte er.

»Nur zu«, erwiderte ich und stand auf, um einen Aschenbecher für ihn zu holen. »Was sagten Sie noch gleich? Über die Auswirkungen der Rezession?«

Er tippte sich nervös mit der Zigarette gegen die Lippen. »Nun, offen gestanden, wir haben nichts davon gemerkt. Ich erkläre es mir so. Leute, die ursprünglich ihre Häuser verkaufen wollten, haben den Plan wegen des Preisverfalls aufgegeben und sich statt dessen entschlossen, Verschönerungsarbeiten ausführen zu lassen, Dachgeschosse auszubauen und derartiges, wissen Sie. Na ja, viele stehen auch auf Wintergärten, als zweites Wohnzimmer, besonders wenn sie Kinder im Teenageralter haben. Ein Wintergarten mit Doppelverglasung und einem Heizkörper ist im Winter genauso warm wie jedes andere Zimmer. Das Geschäft läuft um diese Jahreszeit eigentlich besonders gut.«

Ich zog ihm noch aus der Nase, daß er auf den Anbau von Wintergärten an neuere Eigenheime spezialisiert war, in Wohnsiedlungen, wo die Vertreter für Doppelverglasung von jeher scharenweise einfielen und sich eine goldene Nase verdienten. Insofern hatte er lediglich eine Handvoll Entwürfe in einigen Standardgrößen anfertigen müssen, wodurch sich seine allgemeinen Unkosten auf ein Minimum reduzierten. Er konzentrierte sich zudem auf ein relativ überschaubares Gebiet: den Südwesten von Manchester bis hinüber zu der Trabantenstadt Warrington, dem Zentrum kleiner Eigenheime im Nordwesten. Die beiden Vertreter, die bei ihm beschäftigt waren, brachten mehr als genug Aufträge herein, um die Fabrik mit Arbeit zu versorgen, insistierte Ted.

»Und Sie sind absolut sicher, daß die Bank Ihnen keinerlei Hinweis gegeben hat, warum man Ihnen den Kredit kündigt?« wollte ich noch einmal wissen, weil ich nicht glauben mochte, daß reine Bosheit dahintersteckte.

Er schüttelte unsicher den Kopf, dann sagte er: »Na ja, er hat etwas gesagt, das ich nicht verstanden habe.«

»Können Sie sich noch an den genauen Wortlaut erinnern?« fragte ich in dem Ton, den man bei einem besonders begriffsstutzigen Kind anschlägt.

Er runzelte die Stirn, während er sich zu erinnern versuchte. Es war, als sähe man einem Elefanten beim Häkeln zu. »Nun, er meinte, es gäbe eine ungewöhnlich hohe, inakzeptable Verfallsquote bei den Neuhypotheken, aber das war alles, mehr wollte er nicht sagen.«

»Bei den Neuhypotheken?«

»Leute, die ihre Häuser nicht verkaufen können, nehmen häufig eine Neuhypothek auf, um an ihr Kapital heranzukommen. Sie benutzen den Wintergarten als Vorwand für die Neuhypothek. Allerdings verstehe ich nicht, was das mit mir zu tun haben soll«, klagte er.

Ich war ebenfalls nicht sicher, ob ich es verstand. Dafür kannte ich einen Mann, der es garantiert verstehen würde. Ted Barlows Story riß mich zwar nicht vom Hocker, aber den Fall mit den Pharmazeutika hatte ich schneller abgeschlossen, als ich vorausberechnet hatte, daher sah es in dieser Woche nach einer Flaute aus. Ich dachte, es würde mich schon nicht umbringen, mich einen oder zwei Tage mit seinem Problem zu befassen. Gerade wollte ich Ted bitten, Shelley eine Liste seiner Kunden aus den letzten paar Monaten zukommen zu lassen, als er mich endlich aufhorchen ließ.

»Ich war so sauer, als ich die Bank verließ, daß ich beschloß, einigen der Leute, die eine Neuhypothek aufgenommen haben, einen Besuch abzustatten. Ich fuhr ins Büro zurück, holte mir die Namen und Adressen und fuhr rüber nach Warrington. Ich fuhr zu vier Häusern. Zwei waren komplett leer. In den beiden anderen wohnten völlig Fremde. Doch – und das ist das Verrückte an der Sache, Miss Brannigan – nirgendwo gab es einen Wintergarten. Sie waren verschwunden. Die Wintergärten waren einfach verschwunden.«

2. Kapitel

Ich holte tief Luft. Ich wußte, daß es auf dieser Welt Menschen gibt, die von Natur aus unfähig sind, eine Geschichte so zu erzählen, daß sie in gerader Linie vom Anfang über die Mitte bis zum Ende verläuft und alle wesentlichen Punkte enthält. Manche von ihnen erhalten einen Literaturpreis, und ich habe nichts dagegen. Hauptsache, sie kommen nicht zu mir ins Büro. »Verschwunden?« wiederholte ich schließlich, als klar wurde, daß Ted sein Pulver verschossen hatte.

Er nickte. »Genau. Sie sind einfach nicht mehr da. Und in zwei Häusern traf ich Leute an, die Stein und Bein schwören, daß es dort niemals einen Wintergarten gegeben hat, jedenfalls nicht, seit sie vor einigen Monaten eingezogen sind. Das Ganze ist mir ein völliges Rätsel. Deshalb hatte ich ja gedacht, Sie könnten mir vielleicht helfen.« Shelley hätte sich auf den Rücken gerollt, wenn sie Ted Barlows vertrauensvollen, flehentlichen Blick gesehen hätte.

Mich hatte er nun auch am Haken. Ich habe nicht oft Klienten, für die ich ein echtes Rätsel lösen soll. Ein weiterer Pluspunkt war, daß ich Ms. Supercool eins auswischen könnte. Es wäre unbezahlbar, Shelley dabei zu beobachten, wie sie sich für Ted Barlow förmlich ein Bein ausriß.

Ich lehnte mich in meinem Stuhl zurück. »Na schön, Ted. Wir kümmern uns darum. Unter einer Bedingung. Da die Bank Ihnen den Kredit gekündigt hat, muß ich Sie leider um einen Vorschuß in bar bitten.«

Er war mir einen Schritt voraus. »Reichen tausend Pfund?« fragte er und zog einen dicken Umschlag aus seiner Innentasche.

Ich nickte verblüfft.

»Ich hatte mir schon gedacht, daß Sie Bargeld haben wollen«, fuhr er fort. »Wir Bauunternehmer können immer ein paar Schillinge in bar auftreiben, wenn es sein muß. Ein Notgroschen sozusagen. Auf diese Weise ist dafür gesorgt, daß die wichtigen Leute auf jeden Fall ihr Geld bekommen.« Er reichte mir den Umschlag. »Nur zu, zählen Sie es, ich bin nicht beleidigt«, fügte er hinzu.

Es war alles da, in gebrauchten Zwanzigern. Ich drückte auf den Knopf an der Gegensprechanlage. »Shelley? Kannst du Mr. Barlow, wenn er geht, eine Empfangsquittung über eintausend Pfund in bar mitgeben? Danke.« Ich stand auf. »Ich muß mich hier noch um ein, zwei Dinge kümmern, Ted, aber ich würde mich gern heute nachmittag in Ihrer Firma mit Ihnen treffen. Paßt es Ihnen um vier?«

»Prima. Soll ich Ihrer Sekretärin eine Wegbeschreibung geben?« Er klang fast eifrig. Das versprach ja noch sehr lustig zu werden, dachte ich, als ich Ted hinausbegleitete. Er steuerte so zielbewußt auf Shelleys Schreibtisch zu wie eine Brieftaube.

So sehr ich auch von Ted eingenommen war, in dieser Branche hatte ich früh gelernt, daß die Sympathie, die man für einen Menschen empfindet, keine Garantie für dessen Ehrlichkeit ist. Daher griff ich zum Telefon und rief Mark Buckland bei SecureSure an. Seine Sekretärin hielt mich nicht mit irgendwelchen Märchen über frei erfundene Sitzungen hin, Mark freut sich stets, von Mortensen und Brannigan zu hören. Gewöhnlich springt dabei ein netter kleiner Verdienst für ihn heraus. SecureSure liefert einen Großteil der Hardware, die wir als Sicherheitsberater empfehlen, und trotz des kräftigen Preisnachlasses, den er uns gewährt, erzielt Mark immer noch einen ordentlichen Profit.

»Hallo, Kate!« begrüßte er mich, und seine Stimme war mit der gewohnt übertriebenen Begeisterung aufgeladen. »Sag nichts, laß mich raten. Ted Barlow, hab ich recht?«

»Du hast recht.«

»Ich bin froh, daß er auf mich gehört hat, Kate. Der Typ sitzt ganz schön in der Scheiße, und das hat er nicht verdient.« Mark klang aufrichtig. Aber das tut er ja immer. Das ist der Hauptgrund, wieso er es sich leisten kann, in einem Mercedes-Coupé im Wert von siebzig Riesen durch die Gegend zu fahren.

»Deshalb rufe ich dich an. Nichts für ungut, aber ich muß überprüfen, ob der Typ sauber ist. Ich will nicht, daß mich nach drei Tagen plötzlich irgendein Bankangestellter ins Gebet nimmt, weil unser Mr. Barlow eine Vorgeschichte hat, bei der einem Hören und Sehen vergeht«, sagte ich.

»Er ist rundum sauber, Kate. Ein grundanständiger Kerl. Er gehört zu den Menschen, die in Schwierigkeiten geraten, weil sie zu ehrlich sind, wenn du verstehst, was ich meine.«

»Ach komm, Mark. Der Mann ist Bauunternehmer, Herrgott noch mal. Er kann einfach so tausend Pfund in bar auftreiben. Das ist doch nicht sauber, nicht im üblichen Sinne des Wortes«, wandte ich ein.

»Na schön, dann weiß das Finanzamt vielleicht nicht von jedem Schilling, den er verdient. Das macht doch noch keinen schlechten Menschen aus ihm, oder, Kate?«

»Also laß die Reklame.«

Mark seufzte.

»Na schön. Ted Barlow ist einer meiner ältesten Freunde. Er war mein Trauzeuge, beim ersten Mal. Bei seiner Hochzeit war ich Platzanweiser. Leider hat er eine schreckliche Hexe geheiratet. Fiona Barlow war eine Schlampe, und der letzte, der es erfuhr, war Ted. Vor fünf Jahren hat er sich von ihr scheiden lassen, und seither ist er arbeitssüchtig. Er fing als Einmannbetrieb an, hat eine Weile in

Ersatzfenstern gemacht. Dann haben ihn ein paar Freunde gefragt, ob er nicht einen Wintergarten für sie bauen könnte. Sie wohnten nämlich in richtigen Spekulantenparadiesen, Wimpey, Barratt und so weiter. Sie brachten Ted dazu, diesen Wintergarten im viktorianischen Stil zu entwerfen, ganz aus Buntglas und PVC. Und was der Affe sieht, will der Affe haben. Die halbe Wohnsiedlung wollte einen, und Ted hatte seinen Einstieg ins Wintergartengeschäft. Inzwischen hat er sich eine richtig solide kleine Firma mit einem sehenswerten Umsatz aufgebaut, und er hat es ganz ohne krumme Touren geschafft. Was, wie du weißt, in der Heimverschönerungsbranche verdammt ungewöhnlich ist.«

Trotz meiner angeborenen Skepsis war ich beeindruckt. Was auch mit Ted Barlows Wintergärten passieren mochte, es sah so aus, als habe nicht er die Finger im Spiel. »Was ist mit seinen Konkurrenten? Könnten sie es darauf anlegen, ihm ein Bein zu stellen?« fragte ich.

»Hm«, machte Mark. »Auf den Gedanken wäre ich nie gekommen. Er ist nicht wichtig genug, um eine der ganz großen Nummern zu stören. Seine Firma ist ausgesprochen klein, seriös und arbeitet strikt auf lokaler Basis. Was auch immer hier gespielt wird, der Fall ruft förmlich nach jemandem wie dir. Und wenn du es tatsächlich schaffst, ihn aufzuklären, verzichte ich, weil er ein so guter Freund ist, sogar auf meine zehnprozentige Provision dafür, daß ich ihn zu dir geschickt habe.«

»Wenn ich nicht eine Dame wäre, würde ich sagen, du kannst mich mal, Buckland. Zehn Prozent!« schnaubte ich verächtlich. »Zur Strafe lege ich die fällige Einladung zum Mittagessen auf Eis. Trotzdem danke für die Hintergrundinformation. Ich werde für Ted mein möglichstes tun.«

»Danke, Kate. Du wirst es nicht bereuen. Wenn du ihm aus der Klemme hilfst, gewinnst du in ihm einen Freund fürs Leben. Schade, daß du schon einen Wintergarten hast, wie?« Er hatte aufgelegt, bevor ich mich aufs hohe Roß setzen konnte. Eigentlich besser so. Ich brauchte volle dreißig Sekunden, um zu durchschauen, daß er sich das letzte Wort erschmeichelt hatte und ich darauf hereingefallen war.

Ich schlenderte ins Vorzimmer, um Shelley das Vertragsformular und das Geld zu bringen, damit sie es auf der Bank einzahlte. Zu meiner Überraschung war Ted Barlow immer noch dort, er stand verlegen vor Shelleys Schreibtisch wie ein Schüler, der nach dem Unterricht noch dageblieben ist, um mit der Lehrerin zu reden, für die er schwärmt. Als ich hereinkam, wurde Shelley ganz aufgeregt und sagte schnell: »Kate wird mit der Wegbeschreibung bestimmt bestens zurechtkommen, Mr. Barlow.«

»Schön. Tja, dann gehe ich jetzt mal. Bis später, Miss Brannigan.«

»Kate«, verbesserte ich automatisch. Wenn mich jemand Miss Brannigan nennt, komme ich mir immer vor wie meine altjüngferliche Großtante. Sie ist keine von diesen unbeugsamen alten Mädchen mit messerscharfem Verstand, die wir alle gern wären, wenn wir alt sind. Nein, sie ist eine selbstsüchtige, hypochondrische, anspruchsvolle alte Manipulatorin, und ich hege die abergläubische Furcht, daß es, wenn ich mich von den Leuten oft genug mit Miss Brannigan anreden lasse, irgendwann auf mich abfärbt.

»Kate«, bestätigte er unsicher. »Vielen, vielen Dank, Ihnen beiden.« Er ging rückwärts hinaus. Die Tür war noch nicht ins Schloß gefallen, da saß Shelley schon an ihrem Computer, und ihre Finger flogen über die Tastatur.

»Erstaunlich, wie lange es dauert, eine Wegbeschreibung zu geben«, sagte ich zuckersüß und ließ das Vertragsformular in ihren Eingangskorb fallen.

»Ich habe ihm nur mein Mitgefühl ausgesprochen«, erwiderte Shelley sanftmütig. Manchmal ist es bei ihrer kaffeebraunen Haut zwar schwer zu sagen, aber ich könnte schwören, daß sie rot wurde.

»Was sehr lobenswert ist. In diesem Umschlag stecken tausend Pfund. Kannst du damit mal eben zur Bank gehen? Ich möchte es lieber nicht im Safe deponieren.«

»Gut so. Du würdest es doch nur ausgeben.« Ich streckte ihr die Zunge raus und ging in mein Büro. Dort griff ich wieder nach dem Telefonhörer. Diesmal rief ich bei Josh Gilbert an. Josh ist Teilhaber einer Finanzberatungsfirma. Sie sind darauf spezialisiert, Leute zu beraten und zu informieren, die die fixe Idee haben, als Senioren zu verarmen, so daß sie sich in ihrer Jugend frohen Herzens jeden Genuß versagen, um sich im Alter bequem zurücklehnen und sagen zu können: »Wenn ich wieder jung wäre, könnte ich jetzt Wasserski laufen...« Josh überredet sie, ihren Zaster Versicherungen und Investmentgesellschaften anzuvertrauen, dann lehnt er sich seinerseits zurück und schmiedet Pläne für seine eigene Pensionierung, auf der Basis der fetten Provisionen, die er gerade verdient hat. Der Unterschied ist nur, Josh hat vor, mit Vierzig in Pension zu gehen. Jetzt ist er sechsunddreißig und beteuert, daß er es bald geschafft hat. Ich kann ihn nicht ausstehen.

Natürlich hatte er einen Klienten da. Doch ich hatte bewußt zehn Minuten vor der vollen Stunde angerufen. Ich dachte, daß er mich so zwischen zwei Terminen zurückrufen könnte. Drei Minuten später hatte ich ihn selbst an der Strippe. Ich schilderte kurz Ted Barlows Problem. Josh gab eine Menge »Mmms« von sich. Dann sagte er schließlich: »Ich überprüfe deinen Mann. Und ich höre mich mal um, keine Namen, keine Einzelheiten. Einverstanden?«

»Prima. Wann können wir uns in der Sache mal zusammensetzen?«

Durch das Telefon hörte ich, wie Josh in seinem Terminkalender blätterte. »Du erwischst mich in einer ungünstigen Woche«, sagte er. »Ich nehme an, du brauchst das Material schon gestern?«

»Ich fürchte ja. Tut mir leid.«

Er zog die Luft durch die Zähne ein, so wie es Heizungsinstallateure während ihrer Ausbildung lernen. »Wir haben Dienstag. Heute bin ich mit Arbeit zugedeckt, aber ich kann mich morgen darum kümmern«, murmelte er. »Am Donnerstag bin ich ausgebucht, Freitag bin ich in London... Hör zu, geht's bei dir am Donnerstag zum Frühstück? Es war mein Ernst, als ich sagte, daß es in dieser Woche ungünstig ist.«

Ich holte tief Luft. Frühmorgens bin ich nie so ganz fit, aber Geschäft ist Geschäft. »Donnerstag zum Frühstück paßt mir gut«, log ich. »Wo möchtest du essen?«

»Du hast die Wahl, es ist dein Geld«, antwortete Josh.

Wir einigten uns auf das Portland um halb acht. Da gibt es eine ganze Mannschaft zuvorkommender Portiers, die deinen Wagen für dich parken, in meinen Augen ein großer Vorteil zu dieser Tageszeit. Ich schaute wieder auf meine Uhr. Mir blieb nicht mehr genügend Zeit, um meine Observierungsfilme zu entwickeln und Abzüge zu machen. Also begnügte ich mich damit, in meiner Datenbank eine Datei über Ted Barlow anzulegen.

Colonial Conservatories, Teds Firma, war das letzte Gebäude in dem Gewerbegebiet, direkt neben einem Riesenfeld. Was einem gleich ins Auge fiel, war der Wintergarten, den Ted an die Front angebaut hatte. Er war etwa drei Meter tief und zog sich über die ganze Breite des Gebäudes von etwa neun Metern. Das Fundament bestand aus Ziegelsteinen, und innen war der Raum durch schlanke Ziegelpfeiler in vier verschiedene Bereiche unterteilt. Der erste Teil war im klassischen viktorianischen Glaspalast-Stil gehalten, komplett mit aus Plastik nachgebildeten Kreuzblumen auf dem Dach. Als nächstes kam die Wintergartenschule aus dem »Ländlichen Tagebuch einer edwardianischen Lady«, eine Orgie aus buntbemalten Fensterquadraten, bei der jeder Botaniker einen Schreikrampf bekommen hätte, so ungenau waren die Abbildungen. Der dritte im Bunde war der Spartanische Wintergarten. Eigentlich so ziemlich wie meiner. Und dann gab es noch den British-Indian-Look, – bogenförmige Fensterrahmen mit einem Plastikfurnier überzogen, das von weitem wie Mahagoni aussah. Genau der richtige Ort, um auf seinen Rattanmöbeln zu sitzen und den Regengott anzurufen, damit er einem Abkühlung verschaffte. Von dieser Spielart findet man in Südmanchester reichlich.

In den Wintergärten waren die Büros von Colonial Conservatories zu sehen. Ich blieb noch einen Moment im Wagen sitzen und ließ den Anblick auf mich wirken. Gleich an der Tür befand sich ein C-förmiger Empfangstresen. Dahinter saß eine Frau und telefonierte. Ihre Lockendauerwelle sah aus wie die Ersatzperücke von Charles I. Ab und zu betätigte sie eine Taste an ihrem Computer und starrte gelangweilt auf den Bildschirm, bevor sie sich wieder auf ihr Gespräch konzentrierte. An einer Seite standen zwei kleine Schreibtische mit je einem Telefon und einem Haufen Kram darauf. An diesen Tischen saß niemand. An der Rückwand führte eine Tür in das Hauptgebäude. An der anderen Seite war durch gläserne Trennwände ein kleines Büro abgeteilt. In diesem Büro stand Ted Barlow in Hemdsärmeln, mit losem Schlips und geöffnetem obersten Hemdknopf und arbeitete sich langsam durch den Inhalt des Schubfachs an einem Aktenschrank. Den Rest des Empfangsbereichs nahmen Schautafeln ein.

Ich ging hinein. Die Empfangsdame sagte munter ins Telefon: »Bleib bitte dran«, und drückte auf einen Knopf, um dann mich mit ihrem strahlenden Lächeln zu beglücken. »Was kann ich für Sie tun?«

»Ich habe eine Verabredung mit Mr. Barlow. Mein Name ist Brannigan. Kate Brannigan.«

»Einen Augenblick bitte.« Sie fuhr mit dem Finger über die aufgeschlagene Seite ihres Tischkalenders. Ihre künstlich verlängerten Nägel faszinierten mich. Wie konnte sie mit solchen Krallen nur tippen? Sie schaute hoch, fing meinen Blick auf und lächelte. »Ja«, sagte sie. »Ich höre kurz mal nach, ob er soweit ist.« Sie hob den Hörer hoch und wählte eine Nummer. Ted schaute sich zerstreut um und sah mich. Er schenkte dem Telefon keine Beachtung, sondern kam eilig durch den Empfangsbereich auf mich zu.

»Kate«, rief er, »danke, daß Sie gekommen sind.« Die Empfangsdame verdrehte die Augen gen Himmel. Zweifellos hatte Ted in ihren Augen keinen Schimmer, wie ein Chef sich verhalten sollte. »Also, was wollen Sie wissen?«

Ich lotste ihn zu seinem Büro. Es gab keinen Grund, die Empfangsdame zu verdächtigen, doch die Ermittlungen befanden sich in einem zu frühen Stadium, um überhaupt jemandem zu trauen. »Ich brauche eine Liste der Adressen sämtlicher Wintergärten, die Sie in den vergangenen sechs Monaten montiert haben und zu deren Finanzierung die Kunden Neuhypotheken aufgenommen haben.«

Er nickte, dann blieb er unvermittelt vor seinem Büro stehen. Er zeigte auf eine Schautafel, an der mehrere Abbildungen von Häusern mit angebautem Wintergarten hingen. Die Häuser sahen annähernd gleich aus – mittelgroß, meist Einzelhäuser, modern, alle offenbar von gleichartigen Häusern umrahmt. Ted machte ein trauriges Gesicht. »Der hier, der hier und der hier», sagte er. »Ich habe sie nach dem Bau fotografieren lassen, weil wir gerade einen neuen Prospekt in Auftrag geben wollten. Und als ich heute wieder hinfuhr, waren sie einfach nicht mehr da.«

Ich war erleichtert. Der letzte nagende Zweifel, den ich bezüglich Teds Ehrlichkeit gehegt hatte, löste sich in Luft auf. Gemein und argwöhnisch wie ich bin, hatte ich mich gefragt, ob es die Wintergärten überhaupt jemals gegeben hatte. Jetzt hatte ich jedoch einen konkreten Beweis. »Können Sie mir den Namen des Fotografen geben?« fragte ich. Die Vorsicht trug den Sieg davon über meinen Wunsch, Ted Glauben zu schenken.

»Ja, kein Problem. Hören Sie, möchten Sie, daß ich einen der Jungs hole, damit er Sie in der Fabrik herumführt, während ich die Informationen für Sie heraussuche? Um mal zu sehen, wie unser Laden eigentlich so läuft?«

Ich lehnte höflich ab. Der Bau von Wintergärten mit Doppelverglasung war keine Wissenslücke, die zu füllen mir ein Bedürfnis war. Statt dessen genoß ich das unterhaltsame Schauspiel, wie Ted mit seinem Ablagesystem rang. Ich setzte mich auf seinen Stuhl und nahm einen Reklamezettel über die Freuden des Wintergartens vom Tisch. Mich beschlich die Ahnung, daß dies eine langwierige Angelegenheit werden würde.

Die unsterbliche Prosa von Teds PR-Berater hatte keine Chance gegen den schick angezogenen Mann, der mit großen Schritten in den Ausstellungsraum kam, seine Aktentasche auf einen der beiden kleinen Schreibtische warf und dann Teds Büro betrat. Er lächelte mich an, als ob wir alte Freunde wären.

»Hallo«, sagte er. »Jack McCafferty«, fügte er hinzu und streckte mir die Hand hin. Sein Handschlag war fest und kühl, passend zu dem Bild, das er ansonsten bot. Sein braunes lockiges Haar, an den Seiten kurz geschnitten und oben länger, ließ ihn wie eine seriöse Version von Mick Hucknall aussehen. Seine Augen waren blau und hatten gegen seine leicht gebräunte Gesichtshaut den matten Glanz geschliffenen Sodaliths. Er trug einen olivgrünen Zweireiher, ein cremefarbenes Hemd und einen weinroten Seidenschlips. Das ganze Ensemble mußte etwa fünfhundert Pfund wert sein. Im Vergleich dazu kam ich mir in meinem terrakottafarbenen Leinenanzug und dem senfgelben Kapuzenpullover geradezu bescheiden vor.

»Kate, Jack ist einer meiner Vertreter«, sagte Ted.

»Mitglied des Verkaufsteams«, berichtigte Jack ihn. Aus seiner amüsiert-nachsichtigen Miene schloß ich, daß es regelmäßig zu dieser Richtigstellung kam. »Und Sie sind?«

»Kate Brannigan«, sagte ich. »Ich bin Steuerberaterin und stelle mit Ted ein Paket zusammen. Freut mich, Sie kennenzulernen, Jack.«

Ted sah erstaunt aus. Lügen schien nicht seine starke Seite zu sein. Zum Glück stand er hinter Jack. Er räusperte sich und reichte mir eine überquellende blaue Aktenmappe. »Hier sind die Angaben, die Sie haben wollten, Kate«, sagte er. »Wenn es irgendwelche Unklarheiten gibt, rufen Sie mich an.«

»Alles klar, Ted.« Ich nickte. Es gab noch ein, zwei Fragen, die ich ihm stellen wollte, aber sie paßten nicht zu meiner spannenden neuen Rolle der Steuerberaterin. »Nett, Sie kennengelernt zu haben, Jack.«

»Nett. Das ist ein Wort. Mir wäre ein ganz anderes Wort dafür eingefallen, Kate«, antwortete er und hob anzüglich eine Braue. Als ich durch den Empfangsbereich nach draußen zu meinem Wagen ging, spürte ich seinen Blick auf mir. Ich war ziemlich sicher, daß mir nicht gefallen würde, was er dachte.

3. Kapitel

Nach einer halben Meile Fahrt hielt ich an und sah rasch die Akte durch. Die meisten Bauobjekte schienen drüben in Warrington zu liegen, deshalb beschloß ich, am nächsten Morgen dorthin zu fahren. Es dämmerte bereits, und bis ich dort ankäme, würde man gar nichts mehr sehen können. Ein halbes Dutzend der Häuser mit Wintergärten lag allerdings ganz in der Nähe. Eines davon hatte Ted bereits inspiziert und dabei festgestellt, daß sein Anbau verschwunden war. Auf der Heimfahrt kam ich zu dem Schluß, daß ich mir die übrigen ebensogut noch kurz ansehen könnte. Ich holte meinen Stadtplan aus dem Handschuhfach und entwarf die brauchbarste Route, die sie alle einbezog.

Das erste Haus stand am oberen Ende einer Sackgasse in einer häßlichen Wohnsiedlung aus den Sechzigern, eines von zwei Beinahe-Einzelhäusern, die wie ein bizarres siamesisches Zwillingspaar durch ihre Garagen verbunden waren. Ich läutete an der Tür, aber niemand antwortete, daher ging ich den schmalen Weg zwischen Haus und Zaun entlang zum Hinterhof. Überraschung, Überraschung. Es gab keinen Wintergarten. Ich studierte den Grundriß, um mir ausrechnen zu können, wo er gewesen war. Dann ging ich in die Hocke und untersuchte das Mauerwerk an der Rückwand des Hauses. Ich rechnete nicht wirklich damit, fündig zu werden, da ich nicht einmal wußte, wonach genau ich suchte. Doch selbst ich mit meinem ungeübten Auge konnte eine schwache Markierung entlang der Mauer ausmachen. Es sah aus, als habe sie jemand mit einer Drahtbürste behandelt – gerade genug, um den Oberflächenschmutz und die Witterungsspuren zu verwischen, mehr nicht.

Meine Neugier war geweckt. Ich stand auf und fuhr zu der nächsten Adresse. 6 Wiltshire Copse und 19 Admundsen Avenue waren nahezu identisch. Und beide ohne Wintergarten. Die nächsten zwei Häuser, die ich inspizierte, hatten jedoch einen Wintergarten, fest am Haus verankert. Zum fünften Mal marschierte ich zu meinem Wagen zurück, deprimiert vom Anblick all der scheußlichen kleinen Häuser, die das Wort modern in Verruf bringen. Ich dachte an mein eigenes Heim, einen erst vor drei Jahren errichteten Bungalow. Dem Bauherrn war allerdings nicht daran gelegen gewesen zu zeigen, wie klein man ein Schlafzimmer machen kann, bevor der menschliche Geist »Nein!« schreit. Mein Wohnzimmer ist großzügig bemessen, und um zu meinem Bett zu gelangen, brauche ich über nichts hinwegzusteigen. Mein zweites Zimmer ist immer noch so groß, daß ich es als Büro benutzen kann, inklusive Schlafsofa für die unvermeidlichen Gäste. Diese zu groß geratenen Schuppen hingegen sahen aus wie gepreßt, zu dem Zweck, wenigstens ein, vielleicht auch drei Zimmer von passabler Größe zu erhalten.

Es war die pure Ironie, daß sie vermutlich mehr wert waren als mein Bungalow, weil sie in kleinen Erschließungsgebieten in einem Vorort lagen. Wohingegen man von meiner kleinen Oase, einer von dreißig »Wohneinheiten für Freiberufler«, nur fünf Minuten bis zum Stadtzentrum mit all seinen Annehmlichkeiten brauchte. Der Nachteil war, daß mein Bungalow mitten in einem Innenstadtviertel lag, über das Channel 4 ständig Schreckensmeldungen verbreitet. Die Umgebung hatte den Preis so weit gedrückt, daß ich mir auch noch die erforderliche hochmoderne Alarmanlage leisten konnte.

Ich beschloß, nach Hause zu fahren. Es wurde schon dunkel, und daher würde ich das faszinierende Studium der Ziegelmaurerkunst des ausgehenden zwanzigsten Jahrhunderts ohnehin nicht fortsetzen können. Außerdem kamen die Leute allmählich von der Arbeit nach Hause, und ich wollte nicht auffallen. Es war nur eine Frage der Zeit, bis irgendein übereifriges Mitglied der Nachbarschaftswache die Cops rief, eine peinliche Situation, auf die ich gut verzichten konnte. Ich fuhr los und merkte plötzlich, daß ich nur wenige Straßen von Alexis' Haus entfernt war.

Alexis Lee ist wohl meine beste Freundin. Sie ist Kriminalreporterin beim MANCHESTER EVENING CHRONICLE. Vermutlich hat der Umstand, daß wir beide als Frauen in eine traditionell männliche Domäne vorgedrungen sind, dazu beigetragen, das Band zwischen uns zu knüpfen. Doch abgesehen von unserem gemeinsamen Interesse am Verbrechen, habe ich durch sie auch schon viel Geld gespart. Mir fallen auf Anhieb etwa ein Dutzend Gelegenheiten ein, bei denen sie mich in teuren Boutiquen vor sehr teuer erkauften Mißgriffen bewahrt hat. Und sie hat diesen wunderbaren, köstlichen Liverpooler Sinn für Humor, der selbst an der schwärzesten Tragödie noch eine komische Seite entdeckt. Ich wüßte nicht, was mich schneller aufmuntern könnte als eine halbstündige Stippvisite bei ihr.

Der letzte Regen hatte das Herbstlaub in glitschigen Brei verwandelt. Als ich sacht auf die Bremse trat, um vor Alexis' Haus zu halten, scherte mein Vauxhall Nova seitlich aus. Ich fluchte auf das Straßenverkehrsamt und schlitterte um den Wagen herum auf den festeren Boden der Einfahrt zu. Dort packte ich einen Pfosten, um nicht vollends das Gleichgewicht zu verlieren, und stellte erschrokken fest, daß dieser besondere Pfosten nicht zum bleibenden Inventar gehörte. Ein Schild mit der Aufschrift »Zu verkaufen« war daran befestigt. Ich war empört. Wie konnten sie sich unterstehen, das Haus zum Verkauf anzubieten, ohne meinen Rat einzuholen? Höchste Zeit, daß ich herausfand, was hier gespielt wurde. Ich ging um das Haus herum zur Hintertür, klopfte und betrat die Küche.

Alexis' Liebste Chris ist Teilhaberin eines Gemeinschaftsbüros von Architekten. Deshalb sieht ihre Küche so aus wie eine gotische Kathedrale, samt gefliestem Boden und Deckengewölbe mit Balken wie Walrippen. Auf den Verputz sind mittels Schablone Blumen- und Obstmotive aufgemalt, und an den Holzbalken unter der Decke sind in regelmäßigen Abständen Flachreliefs aus Gips zu sehen. Ein toller Anblick.

Anstelle von Quasimodo, auf den ich hier immer beinahe gefaßt bin, saß Alexis an dem Kiefernholztisch, neben ihr stand ein Teebecher, und vor ihr lag aufgeschlagen irgendein Katalog. Als ich hereinkam, schaute sie hoch und grinste. »Kate! Hey, schön, dich zu sehen, Kleine! Nimm dir 'nen Becher, die Kanne ist frisch aufgebrüht.« Sie machte eine Handbewegung zu dem buntgestrickten Teewärmer beim Kessel hinüber. Ich goß mir einen Becher des starken Tees ein, und Alexis fragte: »Was führt dich in diese Gegend? Hattest du beruflich hier zu tun? Irgendwas für mich dabei?«

»Laß das jetzt erst mal«, sagte ich entschlossen und ließ mich auf einen Stuhl fallen. »Habt ihr Geheimnisse vor mir? Was soll dieses Schild ›Zu verkaufen‹? Ihr bietet das Haus zum Verkauf an, und mir erzählt ihr nichts davon?«

»Wieso denn? Willst du es kaufen? Tu's nicht! Schlag es dir schleunigst wieder aus dem Kopf! Hier gibt's ja kaum Platz genug für mich und Chris, und wir haben immerhin die gleiche Drecktoleranz. Du und Richard, ihr würdet euch hier binnen einer Woche gegenseitig den Hals umdrehen«, parierte Alexis.

»Versuch nicht abzulenken«, sagte ich. »Richard und ich kommen prima zurecht, so wie es ist, Tür an Tür zu wohnen. Mehr an Nähe wird's mit mir nie geben.«

»Und wie geht's deinem unbedeutenden Anhang?« unterbrach Alexis.

»Er läßt dich grüßen.« Alexis und der Mann, den ich liebe, haben eine Beziehung, die sich in gegenseitigen Beschimpfungen zu erschöpfen scheint. Scheint. Ich vermute nämlich, daß sie sich in Wahrheit aufrichtig gern haben. Einmal habe ich die beiden sogar dabei erwischt, wie sie in einem Winkel der Stammkneipe der CHRONICLE-Belegschaft in aller Freundschaft ein Glas miteinander tranken. Sie machten beide höchst verlegene Gesichter. »Also, was ist mit dem Schild?«

»Es steht erst seit ein paar Tagen da draußen. Alles ging so schnell. Du weißt doch noch, wie Chris und ich immer davon gesprochen haben, daß wir uns ein Stück Land kaufen und unser ganz persönliches Traumhaus bauen wollten?«

Ich nickte. Eher hätte ich meinen eigenen Namen vergessen. »Als Teil eines Eigenbauprojekts? Chris entwirft die Häuser, als Entgelt stellen andere Leute euch ihre Arbeitskraft zur Verfügung, richtig?« Sie sprachen davon, seit ich sie kannte. Bei anderen hätte ich solche Pläne als reine Phantasterei abgetan. Aber Alexis und Chris war es ernst. Sie hatten Stunden um Stunden damit zugebracht, Bücher zu wälzen, über Plänen und eigenen Zeichnungen zu hocken, bis sie endlich ihr ideales Heim entworfen hatten. Jetzt warteten sie nur noch auf das richtige Grundstück zum richtigen Preis am richtigen Ort. »Das Land?« fragte ich.

Alexis griff seitlich um den Tisch herum und zog eine Schublade auf. Sie warf mir einen Packen Fotos hin. »Sieh dir das an, Kate. Phantastisch nicht? Ist es nicht einfach herrlich?« Sie schob sich das wilde schwarze Haar aus den Augen und blickte mich erwartungsvoll an.

Ich sah mir die Aufnahmen eingehend an. Das erste halbe Dutzend zeigte Ansichten eines Geländes mit struppigem Heidekraut, auf dem überall Schafe weideten. »Das ist das Land«, schwärmte Alexis. Ich ging die Fotos weiter durch. Der Rest waren Aufnahmen ferner Hügel, Wälder und Täler. Kein einziger Chinese mit Straßenverkauf in Sicht. »Und das ist der Ausblick. Atemberaubend, nicht wahr? Deshalb gehe ich das hier durch.« Sie wedelte mit dem Katalog. Ich sah jetzt, daß es eine Preisliste für Baubedarf war. Ich persönlich hätte lieber eine Nacht mit dem Telefonbuch verbracht.

»Wo um alles in der Welt ist das?« fragte ich. »Es sieht so... ländlich aus.« Das war das erste Wort, das mir einfiel und das nicht nur der Wahrheit entsprach, sondern auch so klang, als fände es meine Billigung.

»Eine richtige Wildnis, nicht wahr? Liegt ganze drei Minuten von der M66 entfernt. Knapp oberhalb von Ramsbottom. Außerhalb der Hauptverkehrszeit kann ich in zwanzig Minuten im Büro sein, und doch liegt es völlig abgeschieden von dem Streß des Großstadtlebens.«

Ich an ihrer Stelle hätte fünf Worte eher aufgehört. Wer weiter als zehn Minuten von einem Marks-&-Spencer-Feinkostladen entfernt lebt (fünfzehn inklusive vorschriftsmäßiges Parken), befindet sich, zumindest in meinen Augen, außerhalb der Zivilisation. »Wie schön«, sagte ich. »Das ist doch genau, was ihr wolltet, oder?«

»Ja, es ist ideal. Als wir die Anzeige sahen, haben wir gleich eine Versammlung der Leute einberufen, mit denen wir zusammen bauen wollen, und wir sind alle hingefahren, um es uns anzusehen. Wir haben uns mit dem Bauunternehmer auf einen Preis geeinigt, und er drängt auf einen raschen Vertragsabschluß, weil es noch einen anderen Interessenten gibt. Das behauptet er jedenfalls, aber wenn du mich fragst, ist er schlicht und einfach auf das Geld aus. Auf alle Fälle haben wir auf jede Parzelle eine Anzahlung von fünftausend Pfund hinterlegt, und es sieht alles sehr vielversprechend aus. Also ist es an der Zeit, dieses Haus hier zu verkaufen, um an das Kleingeld zu kommen, das wir brauchen, um das neue Haus zu bauen.«

»Und wo wollt ihr wohnen, solange ihr baut?« fragte ich.

»Tja, Kate, komisch, daß gerade du danach fragst. Wir haben überlegt...« Um ein Haar wäre ich in Panik geraten. Dann sah ich, daß ihre Mundwinkel zuckten. »Wir werden uns einen Caravan kaufen – am Ende der Saison, wenn die Preise runtergehen –, den Winter über darin wohnen und ihn im Frühjahr wieder verkaufen. Bis dahin sollte das Haus so ziemlich bewohnbar sein«, erzählte Alexis fröhlich. Dennoch überlief es mich kalt.

»Wenn du dann ein Bad nehmen willst, bist du jederzeit herzlich willkommen«, sagte ich.

»Danke. Ich werde dich vielleicht sogar beim Wort nehmen, wo du von der Redaktion aus so leicht zu erreichen bist.«

Ich trank meinen Tee aus und stand auf. »Ich muß los.«

»Sag nichts – du gehst zu der Observierung einer unheimlichen Flüsterstimme«, zog Alexis mich auf.

»Falsch geraten. Man merkt doch, daß du nur über Verbrechen schreibst, anstatt sie aufzuklären. Nein, Richard und ich sind zum Bowling verabredet«, sagte ich ganz schnell, doch es entging ihr nicht.

»Zum Bowling?« prustete Alexis los. »Bowling? Scheiße, Brannigan, als nächstes erzählst du mir noch, daß ihr zum Knutschen ins Kino geht.«

Sie kicherte noch, als ich ging. Die Pioniere haben eben immer schon den Spott der Kleingeister herausgefordert.

Es gibt vermutlich schlimmere Arten, einen verregneten Mittwoch in Warrington zu verbringen, als durch moderne Wohnsiedlungen zu laufen und mit den Bewohnern zu reden. Falls es so ist, habe ich sie noch nicht entdeckt. Kurz nach neun langte ich bei der ersten Adresse an, was nicht schlecht war, wenn man berücksichtigt, daß ich an diesem Morgen doppelt so lange gebraucht hatte wie sonst, um mich fertigzumachen, weil meine rechte Schulter weh tat und steif war. Ich hatte vergessen, daß man nur dann Bowling spielen sollte, wenn man den durchtrainierten Oberkörper eines olympischen Kugelstoßers hat.

Das erste Haus befand sich am oberen Ende einer Sackgasse, die sich um sich selbst wand wie das Haus einer Nautilusschnecke. Ich läutete an der Tür der hübschen Doppelhaushälfte, es antwortete jedoch niemand. Durch das Panoramafenster spähte ich ins Wohnzimmer, das spartanisch eingerichtet war und keinerlei Hinweis auf gegenwärtige Bewohner erkennen ließ. Den Ausschlag gab, daß kein Fernseher oder Videogerät zu sehen war. Es hatte den Anschein, als seien meine Wintergarten-Käufer ausgezogen und wollten ihr Haus weitervermieten. Meist lagern die Leute, die ihr Heim möbliert weitervermieten, zuvor den teuren beweglichen Teil ihrer Elektrogeräte ein, für den Fall, daß der beauftragte Makler seine Hausaufgaben nicht ordentlich macht und das Haus fragwürdigen Leuten überläßt. Komisch, zwei der Häuser, die ich am Abend zuvor inspiziert hatte, machten einen ganz ähnlich verlassenen Eindruck.

An der Rückwand dieses Hauses fanden sich noch deutlichere Spuren des verschwundenen Wintergartens als an den anderen Häusern, die ich in Augenschein genommen hatte. Dort hatte das Betonfundament, auf dem sie errichtet worden waren, einfach wie eine unvollendete Terrasse ausgesehen. Hier hingegen erstreckte sich ein Viereck aus rotglasierten Fliesen vor der Veranda. Um das Viereck herum zog sich eine niedrige, zwei Ziegel dicke Mauer mit einer türgroßen Lücke. Und an der Hauswand waren die mir inzwischen vertrauten Spuren des Mörtels zu sehen, durch den man den Anbau mit dem Haus verbunden hatte.

In der Einfahrt der anderen Doppelhaushälfte hatte ich einen Wagen gesehen. Ich drückte dort auf die Klingel, die mir ein Ständchen darbrachte, eine elektronische Version von ›Yellow Rose of Texas‹. Die Frau, die die Tür öffnete, ging eher als Pusteblume durch. Ihr Gesicht war von flaumigem weißem Haar umrahmt, das aussah, als habe es mehr als ein halbes Jahrhundert lang jedem Friseur getrotzt. Sie taxierte mich aus graublauen Augen, die hinter den dicken Gläsern einer Goldrandbrille leicht verschwommen aussahen. »Ja?« fragte sie gebieterisch.

»Es tut mir leid, wenn ich störe«, log ich. »Aber vielleicht können Sie mir helfen. Ich vertrete die Firma, die Ihren Nachbarn den Wintergarten verkauft hat...«

Ich konnte den Satz nicht beenden. »Wir wollen keinen Wintergarten«, unterbrach mich die Frau. »Und Doppelverglasung und eine Alarmanlage haben wir auch schon.« Die Tür ging wieder zu.

»Ich will Ihnen nichts verkaufen«, schrie ich, gekränkt von ihrer Unterstellung. Der Tag fing ja toll an. Als Klinkenputzerin für Doppelverglasung verkannt. »Ich versuche lediglich, die Leute zu finden, die früher nebenan wohnten.«

Sie hielt inne, die Tür stand noch einen Spaltbreit offen. »Sie verkaufen nichts?«

»Großes Ehrenwort. Ich wollte nur Informationen bei Ihnen einholen, sonst nichts.« Ich benutzte meine besänftigende Stimme. Die nämliche, die bei Wachhunden selten ihre Wirkung verfehlt.

Die Tür ging langsam wieder auf. Ich tat so, als ob ich die Akte zu Rate zog, die ich in meiner Tasche bei mir trug. »Hier steht, der Wintergarten wurde im März installiert.«

»Das kommt ungefähr hin«, unterbrach sie wieder. »Er wurde in der Woche vor Ostern aufgebaut, und eine Woche später war er verschwunden. Er verschwand einfach so über Nacht.« Ich hatte gerade Geschichte gemacht. Gleich beim ersten Versuch hatte ich einen Volltreffer gelandet.

»Über Nacht?«

»Das war wirklich komisch. An dem einen Tag war er noch da, am nächsten schon nicht mehr. Man muß ihn nachts abgerissen haben. Wir haben nichts gehört oder gesehen. Deshalb haben wir angenommen, daß es irgendwie Krach gegeben hat. Na, vielleicht gefiel er ihr nicht, oder sie hat nicht bezahlt oder so. Aber über das alles sind Sie ja bestimmt informiert, wenn Sie die Firma vertreten«, fügte sie in verspäteter Vorsicht hinzu.

»Sie wissen ja, wie das ist, über die Einzelheiten darf ich nicht reden«, sagte ich. »Ich versuche die Leute ausfindig zu machen. Robinson, steht in meiner Akte.«

Sie lehnte sich gegen den Türpfosten, richtete sich ein auf einen netten Schwatz. Für sie war ja auch alles in bester Ordnung. Ich hingegen stand in dem kalten Nordwind vor der Tür. Ich zerrte den Kragen meiner Jacke hoch und verwünschte sie im stillen.

»Sie war nicht sehr gesellig. Keine, die gern mitmischt, könnte man sagen. Ich habe sie mehrmals auf einen Kaffee oder einen Drink eingeladen, und sie kam nie. Da war ich nicht die einzige. Wir hier auf der Grove pflegen einen freundschaftlichen Umgang miteinander, aber sie war eine Einzelgängerin.«

Ich war ein wenig verwundert, weil ständig nur von der Frau die Rede war. Das Formular in der Akte lautete auf zwei Namen – Maureen und William Robinson. »Und ihr Ehemann?« fragte ich.

Die Frau hob die Augenbrauen. »Ehemann? Ich persönlich würde eher sagen, er war der Ehemann einer anderen.«

Ich seufzte stumm. »Seit wann kannten Sie Mrs. Robinson?« erkundigte ich mich.

»Tja, sie ist erst im Dezember eingezogen«, sagte die Frau. »In den ersten vier Wochen war sie kaum hier, und dann war Weihnachten und so. Meist ging sie an drei oder vier Abenden in der Woche aus. Und tagsüber war sie auch immer weg. Oft kam sie erst nach acht heim. Ein paar Tage nach dem Verschwinden des Wintergartens ist sie ausgezogen. Mein Mann meinte, daß sie wohl ganz plötzlich umziehen mußte, wegen ihrer Arbeit, und vielleicht hat sie den Wintergarten zu ihrer neuen Bleibe mitgenommen.«

»Wegen ihrer Arbeit?«

»Sie hat meinem Harry erzählt, sie sei freiberufliche Computerexpertin. Dadurch kommt sie in der ganzen Welt herum, wissen Sie. Sie sagte, das sei der Grund, weshalb sie das Haus immer vermietet. Seit wir vor fünf Jahren hier eingezogen sind, hat dort eine ganze Reihe von Mietern gewohnt. Sie hat Harry erzählt, es sei das allererste Mal, daß sie die Möglichkeit hätte, selbst in dem Haus zu wohnen.« Aus ihrer Stimme sprach Stolz, weil es ihrem Harry gelungen war, ihrer mysteriösen Nachbarin soviel zu entlocken.

»Können Sie sie für mich beschreiben, Mrs...?«

Sie überlegte. »Green. Carole Green, mit einem e, in Carole, nicht in Green. Na ja, sie war größer als Sie.« Das war nicht schwer. Mit einssiebenundfünfzig ist man nicht gerade eine Amazone. »Allerdings nicht viel größer. Ende Zwanzig, würde ich sagen. Sie hatte dunkelbraune Haare, eine volle Pagenfrisur, so richtig dichtes und glänzendes Haar. Immer hübsch zurechtgemacht. Und sie zog sich auch nett an, man hat sie nie gammelig gesehen.«

»Und der Mann, den Sie erwähnt haben?«

»Da war mehr als einer. Abends, wenn sie hier war, fuhr später, so gegen elf, meist noch ein Wagen in die Garage. Ein paarmal hab ich sie am nächsten Morgen wegfahren sehen. Der erste hatte einen blauen Sierra, aber er machte es nur wenige Wochen. Der nächste hatte einen silbernen Vauxhall Cavalier.« Sie schien sich in Hinsicht der Autos ihrer Sache sehr sicher zu sein, und ich sprach sie darauf an. »Mein Harry ist in der Autobranche«, informierte sie mich. »Auf die Männer allein hätte ich vielleicht nicht geachtet, auf die Autos schon.«

»Und Sie haben sie nicht mehr gesehen, seit sie ausgezogen ist?«

Die Frau schüttelte den Kopf. »Nicht mal von weitem. Dann wurde das Haus wieder vermietet, vierzehn Tage nach ihrem Auszug. Ein junges Paar, gerade von Kent hergezogen. Vor einem Monat sind sie wieder weggezogen, haben sich ein Eigenheim drüben in der Nähe von Widnes gekauft. Ein reizendes Paar. Don und Diane. Und sie hatten ein entzückendes kleines Mädchen, Danni.«

Sie taten mir fast leid. Ich wette, sie konnten gar nicht schnell genug aus dieser Nachbarschaft wieder ausbrechen. Mir fiel nichts ein, wonach ich sonst noch fragen konnte, daher entschuldigte ich mich und ging. Ich erwog, es auch noch bei den anderen Nachbarn zu versuchen, aber ich konnte mir nicht vorstellen, wie andere da Erfolg gehabt haben sollten, wo Carole mit einem e gescheitert war.

Der Scarborough Walk war nur eine Meile Luftlinie entfernt. Die Luftlinie hat jedoch keinen Stadtplaner beflügelt. Nur ein Minotaurus frisch aus dem kretischen Labyrinth würde sich in den neueren Vierteln von Warrington zurechtfinden. Mit meinem Stadtplan auf den Knien passierte ich einen weiteren Kreisverkehr und fuhr in die nächste Neubausiedlung ein. Der Whitby Way umschloß ein Dutzend Walks, Closes und Groves, wie eine Reihe von Planwagen, die im Kreis aufgestellt waren, um eine Verteidigungslinie gegen die Indianer zu bilden. Er war auch ebenso schwer zu durchbrechen. Endlich, ich drehte die zweite Runde, entdeckte ich den Zugang zu der Siedlung. Er war raffiniert angelegt und sollte den Eindruck einer Sackgasse erwecken, führte jedoch geradewegs in ein Labyrinth von Straßen, das zu entwirren mir nur gelang, indem ich zehn Meilen pro Stunde fuhr und immer wieder auf den Stadtplan sah.

Manchmal frage ich mich, wie ich mit einem Job klarkomme, der so glanzvoll, so spannend und so gefährlich ist.

Wieder kein Wintergarten. Das Paar, das jetzt in dem Haus wohnte, war erst vor zwei Monaten eingezogen, daher konnte mir die gestreßte Mutter mit dem hyperaktiven Kleinkind keine Auskunft zu den Leuten geben, die den Wintergarten erstanden hatten. Dafür hatte die Frau zwei Häuser weiter ihren Beruf verfehlt. Sie hätte in der Rechercheabteilung der NEWS OF THE WORLD sitzen sollen. Als ich ihr endlich entkam, wußte ich über die Bewohner des Scarborough Walk mehr, als ich je für möglich gehalten hätte. Ich wußte sogar über die beiden Paare Bescheid, die 1988 ausgezogen waren, nachdem ihr Partnertausch zu einer Dauereinrichtung geworden war. Über die ehemaligen Bewohner von Nummer sechs hingegen hatte ich nicht viel in Erfahrung gebracht. Sie hatten das Haus im vergangenen November gekauft und waren Ende Februar ausgezogen, weil er einen Job irgendwo im Nahen Osten bekommen hatte und sie ihn begleitete. *Sie* war Nachtschwester in einem der Liverpooler Krankenhäuser, vermutete die Frau. *Er* hatte irgend etwas mit dem Personalwesen zu tun. *Sie* hatte blonde Haare und einen Igelschnitt, genau wie Sally Webster in CORONATION STREET. *Er* war groß, dunkel und attraktiv. *Sie* hatte irgend so einen Kleinwagen, *er* hatte irgend so einen großen Wagen. Er machte oft Überstunden. Sie gingen oft aus, wenn sie nicht arbeiteten. Die perfekte Beschreibung für Interpol.

Das nächste Haus hatte seinen Wintergarten noch. Es hatte auch noch den zufriedenen Käufer, wofür ich richtig dankbar war. Denn ich hatte wirklich keine Lust, als Kundendienst von Colonial Conservatories verkannt zu werden. Ich quälte mich weiter durch die Liste der Häuser, und als ich am Ende angelangt war, glaubte ich mir eine Belohnung verdient zu haben, weil ich einen so arbeitsreichen Tag hinter mir hatte. Vier Uhr, und ich war wieder in Manchester, saß in meinem liebsten indischen Imbiß in Strangeways und ließ mir eine Portion Karahi-Lamm schmecken.

Während ich aß, steckte ich mir den Kopfhörer meines Minikassettenrecorders ins Ohr und spielte die mündlichen Notizen ab, die ich mir nach jedem Besuch gemacht hatte. Fünf von acht Häusern waren Opfer des VWS (des Verschwundene-Wintergärten-Syndroms, so hatte ich es getauft). Der einzig erkennbare gemeinsame

Nenner war, daß das betreffende Paar nach dem Kauf des Hauses jeweils nur einige wenige Monate dort gelebt hatte, dann waren sie ausgezogen und hatten es über einen Makler weitervermietet. Ich wußte mir keinen Reim darauf zu machen. Wer waren all diese Leute? Zwei Brünette, eine Kastanienbraune, zwei Blonde. Zwei mit Brille, drei ohne. Allesamt berufstätige Frauen. Zwei fuhren rote Fiestas, eine fuhr überall mit dem Taxi hin, eine fuhr einen weißen Metro, eine fuhr »irgend so einen Kleinwagen«. Alle Männer waren ziemlich groß und dunkel, die Auswahl reichte von »attraktiv« bis zu »nichts Besonderes«. Eine Beschreibung, die fast auf die Hälfte der männlichen Bevölkerung zutraf. Wieder trugen zwei eine Brille, drei nicht. Sie fuhren allesamt die in der Geschäftswelt gängigen Wagenmodelle – zwei hatten Cavaliers in Metallic, einer hatte einen roten Sierra, einer hatte einen blauen Sierra, einer tauschte »einen großen Roten« gegen »einen großen Weißen«. Keinerlei Anhaltspunkt zu ihrem derzeitigen Verbleib.

Zugegeben, ich stand vor einem kompletten Rätsel. Ich diktierte meine praktisch nicht existenten Schlußfolgerungen, dann meldete ich mich bei Shelley. Ich beantwortete ein halbes Dutzend Fragen und erfuhr, daß nichts anlag, was dringend meine Anwesenheit erforderte, also fuhr ich schnell zum Supermarkt. Ich hatte Lust auf einige weitere Extras, um mich für den Haufen Bügelwäsche zu entschädigen, der zu Hause auf mich wartete. Auf keinen Fall hatte ich vor, mich in Richards Pläne für den heutigen Abend einbeziehen zu lassen. Mir fallen weitaus angenehmere Arten ein, wie ich mir einen Gehörschaden zuziehen kann, als endlos mit der Musik einer unerträglichen Hip-hop-Rap-Band aus Mostyn namens ZAHLSCHEIN oder so ähnlich zu tanzen. Es geht doch nichts über einen ruhigen Abend in den eigenen vier Wänden.

4. Kapitel

Und es wurde ein Abend in den eigenen vier Wänden, aber alles andere als ein ruhiger Abend. Nach einem kurzen Abstecher zu Sainsbury's war ich ins Büro zurückgefahren und hatte dort meine

Kassette hinterlassen, damit Shelley sie am nächsten Morgen eintippte. Zweifellos würde der Gedanke, daß sie es für Ted Barlow tat, ihre Finger beflügeln. Dann hatte ich endlich Zeit, um die Filme der Observierung von PharmAce Supplies zu entwickeln. Als ich auf den fertigen Film starrte, wünschte ich, ich wäre heute nicht dazu gekommen.

Wo identifizierbare Aufnahmen des Seniorlabortechnikers von PharmAce hätten sein sollen, wie er sich mitten in der Nacht in das Gebäude und wieder herausschlich (samt des von meiner supertollen Nikon auf das Foto einkopierten Zeitpunkts), sah man nur einen Grauschleier. Da war etwas gründlich danebengegangen. Da ein Grauschleier auf einem Film meistens das Ergebnis eines Kamerafehlers ist, ließ ich einen neuen Film durch die Kamera laufen und entwickelte ihn, um zu sehen, ob ich den Fehler lokalisieren konnte. Das nahm eine weitere Stunde in Anspruch, und bei diesem Versuch kam lediglich heraus, daß mit der Kamera alles in Ordnung war. Was als Ursache entweder auf einen fehlerhaften Film oder menschliches Versagen schließen ließ. Und das wahrscheinlichste war, ob es mir nun gefiel oder nicht, daß der Grund in menschlichem Versagen zu suchen war. Was hieß, daß ich mich auf eine weitere Samstagnacht im Heck des Lieferwagens freuen durfte, in der mein Auge die ganze Zeit an der Linse klebte. Manchmal frage ich mich doch, ob es richtig war, nach dem zweiten Jahr mein Jurastudium aufzugeben, um mit Bill zusammenzuarbeiten. Dann schaue ich mir an, was meine ehemaligen Kommilitonen jetzt so treiben, und bin wieder dankbar, daß ich abgesprungen bin.

Ich archivierte den nutzlos gewordenen Film, sperrte ab und fuhr rechtzeitig nach Hause, um mir unter der Dusche in dem wasserdichten Radio THE ARCHERS anzuhören. Das Radio war ein Geburtstagsgeschenk von Richard; ich werde das Gefühl nicht los, daß er sich im Grunde selbst beschenkt hat, wenn man bedenkt, wie oft ich von Key 103 zu Radio 4 zurückstellen muß. Mir ist schleierhaft, wieso er nicht sein eigenes Bad für seine Waschungen benutzen kann. Obgleich wir jetzt seit gut einem Jahr ein Liebespaar sind, leben wir eigentlich nicht zusammen. Als Richard damals in mein Leben krachte – oder vielmehr in mein Auto –, lebte er in einer häßlichen Mietwohnung in Chorlton. Er behauptete, sein Viertel zu mögen, wo er von Studenten, Feministinnen und Anhängern der

Grünen Partei umgeben war, aber als ich darauf hinwies, daß er für die ungefähr gleichen Auslagen einen geräumigen Bungalow mit zwei Zimmern haben könnte, mit dem Auto nur drei Minuten von seinem Lieblings-Chinarestaurant entfernt, sah er auf Anhieb die Vorteile. Der Umstand, daß dieser Bungalow direkt neben meinem liegt und ihm gleicht wie ein Ei dem anderen, war ein weiterer Pluspunkt.

Natürlich wollte er die Wände niederreißen und die beiden Bungalows in eine Art offen angelegtes Ranchhaus verwandeln. Daher überredete ich Chris, vorbeizukommen und der fachmännischen Überzeugung einer Architektin Ausdruck zu verleihen, daß beide Häuser, wenn man die Wände entfernte, die Richard loswerden wollte, einstürzen würden. Sie entwarf dann einen wunderschönen Wintergarten, der sich an beiden Wohnungen entlangzieht und sie auf der Rückseite miteinander verbindet. Auf diese Weise müssen wir weder auf das eine noch auf das andere verzichten. Wir vermeiden die Hauptursachen für Reibereien, mit dem Ergebnis, daß wir in unserer gemeinsamen Zeit Spaß haben, anstatt uns zu streiten. Ich wahre meinen persönlichen Freiraum, während Richard sich mit seinen Rockband-Freunden und wenn sein Sohn zu Besuch kommt, so wild aufführen kann, wie er mag. Es ist nicht so, daß ich den sechsjährigen Davy, wohl das einzig Gute, was bei Richards katastrophaler Ehe herausgekommen ist, nicht leiden kann. Nein, es liegt daran, daß ich das Alter von siebenundzwanzig unbelastet (oder unbeglückt, würde mancher sagen) durch ein Kind erreicht habe und nicht mit dem eines anderen zusammenleben möchte.

Ich bedauerte fast, daß Richard zur Arbeit gefahren war, denn ich hätte ein wenig Aufmunterung gebrauchen können. Ich stieg aus der Duschkabine und rubbelte mein kastanienbraunes Haar so trocken, wie es eben ging. Die Mühe, es zu fönen, gab ich mir nicht. Ich zog einen alten Jogginganzug an, wobei mir einfiel, daß meine Einkäufe noch im Wagen waren. Gerade hievte ich die Tragetaschen von der Ladefläche meines Nova, als sich eine Hand auf meinen Rücken legte. Mein Herz fing an, wie wild zu schlagen. Ich wirbelte herum und nahm unverzüglich die Angriffshaltung im Thai-Boxen ein. In Innenstadtvierteln wie dem unseren geht man kein Risiko ein.

»Moment mal, Bruce Lee, ich bin's nur«, sagte Richard, wich zurück und hob beschwichtigend die Hände. »Himmel, Brannigan, reg dich wieder ab«, wehrte er ab, als ich mich drohend auf ihn zubewegte.

Ich fletschte die Zähne und knurrte tief aus der Kehle, genau so, wie meine Trainerin Karen es uns beigebracht hat. Richard machte kurz ein erschrockenes Gesicht, dann schenkte er mir sein typisches Lächeln, das mich, zu meiner Schande muß ich's gestehen, in die Heldin eines schmalzigen Liebesromans verwandelt. Ich hörte auf mit dem Geknurr und richtete mich ein wenig verlegen auf. »Ich hab's dir schon mal gesagt, schleich dich draußen von hinten an und du riskierst, daß ich dir sämtliche Rippen breche«, meckerte ich. »Da du schon hier bist, faß mal mit an.«

Der Streß, zwei Einkaufstüten und einen Kasten Bier zu schleppen, war offensichtlich zuviel für das arme Lämmchen, so daß er sofort auf eines der Sofas in meinem Wohnzimmer plumpste. »Ich dachte, du läßt dir heute abend deine Birne volldröhnen vom Sound des Jungen Schwarzen Manchester«, sagte ich.

»Sie sind zu dem Schluß gekommen, daß sie noch nicht bereit sind, sich dem furchtlos prüfenden Blick der Musikpresse auszusetzen«, sagte er. »Deshalb haben sie mich auf nächste Woche vertröstet. Weißt du, Brannigan, manchmal wünschte ich, der Typ, der die elektronischen Drums erfunden hat, wäre gleich bei der Geburt erwürgt worden. Das hätte der Welt eine Menge Kopfschmerzen erspart.« Richard zog die Jacke aus, schleuderte seine Schuhe weg und legte die Füße hoch.

»Mußt du dir nicht noch jemand anders anhören?« erkundigte ich mich höflich.

»Nein. Ich habe auch keinen Abgabetermin. Deshalb hab ich mir gedacht, ich könnte vielleicht etwas beim Chinesen holen, es mit hierher bringen und dein Wohnzimmer aus reiner Bosheit mit Sojasprossen vollstreuen.«

»Gut. Solange du versprichst, kein einziges Hemd in meinen Bügelkorb einzuschmuggeln.«

»Versprochen«, sagte er.

Eineinhalb Stunden später bügelte ich meine letzte Hose. »Dem Himmel sei Dank«, ächzte ich.

Keine Reaktion vom Sofa. Das war nicht weiter verwunderlich. Er war bei seinem dritten Joint angelangt, und bei der Lautstärke, in der er mir den Soundtrack des Motley-Crüe-Videos zumutete, hätte man nicht mal gehört, wenn der Dritte Weltkrieg ausgebrochen wäre. Was dennoch zu mir durchdrang, war das hohe elektronische Piepsen meines Telefons. Ich griff nach dem Hörer und der TV-Fernbedienung und drückte auf den Ohne-Ton-Knopf, während ich zugleich das Telefon auf »Sprechen« umstellte. Das rief eine Reaktion hervor. »Hey«, protestierte er, dann ließ er sich sofort wieder fallen, als er registrierte, daß ich telefonierte.

»Hallo«, sagte ich. Sag nie deinen Namen oder deine Nummer, wenn du dich am Telefon meldest, ganz besonders wenn du eine Geheimnummer hast. Heutzutage, in der Ära der Telefone mit Wahlwiederholung kann man nie wissen, mit wem man gerade spricht. Ich habe eine Freundin, die auf diesem Weg Name und Telefonnummer der Geliebten ihres Ehemannes erfuhr. Ich weiß, in diesem Punkt habe ich nichts zu befürchten, aber ich lasse mich in meinen Gewohnheiten gern von dem Prinzip der Vorsicht leiten. Man weiß ja nie, wann es sich einmal als nützlich erweist.

»Kate? Hier ist Alexis.« Sie hörte sich so genervt an, als ob sie unter Zeitdruck an einer Story bastelte und der Nachrichtenredakteur hinter ihr stände und ihr auf die Finger schaute. Aber zu dieser Uhrzeit konnte sie unmöglich Redaktionsschluß haben.

»Oh, hallo. Wie geht's?« fragte ich.

»Störe ich gerade?«

»Überhaupt nicht. Ich habe gegessen, ich bin noch unter der Promillegrenze, und ich bin noch angezogen«, berichtete ich ihr.

»Wir brauchen deine Hilfe, Kate. Ich frage ja nicht gern, aber ich kenne sonst niemand, der wissen könnte, was wir tun sollen.«

Dies war kein geschäftlicher Anruf. Wenn Alexis meine Hilfe für eine Story braucht, entschuldigt sie sich nicht. Sie weiß, daß diese Art beruflicher Hilfe auf Gegenseitigkeit beruht. »Sag mir, worum es geht, dann sage ich dir, ob ich euch helfen kann.«

»Du weißt doch noch, das Stück Land, das wir angeblich kaufen sollten. Das ich dir gestern auf den Fotos gezeigt habe? Ja?«

»Ja«, sagte ich beschwichtigend. Es hörte sich an, als werde sie jeden Augenblick platzen.

»Tja, du wirst es nicht glauben. Chris ist heute hingefahren, um einiges auszumessen. Sie meinte, wenn sie die Häuser entwerfen soll, muß sie ein Gefühl für die Lage des Landes entwickeln, damit die Häuser sich in die Landschaft einfügen, ja?«

»Ja. Also wo liegt das Problem?«

»Sie kommt dort oben an und stößt auf zwei Landvermesser, die einzelne Parzellen abstecken. Tja, sie ist ziemlich verwirrt, weil unseres Wissens nämlich noch keiner der anderen Eigenbauer, mit denen wir zusammenarbeiten, Aufträge vergeben hat, weil wir auch noch keine Verträge haben. Also bleibt sie in ihrem Landrover sitzen und beobachtet sie etwa eine halbe Stunde lang. Dann geht ihr auf, daß die Parzellen, die sie abstecken, ganz verschieden sind von denen, die man uns verkauft hat. Also geht sie zu ihnen hinüber und fängt ein Gespräch an. Du kennst Chris, sie ist nicht so wie ich. Ich wäre ihnen da draußen an die Gurgel gegangen und hätte sie zur Rede gestellt, was zum Teufel sie da eigentlich machen.« Alexis legte eine Pause ein, um Luft zu holen, aber nicht lang genug, als daß ich etwas hätte sagen können.

»Nicht so Chris. Sie läßt sich von ihnen alles über das Land erzählen und daß sie die Parzellen für die Leute abstecken, die sie gekauft haben. Ein halbes Dutzend hat ein ortsansässiger kleiner Bauunternehmer gekauft, den Rest verschiedene Einzelpersonen, sagen sie. Nun, Chris ist daraufhin ziemlich bestürzt, denn was sie ihr da erzählen, widerspricht total der Situation, wie wir sie kennen. Also sagt sie ihnen, wer sie ist und was sie dort macht, und fragt sie, ob sie irgendeinen Beleg haben für das, was sie da erzählen, was sie natürlich nicht haben, aber dafür sagen sie ihr den Namen des Anwalts, der die Käufer vertritt.«

Diesmal gelang es mir, einzuwerfen: »Soweit kann ich dir folgen«, bevor Alexis' Redeflut mich wieder überspülte. Richard sah mich ganz neugierig an. Er ist es nicht gewohnt, daß ich in einem Telefongespräch eine solch untergeordnete Rolle spiele.

»Also fährt Chris runter zu diesem Anwaltsbüro in Ramsbottom. Sie schafft es, dem dortigen Spezialisten für Eigentumsübertragungen klarzumachen, in welch dringender Angelegenheit sie kommt, daher gibt er ihr fünf Minuten. Als sie ihm die Situation erklärt, sagt er, das Land sei von einem Bauunternehmer verkauft worden, und die Verträge seien alle seit zwei Tagen unter Dach und Fach.« Alexis verstummte plötzlich, als wäre mit dem, was sie gesagt hatte, eigentlich alles klar.

»Tut mir leid, Alexis, ich bin wohl ziemlich begriffsstutzig, aber worauf genau willst du hinaus?«

»Ich will darauf hinaus, daß das Land bereits verkauft ist!« schrie sie. »Wir haben fünf Riesen für ein Stück Land bezahlt, das schon verkauft wurde! Ich begreife einfach nicht, wie das passieren konnte! Und ich weiß nicht mal, wie ich es anstellen soll, es herauszukriegen.« Ihre kummervolle Stimme war herzzerreißend. Ich wußte, wie sehr sie und Chris sich wünschten, daß aus diesem Vorhaben etwas wurde, aus vielerlei Gründen. Und jetzt sah es so aus, als sei das Geld, das sie gespart hatten, um die unterste Sprosse der Leiter zu erklimmen, verloren.

»Schon gut, schon gut, ich werde mich darum kümmern«, tröstete ich sie. »Aber dazu brauche ich noch weitere Infos von dir. Wie war der Name des Anwalts in Ramsbottom, mit dem Chris gesprochen hat?«

»Einen Augenblick, ich gebe dir Chris ran. Sie weiß über sämtliche Einzelheiten Bescheid. Danke, Kate. Ich wußte, daß ich mich auf dich verlassen kann.«

Es gab eine kurze Pause, dann kam eine sehr niedergeschlagene Chris an den Apparat. Ihre Stimme klang, als habe sie geweint. »Kate? Himmel, ich kann nicht fassen, daß uns das passiert. Ich begreife es einfach nicht, überhaupt nicht.« Dann ging sie dazu über, haarklein zu wiederholen, was Alexis mir bereits berichtet hatte.

Ich hörte geduldig zu, dann sagte ich: »Wie war der Name des Anwaltsbüros, das du in Ramsbottom aufgesucht hast?«

»Chapman and Gardner. Ich habe mit dem Spezialisten für Eigentumsübertragungen gesprochen, Tim Pascoe. Ich habe ihn nach dem Namen der Person gefragt, die das Land verkauft hat, aber er wollte ihn mir nicht sagen. Also fragte ich, war es T. R. Harris, und er hat mir einen dieser typischen Anwaltsblicke zugeworfen und gesagt, dazu könne er keine Stellungnahme abgeben, nur hat er es auf die Art und Weise gesagt, die bedeutet, ja, Sie haben recht.«

Ich schaute auf die Namen, die ich auf meinen Block gekritzelt hatte. »Und wer ist T. R. Harris?«

»T. R. Harris ist der Bauunternehmer, der uns angeblich das Land verkauft hat.« In ihrer Stimme schwang Ärger, was ich als ziemlich unfair empfand. Schließlich bin ich kein Vollmitglied der Gesellschaft für Parapsychologie.

»Und euer Anwalt ist?«

»Martin Cheetham.« Sie rasselte Adresse und Telefonnummer herunter.

»Ist er euer Hausanwalt?« fragte ich.

»Nein. Er ist auf Eigentumsübertragungen spezialisiert. Einer der Journalisten vom CHRONICLE hat ihn dazu interviewt, wie sich das neue Abtretungsprotokoll macht, und sie kamen ins Gespräch und dabei auf das Thema, wie Bauunternehmer sich übernehmen können, wenn sie auf Spekulationsbasis Land kaufen und die Preise ins Bodenlose fallen, und dieser Journalist sagte, daß eine seiner Kolleginnen, das heißt Alexis, nach einem Stück Land suche, das groß genug für ein Projekt zur Eigenbebauung mit zehn Leuten sei, und Cheetham meinte, er wisse von einem Kollegen, der einen Klienten habe, der wiederum Bauunternehmer sei und genau das Richtige habe, also gingen wir zu Cheetham, und er sagte, dieser T. R. Harris habe das Land gekauft und könne es sich nicht leisten, es selbst zu erschließen, daher wolle er es verkaufen.« Chris' Sätze sind länger als die der Lawlords im Oberhaus.

»Und seid ihr diesem Bauunternehmer irgendwann mal begegnet?«

»Na klar. T. R. Harris, nennen Sie mich Tom, Mr. Nice Guy. Er hat sich da draußen mit uns allen getroffen, ist mit uns das Land abgegangen, hat es in einzelne Parzellen unterteilt und uns diese Rührstory erzählt, wie sehr er sich bemüht hat, seine Firma über Wasser zu halten, und daß er ein halbes Dutzend Bauplätze hat, wo die Arbeiter sich darauf verlassen, daß er ihnen ihren Lohn ausbezahlt, ob wir also bitte pro Parzelle eine Anzahlung von fünftausend herausrücken könnten, um uns das Land zu sichern, andernfalls müßte er sich um andere Käufer bemühen, was doch jammerschade wäre, weil das Land so offensichtlich unseren Wünschen entspreche und ihm der Gedanke gefalle, daß das Land zur Eigenbebauung genutzt würde, schon allein deshalb, weil er so nicht zu seinem Kummer mitansehen müßte, wie ein anderer Bauunternehmer ein hübsches Sümmchen aus solch einem erstklassigen Bauplatz herausschlägt, von dem er sich wirklich nur sehr ungern trenne. Er war derart überzeugend, Kate, es ist uns nie in den Sinn gekommen, daß er log, und Cheetham hat er offenbar ebenso getäuscht. Kannst du etwas unternehmen?« Der bittende Unterton war nicht zu überhören, selbst wenn ich gewollt hätte.

»Ich begreife zwar immer noch nicht ganz, was passiert ist, aber natürlich helfe ich euch, wie ich kann. Zumindest sollte es uns gelingen, euer Geld wiederzubeschaffen, wenn ich auch glaube, daß ihr euch von diesem speziellen Stück Land verabschieden müßt.«

Chris stöhnte. »Bitte nicht, Kate. Ich weiß ja, daß du recht hast, aber ich will nicht darüber nachdenken, wir hatten unser Herz an diesen Bauplatz gehängt, er war einfach ideal, und ich hatte schon ein ganz klares Bild im Kopf, wie die Häuser aussehen sollten.«

»Ich kümmere mich gleich morgen darum, das verspreche ich. Aber dazu brauche ich noch etwas von euch. Ihr müßt mir eine Vollmacht schreiben, damit euer Anwalt und die Behörden mit mir reden. Könnte Alexis sie vielleicht morgen früh auf dem Weg zur Arbeit vorbeibringen?«

Wir klärten noch im einzelnen, was in der Vollmacht stehen sollte. Dann mußte ich alles natürlich noch einmal für Richard durchhecheln.

»Da zieht einer eine ganz linke Tour ab«, empörte er sich. Damit faßte er genauestens meine Gefühle zusammen. Was als nächstes kam, machte mich allerdings nicht so glücklich. »Diese Sache mußt du besonders eilig aufklären, oder?«

Manchmal ist es schwer, sich des Eindrucks zu erwehren, daß sich alle Welt gegen dich verschworen hat.

5. Kapitel

Als Alexis am nächsten Morgen die Vollmacht vorbeibrachte, versetzte ich ihr den zweiten Schock in dieser Woche. Es war kurz vor sieben, als ich hörte, wie sie ihren Schlüssel in meine Haustür steckte. Sie machte buchstäblich einen Satz, als sie durch die Küchentür kam und mich mit einem Glas Orangensaft auf dem Barhocker sitzen sah.

»Scheiße!« brüllte sie. Ich dachte schon, ihre schwarzen Haare stünden vor Schreck zu Berge, bis mir einfiel, daß ich nur nicht daran gewöhnt war, wie ungezähmt es frühmorgens aussieht. Sie pflegt etwa zweimal pro Minute mit der Hand hindurchzufahren, und am späten Nachmittag sieht es dann nicht mehr ganz so aus wie rückwärts und seitwärts durch eine Hecke gezogen.

»Pssst«, machte ich tadelnd. »Du weckst Schneewittchen auf.«

»Du bist schon auf!« rief sie. »Du bist nicht nur schon aufgestanden, dein Mund bewegt sich auch. Wenn das keine Schlagzeile wert ist!«

»Sehr witzig. Wenn ich muß, bin ich morgens durchaus fit«, verteidigte ich mich. »Zufällig habe ich eine geschäftliche Verabredung zum Frühstück.«

»Entschuldige, ich muß kotzen«, murmelte Alexis. »Ohne Koffeinspritze kann ich Yuppies nicht ertragen. Und ich sehe, daß du zwar bei Bewußtsein bist, es zum Kaffeekochen aber nicht gereicht hat.«

»Ich schone mich fürs Portland«, sagte ich. »Bedien dich, nimm dir von dem Instant. Der ist immer noch besser als dieses ekelhafte Zeug in eurer Kantine.« Ich zog ihr die Vollmacht aus der Hand, steckte sie in meine Tasche und ließ sie in dem Widerstreit zurück, ob sie Blend 37 oder den Alta Rica nehmen sollte.

Josh war bereits in die FINANCIAL TIMES vertieft, als ich im Portland anlangte, obwohl ich vier Minuten zu früh dran war. Als ich ihn quer durch das Restaurant musterte, seinen tadellosen dunkelblauen Anzug, das blütenweiße Hemd und die schrille Seidenkrawatte, war ich froh, daß ich mir die Mühe gemacht hatte, mein olivgrünes Kostüm von Marks & Spencer und eine hochgeschlossene cremefarbene Bluse anzuziehen. Sehr professionell. Er war so konzentriert, daß er mich erst bemerkte, als ich zwischen dem Licht und seiner Zeitung stand.

Er riß sich von den Paarungsgewohnheiten multinationaler Konzerne los und schenkte mir sein Hundert-Watt-Lächeln, komplett mit Zwinkern und Grübchen und ganz Aufrichtigkeit. Es läßt Robert Redford, mit dem er eine leichte Ähnlichkeit hat, wie einen Amateur aussehen. Ich bin überzeugt, daß Josh es für anfällige weibliche Klienten vor dem Spiegel eingeübt hat, und mittlerweile ist es ihm zur Gewohnheit geworden, sobald sich ihm eine Frau auf einen Meter nähert. Sein Charme hat allerdings nichts Gönnerhaftes. Er gehört zu den Männern, die kein Problem mit dem Gedanken haben, daß Frauen ihnen ebenbürtig sind. Bis auf diejenigen, mit denen er eine Beziehung hat. Die behandelt er wie hirnlose Dummchen. Das führt zu einer schnellen Fluktuation, denn die Frauen mit Köpfchen halten das nicht länger als ein paar Monate aus, und die Frauen ohne langweilen ihn nach sechs Wochen zu Tode.

Mag er sein Gefühlsleben auch vom Unterleib steuern lassen, wenn's ums Geschäft geht, ist er einer der besten Finanzberater von Manchester. Er ist eine wandelnde Datenbank zu allem, was mit Versicherung, Anlagen, Treuhandvermögen, Steuervorteilen und den Finanzgesetzen zu tun hat. Wenn er etwas nicht weiß, weiß er, wo er es herausfinden kann. Wir lernten uns kennen, als ich noch Jura studierte und mein Stipendium aufbesserte, indem ich gelegentlich für Bill jobbte. Meinen allerersten Undercover-Einsatz hatte ich in Joshs Büro, wo ich mich als Zeitsekretärin ausgab, um die Person zur Strecke zu bringen, die mittels Computer jeweils ein Pfund von jedem Kundenkonto auf ihr eigenes Firmentreuhandkonto umleitete. Da unsere Beziehung somit auf beruflicher Basis zustande kam, machte Josh mir keine Avancen, und dabei ist es geblieben. Jetzt lade ich ihn alle paar Monate zu einem todschicken Essen ein, zum Dank dafür, daß er Glaubwürdigkeitsüberprüfungen für mich vornimmt. Für alle übrigen Leistungen und Beratungen, so wie in diesem Fall, stellt er uns seinen üblichen überhöhten Stundensatz in Rechnung, daher kam ich ohne Umschweife zur Sache.

Ich beschrieb kurz das Problem, vor dem Ted Barlow stand, während wir unser Obst und unsere Frühstücksflocken aßen. Josh stellte ein paar Fragen, dann kamen die Rühreier mit Speck. Er runzelte beim Essen konzentriert die Stirn. Ich war unschlüssig, ob er über Teds Problem nachdachte oder ob er sich nur den raffinierten Freuden des Rühreis widmete, auf jeden Fall beschloß ich, ihn nicht zu stören. Außerdem widmete ich mich meinerseits der seltenen Freude einer warmen Mahlzeit so früh am Tage.

Dann lehnte er sich zurück, wischte sich den Mund mit der Serviette ab und goß sich frischen Kaffee nach. »Es handelt sich offensichtlich um Betrug«, sagte er. Bei jedem anderen hätte ich einen ironischen Seitenhieb losgelassen, aber Josh hat seinen Abschluß in Cambridge gemacht, und er verschafft sich gern festen Boden unter den Füßen, bevor er Spekulationen anstellt, deshalb gelang es mir, den Mund zu halten.

»Hm«, machte ich.

»Ich würde sagen, die Bank hat eine ziemlich genaue Vorstellung davon, worum es bei dem Betrug geht. Allerdings hält man dort offenbar deinen Mr. Barlow für den Übeltäter, und das ist der Grund, weshalb sie die Schritte unternommen haben, die sie unternommen haben, und weshalb sie sich weigern, ihre Überlegungen ausführlich mit ihm zu erörtern. Sie wollen ihn nicht merken lassen, daß sie sich ihrer Meinung nach ausgerechnet haben, was er im Schilde führt, daher haben sie es in eine ganz allgemeine Begründung verpackt.« Er legte eine Pause ein und bestrich ein kaltes Toastdreieck dick mit Butter. So wie er Cholesterin in sich hineinstopfte, hatte ich keineswegs die Zuversicht, daß er lange genug leben würde, um mit Vierzig in Pension zu gehen. Keine Ahnung, wie er es anstellt, so fit zu bleiben. Ich habe den Verdacht, daß er in seiner Dachkammer das Porträt eines Elefanten hängen hat.

»Ich weiß nicht, ob ich dir ganz folgen kann«, gab ich zu.

»Entschuldige. Ich will dir ein Beispiel geben, das ich vor kurzem erlebt habe. Ich habe einen Klienten, der eine Firma für Doppelverglasung besitzt. Dort haben sie eine ganz ähnliche Erfahrung wie dein Mr. Barlow gemacht – die Bank sperrte ihnen den Kredit, und einige Tage später war die Polizei bei ihnen. Es stellte sich heraus, daß es im Nordwesten eine Einbruchsserie gegeben hatte, alle nach demselben Muster. Alle Häuser hatten seitlich eine Einfahrt, über die man zur Rückseite des Hauses gelangte. Die Nachbarn sahen, wie der Lieferwagen einer Firma für Doppelverglasung vorfuhr. Die Handwerker begannen, die Fenster im Erdgeschoß zu entfernen, und gleichzeitig schaffte einer von ihnen die Wertgegenstände hinten oder seitlich aus dem Haus und lud sie in den Lieferwagen. Die Nachbarn nahmen natürlich an, daß die Familie lediglich ihre Fenster ersetzen ließ. Vielleicht wunderten sie sich, weil die Handwerker zur Mittagszeit verschwanden und nicht wiederkamen und weil sie die Plastikplanen in den Fensterlöchern gelassen hatten und die alten Fenster in der Einfahrt standen, aber niemand wunderte sich genug, um etwas zu unternehmen.

Der gemeinsame Nenner war, wie schließlich durchsickerte, daß dieselbe Firma für Doppelverglasung in den Wochen vor dem Einbruch einen Vertreter zu all diesen Häusern geschickt hatte. Und natürlich hatten die Vertreter gesehen, ob sowohl Ehemann als auch Ehefrau arbeiteten, und auf diese Weise herausgefunden, welche Häuser tagsüber unbewacht waren. Die Polizei hatte meinen Klienten in Verdacht und stattete seiner Bank einen Besuch ab. Dort hatte man natürlich bemerkt, daß die finanzielle Situation meines Klienten nach einer schwierigen Phase allmählich wieder sehr gesund aussah und daß ein großer Teil seiner Einkünfte in der letzten Zeit in bar hereingekommen war. Nach dem Besuch der Polizei zählten sie zwei und zwei zusammen und drehten ihm bedauerlicherweise einen Strick daraus. Zum Teil die eigene Schuld meines Klienten, der es unterlassen hatte, seine kürzliche Investition in einige Spielhallen zu erwähnen.« Joshs süffisanter Tonfall sagte mir deutlich, was er von Spielautomaten als Geldanlage hielt.

»Zu gegebener Zeit klärte sich natürlich alles auf. Die Einbrüche waren die Erfindung einer Reihe ehemaliger Angestellter, die Schmiergelder an arbeitslose Jugendliche aus ihrer Bekanntschaft zahlten, damit diese sich bei der Firma als Vertreter anstellen ließen und ihnen Bericht erstatteten. Bis dahin hatte mein Klient allerdings einiges durchzustehen. Wegen dieser Erfahrung vermute ich, daß die Bank deinen Mr. Barlow für den Kopf des Unternehmens hält, das hier abläuft. Du sagtest, sie hätten eine hohe Verfallsquote bei Neuhypotheken erwähnt?«

»Das ist so ungefähr alles, was sie gesagt haben«, erwiderte ich. »Noch Toast?« Josh nickte. Ich schwenkte leidend den Toastständer in Richtung einer vorbeikommenden Kellnerin und wartete auf Joshs nächste Perle der Weisheit.

»Ich an deiner Stelle würde an diesem Punkt ansetzen.« Er lehnte sich mit der Miene eines Zauberkünstlers zurück, der gerade ein tolles Kunststück vollbracht hat. Mir imponierte das gar nicht, und das sah man wohl auch.

Er seufzte. »Kate, wenn ich du wäre, würde ich meinen Freund, das Finanzgenie, bitten, all diese werten Leute, die Neuhypotheken aufgenommen haben und deren Wintergärten inzwischen verschwunden sind, auf ihre Glaubwürdigkeit zu überprüfen.«

Ich begriff noch immer nicht. »Und was würde das beweisen?« fragte ich.

»Ich habe keine Ahnung«, gab Josh zu. Er hatte keine Ahnung? Ich wartete darauf, daß der Himmel einstürzte, aber unglaublicherweise geschah es nicht. »Ganz gleich, was dabei herauskommt, zumindest weißt du so eine Menge mehr über sie als jetzt. Und ich habe dieses komische Gefühl im Bauch, das mir sagt, daß es der richtige Ansatzpunkt ist.«

Ich habe Vertrauen zu Joshs Gefühlen im Bauch. Bei meiner letzten persönlichen Erfahrung damit vervierfachte ich meine Ersparnisse, indem ich Aktien einer Firma kaufte, die ihm ein gutes Gefühl gab. Was mich dann ganz und gar überzeugte, war seine Empfehlung, sie wieder abzustoßen, eine Woche bevor sie dramatisch fielen als Ergebnis der Verhaftung des Firmenchefs wegen Betrugs. Also sagte ich: »Na schön. Mach dich an die Arbeit. Ich faxe dir die Namen und Adressen noch heute morgen.«

»Ausgezeichnet«, sagte er. Ich war nicht sicher, ob er mit mir sprach oder mit der Kellnerin, die einen Ständer mit frischem Toast vor ihn hinstellte.

»Wann hast du die Infos für mich?« fragte ich, während er sich über den Toast hermachte.

»Ich faxe sie dir durch, sobald ich sie selbst bekomme. Vermutlich morgen. Schreib zu Händen Julia drauf, wenn du die Angaben schickst. Ich bin heute hoffnungslos verplant, aber es ist eine bloße Routinesache, das kann sie im Schlaf erledigen. Außerdem werde ich mal ein paar Takte mit einem Bekannten aus der Betrugsabteilung der Royal Pennine Bank reden. Keine Namen, keine Einzelheiten, doch er könnte unter Umständen etwas Licht auf das allgemeine Prinzip werfen.«

»Danke, Josh. Das wird eine große Hilfe sein.« Ich warf verstohlen einen Blick auf meine Uhr. Sieben Minuten noch bis zur nächsten rechungsfähigen Stunde. »Und wie sieht's in deinem Liebesleben aus?« fragte ich.

Martin Cheethams Büro befand sich in der alten Getreidebörse, einem wunderschönen goldfarbenen Sandsteingebäude, das auf Luftaufnahmen aussieht wie ein Stück Käse, wobei die Fenster die Oberfläche markieren wie Dutzende bröselige Löcher. Der alte Börsensaal ist jetzt eine Art Flohmarkthalle für Nippes, Antiquitäten, Bücher und Schallplatten, während der Rest des Gebäudes in Büros umgewandelt wurde. Einige der traditionellen Bewohner sind noch übrig – Reparaturwerkstätten für Uhren und elektrische Rasierer –, der Rest reicht wegen der ungewöhnlichen Raumaufteilung von Pressure-Groups, die einen kleinen Verschlag gemietet haben, bis hin zu kleinen Anwaltskanzleien, die eine ganze Büroflucht mieten können, genau auf ihre Bedürfnisse zugeschnitten.

Das Büro, nach dem ich suchte, lag auf der Rückseite. Das Empfangszimmer war so klein, daß man es schon winzig nennen konnte, aber wenigstens hatte die Empfangsdame einen herrlichen Blick auf die Kathedrale von Manchester. Ich hoffte nur, daß sie auf die Scheißgotik stand. Sie war Ende Vierzig, der mütterliche Typ. Binnen drei Minuten hatte ich eine Tasse Tee in der Hand und das Versprechen erhalten, daß Mr. Cheetham mich in der nächsten halben Stunde einschieben könne. Sie hatte abgewinkt, als ich mich entschuldigen wollte, weil ich keinen Termin hatte. Ich verstand nicht, wie sie ihren Job behielt, bei all der Höflichkeit gegenüber dem Publikum.

Einer der Gründe, warum es mir nicht leid tat, mein Jurastudium aufzugeben, war die nach zwei Jahren gewachsene Erkenntnis, daß ich im Zug von Manchester nach London lieber die ganze Strecke stand als neben einem Rechtsanwalt zu sitzen. Es gibt natürlich beachtenswerte Ausnahmen, liebenswürdige Menschen, für deren Kompetenz und Ehrlichkeit ich meine Hand ins Feuer legen würde. Leider gehörte Martin Cheetham nicht dazu. Zunächst einmal war mir schleierhaft, wie man eine leistungsfähige Kanzlei führen konnte, wenn die Papiere überall chaotisch aufgestapelt waren. Auf dem Fußboden, auf dem Schreibtisch, auf den Aktenschränken, sogar oben auf dem Computerbildschirm. Wer weiß, vielleicht lauerten irgendwo darunter noch Klienten. Er winkte mich zu einer der beiden kleinen Flächen im Raum, auf denen sich kein Papierstapel türmte. Ich setzte mich auf den unbequemen Bürostuhl, während er zu der anderen freien Fläche ging, einem luxuriösen schwarzen Drehsessel. Da die meisten Spezialisten für Eigentumsübertragungen ihre Klienten sehr selten zu Gesicht bekommen, legte er wohl keinen großen Wert darauf, für ihre Bequemlichkeit zu sorgen. Zudem war er offenbar auch kein Fan der Kathedrale, denn sein Sessel stand dem Raum zugewandt.

Er ließ sich mit Alexis' Vollmacht viel Zeit, und ich nutzte die Gelegenheit, um ihn einer eingehenden Prüfung zu unterziehen. Er war um die einssiebzig groß und schlank, ohne mager zu sein. Er war in Hemdsärmeln, die Anzugjacke aus einer Ladenkette hing auf einem Bügel seitlich an einem Aktenschrank. Dunkle, fast schwarze

Haare, modisch kurz geschnitten, und seelenvolle, glänzende braune Augen. Er hatte einen Teint, der bleich und ungesund wirkt, wenn man mehr als einen Monat nicht in die Sonne geht, aber momentan schien seine Haut in Topform zu sein. Augenscheinlich war er völlig überreizt, denn seine adretten kleinen Füße und Hände zuckten und klopften unaufhörlich, während er das Schreiben las. Schließlich legte er die Finger zu einem Dach zusammen und lächelte mich vorsichtig an. »Ich weiß nicht recht, was ich Ihrer Meinung nach für Sie tun kann, Miss Brannigan«, sagte er.

»Ich schon«, sagte ich zu ihm. »Zunächst mal habe ich vor, T. R. Harris, den Bauunternehmer, ausfindig zu machen. Miss Lee und Miss Appleby haben ja durch Sie erfahren, daß dieses Land zum Verkauf stand. Daher denke ich, daß Sie einiges über Mr. T. R. Harris wissen müssen. Ich denke überdies, daß sie eine Adresse von ihm haben müssen, da Sie Miss Lee und Miss Appleby in dieser Angelegenheit vertreten haben und vermutlich in Briefwechsel mit ihm standen.«

Cheethams Mund zuckte. »Es tut mir leid, Sie enttäuschen zu müssen, aber ich weiß sehr wenig über Mr. Harris. Ich wußte von dem Land, weil ich ein Inserat in einer Lokalzeitung gesehen hatte. Und um Ihrer Frage zuvorzukommen, ich bedaure, aber ich kann mich nicht erinnern, in welcher. Ich lese jede Woche mehrere Zeitungen, und die alten Ausgaben bewahre ich nicht auf.« Es sah so aus, als seien Zeitungen die einzigen Produkte aus zu Zellulose verarbeiteten Bäumen, die er nicht aufbewahrte. »Ich habe einen Klienten, der sich nach etwas Ähnlichem umsieht«, fuhr er fort, »doch als ich mich nach Einzelheiten erkundigte, wurde mir klar, daß dieses besondere Grundstück zu groß für ihn war. Ich erwähnte es zufällig Miss Lees Kollegen gegenüber, und von da nahmen die Dinge ihren Lauf.«

»Also hatten Sie Harris vorher nie gesehen?«

»Ich habe Mr. Harris überhaupt nie gesehen«, stellte er richtig. »Ich stand in Verbindung mit seinem Anwalt, einem Mr. Graves.« Er stand auf und wählte scheinbar aufs Geratewohl einen Papierstapel aus, blätterte in den Papieren und zog ein Bündel heraus, das von einer Büroklammer zusammengehalten wurde. Dann ließ er es vor mir auf den Tisch fallen und deckte den Text des obenliegenden Briefs mit einem leeren Blatt zu. »Das sind Mr. Graves' Adresse und Telefonnummer.«

Ich holte meinen Block heraus und notierte mir die Angaben vom Briefkopf. »Hatten Sie denn dann eigentlich schon die Verträge ausgetauscht?«

Cheethams Blick wich mir aus. »Ja. Als die Kautionen hinterlegt wurden, selbstverständlich.«

»Und Sie waren überzeugt, daß alles mit rechten Dingen zuging?«

Er nahm die Papiere wieder an sich und flüchtete hinter seinen Schreibtisch. »Natürlich. Ich hätte nicht weitergemacht, wenn es nicht so gewesen wäre. Worauf wollen Sie eigentlich hinaus, Miss Brannigan?« Sein linkes Bein zitterte wie Gelee auf einer Wäscheschleuder.

Ich wußte es selbst nicht so genau. Doch mein Gefühl, daß man Martin Cheetham nicht trauen konnte, wurde von Minute zu Minute stärker. Vielleicht führte er etwas im Schilde, vielleicht hatte er auch nur schreckliche Angst, daß ich ihn als nachlässig hinstellen würde, oder vielleicht hatte er einfach nur das Pech, von Geburt an so verdächtig auszusehen. »Und Sie haben keine Ahnung, wo ich Mr. Harris finden kann?« fragte ich.

Er schüttelte den Kopf und sagte: »Nein. Nicht die geringste Ahnung.«

»Da bin ich aber überrascht«, sagte ich. »Ich war davon ausgegangen, daß seine Adresse auf den Verträgen steht.«

Cheethams Finger trommelten das hübsche kleine Motiv aus der ›Ouvertüre Solennelle 1812‹ auf das Papierbündel. »Natürlich, natürlich, wie dumm von mir, daran habe ich überhaupt nicht gedacht«, stieß er hervor. Er ging wieder die Papiere durch. Ich wartete geduldig, sagte nichts. »Es tut mir leid, diese schockierende Angelegenheit hat mich völlig durcheinandergebracht. Da ist es ja. Wie töricht von mir. T. R. Harris, 134 Bolton High Road, Ramsbottom.«

Ich schrieb es mir auf, dann erhob ich mich. Mir war zwar nicht zumute wie nach einem freien und offenen Meinungsaustausch, aber mir war klar, daß ich mit Cheetham nicht weiterkam, es sei denn, ich hatte ganz bestimmte Fragen auf Lager. Und zumindest konnte ich jetzt Harris und seinen Anwalt aufsuchen.

Ich nahm die Abkürzung über die Hintertreppe, eine wackelige Holzstiege, die mir immer das Gefühl gibt, ich befände mich in einer anderen Zeit. Meine Stimmung sank, je tiefer ich kam. Ich hatte noch einige Wintergärten südwestlich des Stadtzentrums zu überprüfen, und von dieser Aussicht war ich ebensowenig begeistert wie davon, T. R. Harris' Anwalt zu konfrontieren. Aber dafür wurde ich ja wenigstens bezahlt. Dieser Gedanke hob meine Laune wieder etwas, allerdings nicht so sehr wie der tolle Typ, auf den mein Blick fiel, als ich die Tür zur Straße aufriß. Er sprang gerade aus einem Transit-Lieferwagen, den er auf den gelben Streifen abgestellt hatte, und er sah umwerfend aus. Er trug enge Jeans und ein weißes T-Shirt – an einem bitterkalten Oktobertag, um Himmels willen! – mit Gips- und Ziegelstaubflecken. Er hatte einen festen, muskulösen Körper, der mich auf Gedanken brachte, die nette Feministinnen eigentlich gar nicht kennen, geschweige denn denken sollten. Sein Haar war hellbraun und wellig, wie das von Richard Gere, bevor er zu Buddha fand. Seine Augen waren braun und funkelten, seine Nase war gerade, sein Mund entschlossen. Er sah leicht gefährlich aus, als sei ihm alles scheißegal.

Ich jedenfalls war ihm scheißegal, denn er schaute geradewegs durch mich hindurch, als er die Tür des Lieferwagens zuschlug und an mir vorbei in die Getreidebörse ging. Vermutlich um jemanden einzuschüchtern, der so dumm war, seine Rechnung nicht zu bezahlen. Er hatte die entschlossene Haltung eines Mannes, der einfordert, was ihm zusteht. Ach ja, man kann eben nicht alles haben. Ich sah mir den Lieferwagen genauer an und prägte mir die Aufschrift ein. Renew-Vations, mit einer Telefonnummer aus Stockport. Man weiß ja nie, wann man mal eine Wand hochziehen muß. Sagen wir, mitten durch einen Wintergarten...

6. Kapitel

Ich fuhr kurz zu Hause vorbei, um meinen Sportbeutel zu holen. Ich wollte, da ich ohnehin in diesem Teil der Stadt war, noch beim Center für Thai-Boxen vorbeischauen; vielleicht war jemand da, mit dem ich ein paar Übungen machen konnte. Das würde mir besser bekommen als ein Mittagessen. Nach dem Frühstück von heute morgen brauchte ich dringend ein paar Entspannungsübungen.

Alexis war längst fort, und Richard schien in sein eigenes Reich zurückgekehrt zu sein. Auf dem Anrufbeantworter war eine Nachricht von Shelley, daher rief ich zurück. Manchmal bringt sie mich wirklich auf die Palme. Ich wollte mich ja auf jeden Fall melden, aber sie hatte es wieder einmal geschafft, daß ich mich wie ein Schulkind fühlte, das zu spät kam.

»Mortensen und Brannigan, was kann ich für Sie tun?« ratterte sie in übelstem Geschäftston herunter. Das war nicht meine Idee, ich schwöre es. Bills wohl auch nicht.

»Brannigan. Was kann ich für Sie tun?« sagte ich.

»Hallo, Kate. Wo bist du?«

»Ich bin auf der Durchreise zwischen zwei Terminen in meinem Wohnzimmer«, erwiderte ich. »Was liegt an?«

»Brian Chalmers von PharmAce hat angerufen. Er sagt, er muß mit dir sprechen. So bald wie möglich, aber nicht LuT.« Der M-&-B-Code für »keine Sache auf Leben und Tod«.

»Na schön. Ich muß sowieso nach Urmston, also fahre ich über Trafford Park zurück und statte ihm einen Besuch ab. Kannst du einen Termin für mich gegen zwei mit ihm vereinbaren? Wegen der genauen Zeit rufe ich noch einmal an.«

»In Ordnung. Und Ted Barlow hat angerufen, um zu fragen, ob du schon Fortschritte gemacht hättest.«

»Sag ihm, ich führe gerade die Vorermittlungen durch und melde mich bei ihm, sobald ich etwas Stichhaltiges zu berichten habe. Und du?«

»Was ist mit mir?« Shelley klang aufrichtig verblüfft. Das mußte eine Premiere für sie sein.

»Ob du irgendwelche Fortschritte machst.«

»Wie ich meinen beiden Kindern immer wieder in Erinnerung rufen muß« – die Betonung lag auf »Kindern« – »hat Unverschämtheit nichts mit Intelligenz zu tun.«

»Ich betrachte mich hiermit als erzogen. Aber hast du nun oder nicht?«

»Das zu wissen, steht nur mir zu, du mußt es schon selbst herausfinden. Auf Wiedersehen, Kate.« Ich hatte nicht einmal Zeit, mich zu verabschieden, die Leitung war schon unterbrochen.

Es war kurz vor zwölf, als ich endlich jemanden fand, der mir brauchbare Informationen zu meinen verschwundenen Wintergärten geben konnte. Das Warten hatte sich gelohnt. Diane Shipley war der Traum eines jeden Privatdetektivs. Sie lebte am oberen Ende von Sutcliffe Court, von ihrem Bungalow hatte sie die ganze Straße im Blick. In einem Winkel meines Hirns hatte ich die erhöhten Blumenbeete und die Rampe, die zur Haustür hinaufführte, gleich registriert, doch das hielt mich nicht davon ab, die falsche Blickhöhe zu haben, als die Tür aufging. Ich orientierte mich um und starrte in ein Habichtsgesicht hinunter; kurze graubraune Haare, wache braune Augen, tiefliegend und mit schweren Lidern, eine schmale Nase wie der Schnabel eines Papageientauchers und, nicht ganz dazu passend, ein breiter und humorvoller Mund. Die Frau saß in einem Rollstuhl, und es schien sie nicht im geringsten zu stören.

Ich sagte meinen gewohnten Spruch über den Wintergarten des Nachbarhauses auf, und auf ihrem Gesicht erschien ein Lächeln. »Sie meinen Rachel Browns Wintergarten?« erkundigte sie sich.

Ich schaute auf meiner Liste nach. »Ich habe hier Rowena und Derek Brown stehen«, sagte ich.

»Aha«, sagte die Frau. »An der Kreuzung wird gearbeitet, viel Dreck aufgewirbelt. Kommen Sie also lieber herein. Mein Name ist übrigens Diane Shipley.«

Ich stellte mich vor, während ich ihr durch die Diele folgte. Wir bogen nach links in einen ungewöhnlichen Raum ein. Er erstreckte sich bis zur Rückseite des Hauses, mit Fenstern an drei Wänden, und vermittelte den Eindruck von viel Licht und Luft. Er war weiß gestrichen, mit einem Bodenbelag aus Korkfliesen. Die Wände waren mit herrlich ausgeführten Zeichnungen von Blumen und Pflanzen dekoriert. In einer Ecke stand ein Zeichentisch, auf die perfekte Höhe für ihren Stuhl eingestellt. »Ich verdiene mir meinen Lebensunterhalt mit Illustrationen für Kinderbücher«, sagte sie. »Die anderen Sachen mache ich zum Vergnügen«, fügte sie hinzu und deutete auf die Wände. »Falls Sie sich gefragt haben, ich hatte vor acht Jahren einen Reitunfall. Völlig tot von der Taille abwärts.«

Ich schluckte. »Stimmt. Ähm, das tut mir sehr leid.«

Sie grinste. »Deshalb habe ich es Ihnen nicht erzählt. Ich habe festgestellt, wenn ich es nicht tue, konzentrieren sich die Leute immer nur halb auf das, was ich sage, weil sie so davon in Anspruch genommen sind, über meine Behinderung nachzudenken. Ich ziehe hundertprozentige Aufmerksamkeit vor. Und was kann ich für Sie tun?«

Ich wartete mit den altbekannten Fragen auf. Doch diesmal erhielt ich einige anständige Antworten. »Wenn ich arbeite, schaue ich gewöhnlich ziemlich viel aus dem Fenster. Und ich muß gestehen, wenn Leute draußen auf dem Platz sind, dann beobachte ich sie. Ich sehe mir an, wie ihre Körper sich bewegen, ihre Gestalt. Das hilft, wenn ich Menschen in Aktion zeichne. Deshalb, ja, ich habe Rachel sehr oft beobachtet.«

»Können Sie sie beschreiben?«

Diane fuhr zu einem Satz Schubladen. »Ich kann sogar noch mehr«, sagte sie, zog eine der Schubladen auf und holte einen DIN A4-Ordner heraus. Sie ging die Papierbögen darin durch, nahm ein paar heraus und hielt sie mir hin. Voller Neugier nahm ich sie entgegen. Es war eine Serie von Zeichnungen eines Kopfes, manche sehr detailliert, andere eher Cartoons aus wenigen flüchtigen Strichen. Sie zeigten eine Frau mit einem kleinen, hübschen Gesicht, spitzem Kinn, um die Augen wurde das Gesicht breiter. Ihr Haar war schulterlang, wellig. »Es war gesträhnt«, sagte Diane, die meinem Blick folgte. »Manchmal habe ich mich gefragt, ob es nicht eine Perücke ist. Es sah immer genauso aus. Nie so, als wäre sie gerade beim Friseur gewesen. Aber wenn es eine Perücke war, dann eine sehr gute. Man konnte es nicht erkennen, nicht einmal, wenn man direkt vor ihr stand.«

»Wie gut kannten Sie sie?« fragte ich.

»Zunächst überhaupt nicht. Soviel Zeit hat sie hier gar nicht zugebracht. Im Mai ist sie eingezogen, und wirklich, sie war höchstens drei oder vier Abende in der Woche hier, von Montag bis Freitag. An Wochenenden war sie nie da. Dann, eines Abends, im Juni, kam sie rüber. Es war so gegen halb neun. Sie sagte, ihre Gasleitung wäre undicht und sie warte auf den Notdienst. Sie sei zu nervös, zu Hause zu bleiben, zumal man ihr gesagt hätte, sie solle kein Licht machen. Also bat ich sie herein und gab ihr etwas zu trinken. Weißwein. Ich hatte schon eine Flasche geöffnet.«

Ich war begeistert. Eine Zeugin, die mir sagen konnte, was sie vor vier Monaten getrunken hatte. »Und hat sie Ihnen irgend etwas über sich erzählt?«

»Ja und nein. Sie sagte mir ihren Namen, und ich machte eine

Bemerkung über die zufällige Namensgleichheit. Sie sagte, ja, sie hätte bei der Vertragsübergabe zum Kauf des Hauses gemerkt, daß sie denselben Namen wie die Besitzer trug, aber mit einem Namen wie Brown hätte sie sich an solche Zufälle gewöhnt. Ich war ein wenig überrascht, weil ich keine Ahnung hatte, daß Rowena und Derek das Haus verkauft hatten.«

Ich hatte dieses Gefühl, das einen beschleicht, wenn man in der Mitte des ersten Akts eines neuen Stücks ins Theater kommt. Was sie sagte, klang völlig vernünftig, ergab jedoch keinen Sinn, wenn man nicht die ersten zwanzig Minuten gesehen hatte. »Tut mir leid, das müssen Sie mir etwas ausführlicher erklären. Sicher war Ihnen doch klar, daß die Browns das Haus verkauft hatten, als sie nicht mehr dort wohnten und eine neue Person einzog?«

Sie sah mich ihrerseits verblüfft an. »Aber Derek und Ro leben schon seit vier Jahren nicht mehr in dem Haus. Derek ist als Ingenieur in der Ölindustrie tätig, und er war zwei von vier Wochen nicht daheim, daher wurden Ro und ich richtig enge Freundinnen. Dann, vor vier Jahren, bot man Derek einen Fünfjahresvertrag in Mexiko an und als Zugabe ein Firmenhaus. Deshalb beschlossen sie, ihr Haus hier zu vermieten, an eine Reihe Mieter auf Zeit. Als Rachel einzog, dachte ich, sie sei bloß eine von vielen Mietern, bis sie mich eines Besseren belehrte.«

»Aber bestimmt haben Sie doch gemerkt, daß das Haus zum Verkauf angeboten wurde? Selbst wenn dort kein Schild eines Immobilienmaklers stand, kann Ihnen doch nicht entgangen sein, daß man Leute herumführte«, sagte ich.

»Komisch, daß Sie das sagen. Genau das habe ich nämlich auch gedacht. Aber Rachel erzählte mir, sie habe eine Anzeige im EVENING CHRONICLE gesehen und das Haus gleich am nächsten Tag besichtigt. Vielleicht war ich gerade einkaufen, oder sie kam abends, als es schon dunkel war und ich nicht arbeitete. Auf jeden Fall sah ich keinen Grund, in Zweifel zu ziehen, was sie mir erzählte. Warum sollte man so etwas auch vorlügen, um Himmels willen? Es ist keine Schande, ein Haus zu mieten!« Ein Lachen stieg in Dianes Kehle auf.

»War sie alleinstehend oder lebte sie mit jemandem zusammen?« fragte ich.

»Sie hatte einen Freund. Aber er war nie dort, wenn sie nicht auch da war. Und er war nicht immer da, wenn sie da war. Ich habe ihn öfter wegfahren als kommen sehen, ein paarmal sah ich ihn allerdings auch gegen elf Uhr abends ein Taxi bezahlen.«

»Ging er morgens zusammen mit Rachel weg?« Ich begriff noch nicht, wie das alles zusammenpaßte, aber ich war entschlossen, aus dieser hilfsbereiten Zeugin soviel zu machen wie nur möglich.

Diane nahm sich nicht einmal Zeit, um nachzudenken. »Sie gingen immer zusammen weg. Deshalb habe ich auch keine Zeichnungen von ihm. Sie war immer zwischen mir und ihm, und er stieg jedesmal auf der Beifahrerseite ein, deshalb hatte ich ihn nie klar im Blick. Aber er war modisch gekleidet. Selbst aus dieser Entfernung konnte ich sehen, daß er sich gut anzog. Wenn morgens die Sonne schien, trug er sogar einen Strohhut. Können Sie sich das vorstellen, einen Strohhut in Urmston?«

Ungefähr wie Cordon Bleu in einer Autobahnraststätte, es war schwer, das in den Kopf zu kriegen. »Also erzählen Sie mir von dem Wintergarten.«

Diesmal nahm sie sich doch etwas Zeit, um nachzudenken. »Es muß gegen Ende Juli gewesen sein«, sagte sie langsam, jedoch ohne zu zögern. »Ich war vom ersten bis fünfzehnten August in Ferien. Der Wintergarten wurde ein paar Tage vor meiner Abreise hochgezogen. Dann, als ich aus Italien zurückkam, waren sie alle verschwunden. Der Wintergarten, Rachel Brown und ihr Freund. Vor sechs Wochen kam ein Schwung neuer Mieter. Aber ich weiß immer noch nicht, ob Rachel das Haus vermietet hat oder ob sie es überhaupt jemals gekauft hat. Ich weiß nur, daß die Leute, die jetzt dort wohnen, es über dieselbe Agentur gemietet haben, deren Dienste auch Derek und Ro in Anspruch nahmen, DKL ESTATES. Sie haben eine Filiale in Stretford, aber die Zentrale liegt wohl in Warrington.«

Ich war beeindruckt. »Sie sind sehr gut informiert«, sagte ich.

»Meine Beine funktionieren zwar nicht mehr, aber mein Verstand sehr wohl. Ich möchte dafür sorgen, daß es so bleibt. Manche Leute halten mich für aufdringlich. Ich bezeichne es lieber als gesunde Neugier. Was sind Sie denn eigentlich? Eine Art Gerichtsvollzieher? Verschonen Sie mich mit diesem Quatsch von wegen, Sie seien eine Vertreterin der Wintergartenfirma. Dafür sind Sie viel zu clever. Außerdem ist da ganz offensichtlich etwas faul. Sie prüfen nicht nur nach, an wen Sie alles Wintergärten verkauft haben.«

Ich hätte weiter bluffen können, doch ich sah keinen Sinn darin. Diane hatte sich eine Art Gegenleistung verdient. »Ich bin Privatdetektivin«, sagte ich. »Mein Partner und ich ermitteln in Sachen Wirtschaftskriminalität.«

»Und das hier ist der Fall der verschwundenen Wintergärten, ja? Wunderbar! Ich könnte Ihnen um den Hals fallen, Kate Brannigan.«

Als ich in Richtung Trafford Park davonfuhr, dachte ich, daß ich eigentlich Diane Shipley um den Hals hätte fallen müssen.

Brian Chalmers von PharmAce war alles andere als erfreut, als ich ihm die Ergebnisse meiner externen und internen Arbeit in Werk und Lager schilderte. Er war wütend auf sich selbst, weil er einen Seniorlabortechniker beschäftigte, dem sein eigenes Bankkonto mehr am Herzen lag als sein Chef. Leider hatte er aufgrund meiner Schlamperei mit dem Observierungsfilm keinerlei Beweis, bis auf meine Aussage, was nicht genügte, um den Typ in sein Büro zu zitieren und ihn fristlos zu entlassen. Und da er seinen Ärger ja an irgend jemandem auslassen mußte, bezog ich die Prügel, die eigentlich dem Labortechniker galten. Und da der Klient immer recht hat (wenigstens solange er im selben Raum ist), mußte ich in den sauren Apfel beißen und die Schimpfkanonade über mich ergehen lassen.

Ich ließ ihn gute zehn Minuten wettern, dann bot ich an, zu einem ermäßigten Tarif am Wochenende die Observierungsübung zu wiederholen. Das nahm ihm, wie von mir beabsichtigt, den Wind aus den Segeln. Als ich Chalmers' Büro verließ, kam ich leider an einem der Techniker vorbei, mit denen ich während meiner kurzen Undercover-Zeit bei PharmAce zu tun gehabt hatte, aber obgleich er mich ansah, als sollte er mich eigentlich kennen, ging er weiter, ohne zu grüßen. Sah so aus, als hätte ich noch einmal Glück gehabt. Das Phänomen, daß man Leute außerhalb des gewohnten Zusammenhangs oft nicht wiedererkennt, hatte sich zu meinen Gunsten ausgewirkt. Was sollte schließlich auch eine Aushilfe aus dem Lager ganz in Schale geworfen im Büro des Geschäftsführers zu suchen haben?

Es war kurz vor drei, als ich draußen vor dem Center für Thai-Boxen hielt. Mein Kopf fühlte sich an, als wäre er voller Schrauben und Rädchen, die sich alle in verschiedenem Rhythmus drehten. Ich versuchte zu verarbeiten, was Diane Shipley mir erzählt hatte, und in Einklang mit dem zu bringen, was ich über die anderen Häuser in Erfahrung gebracht hatte. Bislang ergab das alles keinen rechten Sinn. Ich wußte aus bitterer Erfahrung, daß es, wenn es in meinem Kopf drunter und drüber geht, kein besseres Mittel gibt als schwere körperliche Anstrengung. Was für mich neuerdings Thai-Boxen bedeutet.

Es fing als reine Zweckübung an. Mein Freund Dennis, der Einbrecher, wies mich darauf hin, daß ich Selbstverteidigung lernen müsse. Dabei dachte er nicht so sehr an den Beruf, den ich ausübe, als vielmehr an das Viertel, in dem ich lebe. Er überredete mich, zu dem Club mitzukommen, in dem seine heißgeliebte Tochter im Teenageralter Juniormeisterin ist. Als ich das Gebäude von außen sah, eine scheußliche Ytong-Konstruktion, einer überdimensionalen Pfadfinderhütte nicht unähnlich, war ich nicht im mindesten beeindruckt. Doch drinnen ist es sauber, warm und hell erleuchtet. Und die Trainerin für die Frauen, Karen, ist eine ehemalige Weltmeisterin, die den Profisport aufgab, um eine Familie zu gründen. Eine der schrillsten Szenen, die es in unserem Club zu sehen gibt, ist, wie ihr Dreijähriger im Ring herumläuft, an Leute, die doppelt so groß sind wie er, Tritte austeilt und ihnen viel Kummer macht.

Ich hatte Glück, denn Karen war in dem winzigen Verschlag, den sie Büro nennt, und suchte verzweifelt nach einer Ausrede, um sich vor dem Papierkram zu drücken. Sie hatte ebenfalls Glück, denn ich war so genervt von der verbalen Tracht Prügel, die ich von Brian Chalmers bezogen hatte, daß ich ihr das bisher anspruchsvollste Training lieferte.

Kaum war das Durcheinander in meinem Kopf sich selbst überlassen, ordnete es sich allmählich ganz von allein. Als wir unseren Schlagabtausch schließlich beendeten, wußte ich, wo ich mich auf den Spuren der verschwundenen Wintergärten als nächstes umsehen mußte.

7. Kapitel

Da das Grundbuchamt sich an Bürozeiten hält und nicht an die Öffnungszeiten von Supermärkten, hatte ich an diesem Nachmittag keine Chance mehr, selbst wenn man davon ausgehen durfte, keinen Termin im voraus ausmachen zu müssen, um das Register einzusehen. Der Hammer war, daß Ted ohne sein Wissen die Wintergärten an Häuser geliefert hatte, die von zwei verschiedenen Dienststellen erfaßt wurden; die in Warrington fielen unter Birkenhead, die in Stockport unter Lytham St. Anne's, eine Regelung, die etwa so logisch war, als lasse man London von Southampton erfassen. Um die Verwirrung noch zu steigern, befindet sich das Amt von Lytham in Birkenhead House... Hatten Sie auch schon mal den Eindruck, daß man eigentlich nicht will, daß Sie Ihr Recht auf Einsichtnahme in die verstaubten Wälzer wahrnehmen? Wie dem auch sei, es gelang mir, einen Termin in Birkenhead für Montag morgen zu bekommen. Als ich die Liste mit Adressen vorlas, klang die Frau, mit der ich sprach, geradezu vergnügt. Es ist eine Freude, mit Leuten umzugehen, die ihre Arbeit mögen. Ich dachte, nachdem ich diese Sache erst geklärt hätte, könnte ich reinen Gewissens die Spur von Alexis' zweifelhaftem Bauunternehmer aufnehmen.

Ich fuhr nach Hause, um mir etwas weniger Einschüchterndes als ein Straßenkostüm anzuzuziehen. Von dort versuchte ich, T. R. Harris' Anwalt, Mr. Graves, anzurufen. Es läutete, doch niemand ging ran. Die Trägheit so manchen Vertreters der Anwaltszunft versetzt mich doch immer wieder aufs neue in Erstaunen. Zwanzig nach vier, und alle hatten für heute Feierabend gemacht. Vielleicht schloß man donnerstags in Ramsbottom ja allgemein früher. Ich fand T. R. Harris nicht im Telefonbuch, was ärgerlich, jedoch nicht allzu verwunderlich war angesichts der Gewohnheiten von Bauunternehmern.

Mein Haar war immer noch feucht vom Duschen im Sportcenter, deshalb fönte ich es kurz. Vor ein paar Monaten habe ich beschlossen, es wachsen zu lassen. Mittlerweile reicht es mir bis zu den Schultern, doch statt länger scheint es nur wilder zu werden. Und ich habe schon einige graue Haare zwischen den kastanienbraunen bemerkt. Manche Haarfarben werden mit Anmut grau, Kastanienbraun gehört allerdings nicht dazu. Bislang sind es noch so wenige, daß man sie ausreißen kann, aber ich vermute, es dauert nicht mehr lange, dann muß ich zum Henna greifen, so wie vor mir meine Mutter.

Leise fluchend wählte ich eine rotbraune Hose, einen cremefarbenen Rollkragenpullover aus Angora und Lammwolle und eine Tweedjacke. Jetzt, da die Nächte länger wurden, war es Zeit für mein liebstes Winterschuhwerk, meine gelbbraunen Cowboystiefel, die zwar schon bessere Tage gesehen haben mochten, jedoch saßen wie ein Paar Handschuhe. Genau das Richtige für eine Fahrt auf das schauderhafte, üble, windige, nasse, dunkle Land. Wenn man die Stadt schon verlassen muß, dann sollte man zumindest richtig dafür angezogen sein. Als mir der Mangel an Straßenlaternen da draußen einfiel, steckte ich noch eine kleine Taschenlampe ein.

Auf der Fahrt durch die Stadt in Richtung Autobahn kam ich zu dem Schluß, daß ich den Farmer ausfindig machen mußte, der das Land ursprünglich an T. R. Harris verkauft hatte. Aber auf der Autobahn entschied ich mich dann dafür, doch zunächst Harris' Firma zu überprüfen. Ich wollte wissen, wo ich ihn zu fassen kriegen konnte, wenn ich erst meine Munition hatte.

134 Bolton High Road war nicht der Bauhof, den ich erwartet hatte. Es war ein Tante-Emma-Laden, der noch geöffnet hatte, damit man dort Brot, Schokolade, Zigaretten und alles andere kaufen konnte, was die Vergeßlichen für den Fernsehabend zu besorgen versäumt hatten. Als ich die Tür öffnete, bimmelte eine altmodische Glocke an einer Sprungfeder. Der Teenager hinter dem Tresen schaute von seiner Motorradzeitschrift auf und unterzog mich der kurzen Musterung, die denjenigen vorbehalten war, die in den letzten fünfzehn Jahren nicht regelmäßig über seine Schwelle getreten waren.

»Ich suche einen Bauunternehmer«, sagte ich.

»Tut mir leid, Süße, die führen wir hier nicht. Keine Nachfrage, wissen Sie.« Er gab sich alle Mühe, ein ernstes Gesicht zu machen, doch es mißlang.

»Ich frage aber danach«, sagte ich. Ich wartete darauf, daß er sich eine Antwort einfallen ließ.

Er brauchte nur wenige Sekunden. »O ja, Süße. Wie kann ich helfen?«

»Ein Bauunternehmer namens Harris. T. R. Harris. Man hat mir diese Adresse hier genannt. Stellen Sie sich als Briefkastenadresse für andere zur Verfügung?«

Er schüttelte den Kopf. »Meine Mom will nichts davon hören. Sie sagt, Leute, die nicht ihre eigene Adresse benutzen wollen, führen mit Sicherheit nichts Gutes im Schilde. Tom Harris, der Typ, den Sie suchen, er hat für ein paar Monate eines der Büros oben gemietet. Zahlte in bar und so weiter.«

»Dann wohnen Sie also nicht über dem Laden?«

»Nein.« Er klappte die Zeitschrift zu und lehnte sich gegen die Regale mit den Zigaretten, froh über die Abwechslung. »Meine Mom hat zu meinem Dad gesagt, es wäre zu vulgär, hat ihn das Haus nebenan kaufen lassen. Er hat das obere Stockwerk hier zu Büros umgebaut. Brian Burley, der Versicherungsmakler, er hat zwei von den Büros und Benutzungsrecht für das Bad und die kleine Küche. Er ist seit fünf Jahren hier, seit mein Dad die Büros eingerichtet hat. Aber das andere Büro, da waren schon jede Menge Leute drin. Das ist ja auch kein Wunder, da kann man sich nicht rühren, so eng ist es.«

»Also ist Tom Harris nicht mehr hier?« fragte ich.

»Nee. Er hat bis Ende letzter Woche bezahlt, und seither haben wir ihn nicht mehr gesehen. Er sagte, er brauche bloß ein Büro, bis er hier ein paar Geschäfte getätigt hätte. Er sagte, er komme unten aus dem Süden, aber so klang er nicht. Klang auch nicht, als käme er aus dieser Gegend. Warum sind Sie denn hinter ihm her? Hat er Sie sitzengelassen oder so was?« Er konnte es sich nicht verkneifen, und er war so niedlich, daß man es ihm durchgehen ließ. Noch ein paar Jahre, und er wäre tödlich. Der Himmel steh den Frauen von Ramsbottom bei.

»Ich muß nur mit ihm reden, weiter nichts. Wäre es möglich, daß ich mich oben mal umsehe? Um zu sehen, ob er etwas dagelassen hat, das mir einen Anhaltspunkt geben könnte, wohin er gegangen ist?« Ich schenkte ihm mein heißestes Lächeln.

»Da oben werden Sie nicht mal einen Fingerabdruck finden«, sagte der Junge enttäuscht. »Meine Mom hat es am Sonntag geschrubbt. Und wenn sie saubermacht, dann macht sie sauber.«

Ich konnte es mir vorstellen. Es schien nicht viel Zweck zu haben, weiter zu drängen, und wenn Harris bar gezahlt hatte, dann war es ohnehin wenig wahrscheinlich, daß es einen Anhaltspunkt zu seinem derzeitigen Verbleib gab. »Haben Sie ihn überhaupt kennengelernt?« fragte ich.

»Ich habe ihn rein- und rausgehen sehen, aber für Leute wie mich hatte er nichts übrig. Hielt sich für was Besseres, wenn Sie verstehen, was ich meine. Für einen harten Burschen.«

»Wie sah er denn aus?« fragte ich.

»Ein Bauunternehmer. Nichts Besonderes. Braune Haare, muskulös, ziemlich groß. Er fuhr einen weißen Transit, an der Seite stand ›T. R. Harris Bauunternehmungen‹. Hey, Sie sind doch kein Bulle, oder?« fragte er, und plötzlich mischte sich ein Unterton von Besorgnis in seinen Eifer.

Ich schüttelte den Kopf. »Ich versuche nur, ihn für eine Freundin ausfindig zu machen, der er versprochen hat, etwas für sie zu erledigen. Wissen Sie, ob er sich in irgendeinem der Pubs am Ort herumtrieb?«

Der Junge zuckte die Achseln. »Keine Ahnung. Sorry.« Er sah aus, als meine er es ernst. Ich kaufte ein Pfund Cox-Orange-Äpfel, um meinen knurrenden Magen zu besänftigen, und fuhr wieder los.

An manchen Tagen werden die Dinge klarer, je mehr Zeit vergeht. An anderen Tagen werden sie nur immer undurchsichtiger. Dieser Tag sah aus wie ein Goldfischbecken, das seit Weihnachten nicht saubergemacht worden war. Die Adresse, die ich bei Martin Cheetham sorgfältig von Graves' Briefkopf abgeschrieben hatte, war nicht das Büro eines Anwalts. Es war überhaupt kein Büro, um genau zu sein. Es war das Farmer's Arms. Der Pub lag etwa eine Viertelmeile vom nächsten Haus entfernt, dem letzten Gebäude auf einer schmalen Straße, die zu dem Heideland hinaufführte, wo Alexis und Chris ihr Traumhaus zu bauen gehofft hatten. Trotz seiner relativ abgeschiedenen Lage schien der Pub gute Geschäfte zu machen. Der Parkplatz war mehr als halb voll, und das Mauerwerk war vor kurzem gereinigt worden.

Drinnen war er im »Country Pub«-Stil der großen Brauereien renoviert worden. Freigelegte Mauern und Balken, Paneele aus Buntglas in den Innentüren, Holzstühle mit geblümten Chintzkissen, Steinfliesen auf dem Fußboden und eine unübertroffene Auswahl an schäumenden Faßbieren, die alle gleich schmecken. Es mochten etwa sechzig Gäste da sein, doch der Raum war so groß, daß man immer noch den Eindruck von Weite hatte. An der Bar sorgten zwei Frauen in mittlerem Alter und ein Mann Ende Zwanzig für einen reibungslosen Betrieb.

Ich setzte mich auf einen Hocker an der Bar und brauchte nicht lange auf mein St. Clement's zu warten. Etwa zehn Minuten beobachtete ich die Kundschaft. Sie hörten sich im großen und ganzen nach Einheimischen an und waren überwiegend um die Zwanzig und Dreißig. Neben mir an der Bar hielt sich eine Gruppe auf, der sich in meinen Augen T. R. Harris zugehörig fühlen mochte. Aber zunächst mußte ich das Problem der fragwürdigen Adresse seines Anwalts klären.

Ich wartete eine Flaute ab, dann gab ich einer der Barfrauen ein Zeichen. »Noch mal dasselbe?« fragte sie.

Ich nickte, und während sie nachschenkte, sagte ich: »Ich bin etwas verwirrt. Ist das hier 493 Moor Lane?«

Es erforderte einiges an Beratung mit dem Barpersonal und Kunden, doch schließlich wurde Übereinstimmung erzielt. Ja, es war 493. »Man hat mir dies als Adresse für einen Typ namens Graves angegeben«, sagte ich zu ihnen. Aus irgendeinem Grund schüttelten sich die Männer an der Bar vor Lachen.

Die Barfrau machte einen Schmollmund. »Sie müssen schon entschuldigen«, sagte sie. »Die sind nicht ganz richtig im Kopf. Sie lachen, weil der Parkplatz des Pubs hinten an den Friedhof stößt. Wir haben ständig Theater mit dem Vikar, weil einige Idioten, die es nicht besser wissen, im Sommer rausgehen und sich mit ihrem Bier auf die Grabsteine setzen.«

Allmählich war ich total genervt von T. R. Harris und seinem Versteckspiel. »Also gibt es hier niemanden namens Graves?« fragte ich müde. »Und Sie vermieten keine Zimmer oder haben Büros oben?«

Die Barfrau schüttelte den Kopf. »Tut mir leid. Da hat Sie jemand reingelegt.«

Ich lächelte gezwungen. »Kein Problem. Von Ihnen kennt wohl keiner einen Bauunternehmer namens Tom Harris? Der ein Stück Land weiter oben die Straße rauf gekauft hat?«

Rings um mich Lächeln und wissendes Nicken. »Das ist der Typ, der Harry Cartwrights 12-Hektar-Feld gekauft hat«, sagte einer. »Der Mann von Nirgendwo«, fügte ein anderer hinzu.

»Warum sagen Sie das?« fragte ich.

»Warum fragen Sie?« konterte er.

»Ich versuche ihn in Zusammenhang mit dem Land, das er gekauft hat, ausfindig zu machen.«

»Es gehört ihm nicht mehr. Letzte Woche hat er es verkauft«, sagte die Barfrau. »Und seitdem haben wir ihn nicht mehr gesehen.«

»Wie lange kam er hierher?« fragte ich.

»Seit er mit Harry wegen des Landes verhandelte. Muß etwa drei Monate her sein«, sagte einer der Männer. »Angenehmer Bursche. Hatte ein paar tolle Geschichten auf Lager.«

»Was für tolle Geschichten?« fragte ich.

Wieder brüllten alle vor Lachen. Vielleicht sollte ich für den Comedy Store vorsprechen. »Nicht von der Sorte, die man erzählt, wenn Damen anwesend sind«, keuchte einer lachend.

Ich konnte kaum fassen, daß ich das hier freundschaftshalber über mich ergehen ließ. Nach dieser Sache würde Alexis lebenslang in meiner Schuld stehen. Ich holte tief Luft und sagte: »Von Ihnen weiß wohl keiner, wo sein Bauhof ist? Oder wo er wohnt?«

Sie verständigten sich leise und schüttelten zweifelnd die Köpfe. »Das hat er nie gesagt«, erklärte einer. »Er hat ein Büro über dem Tante-Emma-Laden an der Bolton High Road gemietet, vielleicht weiß man es da.«

»Da habe ich es schon versucht. Leider kein Glück. Ihr Jungs seid meine letzte Hoffnung.« Ich klimperte mit den Wimpern, der Himmel steh mir bei. Bei der Sorte von Arschlöchern, die in Pubs herumsitzen und sich Schmutzgeschichten erzählen, um sich für den Mangel an etwas auch nur entfernt Aufregendem in ihrem eigenen erbärmlichen kleinen Leben zu entschädigen, hilft oft ein Appell an ihre Ritterlichkeit.

Deprimierenderweise klappte es. Wieder steckten sie die Köpfe zusammen und tuschelten. »Sie sollten mit Gary reden«, verkündete ihr Sprecher schließlich zuversichtlich.

Nicht, wenn er euch auch nur annähernd ähnlich ist, dachte ich. Ich lächelte honigsüß und sagte: »Gary?«

»Gary Adams«, sagte er in dem gereizten Tonfall, den Männer für Frauen reservieren, die sie für begriffsstutzig oder dumm halten. »Gary hat das Land für Tom Harris gerodet. Als er es kaufte, stand dort ein Wäldchen, zwischen den Bäumen war es ganz überwuchert von Brombeersträuchern und Stechginster. Gary hat die nötige Ausrüstung, verstehen Sie? Er erledigt in dieser Gegend alle diese Arbeiten.«

Ich nagelte das Lächeln weiter auf meinem Gesicht fest. »Und wo kann ich Gary finden?« fragte ich, fast ohne die Lippen zu bewegen.

Uhren wurden überprüft, stirnrunzelnde Blicke ausgetauscht. Die Barfrau sagte ärgerlich: »Er wohnt 31 Montrose Bank. Das ist durchs Stadtzentrum, den Hügel rauf und dann die dritte links. Vermutlich finden Sie ihn in seiner Garage beim Zusammenbauen seines blöden großen amerikanischen Autos.« Ich bedankte mich bei ihr und ging, wobei es mir gelang, so lange das Lächeln festzuhalten, wie die Typen mich sehen konnten. Meine Gesichtsmuskeln fühlten sich an, als hätten sie gerade ein Jane-Fonda-Training hinter sich.

Wie vorausgesagt war Gary in der Garage, die an ein hübsches Steincottage angebaut war. Die hochklappbare Tür war offen und gab den Blick auf ein Cadillac-Kabrio aus den Vorkriegsjahren frei. Die Motorhaube stand offen, und der Mann, in dem ich Gary Adams vermutete, stand über den Motor gebeugt. Als ich näher kam, sah ich, wie er etwas mit einem Schraubenschlüssel von dem Umfang des Unterarms eines Ringers anstellte, das furchtbar brutal wirkte. Ich räusperte mich und befahl meinen Gesichtsmuskeln, wieder die Nummer mit dem Lächeln zu bringen. Zögernd gehorchten sie. Gary schaute überrascht auf. Er war Mitte Dreißig und hatte einen Haarschnitt, als wäre er beim Militär.

»Gary?« sagte ich.

Er richtete sich auf, legte den Schraubenschlüssel liebevoll auf den Motorblock und runzelte die Stirn. »Stimmt genau. Und wer sind Sie?«

Ein weiteres Ammenmärchen war gefragt. »Mein Name ist Brannigan. Kate Brannigan. Ich bin Architektin. Eine Freundin von mir hat ein Stück Land von Tom Harris gekauft, und sie will wegen eines anderen Geschäfts Kontakt mit ihm aufnehmen. Die Jungs im Farmer's Arms meinten, Sie wüßten vielleicht, wo ich ihn finden kann.«

Gary lächelte schlau und wischte sich die Hände an seinem ölverschmierten Overall ab. »Er schuldet Ihnen Geld, wie?«

»Eigentlich nicht«, sagte ich. »Aber ich muß mit ihm reden. Wieso? Schuldet er Ihnen Geld?«

Gary schüttelte den Kopf. »Da habe ich vorgesorgt. Leute seines Schlages, die gibt es wie Sand am Meer. Bitten dich, eine Arbeit für sie zu erledigen, du machst es, du sagst ihnen, was es kostet, sie ignorieren dich. Deshalb habe ich ihn bar zahlen lassen. Die Hälfte vorher, die Hälfte nachher. Zum Glück habe ich das getan, wenn man sich anguckt, wie schnell er verschwunden ist, seit er diese Grundstücke weiterverkauft hat.«

»Was hat Sie auf den Gedanken gebracht, daß er nicht ganz sauber ist?«

Gary zuckte die Achseln. »Ich kannte ihn nicht, weiter nichts. Er stammte nicht aus dieser Gegend. Und er wollte offensichtlich auch nicht bleiben.«

Das war ja wie Zähne ziehen. Manchmal denke ich, ich wäre für eine Laufbahn als Psychotherapeutin besser geeignet. Die Patienten wollen vielleicht auch nicht mit einem reden, aber zumindest sitzt man dabei in einem warmen, gemütlichen Büro. »Warum sagen Sie das?« fragte ich.

»Wenn Sie Geschäftsmann sind und vorhaben, sich irgendwo niederzulassen, richten Sie sich dort doch ein Bankkonto ein, oder nicht? Ist doch logisch«, sagte er triumphierend.

»Und Tom Harris tat das nicht?«

»Ich habe sein Scheckbuch gesehen. Er wollte mir einen Scheck als Vorauszahlung auf meine Arbeit geben, aber ich sagte, kommt nicht in Frage, ich wolle Bargeld. Trotzdem habe ich genug gesehen, um zu wissen, daß er sein Konto nicht bei einer Bank aus dieser Gegend hatte.«

Ich versuchte zu überspielen, wie gespannt ich war. »Welche Bank war es denn?« erkundigte ich mich und widerstand der Versuchung, ihn durch einen Tritt halb ins Jenseits zu befördern.

»Die Northshires Bank, in Buxton. Das ist nicht mal in Lancashire. Und das Konto lief auch nicht auf seinen Namen. Es war irgendeine Firma.« Ich öffnete den Mund, und es zuckte um Garys Mundwinkel, als er mir zuvorkam. »Auf den Namen habe ich nicht geachtet. Ich habe nur gemerkt, daß er nicht Tom Harris lautete.«

»Danke, Gary«, sagte ich. »Sie haben mir sehr geholfen. Sie kennen wohl nicht zufällig jemanden, der wissen könnte, wo ich Tom Harris erwischen kann?«

»Es ist wirklich wichtig, nicht wahr?« fragte er. Ich nickte. »Harry Cartwright ist der Farmer, der ihm das Land verkauft hat. Er weiß es vielleicht.«

»Wo liegt seine Farm?« fragte ich.

Gary schüttelte mit dem halben Lächeln eines Mannes, der es mit einer Verrückten zu tun hat, den Kopf. »Wie gut können Sie mit Dobermännern umgehen? Und wenn Sie an denen vorbeikommen, empfängt er Sie mit seiner Schrotflinte. Er ist kein umgänglicher Mensch, unser Harry.« Ich muß ausgesehen haben, als wollte ich in Tränen ausbrechen. Er nahm wohl an, daß es Verzweiflungstränen waren, in Wahrheit waren es Frusttränen. »Ich sag Ihnen was«, meinte er. »Ich begleite Sie. Warten Sie einen Moment, ich ziehe nur meinen Overall aus und rufe den alten Spinner an, um ihm Bescheid zu sagen, daß wir kommen. Mich kennt er lange genug, um erst zu reden und dann zu schießen.«

Ich ging zum Auto zurück und drehte die Heizung voll auf. Ich hasse das Land.

8. Kapitel

Zehn Minuten nachdem wir Garys Haus verlassen hatten, fuhren wir einen ungeteerten Pfad hinauf. Ich hielt vor einem fünffach mit Stacheldraht verzierten Weidengitter, und Gary sprang hinaus, um es zu öffnen. Sobald er es hinter mir geschlossen hatte, sprintete er zum Wagen. Kaum hatte er die Tür hinter sich zugeschlagen, da warfen sich auch schon zwei riesige Dobermänner gegen die Beifahrerseite, sie bellten und geiferten hysterisch. Gary grinste, was mich davon überzeugte, daß er nicht ganz normal war. »Ich wette, Sie sind heilfroh, daß Sie mich mitgenommen haben«, sagte er.

Ich legte wütend den Gang ein und fuhr weiter den Pfad hinauf. Nach einer halben Meile hoben meine Scheinwerfer ein niedriges Steingebäude aus der ländlichen Dämmerung hervor. Das Dach schien in der Mitte durchzuhängen, und die Fensterrahmen sahen derart morsch aus, daß ich dachte, die ersten Winterstürme würden wohl das Glas über den Hof verteilen. Daß es ein Bauernhof war, erkannte ich an dem Gestank nach Mist. Ich fuhr so dicht wie möglich an die Tür heran, doch noch ehe ich den Motor abstellen konnte, erschien ein älterer Mann in der Tür. Wie Gary so zuversichtlich vorausgesagt hatte, fuchtelte er mit einer doppelläufigen Schrotflinte herum. Im selben Augenblick kamen auch die Hunde und stimmten ein mißtönendes Gebell an, daß mir die Plomben weh taten. Ich liebe das Land ungemein.

»Und was nun?« wollte ich von Gary wissen.

Der alte Mann kam näher. Er trug eine schmierige Strickjacke über einem kragenlosen Hemd, das vielleicht von Anfang an die Farbe eines Öllappens gehabt hatte. Ich glaubte es allerdings nicht. Er trat dicht an den Wagen und starrte durchs Fenster, die Gewehrläufe waren bedrohlich auf die Scheibe gerichtet. Meine Meinung von T. R. Harris und seinem Schneid war gerade um hundert Prozent in die Höhe gegangen. Nachdem Cartwright sich überzeugt hatte, daß mein Mitfahrer tatsächlich Gary war, trat er zurück und pfiff nach seinen Hunden. Sie fielen wie Holzbalken vor seine Füße. Gary sagte: »Alles klar, Sie können aussteigen.« Er öffnete seine Tür und stieg aus. Argwöhnisch folgte ich ihm.

Ich ging dicht genug heran, um den Geruch des alten Mannes wahrzunehmen. Es reichte, um den inständigen Wunsch in mir aufkeimen zu lassen, wir könnten die Angelegenheit draußen im Hof regeln. Cartwright sagte: »Gary sagt, Sie sind hinter Tom Harris her. Mein Handel mit ihm war völlig legal, völlig korrekt.«

»Das weiß ich, Mr. Cartwright. Ich muß nur mit Tom reden, und niemand scheint zu wissen, wo ich ihn finden kann. Ich hatte gehofft, Sie wüßten das vielleicht.«

Er klemmte sich das Gewehr unter einen Arm, wühlte in der tiefen Tasche seiner schmutzigen Kordhose und brachte ein Dokument zum Vorschein, mit dem er mir vor der Nase herumwedelte. »Das ist alles, was ich weiß«, sagte er.

Ich griff danach, aber er riß es mir weg. »Sie können gucken, aber Sie dürfen es nicht anfassen«, sagte er, so wie ein Fünfjähriger. Ich hielt den Atem an und ging dicht genug heran, um es lesen zu können. Es war ein Vertrag zwischen Henry George Cartwright, Stubbleystall Farm, und Thomas Richard Harris, 134 Bolton High Road, Ramsbottom. Weiter brauchte ich nicht zu lesen. In meinem Kopf läuteten mehr Glocken als in Oxford am Morgen des 1. Mai. Ich lächelte höflich, bedankte mich bei Harry Cartwright und stieg wieder in meinen Wagen. Verwirrt zwängte Gary sich neben mich, und wir schossen den Pfad hinunter.

Thomas Richard Harris. Tom, Dick und Harry alias Hinz und Kunz. Wenn Thomas Richard Harris ein echter Name war, dann war ich Maria von Rumänien.

Um elf am Freitag morgen war ich fast hysterisch. Shelley war hingerissen, weil ich hinsichtlich unserer beiden bezahlten Aufträge, den Wintergärten und den Pharmazeutika, matt gesetzt war, und sie hatte nicht vor, mich türmen zu lassen, damit ich den Hinweisen auf Alexis' Schwindler nachgehen konnte. Ich saß fest in einem Büro mit einer Frau, die wollte, daß ich Papierkram erledigte, und ich hatte keine Ausrede, um zu entkommen. Um zehn waren alle meine Dateien auf den neuesten Stand gebracht. Um elf waren meine Fallnotizen nicht nur geschrieben, sondern in einem Maß geschliffen, daß ich einer Schriftstellergruppe beitreten und sie dort hätte vortragen können. Um fünf nach elf probte ich den Aufstand. Ich schnappte mir die Ted-Barlow-Akte, rauschte durch das Vorzimmer und sagte Shelley, ich verfolgte eine neue Spur. Die Spur führte mich geradewegs in den Cornerhouse Coffeeshop, wo ich in der Akte schmökerte und geruhsam einen Cappuccino trank. Als ich mich erneut durch meine Gesprächsnotizen arbeitete, kam mir die Idee. Es gab etwas, das ich tun konnte, während ich auf meinen Termin am Montag morgen im Grundbuchamt wartete.

Die Immobilienagentur DKL ESTATES, die Diane Shipley erwähnt hatte, befand sich in einer Ladenzeile gegenüber von Chorlton Baths. Es sah so aus, als floriere das Geschäft, und ich stellte auf Anhieb fest, daß es einen guten Grund dafür gab. DKL war auf Vermietungen spezialisiert und auf den Erstverkauf von Eigenheimen, die man selbst am Tiefpunkt einer Rezession loswird. Es gibt immer Leute, die unbedingt die Eigentumsleiter erklimmen wollen, ganz zu schweigen von den armen Teufeln, die absteigen. Ich hatte den Eindruck, daß sie auch eine ganze Anzahl ehemaliger Sozialwohnungen auf ihrer Liste stehen hatten, was ziemlichen Mut erforderte. Ihre Risikofreude schien sich jedoch ausgezahlt zu haben. Direkt vor mir ging eine Frau hinein, und drinnen waren bereits einige andere ernsthafte Interessenten. Ich gesellte mich zu ihnen und studierte die Kaufangebote.

Die Frau, hinter der ich hereingekommen war, wählte zwei Objektbeschreibungen aus, dann ging sie zu dem jungen Mann an dem quer zum Raum stehenden Tresen. Er sah aus, als gehöre er in ein Klassenzimmer, um dort für seine Schulabschlußprüfung zu pauken. Ich weiß, man sagt im allgemeinen, daß man sich Sorgen machen sollte, wenn die Polizisten immer jünger aussehen, aber Immobilienmakler? Sie fragte mit leiser, kultivierter Stimme, ob sie für beide Häuser einen Besichtigungstermin vereinbaren könne. Ich war überrascht. Sie trug ein italienisches Strickkostüm, das mindestens dreihundert Pfund gekostet haben mußte, ihre Schuhe sahen aus, als stammten sie von Bally oder Ravel, ihre Handtasche war von Tula, und ich wäre jede Wette eingegangen, daß der Regenmantel ein vierhundert Pfund teurer Aquascutum war. Andersherum ausgedrückt, sie sah nicht so aus, als sei ein Reihenhaus in Whalley Range ihre Vorstellung von einem festen Wohnsitz. Vielleicht hielt sie Ausschau nach einer netten kleinen Kapitalanlage.

Während ich sie musterte, telefonierte der Junge am Tresen, um Besichtigungstermine für sie zu vereinbaren. Ich registrierte ihr gepflegtes Äußeres: die polierten Nägel, die tadellos gestylten dunkelbraunen Haare, das geschickte Make-up, das ihre dunklen Augen betonte. Ich konnte ihrem Stil meine Bewunderung nicht versagen, wenn es auch ein Stil war, den zu imitieren ich keinerlei Ambitionen hatte.

Ich hatte sie jedoch zu lange angestarrt. Die Frau mußte meinen Blick gespürt haben, denn sie drehte scharf den Kopf und fing meinen Blick auf. Ihre Augen schienen sich zu weiten, und ihre Brauen schnellten in die Höhe. Unvermittelt machte sie auf dem Absatz kehrt und ging eilig zur Tür. Ich war wie vor den Kopf geschlagen. Ich kannte sie absolut nicht, aber offensichtlich kannte sie mich. Oder vielleicht sollte ich sagen, sie wußte offenbar, wer ich war.

Der Junge schaute von seinem Notizblock auf und merkte, daß seine Kundin schon fast draußen war. »Madam«, rief er, »Madam, wenn Sie bitte noch einen Moment warten wollen...« Sie beachtete ihn nicht und ging weiter, ohne sich umzusehen.

»Wie bizarr«, sagte ich und ging zum Tresen hinüber. »Haben Sie immer diese Wirkung auf Frauen?«

»Es gibt so 'ne und solche«, sagte er mit einer zynisch-resignierten Haltung, die an einem zehn Jahre älteren Mann deprimierend gewirkt hätte. »Wenigstens hat sie die Beschreibungen mitgenommen. Wenn sie die Objekte besichtigen will, kann sie ja immer noch anrufen. Vielleicht erinnert sie sich an einen der Termine.«

Ich pflichtete ihm bei. Innerlich durchkämmte ich mein Gedächtnis, ob ich die elegante Brünette nicht irgendwo in einem der letzten Fälle unterbringen konnte. Als der Junge fragte, ob er mir behilflich sein könne, gab ich auf. »Ich möchte gern mit dem Verantwortlichen sprechen, wer es auch sein mag«, sagte ich.

Er lächelte. »Könnten Sie mir sagen, in welcher Beziehung? Ich kann Ihnen vielleicht auch helfen.«

Ich holte eine Geschäftskarte aus meiner Brieftasche, die, auf der Mortensen und Brannigan: Sicherheitsberatung steht. »Ich möchte nicht unhöflich erscheinen, aber die Angelegenheit ist vertraulich«, sagte ich zu ihm.

Er sah leicht beunruhigt aus, woraufhin ich mich fragte, an welch kleiner Gaunerei DKL wohl beteiligt sein mochte. Er schob seinen Stuhl zurück und sagte »Wenn Sie einen Augenblick warten möchten«, dann ging er rückwärts durch den Raum und durch eine Tür in der Ecke gegenüber. Knapp eine Minute später kam er zurück und sah etwas mitgenommen aus. »Wenn Sie bitte durchgehen möchten, wird Mrs. Lieberman Sie jetzt empfangen.«

Ich lächelte ihm kurz zu, dann öffnete ich die Tür. Als ich das Hauptbüro betrat, erhob sich eine Frau, die ich auf Ende Vierzig schätzte, von einem Drehstuhl hinter einem L-förmigen Schreibtisch. Auf einer Ecke des Tisches stand ein Apple Mac, auf dessen Bildschirm ein ganzseitiges Modell einer Hausbeschreibung zu sehen war. Mrs. Lieberman streckte eine sorgfältig manikürte Hand aus, an der Gold, Saphire und Diamanten im Werte von mehreren tausend Pfund funkelten. »Miss Brannigan? Ich bin Rachel Lieberman. Nehmen Sie doch Platz. Wie kann ich Ihnen behilflich sein?« Jetzt war mir klar, von wem der junge Mann im Vorzimmer seine Manieren hatte.

Ich musterte sie schnell, während ich mich auf einem bequemen Sessel niederließ. Leinenkostüm und eine Bluse aus weichem Veloursleder. Ihr braunes Haar mit den auffallenden Silberfäden war über dem spitzen Gesicht, das gerade anfing, um das Kinn herum zu verwischen, zu einer brotlaibähnlichen Frisur hochgesteckt. In ihren braunen Augen lag ein gewitzter Ausdruck, was noch durch die kleinen Fältchen unterstrichen wurde, als sie mich gleichfalls musterte. »Es geht um eine Angelegenheit, die ich im Auftrag einer Klientin überprüfe. Es tut mir leid, wenn ich ohne Termin hereinplatze, aber ich war gerade in der Gegend, daher dachte ich, ich schaue mal vorbei, könnte ja sein, daß ich Sie erwische«, begann ich. Sie sah aus, als glaube sie kein Wort davon, einer ihrer Mundwinkel zuckte. »Vielleicht können Sie etwas für mich klären. Ich weiß, daß Ihre Zentrale in Warrington liegt, aber sind Sie eigentlich die Eigentümerin von DKL oder leiten Sie nur diese Filiale?«

»Mir gehört die Firma, Miss Brannigan.« Aus ihrer Stimme war der nördliche Akzent weitgehend getilgt. »Und zwar seit dem Tod meines Mannes vor drei Jahren. Daniel Kohn Lieberman, daher der Name der Firma. Was hat das denn mit Ihrer Klientin zu tun?«

»Nichts, Mrs. Lieberman, ich kann mir nur nicht vorstellen, daß die Leiterin einer Geschäftsstelle die Befugnis hätte, mir die Informationen zu geben, auf die ich aus bin. Tja, ein Angestellter würde vermutlich auch nicht begreifen, welche Wichtigkeit dieser Sache beizumessen ist.« Ich probierte es einmal damit. Ich hoffte, daß sie eine Frau war, die auf Schmeicheleien reagierte. Wenn nicht, blieben mir als Mittel nur noch Drohungen, und ich mag es nicht, bei Tageslicht jemanden einzuschüchtern. Das erfordert soviel mehr Energie.

»Und um welche Informationen geht es?« fragte sie, beugte sich in ihrem Stuhl vor und spielte mit einem goldenen Füller herum.

»Ich möchte gern offen zu Ihnen sprechen, wenn ich darf. Meine Firma ist auf Wirtschaftskriminalität spezialisiert, und ich ermittle in einem Betrugsfall. Es geht um eine sechsstellige Summe, vermutlich über eine Million. Ich habe den Verdacht, daß die Täter für ihre Aktionen Häuser benutzen, die auf Zeit vermietet werden.« Mrs. Lieberman hörte zu, den Kopf auf die Seite gelegt. Bislang war keinerlei Reaktion von ihrem Gesicht abzulesen. Ich kämpfte mich weiter vor.

»Eines dieser Häuser, die ich im Auge habe, wurde durch Ihre Agentur vermietet. Momentan versuche ich, einen gemeinsamen Nenner zu finden. Ich gelange nämlich allmählich zu der Auffassung, daß das Mieten der Häuser einer der wesentlichen Punkte in der Vorbereitung des Betrugs ist, und ich habe gehofft, daß Sie, wenn ich Ihnen die Adressen der anderen Häuser gebe, die meiner Vermutung nach beteiligt sind, sie für mich überprüfen könnten, nachsehen, ob sie auf Ihrer Liste stehen.« Ich legte eine Pause ein. Ich wollte eine Rückmeldung. Zur Politikerin wäre ich niemals geeignet.

Mrs. Lieberman richtete sich in ihrem Stuhl auf und zog ihre Unterlippe unter die Zähne. »Und das ist alles, was Sie wissen möchten? Ob sie auf meiner Liste stehen oder nicht?«

»Nicht ganz, fürchte ich. Ob sie gegenwärtig auf Ihrer Liste stehen oder mal dort gestanden haben, ist der erste Schritt. Sobald wir das ermittelt haben, möchte ich sie nach den Namen der Eigentümer fragen.«

Sie schüttelte den Kopf. »Ausgeschlossen. Sicherlich werden Sie das verstehen. Es geht um sehr vertrauliche Dinge. In dieser Gegend gibt es nur wenige Agenturen, die auf Mieteigenheime spezialisiert sind, und wir sind bei weitem die größte. Ich fungiere als Vermittlerin für fast dreihundert Mieteigenheime, und der Großteil davon wird auf Zeit vermietet. Von daher können Sie sich denken, wie wichtig es ist, daß meine Klienten die Gewißheit haben, mir vertrauen zu können. Ich kann Ihnen unmöglich Namen nennen. Und ich kann auch nicht glauben, daß Sie das im Ernst von mir erwartet haben. Ich bin sicher, Sie geben Informationen dieser Art über Ihre Klienten auch nicht weiter.«

»Eins zu null für Sie. Aber Sie können mir doch sagen, ob ein bestimmtes Haus auf Ihrer Liste steht, oder? Wenn Sie dann die Beschreibung dazu auf Ihrem Bildschirm aufrufen, stellen Sie vielleicht ein Muster fest.«

»An was für ein Muster hatten Sie denn dabei gedacht, Miss Brannigan?«

Ich seufzte. »Das weiß ich ja eben nicht, Mrs. Lieberman. Bisher ist mein einziger Anhaltspunkt die Vermutung, daß die meisten der in diesen Schwindel verwickelten Häuser vermietet werden. In einem Fall, in dem ich mir meiner Sache sicher bin, hatte das Paar, das das Haus mietete, denselben Nachnamen wie das Paar, dessen Eigentum es war.«

Rachel Lieberman lehnte sich in ihrem Stuhl zurück und musterte mich erneut. Ich kam mir vor wie eine frisch entdeckte Pflanzenspezies – fremdartig, exotisch und möglicherweise giftig. Nach einer Zeitspanne, die mir sehr lang vorkam, nickte sie, als ob sie zu einem Ergebnis gekommen wäre.

»Ich sage Ihnen, was ich tun werde, Miss Brannigan. Wenn Sie mir die Adressen geben, an denen Sie interessiert sind, gehe ich meine Unterlagen durch und schaue, was mir dazu einfällt. Offen gestanden glaube ich, daß es Zeitverschwendung sein wird, aber heute abend hatte ich ohnehin nichts vor. Ich rufe Sie an und sage Ihnen Bescheid. Reicht Montag morgen, oder hätten Sie es lieber, wenn ich Sie am Wochenende zu Hause anrufe?«

Ich grinste. Tief drinnen war Mrs. Lieberman eine Frau ganz nach meinem Herzen.

Den Nachmittag verbrachte ich bei Ted Barlow und erledigte solche langweiligen Dinge wie seine gesamten Unterlagen durchzusehen, mir Notizen über ehemalige Vertreter zu machen, die entlassen worden waren, und zu lernen, wie genau ein Wintergarten installiert wird. Als ich mich wieder hinter das Steuer meines Nova setzte, warf ich einen Blick auf die Uhr am Armaturenbrett. Kurz nach zehn. Es würde schneller gehen, wenn ich die Autobahn nahm, als auf direktem Weg durch die Stadt nach Hause zu fahren. Einige Minuten später fuhr ich achtzig Meilen auf der Mittelspur, und die Pet Shop Boys dröhnten aus allen vier Lautsprechern. Vor mir erhob sich die Barton Bridge, die die Autobahn in weitem Bogen über den schmalen, jetzt dunklen Manchester Ship Canal führte, glitzernd gegen den Himmel ab. Als die Brücke näher kam, wechselte ich auf die Innenspur und ordnete mich ein, um an der Ausfahrt auf der anderen Kanalseite die Autobahn zu wechseln. Ich sang gerade aus vollem Hals »Where the streets have no name«, da registrierte ich instinktiv einen weißen Ford Transit, der außen auf der Mittelspur herankam.

Ich achtete nicht weiter auf den Lieferwagen, als er gleichzog und dann leicht überholte. Dann drehte sich ganz plötzlich seine Schnauze in meine Richtung. Mein Verstand schaltete auf Zeitlupe um. Alles schien eine Ewigkeit zu dauern. Aus dem Seitenfenster meines Wagens sah ich nur die weiße Seite des Lieferwagens, die schnell auf mich zukam. Ich sah den unteren Rand irgendeines Firmenzeichens oder -schilds, doch nicht genug, um einen der Buchstaben zu erkennen. Ich hörte einen Schrei, dann merkte ich, daß es meine eigene Stimme war.

Ein Alptraum wurde wahr. Es krachte. Der Lieferwagen drückte die Tür meines Wagens in meine rechte Seite. Gleichzeitig schleuderte der Wagen seitlich gegen die Leitplanke. Ich hörte das Knirschen von Metall gegen Metall, ich spürte den Anstieg der Temperatur von der durch die Reibung erzeugten Wärme, ich sah, wie sich die Leitplanke verbog, ich hörte mich selber schluchzen: »Bitte gib nicht nach, du Scheißding, gib nicht nach!«

Das Vorderteil meines Wagens schien zwischen den Verstrebungen der Leitplanke eingekeilt zu sein. Ich kippte in einem irren Winkel nach vorn. Unter mir sah ich die Lichter auf dem schwarzen Wasser des Ship Canal blinken. Der Kassettenrecorder war stumm. Ebenso der Motor. Ich hörte nur noch das Knacken des überlasteten Metalls der Leitplanke. Ich versuchte die Fahrertür zu öffnen, doch mein rechter Arm wurde von der eingedrückten Tür festgehalten. Ich wollte mich drehen und sie mit links öffnen, aber es hatte keinen Zweck. Ich saß in der Falle. Ich hing in der Luft, dreißig Meter über den Tiefen des Kanals. Und der Ford Transit hatte längst das Weite gesucht.

9. Kapitel

Als ich in der Kabine der Unfallstation des Manchester Royal Infirmary saß, fällte ich eine sehr wichtige Entscheidung. Ein Yuppie-Telefon war angesagt. Sind Sie in letzter Zeit mal auf einer Unfallstation gewesen? Da es ein Verkehrsunfall war, hatte man mich gleich in aller Eile auf einer Rollbahre durch den Wartebereich geschoben und in einer Kabine deponiert. Das hieß natürlich nicht, daß ich auch schneller an die Reihe kam, o nein. Ich erkannte sehr schnell, daß ich das hier als mein ganz persönliches Wartezimmer zu betrachten hatte. Und das, obwohl ich nicht einmal Privatpatientin war!

Nach etwa zehn Minuten steckte ich den Kopf durch die Vorhänge und fragte eine vorbeikommende Schwester, wo ich ein Telefon finden könnte. Sie schnauzte mich an: »Bleiben Sie, wo Sie sind, die Ärztin kommt, sobald sie kann.« Manchmal frage ich mich, ob die Worte, die die Leute hören, dieselben sind wie die, die aus meinem Mund kommen.

Einige Minuten später versuchte ich es noch einmal. Eine andere

Schwester. »Entschuldigen Sie, ich war mit jemandem verabredet, bevor ich diesen Unfall hatte, und er wird sich Sorgen machen.« Verdammt unwahrscheinlich, dachte ich, wenn nicht gerade ein Kalendermonat verstrichen ist. »Ich muß ihn unbedingt anrufen«, bettelte ich. Es ging mir weder um Mitgefühl noch darum, seine nicht vorhandenen Ängste zu zerstreuen. Mir war bloß nicht danach, die halbe Meile nach Hause zu Fuß zurückzulegen oder mich mit einem Taxi abzuplagen. Gut, ich gebe es zu, ich hatte einen Schock. Zum Teufel mit dem Image des harten Privatschnüfflers. Ich zitterte, mein Körper fühlte sich wie eine einzige, 1,57 m große Schramme an, und ich wollte mir nur noch die Bettdecke über den Kopf ziehen.

Die zweite Schwester hatte ihren Abschluß offenbar an derselben Schule für charmanten Umgang gemacht. »Die Ärztin hat alle Hände voll zu tun. Sie hat keine Zeit, zu warten, bis Sie vom Telefonieren zurückkommen.«

»Aber die Ärztin ist nicht da«, sagte ich. »Ich habe meine Zweifel, ob die Ärztin überhaupt in diesem Krankenhaus weilt.«

»Bitte warten Sie in der Kabine«, befahl sie und rauschte davon. Das war der Augenblick, in dem ich einsah, daß mein Sträuben gegen ein Mobiltelefon ein klassisches Beispiel dafür war, wie man sich ins eigene Fleisch schneidet. Ist doch egal, daß sie immer im unpassenden Moment läuten. Ist auch egal, daß sogar die leichtesten Modelle schwer genug sind, um deine Handtasche in eine Angriffswaffe zu verwandeln oder dein Jackenfutter zu ruinieren. Zumindest vermögen sie Ritter in schimmernder Rüstung herbeizuzitieren. Nein, ich muß mich berichtigen. Zumindest vermögen sie Rockjournalisten mit spezialangefertigten VW-Käfer-Kabrios in knalligem Pink herbeizuzitieren.

Etwa eineinhalb Stunden später, nachdem man mich endlich untersucht, geröntgt und auf sämtliche schmerzenden Stellen gedrückt hatte, ließ man mich zu einem Telefon. Die Ärztin teilte mir mit, daß ich schwere Prellungen an Rückgrat, Rippen, rechtem Arm und rechtem Bein hatte sowie einige oberflächliche Schnittwunden an der rechten Hand, wo mich der Splitterregen vom Fenster auf der Fahrerseite getroffen hatte. Oh, und einen Schock natürlich. Man gab mir ein schmerzstillendes Mittel und sagte, in ein paar Tagen wäre ich wieder völlig in Ordnung.

Ich ging zum Wartezimmer durch und hoffte, daß Richard bald käme. Ein uniformierter Polizist setzte sich neben mich. »Miss Brannigan?« sagte er.

»Genau.« Über Staunen war ich hinaus. Die Wirkung des Schmerzmittels hatte eingesetzt.

»Es geht um den Unfall. Leider habe ich ein paar Fragen.«

Ich schloß die Augen und holte tief Luft. Das war mein erster Fehler. Meine Rippen hatten beschlossen, für heute Feierabend zu machen, und ich krümmte mich schließlich keuchend und hustend zusammen. Natürlich mußte Richard genau in diesem Augenblick auftauchen. Als erstes hörte ich sein Schreien. »He, Sie da, lassen Sie sie in Ruhe! Himmel, glauben Sie nicht, daß sie heute schon genug durchgemacht hat?« Dann hockte er vor mir, schaute mir in die Augen, und auf seinem Gesicht malten sich echte Furcht und Besorgnis. »Brannigan«, murmelte er. »Dich kann man nicht alleine nach draußen lassen, weißt du das?«

Wenn ich nicht befürchtet hätte, daß es mich umbringen würde, hätte ich gelacht. Das ausgerechnet von dem Mann, der, wenn er beim Tante-Emma-Laden an der Ecke ankommt, schon vergessen hat, was er kaufen wollte? Auf einmal war ich ganz sentimental. Muß die Kombination aus Schockzustand und Medikamenten gewesen sein. Ich spürte, wie mir eine heiße Träne an der Nase hinunterlief. »Danke, daß du gekommen bist«, sagte ich mit zittriger Stimme.

Richard klopfte mir sanft auf die Schulter, dann richtete er sich auf. »Sehen Sie denn nicht, daß Sie völlig durcheinander ist?« schimpfte er. Ich drehte den Kopf herum, um den Polizisten anzusehen, einen jungen Mann, der vor Verlegenheit knallrot war. Der Rest des Warteraums verfolgte gespannt das Drama und vergaß vorübergehend seine eigenen Schmerzen.

»Es tut mir leid, Sir«, murmelte der Cop. »Leider brauche ich von Miss Brannigan einige Angaben zu dem Unfall. Damit wir die entsprechenden Schritte einleiten können.«

Richard schien sich leicht zu entspannen. Oje, jetzt kommt's, dachte ich. »Und damit können Sie nicht bis morgen früh warten? Was ist Ihr Problem, Kumpel? Sind heute nacht etwa keine echten Kriminellen da draußen in der schutzlosen Stadt unterwegs?«

Der Polizist wirkte gehetzt. Sein Blick schoß durch den Raum und suchte verzweifelt nach einem Verbündeten. Ich hatte Mitleid mit ihm. »Richard, es ist schon gut. Bring mich einfach nach Hause, bitte. Wenn der Polizist Auskünfte braucht, kann er uns nachfahren.«

Richard zuckte die Achseln. »Na schön, Brannigan. Dann mal los.«

Wir waren schon fast an der Tür, als der Cop uns einholte. »Ähm, entschuldigen Sie, ich habe Ihre Adresse nicht.«

Richard sagte: »Vier«, ich sagte: »Zwei«, dann sagten wir im Chor »Coverley Close«. Der Polizist sah vollends verwirrt aus.

»Ähm, könnte ich Sie bitten, mich mitzunehmen, Sir? Leider habe ich keinen Wagen hier.« Der arme Junge sah richtig unglücklich aus. Noch unglücklicher sah er aus, als er sich auf den Rücksitz von Richards Käfer zwängen mußte, den Helm auf den Knien.

Als ich endlich meinen erschöpften Körper den Weg hochgeschleppt hatte, zog ich ernsthaft nicht nur ein Mobiltelefon, sondern auch ein Jacuzzi in Betracht. Ich war ganz und gar nicht in der Stimmung für ein polizeiliches Verhör. Andererseits wollte ich es hinter mich bringen.

Wir klärten schon einmal Name, Adresse, Geburtsdatum und Beruf (Sicherheitsberaterin) ab, während Richard Tee kochte. Der Polizist war völlig perplex, als Richard das Tablett auf meinem Kaffeetisch ablud, verkündete, ich hätte keine Milch mehr, und sich in den Wintergarten verzog. Als er mit einer halben Flasche Milch zurückkam, erbarmte ich mich des jungen Polizisten.

»Der Wintergarten zieht sich hinten an beiden Häusern entlang«, erklärte ich. »So treten wir uns nicht gegenseitig auf die Füße.«

»Sie meint, sie kommt darum herum, mein Geschirr zu spülen und meine Socken zu waschen«, sagte Richard und setzte sich neben mich auf das Sofa. Ich zuckte zusammen, als er sich an mich lehnte, und er zog sich schnell zurück. »Sorry, Brannigan«, sagte er und streichelte meinen gesunden Arm.

Ich berichtete in groben Zügen, was auf der Barton Bridge passiert war. Ich muß zugeben, es bereitete mir Genugtuung zu sehen, wie sowohl Richard als auch der Polizist blaß wurden, als ich ihnen die Einzelheiten schilderte. »Und dann kam die Feuerwehr und schnitt mich heraus. Ungefähr zu der Zeit, als ich mein erstes knuspriges Krabbenwonton hätte essen sollen«, fügte ich an Richard gewandt hinzu.

Der Polizist räusperte sich. »Haben Sie den Fahrer des Lieferwagens überhaupt gesehen, Miss?«

»Nein. Ich habe nicht aufgepaßt, bis es zu spät war.«

»Und hatte der Lieferwagen irgendein Erkennungsmerkmal?«

»Da war etwas, aber ich konnte es nicht richtig sehen. Es war höher als mein Fenster. Ich konnte nur den unteren Rand sehen. Und seine Zulassungsnummer habe ich auch nicht. Ich war vollauf beschäftigt mit dem Gedanken, daß ich in den Ship Canal fallen würde. Haben Sie schon mal gesehen, in welchem Zustand das Wasser da drinnen ist?«

Der Polizist war noch blasser geworden. Er holte tief Luft. »Und hatten Sie den Eindruck, daß es ein absichtlicher Versuch war, Sie von der Straße abzudrängen?«

Die 64000-Dollar-Frage. Ich setzte eine ahnungslose Miene auf, nicht etwa, weil ich Lust hatte, die Heldin zu spielen und ganz allein damit fertigzuwerden. Ich konnte nur in diesem Moment keine lange Befragung durchstehen. Außerdem hätte es bedeutet, daß ich vertrauliche Informationen über Klienten weitergab, die wir eigentlich unter Einsatz unseres Lebens schützen sollten, und das konnte ich nicht machen, ohne es zuvor mit Bill abzusprechen. »Officer, ich kann mir nicht vorstellen, wieso das jemand tun sollte«, sagte ich. »Wir sind hier in Manchester, nicht in L. A. Ich war wohl gerade nur im toten Winkel des Typs. Vielleicht war er müde oder hat auf dem Heimweg von der Arbeit einen zuviel über den Durst getrunken, und so hat er gar nicht mitgekriegt, daß ich da war. Dann, als er mit mir zusammenstieß, ist er in Panik geraten, ganz besonders wenn er einen getrunken hatte. Ich glaube nicht, daß etwas Schlimmes dahintersteckt.«

Er fiel darauf herein. »Schön.« Er klappte sein Notizbuch zu und stand auf, dabei setzte er seinen Helm auf. »Es tut mir sehr leid, daß ich Sie belästigt habe, obwohl Sie sich nicht allzugut fühlen. Aber wir wollen diesen Witzbold schnappen, und wir mußten sehen, was Sie uns dazu sagen konnten.«

»Ist schon gut, Officer. Wir müssen alle unsere Arbeit tun«, sagte ich honigsüß. Richard sah aus, als müsse er sich übergeben. »Begleite den netten Officer doch hinaus, Richard, ja?«

Richard kam zurück. »Wir müssen alle unsere Arbeit tun«, äffte er mich nach. »Lieber Himmel, Brannigan, wo hast du bloß diese Scheiße ausgegraben? Na gut, den Sheriff hast du hinters Licht geführt, aber mich, den einsamen Cowboy, kannst du nicht täuschen. Was ist heute abend da unten wirklich passiert?«

»Wunderbar«, murmelte ich. »Das FBI darf Tonto nicht verhören, Gott bewahre. Aber du kannst alles fragen, was du willst, ja?«

Er lächelte und zuckte die Achseln. »Ich liebe dich. Ich habe das Recht dazu.«

»Wenn du mich wirklich liebst, würdest du mir ein Bad einlassen«, sagte ich zu ihm. »Dann erzähle ich dir alles.«

Zehn Minuten später aalte ich mich in dem üppigen Seifenschaum von Van Cleef & Arpel's First. Wenn ich sage üppig, dann meine ich üppig. Richard hat kein Händchen für Schaumbäder. Ich schätzte, daß mich Schaum im Wert von mindestens fünf Pfund umgab. Es hätte gereicht, um mich zur Hauptdarstellerin eines Ausstattungsfilms im Hollywood der vierziger Jahre zu machen.

Richard saß auf dem Klodeckel und rauchte einen Joint, der einen sehr schweren Geruch hatte. Seine Brille war beschlagen, deshalb hatte er sie auf den Kopf geschoben wie eine Fliegerbrille. Mit seinen haselnußbraunen Augen spähte er kurzsichtig zu mir herüber. »Also, Brannigan. Was ist heute abend wirklich passiert?« fragte er den Spiegel über meinem Kopf.

»Da wollte mich jemand entweder einschüchtern oder mich umlegen.« Es hatte keinen Sinn, die Sache zu verharmlosen.

»Scheiße«, flüsterte Richard. »Und weißt du, wer?«

»Vor Gericht könnte ich es nicht beschwören, aber ich habe eine Theorie. Ich habe gerade einen Betrugsfall bei einer pharmazeutischen Firma aufgedeckt, der in die hunderttausend Pfund geht. Sie benutzen weiße Ford Transits mit einem Firmenzeichen ziemlich oben an der Seite. Das erklärt ja wohl alles, oder?« Ich streckte vorsichtig die Glieder, dann wünschte ich, ich hätte es nicht getan. Die nächsten paar Tage würden kein Vergnügen werden.

»Und was willst du unternehmen?« fragte Richard. Eines muß ich ihm lassen: Er spielt sich nicht als Macho auf, wenn es um meine Arbeit geht. Ihm gefällt zwar nicht, daß ich Risiken eingehen muß, aber im allgemeinen hält er zu dem Thema den Mund.

»Morgen werde ich einen unserer freien Mitarbeiter dorthin schicken, er soll sich mal ihre Fahrzeuge ansehen. Und ich werde ihn den Laden observieren lassen, bis wir die Aufnahmen haben, die wir brauchen. Und du, mein Goldschatz, wirst einen Tagesausflug nach Buxton mit mir machen.«

»Buxton? Was gibt's denn in Buxton zu sehen?«

»Jede Menge hübscher Dinge. Es wird dir gefallen. Aber momentan will ich nur in dieser Wanne hier liegen, bis das heiße Wasser verbraucht ist, anschließend krieche ich dann ins Bett.«

»Na schön. Willst du im Bett zu Abend essen? Falls ja, gehe ich schnell zum Chinesen.«

Diese Worte waren Musik in meinen Ohren. Ich war zwar nicht sicher, ob ich etwas so Kompliziertem wie Stäbchen gewachsen war, aber Richard war ja der einzige Zeuge. Und falls er jemals drohte, es weiterzuerzählen, fand ich bestimmt etwas, um ihn durch Erpressung zum Schweigen zu bringen. Immerhin weiß ich, daß er eine CD von Barry Manilow sein eigen nennt.

Ich wachte in derselben Stellung auf, in der ich eingeschlafen war. Als ich mich zu bewegen versuchte, begriff ich auch, wieso. Zentimeter um schmerzenden Zentimeter stieg ich aus dem Bett und richtete mich auf. Ins Bad zu gehen war die reinste Tortur. Ich hatte es gerade wieder in den Korridor geschafft, als Richard am anderen Ende auftauchte, mit zerzaustem Haar und hinter ihm auf dem Boden schleifendem Federbett. Er rieb sich verschlafen die Augen, murmelte »Alles in Ordnung?« und griff nach seiner Brille. Als er sie aufgesetzt hatte und mich ansah, prustete er los. »Tut mir leid«, keuchte er. »Wirklich. Aber du siehst aus wie halb Mensch, halb Marmeladentörtchen. Auf einer Seite bist du fleischfarben, auf der anderen bist du braun und dunkelrot. Schrill!«

Ich schaute an mir hinunter. Er hatte recht. Zumindest fand er es lustig und nicht abstoßend. »Du kannst einer Frau wirklich das Gefühl geben, etwas Besonderes zu sein«, grummelte ich. Es war nett von ihm, daß er auf meinem Sofa geschlafen hatte, anstatt in sein eigenes Haus zu gehen. Ich wollte mich gerade bei ihm bedanken, als ich das Chaos sah, das er mit einem einzigen chinesischen Essen in meiner Küche angerichtet hatte. Es sah aus, als ob die ganze Volksarmee hindurchmarschiert wäre und sich den Bauch vollgeschlagen hätte. Ich hatte weder die Energie noch die Beweglichkeit, um etwas dagegen zu tun, deshalb versuchte ich, es zu übersehen, während ich mir aus der Kanne von gestern eine Tasse Kaffee einschenkte und darauf wartete, daß die Mikrowelle ihren Zauber wirkte.

Als ich meine erste Tasse ausgetrunken hatte, war Richard wieder zur Stelle, geduscht und rasiert. Mir ging erst jetzt allmählich auf, wie sehr mein Unfall ihn geängstigt und mitgenommen hatte. Er weiß, wie sehr ich es hasse, wenn man Wirbel um mich macht, daher versuchte er mit allen Kräften zu überspielen, daß er in der Küche herumrannte wie eine aufgescheuchte Henne. Ich weiß, es schadet dem Image, aber ich war gerührt, das muß ich zugeben.

»Was steht also heute auf dem Programm?« fragte er. »Willst du immer noch nach Buxton fahren?«

»Wie sieht's bei dir aus?« fragte ich.

»Ich kann mir freinehmen. Muß nur ein paar Anrufe erledigen, mehr nicht.«

»Kannst du mich beim Türkischen Bad vorbeifahren? Und mich nach einer Stunde wieder abholen?«

Das Türkische Bad ist eine Wohltat. Es gehört zu den Hathersage Road Public Baths, ein prachtvoller viktorianischer Bau etwa zehn Minuten zu Fuß von meiner Wohnung entfernt. Falls einem danach ist, zu Fuß zu gehen. Da es der Stadt gehört, war nie Geld da, um es zu renovieren und neu einzurichten, so daß es nach wie vor voll ist mit den Herrlichkeiten seiner viktorianischen Glanzzeit. Die Wände zieren noch die ursprünglichen grünen, gelben und blauen Kacheln. Es gibt dort auch noch die altmodischen Rundumduschen: das Wasser kommt nicht nur von oben, heißes Wasser kommt auch aus den Leitungen, die einen an drei Seiten umgeben. Das einzige Zugeständnis an das letzte Jahrzehnt des zwanzigsten Jahrhunderts sind die Plastikstühle, die die alten Marmorbänke im Dampfraum ergänzen. Wie gesagt, es ist stets eine Wohltat. Doch an diesem speziellen Samstag morgen war es noch wohltuender als sonst.

Nach einer Stunde kam ich heraus und fühlte mich fast wieder menschlich. Richard kam nur fünf Minuten zu spät, um mich abzuholen – ein Rekord aller Zeiten. Zu Hause rief ich die Reparaturwerkstatt an, die die Überreste meines Nova abgeschleppt hatte, und meine Versicherung. Danach hinterließ ich eine Nachricht auf dem Anrufbeantworter im Büro, in der ich Shelley bat, am Montag morgen als erstes das günstigste Angebot für ein Mobiltelefon für mich einzuholen.

Zu guter Letzt rief ich noch Brian Chalmers von PharmAce an. »Tut mir leid, wenn ich Sie zu Hause störe, Brian, aber war irgendeiner Ihrer Lieferwagen in den letzten vierundzwanzig Stunden in einen Unfall verwickelt?«

»Ich glaube nicht. Wieso fragen Sie?«

»Ich dachte, ich hätte gestern abend einen Ihrer Wagen bei einem Zusammenstoß auf der Autobahn gesehen. Ich dachte, Sie brauchen vielleicht einen Zeugen. Könnten Sie es für mich nachprüfen?«

Er fragte sich ganz offensichtlich, wieso um alles in der Welt mich das so interessierte, doch ich hatte gerade eine undichte Stelle für ihn gestopft, die ihn ein Vermögen kostete, daher beschloß er wohl, mir den Gefallen zu tun.

Zehn Minuten später rief er zurück. »Keiner unserer Lieferwagen hat gestern abend einen Unfall gemeldet«, sagte er. »Allerdings wurde am Donnerstag abend einer unserer Transits aus dem Depot gestohlen. Schon möglich, daß es der Lieferwagen war, den Sie gesehen haben.«

Donnerstag abend. Direkt nach meinem Gespräch mit Chalmers im Büro von PharmAce. Was ich jetzt nur noch brauchte, war ein Beweis. Vielleicht konnten wir den fehlgeleiteten Labortechniker zu einem Geständnis bewegen, wenn wir ihn zur Rede stellten. Bis dahin wäre ich möglicherweise auch wieder fit genug, ihn seine Nieren so schmerzhaft spüren zu lassen, wie sich meine jetzt anfühlten.

Wir wollten gerade gehen, als das Telefon schon wieder läutete. »Geh nicht ran«, rief Richard aus dem Korridor. Aber ich kann nicht anders. Ich wartete, bis der Anrufbeantworter sich einschaltete.

»Hier ist Rachel Lieberman, heute ist Samstag...« war zu hören, bevor ich am Telefon war.

»Mrs. Lieberman?« keuchte ich. »Entschuldigung, ich war gerade auf dem Weg nach draußen. Hatten Sie Zeit, die Beschreibungen durchzugehen?«

»Es gibt ein Muster, Miss Brannigan. Bis auf eines stehen oder standen alle Häuser auf unserer Liste. Sie werden alle auf Zeit vermietet, zwischen drei und sechs Monaten. Und in jedem einzelnen Fall hatten die Mieter den gleichen Zunamen wie die Eigentümer.«

Fast hätte ich tief Luft geholt, um mich zu beruhigen, da fiel mir wieder ein, daß das momentan nicht zu meinem Repertoire gehörte. »Vielen Dank, Mrs. Lieberman«, sagte ich. »Sie haben keine Ahnung, wie dankbar ich Ihnen bin.«

»Keine Ursache. Ich mag Herausforderungen, hin und wieder«, erwiderte sie mit einer Wärme in der Stimme, die ich zum erstenmal hörte. »Aber vielleicht hat es nicht viel zu bedeuten. Es sind ganz gewöhnliche Namen – Smith, Johnson, Brown; es ist kein solch großer Zufall. Übrigens, ich weiß nicht, ob es Sie interessiert, aber nachdem ich die Beschreibungen durchgegangen war, habe ich noch unsere jüngsten Vermietungen überprüft. Es gibt drei weitere Häuser, bei denen sich dasselbe Muster zu wiederholen scheint. Eines wurde vor drei Monaten vermietet, das andere vor zwei Monaten und das dritte vor drei Wochen.«

Ich schloß die Augen und sandte ein Dankgebet zum Himmel. »Es interessiert mich sehr, Mrs. Lieberman. Sie könnten mir wohl nicht...«

Sie schnitt mir das Wort ab. »Miss Brannigan, ich schmeichle mir, über ein gutes Urteilsvermögen zu verfügen. Die Adressen habe ich gestern abend an Ihr Büro durchgefaxt. Mir behagt der Gedanke nicht, daß mein Geschäft, wenn auch noch so unfreiwillig, für einen Betrug benutzt wird. Halten Sie mich auf dem laufenden, ja?«

Sie auf dem laufenden halten? Vielleicht würde ich ihr in Zukunft sogar jedes Jahr eine Karte zum Chanukkafest schicken!

10. Kapitel

Ich hatte wenig Chancen, mir das, was Rachel Lieberman mir erzählt hatte, durch den Kopf gehen zu lassen. Ich muß gestehen, daß ich ziemliche Schwierigkeiten habe, mich zu konzentrieren, wenn Edward the Second und die Red Hot Polkas in einer Lautstärke gespielt werden, die meine Plomben zum Vibrieren bringen. Ich weiß, das ist ein Zeichen für meine ganz persönliche Unzulänglichkeit, aber wir müssen uns alle mit unseren kleinen Schwächen abfinden. Und es hielt den Chauffeur bei Laune. Ich beschloß, die neuerworbenen Informationen in dem Teil meines Gehirns mit der Aufschrift »unerledigt« abzulegen. Zudem wollte ich mich nicht in irgendwelche Theorien verlieben, die mein Urteil trüben könnten, bevor ich im Grundbuchamt gewesen war und sämtliche Informationen von dort, aus Teds Unterlagen und aus dem Material, das Joshs Julia gestern nachmittag an das Büro gefaxt hatte, verglichen hatte.

Noch vor Mittag waren wir in Buxton angelangt, nur zweimal waren wir falsch abgebogen. Ich weiß nicht, was ich erwartete, aber bestimmt nicht das, was ich sah. Es gibt dort ein schwülstiges kleines Opernhaus mit einem Wintergarten, den irgendein geistiger Vorläufer von Ted Barlow erbaut hatte. Ich hätte nur zu gern den Sermon des Vertreters gehört. »Also, Mr. und Mrs. Stadtrat, gehe ich recht in der Annahme, daß Sie mit Freuden Ihre Zustimmung geben würden, wenn ich Ihnen zeige, wie Sie den touristischen Wert Ihres Opernhauses steigern können, ohne wesentlich höhere Kommunalsteuern erheben zu müssen?« Es gibt dort außerdem eine prachtvolle georgianische Häuserzeile, die einem eigentlich die Sprache verschlagen sollte, doch man hat zugelassen, daß sie verkommt, so wie eine trunksüchtige Herzogin, die sich über den Sherry zum Kochen hergemacht hat. Offen gestanden leuchtete mir nicht ein, warum solch ein Wirbel um diesen Ort gemacht wurde. Wenn das hier das Kronjuwel des Peak District war, war ich nicht scharf darauf, den Rest zu Gesicht zu bekommen. In Oxford aufgewachsen zu sein, hat mich wohl für jegliche Architektur großen Stils verdorben, die nicht tipptopp in Schuß gehalten wird.

Wie Oxford ist Buxton ein Opfer seiner eigenen Reklame. Jeder kennt Oxford wegen der Universität, man sieht nicht, daß es dort eigentlich wie in Detroit ist. Das Auto läßt nämlich das Geld in den Kassen der Ladeninhaber von Oxford klingeln, nicht die privilegierten Bewohner der Colleges. Und als wir durch Buxton gingen, brauchte ich nicht lange, um zu begreifen, daß dort nicht die Kultur oder die Heilquelle das Geschäft belebten, sondern der Kalkstein.

Richard war ebenso entzückt von dem Ort wie ich. Noch bevor wir die eher triste Hauptstraße ganz hinuntergegangen waren, fing er an zu nörgeln. »Ich hab keine Ahnung, wieso zum Teufel du mich hierher schleppen mußtest«, murrte er. »Ich meine, sieh es dir an. Was für eine Müllkippe, und es regnet auch noch.«

»Du wirst einsehen, daß es nicht nur in Buxton regnet«, sagte ich.

»Darauf würde ich mich lieber nicht verlassen«, erwiderte er mürrisch. »Es ist ein ganzes Stück kälter als in Manchester. Ich sehe nicht ein, wieso es nicht auch ein ganzes Stück nasser sein sollte.« Er blieb stehen und starrte feindselig in das beschlagene Fenster einer Frittenbude. »Was zum Teufel tun wir hier, Brannigan?«

»Ich tue nur, was du mir gesagt hast«, sagte ich honigsüß.

»Was *ich* dir gesagt habe? Wie kommst du denn darauf? Ich habe nie gesagt, komm mit, wir suchen uns die scheußlichste Touristenattraktion im ganzen Nordwesten und laufen da den ganzen Tag im Regen rum.« Richard ist nicht so leicht zu bremsen, wenn er aufgebracht ist. Bevor er richtig in Fahrt kam und anfing, eine Ansprache an die Nation zu halten, gab ich nach.

Ich hakte mich bei ihm unter, mehr mich zu stützen, als um meine Solidarität zu demonstrieren. »Der Typ, der Alexis und Chris ausgenommen hat, hat eine Verbindung nach Buxton«, erklärte ich. »Er hat einen Falschnamen benutzt, um das Ding zu drehen, und mein einziger Anhaltspunkt ist, daß er sein Bankkonto in Buxton hat.« Richard öffnete den Mund, aber ich fuhr unerbittlich fort. »Und bevor du mich daran erinnerst, daß du dein Konto noch immer in Fulham hast, möchte ich darauf hinweisen, daß dieser Typ angeblich Bauunternehmer ist und das betreffende Konto ein Geschäftskonto zu sein scheint.«

»Und was machen wir also? Durch Buxton marschieren und Leute fragen, ob Sie irgendwelche zweifelhaften Bauunternehmer kennen, die unsere Freunde ausgenommen haben könnten? Oh, und hier kommt der entscheidende Hinweis. Wir wissen, bei welcher Bank er sein Konto überzieht! Ich meine, wissen wir denn wenigstens, wie der Typ aussieht?«

»Alexis sagt, er ist Ende Zwanzig, Anfang Dreißig. Wellige braune Haare, mittelgroß, regelmäßige Gesichtszüge. Laut einem anderen Zeugen braune Haare, sehr muskulös, ist von sich eingenommen, fährt einen weißen Transit«, sagte ich.

»Einen weißen Transit?« unterbrach Richard. »Himmel! Du glaubst doch nicht, daß er es war, der versucht hat, dich gestern abend von der Straße abzudrängen?«

»Benimm dich«, sagte ich zu ihm. »Fast alle Handwerker fahren Transits, und die Hälfte davon ist weiß. Du kannst nicht hingehen und jeden Klempner, Tischler oder Glaser von Groß-Manchester verdächtigen. Wer dieser Typ auch sein mag, er hat nicht die leiseste Ahnung, daß ich mich für ihn interessiere, und erst recht nicht, daß ich ihn als Betrüger im Visier habe.«

»Sorry«, sagte Richard. »Also, was machen wir?«

»Zunächst kaufen wir uns mal eine Lokalzeitung, und dann suchen wir uns ein nettes Lokal, um zu Mittag zu essen, und während du dir in aller Ruhe den Bauch vollschlägst, sehe ich die Zeitung durch, was es hier für Bauunternehmen gibt. Dann, nach dem Mittagessen, verhalten wir uns wie normale Touristen und machen einen Rundgang durch Buxton. Wir sehen uns bloß nicht die Wahrzeichen an, sondern die Baufirmen.«

»Aber an einem Samstag nachmittag wird niemand da sein«, wandte Richard ein.

»Das weiß ich auch«», sagte ich und verzog den Mund. »Aber es werden Nachbarn da sein. Du weißt schon. Von der neugierigen Sorte, die dir sagen können, welchen Wagen die Leute fahren, wie sie aussehen und ob schon mal ein Lieferwagen mit der Aufschrift ›T. R. Harris Bauunternehmen‹ auf den Hof gefahren ist.«

Richard stöhnte auf. »Und dafür verpasse ich MAN UNITED und ARSENAL.«

»Ich bezahle das Mittagessen«, versprach ich. Er machte ein skeptisches Gesicht. »Und das Abendessen.« Seine Miene hellte sich auf.

Wir landeten in einem Pub in der Nähe der Oper, der aussah, als wäre er allein für den letztjährigen Umsatz von Laura Ashley verantwortlich. Die Stühle waren mit einem Stoff überzogen, der zu der Tapete paßte, und das Mobiliar aus gebeiztem Mahagoni fand seine Entsprechung in der großen, freistehenden ovalen Bar in der Mitte des großen Raums. Doch trotz der Ausstattung war das Angebot offenbar ausschließlich auf die einheimische Kundschaft ausgerichtet. Richard beklagte sich bitter, weil die hiesige Vorstellung von Designerbier aus einer Flasche Malzbier bestand. Schließlich hielt er ein Glas Lager in der Hand und bestand darauf, daß wir uns an einen seitlichen Tresen mit Blick auf die Tür setzten, so daß er, falls jemand hereinkam, den er kannte, sein Getränk schnell gegen meinen Wodka mit Grapefruitsaft austauschen konnte. Ich tat ihm den Gefallen und setzte mich so, daß ich den Rest des Raums im Blick hatte. Zum Glück war das Essen gut. Wunderbare Sandwiches, tolle Fritten. Richtige Fritten, dick und braungolden, so wie meine Granny Brannigan sie früher in einer Fritteuse gemacht hatte, die so alt und abgenutzt war, daß sie schon schwarz aussah. Und meine Bemühung, Richard bei Laune zu halten, erhielt Auftrieb, als er auf der Dessertkarte Sticky-Toffee-Pudding entdeckte.

Nach seiner zweiten Portion wollten wir aufbrechen. Ich wankte nach oben zum Damenklo, während Richard den Versuch unternahm, das Muster von seinem Teller abzukratzen. Als ich die breite Treppe wieder hinunterging, wurde mir die Art von Überraschung zuteil, die einen gerade auf einer Treppe leicht ins Stolpern bringen kann, so daß man verschlungen wie ein menschlicher Brezel unten auf dem Boden aufkommt. Das hat die unselige Nebenwirkung, enorm viel Aufsehen zu erregen. Da ich am Abend zuvor nur knapp der Invalidität entronnen war, hielt ich mich zum Glück am Geländer fest.

Vorsichtig ging ich die letzten Stufen hinunter und schlüpfte hinter die ovale Bar, von wo ich meine Beute weniger auffällig beobachten konnte. Auf der Treppe saß man ja vielleicht ganz bequem, aber man konnte von dort entsetzlich schlecht observieren. Ich drückte mich hinter die Bar, was mir einige komische Blicke des Barkeepers einbrachte, bis ich sie im Spiegel sehen konnte, ohne daß sie mich klar im Blick hatten.

Drüben an einem kleinen Tisch am Panoramafenster war Martin Cheetham in ein ernstes Gespräch mit einem Mann vertieft, den ich schon mal gesehen hatte. Der Supertyp mit dem Lieferwagen, der draußen vor der Getreidebörse direkt durch mich hindurchgesehen hatte, nach meinem Gespräch mit Cheetham. Heute hatten sie beide ihre Arbeitskleidung abgelegt. Cheetham trug eine Cordhose und einen Aranpullover, während sein Gefährte in einem blauen Rugbyshirt, das in einer Levis steckte, noch toller aussah als das letzte Mal. Über der Armlehne seines Stuhls lag ein schwarzer Lederblouson. Worüber sie auch reden mochten, Cheetham wirkte unzufrieden. Er beugte sich immer wieder vor und hielt sein Bierglas umklammert. Sein Körper glich einer Illustration für nervliche Anspannung in einem Lehrbuch.

Im Gegensatz dazu machte sein Gefährte einen so lockeren Eindruck wie ein Urlauber. Er saß in seinen Stuhl zurückgelehnt und rauchte lässig eine schlanke Zigarre. Dabei lächelte er Cheetham immer wieder zu, was diesen keineswegs beruhigte. Mich hätte es durchaus beruhigt, wenn ich die Empfängerin gewesen wäre, im Ernst. Er war unheimlich sexy.

Leider sah es allmählich so aus, als sei er auch ein unheimlicher Schurke. Da saß Martin Cheetham, der Mann, der Alexis und Chris das Land vermittelt hatte, und trank und redete mit einem Mann in Buxton, den ich als Bauunternehmer identifiziert hatte. Und Alexis und Chris waren in einem Handel um ihr Geld betrogen worden, den derselbe Martin Cheetham zusammen mit T. R. Harris, einem Bauunternehmer mit Beziehungen zu Buxton, eingefädelt hatte. Ich versuchte mich an den Namen auf dem Lieferwagen zu erinnern, den der Supertyp draußen vor der Getreidebörse geparkt hatte, doch die Gehirnzelle, die sich mit dieser Information befaßt hatte, schien eine von denen zu sein, die auf der Barton Bridge ihr Leben hatten lassen müssen.

Mir ging auf, daß es mir eigentlich nichts nützte, die beiden nur zu beobachten. Ich mußte ihr Gespräch mithören. Ich wandte meine Aufmerksamkeit der Raumaufteilung zu. Logischerweise wollte ich nicht, daß Cheetham mich sah. Falls er nicht an einem schmutzigen Geschäft beteiligt war, hätte er natürlich kein Problem mit meiner Anwesenheit. Aber ich hatte allmählich ernsthafte Zweifel bezüglich seiner Rolle in dieser Sache, daher dachte ich nicht daran, ein Risiko einzugehen.

Ich hatte vor, in Cheethams Rücken den Raum zu durchqueren und dann über eine Polsterbank zu rutschen, bis ich direkt hinter ihm war. So müßte ich ihr Gespräch eigentlich mithören können. Die Aktion erforderte keine große Geschicklichkeit, was nur gut war, wenn man meinen körperlichen Zustand in Betracht zog. Ich schaffte es, den Raum zu durchqueren, doch als ich über die Bank rutschte, wurde der Supertyp auf mich aufmerksam. Er war sofort auf der Hut, setzte sich auf und beugte sich vor, um etwas zu Cheetham zu sagen. Der Anwalt fuhr auf seinem Stuhl herum. Ich war mit einem Schlag enttarnt.

Ich beugte mich dem Unvermeidlichen (eine Haltung, die mir nicht leichtfällt), stand auf und ging zu ihnen hinüber. Auf Cheethams Gesicht malte sich flüchtig Panik, und er sah über die Schulter zu seinem Gefährten, der einen wachsamen Blick auf mich warf und etwas zu Cheetham sagte, das ich nicht mitbekam. Cheetham fuhr sich nervös mit der Hand durch sein dunkles Haar, dann kam er auf mich zu. »Miss Brannigan, welch eine Überraschung, darf ich Ihnen etwas zu trinken holen?« sagte er, ohne zwischendurch Luft zu holen. Er trat nach links und versperrte mir den Weg.

Völlig frustriert sah ich, wie sein Gefährte praktisch aus dem Lokal hinausrannte. Ich blickte Cheetham fest an. Auf seiner Stirn glänzte Schweiß, und unter seiner Bräune war alle Farbe aus seinem Gesicht gewichen, wodurch er aussah, als hätte er ganz plötzlich Leberzirrhose. »Ich hatte gehofft, sie würden mich Ihrem Freund vorstellen«, sagte ich, um das Beste aus der Situation zu machen.

Sein Lächeln fiel dürftig aus, es reichte nicht bis zu seinen Augen. »Äh, nein, tut mir leid, er hatte es eilig.« Er nahm sein Glas und trank schnell einen Schluck. »Darf ich Ihnen denn wirklich nichts zu trinken holen, Miss Brannigan?«

»Nein danke. Ich wollte auch gerade gehen. Haben Sie viele Freunde im Baugewerbe, Mr. Cheetham?«

Er sah aus, als werde er gleich in Tränen ausbrechen. »Im Baugewerbe? Tut mir leid, ich weiß nicht, ob ich Sie recht verstehe.«

»Ihr Freund. Der gerade gegangen ist. Er ist doch Bauunternehmer, oder?«

Er lachte nervös. Er hörte sich an wie ein Spaniel, der fast an einer Entenfeder erstickt. Nach seiner Miene zu urteilen, merkte er selbst, daß es nicht funktioniert hatte. Er wechselte die Strategie, versuchte es auf die legere Tour. »Da müssen Sie etwas verwechseln. John ist Lastwagenfahrer. Er arbeitet für eine der Steinbruchfirmen.«

»Und da sind Sie ganz sicher, ja?« fragte ich.

»Nun, ich kenne ihn und seine Familie seit Jahren«, sagte er und fing sich wieder, »und wenn er nicht Lastwagenfahrer ist, dann ist es ihm glänzend gelungen, uns alle an der Nase herumzuführen. Ich habe mit seiner Schwester zusammen studiert.« Eine grandiose Vorstellung.

Ich hatte keinen Beweis. Nur eine Reihe von Verdachtsmomenten und ein oder zwei zufällige Übereinstimmungen. Das reichte kaum aus, um ein Mitglied des Anwaltsverbands unter Druck zu setzen. »Wir sehen uns später noch«, sagte ich und versuchte, es mehr nach einer Drohung als nach einem Versprechen klingen zu lassen. Ich stolzierte davon, wobei die Wirkung durch mein Humpeln ziemlich verdorben wurde.

Ich fand Richard draußen auf dem Gehsteig, wo er sauer auf mich wartete. »Na endlich!« stieß er hervor. »Mußt du zu einer Apotheke, um dir ein Abführmittel zu besorgen, oder hast du die Lektüre des BUXTON ADVERTISER so sehr genossen, daß du nicht auf die Zeit geachtet hast? Ich habe mir hier die Beine in den Bauch gestanden.«

»Hast du zufällig einen Typ gesehen, der vor ein paar Minuten aus dem Pub gestürzt kam? Schwarze Lederjacke, braune Haare, übellauniges Gesicht?« fragte ich und überhörte seine Klagen.

»Der noch nicht mitgekriegt hat, daß er zu alt für die James-Dean-Nummer ist? War es der?«

»Genau. Du hast wohl nicht gesehen, wohin er gegangen ist?«

»Er ist in den Park gewetzt«, sagte Richard und zeigte in die ungefähre Richtung der Pavilion Gardens. »Wieso? Ist er ausgerückt, ohne seine Stulle zu bezahlen?«

»Ich glaube, das war unser Mann. T. R. Harris höchstpersönlich. Scheiße. Wenn ich mich doch bloß an den Namen auf dem Lieferwagen erinnern könnte!« zischte ich.

Richard sah mich verständnislos an. »Aber er hat keinen Lieferwagen gefahren.«

»Als ich ihn das letztemal gesehen habe, schon. Es war irgendein schauderhaftes Wortspiel«, murmelte ich, schlug wieder die Zeitung auf und überflog die Anzeigen.

»Arm und dachlos?« witzelte Richard, während ich weitersuchte.

Dann erregte eine Annonce meine Aufmerksamkeit. »Gestalten Sie Ihr Heim neu? Entscheiden Sie nichts, bis Sie uns angerufen haben. Cliff Scott & Sons.« Darunter in Großbuchstaben: »Renovation ist unsere Spezialität.« Ich atmete zufrieden auf. »Renew-Vations«, verkündete ich triumphierend.

»Ja, klar«, sagte Richard und musterte mich mit dem unsicheren Blick, der normalerweise für Menschen im Spätstadium des Wahnsinns reserviert ist.

Der Blick verschwand auch nicht, als ich in den Pub zurückmarschierte. Dort bat ich um das Telefonbuch. Während ich wartete, stellte ich fest, daß inzwischen eine modische und attraktive Brünette mit einer ganzen Ladung Einkaufstüten zu Cheetham gestoßen war. Nach den Geschäftsemblemen zu urteilen, war sie nicht etwa zu Safeway gegangen, um Tiefkühlhähnchen zu kaufen. Sie streichelte besitzergreifend Cheethams Oberschenkel, während er sie anscheinend zu den Einkaufstüten verhörte. Dann kam das Telefonbuch, und ich mußte mich von ihnen losreißen. Überraschung, Überraschung. Renew-Vations war nicht aufgeführt. Zurück zu Plan A.

Erstaunlicherweise stand Richard immer noch auf dem Gehsteig, als ich zum zweitenmal aus dem Pub kam. Er sah aus wie ein Mensch, der die Einsicht gewonnen hat, daß das Glück nur über den Weg des geringsten Widerstandes zu erlangen ist. »Was jetzt, meine Liebste«, sang er in einer schlechten Imitation von Shirley Bassey und versuchte, mich in seine Arme zu ziehen. Ich zuckte zusammen und wich ihm aus, und er ließ sofort ab. »Sorry, Brannigan, ich vergesse immer wieder, daß du ein verwundeter Krieger bist.«

Daran brauchte er mich nicht erst zu erinnern. Ich wurde allmählich müde und war schwach auf den Beinen. Offen gestanden war ich froh, ruhig im Wagen sitzen zu können, während Richard mich zu den Bauhöfen fuhr, die ich angekreuzt hatte. Wir hatten wieder kein Glück. Es gab keine Spur von einem Lieferwagen mit der Aufschrift Renew-Vations. Oder auch T. R. Harris. Die Befragung der jeweiligen Bewohner des Viertels ergab, daß sechs von neun Bauunternehmern weiße Transits fuhren. Auf vier von ihnen paßte die Kurzbeschreibung von Tom Harris. Als ich fragte, bei welcher Bank sie Kunde waren, erntete ich einige sehr komische Blicke und nur wenig nützliche Antworten.

Um vier Uhr war ich erledigt. Aber ich wollte noch nicht aufgeben, trotz Richards unmißverständlicher Andeutungen, es sei Zeit, nach Hause zu fahren.

»Ich habe eine Idee«, sagte ich, als wir ins Stadtzentrum zurückfuhren. »Wie wär's, wenn wir uns ein nettes kleines Hotel suchen und uns für heute nacht ein Zimmer nehmen? Dann brauchst du mich morgen nicht wieder hierher zu fahren.«

»Du willst was?« explodierte er. »Auf dieser Müllkippe *übernachten*? Das muß ein Witz sein, Brannigan. Eher würde ich in ein Konzert von Richard Clayderman gehen.«

»Das ließe sich arrangieren«, murmelte ich. »Sieh mal, ich habe so ein Gefühl im Bauch wegen dieses Typs. Ich muß unbedingt seinen Namen herausfinden und wo er wohnt. Und von Manchester aus kann ich das nicht.«

»Dann warte bis zu einem Wochentag, wenn sich die Bauunternehmer in ihrer Firma aufhalten und die Geschäfte für Baubedarf geöffnet sind«, sagte Richard, ganz die Stimme der Vernunft.

»Das Problem ist, daß ich es nur Alexis zu Gefallen mache. Bill kommt am Montag von den Kanalinseln zurück, und er wird nicht gerade begeistert sein, wenn ich gratis unterwegs bin, anstatt an den Aufträgen zu arbeiten, für die ich bezahlt werde. Ich möchte das eigentlich gern bis morgen geklärt haben. Außerdem muß ich am Montag zum Grundbuchamt«, fügte ich pathetisch hinzu.

Richard machte ein finsteres Gesicht. »Na schön, Brannigan, du hast gewonnen.«

Hatte er denn jemals daran gezweifelt?

11. Kapitel

Es war ein ganz neues Abenteuer in Sachen Peinlichkeit, in Buxton ein Hotelzimmer zu finden, das Richard zusagte. Zunächst einmal mußte es einen Farbfernseher und ein Telefon am Bett haben. Es mußte über eine richtige Bar verfügen, nicht so eine mickrige eingebaute Cocktailbar, wie Dart- und Snookerspieler sie in einer Ecke des Spielsalons haben. Außerdem mußte es einem das Gefühl geben, daß es dem zwanzigsten Jahrhundert angehörte, was die meisten von vornherein ausschloß. Zu guter Letzt bestand er noch auf einem Fahrstuhl, weil ich verletzt war, ja, ob man das denn nicht sehen könne? Nachdem er gegenüber der Frau im Touristenzentrum über das Elend der Behinderten gepredigt hatte, landeten wir schließlich in einem höchst angenehmen Haus mit Blick auf den Park. Zumindest war man dort angenehm, als wir das Zimmer bezogen. Leider hatte ich das Gefühl, daß das Verhältnis bei unserer Abreise weit gespannter sein würde. Wenn Richard erst richtig loslegt, würde es selbst dem Personal im Buckingham Palast schwerfallen, seine Forderungen zu erfüllen.

Ich ging gleich ins Bad, um meine schmerzenden Glieder zu verwöhnen, während Richard den Fernseher einschaltete, sich aufs Bett fallen ließ und über das Fehlen a) einer Fernbedienung und b) eines Satellitenempfangs klagte. Ich muß gestehen, mir tat das nicht leid. Ich hatte rasende Kopfschmerzen und glaubte seinem gewohnten Zappen und MTV in voller Lautstärke nicht gewachsen zu sein, ohne dem Drang nachzugeben, eine schwere Körperverletzung zu begehen. Ich schloß die Tür zum Bad, um seine Kommentare zu den Berichten über Fußballspiele nicht mithören zu müssen, und sank dankbar in das heiße Wasser, wo ich Ordnung in meine Gedanken zu bringen versuchte.

Nummer eins, die Wintergärten. Dank Rachel Lieberman wußte ich jetzt, daß die Häuser, deren Wintergärten verschwunden waren, alle vermietet wurden. Es hatte den Anschein, daß die Mieter denselben Zunamen wie die Eigentümer trugen. Kam dem Umstand, daß alle durch DKL vermietet wurden, irgendwelche Bedeutung zu? Oder lag es nur daran, daß DKL eine der wenigen Agenturen in der Gegend war, die sich auf Mieteigenheime spezialisierte? Was ich nicht verstand war, wohin die Wintergärten verschwanden oder wie der Schwindel mit den Neuhypotheken funktionierte. Immerhin sind Kreditinstitute heutzutage doch etwas pingeliger in der Frage, wem sie Geld leihen, als früher. Ein weiteres Problem war, daß ich keinen Schimmer hatte, wer das Ding drehte. Vielleicht war da etwas, das ich übersah, aber je mehr ich herausfand, um so stärker wurde der Eindruck, daß nicht unbedingt ein Zusammenhang zwischen Ted Barlow und den Verbrechern bestand. Ich sah jedoch keine Möglichkeit, herauszufinden, wer dahintersteckte, solange ich nicht ausgeknobelt hatte, wie die Sache funktionierte. Es war ungeheuer frustrierend. Vielleicht würde ja alles klarer, nachdem ich im Grundbuchamt gewesen war und das Material gesichtet hatte, das Julia ausgegraben hatte.

Nummer zwei, PharmAce. Ich war recht zuversichtlich, daß Paul Kingsley, der Freelancer, den ich für heute abend engagiert hatte, die nötigen Fotos beschaffen würde. Nach dem Zusammenstoß gestern abend auf der Brücke hatte ich ein ganz persönliches Interesse an dem Fall. Wenn es ein Lieferwagen von PharmAce gewesen war, der meine vielversprechende Laufbahn hatte beenden wollen, dann wünschte ich zu wissen, wer ihn gefahren hatte, damit ihm jemand, wenn schon nicht dieselben Verletzungen, so doch dieselbe Angst bereitete wie er mir.

Und schließlich, Nummer drei, der Fall des korrupten Bauunternehmers. Ich wußte instinktiv, wer »John« war. Es reihten sich einfach zu viele Zufälle aneinander. Außerdem ging es hierbei auch um meine Berufsehre. Es war mir stets gelungen, Alexis durch mein Geschick zu imponieren, hauptsächlich weil sie immer nur das Endresultat meiner Arbeit sah. Ich wollte nicht, daß sie jetzt auch meine verborgenen Schwächen sah.

Trotzdem hatte ich noch keine zündende Idee, wie ich den unzugänglichen »John« alias »T. R. Harris« aufspüren sollte, und das Badewasser wurde auch allmählich kalt. Vorsichtig zog ich mich hoch, bis ich auf dem Rand der Wanne hockte, dann schwang ich die Beine aus dem Wasser. Ich wickelte mich in ein großes Badelaken und ging zu meinem Herzliebsten, der inzwischen seinen Spott über eine geistlose Gameshow ergoß.

Ich kuschelte mich neben ihn, und er hielt lange genug in seiner Schmährede inne, um zu fragen: »Gibt es in Buxton einen Chinesen?«

»Sieh doch mal in der Zeitung nach. Oder im Telefonbuch. Oder ruf die Rezeption an.«

Der letzte Vorschlag erforderte offenbar die geringste Anstrengung. Während er die Empfangsdame beglückte, wankte ich zurück ins Bad und stieg mühsam in meine Kleider, wobei ich wünschte, ich hätte daran gedacht, Nachtzeug mitzubringen. Zum Glück enthält meine Handtasche stets ein Fläschchen Grundierungscreme und eine praktische Schminkpalette mit Lidschatten, Rouge, Wimperntusche und Lippenstift, so konnte ich die dunklen Ringe unter meinen Augen und den Bluterguß an meinem Kinn verdecken.

Als ich fertig war, brannte Richard schon darauf, loszuziehen. Ich hatte leider das Gefühl, daß es noch ein bißchen früh fürs Abendessen war, und das sagte ich auch. »Ich habe aber Hunger«, sagte Richard. Ich hob die Augenbrauen. Er lächelte verlegen. »Die Empfangsdame hat gesagt, es gibt einen Pub, wo sie samstags abends Live-Musik bringen. Einheimische Bands und so. Ich hab mir gedacht, daß du wahrscheinlich früh ins Bett willst und ich vielleicht später dort vorbeischauen könnte, ob es sich lohnt, sich die Leute anzuhören.«

Was übersetzt hieß: »Dieser Ausflug sieht bis jetzt nach einer Niete aus. Wenn einer von uns einen gewissen Nutzen daraus ziehen kann, war es wenigstens keine totale Zeitverschwendung.« Einer der Wege, über die Rockjournalisten wie Richard an ihre Storys herankommen, besteht darin, gute Beziehungen zu den Leuten der Plattenfirmen zu pflegen, die neue Gruppen anwerben, um die nächsten *U2* aus ihnen zu machen. Insofern hält Richard stets Ausschau nach *U3*, um einem seiner Kumpel einen Wink geben zu können.

»Kein Problem.« Ich seufzte. »Gehen wir also essen.« Es war einfacher nachzugeben, vor allem weil ich nicht glaubte, daß mein Appetit durch weiteres Warten zunehmen würde. Die Reaktion auf den Unfall schien sich einzustellen, und ich war insgeheim dankbar bei der Aussicht, früh ins Bett zu gehen ohne die Aussicht, Richard unterhalten zu müssen.

Das Chinarestaurant lag auf der Main Street, über einer Reiseagentur. Dafür, daß es halb sieben an einem Samstagabend war, herrschte in dem Lokal überraschend viel Betrieb. Gut zehn Tische waren besetzt. Wir werteten das beide als Indiz, daß das Essen ganz ordentlich war. Ich hätte es besser wissen müssen. Alle anderen Indizien zeugten vom Gegenteil. Das Aquarium enthielt Goldfische statt Koi-Karpfen, die Tische waren bereits mit Löffeln und Gabeln gedeckt, auf der Speisekarte – in erster Linie Süßsaures und *Chop Suey* – war nicht ein einziges chinesisches Schriftzeichen zu entdecken. Ich hatte noch nie viel für *Chop Suey* übrig, nicht seit mir jemand in böswilliger Absicht erzählt hat, es sei Chinesisch für »Allerlei«. Außerdem ist es nicht mal ein ursprünglich chinesisches Gericht, sondern bloß etwas, das man erfunden hat, um die Yankies glücklich zu machen.

Richard stöhnte empört auf, als er die Speisekarte las. Als der Ober mit unseren kleinen Lager kam, öffnete Richard seine Brieftasche und holte ein stark zerknittertes Stück Papier heraus, das er auseinanderfaltete und dem Ober unter die Nase hielt. Der Ober studierte ernst die chinesischen Schriftzeichen. Wenigstens schien er Richards fünf liebste *Dim-Sum*-Gerichte identifizieren zu können. Vor einiger Zeit hat Richard den Geschäftsführer seines Stammrestaurants in der Stadt überredet, sie ihm für Notfälle aufzuschreiben. Das hier war eindeutig ein Notfall. Der Ober räusperte sich, faltete den Zettel sorgfältig zusammen und gab ihn Richard zurück.

»Kein *Dim Sum*«, sagte er.

»Wieso nicht? Ich habe Ihnen doch gezeigt, was ich haben will«, protestierte Richard.

»Kein *Dim Sum*. Bambus nicht hygienisch«, gab der Ober zurück. Er ging weg, bevor Richard seine Stimme wiederfand.

»Bambus nicht hygienisch?« wiederholte Richard schließlich, die Ungläubigkeit in Person. »So was hab ich ja noch nie gehört. Du lieber Himmel, Brannigan, was hast du mir da bloß wieder eingebrockt?«

Es gelang mir, ihn zumindest so lange zu beschwichtigen, bis er bestellen konnte, was mein nächster Fehler war. Sie hatten keine Salz- und Pfefferrippchen, dafür standen Grillrippchen auf der Speisekarte. Sie waren orange. Ich meine damit kein glänzendes Rötlichbraun. Ich meine orange, wie in Jaffa. Der Geschmack spottete jeder Beschreibung. Selbst Richard war stumm vor Staunen. Er trank einen großen Schluck Tee, um ihn loszuwerden, und mußte fast würgen. Nach einem vorsichtigen Schluck meinerseits begriff ich, wieso. Da man es hier offenbar nicht gewohnt war, daß jemand chinesischen Tee wollte, hatte man uns eine Kanne sehr dünnen, jedoch bitteren Beuteltee serviert.

Ich dachte, schlimmer könne es nicht kommen, aber es konnte. Als der erste Gang kam, dachte ich, Richard würde der Schlag treffen. Das süßsaure Schweinefleisch bestand aus einem Hügel kugelrunder Bälle mit einer grellroten Soße, die, möchte ich wetten, genug E-Werte enthielt, um halb Buxton hyperaktiv zu machen. Das Hähnchen auf schwarzen Bohnen sah verwachsen aus, und das Kanton-Filetsteak schien einer Mister-Minit-Absatzreparatur entsprungen. Der Ober wollte nicht verstehen, daß wir Stäbchen und Schalen wünschten. Der Gipfel war, als ich den Deckel von dem gebratenen Reis nahm. Er war pink. Ich schwöre bei Gott, der Reis war pink. Richard saß nur da und starrte das alles an, als wäre es ein schlechter Witz und das richtige Essen würde gleich noch gebracht.

Ich holte tief Luft. »Versuch es als eines der Dinge zu sehen, die man aus Liebe tut.«

»Heißt das, wenn ich es dem Ober an den Kopf werfe, denkst du, ich liebe dich nicht mehr?« ächzte Richard.

»Das nicht. Aber ich glaube nicht, daß es dadurch besser wird, und ich fühle mich nicht stark genug, um damit umzugehen, wenn du den Ober aus reinem Rachedurst in kleine Stücke reißt. Essen wir, soviel wir runterkriegen, und dann gehen wir.« Normalerweise wäre ich die erste gewesen, die sich beschwert, aber mir fehlte die Energie dazu. Außerdem konnte ich den Gedanken nicht ertragen, auf der Suche nach einem Lokal mit halbwegs anständigem Essen durch ganz Buxton zu ziehen.

Richard las wohl an meinem Gesicht ab, wie erschöpft ich war, denn ausnahmsweise gab er nach, ohne Theater zu machen. Wir stocherten beide eine Zeitlang in unserem Essen herum, dann verlangten wir frostig die Rechnung. Der Ober schien nichts von unserer Unzufriedenheit zu bemerken, bis Richard die zehn Prozent Bedienung von der Rechnung abzog. Das war offensichtlich eine Premiere, und zwar eine, die er sich nicht bieten ließ.

Ich war dem Ärger nicht gewachsen, deshalb ging ich nach unten auf die Straße, während Richard dem Ober wortreich klarmachte, wieso er nicht die Absicht hatte, auch nur einen Shilling für die Bedienung zu zahlen. Ich lehnte mich gegen den Türrahmen und fragte mich, wie lange ich wohl würde warten müssen, bis ich ein menschliches Wesen zu Gesicht bekam, als der Schutzheilige der Schnüffler auf mich hinunterblickte und beschloß, daß es an der Zeit war, mir eine kleine Entschädigung zu gewähren.

Ein weißer Transit-Lieferwagen fuhr die Seitenstraße mir gegenüber hinunter und bog auf die Main Street ein. Aufgrund meiner jüngsten fixen Idee prägte ich mir den Namen auf den Tafeln ein, die an den Seiten des Lieferwagens angebracht waren. »B. Lomax, Bauunternehmen« las ich. Es war eine der Firmen, die ich am Nachmittag inspiziert hatte. Der Lieferwagen hielt an, und ich hörte, wie die Fahrertür auf- und zuging. Sehen konnte ich nichts, weil der Lieferwagen dazwischen war. Ich nahm an, daß der Fahrer zu der Pizzeria ging, die ich auf der gegenüberliegenden Straßenseite gesehen hatte.

In diesem Augenblick kam Richard heraus, er lächelte verbissen.

»Geschafft?« fragte ich.

»Ich hab ihn dazu gebracht, noch um ein paar Pfund runterzugehen, weil die Rippchen eine allergische Reaktion ausgelöst und dir einen Asthmaanfall beschert haben.«

Ich habe kein Asthma. Soweit ich weiß, bin ich gegen gar nichts allergisch, außer gegen blödes Gequatsche. Darauf wies ich auch Richard hin, als wir zum Auto zurückgingen. »Na und?« erwiderte er. »Das wissen die doch nicht, oder? Und außerdem...«

»Halt die Klappe!« unterbrach ich, weil ich mir denken konnte, was kam. »Ich will *nicht* hören, daß ich so beschissen aussehe, als hätte ich einen Asthmaanfall.«

»Wie du willst«, sagte er.

Ich stieg behutsam ein, dann kreischte ich vor lauter Aufregung los. »Er ist es, Richard, er ist es!« rief ich und stieß Richard heftiger in die Rippen, als ich beabsichtigt hatte.

»Wer denn?« japste er.

»Der Typ, den ich suche«, schrie ich und konnte den Blick nicht von dem Mann losreißen, der mit drei Pizzaschachteln in der Hand aufgetaucht war, die er jetzt vorsichtig auf den Beifahrersitz des weißen Transit legte. Es war der Mann, den ich mit Cheetham gesehen hatte, derselbe Mann, den ich in dem Renew-Vations-Lieferwagen gesehen hatte, der Mann, von dem ich stark vermutete, daß er auch T. R. Harris war.

»Das ist der Typ, der heute mittag aus dem Pub geprescht kam«, sagte Richard, wie immer am Ball.

»Ich weiß. Ich glaube, er ist der Typ, der Alexis und Chris ausgenommen hat«, erklärte ich ihm.

»Dann sehen wir uns doch mal an, wohin er fährt«, sagte Richard. Er wartete, bis unser Mann auf den Fahrersitz geklettert war, bevor er den verräterischen Motor des Käfers anließ. Ein VW-Kabrio in knalligem Pink war nicht unbedingt das Auto, das ich ausgewählt hätte, um jemanden zu beschatten, doch ich hatte keine andere Wahl.

»Fahr nicht so nah ran«, warnte ich ihn.

Wir warteten, als der Lieferwagen ausscherte und langsam zu einem Mini-Kreisverkehr fuhr, wo der Fahrer kurz anhielt. Als er rechts abbog, nahm Richard den Fuß von der Bremse und schoß hinterher. Wir konnten gerade noch die Rücklichter des Lieferwagens sehen, der weiter vorn die Kurve nahm. Wenig später fuhren auch wir um die Kurve und sahen, wie der Lieferwagen an der Ampel abbog. »Fahr zu«, rief ich Richard zu. Die Ampel sprang auf gelb.

Er trat aufs Gaspedal und riß das Lenkrad herum, mit quietschenden Reifen fuhr er um die Ecke. Dem Himmel sei Dank für Profilreifen und spezialangefertigte Käfer. Der Lieferwagen war noch in Sicht, und wir folgten ihm gemächlich über eine weitere Ampel und einen Hügel hinauf. Dann bog er in eine Einfahrt. Ich atmete erleichtert auf. Es ist schwieriger, sich an ein Fahrzeug zu hängen, als die meisten glauben. Gute dreißig Prozent der Zeit verliert man sie völlig aus den Augen.

»Gut gemacht. Aber fahr nicht langsamer«, sagte ich zu Richard. »Halt erst hinter der nächsten Ecke an.«

Wenige Sekunden später hielt er, und ich war aus dem Wagen gesprungen, noch ehe er den Motor ausgeschaltet hatte. Meine schmerzenden Glieder, die ich während der Verfolgungsjagd vor Aufregung vergessen hatte, forderten plötzlich wieder ihr Recht. Ich zuckte zusammen, als ich mich aufrichtete, und wankte über die Straße, was Richard die Möglichkeit gab, mich einzuholen.

»Was glaubst du, was du hier tust?« wollte er wissen. »Du solltest im Bett liegen und nicht die Straßen von Buxton runterrasen.«

»Ich will mir nur das Haus ansehen.«

»Für einen Abend hast du genug getan«, erwiderte Richard. »Komm schon, Kate, sei nicht albern. Du solltest dich schonen. Soviel erwartet Alexis nicht von dir.«

Ich schüttelte seine Hand ab. »Ich muß unbedingt wissen, welches Haus es ist«, sagte ich. »Etwas Riskanteres habe ich ja gar nicht vor.« Was die reine Wahrheit war. Zumindest im Augenblick.

Vierzig Minuten später ging ich ganz offen die Einfahrt von »Hazledene« hoch. Das ist ein Trick, den ich in dieser Branche schon sehr früh gelernt habe. Nie schleichen, geduckt gehen oder dich an den Wänden entlangdrücken, wenn du auch ganz frei gehen kannst. Nichts ist unverdächtiger als eine Person, die aussieht, als wüßte sie genau, wohin sie geht, und als hätte sie jedes Recht dazu. Zum Glück war die Zufahrt asphaltiert, so bestand nicht die Gefahr, daß man im Haus Kies unter meinen Füßen knirschen hörte.

Richard hatte mich zum Hotel gebracht, nachdem wir am Wohnsitz von B. Lomax, Bauunternehmer, vorbeispaziert waren. Ich hatte ihm gesagt, ich werde es mir vor dem Fernseher gemütlich machen und dann früh ins Bett gehen. Wann genau, hatte ich nicht gesagt, oder auch, ob das alles war, was auf meinem Programm stand. Auf jeden Fall war er zufrieden losgezogen, um sich die einheimischen Bands anzusehen, und ließ freundlicherweise die Autoschlüssel da in Erwartung, daß er etwas fand, das er gern trank. Ich gab ihm fünfzehn Minuten Vorsprung, dann fuhr ich zu der Seitenstraße in der Nähe von Lomax' Haus zurück.

Das Haus war stabil, quadratisch und sah aus, als würde es jeden Angriff überstehen. So mußte es wohl auch sein, um dem Winter in Buxton zu trotzen. Das muß ich den Viktorianern lassen, sie wußten, wie man für die Ewigkeit baut. Ich wette, die Architekten fallen jeden Morgen auf die Knie und sprechen ein Dankgebet, weil diese Tradition ausgestorben ist. An einer Seite war die Einfahrt von einer dichten Ligusterhecke und hohen Bäumen gesäumt, die genauso alt aussahen wie das grau angelaufene Haus. Als ich mich dem Haus näherte, hielt ich mich im Schatten der Hecke.

Ein schwarzer BMW der 3er Serie stand in der Krümmung der Einfahrt, die im Bogen um die Vorderseite des Hauses herumführte. Der Lieferwagen war seitlich geparkt und blockierte die Türen einer großen freistehenden Holzgarage. An der Vorderseite des Hauses war kein Licht zu sehen, bis auf die Buntglaslaterne über der stabilen Haustür. Ich bewegte mich so vorsichtig, wie meine steifen Glieder es zuließen, und hielt mich im Schutz des Lieferwagens. Als ich das Führerhaus des Lieferwagens umrundete, sah ich, daß Lichtflecke auf den Rasen hinter dem Haus fielen.

Es war nahezu gespenstisch still. Das Brausen des Verkehrs war so weit entfernt, daß ich mich anstrengen mußte, um es zu hören. Ich schlüpfte wieder hinter den Lieferwagen, holte vorsichtig meine Minitaschenlampe heraus und beleuchtete die Seite des Fahrzeugs. Unmöglich zu sagen, was sich hinter der angeschraubten Tafel aus Sperrholz befand. Ich war jedoch nicht umsonst Pfadfinderin. Außerdem hatte ich vorsichtshalber den Werkzeugkasten in Richards Kofferraum geplündert. Der kleine Schraubenschlüssel, den ich gewählt hatte, war goldrichtig.

Leider war ich es nicht. Die oberen Schrauben waren einfach zu hoch für mich. Und es gab auf den ersten Blick nichts, worauf man sich stellen konnte. Also machte ich das Beste aus der Situation und drehte an den vier Schrauben am unteren Ende der Tafel. Sie ließen sich problemlos lockern. Die Tatsache, daß sie nicht angerostet waren, kam mir verdächtig vor.

Ich schob einen Schraubenzieher unter die Kante der Tafel und hob sie etwa drei Zentimeter an. Indem ich den Kopf verdrehte und die Lampe schräg unter die Tafel hielt, konnte ich so eben noch das »Renew-Vations«-Logo erkennen. Volltreffer! Ich merkte mir die Telefonnummer, dann drehte ich die Schrauben wieder fest. Schon diese kleine Anstrengung reichte, um mich in Schweiß ausbrechen zu lassen. Mir war jetzt wirklich danach, zum Hotel zurückzufahren und ins Bett zu kriechen, andererseits wollte ich die Gelegenheit nutzen, nach Herzenslust zu schnüffeln, solange mein Zielobjekt anderweitig – mit einer Pizza und Gästen – beschäftigt war.

Ich schlich wieder zur Vorderseite des Lieferwagens und untersuchte die Garage. Der Lieferwagen parkte etwa sechzig Zentimeter von der Doppeltür entfernt. Sie war durch einen massiven Riegel samt Vorhängeschloß gesichert. Ich war noch nie sehr geschickt im Knacken von Schlössern trotz der fachmännischen Unterweisung durch meinen Freund Dennis, den Einbrecher, und ich fühlte mich dem ganz und gar nicht gewachsen. Dann ging mir auf, daß ich, wenn ich mich auf die Stoßstange des Lieferwagens stellte, vielleicht durch die schmutzigen Scheiben oben an der Tür etwas sehen könnte. Zumindest würde es mir einen Eindruck verschaffen, ob es sich überhaupt lohnte, meine Safeknacker-Nummer abzuziehen.

Ich zog mich hoch und lehnte mich nach vorn gegen die Tür, die so laut knarrte, das ich fast einen Herzinfarkt bekam. Ich hielt den Atem an, doch nichts rührte sich. Ich biß die Zähne zusammen und hielt die Taschenlampe über meinen Kopf, so daß sie durch die Scheibe die Garage beleuchtete.

Meine Ahnung bestätigte sich. Ich brauchte mich nicht als Einbrecherin zu betätigen, um den Beweis zu sehen, der mir gefehlt hatte.

12. Kapitel

Ich wartete, bis Richard seine zweite Tasse Kaffee fast ausgetrunken hatte, dann teilte ich ihm die gute Nachricht mit. »Du kannst nach Manchester zurückfahren, wenn du willst«, sagte ich und bestrich lässig eine Scheibe Toast mit Butter.

»Ich kann was?« stieß er hervor.

»Du kannst nach Manchester zurückfahren, wenn du willst.« Ich warf einen Blick auf meine Uhr. »Ja, wenn du in der nächsten halben Stunde losdüst, bist du vermutlich sogar noch rechtzeitig zu deinem Fußballspiel da«, fügte ich hinzu und lächelte honigsüß. Ich habe noch nie verstanden, warum Richard das Bedürfnis verspürt, jeden Sonntagmorgen zusammen mit einem Haufen von Freunden, alles große Kinder, über einen matschigen Platz zu laufen. Ich sage ihm immer wieder, daß er keinen Vorwand braucht, um sonntagmittags in den Pub zu gehen, doch er besteht hartnäckig darauf, daß dieses Ritual ein wichtiger Teil seines Lebens sei. Seit ich ihn überredet hatte, in Buxton zu übernachten, grummelte er schon, daß er sein Spiel verpassen würde.

»Und was ist mit diesem Typ? Lomax oder Harris oder wie immer er sich nennt. Ich dachte, du hättest heute hier jede Menge zu tun?«

»Ich habe überlegt, da es Alexis' Angelegenheit ist, soll sie herkommen und mir bei der Lauferei helfen. Und zu deiner Vorstellung von Spaß paßt es sicher nicht unbedingt, den Sonntag zusammen mit Alexis in Buxton zu verbringen«, sagte ich schlau.

In diesem Augenblick erschien die Kellnerin mit einem reichhaltigen englischen Frühstück und meinem Rührei. Wir schwiegen eine Zeitlang, während Richard eines seiner Spiegeleier verspeiste, bevor es fest wurde. »Und was genau soll Alexis tun, was ich nicht kann?« fragte er argwöhnisch. »Ich weiß nicht, ob ich euch beide zusammen auf die Menschheit loslassen kann. Falls ihr den Typ findet, der Alexis ausgenommen hat, wird sie da nicht ausflippen? Und du bist momentan nicht in der Verfassung, um es mit jemandem aufzunehmen.«

Ich war gerührt. Das war beunruhigend. Noch vor einem Jahr hätte ich jedem Mann den Kopf abgerissen, der andeutete, ich sei eventuell nicht imstande, auf mich aufzupassen. Jetzt war ich gerührt. Zweifellos beunruhigend. »Es wird schon gutgehen«, sagte ich. »Nach unserem Glückstreffer gestern abend ist mir klargeworden, daß ich eigentlich nichts mehr tun kann, bevor Alexis den Typ nicht eindeutig identifiziert hat.« Ich hatte Richard nicht von meinem kleinen Ausflug erzählt. Nach seiner Sorge um meine Gesundheit zu urteilen, war das wohl auch nur gut so.

Er sah skeptisch aus. »Ich weiß nicht«, sagte er, während er ein Würstchen kaute. »Du schleifst mich in dieses gottverlassene Kaff mit, du zwingst mich, das schlechteste chinesische Essen meines Lebens hinunterzuwürgen, vielleicht mit Ausnahme des Essens damals in Saltcoats, wo eine Garnele in dem Bananen-Beignet war, du schickst mich weg, damit ich mir die einfalls- und lustloseste Musik reinziehe, die ich seit Billy Joels letztem Album gehört habe, und dann eröffnest du mir, daß du mich durch einen weiblichen Schreiberling von der Abendzeitung ersetzen willst! Was soll man davon halten?«

»Sei doch dankbar, daß ich dich nicht bis zum Mittagessen hierbehalte, Kumpel«, erwiderte ich und grinste. »Hör zu, mir passiert schon nichts. Ich verspreche dir, kein Risiko einzugehen.« Ein Versprechen, das ich guten Gewissens geben konnte. Schließlich war ich bereits sämtliche Risiken bezüglich T. R. Harris eingegangen.

»Na schön«, sagte er. »Solange du mir noch eines versprichst, ja?« Ich hob fragend die Augenbrauen. »Versprich mir, daß du Alexis zwingst, einige Risiken einzugehen. Am liebsten mit möglicherweise tödlichem Ausgang.« Ich habe ja schon erwähnt, daß sie so tun, als könnten sie einander nicht ausstehen.

»Du Schwein«, sagte ich boshaft. »Wenn Alexis dich hören könnte, sie wäre tief getroffen.«

»Wenn ich was hören könnte?« brüllte Alexis drohend. Sie zog einen Stuhl zurück, ließ sich darauf fallen und winkte der Kellnerin. »Guten Morgen, Kinder«, begrüßte sie uns. »Ein englisches Frühstück«, fügte sie an die Kellnerin gewandt hinzu.

»Kate ist nicht in der Verfassung für irgendwelche anstrengenden...«

»Die Glückliche!« unterbrach Alexis ihn, zog den Kopf ein und zwinkerte anzüglich.

»Deshalb habe ich gesagt, wenn sich hier jemand einer Gefahr für Leib und Leben aussetzen sollte, dann du«, schloß er würdevoll.

»Na klar, ist doch logisch«, erwiderte Alexis. »Bei der kleinsten Komplikation bist du über alle Berge und überläßt es uns Frauen, mit den Gefahren für Leib und Leben klarzukommen.«

Ich dachte, er würde ersticken. »Du fährst besser los, wenn du noch rechtzeitig zum Match dasein willst«, sagte ich und trat Alexis unter dem Tisch auf den Fuß.

Richard warf einen Blick auf seine Uhr, sagte: »Scheiße!« und schaufelte den Rest seines Frühstücks in Rekordzeit in sich hinein. Dann schob er seinen Stuhl zurück, stand auf, kippte in einem Zug eine Tasse Tee hinunter und drückte einen fettigen Kuß auf eine Stelle irgendwo in der Nähe meines Mundes. »Bis heute abend, Brannigan«, sagte er und steuerte auf die Tür zu.

»Typisch Mann«, rief Alexis ihm nach. »Wenn es hart auf hart kommt, ergreift ihr die Flucht.«

Inzwischen hatten wir mehr Zuschauer als BSkyB TV. Die übrigen Frühstücksgäste platzten fast vor Neugier. »Halt die Klappe«, raunte ich Alexis zu. Ich winkte Richard zum Abschied, und er verschwand, nachdem er mir noch zugelächelt und zugezwinkert hatte. »Also wirklich«, beschwerte ich mich. »Was ist denn mit dir los? Und sag bloß nicht, er hätte angefangen. Ihr seid beide gleich schlimm. Gott sei Dank haben wir keine stille, unauffällige Undercover-Aktion vor!«

»Sorry«, sagte Alexis ohne jede Reue. »Jetzt erzähl mir alles! Am Telefon hast du mir ja nur das Nötigste gesagt.« Sie zündete sich eine Zigarette an und schaute mich blinzelnd durch den Rauch an.

Ich fing an, ihr zu erzählen, wie ich T. R. Harris aufgestöbert hatte, doch sie fiel mir ungeduldig ins Wort. »Nicht über meinen Fall«, sagte sie. »Über dich! Erzähl mir, wie's dir geht. Ich will ja nicht, daß du dich noch elender fühlst, aber du siehst beileibe nicht aus wie eine Frau, die den Schurken durch ganz Derbyshire jagt. Himmel, Kate, du hättest Harris gestern nicht hinterherlaufen sollen! Du hättest im Bett bleiben müssen, dich erholen.«

Ich schüttelte den Kopf. »Und Richard erfüllt mir jeden meiner Wünsche? Hast du eine Ahnung, wie meine Küche aussehen würde, wenn er dort vierundzwanzig Stunden freie Bahn hätte?« Ich schüttelte mich. »Nein danke. Außerdem war ich ganz froh über die Ablenkung. Es ist nicht sehr entspannungsfördernd zu wissen, daß dich jemand entweder umbringen will oder so nachhaltig erschrecken, daß er es sogar riskiert, dich zu töten.«

»Irgendeine Ahnung, wer dahintersteckt?« fragte Alexis. Sie konnte nicht anders. Nachdem sie bewiesen hatte, daß sie eine mitfühlende Freundin war, schaltete sie wieder auf Profijournalistin um.

»Es könnte einen Zusammenhang geben mit einem Observierungsauftrag, an dem ich gerade arbeite. In ein oder zwei Tagen müßte ich mehr wissen. Keine Sorge, du erfährst es als erste, sobald es druckreif ist«, versicherte ich.

»Deshalb habe ich nicht gefragt«, schimpfte Alexis. »Hast du keine Angst, daß sie es noch mal versuchen?«

»Das könnte natürlich sein. Aber gestern ist uns niemand gefolgt. Ich habe ein neues Gesicht auf den Fall angesetzt, und bis morgen müßte eigentlich alles klar sein. Ich glaube, ich habe alles Menschenmögliche getan, um das Risiko für mich auf ein Minimum zu reduzieren.«

Die Kellnerin erschien und stellte einen dampfenden Teller vor Alexis. Zum zweitenmal an diesem Morgen blickte ich auf Gebratenes in einer Menge, die ausreichte, um ein rumänisches Waisenhaus eine ganze Woche lang durchzufüttern, und mir wurde allmählich leicht übel. »Dann erzähl mir doch mal von T. R. Harris«, drängte Alexis, während sie ihre Zigarette ausdrückte.

Ich setzte sie ins Bild über meine Suche nach dem verschwundenen Bauunternehmer. »Und als ich mit meiner Taschenlampe durch das Garagenfenster leuchtete, sah ich es«, schloß ich.

»Das Firmenschild?« fragte Alexis.

»Das nämliche. Das, auf dem steht: ›T. R. Harris Bauunternehmen‹. Natürlich mußt du den Typ noch für mich identifizieren, aber das ist ja wohl eine reine Formalität.«

»Also hat Cheetham die ganze Sache geplant?« wollte Alexis wissen. »Ich bringe den kleinen Scheißkerl um, wenn ich ihn in die Finger kriege.«

»Ich weiß noch nicht genau, welche Rolle er gespielt hat«, sagte ich. »Er steckt offenbar bis zum Hals mit drin, aber ich weiß nicht, wer wen unter Druck setzt.«

»Ist das denn wichtig? Sie sind alle beide Gauner! Sie werden noch den Tag bedauern, an dem sie Chris und mir begegnet sind, das kannst du mir glauben!« wetterte Alexis. Aufgebracht fuhr sie sich mit der Hand durchs Haar, dann steckte sie sich eine Zigarette an und sog den Rauch tief in die Lunge.

»Darum kümmern wir uns, wenn wir soweit sind«, sagte ich beschwichtigend. »Alles schön der Reihe nach. Wir müssen erst sichergehen, daß wir den Richtigen erwischt haben, daß es nicht eine völlig harmlose Erklärung gibt für das, was ich gesehen habe.«

»Ach ja? Welche denn?« sagte Alexis verächtlich. »Zum Beispiel, daß Cheetham als verdeckter Ermittler für das Betrugsdezernat arbeitet?«

»Nein, zum Beispiel, daß B. Lomax, Bauunternehmer, seine Garage an T. R. Harris, Bauunternehmer, vermietet. Daß B. Lomax, Bauunternehmer, ein alter Freund von Martin Cheetham ist, der sie einander vorgestellt hat, und daß Cheetham ebenso übertölpelt wurde wie du.« Das brachte sie erst einmal zum Schweigen, und ich konnte ihr erklären, daß ich jetzt mein Zimmer räumen mußte.

Oben angelangt, wählte ich Paul Kingsleys Privatnummer. Dieser Anruf hätte durchaus noch warten können, aber ich wollte unbedingt wissen, ob die Observierung etwas erbracht hatte. Paul meldete sich beim dritten Läuten. Er hörte sich zum Glück nicht so an, als sei er gerade aus dem Schlaf gerissen worden. »Wie ist es gelaufen?« fragte ich, nachdem wir die üblichen Höflichkeiten ausgetauscht hatten.

»So wie Sie es vorhergesagt hatten«, erwiderte er, und es gelang ihm nicht, seine Enttäuschung zu verbergen. Sie können eben nicht anders, oder? »Unser Mann tauchte gegen neun Uhr auf, lud Kisten ins Heck und verschwand in die Nacht.«

»Sah es aus, als ob er Verdacht geschöpft hat?« fragte ich.

»Er fuhr einmal über den ganzen Parkplatz, bevor er an der Laderampe hielt. Dann hat er die gleiche Runde noch mal zu Fuß gedreht«, sagte Paul.

»Ich nehme an, er hat Sie nicht gesehen?« Garantiert nicht. Paul arbeitet gut. Er ist Werbefotograf, und es macht ihm großen Spaß, uns ab und zu auszuhelfen. Ich glaube, er kommt sich dann vor wie James Bond, und er zieht wohl mehr Berufsstolz aus dieser Arbeit als wir, die sich ihren vollen Lebensunterhalt damit verdienen.

Paul lachte leise. »Nee. Es gibt da diese Industriemülltonnen. In einer davon steckte ich.« Verstehen Sie, was ich meine? Nie und nimmer hätte ich im Namen der Pflicht einen ganzen Abend zusammen mit Maden verbracht.

»Und Sie haben die Bilder?«

»Ja. Ich bin später noch schnell zu meiner Dunkelkammer gefahren, um sie zu entwickeln und Abzüge zu machen. Ich habe tolle Schnappschüsse von ihm, wie er umherschleicht, einlädt und das Zeug dann an der Autobahnraststätte Knutsford in einen Renault-Lieferwagen ohne Aufschrift umlädt«, sagte Paul stolz.

»Sie konnten ihm folgen?« Ich war beeindruckt. Es war mehr, als ich erreicht hatte.

»Ich hatte Glück«, gab er zu. »Ich mußte warten, bis er nicht mehr zu sehen war, bevor ich aus der Mülltonne klettern konnte, und ich hatte meinen Wagen hinter dem Lagerhaus nebenan abgestellt. Aber er fuhr in dieselbe Richtung wie ich, und ich hatte offenbar mehr Glück mit den Ampeln. Ich hielt an einer Kreuzung in Stretford, und da war er direkt vor mir. Also blieb ich hinter ihm und fotografierte die Übergabe. Und ich habe die Nummer des Lieferwagens, also können Sie herausfinden, wer das Zeug am anderen Ende übernimmt.«

»Hervorragende Arbeit«, sagte ich und meinte es auch so. »Können Sie mir einen Gefallen tun? Könnten Sie die Abzüge morgen früh im Büro abgeben und Shelley sagen, worum es geht? Ich bin morgens noch nicht da, aber ich kümmere mich im Laufe des Tages darum.«

»Kein Problem. Ach, Kate?«

»Hm?«

»Danke, daß Sie an mich gedacht haben«, sagte er und klang aufrichtig. Ich werde Männer nie verstehen. Steck sie stundenlang in eine Abfalltonne, und du hast sie glücklich gemacht.

Alexis ging im Foyer auf und ab und praktizierte dabei dieses hektische Filterschnipsen der Raucher, wenn es gar keine lose Asche gibt, sie jedoch so nervös sind, daß nicht einmal das Nikotin sie beruhigen kann. Als sie mich sah, blieb sie stehen und fing an, mit ihren Wagenschlüsseln zu klimpern, wodurch sie der armen Empfangsdame, die meine Rechnung zu schreiben versuchte, den letzten Nerv raubte.

Widerstrebend stieg ich zu Alexis ins Auto. Journalisten müssen anscheinend überallhin ihr Büro mitnehmen, in seiner ganzen

Scheußlichkeit. In Alexis' altem Peugeot stapelten sich mehr alte Zeitungen, als die durchschnittliche Frittenbude in einer Woche verbrauchen könnte. In dem Aschenbecher lagen noch dieselben Kippen wie schon vier Wochen, nachdem sie den Wagen letztes Jahr gekauft hatte. Die Gepäckablage war zur Heimstätte eines Haufens alter Notizbücher geworden, die jedesmal, wenn sie um eine Kurve fuhr, hin- und herrutschten, außerdem war da noch ein Laptop, der unter dem Beifahrersitz wohnte und dem Mitfahrer jedesmal, wenn Alexis bremste, Blutergüsse an den Fersen beibrachte. Mir wäre es peinlich, jemanden in mein Auto zu lassen, wenn es so aussähe, aber Journalisten scheinen immer merkwürdig stolz auf ihre mobilen Müllkippen zu sein.

Zunächst fuhren wir zum örtlichen Polizeirevier und sahen uns die Wählerliste an. Unter der speziellen Adresse waren zwei Bewohner aufgeführt, Brian und Eleanor Lomax. Seine Frau, nahm ich an. Danach fuhren wir langsam an dem Haus vorbei. Der schwarze BMW war weg, doch der Lieferwagen stand noch draußen. Ich sagte Alexis, sie solle parken, und sie wendete den Wagen in der Seitenstraße und fuhr zu Lomax' Haus zurück. Etwa hundert Meter von dem Haus entfernt hielt sie an. Wir hatten, wenn auch nicht den Lieferwagen, so doch die Haustür und die Einfahrt im Blick.

Alexis, im Observieren ebenso erfahren wie ich, holte ein Paperback aus ihrer Handtasche und lehnte sich gemütlich zurück, um zu lesen, seelenruhig in dem Bewußtsein, daß sie jede Bewegung rund um das Haus sofort aus den Augenwinkeln registrieren würde. Ich meinesteils lutschte Pfefferminzbonbons und hörte Radio.

Es dauerte zwei Stunden, bis sich etwas tat. Wir entdeckten ihn beide im gleichen Moment. Alexis setzte sich auf und warf ihr Buch auf den Rücksitz. Brian Lomax war seitlich am Haus aufgetaucht und ging die Einfahrt hinunter. Er trug das bekannte schwarze Lederblouson und Jeans, diesmal zu einem cremefarbenen Rollkragenpullover. Am Ende der Einfahrt wandte er sich nach rechts, er ging den Hügel hinunter zur Ampelanlage.

»Ist er das?« fragte ich. Es geht nichts über eine Frage, deren Antwort man schon kennt.

Alexis nickte grimmig. »T. R. Harris. Ich würde den Scheißkerl überall wiedererkennen.« Sie drehte den Schlüssel im Zündschloß, und der Peugeot erwachte hustend zum Leben.

»Warte mal!« sagte ich scharf. »Wo willst du hin?«

»Ich will ihm folgen«, sagte Alexis scharf. »Und dann werde ich ihn zur Rede stellen.« Sie legte den Gang ein.

Ich schaltete wieder zurück. »Nein, wirst du nicht«, sagte ich zu ihr.

»Werd ich verdammt doch!« explodierte Alexis. »Dieser Scheißkerl läuft mit unseren fünf Riesen herum, und die will ich zurückhaben.«

»Hör zu, reg dich ab«, befahl ich. Alexis merkte offenbar, daß es mir ernst war, denn sie gab nach, zeigte jedoch ihre Gefühle, indem sie in unregelmäßigen Abständen den Motor aufheulen ließ. »Jetzt, wo du weißt, wie er heißt und wo er wohnt, kannst du ihn packen, wann du willst. Und auch die Cops.«

Alexis schüttelte den Kopf. »Nicht die Cops. Ich will unser Geld zurück, und wenn der Typ im Gefängnis sitzt, verdient er nichts. Ich will ihn bloß zur Rede stellen und unser Geld zurückhaben, sonst nichts.«

»Wenn du ihn zur Rede stellst, heißt das nicht, daß du euer Geld zurückbekommst. Er wird dich nur auslachen. Und selbst wenn du mit einigen deiner nicht so netten Partner bei ihm aufkreuzt, ich glaube nicht, daß er der Typ ist, der sich einschüchtern läßt und deshalb mit dem Geld herausrückt.«

»Und was schlägst du vor? Daß ich es einfach so hinnehme?«

»Nein. Ich weiß, es hört sich etwas drastisch an, aber warum zeigst du ihn nicht an? Das heißt, solange du nicht Cheetham damit beauftragst«, fügte ich hinzu, um sie etwas aufzumuntern.

»Weil es sich ewig hinziehen wird«, jammerte Alexis.

»Das muß nicht sein. Du läßt deinen Anwalt einen Brief schreiben, in dem er die Rückzahlung des Geldes fordert, und wenn er nicht damit herausrückt, läßt du durch ihn oder sie einen Zahlungsbefehl erwirken, was bedeutet, daß Lomax innerhalb einer bestimmten Frist zahlen muß, sonst beantragst du ein Konkursverfahren. Da er etwas Ungesetzliches getan hat, wird er sich wahrscheinlich nicht mehr weigern, euer Geld zurückzuzahlen, sobald du erst vor Gericht gezogen bist«, erklärte ich.

Alexis seufzte. »Na schön, du hast gewonnen. Aber nur unter einer Bedingung.«

»Und die wäre?«

»Daß du ihn ein oder zwei Tage genau im Auge behältst. Ich will wissen, wo er sich vorzugsweise aufhält, wo er arbeitet, mit wem er zusammenarbeitet, nur für den Fall, daß er beschließt unterzutauchen. Natürlich bezahle ich dich dafür. Um es ganz offiziell zu machen.«

Ich seufzte meinerseits. »Du hast dir eine total ungünstige Woche ausgesucht. Ich ersticke in Arbeit, siehe verschwundene Wintergärten und Pharmazeutika.«

»Ich werde erst dann ein Verfahren anstrengen, wenn ich weiß, wo wir ihn packen können, wenn er nicht zu Hause ist«, sagte Alexis stur.

Die Anstrengungen der vergangenen eineinhalb Tage hatten mich endlich eingeholt. Ich hatte keine Energie mehr, um zu streiten, also gab ich mich geschlagen. »Na schön. Leg den Gang wieder ein. Ich kümmere mich darum, sobald ich kann.«

13. Kapitel

Die Adresse des Grundbuchamts von Birkenhead ist Old Market House, Hamilton Square. Klingt fast romantisch, oder nicht? Ich stellte mir ein gesetztes Steinhaus vor, in georgianischem Stil, vielleicht mit einem Portikus. Eventuell mit Holztäfelung und bevölkert von grauen gebeugten Gestalten, die in dickensianischer Stille dahinschlurften. Von wegen. Die Zickzackfahrt über die Einbahnstraßen brachte mich zu einem modernen dunkelroten Ziegelgebäude, sieben Stockwerke hoch und mit zahlreichen Fenstern, von denen man eine atemberaubende Aussicht auf den Eingang des Mersey-Tunnels hatte.

Ich fand eine Lücke auf dem Parkplatz für den Fiesta, den ich als Ersatz für meinen zu Schrott gefahrenen Nova gemietet hatte, und hängte mich an eine Gruppe von Frauen, die auf das Gebäude zusteuerten. Sie führten die üblichen Montagmorgengespräche über das Wochenende. Die beiden ganz vorn blieben am Eingang zu dem Gebäude stehen und gaben eine Zahlenfolge in das Sicherheitsschloß ein. Die Frauen gingen schnell in das Gebäude hinein. Eine von ihnen hielt mir die Tür auf. In diesem Augenblick bemerkte ich das Schild, das mich davon in Kenntnis setzte, daß der Eingang für das Publikum sich an der Vorderseite des Gebäudes befand. Eine der großen Binsenweisheiten unseres Gewerbes ist, daß man, je mehr Sicherheitsvorkehrungen ein Gebäude hat, um so leichter eindringen kann. Ich fing die Tür auf und stand einen Augenblick unsicher da. Es war verlockend, durch die Hintertür angetanzt zu kommen und einen ausgedehnten Spaziergang durchs Haus zu machen, einfach so aus Jux. Aber die Vernunft war stärker als meine Abenteuerlust, und ich ließ die Tür widerwillig zufallen. Ich hatte zuviel zu tun, um den ganzen Tag im Polizeirevier zu verbringen und zu erklären, aus welchem Grund ich in das Computernetzwerk des Grundbuchamts eingedrungen war.

Ich ging um das Gebäude herum zur Vorderseite, die sich von der Rückseite nur durch die Doppeltür unterschied. Ich betrat ein düsteres Foyer mit Sicherheitskontrolle und reihenweise Fahrstuhltüren aus Edelstahl. Die Liverpooler Sicherheitsbeamten waren so effizient, als ob sie privatisiert worden wären. Name und Zweck des Besuchs, zu wem man wollte, wo der Wagen stand, Zulassungsnummer. Dann notieren sie noch deine Ankunftszeit und stellen einen Besucherausweis aus. Wenn ich mit Leib und Seele Hacker wäre, wüßte ich ein halbes Dutzend Möglichkeiten, um an eines ihrer Terminals heranzukommen.

Wieder hielt ich meine Pirateninstinkte im Zaum und ging durch die Halle zur Auskunft. Dort sah es aus wie im Warteraum eines Zahnarztes, einschließlich jahrealter Zeitschriften, die auf einem niedrigen Tisch auslagen. Die Stühle waren von der mit Leinen bezogenen Sorte zwei Klassen über den scheußlichen orangefarbenen Plastikstühlen, die man im Sozialamt findet. Alles war leicht abgewetzt, als habe man hier das letztemal renoviert, bevor Thatcher an die Macht kam. Ich ging zu einem hohen Tresen in der Ecke des Raums hinüber. Er war leer, bis auf eine Kasse und einen Computerbildschirm samt Tastatur. Ich reckte den Hals und las »Willkommen im Computersystem des Grundbuchamts« in amberfarbenen Buchstaben auf dem schwarzen Monitor.

Auf dem Tresen stand ein Schild mit der Aufschrift »Bitte läuten«. Das Schild hat man offenbar aus dem alten Gebäude mitgebracht, da es wohl der einzige Gegenstand in dem ganzen Haus ist, der aus Holz besteht. Auf jeden Fall ist es der einzige Gegenstand aus Holz mit Goldbuchstaben darauf. Ich läutete und erwartete, daß ein vertrockneter alter Mann im Gehrock durch die Tür geschlurft kam.

Das kommt davon, wenn man sich vorschnell ein Bild macht. Nach nur knapp einer Minute erschien eine junge Frau, die offen gestanden nicht meiner Vorstellung von einer Beamtin entsprach. In ihrem modischen Designerpullover in Übergröße und den Jeans hätte sie sogar auf einen von Richards Gigs gepaßt. Und zweitens sah sie aus, als mache ihr die Arbeit Spaß. Und sie verhielt sich auch nicht so, als gehe es ihr furchtbar auf den Geist, sich mit dem Publikum abgeben zu müssen. Alles ein Novum.

»Vielleicht können Sie mir weiterhelfen«, sagte ich. »Mein Name ist Brannigan, Kate Brannigan. Ich habe vorige Woche wegen einer Liste von Adressen angerufen, für die ich Kopien des Registers brauche.«

Die Frau lächelte. »Stimmt. Sie haben mit mir gesprochen. Ich habe die Kopien fertig, wenn Sie einen Augenblick warten möchten?«

»In Ordnung«, sagte ich. Als sie wieder durch die Tür verschwand, erlaubte ich mir ein grimmig-befriedigtes Lächeln. Kein Zweifel, jetzt hieß es doch erst einmal warten. Ich nahm mir eine der ältlichen Zeitschriften und setzte mich. Ich hatte erst einen Abschnitt von der hochinteressanten Geschichte eines Seifenopernstars gelesen, der nur knapp dem Tod auf der Autobahn entronnen war, als sie schon mit einem dicken Dokumentenbündel zurückkam.

»Hier, bitte«, sagte sie. »Sieben Sätze Kopien aus dem Register. Es kommt selten vor, daß so viele Kopien verlangt werden, außer von Experten für Eigentumsübertragungen. Und von so vielen verschiedenen Standorten«, fügte sie hinzu in dem Versuch, mir nähere Informationen zu entlocken.

Ich warf die Zeitschrift hin und ging zum Tresen zurück. »Es hat Ihnen das Leben vermutlich um einiges schwerer gemacht, daß nun jeder jede Eintragung ins Register überprüfen darf«, konterte ich.

»Ich weiß nicht, ob schwerer«, sagte sie. »Aber interessanter schon. Früher habe ich ausschließlich mit Anwälten und deren Sekretärinnen geredet und hin und wieder mal mit Leuten, die Kopien ihrer eigenen Eintragungen haben wollten. Jetzt kommen alle möglichen Leute zu uns. Manche wollen die Eintragungen zum Eigentum ihrer Nachbarn einsehen, weil sie den Verdacht haben, diese würden Einschränkungen mißachten, wie das Verbot, einen Caravan abzustellen. Manche von ihnen sind richtige Querulanten«, fügte sie hinzu und kicherte.

Sie wandte sich der Kasse zu. Ich nahm mir vor, Shelley zu bitten, Buch über die laufenden Ausgaben für Ted zu führen und ihm eine Rechnung zu schicken, sobald wir um fünfhundert Pfund über dem Vorschuß lagen, den er uns gegeben hatte. Ich wollte nicht, daß wir schließlich umsonst gearbeitet hatten, wenn ich den Schwindel nicht schnell genug aufklären konnte, um seinen Betrieb über Wasser zu halten.

Ich nahm meine Kopien der Registereintragungen und zwängte sie in das hintere Fach meiner Handtasche. Dann kam mir ein Gedanke. »Könnten Sie mir vielleicht noch eine Auskunft geben?« fragte ich.

»Wenn es in meiner Macht steht, gern«, sagte die junge Frau mit dem fröhlichsten Lächeln. Zweifellos war sie nicht dazu bestimmt, im öffentlichen Dienst alt zu werden.

»Wie sieht das Verfahren hier eigentlich aus? Und wie lange dauert es von dem Zeitpunkt, wenn Ihnen die Angaben zugeschickt werden, bis diese in das Register eingetragen sind? Ich hatte speziell an Land gedacht, daß zum ersten Mal registriert wird und in Parzellen aufgeteilt wurde.« Wenn mir jemand helfen konnte, Martin Cheethams Rolle in dem Betrug mit dem zweifach verkauften Land aufzudecken, dann das Grundbuchamt.

»Also«, sagte sie und zog das Wort mit typisch Liverpooler Akzent in die Länge. »Das geht so. Jeden Morgen wird eine Tagesaufstellung in den Computer eingegeben. Dort sind sämtliche Titelnummern aufgeführt, die Gegenstand einer Änderung, Auskunft, Registrierung und so weiter sind. Sobald eine Titelnummer in der Tagesaufstellung auftaucht, bleibt sie dort stehen, bis sie in das Gesamtregister aufgenommen wurde. Zu einem beliebigen Zeitpunkt stehen etwa 140000 Titel in der Aufstellung, deshalb braucht es etwas Zeit, um sie alle zu bearbeiten.«

Ich fing an zu begreifen, wie das Grundbuchamt zu dem Ruf kam, so langsam zu sein wie eine Schildkröte unter Valiumeinfluß. Vor der Computerisierung mußte es ein Alptraum gewesen sein. »Und von welcher Zeitspanne muß man ausgehen?« fragte ich.

»Das kommt ganz darauf an«, sagte sie. »Wir haben etwa eine halbe Million Akten im Computer, was den Prozeß ein wenig beschleunigt hat, es sei denn, das System bricht zusammen.«

»Und wenn man das einkalkuliert, wie lange dauert es, bis Änderungen ins Register gelangen?«

»Bei einem Wechsel des Eigentümers sind wir inzwischen bei etwa vier Wochen. Eine Erstregistrierung dauert etwa elf Wochen, und bei einer Übertragung eines Teils sind es etwa fünfzehn Wochen«, erklärte sie.

Ein Licht ging mir auf, wenn auch noch sehr schwach. »Also wenn jemand zum ersten Mal ein Stück Land registrieren ließe, dann kurz darauf die Aufteilung dieses Lands in Parzellen und den Verkauf dieser Parzellen, könnte der ganze Prozeß sechs Monate dauern?«

»Theoretisch ja«, gab sie zu und wirkte peinlich berührt.

»Und wenn jemand dieselbe Parzelle zweimal verkaufen wollte, könnte er unter Umständen damit durchkommen?«

Sie schüttelte heftig den Kopf. »Auf gar keinen Fall. Vergessen Sie nicht, es stünde in der Tagesaufstellung. Sobald der Anwalt des zweiten Käufers Nachforschungen anstellt, würde man ihm mitteilen, daß die Datei bereits aktiviert ist. Er wäre alarmiert, und jede Transaktion würde auf Eis gelegt.«

»Ich verstehe«, sagte ich und lächelte zum Dank. »Sie haben mir sehr geholfen.«

»Keine Ursache. Mach ich gern.« Sie erwiderte das Lächeln.

In nachdenklicher Stimmung ging ich zum Wagen zurück. Jetzt glaubte ich zu verstehen, wie Alexis und Chris aufs Kreuz gelegt worden waren. Der Betrug fußte auf der zeitlichen Differenz zwischen registriertem und nicht-registriertem Land. Ich durchforstete mein Gedächtnis nach allem, was ich je über Grundbesitz gelernt hatte, was nicht allzu viel war, da Bodenrecht erst im letzten Jahr des Jurastudiums drankommt. Ich habe den Verdacht, daß das einer der ausschlaggebenden Faktoren für meine Entscheidung war, nach dem zweiten Jahr auszusteigen. Aber manchmal, wie in diesem Moment, hätte das letzte Jahr sich doch als ganz nützlich erwiesen.

Die Eigentümer von etwa einem Drittel des Landes im Nordwesten Englands sind nie registriert worden. Bei näherer Überlegung besteht ja auch erst seit relativ kurzer Zeit der Bedarf nach Registrierung durch die allgemeine wirtschaftliche und soziale Mobilität, wie die Akademiker es ausdrücken. Wenn man in alten Zeiten, bis zum Zweiten Weltkrieg, ein Grundstück oder ein Stück Land erstand, kannte man gewöhnlich den Menschen, der es verkaufte. Vielleicht war es der Arbeitgeber, oder er hatte dein ganzes Leben in der Kirche des Ortes in der vordersten Bank gesessen. Die unabhängige Registrierung wurde erst zum Thema, als man von einem Fremden kaufen konnte und kein Leumundszeugnis von ihm hatte; vielleicht gehörte ihm die London Bridge ja doch nicht. Seit den dreißiger Jahren, als das Grundbuchamt richtig in Schwung kam, sind die meisten Transaktionen in einem langsamen, aber angeblich sicheren Prozeß registriert worden. Ha ha.

Bevor Ende der Sechziger, Anfang der Siebziger die Pflichtregistrierung eingeführt wurde, wechselten in der Praxis nach wie vor viele Grundstücke den Eigentümer per Handschlag, eine Handvoll Eigentumsurkunden wurden gegen eine Handvoll Geld eingetauscht. Und wenn diese Grundstücke seit damals nicht den Besitzer gewechselt haben, sind sie immer noch nicht registriert. Das bezieht sich nicht nur auf Farmland, das seit Generationen in der Familie geblieben ist; es gibt in Manchester eine ganze Menge Siedlungen mit Reihenhäusern zur Miete, deren Eigentümer seit dreißig oder vierzig Jahren die gleichen geblieben sind. Für das Grundbuchamt existieren sie einfach nicht. Offen gestanden finde ich, daß es eine enorme Verbesserung wäre, wenn sie tatsächlich nicht existierten.

Wie dem auch sei, wenn jemand wie Brian Lomax einen Farmer wie Harry Cartwright dazu überredet, ihm ein Stück Land zu verkaufen, geht der ganze Papierkram ans Grundbuchamt. Und ich spreche hier nicht von blütenweißen Formularen und computergeschriebenen Verträgen. Ich spreche von schmutzigen Papierstükken mit krakeliger Schrift und Siegelwachs. Als die Papiere im Grundbuchamt angelangt waren, kam die Sache, wie ich jetzt wußte, in die Tagesaufstellung und erhielt eine vorläufige Titelnummer. Als Lomax dann das Land in Parzellen aufgeteilt und diese verkauft hatte, mußten die Anwälte Nachforschungen beim Grundbuchamt anstellen, ob es Lomax auch tatsächlich gehörte, und die einzelnen Parzellen hatten eine Nummer erhalten. Soweit alles ganz vorschriftsmäßig.

Was als nächstes passierte, hatte den Schaden angerichtet. Lomax hatte das Land offensichtlich kurz hintereinander zweimal verkauft. Aber damit der Plan funktionierte, mußte ein korrupter Anwalt her, der den zweiten, ungesetzlichen Verkauf des Lands handhabte, ein Anwalt, der nicht die Tagesaufstellung des Grundbuchamts konsultieren würde, ein Anwalt, der seine Klienten über den Eigentumstitel an dem Land belügen würde. Und dieser Anwalt war Martin Cheetham.

Das Problem war, in meinen Augen, daß er ein sehr großes Risiko für einen solch kleinen Profit einging. Sobald die Leute, die man hereingelegt hatte, entdeckten, was geschehen war, würden sie sich postwendend beim Anwaltsverband beschweren. Was leicht das Ende von Martin Cheethams Laufbahn als Anwalt bedeuten konnte, und das für die Hälfte von fünfzig Riesen. Es sei denn... Mir kam ein entsetzlicher Gedanke. Und wenn sie das Land nicht nur zweimal, sondern dreimal oder gar viermal verkauft hatten? Wenn es eine ganze Reihe von Kunden gab, die nicht die geringste Ahnung hatten, daß sie betrogen worden waren? Schließlich war Chris nur durch einen Zufall auf die Vermesser gestoßen. Wenn sie nicht gerade dort gewesen wären, hätten Chris, Alexis und alle ihre Eigenbau-Freunde vermutlich noch den Rest des Geldes übergeben. Das hielt man ja im Kopf nicht aus! Ich hatte allmählich meine Zweifel, ob es wirklich ganz so einfach sein würde, Alexis' Geld wiederzubeschaffen. Wenn Lomax und Cheetham einigermaßen gescheit waren, dann hatten sie vor, sich aus dem Staub zu machen, bevor alles aufflog.

Und ich konnte sehr wenig dagegen tun. Abgesehen von allem übrigen mußte ich eine Lösung für Ted Barlows Problem finden, bevor er bankrott ging. Ich bog in ein Happy Eater ein und bestellte einen Brunch aus Hash Browns, Omelette und Bohnen. Während ich wartete, studierte ich die Registereintragungen für die sieben Häuser, die ihre Wintergärten eingebüßt hatten. Vorsichtshalber war ich auch beim Büro vorbeigefahren, um das Material von Josh und von Rachel Lieberman mitzunehmen. Alles zusammengenommen ergab ein interessantes Bild. Leider ähnelte es mehr einem Jackson Pollock als einem David Hockney.

Erstens waren sämtliche betroffenen Häuser durch DKL vermietet worden. Sämtliche Mieter hatten denselben Zunamen wie die Eigentümer des Hauses. Sämtliche Eigentumstitel zeigten, daß das jeweilige Eigenheim belastet war. Leider verrieten sie mir nicht, in welcher Höhe, wenn die Daten der Aufnahme der gegenwärtigen Belastungen auch ungefähr mit den Terminen übereinstimmten, an denen die Wintergärten gekauft worden waren, und in allen Fällen stammte das Geld von der Finanzierungsgesellschaft, die eine Tochtergesellschaft von Ted Barlows Bank war. Welch eine Überraschung. Interessanterweise hatten Joshs Nachforschungen ergeben, daß sämtlichen Eigentümern gute bis hervorragende Kreditwürdigkeit bescheinigt wurde, weshalb die Finanzierungsgesellschaft von Teds Bank ihnen die Neuhypotheken so bereitwillig gewährt hatte. Nicht beantwortet war damit die Frage, wie es kam, daß diese Neuhypotheken jemand anderem als dem jeweiligen Eigentümer gewährt worden waren.

Irgendwie waren die Neuhypotheken der Schlüssel zu dem Ganzen. Und ich mußte schleunigst herausfinden, wie hoch sie waren. Wenn die Summen in etwa dem entsprachen, was man von einer Neuhypothek über hundert Prozent erwartete, dann ergab sich ein klareres Bild. Wenn man im Kopf behielt, daß jedes Haus sich mindestens vier Jahre im Besitz der gegenwärtigen Eigentümer befand, dann waren die Häuser für bedeutend weniger erstanden worden, als sie jetzt wert waren. Angenommen, die Hypotheken waren auch mindestens vier Jahre lang abbezahlt worden, dann müßte der noch ausstehende Betrag um ein Beträchtliches geringer sein als der laufende Wert des Hauses. Ich ging hinüber zu der Telefonkabine und wählte Joshs Nummer. Zum Glück kam ich gleich zu ihm durch.

»Nur eine ganz kurze Frage«, sagte ich. »Wie kann ich die Höhe des ausstehenden Betrags auf eine Hypothek in Erfahrung bringen?«

»Das kannst du nicht«, sagte er.

Mich übermannte das Verlangen, irgend jemandem, egal wem, einen Tritt in den Hintern zu verpassen.

»Ach, Scheiße«, stöhnte ich.

»Aber vermutlich kann ich es«, fügte er selbstgefällig hinzu.

Da wußte ich, wem ich den Tritt verpassen wollte, er war nur nicht in Reichweite.

»Als Finanzmakler kann ich den Hypothekengläubiger anrufen und ihm erzählen, daß ein Klient von mir ein Neudarlehen auf sein Haus aufnehmen will, und ihn bitten, mir zu sagen, wie hoch die ausstehende Belastung ist, damit ich überprüfen kann, ob der Reinwert noch hoch genug ist. Hat das mit deinem Wintergartenschwindel zu tun?«

»Ja. Langsam ergibt das alles einen Sinn«, sagte ich zu ihm.

»Ich bitte Julia, sich heute nachmittag darum zu kümmern«, sagte er.

Ich beschloß, ihm doch keinen Tritt zu verpassen. »Sie hat ja schon die Namen und Adressen, oder?«

Ich vereinbarte, nachmittags zurückzurufen. Ich war nach wie vor gereizt und frustriert, weil ich nicht voll und ganz durchschaute, wie der Betrug funktionierte. Aber einen Trumpf hatte ich im Ärmel. Rachel Lieberman hatte mir die Adressen von drei weiteren Eigenheimen gegeben, die ins Bild paßten. Die Betrüger schienen nach dem Fließbandsystem zu arbeiten. Sie bekamen die Darlehen im Abstand von etwa einem Monat durch, und das hieß, daß sie unter der Voraussetzung, daß es bis zu drei Monaten dauern kann, bis das Geld von den Finanzierungsgesellschaften bewilligt wird, zu jedem beliebigen Zeitpunkt an drei Häusern zugleich arbeiteten, jedes davon in einem unterschiedlichen Stadium der Operation. Du lieber Himmel! Sie meinten es wirklich ernst!

Seit der letzten Aktion waren drei Wochen vergangen, demnach war nach meiner Rechnung jetzt täglich die nächste fällig. Ich hatte eine klare Vorstellung, wo, und eine ungefähre Vorstellung, wann. Und ich hatte eine ausgezeichnete Idee, wie ich herausfinden konnte, was genau abging. Dazu bedurfte es lediglich eines Telefonats.

14. Kapitel

Ich saß hinten im Heck eines knallgelben Lieferwagens, mit Kopfhörern über den Ohren. Mein Freund Dennis saß neben mir und suchte in einem Krimi von Elmore Leonard nach Inspiration. Für jeden, der durch diese Sackgasse in Stockport schlenderte, sah das

Auto wie ein Lieferwagen von British Telecom aus. Das Innere hätte den Passanten völlig überrascht. Anstelle von Regalen mit Werkzeugen, Ersatzteilen und Kabeln gab es dort zwei Lederautositze von der Sorte, wie man sie in einem hochmodernen Volvo oder Mercedes findet, und einen Tisch, alles am Boden festgeschraubt. Es gab einen tragbaren Farbfernseher und ein Videogerät, oben auf einem Kühlschrank befestigt. Außerdem war da eine Ausstiegsluke im Boden. Der Lieferwagen gehört Sammy, einem Kumpel von Dennis. Ich will gar nicht wissen, wozu er ihn normalerweise benutzt. Ich weiß ganz sicher, daß es nichts mit Telekommunikation zu tun hat.

Dennis O'Brien und ich sind schon seit Jahren befreundet. Ich weiß, daß er ein Krimineller ist, und er weiß, daß ich Kriminelle aus dem Verkehr ziehe. Dennoch, oder vielleicht gerade deshalb, haben wir großen Respekt voreinander. Ich respektiere ihn, weil er auf seine Art ein hochbegabter Künstler ist, der sich streng an seine eigenen Regeln und Werte hält. Sie mögen nicht dieselben sein wie meine, aber wer kann schon sagen, ob meine die besseren sind? Immerhin ist diese Gesellschaft, die Einbrecher hinter Schloß und Riegel bringt, dieselbe, die richtig großen Banditen wie Robert Maxwell zum Erfolg verhilft.

Ich habe Dennis viel zu verdanken. Meine Fähigkeiten im Kampfsport, meine Kenntnisse im Knacken von Schlössern sowie den Teil der Einkünfte von Mortensen und Brannigan, der davon abhängig ist, daß man wie ein Einbrecher denken kann, um ein Sicherheitssystem zu entwerfen, das den Einbruch in der Praxis vereitelt. Er hat mich gern um sich, weil er in mir ein gutes Rollenvorbild für seine Tochter im Teenageralter sieht. Über Geschmack läßt sich eben streiten.

Nach meinem Besuch im Grundbuchamt hatte ich Dennis über sein Mobiltelefon angerufen. Eine faszinierende Sache, das Mobiltelefon. Wenn in einem Londoner Pub eines läutet, spricht vieles dafür, daß der Angerufene jemand aus der City ist. In Manchester kann man einen Schilling gegen eine Golduhr wetten, daß es ein Ganove ist. Mir ist ein Rätsel, wie sie durch die Glaubwürdigkeitsprüfungen kommen, die die Telefongesellschaften durchführen. Bei näherer Überlegung haben sie vermutlich ihre ganz eigene Telefongesellschaft, Criminal Communications oder Funny

Phones, ausschließlich für schwere Jungs. Ohne Adressenauskunft.

Wie dem auch sei, ich erwischte Dennis in einem günstigen Moment, daher bat ich ihn, Sammy zu suchen und mir auszuhelfen. Ich brauchte nicht mal Geld zu erwähnen, da willigte er schon ein. So nett ist Dennis. Im Gegensatz zu mir denkt er keineswegs, daß ein Freund in Not eine Plage ist. Weshalb ich jetzt in einem getürkten Telecom-Lieferwagen saß, während Sammy die Wanzen von Mortensen und Brannigan in der Doppelhaushälfte mit drei Zimmern installierte, die Brian und Mary Wright durch DKL ESTATES gemietet hatten.

Wenn wir Observierungsausrüstung benutzen, bauen wir sie im Regelfall selbst ein. Es ist selten ein Problem, da wir meist von der Person bezahlt werden, die über das Haus bestimmt, das wir abhören. Gewöhnlich kommt es dazu, weil ein Chef einen seiner Untergebenen in Verdacht hat, a) Informationen an einen Konkurrenten zu verscherbeln; b) Geld oder Waren der Firma zu unterschlagen; oder c) einfach einen netten altmodischen Vernichtungskrieg gegen den Chef anzuzetteln. In solchen Fällen spazieren wir nach Büroschluß einfach hinein und überziehen die Räume mit jeglicher elektronischer Überwachungstechnik, die man sich nur wünschen kann. Manchmal müssen wir jedoch auch ein wenig diskreter vorgehen. Obgleich Bill und ich ein Abkommen haben, nichts eklatant Ungesetzliches zu tun, operieren wir bei der Informationsbeschaffung doch gelegentlich in technischer Hinsicht etwas außerhalb der Legalität. In solchen Situationen schleicht sich einer von uns unter Zuhilfenahme der einen oder anderen List in das betreffende Gebäude ein. Ich persönlich finde es am effektivsten, mich als die Frau auszugeben, die gekommen ist, um die Tamponautomaten aufzufüllen. Nicht viele Sicherheitsleute haben dann Lust, sich den Inhalt meiner Kartons ganz genau anzusehen.

In diesem Fall allerdings war keiner der üblichen Tricks tauglich. Und ich wollte unbedingt vermeiden, daß Brian oder Mary Wright mich sahen, da ich diejenige sein würde, die draußen auf der Straße wartete und die Überwachungsbänder überprüfte. Deshalb Sammys Lieferwagen. Ich hatte ihm in einem Schnellkursus beigebracht, wie man die Telefonstecker auseinandernimmt und die unkomplizierte Wanze einsetzt, die ich benutzen wollte. Sie bestand aus einer

Zapfvorrichtung und einem winzigen auf Stimmen ausgerichteten Mikro, das die Gespräche im Raum selbst übermittelte. Die Wanze hatte eine Reichweite von etwa hundertfünfzig Metern, wenn der Empfang in dem Lieferwagen mit den Metallwänden auch nicht so gut war wie dann, wenn ich meinen Empfänger erst in den unauffälligen gemieteten Fiesta umgelagert hätte, wo ich ihn auf der Gepäckablage unterbringen könnte.

Vor zehn Minuten war Sammy in seinem Telecom-Overall den Weg hinaufmarschiert, und die Frau, die ihm die Tür öffnete, hatte ihn hereingelassen, ohne auch nur nach dem sorgsam gefälschten Ausweis zu fragen, den er stets bei sich trägt. Vielleicht hatte sie in den fünf Minuten, seit ich an dem Verteilerkasten um die Ecke an ihrem Telefon manipuliert hatte, schon versucht anzurufen. Der Grund, weshalb ich mich mit all diesen exotischen Dingen auskenne ist, daß ich einmal eine heiße Affäre mit einem Telecom-Ingenieur hatte. Er kam, um in meinem Bungalow einen zweiten Telefonanschluß für mein Computermodem und das Faxgerät zu legen, und blieb einen ganzen Monat. Er hatte wunderbar geschickte Finger, und als Zugabe brachte er mir alles bei, was ich jemals über das britische Telefonsystem würde wissen müssen. Leider verspürte er das Bedürfnis, es mir ganze fünf Mal zu erzählen. Als er mir zum sechsten Mal über neue Entwicklungen in der Fiberoptiktechnologie erzählen wollte, wußte ich, daß er würde gehen müssen, wenn ich nicht einen Mordprozeß riskieren wollte.

Jetzt wartete ich darauf, Sammys Stimme über meine Kopfhörer zu hören. Sobald ich ihn laut und klar empfing, würde ich noch einmal zum Verteilerkasten flitzen, das Telefon wieder auf vollen Betrieb einstellen und den Empfänger in meinem Wagen an einen ungeheuer raffinierten Kassettenrecorder anschließen, den ein mit Richard befreundeter Toningenieur für mich zusammengebastelt hatte. Er verbindet die Mechanik von sechs Walkmans mit einem auf Funksignale ausgerichteten Mikro/Empfänger. Auf das Signal der Wanze hin setzt sich das erste Band in Bewegung. Wenn das Zählwerk eine bestimmte Nummer erreicht hat, setzt sich Band zwei in Bewegung und Band eins schaltet sich aus. Und so weiter. Auf diese Weise ergibt sich ein Minimum von sechs Stunden Aufnahmezeit, wenn man nicht gleich mithören kann.

Fünf Minuten später dröhnte mir »Zwei Stück Zucker, Liebes«

in den Ohren. Dank Sammy war ich jetzt fertig vernetzt und konnte beruhigt wegfahren. Eine halbe Stunde später war ich wieder im Büro, bereit, Bill Bericht zu erstatten. Er war natürlich entsetzt, weil ich auf der Barton Bridge dem Tod so knapp entronnen war. Zusammen gingen wir Pauls Fotos und den Bericht über seine Observierung von PharmAce durch, wobei Bill in seinen dichten blonden Bart murmelte, wie unerhört es wäre, seinen Partner reinzulegen.

»Da hat Paul gute Arbeit geleistet. Du hast genau das Richtige getan, ihn darauf anzusetzen«, grummelte er und schob die Bilder zu einem ordentlichen Stapel zusammen. »Ich werd gleich mal hinfahren.« Er stand auf und rief: »Shelley? Ruf Brian Chalmers von PharmAce an und sag ihm, ich bin auf dem Weg zu ihm.«

»Einen Augenblick mal«, protestierte ich aufgebracht, weil ich das Gefühl hatte, daß Bill den Vorgesetzten herauskehrte. »Ich wollte die Bilder selbst dort hinbringen.«

»Sicher wolltest du das«, sagte er. »Und ich habe auch keinerlei Problem mit der Art und Weise, wie du die Sache angepackt hast. Aber ich möchte, daß jemand bei Chalmers ist, wenn er den Labortechniker zur Rede stellt. Und es ist mir lieber, ich bin dieser Jemand, wenn auch nur, um diesem miesen Typ zu zeigen, daß er es nicht mit einem Eine-Frau-Betrieb zu tun hat. Wenn er es war, der dich von der Straße abgedrängt hat, muß man ihm klarmachen, daß es keinen Zweck hat, dich zu beseitigen, weil nicht nur du weißt, was er auf dem Kerbholz hat. Außerdem brauchen wir noch viel mehr Informationen über diesen gestohlenen Lieferwagen, und du hast momentan mit deinen verschwundenen Wintergärten genug am Hals.«

Mir fiel kein überzeugender Grund ein, Bill zu widersprechen. Ich persönlich würde so ungefähr alles zugeben, wenn er sich mit seinen gut einsachtzig vor mir aufbaute. Also ließ ich ihn machen. Auf dem Weg zur Tür nahm ich den Handscanner an mich, sein monatlicher Beitrag zu unserem wachsenden Berg an technischen Spielereien vom letzten Juni. Endlich hatte ich eine sinnvolle Verwendung dafür aufgetan. Als ich das Vorzimmer durchquerte, sagte Shelley: »Ted Barlow hat gerade angerufen. Das war schon das zweite Mal heute. Er verzweifelt langsam. Er sagt, diese Woche kann er seinem Personal noch den Lohn bezahlen, aber für nächste Woche weiß er nicht. Er will wissen, ob er sie schon mal vorwarnen soll oder ob du glaubst, daß du es bis dahin aufgeklärt hast.«

Ich seufzte. »Ich tue, was ich kann, Shelley«, sagte ich.

»Geht es nicht ein bißchen schneller, Kate? Ted hat eine Heidenangst, daß er sein Geschäft verlieren wird.«

»Shelley, ich laufe mir bereits die Hacken ab, ja?« fuhr ich sie an und stapfte in mein Büro. Zu meiner Schande muß ich gestehen, daß ich die Tür zuknallte. Leider benutzte ich dabei die Muskeln, die von dem Unfall immer noch steinhart waren, deshalb büßte ich ebenso an Wohlgefühl wie an Würde ein. Um dem Faß den Boden auszuschlagen, ließ die Erschütterung von der Tür die letzten drei Blätter von dem Gummibaum abfallen. Ich warf die Pflanze in den Mülleimer und nahm mir vor, am Morgen beim Blumenladen vorbeizufahren. Der Gummibaum hatte neun Wochen bei mir überdauert, was fast einen Rekord bedeutete.

Ich nahm das Telefon, wählte Joshs Nummer und fragte nach Julia. Ich habe sie nie getroffen, aber ihre Stimme beschwört das Bild einer helläugigen Blonden herauf, die ihr Haar in einem ordentlichen Knoten trägt, in einem typisch englischen Country-Kostüm steckt und die Hüfte eines Mädchen hat, das im Ponyclub aufgewachsen ist.

»Hallo, Kate«, begrüßte sie mich überschwenglich am Telefon. »Tolle kleine Aufgabe, Darling!« Ich schwöre es, sie sagt wirklich »Darling«.

»Hat's geklappt?« fragte ich schroff. Aus irgendeinem Grund bringt Julia immer den Bauern in mir zum Vorschein.

»Ich habe es nur bei dreien probiert«, sagte sie. »Da der Kreditgeber in allen Fällen dieselbe Finanzierungsgesellschaft ist, mußte ich etwas vorsichtig sein. Der interessante Punkt ist jedenfalls, daß wir es in jedem einzelnen Fall mit einer Neuhypothek von hundert Prozent zu tun haben. Die Leute, mit denen ich gesprochen habe, haben alle das gleiche gesagt. ›Es gibt keinen einzigen Schilling Reinwert mehr bei Ihrem Klienten.‹ Damit wäre alles klar, Kate.«

Ich hätte sie küssen können. Aber sie hätte es vermutlich mißverstanden und meinen Namen aus ihrer Datenbank gelöscht. Ich dankte ihr artig, so wie meine Mutter es mir beigebracht hat, legte den Hörer auf und rief befriedigt »Jaaa!« So wie die Sache sich entwickelte, würde ich Shelley zu einer sehr glücklichen Frau machen.

Ich startete meinen Computer und gab meine Notizen ein. Dann benutzte ich den Scanner für die Dokumente vom Grundbuchamt und speicherte sie alle auf eine Disc. Es war nicht so einfach, wie es angeblich sein sollte, da der Scanner die wenig hilfreiche Angewohnheit hatte, einen Wortsalat zu produzieren, wenn ich die Hand nicht stocksteif über das Papier führte. Immerhin fühlte ich mich nach all dem noch kräftig genug, um Richard anzurufen und für den Abend einen Kinobesuch vorzuschlagen. »Sorry, Brannigan«, sagte er. »Ich gehe zu einer Fete.«

Richard mag zwar vier Jahre älter sein als ich, aber zuweilen gibt er mir das Gefühl, so alt wie meine Granny Brannigan zu sein. Abgesehen davon, daß meine irische Granny Brannigan die Vorstellung, daß eine Fete die ganze Nacht dauert und man dort soviel tanzen kann, wie man will, höchstwahrscheinlich herrlich finden würde. Sie würde sich sogar bei dem Geruch von Wick Vaporub wohl fühlen, womit die Partygäste einander massieren in dem bizarren Streben, die Intensität der Highs von den Cocktails aus Designerdrogen, die sie sich zu Gemüte führen, zu steigern. »Wieso?« fragte ich.

Ich konnte sein Achselzucken vor mir sehen. »Ich muß auf dem laufenden bleiben. Außerdem haben sie da diesen neuen DJ. Er ist erst dreizehn, und ich will ihn mir mal ansehen.« Dreizehn. Du lieber Himmel, Little Jimmy Osmond von Acid House. »Du kannst mitkommen, wenn du möchtest«, fügte er hinzu.

»Ich glaube, ich passe lieber, Richard. Nimm's nicht persönlich, aber da gehe ich offen gestanden lieber auf Observierung.« Zumindest konnte ich so die Musik auswählen. Zumindest wäre ich imstande, das, was ich hörte, auch als Musik zu erkennen.

Kurz nach vier verließ ich das Büro, holte mir eine Pizza in der hiesigen Trattoria und fuhr in dem Little Rascal wieder nach Stockport. Ich parkte in der Seitenstraße gleich um die Ecke von dem Zielhaus, schlenderte zu dem Fiesta und überprüfte das Aufnahmegerät. Das dritte Band lief, und ich hörte kurz per Kopfhörer rein. Blauer Peter, wie es schien. Das ist das Problem mit Elint (elektronischer Intelligenz oder allgemeinverständlich Wanzen). Es hat soviel Unterscheidungsvermögen wie ein Heroinsüchtiger auf dem Trip. Ich verkniff es mir, den Rest des Bands mitzuhören, nahm die zwei, die ich vorher aufgenommen hatte, und schloß den Fiesta ab.

Zurück im Lieferwagen, mampfte ich meine Pizza und hörte mir die Bänder an. Das erste enthielt zehn Minuten Smalltalk mit Sammy, einen Anruf beim Friseur, einen Anruf bei einer Freundin, die zwanzig Minuten über ihr Geschäft jammerte, ihren Ex und ihre Werkstattrechnung. Dann war der Fernseher eingeschaltet worden, mit seinem blechernen Klang bildete er einen interessanten Kontrast zu den Live-Stimmen, die ich gehört hatte. Eine australische Seifenoper, dann eine Komödie für Kinder, dann Cartoons. Ich spulte die Sendungen im Schnellauf ab und spitzte die Ohren für den Fall, daß zwischen den Piepsern von Micky Maus weitere echte Gespräche zu hören waren. Nichts.

Gelangweilt ging ich zu dem Fiesta zurück und hörte wieder direkt mit. Inzwischen waren wir bei den *Nachrichten aus Granada* angelangt. Warum konnte meine Zielperson nicht zu den dezenten, kultivierten Menschen gehören, die nicht das Bedürfnis nach einer Art Audio-Tapete haben? Ich belud das Aufnahmegerät mit frischen Bändern und beschloß, nur noch eine Stunde den Lauscher zu spielen, bevor ich nach Hause fuhr. Ich rief mir ins Gedächtnis, daß ich das Recht auf etwas Freizeit ohne Gesellschaft hatte. Außerdem war mir kalt, ich fühlte mich steif, und ich brannte darauf, mein neuestes Computerspiel in den Griff zu bekommen. CIVILIZATION versprach das packendste Strategiespiel zu werden, das ich seit langem gespielt hatte, denn es führte den Spieler von den Anfängen der Menschheit bis ins Weltraumzeitalter. Bislang war ich nicht weiter gekommen als bis zu den Siedlungen der Zeltbewohner, die gerade erst das Rad erfunden hatten, bevor die Barbaren kamen und sie schröpften.

Ich versuchte mir gerade einen erfolgversprechenderen Ansatz zu überlegen, als sich alles änderte. Der Lärm in meinen Ohren verstummte plötzlich ganz. Einige Sekunden lang dachte ich zu meinem Schreck, sie hätte die Wanze entdeckt. Dann hörte ich einen Wählton und das Klicken eingegebener Zahlen. Vielleicht gelang es mir ja, die Nummer zu identifizieren, wenn ich erst die Gelegenheit hatte, das Band mit mehr Muße zu untersuchen. Das Telefon am anderen Ende läutete dreimal, bevor die Verbindung hergestellt wurde. Ein Anrufbeantworter sprang an, und eine Männerstimme sagte: »Es tut mir leid, aber momentan kann ich keine Anrufe entgegennehmen. Hinterlassen Sie Ihre Nachricht nach dem Piepton, dann können wir bald miteinander reden.« Die Stimme klang kühl, mit einem zweideutigen Unterton, bei dem ich lächeln mußte anstatt mich zu schütteln.

Nach dem Ton sagte die Frau: »Hallo, ich bin's. Es ist kurz vor sieben. Ich gehe bei meiner Mutter vorbei, dann bin ich bei Colin und Sandra. Wir sehen uns da. Ich liebe dich. Tschüs.« Es gab ein Klicken, als sie den Hörer auflegte. Ich kletterte aus dem Wagen und hastete die Straße hinunter zu dem Lieferwagen. Ich wollte auf keinen Fall, daß der Fiesta ihren Verdacht erregte.

Gerade hatte ich mich in das Aroma von altbackener Pizza eingeschlossen, als von der Haustür ein Lichtviereck auf die Einfahrt meines Zielhauses fiel. Das Licht verschwand, als sie die Tür schloß und die Garage aufsperrte. Ich konzentrierte mich auf das Gesicht. Das Haar konnte man ändern, die Kleidung konnte man ändern, die Größe konnte man durch Schuhe ändern, doch die Gesichtszüge konnten sich nicht ändern, besonders das Profil. Ich registrierte ein kleines, niedliches Gesicht, spitzes Kinn, breitere Augenpartie. Genau wie auf Diane Shipleys Zeichnung. Zwei Minuten später kam ein weißer Metro zum Vorschein und fuhr an mir vorbei nach Süden in Richtung Hazel Grove. Als ich parkte, hatte ich darauf spekuliert, daß sie, wenn sie wegfuhr, in jedem Fall die Richtung nach Norden zur Stadt einschlagen würde. Falsch geraten. Ich machte eine volle Kehrtwende, so schnell ich eben konnte, was nicht schnell genug war. Als ich unten an der Straße anlangte, war sie verschwunden. Es herrschte gerade genug Verkehr in der näheren Umgebung, daß man unmöglich sagen konnte, welche der Rücklichter in der Ferne die ihren waren.

Es blieb mir nichts anderes übrig. Ich würde nach Hause fahren und einem nichtsahnenden Barbarenstamm meine einzigartige Zivilisationsmischung bringen müssen. Vielleicht sollte ich diesmal die Kartographie vor dem zeremoniellen Begräbnis erfinden ...?

Als ich zu Hause ankam, blinkte das Lämpchen an meinem Anrufbeantworter. Ich drückte auf den Wiedergabeknopf. »Kate, Bill hier. Ich bin gerade von PharmAce zurück. Wir müssen reden. Hier die Nummer, unter der du mich heute abend nach sieben erreichen kannst.«

Er rasselte eine Didsbury-Nummer herunter, die ich nicht wiedererkannte. Kaum überraschend. Bill wechselte so häufig die Freundinnen wie Rod Stewart in seiner Junggesellenzeit. Als ich die Nummer wählte, meldete sich erwartungsgemäß eine Frauenstimme. Während ich wartete, daß sie Bill holte, entwarf ich das passende Bild zu ihrer Stimme.

»Fünfundzwanzig, Umgebung von London, Hochschulabschluß, blond, raucht«, sagte ich, als Bill sich meldete.

»Bravo, Sherlock. Allerdings bist du zwei Jahre zu großzügig«, sagte er.

»Du sagtest, wir müßten reden. Reicht das Telefon, oder soll ich vorbeikommen und dich auf ein Glas treffen?« fragte ich boshaft.

»Das Telefon reicht völlig«, sagte er. »Zunächst die gute Nachricht. Brian Chalmers ist entzückt und hat den Seniorlabortechniker auf der Stelle gefeuert, ohne Begründung. Und morgen treffe ich mich mit jemandem von der Kriminalpolizei Knutsford, um zu hören, ob sie gegen die Firma, die die gestohlenen Waren abnimmt, ermitteln wollen.«

»Prima«, sagte ich. »Und die schlechte Nachricht?«

»Dich hat kein Lieferwagen von PharmAce von der Straße abgedrängt. Heute hat jemand vom Polizeirevier in Devon bei ihnen angerufen. Den Lieferwagen, den man PharmAce gestohlen hat, hat man am Freitag morgen in irgendeinem Dorf in Dartmoor zu Schrott gefahren, nachdem er bei einem Raubüberfall auf einen Supermarkt da unten benutzt wurde. Deshalb kann er dich am Freitag abend nicht gerammt haben. Kate, wer auch immer es auf der Barton Bridge auf dich abgesehen hat, er läuft noch frei herum.«

15. Kapitel

Zum Frühstück von hinten bis vorn bedient zu werden, daran könnte ich mich gewöhnen. Womit ich nicht klarkäme, ist das frühe Aufstehen. Am folgenden Morgen fand ich mich schon wieder im Speisesaal des Portland ein, diesmal auf Joshs Einladung. »Ich möchte dich mit jemandem bekannt machen«, hatte er geheimnisvoll am Telefon gesagt und sich geweigert, sich mehr entlocken zu lassen.

Ich ging vorsichtig näher und sah, daß Joshs Tischgenossin eine

Frau war. Hoffentlich hatte er mich nicht aus dem Bett geholt, um mir zu erzählen, daß er heiraten wollte. Solche Neuigkeiten konnte ich auf nüchternen Magen nicht verkraften. Josh entdeckte mich und sagte etwas zu seiner Begleiterin, die mich über ihre Schulter hinweg anblickte. Sie schien nicht Joshs Typ zu sein. Sie wirkte wie Mitte Dreißig, was sie mindestens zehn Jahre zu alt machte. Das Auffallendste an ihr waren ihre Haare, die die Farbe blankgeputzter Roßkastanien hatten und ihr in einem dicken Zopf auf den Rücken hingen.

Als ich am Tisch anlangte, stand Josh halb auf. »Kate! Ich freue mich, daß du kommen konntest«, sagte er. »Della, dies ist Kate Brannigan, die Privatdetektivin, von der ich dir erzählt habe.«

Also eine potentielle Klientin, dachte ich. Ich lächelte. Josh fuhr fort: »Kate, das hier ist Chefinspektor Della Prentice. Sie ist gerade in das Dezernat für Regionale Verbrechensbekämpfung versetzt worden. Wir waren zusammen in Cambridge, und ich dachte, ihr beide solltet euch kennenlernen.«

Ich gab mir alle Mühe, nicht so verdutzt auszusehen, wie mir zumute war. Es gibt nicht viele Frauen, die es zum Rang eines Chefinspektors bringen. Della Prentice lächelte und streckte die Hand aus. »Freut mich, Sie kennenzulernen, Kate«, sagte sie. »Auf die Gefahr hin, Ihnen den letzten Nerv zu rauben, Josh hat mir viel von Ihnen erzählt.«

»Ich wünschte, ich könnte das gleiche über Sie sagen«, erwiderte ich und schüttelte ihre trockene, feste Hand. Mit einem kleinen Plumpser ließ ich mich auf den Stuhl fallen. Ich hatte nicht damit gerechnet, in aller Herrgottsfrühe aus dem Bett gezerrt zu werden, um einen Cop kennenzulernen. Schon gar nicht eine Polizistin der höheren Hierarchie. Ich musterte sie kurz. Tiefliegende grünliche Augen, schöne Haut, ausgeprägte Knochen, die an einem Teenager plump wirken, mit jedem weiteren Jahr, das nach dem dreißigsten Geburtstag verstreicht, jedoch anziehender werden.

»Er versucht mich unter Verschluß zu halten, weil ich weiß, welche Leichen er im Keller hat«, sagte sie, während sie mich derselben Musterung unterzog. »Ich könnte Ihnen so einiges erzählen...«

Josh räusperte sich und sagte hastig: »Della ist eine Art Expertin für Betrugsfälle wie der, mit dem du es zu tun zu haben scheinst«, sagte er. »Ich hab mir gedacht, sie könnte dir vielleicht helfen.«

»Ich habe gerade achtzehn Monate im Betrugsdezernat von West Yorkshire hinter mir«, erklärte Della. »Jetzt hat man mich als Einsatzleiterin einer Sondereinheit für Betrugsfälle ins DRV versetzt.«

»Wie gefällt es Ihnen?« erkundigte ich mich.

»Sich in ein neues Team einzuarbeiten ist immer ein wenig mühsam.« Natürlich. Sie wäre nicht so hoch aufgestiegen, wenn sie nicht etwas von einer Diplomatin hätte.

»Und fünfmal schlimmer dadurch, daß Sie eine Frau sind?« fragte ich.

»So ähnlich.«

»Kann ich mir vorstellen. Buchstäbliche Auslegung von Anweisungen und kein Respekt, bis entschieden wird, daß Sie ihn sich verdient haben.«

Dellas verkrampftes Lächeln sagte alles. »Unsere Aufgabe besteht darin, mit Banken und anderen Finanzinstituten zusammenzuarbeiten, in allen Fällen, die nicht ins Ressort der Abteilung für Schweren Betrug gehören. Gewöhnlich geht es um Fälschung oder die Annahme einer falschen Identität zu dem Zweck, Waren oder Bargeld zu erhalten.«

»Auf die Gefahr hin, daß ich mich anhöre wie die Dummköpfe, denen ich auf Partys begegne, es muß faszinierend sein«, sagte ich.

Sie lächelte. »Es kann sehr befriedigend sein, die Stücke eines Puzzles zusammenzusetzen.«

»Ja, Sie haben es mit Verbrechern von höherem Format zu tun als Ihre Kollegen, denen man die Plünderer und Drogendealer aufhalst«, sagte ich. »Für mich ist es eine kleine Abwechslung im gewohnten Lauf der Dinge. Ich bin mehr daran gewöhnt, im Memoryspeicher eines Computers herumzuschnüffeln, als Leute zu stellen.«

Della lehnte sich in ihrem Stuhl zurück. »Na, *das* muß doch wirklich faszinierend sein. Nein, ich meine es ernst. Ich hätte nur zu gern die Zeit, mehr über Computer zu lernen. Stört es Sie, wenn ich rauche?« Ich schüttelte den Kopf. Sie holte eine Schachtel Silk Cut und ein Zippo-Feuerzeug heraus. Während sie sich eine ansteckte, sagte sie: »Josh hat mir erzählt, daß Sie ein Problem mit säumigen Hypothekenschuldnern haben. Vielleicht könnten wir uns gegenseitig unterstützen. Ich bin eventuell imstande, einiges für Sie zu erhellen, und offen gestanden, wenn Sie nichts dagegen haben, könnte ich den Orden gebrauchen.«

Mir gefiel Della Prentices Offenheit. Und Josh verbürgte sich für sie, was in meinen Augen ein Gütesiegel für Professionalität darstellte. Daher holte ich tief Luft und sagte: »Das hier ist ganz inoffiziell. Einverstanden?« Ich hatte keinerlei Vollmacht von Ted, die Polizei einzuschalten, und keinen stichhaltigen Beweis dafür, daß ein Verbrechen verübt worden war, lediglich eine Menge wiederkehrender Indizien.

Eine Kellnerin erschien, und wir bestellten unser Frühstück, bevor Della antworten konnte. Als die Kellnerin gegangen war, sagte sie: »Na schön, ganz inoffiziell.«

Ich schilderte Della die wesentlichen Punkte. Es sprach für sie, daß sie mir schweigend bis zum Ende zuhörte. Die meisten Fragen, die sie hinterher stellte, waren vernünftig und sachbezogen, genau wie ich es erwartet hatte. »Die Banken haben ihre eigenen Ermittler, wissen Sie«, sagte sie schließlich. »Ich staune, daß die in dieser Angelegenheit keine eigenen Nachforschungen angestellt haben.«

»Ich weiß nicht, ob sie es nicht getan haben«, sagte ich. »Falls doch, dann haben sie es von einer anderen Seite angepackt. Sie wollen nachweisen, daß Ted Barlow korrupt ist, wohingegen ich das genaue Gegenteil zu zeigen versuche.«

Sie nickte. »Ich möchte nicht den Eindruck erwecken, als ob das Ei klüger sein wollte als die Henne, aber Sie haben doch wohl auch in Betracht gezogen, daß Ihr Klient die Hand im Spiel haben könnte?«

»Das war mein erster Gedanke. Aber Leute, die ihn kennen, behaupten, ihm fehle die Phantasie oder auch die Veranlagung dazu, solch einen Betrug zu verüben. Außerdem sagt er die Wahrheit über die verschwundenen Wintergärten. Selbst ich kann sehen, daß sie ursprünglich installiert wurden, und wenn er selbst daran beteiligt wäre, hätte er sich die Mühe nicht zu machen brauchen«, erklärte ich.

Della dachte darüber nach, während sie sich noch eine Zigarette anzündete. Dann sagte sie: »Vielleicht wollte er sich absichern, falls die Situation außer Kontrolle gerät? Und wer könnte besser als er ein neues Heim für die Wintergärten finden? Immerhin könnte er sie einfach wiederverwenden. Und Sie könnte er nur zu dem Zweck engagiert haben, um einen guten Eindruck bei der Bank zu machen –

und bei uns, falls die Sicherheitsmannschaft der Bank uns am Schluß zu Rate zieht.«

Ich schüttelte den Kopf. »Ted ist es nicht. Ich weiß, es ist durchaus möglich, eine Erklärung zu finden, die mit dem Finger auf ihn zeigt. Aber der ausschlaggebende Punkt für mich ist, daß er schlicht und einfach nicht auf die Beschreibungen paßt, die ich von dem Mann habe, der die Nächte in diesen Häusern verbringt.«

»Es ist ein ungewöhnlicher Fall, Kate«, sagte sie. »Sehr ungewöhnlich. Doch wenn es sich tatsächlich um einen Schwindel handelt, der von mehreren Leuten aufgezogen wird, und nicht um eine Reihe von Zufällen, dann müssen sie inzwischen eine Menge Geld kassiert haben.«

»Über eine halbe Million abzüglich der Kosten, nach meiner Schätzung«, sagte ich gelassen. »Sie können ihr Glück vermutlich selbst nicht fassen. Ich an ihrer Stelle würde aussteigen, bevor alles auffliegen kann.«

»Woher wissen Sie, daß sie es nicht schon getan haben?« fragte Della.

»Ich weiß es nicht. Ich verlasse mich darauf, daß sie es noch nicht getan haben. Auf diese Weise kann ich mich an ihre Fersen heften, wenn sie das nächste Ding drehen, solange die Spur noch warm ist.« So sehr ich Della auch mochte, ich hatte nicht die Absicht, ihr auf die Nase zu binden, daß ich das nächste Ziel bereits entdeckt zu haben glaubte. Ich war völlig zufrieden damit, wenn sie annahm, daß ich ein Wartespiel spielte. Das würde mir das Dezernat für Regionale Verbrechensbekämpfung vom Hals halten. Außerdem wollte ich mich nicht auf eine Diskussion über das Thema illegaler Telefonüberwachung einlassen. Ich mag es nicht, wenn die Leute, die selbst im Glashaus sitzen, mit Steinen werfen.

Ich häufte die letzten Bissen Rührei auf eine dreieckige Toastscheibe und konnte mit Genuß essen, weil Della gerade eine Zigarettenpause einlegte. »Lassen Sie mich wissen, wie Sie vorankommen. Ich bin sicher, daß wir Ihnen helfen könnten.« Sie holte eine Karte aus der Jacke ihres schwarzgrauen Kostüms. »Und falls es den Anschein hat, als wären sie getürmt, setzen Sie sich in jedem Fall mit mir in Verbindung. Man kann nie wissen, vielleicht wären wir in der Lage, aus dem, was Sie herausgefunden haben, etwas zu machen.«

»Sobald ich etwas Konkretes habe, rufe ich Sie an. Josh, danke, daß du uns bekannt gemacht hast. Es ist das erste Mal, daß ich jemandem begegne, für den du die Klappe hältst«, sagte ich.

»Du hast mich nicht verdient, Kate«, sagte er kummervoll.

»Dem Himmel sei Dank dafür. Wenn ihr beide mich jetzt entschuldigt, ich muß schleunigst los«, sagte ich, stand auf und schüttelte Della Prentice die Hand. »Ich melde mich. Ach, Josh? Sag Julia danke für die Informationen, die sie für mich ausgegraben hat.« Ich gab ihm einen flüchtigen Kuß auf die Wange.

Meine Gewissensbisse wegen der Unterhaltung mit Chefinspektor Della Prentice über Teds Problem setzten mir arg zu, als ich ins Büro kam und dort den Wintergartenbauer und die von Liebe ergriffene Sekretärin in vertrautem Gespräch vorfand. Ted Barlow hockte auf der Kante von Shelleys Schreibtisch, während sie den Computerbildschirm ignorierte und statt dessen ihm in die Augen blickte. Ich hatte noch nicht mal meinen Dufflecoat ausgezogen, da entschuldigte Ted sich schon dafür, mich zu stören, und Shelley zwitscherte etwas von Zwischenberichten und Mobiltelefonen. Ich bat Ted in mein Büro und brachte ihn so weit auf den neuesten Stand, wie ich es wagen konnte. Ich vertraute ihm nicht sämtliche Ergebnisse meiner derzeitigen Observierung an. Er mochte zwar bezahlt haben, aber er war viel zu leicht zu durchschauen, und ich hätte mich nicht wohlgefühlt, wenn er jeden Zug von mir kannte. Er war so offensichtlich einer der wenigen ehrlichen Menschen auf dieser Welt, daß er sich selbst unwohl fühlen müßte bei dem Gedanken, daß ich in seinem Interesse das Gesetz beugte.

Daher erzählte ich ihm, ich mache Fortschritte und sei nahe daran herauszufinden, wie alles zusammenpaßte. Damit schien er sich zufriedenzugeben. Vielleicht suchte er nur nach ein wenig Bestätigung. Als ich einige Minuten, nachdem er sich von mir verabschiedet hatte, aus meinem Büro kam, strich er immer noch um Shelleys Schreibtisch herum und wirkte nervös. Das konnte ich nicht mitansehen, deshalb griff ich nach meinem Mantel und dem Mobiltelefon, das an diesem Morgen gekommen war, und ging zur Tür.

Die erste Station war der gemietete Fiesta mit dem Empfangsgerät. Als ich die Kassetten überprüfte, war ich deprimiert. Seit ich am vergangenen Abend weggefahren war, schien absolut nichts aufgezeichnet worden zu sein. Ich kam zu dem Schluß, daß ich beim Zurückstellen einen Fehler gemacht haben mußte. Dann merkte ich, daß das erste Band doch nicht ganz leer war.

Ich nahm es aus dem Gerät heraus und schob es schnell in den Autorecorder. Da war das unverkennbare Geräusch, wenn eine Tür zuschlägt, dann das Läuten eines Telefons, an das niemand ranging. Ich seufzte erleichtert auf. Weder ich noch das Gerät waren fehlerhaft. Es schien, als wäre die Frau einfach nicht nach Hause gekommen. Für den Fall, daß sie oder einer ihrer Nachbarn der aufmerksame Typ waren, fuhr ich mit dem Fiesta einmal um den Block und parkte an einer offensichtlich anderen Stelle. Ich wollte nicht in die peinliche Situation kommen, daß man das Bombenräumkommando rief, weil irgendein Neugieriger mit Bürgersinn dachte, das Empfangsgerät auf der Gepäckablage sei eine Autobombe der IRA. Letztes Jahr ist das Bill einmal passiert. Zu seinem Glück war der Empfänger zu dem Zeitpunkt gerade ausgeschaltet. Zum Glück, weil die strafbare Handlung in der Benutzung der Ausrüstung besteht, nicht im Besitz, ein typischer Fall der Logik unseres Rechts.

Ich vermutete, daß es immer noch nicht ratsam war, zum Büro zurückzufahren, deshalb beschloß ich, kräftig in das Wespennest von Alexis' kleinem Problem zu stechen und zu sehen, was da herausflog. Es war Vormittag, als ich bei Cheethams Kanzlei anlangte. Seine zuvorkommende Sekretärin beschied mich, er sei in einer Besprechung, aber wenn ich bitte warten wollte...

Ich holte die Computerzeitschrift, die ich gewöhnlich dabeihabe, aus meiner Handtasche und machte mich an die Lektüre eines Artikels über Ramspeichererweiterungen. Wenn ich glaubte, daß wir so etwas brauchten, müßte ich nur die Zeitschrift, an der entsprechenden Seite aufgeschlagen, im Büro herumliegen lassen und warten, daß Mortensen, der König der technischen Spielereien, darauf stieß und es zu seiner eigenen Idee machte. Funktioniert garantiert immer.

Doch ehe ich mir eine feste Meinung bilden konnte, öffnete sich Cheethams Bürotür, und er führte die Frau hinaus, die ich schon in Buxton mit ihm zusammen gesehen hatte. Er hatte den Arm um sie gelegt, in dieser vertraulichen, ungezwungenen Art, die man bei den Partnern an den Tag legt, mit denen man schläft, nicht bei denen, mit denen man zusammenarbeitet. Bei meinem Anblick zuckte er zusammen und ließ den Arm herunterfallen, als ob er einen Stromschlag bekommen hätte. »Miss Brannigan«, sagte er nervös.

Als sie meinen Namen hörte, wandte sich die Frau, die sich bis dahin auf Cheetham konzentriert hatte, mir zu. Sie musterte mich flüchtig, von meinem welligen kastanienbraunen Haar bis zu den Spitzen meiner braunen Stiefel. Vermutlich schätzte sie mich falsch ein. Sie konnte ja nicht wissen, daß ich nur deshalb soviel Make-up trug, weil die Blutergüsse an meinem Kinn und den Wangenknochen einen faszinierenden grünen Farbton angenommen hatten.

Sie hatte noch dicker aufgetragen, war bis zur Künstlichkeit gestylt. Ich mochte sie nicht. Unsere gegenseitige Musterung wurde durch Cheetham unterbrochen, der stammelte: »Wenn Sie bitte durchgehen möchten, Miss Brannigan?«

Ich nickte ihnen beiden zu und ging an ihnen vorbei in sein Büro. Ich hörte nicht, was die Frau ihm ins Ohr flüsterte, nachdem ich vorbei war, dafür hörte ich ihn sagen: »Ist schon in Ordnung, Nell. Hör zu, wir sehen uns heute nachmittag, einverstanden?«

»Das wollte ich dir auch geraten haben«, glaubte ich zu verstehen, als sie hinausrauschte, ohne der Sekretärin auch nur zuzulächeln. Es sagt viel über Menschen aus, wie sie mit dem Büropersonal anderer Leute umgehen.

Ich wartete, bis Cheetham zu seinem Stuhl zurückkam. Ich sah, welche Mühe es ihn kostete stillzusitzen. »Was kann ich für Sie tun?« fragte er.

»Ich habe nur gedacht, ich komme mal vorbei und gebe Ihnen einen Lagebericht«, sagte ich. »Unser Freund, der Bauunternehmer T. R. Harris scheint nicht zu existieren. Und ebensowenig der Anwalt, mit dem Sie dem Anschein nach brieflich verkehrt haben.« Das wußte ich ganz genau, seit ich die Liste der zugelassenen Anwälte im Anwaltskalender überprüft hatte.

Cheetham saß nur da und starrte mich an, seine glänzenden braunen Augen waren leicht zusammengekniffen. »Ich verstehe das nicht«, sagte er, um einiges zu spät.

»Es hat den Anschein, als habe Harris einen Falschnamen benutzt und sich einen Phantasieanwalt erfunden zu dem Zweck, Ihre Klienten um ihr Geld zu betrügen. Es war reines Glück, daß Miss Appleby zufällig entdeckte, daß das Land bereits verkauft war, andernfalls hätten sie alle noch viel mehr Geld verloren«, wagte ich mich vor. Wenn er sauber war, dann würde er sich Mühe geben, mir zu zeigen, daß sie nicht einen einzigen weiteren Schilling hätten verlieren können, da er als ihr pflichtbewußter Anwalt durch das Grundbuchamt erfahren hätte, daß das besagte Land bereits verkauft oder zumindest der Gegenstand anderer Anfragen war.

Er sagte nichts dergleichen. Statt dessen sagte er, wie leid es ihm tue, daß es so gekommen sei, doch nun, da ich wohl alles aufgeklärt hätte, sei ersichtlich, daß er ebenso hereingelegt worden war wie seine Klienten.

»Bis auf den Umstand, daß alle außer Ihnen pro Kopf fünftausend Pfund los sind«, bemerkte ich sanft. Er wurde nicht einmal rot.

Cheetham stand auf und sagte: »Ich bin Ihnen dankbar, daß Sie mich über all das informiert haben.«

»Sie werden die Angelegenheit vielleicht sogar dem Anwaltsverband vortragen müssen. Da gibt es doch eine Schadensversicherung für solche Fälle von Fahrlässigkeit und Schlamperei, oder nicht?«

»Aber ich war nicht fahrlässig«, protestierte er schwach. »Ich habe Ihnen doch bereits gesagt, die Nachforschungen haben nichts ergeben. Und die Schreiben von Harris' Anwalt überzeugten mich, daß er zwar weitere Anfragen erhalten hatte, zu diesem Zeitpunkt jedoch niemand anders in der Lage war, einen möglichen Kauf zu tätigen. Woher sollte ich wissen, daß die Briefe Fälschungen waren?«

»Es ist jammerschade, daß ihr Anwälte immer alles in schriftlicher Form regeln müßt«, sagte ich. »Nur ein Anruf im Büro des sogenannten Mr. Graves hätte dieses Geschäft ein für allemal gestoppt.«

»Wie meinen Sie das?« fragte er zögernd.

»Die Nummer auf dem Briefkopf ist die Nummer eines Münztelefons in einem Pub in Ramsbottom. Aber vermutlich hatten Sie davon auch keine Ahnung«, sagte ich.

Er setzte sich hastig wieder hin. »Natürlich nicht«, sagte er. Er war so überzeugend wie ein Minister.

»Da wäre noch eine andere Sache«, sagte ich. Ich hatte ihn aus der Fassung gebracht. Jetzt war es an der Zeit für einen Bluff. »Als ich neulich schon mal hier war, habe ich nach mir einen Mann in Ihr Büro gehen sehen. Ich hatte noch etwas in diesem Gebäude hier zu erledigen, und als ich ging, sah ich, wie er in seinen Lieferwagen einstieg. Eine Firma namens Renovations oder so ähnlich? Er hat Ihrem

Freund aus Buxton ähnlich gesehen, weshalb ich *ihn* für einen Bauunternehmer hielt.«

Cheethams Augen weiteten sich, obwohl er sein Gesicht ansonsten unter Kontrolle hatte. Offenbar gehörte er zu den Menschen, deren Augen tatsächlich die Fenster zur Seele sind. »Was ist mit ihm?« fragte er nervös.

»Na ja, mein Freund und ich haben gerade ein altes Haus draußen in Heaton Chapel gekauft, an dem viel zu machen ist, und ich habe bemerkt, daß der Lieferwagen an der Seite eine Nummer aus Stockport stehen hatte. Ich habe mich gefragt, ob die Firma wohl auf solche Arbeiten spezialisiert ist, und falls ja, ob Sie mir eventuell die Nummer geben könnten? Ich habe es schon mit den Gelben Seiten versucht, aber ich konnte sie nicht finden«, sagte ich.

Cheetham öffnete den Mund und schloß ihn wieder. »Ich... äh ...ich glaube nicht, daß seine Firma die richtige für Sie ist«, redete er drauflos. »Nein, absolut nicht die richtige für Ihr Projekt. Alte Scheunen, das machen sie. Umbauten, solche Sachen. Tut mir leid, ich... äh... Tut mir leid.«

Ich war befriedigt, weil ich Cheetham verunsichert und mich zugleich endgültig von seiner Schuld überzeugt hatte. Ich lächelte ihn bedauernd an: »Na gut«, sagte ich, »wenn wir uns mal eine alte Scheune kaufen, weiß ich dann ja, an wen ich mich wenden muß. Vielen Dank für die Zeit, die Sie mir gewidmet haben, Mr. Cheetham.«

Eine Stunde später stand ich hinter einem Obst- und Gemüsestand in der Markthalle von Stockport auf Beobachtungsposten. Das Licht der hellen Herbstsonne strömte zu den hohen Fenstern dieser kürzlich restaurierten Handelskathedrale herein. Es lieferte die Beleuchtung für eine faszinierende Szene. Den überfüllten Gängen des Marktes gegenüber, in einem kleinen Café, führte Martin Cheetham ein ernstes Gespräch mit niemand anderem als Brian Lomax alias T. R. Harris.

Jetzt wußte ich alles, was ich wissen mußte. Mir fehlte nur noch ein Beweis.

16. Kapitel

Am Obst- und Gemüsestand kaufte ich einige Russet-Äpfel und ein halbes Pfund Weintrauben, um meinem Mund etwas zu tun zu geben, während ich Cheetham und Lomax bei ihrer Unterhaltung beobachtete. Cheetham machte einen zugleich besorgten und aufgebrachten Eindruck, wohingegen Lomax weniger angespannt als vielmehr ungeduldig wirkte. Cheetham bestritt den Hauptteil der Unterhaltung, und Lomax nickte oder schüttelte den Kopf, derweil er zwei Stück Hefekuchen und eine Schale Chips mampfte. Schließlich wischte Lomax sich den Mund mit dem Handrücken ab, beugte sich vor und sprach ernsthaft auf Cheetham ein.

Es gibt Augenblicke, in denen ich wünschte, ich hätte gelernt, von den Lippen zu lesen. Oder die Zukunft vorherzusagen. So hätte ich im voraus ein Funkmikro unter den Tisch klemmen können. Wie die Dinge lagen, mußte ich mich mit meiner ganz und gar nicht seligen Unwissenheit abfinden. Ich konnte mich nur an Martin Cheethams Fersen heften, als er das Café verließ, sich durch die Menge der Käufer drängte und zu dem Parkplatz eines Supermarkts ging, auf dem er seinen schwarzen BMW abgestellt hatte. Ein schwarzer BMW, den ich zuletzt am Samstag abend draußen vor dem Haus von Brian Lomax gesehen hatte.

Es war nicht schwer, ihn im Auge zu behalten. Er fuhr nach Manchester zurück wie jemand, der mit anderem als der Straße und den Verkehrsbedingungen beschäftigt war. Da ich davon ausging, daß er geradewegs zu seiner Kanzlei fuhr, blieb ich ein wenig zurück, als wir uns dem Stadtzentrum näherten, und da hätte ich ihn fast verloren. Am unteren Ende der Fennel Street bog er nicht links ab zum Blackfriars Parkplatz, wo er heute morgen geparkt hatte, sondern nach rechts. Ich war drei Autos hinter ihm, und ich schaffte es gerade noch bis zur Kreuzung, um zu sehen, wie er an der Eisenbahnbrücke links abbog und in Richtung East Lancs Road fuhr. »O Scheiße«, stöhnte ich, trat aufs Gaspedal und schlitterte in seinem Kielwasser quer über vier Verkehrsspuren. Der Little Rascal war ganz und gar nicht das Fahrzeug meiner Wahl für eine Verfolgungsjagd per Auto. Ich hoffte nur, daß das mißtönende Hupkonzert Cheetham nicht aus seiner offensichtlichen Träumerei riß.

Er war nirgends zu sehen, als ich zur nächsten Ampelanlage kam. Ich mußte darauf setzen, daß er geradeaus weitergefahren war, an der Salford Kathedrale und der Universität vorbei, vorbei an dem Museum mit den Lowry-Männchen aus Streichhölzern, deren Reproduktionen in Tausenden von Wohnungen hängen. Ich blieb auf der Mittelspur und hielt angestrengt Ausschau nach seiner glänzend schwarzen Karosserie. Als ich an dem schmutzigen Monolith der Salford Tech vorbeikam, brach mir der Schweiß aus. Es schien, als hätte ich ihn verloren. Aber ich blieb dran, und zwei Meilen weiter die East Lancs hinunter entdeckte ich ihn vorn, wie er an der nächsten Ampel links abbog.

Als ich an der Ampel anlangte, war sie gerade auf Rot gesprungen. Was ich einfach ignorierte, zum Entsetzen der Frau, deren Volvo ich schnitt, als ich um die Ecke fegte. Ich winkte ihr fröhlich zu, dann trat ich wieder aufs Gas. Eine Viertelmeile weiter holte ich Cheetham ein. Er bog rechts ab, dann die zweite links in die Tamarind Grove, eine ruhige Straße mit Doppelhäusern aus der Zeit zwischen den Weltkriegen, der von Alexis und Chris nicht unähnlich. Der BMW schwenkte in die Einfahrt eines gut in Schuß gehaltenen Exemplars ein, das linkerhand etwa in der Mitte lag.

Ich bremste den kleinen roten Lieferwagen scharf ab und ließ den Motor laufen, für den Fall, daß Cheetham lediglich etwas abgab oder jemanden abholte. Er stieg aus dem Wagen, schloß ihn sorgfältig ab und stellte den Alarm ein, dann öffnete er die Haustür mit einem Schlüssel. Ich fuhr langsam an dem Haus vorbei und parkte. Ich bezog Posten an der Hintertür und behielt alles durch das Spionfenster meines Wagens im Auge. Ich wußte nicht einmal genau, warum ich das tat. Angefangen hatte das alles als Suche nach dem triftigem Beweis für das, was Cheetham und Lomax meinen Freundinnen angetan hatten. Aber ich wurde das Gefühl nicht los, daß hier noch viel mehr im Busch war. Was führte Renew-Vations im Schilde, daß Cheetham wie von der Tarantel gestochen losraste, um seinen Komplizen zur Rede zu stellen? Und was geschah jetzt? Ich bin von dieser Art instinktiver Neugier besessen, die nicht nachgibt, bevor nicht der letzte Stein umgedreht ist und das letzte Krabbeltier sich tief in die Erde gegraben hat. Ich kam immer wieder auf den Gedanken zurück, daß, was auch immer hier vor sich ging, Cheetham der Schlüssel war. Er wußte, daß ich meine Nase in seine

Angelegenheiten steckte. Und Cheethams Komplize fuhr einen weißen Transit-Lieferwagen. Zugegeben, der Lieferwagen in seiner Einfahrt war unbeschädigt gewesen, aber ich hielt es für durchaus möglich, daß er sich bei seinen Geschäften mehr als einen Lieferwagen leisten konnte.

Wenn es einen langweiligeren Job gibt, als jemanden zu observieren, der die Bequemlichkeiten seines eigenen Heims genießt, dann muß ich ihn erst noch entdecken. Um der Eintönigkeit etwas zu entfliehen, benutzte ich mein neues Spielzeug, rief die Zentralbibliothek an und bat sie, auf der Wählerliste diese Adresse zu überprüfen. Cheetham war die einzige aufgeführte Person. Dann rief ich Richard an, um ihm meine neue Nummer zu geben. In dieser Woche präsentierte der Anrufbeantworter ihn, wie er zur Begleitung eines hektischen Stücks rappte: »Hallo, hier ist Richard, sorry, bin leider nicht da, hinterlassen Sie Name und Nummer, und ich ruf Sie an, ist doch klar.« Zumindest war es eine Verbesserung gegenüber der heiseren, sinnlichen Ansage, die er im vergangenen Monat hatte laufen lassen. Man rechnet schließlich nicht mit einer obszönen Telefonansprache, wenn man selbst gewählt hat, oder?

Dann machte ich es mir gemütlich und lauschte dem Hörspiel auf Radio 4. Es konnte ja nicht anders sein, fünf Minuten vor dem spannenden Ende der Sendung kamen die Dinge ins Rollen. Ein weißer Golf GTi Kabrio hielt draußen vor Cheethams Haus. Ein brauner Pumps erschien in der Fahrertür, gefolgt von einem eleganten Bein. Zum Vorschein kam die Frau, die Cheetham mit Nell angesprochen hatte. Sie trug einen Burberry. Ihre Wahl des Autos war keine Überraschung, obgleich ich nie begriffen habe, was angebliche Klassefrauen am Golf-Kabrio so fasziniert. Für mich sieht er wie ein Kinderwagen aus, besonders mit heruntergeklapptem Verdeck.

Nell ging wie zuvor Cheetham über den Weg zur Haustür und öffnete sie ebenfalls mit einem Schlüssel. Etwa zwanzig Minuten später bog ein weißer Transit-Lieferwagen in die Straße ein und parkte einige Häuser weiter. Ihm entstieg Lomax in einem Overall wie ein Automechaniker, sein welliges braunes Haar war durch eine Strickmütze verdeckt. Er schaute kaum zu meinem Lieferwagen herüber, als er geradewegs zu Cheethams Haustür marschierte und auf die Klingel drückte. Er brauchte nur kurz zu warten, bis die Tür sich öffnete und man ihn hereinließ. Von meinem Standort aus konnte ich nicht sehen, wer die Tür öffnete, aber ich nahm an, daß es Cheetham war.

Ich spielte mit dem Gedanken, mich um das Haus herumzuschleichen und zu sehen, ob man hören oder beobachten konnte, was drinnen vorging, doch das wäre viel zu riskant gewesen. Also wartete ich. Obwohl es langsam spannend wurde, stand es nicht in meiner Macht, etwas zu unternehmen.

Ich rief im Büro an, in der unbestimmten Hoffnung, daß Bill irgendeinen Notfall hatte, der es erforderlich machte, daß ich meine langweilige Wache abbrach. Kein Glück. Also nervte ich Shelley mit Ted Barlow. »Hat er dich denn schon eingeladen?«

»Ich weiß nicht, wovon du redest«, sagte sie beleidigt. »Er ist ein Klient. Wieso sollte er mich einladen?«

»Du wirst nie Detektivin, wenn du ein so schlechter Beobachter bist«, frotzelte ich. »Also siehst du ihn wieder? Abgesehen vom Büro?«

»Er kommt wegen eines Wintergartens vorbei«, gab sie zu.

»Wow!« rief ich. »Toll! Dann sei jetzt hübsch vorsichtig, Shelley. Das könnte die teuerste Verabredung deines Lebens werden. Sie sind nicht billig, diese Wintergärten. Du hättest ihn doch einfach am Sonntag zum Abendessen einladen können.«

»Ist dir bewußt, daß deine schwachen Versuche, mich zu ärgern, die Firma 25 Pence pro Minute kosten? Leg auf, Kate, es sei denn, du hast etwas Sinnvolles zu erzählen«, sagte Shelley entschlossen. »Ach übrigens, es hat jemand von der Werkstatt angerufen, um dir mitzuteilen, daß du deinen Nova endgültig abschreiben kannst. Ich habe mit der Versicherung telefoniert, morgen kommt der Schadensprüfer, um ihn sich anzusehen.«

Aus irgendeinem Grund fand ich den Gedanken an einen neuen Wagen nicht so spannend, wie ich eigentlich sollte. Ich bedankte mich bei Shelley, drückte auf den »Ende«-Knopf am Telefon und lehnte mich in gedrückter Stimmung zurück, um weiter Cheethams Haus zu beobachten. Etwa eine Stunde nach seiner Ankunft erschien Lomax auf der Türschwelle, er mühte sich mit einem großen Pappkarton ab, der offenbar voll mit Briefmappen und losen Papieren war. Er lud alles in seinen Lieferwagen, dann fuhr er weg. Ich entschied, daß es wichtiger oder zumindest interessanter war, Lomax und den Papieren zu folgen, als weiter das Haus zu beobachten.

Ich wartete, bis er um die Ecke gebogen war, ehe ich hinterherfuhr. Die Höhe des Lieferwagens erleichterte es mir, ihn in dem Nachmittagsverkehr im Auge zu behalten. Wir fuhren durch Swinton und hinüber nach Eccles. Lomax bog in eine Straße mit heruntergekommenen Reihenhäusern ein und hielt vor einem, dessen Erdgeschoßfenster mit Brettern vernagelt waren. Er schloß die Tür auf, dann holte er den sperrigen Karton. Er knallte die Tür hinter sich zu, und mir blieb nichts anderes übrig, als dazusitzen und nun ein anderes Haus zu beobachten.

Ich gab ihm eine halbe Stunde, dann kam ich zu dem Schluß, daß ich hier nichts erreichte. Ich beschloß, zu Cheethams Haus zurückzufahren, um festzustellen, ob sich dort irgend etwas tat, und dann weiter zu meiner zweiten Observierung, um zu prüfen, ob die Bänder etwas von Interesse aufgezeichnet hatten. In der Nähe von Cheethams Straße stieß ich fast mit einem Peugeot zusammen, der viel zu schnell fuhr. Zu meiner Überraschung stellte ich im Vorbeifahren fest, daß es Alexis war. Offenbar hatte sie nicht bemerkt, daß es sich bei dem Fahrer, den sie um ein Haar gerammt hatte, um mich handelte. Ich hoffte nur, daß sie nicht bei Cheetham gewesen war und ihm die Meinung gesagt hatte. Das war das letzte, was ich im Augenblick gebrauchen konnte.

Eher verfolgte sie wohl eine heiße Spur zu einer Geschichte für ihre Leser. Daß sie fuhr, als gehörte ihr die Straße, wunderte mich überhaupt nicht. Wie die meisten Journalisten geht sie nach dem Prinzip vor, daß die schrecklichen Autounfälle, über die sie lückenlos berichten, immer nur anderen zustoßen.

Der Golf war von seinem Platz vor dem Haus auf der Tamarind Grove verschwunden. Cheethams BMW stand vor der Garage, aber im Haus brannte kein Licht, obgleich es draußen so dunkel war, daß die Straßenlaternen schon glühten. Es konnte sein, daß Cheetham von der entzückenden Nell irgendwohin gefahren worden war. Was bedeutete, daß vielleicht niemand daheim war.

Um doppelt sicherzugehen, beschaffte ich mir seine Telefonnummer von der Auskunft. Das Telefon läutete viermal, dann schaltete sich der Anrufbeantworter ein. »Tut mir leid, ich kann Ihren Anruf im Augenblick nicht entgegennehmen...« Und so weiter. Kein hieb- und stichfester Beweis, daß das Haus verlassen war, aber ich überlegte, daß Cheetham zu gestreßt war, um gerade jetzt das Telefon zu ignorieren.

Ich konnte nicht widerstehen. In Minutenschnelle tauschte ich meine Straßenkleidung gegen einen Jogginganzug und Reeboks aus der Reisetasche, die ich immer im Auto bei mir habe. Ich nahm noch ein dünnes Paar Latexhandschuhe mit, für alle Fälle. Aus meiner Handtasche nahm ich mein Schweizer Armeemesser, meine starke Taschenlampe, eine abgelaufene Kreditkarte, einen Satz Juwelierwerkzeuge, die auch als Dietriche gehen, und eine Minikamera. Kurz, die Dinge, ohne die eine Frau niemals ausgehen sollte. Nachdem ich mich vergewissert hatte, daß die Straße verlassen war, sprang ich aus dem Lieferwagen und ging den Plattenweg entlang, der seitlich an Martin Cheethams Haus verlief. Obgleich der Klingelkasten an der Vorderseite des Hauses darauf schließen ließ, daß er eine Alarmanlage besaß, hatte er zum Glück nicht in Infrarotsicherheitslampen investiert, wie von Mortensen und Brannigan empfohlen.

Der Garten hinter dem Haus war von einem gut zwei Meter hohen Zaun umschlossen, und die Dunkelheit wurde noch durch dichte Büsche verstärkt, die seltsame Schatten auf eine gepflasterte Fläche mit dem unvermeidlichen Ziegelbarbecue warfen. Es drang kein Lichtschimmer durch die Verandatüren in den Garten, daher knipste ich vorsichtig meine Taschenlampe an. Ich spähte in ein Eßzimmer, das einen eigenartig altmodischen Eindruck machte.

Ich schaltete die Lampe wieder aus und ging behutsam über die Veranda zur Küchentür. Es war die solide, schwere Tür eines Menschen, der es mit den Sicherheitsvorkehrungen genau nimmt. Deshalb war ich ziemlich überrascht, als ich sah, daß der obere Teil des Küchenfensters einen Spalt offen stand. Ich ging an der Tür vorbei und schaute zu dem Fenster hoch. Es stand einige Zentimeter weit offen, und wenn es auch zu klein war, als daß jemand hindurchpaßte, eröffnete es doch einige Möglichkeiten.

Ich leuchtete mit meiner Taschenlampe durch das Fenster und sah eine Küche aus Kiefernholz, ein Sammelsurium von Geräten, eine Obstschale, einen Ständer mit Gemüse, ein Abtropfbrett mit trockenem Geschirr, ein Regal mit Kochbüchern, einen Messerblock und eine Ansammlung von Glaskrügen und Flaschen. Es sah mehr nach einem Tisch auf einem Flohmarkt aus.

Die Tür zwischen Küche und Korridor war angelehnt, und ich beugte mich leicht vor, um den Strahl meiner Lampe durch den Raum zu schwenken. Eingekeilt zwischem dem Strahl meiner Lampe und dem Schein der Straßenlaterne vor dem Haus, sah ich den Körper einer Frau, der sich langsam drehte, rundherum, rundherum, rundherum.

17. Kapitel

Als nächstes stellte ich fest, daß ich auf der Veranda hockte und so fest den Rücken gegen die Hauswand preßte, daß ich die Struktur des Mauerwerks an meiner Kopfhaut spürte. Ich hatte keine Ahnung, wie ich dorthin gekommen war. Meine Taschenlampe war ausgeschaltet, doch ich hatte immer noch den Anblick der baumelnden Leiche vor Augen. Ich drückte sie fest zu – das Bild der Leiche, die in der Luft hing, blieb. Es hört sich herzlos an, doch ich war wütend. Leichen sind nicht mein Metier. Der Wunsch, mich einfach hinzulegen und zusammenzurollen, war fast übermächtig. Ich wußte, daß ich so schnell wie möglich von hier verschwinden und die Polizei verständigen sollte, aber meine Glieder wollten mir nicht gehorchen.

Es sah nach einem glasklaren Fall aus. Die Frau namens Nell war am Nachmittag gekommen; jetzt war eine Frauenleiche im Haus und ihr Auto war verschwunden. Für mich bedeutete das, daß Cheetham sich auf einen Prozeß wegen Mordes gefaßt machen mußte, nicht nur wegen Betruges. So oder so würde er auf längere Sicht nicht mehr als Anwalt praktizieren. Auf der anderen Seite würde Lomax mit ziemlicher Sicherheit eines Tages wieder betrügen. Er brauchte nur alles abzustreiten und die ganze Schuld auf Cheetham zu schieben.

Ich stand mühsam auf. Ich wünschte, Richard wäre bei mir. Nicht weil er von irgendwelchem praktischen Nutzen wäre, sondern weil er mir ausreden würde, was ich zu tun im Begriff stand.

Ich wußte, daß es eine Verrücktheit war, wußte, daß ich ein dummes Risiko einging, daß Bill sich deshalb ernsthaft mit mir zerstreiten würde. Aber ich war schon bis zu diesem Punkt gegangen und konnte jetzt nicht aufhören. Wenn es irgendwelche Beweise gab für das, was geschehen war, wollte ich sie mir genauer ansehen, bevor die Polizei sie kassierte. Wie Richard schon zu verschiedenen Gelegenheiten bemerkt hat, konjugiere ich so: Ich bin ausgebildete Privatdetektivin, du hast eine gesunde Neugier, sie/er ist ein Schnüffler.

Ich holte tief Luft und unterzog das Küchenfenster einer genauen Prüfung, wobei ich sorgfältig den Blick von der Türöffnung zum Korridor abwandte. Wenn ich hinaufgelangen könnte, wäre ich wohl auch imstande, durch das offene Fenster zu greifen und den Riegel am Seitenteil zurückzuschieben. Leider war das Fenstersims nicht breit genug, um darauf zu stehen, und es war auch nicht zufällig eine Leiter zur Hand. Das einzige, was irgendwie transportierbar aussah, waren die sorgsam angeordneten Ziegel des kreisförmigen Barbecues. Sie waren nicht gemauert, lediglich zusammengelegt wie die Bauklötze eines Kindes.

Seufzend machte ich mich daran, die Ziegel herbeizuschleppen, um unter dem Fenster eine Plattform zu bauen. Ich war dankbar für die Latexhandschuhe; ohne sie wären meine Hände zerfetzt worden. Es dauerte nicht lange, bis ich eine behelfsmäßige Treppe errichtet hatte, die hoch genug war, um den Arm durch das unverschlossene Fenster stecken zu können. Meine Fingerspitzen berührten kaum die Spitze des Fensterriegels. Ich öffnete die Klinge meines Schweizer Armeemessers, sie mündet in eine Art Widerhaken und hat mit Sicherheit irgend so einen malerischen Namen wie »Cordwanglers Ösenlöser«.

Es gelang mir, mit der ausgezogenen Klinge den Riegel hochzuschieben. Ich drückte das Fenster zu mir, und es schwang auf. Ich stieg in die Küchenspüle und schloß beide Fensterteile hinter mir. Auf der Geschirrablage suchte ich nach einem Lappen, dann wischte ich sorgfältig das Sims und die Spüle ab, um alle sichtbaren Spuren meines Eindringens zu beseitigen. Das letzte, was ich wollte, war eine Verhaftung wegen Mordes. In Wahrheit zögerte ich jedoch nur den Augenblick hinaus, in dem ich mich mit Nells baumelnder Leiche konfrontieren mußte. Man mußte sie am Treppengeländer aufgehängt haben, dachte ich, als ich mich innerlich bereit machte, durch die Türöffnung zu gehen.

Ich trat in den Korridor, biß die Zähne zusammen und knipste meine Taschenlampe an. Die Leiche drehte sich immer noch träge in einem schwachen Luftzug. Ich sammelte all meinen Mut, begann meine Inspektion mit dem Fußboden und arbeitete mich von dort nach oben vor. Ein brauner Pump wie der, den ich vor ein paar Stunden aus dem Golf hatte steigen sehen, lag auf der Seite auf dem schlichten hellbeigen Berberteppich, als habe man ihn achtlos abgestreift. Sein Gegenstück steckte an dem linken Fuß der Leiche. Die Knöchel waren mit einem Liberty-Seidenschal zusammengebunden. Der Schal war so fest gebunden, daß er in das Fleisch über den Knöcheln schnitt. Sie trug hauchdünne dunkelbraune Strümpfe, für mich sahen sie nach Seide aus. Unter dem weiten, bauschigen Rock sah ich einen Strapsgürtel aufblitzen. Die Unterwäsche konnte ich nicht sehen. Wegen des Geruchs war ich deshalb erleichtert. Mein Blick wanderte weiter nach oben, über eine Seidentunika, die an der Taille von einem geflochtenen Ledergürtel mit Goldnieten, wie bei einer aufgestylten Ledertunte, zusammengehalten wurde. Die gutgeformten Beine waren an den Knien eingeknickt, von einem weiteren Schal festgehalten, der am Gürtel befestigt war.

Auch die Handgelenke waren mit einem Schal vor dem Körper zusammengebunden und gefaltet wie bei der so unschuldigen Doris Day in einem ihrer Fünfziger-Jahre-Streifen. Das alles erweckte den Eindruck einer bizarren sexuellen Phantasie. Ich versuchte, mir den Galgen nicht zu genau anzusehen, doch es war klar, daß die Frau mit einem Strick aus Seidenschals erhängt worden war. Ich schloß die Augen, schluckte mühsam und zwang mich, in das Gesicht zu sehen.

Es war nicht Nell.

Beim besten Willen konnte man in diesem geschwollenen, entstellten Gesicht nicht jenes wiederentdecken, das ich in Buxton und später in Cheethams Kanzlei gesehen hatte. Von hier unten ließ sich nicht viel sagen, nur daß das Haar seltsam asymmetrisch aussah. Das sichtbare Ohr war von einem unheilverkündenden bläulichen Violett, und die Gesichtshaut hatte ebenfalls eine eigenartige Farbe. Entsetzt und doch auch seltsam gebannt, ging ich um die Leiche herum und die Treppe hinauf. Fünf Stufen vom Treppenabsatz entfernt befand ich mich fast auf gleicher Höhe mit den blicklosen, von Blutpünktchen gesprenkelten Augen. Ich versuchte, in der Leiche kein menschliches Wesen, sondern einfach ein Beweisstück zu sehen. Aus der Nähe betrachtet, sah man, daß das braune Haar eine Perücke war. Was man ebenfalls feststellen konnte, trotz der scheußlich verzerrten Gesichtszüge und des dicken Make-ups, war die Identität der Leiche. An diesem Punkt konnte ich nicht mehr.

Ich spritzte mir kaltes Wasser ins Gesicht und zog dabei scharf die Luft ein. Ich trocknete mich mit Toilettenpapier ab und spülte es im Klo hinunter. Anschließend spülte ich noch einmal, zum sechstenmal seit ich mein Mittagessen losgeworden war. Man kann paranoid sein, das heißt aber noch längst nicht, daß die Spurensicherung dich nicht kriegen will. Ich wischte ein letztesmal durch die Toilettenschüssel, spülte noch einmal nach und hoffte inständig, daß der U-Bogen jetzt keine Spuren meiner Reaktion auf die Entdeckung mehr aufwies, die Entdeckung, daß Martin Cheetham in Frauenkleidern an einem Treppengeländer hing.

Ich schloß den Toilettendeckel und setzte mich darauf. Es war meine zweite Leiche überhaupt, und an solche Entdeckungen schien man sich erst gewöhnen zu müssen. Die Stimme der Klugheit und der Selbsterhaltung forderte mich auf, so schnell wie möglich von hier zu verschwinden und mit dem Anruf bei der Polizei zu warten, bis ich in der nächsten Grafschaft war. Die hartnäckige Stimme in meiner anderen Gehirnhälfte erinnerte mich, daß ich nie wieder eine solch günstige Gelegenheit haben würde, um herauszufinden, wie es so weit gekommen war. Ich glaubte nicht, daß Cheetham sich selbst getötet hatte, weil er dachte, ich hätte sein unehrliches Spiel bei dem Landverkauf aufgedeckt. Es mußte mehr dahinterstecken.

Ich zwang mich, das Bad zu verlassen und wieder zum Treppenabsatz zu gehen. »Es ist kein Mensch«, sagte ich mir immer wieder laut vor, als ob mich das überzeugen könnte. Ich stand auf dem Absatz, über dem Geländer, wo Cheethams Körper an dem Strick aus Seidenschals hing. Von hier aus sah er nicht ganz so schrecklich aus, obgleich ich aus dieser Position sehen konnte, was von unten den Blicken verborgen war, nämlich daß er eine Erektion hatte. Ich zwang mich, die Hand auszustrecken und seine Gesichtshaut zu berühren. Es gab keinen spürbaren Temperaturunterschied zwischen meiner Hand und der Leiche. Ich wußte nicht genug über Pathologie, um sagen zu können, was das bedeutete.

Ich wandte der Leiche den Rücken zu und begann mit meinen Nachforschungen. Der erste Raum, den ich betrat, war wohl das Gästezimmer. Es wurde nur schwach durch den Schein der Straßenlaternen erleuchtet. Der Raum war sauber und ordentlich, allerdings wieder merkwürdig altmodisch, wie ein Zimmer in meinem Elternhaus. Der Kleiderschrank war leer bis auf einen weißen Smoking, Abendhosen und zwei Abendhemden mit Rüschen. Die Kommode enthielt nur einige Handtücher in der untersten Schublade. Aufs Geratewohl hob ich ein nichtssagendes Aquarell des Lake District an. Ich konnte mir keinen anderen Grund denken, es aufzuhängen, als daß sich ein Safe dahinter verbarg. Falsch getippt.

Das nächste Zimmer erschien vielversprechender. Es lag zum Garten hin, deshalb ging ich das Risiko ein, die schweren, bodenlangen Chintzvorhänge zuzuziehen und das Licht einzuschalten. Spiegelschränke, die die ganze gegenüberliegende Wand einnahmen, ließen den Raum doppelt so groß erscheinen. Ein extragroßes Bett beherrschte die andere Wand. Die schlichte grüne Decke sah zerwühlt aus, als ob dort jemand gelegen hätte. Auf dem Fußboden neben dem Bett lag aufgeschlagen eine Zeitschrift. Ich ging in die Hocke und sah sie mir genauer an, blätterte vorsichtig. Es war sadomasochistische Pornographie von der Art, die in mir den Wunsch aufkommen läßt, mich Mary Whitehouse und der Moralischen Mehrheit anzuschließen. Die bedeutsamen Seiten kamen direkt vor der, die aufgeschlagen war. Sie zeigten eine illustrierte Geschichte über einen Mann, der seine Befriedigung daraus zog, so zu tun, als erhängte er sich.

Als ich so dahockte und mich schon allein von dem Anblick des Pornos schmutzig fühlte, fiel mir auf, daß die Bettwäsche in eigenartigem Kontrast dazu noch ganz frisch und sauber roch. Ich sah mir sorgfältig die Kissen an, dann ging ich um das Bett herum zu der unberührten Seite und hob die Decke hoch: keine Haare, keine Knitterfalten im Laken, kein Abdruck in den Kissen. Ich mochte zwar nicht viel Erfahrung mit Selbstmord haben, doch mir wollte nicht in den Kopf, daß jemand erst noch die Bettwäsche wechselte, bevor er sich umbrachte. Einer Eingebung folgend, ging ich zu dem geflochtenen Wäschekorb hinüber. Er enthielt zwei Hemden, zwei

Paar Socken, zwei Boxershorts und ein Badetuch. Aber keine Laken, Kissenbezüge oder Bettdecke. Es wurde immer eigenartiger.

Ich untersuchte die Kleiderschränke. Der erste enthielt ein halbes Dutzend Straßenanzüge und zwei Dutzend Hemden, alle von Marks & Spencer. Auf einem Schuhregal am Boden des Schranks standen sowohl Ausgeh- als auch Freizeitschuhe. An der Innenseite der Tür war ein Schlipshalter angebracht, der einen so exotischen Geschmack wie den eines Leichenbestatters offenbarte. Das nächste Element enthielt Freizeitkleidung – Poloshirts, Rugbyshirts, Jeans, alles sorgfältig gebügelt und aufgehängt. Hinter der nächsten Tür verbargen sich Schubfächer. T-Shirts, Unterwäsche, Socken, Pullover, Jogginghosen, alles zu ordentlichen Stapeln zusammengelegt.

Die letzten beiden Elemente schienen zusammenzugehören und waren verschlossen. Das Schloß war anders als die Leichtbaumodelle an den übrigen Türen, und deren Schlüssel paßten nicht. Ich fragte mich, wo Cheethams Schlüsselring sein mochte, und ging zum Nachtschrank. Die Schublade enthielt eine Brieftasche und einen Haufen Schlüssel, jedoch nicht den Schlüssel zum Kleiderschrank. Es half alles nichts. Ich mußte versuchen, das Schloß zu knacken, und aufpassen, daß es hinterher nicht so aussah, als ob sich jemand daran zu schaffen gemacht hätte.

Ich holte die zierlichen Werkzeuge heraus und fing an, behutsam mit einem schmalen, elastischen Metallstreifen an dem Schloß zu manipulieren. Schon der Gedanke, ein Schloß zu knacken, ließ meine Hände in den dünnen Handschuhen feucht werden. Ich stocherte herum und hoffte, daß es einigermaßen dem entsprach, was mein Freund Dennis mir beigebracht hatte. Nach Minuten, die mir wie Stunden vorkamen, stieß ich auf einen Widerstand, der mir zeigte, daß etwas nachgab. Ich betete, daß der Metallstreifen stark genug sein möge, und drehte ihn herum. Es gab ein Klicken, und langsam öffneten sich die Türen in meine Richtung.

Ich begriff, weshalb Martin Cheetham nicht wollte, daß irgendein Gelegenheitsschnüffler sie öffnete. Es war das letzte, was man im Schrank eines Spezialisten für Eigentumsübertragungen zu finden erwartete: Da hingen ein Dutzend schicker Outfits auf Bügeln, jedes mit einer durchsichtigen Plastikhülle überzogen, vom Cocktailkleid mit einem Jabot aus buntem Tüll und Pailletten bis zu einem eleganten Straßenkostüm mit schmalem Rock. Es gab einen Regenmantel und einen kamelhaarfarbenen Umschlagmantel. An einem Gestell an der Tür hing eine exotische Sammlung von Seidenschals, von Hermès bis zu einem indischen Schal im Hippie-Look. Den unteren Teil des einen Halbschranks nahm eine Kommode ein. Die oberste Schublade war mit einer erstaunlichen und luxuriösen Kollektion aus Damenunterwäsche in Seide wie in Leder vollgestopft. Ja, es stimmt, »Damenunterwäsche«. Die zweite Schublade enthielt ein ganzes Sortiment an Schaumstoff- und Kieselgelprothesen, die sich in drei Kategorien unterteilen ließen: Brüste, Hüften und Hinterbacken. Sie enthielt außerdem mehr Schminkutensilien, als ich jemals besessen habe, selbst als experimentierfreudiger Teenager, sowie eine Auswahl an künstlichen Fingernägeln.

Die unteren Schubladen waren angefüllt mit einer bizarren Ansammlung aus Gurten, Klammern und unidentifizierbaren Lederartikeln mit Schnallen und Nieten. Ich wollte nicht einmal darüber nachdenken, wie das alles in die fremde Welt von Martin Cheethams Sexualleben hineinpaßte. Ebenso gab es dort einige Vibratoren, einer so groß, daß meine Augen schon bei dem Anblick tränten. Ich knallte die Schubladen zu. Ganz unten verlief ein Regal mit Schuhen und dazu passenden Handtaschen. Sie allein mußten an die zwei Riesen gekostet haben.

Ich nahm die erste Handtasche, eine italienische Mappe aus weichem schwarzen Leder, für die Alexis einen Mord begangen hätte. Dieser zufällige Gedanke ließ mich mit einem Ruck auffahren. Alexis! Ich hatte unseren Beinahe-Zusammenstoß am Ende der Straße völlig vergessen! Mit all dem konnte sie nichts zu tun haben. Ich wußte, daß es nicht sein konnte, und doch sagte die kleine Verräterstimme in meinem Kopf immer wieder: »Das weißt du nicht. Sie könnte ihm den Rest gegeben haben.« Ich schüttelte heftig den Kopf, wie ein Hund, der aus einem Fluß auftaucht, und fuhr mit meiner Suche fort.

Das dritte Zimmer, wenig mehr als eine Abstellkammer, war zu einem Büro umfunktioniert worden, mit einem abgestoßenen alten Aktenschrank, einem schäbigen Holzschreibtisch und einem sehr primitiven PC, kompatibel mit dem in seinem Büro, vermutlich damit er sich Arbeit mit nach Hause nehmen konnte. Nach kurzer

Suche zeigte sich, wo Lomax sich seine Dokumente geholt hatte. Drei der vier Schubfächer in dem Aktenschrank waren leer. Das vierte enthielt lediglich zwei Karteikästen, wie es schien mit Privatquittungen, Kreditkarten und dem wahllosen Zeug, das sich in jedem Haushalt ansammelt. Ich ging rasch die beiden Kästen durch, fand jedoch nichts von Interesse.

Der Schreibtisch hatte noch weniger zu bieten: Papier, Umschläge und den bizarren Krimskrams, der an jedem Arbeitsplatz mindestens eine Schublade füllt. Das Interessante war das, was fehlte. Es gab keine einzige Diskette, eine schlimme Unterlassung, wenn man bedachte, daß der Computer in Cheethams Heimbüro keine Festplatte hatte. Mit anderen Worten, der Computer selbst hatte keinen permanten Speicher. Jedesmal, wenn er eingeschaltet wurde, war er wie ein leeres Blatt Papier. Falls Lomax die Disketten mitgenommen hatte, dann vermutlich ohne Cheethams Erlaubnis oder Mitwirkung, denn auch wenn er belastendes Material hatte loswerden wollen, gab es nicht den geringsten Grund, warum er den Wunsch haben sollte, ebenfalls die Software wegzuschaffen, die er brauchte, um den Computer zu betreiben.

Mit diesen Überlegungen beschäftigt, beendete ich die Durchsuchung des Büros und ging nach unten, wobei ich den Anblick der Leiche möglichst mied. Als ich das Wohnzimmer betrat, schaute ich auf meine Uhr. Ich hielt mich seit knapp einer Stunde im Haus auf. Ich konnte es mir wirklich nicht leisten, noch viel länger hierzubleiben. Mir fehlte nur noch, daß Nell oder Lomax wiederkamen und mich hier fanden.

Wie sich zeigte, brauchte ich nicht lange, um die Durchsuchung des Hauses abzuschließen. Zuletzt kam ich in die Küche, wo übrigens weder die Waschmaschine noch der Wäschetrockner Bettzeug enthielten. Der brauchbarste Gegenstand, den ich fand, war ein Satz Ersatzschlüssel in der Besteckschublade. Als ich durch die Hintertür hinausging, empfand ich ein Gefühl ungeheurer Leere. Die Anspannung, die mich aufrecht gehalten hatte, gab plötzlich nach, und meine Knie wurden weich. Irgendwie fand ich dennoch die Kraft, die Ziegel annähernd in der Anordnung eines Barbecue zurückzulegen, dann schlich ich um das Haus herum zur Straße und überprüfte, ob auch niemand zu sehen war, bevor ich zu meinem Lieferwagen ging. Ich konnte nur hoffen, daß keiner der Nachbarn, wenn sie von Cheethams Tod erfuhren, sich an den seltsamen Lieferwagen erinnern würde, der einige Häuser weiter geparkt hatte.

Ausnahmsweise fuhr ich in vorschriftsmäßigem Tempo nach Hause. Der Verkehr war schuld, daß ich schwach wurde. Auf dem Heimweg mußte ich an der Getreidebörse vorbei, und als ich die Cateaton Street hochfuhr, kam alles zum Erliegen. Die Ampeln unten auf Shude Hill waren ausgefallen, und das daraus resultierende Chaos legte den Stoßverkehr im Stadtzentrum lahm. Es wirkte wie ein Zeichen des Himmels, also bog ich aus dem Hauptstau in die Hanging Ditch ein und parkte den Lieferwagen.

Fünf Minuten später war ich in Martin Cheethams Büro.

18. Kapitel

Kate Brannigans Einbrechertip Nummer drei: Brechen Sie stets tagsüber in Büros ein. Nachts bemerken die Leute das Licht in Büros. Und Leute, die Licht in Büros bemerken, das nicht brennen sollte, haben die gemeine Angewohnheit, zum Sicherheitspersonal zu gehören. Wie dem auch sei, Regeln sind dazu da, um gebrochen zu werden, und außerdem war ich nicht der erste ungebetene Besuch in Martin Cheethams Büro.

Das war mir klar, als ich den Safe sah. Die Reproduktion von Monets WASSERLILIEN, die bei meinem letzten Besuch davor gehangen hatte, lag auf dem Fußboden, und der Safe stand offen. Ich seufzte frustriert und warf einen Blick hinein. Ich fand genau das, was ich erwartet hatte. Nichts.

Der Verzweiflung nahe, schaute ich mich um. Hier war genug Papier, um den unbeliebtesten Beamten bei der Kriminalpolizei einen Monat lang zu beschäftigen. Außerdem glaubte ich nicht, daß ich irgend etwas Aufschlußreiches finden würde. Ich setzte meine Hoffnungen nach wie vor auf Cheethams Computerdateien, besonders da er einen Scanner hatte, der es ihm gestattete, jedes beliebige Dokument auf direktem Wege in seinen Computer einzugeben. Eine kurze Überprüfung des Schreibtischs zeigte, daß auch hier die Disketten fehlten, wie schon bei ihm zu Hause. Allerdings gab es einen Unterschied. Der PC, der auf dem Schreibtisch stand, hatte eine Festplatte. Mit anderen Worten, es bestand die Chance, daß das Original des Materials auf den gestohlenen Disketten in dem Gerät vor mir gespeichert war.

Der Augenblick war gekommen, um zum letzten Mittel zu greifen, daher tat ich das Naheliegendste. Ich schaltete das Gerät ein. Es lud automatisch die Systemdateien. Dann erschien ein Prompt-Programm und verlangte eine Eingabe. Ich bat das Gerät, mir die Überschriften zu zeigen, unter denen die Dateien abgespeichert waren. In der folgenden Liste entdeckte ich ein paar bekannte Softwarenamen – ein Textverarbeitungspaket, ein Spreadsheet und ein Buchhaltungsprogramm. Der Rest der Liste bestand vermutlich aus Textdateien. Zunächst lud ich das Textverarbeitungspaket, das es mir ermöglichen würde, die Dateien zu lesen, dann probierte ich es mit einem Verzeichnis namens WORK.C. Es schien sämtliche Korrespondenz zu enthalten plus Einzelheiten über die Verträge zu den Immobilien, die er gegenwärtig in Arbeit hatte. Die Dateien waren nach dem Kriterium unterteilt, ob Cheetham den Verkäufer oder den Käufer vertrat und in welchem Stadium er sich befand. Es war unwahrscheinlich langweilig.

Das nächste Verzeichnis, mit dem ich es probierte, hieß WORK.L. Als ich es aufzurufen versuchte, tat sich nichts. Ich versuchte es erneut, und wieder passierte nichts. Ich probierte noch auf andere Art, in das Verzeichnis hineinzukommen, aber zweifellos war irgendeine Zugriffssperre installiert. Verzweifelt durchsuchte ich noch einmal Cheethams Schubladen und hielt nach einem irgendwo hingekritzelten einzelnen Wort Ausschau, das ein Paßwort für das Verzeichnis sein könnte, leider ohne Erfolg. Ich wußte, wenn wir genug Zeit hatten, könnten Bill oder ich uns in die versteckten Dateien des blockierten Verzeichnisses einhacken, aber Zeit war wohl genau das, was mir nicht zur Verfügung stand.

Na und? Ich war bereits so viele Risiken eingegangen, was machte da eines mehr oder weniger schon aus? Ich klinkte die Tür hinter mir nur ein, verließ Cheethams Kanzlei und ging zum Lieferwagen zurück. Dann öffnete ich den Sicherheitskasten, der an den Boden geschweißt war, und holte unseren Büro-Laptop heraus. Es ist ein tragbares Gerät, kompatibler mit entsprechenden Schreibtischgeräten als jedes verheiratete Paar, das ich kenne. Seine Speicherkapazität entspricht etwa sechzig Romanen. Mit dem dicken Aktenkoffer ging ich wieder in die Getreidebörse, wobei ich mir alle Mühe gab, ganz unbekümmert zu wirken, und kehrte wie durch ein Wunder unbemerkt in Cheethams Büro zurück.

In der Software auf der Festplatte unseres Laptop befand sich ein Programm, das für Situationen wie diese wie maßgeschneidert war. Ein Spezialprogramm für Datentransfer, das man dazu benutzt, Daten beschleunigt zwischen Laptops und Tischgeräten zu übertragen. Ich wickelte das Kabel ab, das die technische Verbindung zwischen den beiden Geräten herstellen sollte, und stöpselte es an beiden Enden ein. Dann schaltete ich mein Gerät ein und lud die Software.

Das Programm sendet über ein höchst ausgeklügeltes Kommunikationsprogramm, das anschließend dazu benutzt wird, die Dateien von dem Zielgerät zu »stehlen«. Ein großer Vorteil bei der Verwendung solcher Programme ist, daß man auf dem geplünderten Gerät keinerlei Spuren zurückläßt. Der Vorgang selbst umgeht häufig auch Sicherheitspakete, die der Operator des Zielcomputers installiert hat. Der größte Vorteil ist jedoch, daß es extrem schnell geht. Zehn Minuten nach meiner Rückkehr in Cheethams Büro war ich soweit, mit dem Inhalt von WORK.C und WORK.L auf meiner Festplatte zur Tür hinausspazieren zu können.

Allerdings hatte ich zuvor noch zwei Dinge zu erledigen. Ich nahm das Telefon und wählte die Nummer meines Lieblingschinarestaurants, um Essen zu bestellen. Dann rief ich die Zentrale der Polizei von Großmanchester an. Gelassen erklärte ich dem Vermittler, der sich meldete, daß sich in 27 Tamarind Grove eine Leiche befand, und legte auf.

Der Verkehr hatte sich gelegt, und eine Viertelstunde später holte ich mein chinesisches Essen ab. Gerade hatte ich meinen Wagen in der Einfahrt meines Bungalows abgestellt, als mir einfiel, daß ich die Bänder von der Observierung nicht überprüft hatte. Ich hatte zwei Möglichkeiten. Entweder konnte ich reingehen und mein chinesisches Essen verspeisen, vorzugsweise zusammen mit Richard, und später, wenn ich richtig gut drauf und entspannt war, mich rüber nach Stocksport schleppen und meiner Arbeit nachgehen. Oder ich konnte jetzt fahren und hoffen, daß es dort nichts gab, das die ganze Nacht über meine Anwesenheit erforderte. Da ich das bin, was Richard mit dem Begriff langweilige alte Kuh umschreiben würde, beschloß ich, erst mein Arbeitspensum für heute zu erledigen, bevor ich es mir gemütlich machte. Außerdem taten meine Blutergüsse weh, und ich wußte, wenn ich mich erst auf meinem behaglichen Sofa niedergelassen hatte, würde ich vielleicht nie wieder aufstehen, es sei denn, um in ein heißes Bad zu steigen.

Die Fahrt nach Stockport war eine chinesische Aroma-Folter. Es gibt nichts Schlimmeres als den Geruch von heißer saurer Suppe und Salz-und-Pfeffer-Rippchen, wenn seit dem Frühstück nichts in deinem Magen geblieben ist und du nicht essen kannst. Was noch zu meinem Frust beitrug, war der Umstand, daß in meiner hübschen kleinen observierten Doppelhaushälfte niemand daheim war. Und daß, meiner Wanze zufolge, auch in der Zwischenzeit niemand zu Hause gewesen war. Das Telefon hatte wieder ein paarmal geläutet, und das war alles, was bei meiner illegalen Observierung herausgekommen war.

Als ich endlich nach Hause kam, lenkte mein Angebot, uns das chinesische Essen zu teilen, Richard von einem Bhangra-Piratensender ab, den er sich berufshalber angehört hatte. Manchmal denke ich, daß sein Job noch schlimmer ist als meiner. Ich erzählte ihm von meinen neuesten Abenteuern, was dem Abendessen eine zusätzliche Würze verlieh, an die selbst die Chinesen nicht im Traum gedacht hatten.

»Dann hat er sich selbst umgebracht? Oder war es ein schäbiger Sex-Unfalltod?« fragte er in seiner Imitation eines Boulevard-Journalisten, während er in dem *Char-Siu*-Schweinefleisch herumstocherte, um an die Sojasprossen darunter heranzukommen.

»Es sieht so aus. Aber ich glaube nicht, daß er es selbst war«, sagte ich.

»Wie kommt's, Superdetektiv?«

»Wegen einer Reihe von Kleinigkeiten, die für sich genommen bedeutungslos sind, mir jedoch zusammengenommen unangenehm aufstoßen«, erwiderte ich.

»Wollen wir sie zusammen durchgehen? Um zu sehen, ob du es dir nicht bloß einbildest?« bot Richard an. Ich wußte, daß er in Wahrheit meinte: Da du zu wohlerzogen bist, um mit vollem Mund zu reden, bedeutet das, daß ich mehr bekomme. Ich gab charmant nach, weil er ganz recht hatte, ich wollte durchaus überprüfen, ob meine Vermutungen eine echte Grundlage hatten.

»Na schön«, sagte ich. »Punkt eins. Ich halte Nell für Martin Cheethams Freundin, nach der Körpersprache bei den beiden Malen, als ich sie zusammen gesehen habe. Sie war etwa zwanzig Minuten im Haus, maximal dreißig, bevor Lomax eintraf. Wenn sie und Cheetham ihre Spielchen trieben, würde das erklären, weshalb er in seinen Frauenklamotten steckte. Andererseits, wenn sie mit Liebemachen beschäftigt waren, wie ging dann das mit Lomax und den Dateien?«

»Vielleicht hat er sich einfach reingeschlichen und sich bedient«, schlug Richard vor.

»Nein, er hatte keinen Schlüssel. Jemand hat ihn hereingelassen, ich konnte allerdings nicht sehen, wer. Ich bin überzeugt, daß Lomax die Dateien ohne Cheethams Mitwirkung weggeschafft hat.«

»Wieso?« fragte Richard.

»Wenn Cheetham einzig die belastenden Beweisstücke loswerden wollte, dann hätte er nur Disketten mit Daten darauf beseitigt. Er hätte nicht auch die Disketten mit der Software entfernt, weil er genau wußte, daß ein Computer ganz ohne Disketten viel verdächtiger ist als einer nur mit Software und ohne Daten«, erklärte ich. Richard nickte zustimmend.

»Außerdem war das Bettzeug sauber. Jemand hat das Bett frisch überzogen, nachdem zum letztenmal darin oder darauf geschlafen wurde. Und es war weder Bettzeug im Wäschekorb noch in der Waschmaschine oder im Trockner. Also wo sind die schmutzigen Laken? Wenn Cheetham und Nell geschmust haben, oder was immer sadomasochistische Transvestiten im Bett tun, dann gäbe es forensisch nachweisbare Spuren von ihr auf dem Bettzeug. Heutzutage weiß jeder Fernsehzuschauer über solche Dinge Bescheid. Wenn sie und Lomax Cheetham also tatsächlich getötet haben und es wie einen Tod durch eine bizarre sexuelle Phantasie aussehen lassen wollten, dann mußten sie den Eindruck erwecken, als sei er mit seinem Schundmagazin allein gewesen. Und das ist die einzige Erklärung, die mir einfällt.«

»Vielleicht hat er eine Putzfrau, die seine Wäsche mit zu sich nach Hause nimmt«, schlug Richard vor und spann damit seine eigene Phantasie.

»Mag sein, aber ich glaube es nicht. In dem Wäschekorb im Schlafzimmer lag Schmutzwäsche. Dann ist da der andere Punkt mit den Computern. Wer auch immer den Bürosafe ausgeräumt und die Disketten von dort entfernt hat, es war nicht Cheetham selbst.«

»Wieso?« fragte Richard. »Ich meine, wenn deine Schnüffelei ihn langsam nervös machte, würde er da nicht versuchen, alles Belastende loszuwerden?«

»Sollte man annehmen. Aber es war sein Computer. Die Person, die die Beweise weggeschafft hat, war jemand, der nicht begriffen hat, daß die Disketten lediglich die Back-up-Kopien von dem waren, was sich auf der Festplatte befindet. Er wußte nicht Bescheid über die Festplatte, weil er die Daten nämlich dort gelassen hat.«

Richard schüttelte den Kopf. »Ich weiß nicht, Brannigan. Das ist alles ein bißchen dürftig. Seit du im Frühjahr den Mord an Moira aufgeklärt hast, siehst du laufend verdächtige Todesfälle. Guck dir nur an, wie du dich in die Sache mit dem Klienten hineingesteigert hast, der nach der Änderung seines Testaments starb, und es stellte sich heraus, daß er seit Jahren ein Herzleiden hatte, daran war nichts Verdächtiges.«

»Aber das hier ist sehr wohl verdächtig, das mußt selbst du zugeben«, protestierte ich.

»Ich könnte dir eine Erklärung liefern, die alle Fakten berücksichtigt«, sagte Richard, während er sich den letzten Krabbenwonton nahm.

»Dann mal los«, forderte ich ihn heraus, überzeugt, daß ich jede Theorie, die sein verdrehtes Hirn sich ausdenken mochte, zerpflükken konnte.

Richard schluckte, lehnte sich in seinem Stuhl zurück und putzte, die akademisch Gelehrten, die im Fernsehen dozieren, parodierend, seine Brille. »Na schön. Er hatte eine Auseinandersetzung mit dir, dann hetzt er zu seinem Treffen mit Lomax. Als Ergebnis davon ist er echt überdreht, aber er glaubt, daß er die Sache hervorragend gemeistert hat und sich eine Belohnung verdient hat. Also arrangiert er es so, daß diese Soundso, die Freundin, zu nachmittäglichen Freuden vorbeikommt. Nun, nach allem, was du mir von seiner kleinen Schatztruhe erzählt hast, wer weiß, was dieses Pärchen getrieben hat, wenn es die Klunker auszog? Nur mal angenommen, er hat dieses Bild in Szene gesetzt, um sie auf Touren zu bringen – er steckt von Kopf bis Fuß in Frauenklamotten, gefesselt, und tut so, als ob er sich erhängt, als sie eintrifft. Nur gerät es außer Kontrolle, und er tritt ab. Soweit alles klar?«

Ich nickte widerstrebend. Sicherlich hatte Cheetham genügend Zeit allein im Haus gehabt, um dieses Szenarium plausibel zu machen. »Alles klar«, sagte ich und seufzte.

»Also wie würdest du reagieren, wenn du in das Haus deines Freundes kommst und er im Kleid tot vom Geländer hängt? Besonders wenn du weißt, daß er in eine krumme Sache verwickelt war, die auffliegen wird, jetzt, wo er den Löffel abgegeben hat? Denk dran, die reizende Lady könnte selbst bis zum Hals in seinen kleinen schmutzigen Plänen mit drinstecken, was wissen wir denn schon? Du würdest dich doch absichern wollen, oder?« Er schenkte mir wieder mal dieses Lächeln, das mich ins Unglück gestürzt hatte.

»Sicher«, gab ich zu.

»Dann taucht plötzlich Lomax auf, als ob der Teufel hinter ihm her wäre, und die beiden schaffen alles weg, was auch nur im entferntesten mit Cheethams kleinen Schwindelgeschäften in Verbindung gebracht werden könnte. Lomax verschwindet mit sämtlichen belastenden Dokumenten, und... wie heißt sie noch gleich?« Er schaute mich fragend an.

»Nell«, half ich ihm auf die Sprünge.

»Ja, Little Nell, wie konnte ich das nur vergessen?«

»Das ist nicht der Augenblick für obszöne Rugbylieder«, sagte ich.

»Die falsche Sportart, Brannigan. YOU'LL NEVER WALK ALONE ist mehr mein Fall als THE BALL OF KIRRIEMUIR. Auf jeden Fall, wie du schon so richtig gesagt hast, weiß heutzutage jeder Dummkopf, daß die Gerichtsmedizin die Spuren von Little Nell nicht nur am Schauplatz des Verbrechens, sondern auch im Bett feststellen könnte, wenn sie darin gelegen haben, seit das letztemal die Laken gewechselt wurden. Sie tut nichts weiter, als die schmutzige Wäsche abzuziehen, damit sie sie insgeheim waschen kann. In der Zwischenzeit geht Lomax in Cheethams Büro, räumt den Safe aus und macht sich mit den Computerdisketten zack, zack aus dem Büro davon. Jetzt weis mir mal die Löcher darin nach«, schloß er triumphierend.

Ich dachte kurz darüber nach, dann sprang ich auf. »Stopp«, sagte ich, schon auf dem Weg zu meinem Gästezimmer, das mir zugleich als Arbeitszimmer und Computerraum dient. Ich holte ein populärwissenschaftliches Buch über Gerichtsmedizin, das Richard mir als eine Art Gag zum Geburtstag gekauft hatte. Ich fuhr mit dem Finger den Index entlang und blätterte zu dem Abschnitt über Körpertemperatur. »Ich hab's!« rief ich. Richard erschien in der Tür, er sah geknickt aus. Ich zeigte auf den entsprechenden Satz. »›Die Faustregel, die von den Pathologen angewendet wird, lautet, daß eine bekleidete Leiche sich an der Luft pro Stunde zwischen zwei und fünf Grad Fahrenheit abkühlt‹ steht hier«, sagte ich. »Und als ich ihn berührte, hatte er dieselbe Temperatur wie ich, jedenfalls so gut wie. Auf keinen Fall war er zwischen vier und zehn Grad kälter als ich, was er hätte sein müssen, wenn er zu der Zeit starb, von der du ausgegangen bist.«

Richard nahm mir das Buch aus der Hand und las die besagte Passage. Wie gewöhnlich setzte sich der Journalist in ihm durch, und er fand alle möglichen faszinierenden Dinge, die er einfach lesen mußte. Ich überließ ihn seiner Lektüre und fing an, das Chaos vom Abendessen aufzuräumen. Gerade hatte ich die Alubehälter in die Mülltonne geworfen, da tauchte er wieder auf und schwenkte das Buch mit einem Ausdruck schieren Triumphs.

»Du hättest weiterlesen sollen«, sagte er, ganz Unschuld. »Dann hättest du mir nicht nur die Hälfte erzählt. Sieh mal«, fügte er hinzu und zeigte auf einen Paragraphen auf der folgenden Seite.

»›In den meisten Fällen erhöht sich beim Erstickungstod die Körpertemperatur. Dies muß bei der Schätzung der Todeszeit in Betracht gezogen werden und hat in einigen historischen Fällen bekanntermaßen für Verwirrung gesorgt‹«, las ich. »Mist«, sagte ich. »Na schön, du hast gewonnen.« Ich seufzte. »Ich lasse meine Phantasie mit mir durchgehen.«

»Also akzeptierst du meine Theorie?« fragte Richard mit ganz und gar ungläubiger Miene.

»Scheint so«, sagte ich.

»Es hat doch zumindest ein Gutes«, sagte er. »Ich weiß, ich habe dich soeben des Vergnügens beraubt, einen Mörder zu jagen, aber sieh es mal von der positiven Seite. Es entlastet Alexis.«

»Ich habe keinen Augenblick angenommen, daß sie irgendwie belastet ist«, log ich in eisigem Ton.

»Natürlich nicht«, sagte Richard und zwinkerte auffällig. »Na ja, und jetzt, wo ich dir die ganze Mühe einer Mörderjagd erspart habe, kriege ich da eine Belohnung?«

Ich überprüfte meinen Körper auf Blutergüsse und Taubheitsgefühle. Er fing an zu heilen, kein Zweifel. Ich lehnte mich an Richards warmen Körper und murmelte: »Deine Wohnung oder meine?«

19. Kapitel

Die hervorquellenden Augen fixierten mich, die blauen Lippen preßten eine Botschaft hervor, die ich weder hören noch lesen konnte. Ich wich zurück, aber das Gesicht folgte mir. Ich schrie es an, und von dem Klang meiner eigenen Stimme wachte ich auf, in starrem Entsetzen, das mir das Adrenalin durch die Adern schießen ließ. Die Uhr zeigte sechs, Richard lag auf dem Bauch und atmete gerade so schwer, daß man es noch nicht als Schnarchen bezeichnen konnte, und ich war hellwach, und Martin Cheethams Gesicht klagte mich an.

Auch wenn er nicht ermordet worden war, hatten Nell und Lomax sich unverzeihlich verhalten, vorausgesetzt, es gab überhaupt noch jemanden, der ihnen hätte verzeihen können. Speziell Nells Handlungsweise widerte mich an. Ich wußte, daß ich mich nicht so verhalten würde, wenn jemand, mit dem ich intim gewesen war, tot in der Diele hinge. Für Nell und Lomax mußte eine Menge auf dem Spiel stehen, wenn sie den Mut gehabt hatten, dieses Vertuschungsmanöver durchzuziehen, und obgleich die Stimme der Vernunft mir sagte, daß es mich nichts anging, wollte ich der Sache auf den Grund gehen.

Da ich ohnehin wach war, beschloß ich, etwas Sinnvolles zu tun. Ich kletterte aus Richards Bett und ging durch den Wintergarten in mein Haus. Eine heiße Dusche vertrieb die morgendliche Steifheit, die meiner Muskulatur nach wie vor zu schaffen machte, und eine Tasse starken Kaffees brachte schlagartig mein Gehirn auf Touren. Ich wählte eine flaschengrüne Hose und einen passenden Pullover aus, dazu einen rotbraunen wattierten Blouson aus Seide, den ich als Schnäppchen bei Strangeways erstanden hatte.

Es war Viertel vor sieben, als ich vor Alexis' Haus parkte. Wie erwartet, stand ihr Wagen noch in der Einfahrt. Ich kannte ihren Tagesablauf von früher. Aufstehen um sechs, um fünf nach sechs mit einer Kanne Kaffee, dem Telefon und ihrem Notizbuch ins Bad. Morgendliche Anrufe bei den Cops, dann um halb sieben aus der Wanne. Dann Toast und die Boulevardblätter. Ich schätzte, daß sie jetzt gerade ihre zweite Scheibe Toast aß. Leider würde sie *heute* morgen nicht um sieben im Büro sein.

Ich schaute durch das Küchenfenster, als ich an die Tür klopfte. Alexis ließ bei meinem Klopfen ihren Toast fallen. Ich winkte und lächelte ihr zu. Mit resigniertem Blick öffnete sie die Tür.

»Ich habe eine Frage an dich«, verkündete ich.

»Komm herein, nur zu«, sagte Alexis, als ich schon die Küche durchquerte und den Kessel anschaltete.

»Als du gestern aus der Tamarind Grove weggefahren bist, wußtest du da schon, daß Martin Cheetham tot war?« fragte ich im Plauderton und löffelte Kaffeepulver in einen Becher.

Einen Augenblick lang erstarrte Alexis' Gesicht. Da sie immer blaß ist, schien sie jetzt schneeweiß zu werden. »Wie, zum Teufel, hast du das erfahren?« fragte sie bohrend. Wenn sie diesen Ton beruflich benutzte, würde sie allerhand Geständnisse zu hören kriegen, nach denen sie gar nicht gefragt hatte.

»Du erinnerst dich wohl nicht an einen roten Little-Rascal-Lieferwagen, in den du fast hineingefahren bist? Das war ich. Ich weiß es noch so genau, weil ich mich flüchtig gefragt habe, was Bill wohl sagen würde, wenn ich das zweite Fahrzeug der Firma in einer Woche zu Schrott gefahren hätte«, sagte ich in dem Versuch, die Stimmung etwas aufzulockern.

»Ich hätte es wissen sollen.« Alexis seufzte. »Wenn du noch Kaffee aufbrühst, nehme ich auch eine Tasse.«

Ich machte den Kaffee und sagte dann: »Ich höre.«

Alexis zündete sich eine Zigarette an und nahm mehrere tiefe Züge, bevor sie sprach. Manchmal denke ich, es muß schön sein, stets ein Instantberuhigungsmittel zur Hand zu haben.

»Ich hatte mittags einiges getrunken. Ich war nicht blau, nur ein bißchen streitlustig. Also habe ich mir eine Dose Sprühfarbe gekauft. Ich wollte irgendein böses Grafitti an Cheethams Haus sprühen«, sagte sie und sah so verlegen aus, wie ihr zumute sein mußte.

»Jedenfalls, als ich dort ankam, stand sein Auto in der Einfahrt. Ich habe mit dem Gedanken gespielt, ihm ›Du miese Ratte‹ auf die Motorhaube zu sprühen. Aber dann dachte ich, wenn er schon daheim ist, kann ich ihm ebensogut die Meinung ins Gesicht sagen. Also habe ich geläutet. Als niemand antwortete, habe ich durch den Briefschlitz geschaut. Und die Füße gesehen, die Beine, wie sie da so baumelten. Da bin ich los wie eine Wahnsinnige«, sagte Alexis und senkte den Kopf, so daß ihr widerspenstiger schwarzer Haarschopf ihr Gesicht verbarg.

»Du hast nicht die Cops angerufen?« fragte ich.

»Ich hatte keinen akzeptablen Grund, dort zu sein. Ich wußte nicht mal, wer die Leiche war. Und als anonyme Anruferin tauge ich nicht. Fast jeder Cop in Manchester weiß, wen er an der Strippe hat, sobald ich nur den Mund aufmache.« Sie hatte recht. Jeder, der auch nur einmal mit Alexis gesprochen hatte, würde diese rauchige Liverpooler Stimme wiedererkennen.

»Es tut mir leid«, sagte ich. »Ich hätte dich schon gestern abend deswegen anrufen sollen. Aber ich war einfach zu erledigt. Wann ist dir klar geworden, daß es Cheetham war?«

»Als ich heute morgen bei den Cops anrief. Ein routinemäßiger, unverdächtiger Todesfall, haben sie gesagt. Wenn er kein Anwalt gewesen wäre, hätten sie seinen Tod wahrscheinlich nicht mal erwähnt. Mir hat sich der Magen umgedreht, das kannst du mir glauben.«

»Irgendwelche Einzelheiten?« fragte ich.

»Nicht viel. Inoffiziell habe ich rausgekriegt, daß er Frauenkleider trug und irgendwelche Fesselspiele gespielt hat. Laut dem am Tatort ermittelnden Inspektor hatte er eine richtige kleine Folterkammer in seinem Kleiderschrank. Sie gehen davon aus, daß er irgendwann gestern nachmittag gestorben ist. Er war nicht vorbestraft wegen sexueller Delikte. Keine Verwarnung. Er stand nicht mal auf ihrer Liste von Leuten, die in ihrer Freizeit einen losmachen. Die Polizei glaubt nicht, daß es Mord war. Sie glauben nicht mal, daß es Selbstmord war, bloß ein Unfall. Ich kann nur sagen, dem Himmel sei Dank, daß er keine neugierigen Nachbarn hatte, ansonsten würden die Jungs mich jetzt fragen, was ich gestern nachmittag eigentlich an seiner Tür wollte.« Alexis brachte ein mattes Lächeln zustande. »Besonders wenn sie wüßten, daß ich eine Privatdetektivin darauf angesetzt habe, mir die fünf Riesen wiederzubeschaffen, die er mir mit anderen zusammen abgenommen hat.«

»Du bist nicht die einzige, die gestern dort war«, sagte ich und setzte sie über die Ereignisse des Nachmittags ins Bild. »Ich war absolut sicher, daß sie ihn umgebracht haben«, fügte ich hinzu. »Aber Richard hat mich davon überzeugt, daß ich Gespenster sehe.«

»Und was jetzt?« fragte Alexis.

»Na ja, theoretisch könnten wir Cheethams Tod einfach ignorieren, ich könnte Lomax weiter in deinem Auftrag beschatten und versuchen, Geld von ihm zu bekommen. Das Problem ist, jetzt, wo Cheetham nicht mehr lebt, wird Lomax, fürchte ich, jede kriminelle Verwicklung in die Angelegenheit abstreiten wollen und alles Cheetham in die Schuhe schieben.«

»Du glaubst doch nicht wirklich, daß er damit durchkommen würde, oder?« wollte Alexis wissen, während sie sich eine neue Zigarette anzündete.

»Ich weiß es offen gestanden nicht«, gab ich zu. »Ich habe das Gefühl, daß Lomax und Cheetham zusammen viel mehr auf dem Kerbholz hatten, als wir bisher wissen. Und wenn es irgendeinen Beweis gibt für eine Verbindung der beiden, außer daß ich sie zusammen gesehen habe, könnte er in dieser Geschichte verborgen sein. Deshalb werde ich weitergraben.«

Alexis nickte. »Und wie kann ich dir dabei helfen?«

In Großmanchester gibt es Viertel, wo kaum jemand schockiert wäre, auf einen Laden zu treffen, in dem die Wünsche von Transsexuellen und Transvestiten erfüllt werden. Eine gewisse Seitenstraße in Oldham gehört nicht dazu. Ich kann mir nur schwer vorstellen, daß jemand in Oldham ausgefalleneren sexuellen Praktiken frönt als der Missionarsstellung, was eigentlich nur zeigt, wie begrenzt meine Phantasie ist. Die Leute hier hatten zweifellos keine Probleme mit TRANCES, denn die Ladenfassade, ziemlich unglücklich eingekeilt zwischen einer Metzgerei und einem Trödler, war keineswegs diskret.

Auf dem Weg hierher hatte Alexis mir von dem Geschäft und seiner Besitzerin erzählt. Cassandra Cliff war vor einigen Jahren für kurze Zeit in die Boulevardpresse gelangt, als ein Skandalreporter entdeckte, daß die Schauspielerin, die zur Stammbesetzung der beliebtesten Seifenoper des Landes gehörte, eigentlich eine Mann-zu-Frau-Transsexuelle war. Aus den Storys über den »Seifenopernstar, der sein Geschlecht umwandeln ließ«, die es daraufhin hagelte, war zu entnehmen, daß Cassandra, vormals Kevin, seit etwa zehn Jahren als Frau lebte und niemand von der Besetzung oder auch vom Produktionsteam eine Ahnung hatte, daß sie rein biologisch nicht dasselbe Geschlecht hatte wie die geschwätzige Inhaberin der Frittenbude, die sie spielte. Natürlich dementierte die Produktionsgesellschaft von NORTHERNERS, daß die Aufdeckung von Cassandras Geheimnis etwas an ihrer Einstellung ihr gegenüber ändern würde.

Zwei Monate darauf kam die von Cassandra gespielte Person bei einem tragischen Unfall ums Leben; der Anbau, den ihr Ehemann an ihrem Reihenhaus hochzog, stürzte über ihr ein. Die Produktionsgesellschaft bestritt verbindlichst, daß man sie wegen ihrer Geschlechtsumwandlung fallenließ, aber Cassandra, die mit siebenunddreißig zum alten Eisen geworfen wurde, nützte das nicht viel. »Sie rächte sich«, sagte Alexis. »Sie hat ihre Inside-Story an eines der Sonntagsblätter verkauft und darin über sämtliche Idole der Nation hergezogen. Dann eröffnete sie mit dem Geld TRANCES und gründete eine Monatszeitschrift für Transvestiten und Transsexuelle. Sie hat viel Mumm, Kate. Ich bewundere Cassie.«

Alexis umfuhr die Einbahnstraßen und nahm die Abkürzung hinten um das Friedensgericht herum. An den Straßen reihten sich wie Kraut und Rüben moderne Betonkästen und Läden in schmutzigroten Ziegelreihenhäusern aneinander, eine scheinbar willkürliche und groteske Ansammlung, die in mir den Wunsch weckte, mittendrin einen Käfig zu bauen und die Stadtplaner zu zwingen, dort eine Woche lang zwischen dem vom Wind weggeblasenen Frittenpapier und den im Rinnstein klappernden leeren Limodosen zu wohnen. Ich versuchte, nicht auf die deprimierende Stadtlandschaft zu achten, und fragte: »Und wie kommt's, daß du sie so gut kennst? Was hat sie mit der Kriminellenszene zu tun?«

»Ich habe sie ein paarmal interviewt, als sie noch die Margie Grimshaw in NORTHERNERS spielte. Wir haben uns sehr gut verstanden. Dann, nachdem die Wogen sich wieder etwas geglättet und sie TRANCES eröffnet hatte, rief ich sie an und fragte, ob wir einen Artikel über den Laden bringen könnten. Sie war nicht begeistert, aber ich sicherte ihr ein Genehmigungsrecht zu, und ihr hat gefallen, was ich geschrieben habe. Jetzt essen wir etwa einmal im Monat zusammen zu Mittag. Von ihr erfahre ich so ganz andere Dinge als durch meine anderen Kontakte. Es ist erstaunlich, was sie aufschnappt«, sagte Alexis, während sie in einer ruhigen Seitenstraße mit Reihenhäusern parkte. Es hätte die Kulisse von NORTHERNERS sein können.

»Und sie gibt Informationen an dich weiter?« fragte ich.

»Ich vermute, sie siebt stark aus. Ich weiß, daß sie seit dem, was ihr passiert ist, andere Leute, die im selben Boot sitzen, unbedingt schützen will. Aber wenn sie helfen kann, wird sie es tun.«

Ich folgte Alexis um die Ecke in eine jener Straßen, die noch nicht ganz zur Stadtmitte gehören, aber es gern von sich annehmen. Beim Eintreten warf ich einen Blick ins Schaufenster. Der einzige Anhaltspunkt, daß TRANCES sich von hundert anderen Boutiquen unterschied, war das auffällige Schild, auf dem stand: »Wir sind auf Übergrößen spezialisiert. Schuhe bis Größe 12.« Auf der Tür selbst stand eine Warnung für die Uneingeweihten. »Spezialgeschäft für Transvestiten und Transsexuelle« war in hübschen roten Buchstaben in Augenhöhe der durchschnittlichen Frau auf das Glas gemalt.

Ich folgte Alexis ins Innere. Der Laden war groß und hatte eine leicht anrüchige Atmosphäre. Das Dekor war cremefarben und pink, wobei das Pink etwas zu sehr ins Bonbonrosa hinüberspielte. Die Kleider und Kostüme an den Ständern, die sich durch den ganzen Laden zogen, wirkten exaltiert, sowohl im Stil als auch in der Farbe. Vermutlich kam das Anrüchige von den Glasvitrinen, die eine neben der anderen an der Wand hinter dem Tresen standen. Sie enthielten die Art von Prothesen und Wäsche, die ich von Martin Cheethams geheimer Kollektion nur zu gut in Erinnerung hatte. In einer Ecke befand sich ein Zeitschriftenständer. Ohne die Magazine allzu genau unter die Lupe zu nehmen, sah ich, daß sie auf dem Titel die Mischung aus Grellem und Verschämtem boten, die Softpornos eigen ist.

Die Person hinter dem Tresen gehörte zweifellos ebenfalls zur Zielgruppe. Die Größe der Hände und der Adamsapfel verrieten es. Abgesehen davon hätte man es nur schwer sagen können. Das Make-up war etwas dick aufgetragen, aber mir fielen viele Pubs in der Umgebung ein, wo das kaum auffallen würde. »Ist Cassie da?« fragte Alexis.

Die Assistentin runzelte leicht die Stirn, musterte uns und überlegte wohl, ob wir Touristinnen waren. »Sind Sie eine Freundin von Miss Cliff, Madam?« fragte sie.

»Würden Sie ihr bitte ausrichten, daß Alexis gern mit ihr reden möchte, wenn sie ein paar Minuten Zeit hat?« sagte Alexis in derselben leicht tuntigen Art. Ich hoffte, daß die Unterhaltung mit Cassie nicht ebenso verlief. Ich kann geschwollen tun, ich kann auf Drohungen machen, ich kann selbst auf »Okay, jaaa« machen. Der einzige Stil, den ich nicht durchhalte, ohne in Gekicher zu verfallen, ist das Tuntige.

Die Assistentin nahm einen Hörer und drückte auf den Knopf der Gegensprechanlage. »Cassandra? Ich habe hier eine Dame namens Alexis, die einen Augenblick mit Ihnen reden möchte, wenn es Ihnen paßt«, sagte sie. Dann nickte sie. »Ich werde es ihr sagen. Tschüs erst mal«, fügte sie hinzu. Sie legte den Hörer wieder auf und sagte geziert: »Miss Cliff wird Sie empfangen. Wenn Sie bitte durch die Tür hinten im Laden gehen möchten und dann die Treppe hoch...«

»Ist schon gut, ich kenne den Weg«, sagte Alexis und ging an den Kleiderständern entlang. »Vielen Dank für Ihre Hilfe.«

Cassandra Cliffs Büro sah aus wie ein Einrichtungsvorschlag aus INTERIORS, ein Modellentwurf für Karrierefrauen, die den Leuten vor Augen führen möchten, daß sie bei all ihrem Erfolg immer noch feminin geblieben sind. Das Büromobiliar – eine Reihe Aktenschränke, ein niedriger Kaffeetisch und zwei Schreibtische, einer mit einem Apple Mac ausgestattet – war aus Esche, grau angestrichen. In einer Ecke standen zwei Zweisitzer aus grauem Leder. Der Teppich war altrosa, eine Farbe, die in den Jalousien, die das Licht dämpften, wiederaufgenommen wurde. An den Wänden hingen Schwarzweißfotos des Szenenaufbaus und der Stars von NORTHERNERS. Eine hohe Vase mit burgunderroten Nelken sorgte für einen kräftigen Farbklecks. Die Gesamtwirkung war stilvoll und zwanglos, und diese beiden Adjektive fielen mir auch sofort ein, als ich Cassandra Cliff sah.

Sie trug ein Leinenkostüm ohne Aufschläge mit einem gerade geschnittenen Rock. Es hatte die Farbe von Eigelb. Ihre Bluse mit dem Mandarinkragen war ein leuchtendes, klares Saphirblau. Ich weiß, es klingt scheußlich, aber an ihr sah es herrlich aus. Ihr aschblondes

Haar war kurz geschnitten, oben jedoch voll, so lange mit Gel und Haarlack bearbeitet, bis es einem Gegenstand aus dem Museum für Moderne Kunst ähnelte. Ihr Make-up war dezent und wirkte natürlich.

Als Alexis uns vorstellte, ertappte Cassie mich dabei, wie ich sie musterte, und um ihre Lippen spielte ein verständnisvolles Lächeln. Ich spürte, daß ich rote Ohren bekam, und erwiderte ihr Lächeln verlegen. »Ich weiß«, sagte sie. »Man kann nicht anders. Man muß sich einfach fragen: ›Wenn ich es nicht wüßte, hätte ich es erraten?‹ Das ist bei jedem so, Kate, es sollte Ihnen nicht peinlich sein.«

Völlig entwaffnet, ließ ich mich von ihr mit Alexis zu einem der Sofas führen. Cassie bestellte Kaffee und setzte sich dann uns gegenüber. »Also«, sagte Cassie, »eine Privatdetektivin und eine Kriminalreporterin. Hinter mir könnt ihr nicht her sein. Die Schakale, mit denen Alexis sich rumtreibt, haben keine Leichenteile in meinem Keller hinterlassen, geschweige denn ein ganzes Skelett. Deshalb frage ich mich, wer?«

»Sagt Ihnen der Name Martin Cheetham irgend etwas?« fragte Alexis.

Cassie stellte die Beine auf den Boden und schlug sie dann umgekehrt übereinander. »In welchem Zusammenhang?« fragte sie.

»In geschäftlicher Hinsicht. Ich meine Ihr Geschäft, nicht seines.«

Elegant zuckte Cassie die Achseln. »Nicht jeder, der unsere Dienste in Anspruch nimmt, möchte unter seinem richtigen Namen bekannt werden.«

»Er ist gestern gestorben«, sagte Alexis unverblümt.

Ehe Cassie antworten konnte, kam ein Mädchen im Teenageralter mit dem Kaffee herein. Zumindest bin ich ziemlich sicher, daß es ein Mädchen war. Die Prozedur des Kaffeeeinschenkens gab Cassie ausreichend Zeit, sich von der Neuigkeit zu erholen. »Wie ist er gestorben?« fragte sie. Trotz ihres Plaudertons sah sie zum erstenmal seit unserer Ankunft mißtrauisch aus.

»Er trug Frauenkleider und hing in seinem Haus von einem Geländer. Die Polizei hält es für einen Unfall«, sagte Alexis. Ich gab mich damit zufrieden, zuzuhören. Cassie war ihr Kontakt, und sie wußte, wie sie mit ihr umzugehen hatte.

»Vermute ich richtig, daß ihr anderer Meinung seid?« fragte Cassie und schaute von einer zur anderen.

»Oh, wahrscheinlich liegen sie richtig. Nur hat er mich vor einigen Wochen um ganze fünf Riesen geprellt, und ich versuche, das Geld zurückzubekommen. Was bedeutet, daß ich aufdröseln muß, was er im Schilde führte und mit wem«, sagte Alexis entschlossen.

»Fünftausend Pfund? Mein Gott, Alexis, kein Wunder, daß Sie mit Kate zusammenarbeiten.« Cassie lächelte, dann seufzte sie. »Ja, ich kannte Martin Cheetham. Er kaufte eine Menge Sachen bei TRANCES, und er kam auch regelmäßig zu unseren monatlichen Lesertreffs. Er nannte sich Martina. Nicht sonderlich originell. Und um eurer Frage zuvorzukommen, ich glaube nicht, daß er spezielle Freunde in der Gruppe hatte. Sicher, ich weiß nicht, ob er, abgesehen von unseren Treffen, Kontakt mit jemandem hatte. Er war allem Anschein nach kein Mensch, der sich leicht öffnete. Viele Männer blühen richtiggehend auf, wenn sie Crossdressing machen, als ob sie plötzlich sie selbst wären. Martina war nicht so. Es schien fast, als sei es eher eine Besessenheit, der er nachgeben mußte, als eine Befreiung. Ergibt das einen Sinn für euch?«

Ich nickte. »Es paßt in das Bild, das mir vorschwebt, ja. Sagen Sie, war er als Frau besonders wirkungsvoll? Ich meine, ohne jemanden beleidigen zu wollen, manche Männer werden immer nur wie ein Mann in Frauenkleidern aussehen. Auf der anderen Seite kann man sich nur schwer vorstellen, daß Sie einmal keine Frau waren. Wo rangierte Cheetham auf der Skala?«

»Vielen Dank«, sagte Cassie. »Martina war großartig. Er hatte einige natürliche Vorteile – er war nicht übermäßig groß, er hatte kleine Hände und Füße, einen ziemlich feinen Knochenbau und schöne Haut. Aber der Clou waren seine Kleider. Er paßte in die Standardgröße sechzehn hinein, und es schien ihm egal zu sein, wieviel er für Kleidung ausgab. Ja...« Cassie stand auf und ging zu einem der Aktenschränke hinüber. Kurz darauf kam sie mit einem Fotoalbum zurück.

Sie blätterte darin. »Auf einigen dieser Fotos müßte er mit drauf sein. Beim Weihnachtstreffen habe ich ein paar Filme verschossen.« Sie hielt bei einem Foto mehrerer Frauen inne, die lachend an einer Bar lehnten. »Da, links. Das ist Martina.«

Ich betrachtete das Foto und wußte, wo ich Martina Cheetham schon einmal gesehen hatte.

20. Kapitel

Ich saß in dem Ford Fiesta und lauschte per Kopfhörer CORONATION STREET. Mary Wright war in das Haus zurückgekehrt, das ich abhörte, und ihr Appetit auf Seifenopern hielt unvermindert an. Der mysteriöse Brian war jedoch immer noch nirgends zu sehen oder zu hören. Wenigstens ersparte er es mir durch seine Abwesenheit, häuslichem Geplauder lauschen zu müssen, und ich konnte mich darauf konzentrieren, das Paßwort zu knacken, das mir Zugang zu Martin Cheethams Geheimverzeichnis verschaffen würde.

Alexis war ebenso verblüfft gewesen wie ich, als ich ihr offenbarte, wo ich Martin Cheetham schon einmal in seinen Frauenkleidern gesehen hatte. Das Foto hatte meinem Gedächtnis auf die Sprünge geholfen, wie das verzerrte Gesicht des Leichnams es niemals vermocht hätte. Ein Irrtum war ausgeschlossen. Die elegante Frau, die sich bei DKL ESTATES preiswerte Reihenhäuser angesehen hatte, war Martin Cheetham. Kein Wunder, daß er sich bei meinem Anblick schleunigst aus dem Staub gemacht hatte. Was sie auch für ein Spielchen spielten, er mußte angenommen haben, ich sei ihm auf der Spur, was ebenso erklärte, warum er in Panik geraten war, als ich seiner Kanzlei meinen zweiten Besuch abstattete. Wenn ich noch einen Beweis gebraucht hatte, daß Cheetham und Lomax etwas viel Größeres im Schilde führten als die Schiebung mit dem Land, dann hatte ich ihn jetzt. Die Frage war nur, was?

Als die vertraute Titelmelodie von CORONATION STREET verstummte, fuhr ein Vauxhall Cavalier langsam an mir vorbei und hielt vor meinem Zielhaus. Ich sah, daß Teds Lieblingsvertreter am Steuer saß, und konnte nicht anders; ich stieß die Faust in die Luft und schrie »Ja!«, ganz so wie ein pickeliger Jüngling, der sich auf Channel 4 American Football ansieht. Zum Glück war Jack McCafferty an nichts anderem interessiert als an dem Haus, in dem er einen hochmodernen Wintergarten von Colonial Conservatories zu verkaufen beabsichtigte. Ich hatte recht gehabt! Das Muster stimmte, so wie ich es erwartet hatte.

Womit ich nicht gerechnet hatte, war Jacks Mitfahrer, der sich von dem Beifahrersitz zwängte. Ein Anblick, der Shelleys Pulsschlag beschleunigt hätte. Ted Barlow reckte sich zu voller Größe, dann hielt er eine Kurzbesprechung mit seinem Starvertreter. Heute abend wirkte Jack McCaffertys Designeranzug fast schwarz im Licht der Straßenlaternen, seine extravagante Seidenkrawatte sah aus wie eine Flagge des Erfolgs. Seine braunen Locken hatten den seidigen Glanz eines gepflegten Setters. Neben ihm sah Ted Barlow eher nach dem Assistenten als nach dem Chef aus. Er trug den einzigen Anzug, den ich bisher an ihm gesehen hatte, und der feste Knoten an seinem gestreiften Schlips saß schief. Shelley hätte niemals eines ihrer Kids in diesem Zustand aus dem Haus gelassen. Ich brauchte nicht Gipsy Lee Rose zu sein, um Ted Barlow für die kommenden Monate einschneidende Veränderungen zu prophezeien.

Die beiden Männer marschierten den Weg hinauf. Als Jack die Hand nach der Türglocke ausstreckte, machte ich die seltsame Erfahrung, daß es direkt in meinen Ohren läutete. Der Fernseher wurde unvermittelt ausgeschaltet, gerade als ich anfing, Interesse an der neuesten Episode der heißen Serie von Instantkaffee-Spots zu entwickeln. Da sich zwischen der Wanze und der Tür eine Wand befand, bekam ich von dem Wortwechsel auf der Türschwelle nur Gemurmel mit, aber die Stimmen wurden deutlicher, als die drei das Wohnzimmer betraten.

»Ein schöner Raum!« hörte ich Jack ausrufen.

»Ja, nicht wahr?« echote Ted, mit etwa soviel Überzeugung wie eine Schauspielerin, die die verjüngende Wirkung einer Seifenmarke bestätigt.

»Uns gefällt er auch«, sagte die Stimme der Frau.

»Nun, Mrs. Wright, wenn ich uns jetzt vorstellen darf, mein Name ist Jack McCafferty, ich bin der Verkaufsleiter von Colonial Conservatories. Ihre telefonische Anfrage bezüglich unseres Sortiments wurde an mich weitergereicht. Und Sie haben heute abend die besondere Ehre, meinen Kollegen Ted Barlow begrüßen zu dürfen, den Geschäftsführer unserer Firma. Ted kümmert sich gern persönlich um ausgewählte Kunden, damit er weiterhin den Finger am Puls dessen hat, was Sie, die Öffentlichkeit, eigentlich von einem Wintergarten erwarten, und Colonial Conservatories seine führende Marktposition in diesem Bereich zu behaupten vermag.« Es floß nur so, ohne jede Pause. Ich war gegen meinen Willen beeindruckt. Ich konnte mir vorstellen, wie Ted dastand, verlegen von einem Fuß auf den anderen trat und bei dem Versuch, wie ein Gigant des Geschäftslebens auszusehen, kläglich scheiterte.

»Ich verstehe«, sagte Mary Wright. »Wollen Sie nicht Platz nehmen, meine Herren?«

Sobald sein Hinterteil auf dem Stuhl landete, legte Jack so richtig los, seine Ansprache war flüssig und fehlerfrei, als er Mary Wright zu dem Kauf eines Wintergartens verlockte, den sie nicht brauchte, zu einem Preis, den sie sich nicht leisten konnte, und für ein Haus, das nicht ihres war. Hin und wieder forderte er sie zu einer Reaktion heraus, und sie fiel so gehorsam ein wie der Triangelspieler im Orchester, der die Takte bis zur nächsten klirrenden Note zählt. Sie beredeten, daß ihr Ehemann im Ausland arbeitete, welchen Typ Wintergarten sie bevorzugte, ihre monatlichen Einkünfte und Ausgaben. Jack dirigierte die ganze Veranstaltung, als wäre es eine Sinfonie.

Schließlich wurde Ted mit einem Maßband und einem Notizbuch in den Hof geschickt. An dieser Stelle wurde es erst richtig interessant. »Kleines Problem«, sagte Jack leise. »Ted hat Ärger mit der Bank.«

»Du meinst, unseretwegen?« fragte Mary Wright.

»Vermutlich. Auf jeden Fall läuft es darauf hinaus, daß ich keine Finanzierung über die gewohnten Kanäle kriege. Wir müssen uns selbst um die Finanzierung kümmern, aber das dürfte nicht allzu schwierig werden. Ich habe die Namen einiger Maklerfirmen, wo man nicht allzu viele Fragen stellt. Wir verlieren nur die Provision der Finanzierungsgesellschaft an mich, aber damit müssen wir eben leben. Ich warne dich nur vor, weil der Abschluß etwas anders verlaufen wird. Alles klar?« sagte er, so lässig, als bäte er um eine zweite Tasse Tee.

»Sicher, ich spiele mit. Aber hör mal, Jack, wenn die Bank schon Schwierigkeiten macht, sollten wir vielleicht aufhören, bevor es noch gefährlich wird«, sagte die Frau.

»Schau, Liz, sie können die Geschichte unmöglich bis zu uns zurückverfolgen. Wir haben unsere Spuren restlos verwischt. Ich bin deiner Meinung, wir sollten aufhören, solange wir noch einen Vorsprung haben. Aber wir haben die nächsten beiden schon angeleiert. Machen wir die noch zu Ende, dann legen wir eine Verschnaufpause ein, einverstanden? Fahren in die Sonne und geben einen Teil des

Zasters aus, ja?« sagte Jack beschwichtigend. Ich an ihrer Stelle wäre vermutlich auch darauf hereingefallen. Er hatte die typische Vertreterstimme, ganz Honig und Selbstsicherheit. Wäre er Chirurg gewesen, dann hätte er jedes Jahr zu Weihnachten Post säckeweise von bewundernden Patienten erhalten.

»Na gut. Kommst du heute abend noch mal her?« fragte sie.

»Wie könnte ich anders?« parierte er.

»Dann reden wir später darüber.« Was sie sonst noch sagen wollte, wurde durch Teds Rückkunft unterbrochen.

»Wenn Sie mir noch einen Augenblick Zeit lassen für den alten Taschenrechner, nenne ich Ihnen einen Preis für den Anbau, auf den Ihre Wahl gefallen ist«, sagte Ted. Der mutmaßliche Abschluß.

Bei dem Preis, den Ted nannte, gingen mir die Augen über. Natürlich zuckte Liz/Mary nicht mit der Wimper. »Ich verstehe«, sagte sie.

»Normalerweise könnten wir Ihnen unser eigenes Finanzierungspaket anbieten, das von einer der wichtigsten Clearingbanken gesponsert wird«, sagte Jack. »Doch leider sind wir von Colonial Conservatories Opfer unseres eigenen Erfolgs, wir haben unsere Zielbeträge für dieses Vierteljahr überschritten. Als Ergebnis sieht sich die Finanzierungsgesellschaft nicht in der Lage, unseren Kunden weiteres Geld zur Verfügung zu stellen. Die haben dort auch ihre Limits, und ihnen sehen wieder andere Leute auf die Finger, ob sie diese Limits auch nicht überschreiten. Ich würde allerdings vorschlagen, daß Sie einen Hypothekenmakler aufsuchen und eine Neuhypothek über einen Betrag vereinbaren, der die Installation Ihres Wintergartens deckt«, fügte er beredt hinzu. »Das ist der wirksamste Weg, den Reinwert ihres Hauses zu nutzen.«

»Was ist mit einer Zweithypothek? Ginge das nicht auch?« fragte Liz/Mary.

Ted räusperte sich. »Ich denke, Sie werden herausfinden, Mrs. Wright, daß die meisten Darlehensgeber eine Neuhypothek vorziehen, besonders wenn man bedenkt, daß unsere Häuserpreise hier oben im Nordwesten ein wenig gefallen sind. Sehen Sie, wenn es in Zukunft irgendwelche Probleme gäbe und das Haus verkauft werden müßte, ist es manchmal so, daß für den Darlehensgeber der zweiten Hypothek nicht mehr genug Geld im Topf ist, nachdem der erste Darlehensgeber ausbezahlt wurde, wenn Sie verstehen, was ich meine. Und dann hat der Gläubiger der zweiten Belastung keine Möglichkeit, sein Geld zurückzubekommen, wenn Sie mir folgen können. Und Darlehensgeber legen großen Wert auf die Gewißheit, daß sie ihr Geld zurückbekommen können, wenn eines zum anderen kommt, daher ziehen sie es meist vor, daß man eine Neuhypothek aufnimmt, mit der man die erste Hypothek ablöst und noch einen gewissen Betrag übrigbehält.« Ich konnte mir zwar nicht vorstellen, daß Ted einen Job als Moderator von THE MONEY PROGRAMME bekam, aber er hatte sich ziemlich klar ausgedrückt. Wie schade, daß er seine Worte an zwei Gauner verschwendet hatte, die schon mehr über Immobilienkredite und wie man sie nutzte vergessen hatten, als er jemals wußte.

»Und wie geht's jetzt weiter?« fragte die Frau.

»Nun, Sie müssen mit einem Hypothekenmakler reden und eine Neuhypothek aufnehmen. Und falls Sie zum Ausfüllen der Formulare irgendwelche Fragen haben, rufen Sie mich auf jeden Fall an. Ich könnte die Dinger im Schlaf ausfüllen. Sobald Sie eine Bestätigung der Neuhypothek erhalten, sagen Sie uns Bescheid, und wir installieren Ihren Wintergarten binnen einer Woche«, sagte Jack zuversichtlich.

»So schnell geht das? Das ist ja wunderbar! Er wird schon da sein, wenn mein Mann Weihnachten nach Hause kommt«, rief sie. Eine Schande, wirklich. Sie hätte sich als Theaterschauspielerin auf ehrliche Weise ihren Lebensunterhalt verdienen können.

»Kein Problem«, sagte Jack.

Zehn Minuten später gingen Jack und Ted zu ihrem Auto zurück und schlugen sich gegenseitig auf den Rücken. Armer Kerl, dachte ich. Die Enthüllung, daß sein guter Kumpel Jack der Verantwortliche für seinen geschäftlichen Ruin war, behagte mir ganz und gar nicht. Das Ganze hatte knapp über eine Stunde gedauert. Ich schätzte, daß Liz und Jack in einem Dutzend solcher über das letzte Jahr verteilten Stunden gut eine halbe Million Pfund gemacht haben mußten. Es war widerlich. Das Widerlichste daran war, wie einfach alles ging. Ich mußte zwar noch ein paar offene Fragen klären, doch inzwischen hatte ich eine ziemlich klare Vorstellung davon, wie sie sich ein Vermögen erschwindelt hatten.

Da Jack versprochen hatte, später noch einmal wiederzukommen, beschloß ich, an Ort und Stelle zu bleiben. Es war ein bitterkalter Abend, auf den Dächern der geparkten Autos bildete sich Rauhreif, und meine Füße waren Eisklumpen. Ich wußte, daß ich es so nicht noch ein paar Stunden aushalten würde, daher flitzte ich zum Lieferwagen und tauschte meine dünnbesohlten Pumps gegen ein Paar dicke Sportsocken und meine Reeboks aus. Fast im gleichen Augenblick, als ich meine Reeboks zuband, kehrte das Gefühl in meine Füße zurück. Eine herrliche Erfindung, diese Laufschuhe. Probleme tauchen erst auf, wenn du mit Schwung zu einem wichtigen Geschäftstermin gehst, ganz in Schale geworfen, in deinem besten Kostüm, dann schaust du an dir hinunter und merkst, daß du anstelle deiner schicken italienischen Schuhe noch die Reeboks trägst, in denen du hergefahren bist. Ich weiß es, ich habe es selbst erlebt.

Wenn sie sich selbst überlassen blieb, war Liz ohne die Glotze zweifellos verloren. Wir erwischten noch den letzten Zipfel der Neun-Uhr-Nachrichten, das Wetter (die übliche frohe Botschaft; gefrierender Nebel in den Midlands, Bodenfrost im Norden, Regen für morgen), dann begann eine trostlose amerikanische Miniserie. Ich wünschte, ich könnte den Kanal wechseln. Statt dessen drehte ich die Lautstärke des Empfängers so weit herunter, daß ich nur noch Telefongespräche oder Unterhaltungen hörte, und öffnete den Laptop.

Ich hatte es mit allem Naheliegendem versucht. Martin, Martina, Cheetham, Tamarind, Lomax, Nell, Harris, Schwindel, Land, Übertragungen, Titel, geheim, gesperrt, privat, Verkleidung, Dietrich, Bassey, Garland, Marilyn, Paßwort. Kein Glück. Mir gingen die Einfälle aus, als mein Telefon läutete. »Hallo?« sagte ich.

»Kate? Alexis.« Als brauchte sie mir das zu sagen. »Hör mal, ich hatte gerade einen Geistesblitz.«

Mir wurde angst und bange. »Was ist denn?« fragte ich.

»Mir ist eingefallen, daß beim SUNDAY STAR ein Reporter namens Gerry Carter arbeitet, der in Buxton wohnt. Na ja, ich bin dem Typ nie begegnet, weil die Sonntagsleute gewöhnlich nicht mit unserem Haufen verkehren, aber ich habe einem Kumpel von ihm seine Nummer abgeluchst und habe ihn angerufen, von Kollege zu Kollege.«

Ich war interessiert, jetzt, wo ich wußte, daß ihr Geistesblitz mich nicht in irgend etwas Ungesetzliches oder Lebensgefährliches hineinzog. »Und konnte er dir etwas Brauchbares sagen?«

»Er kennt Brian Lomax. Ja, er wohnt sogar nur etwa fünf Häuser von Lomax entfernt.« Alexis machte eine Pause, damit ich es richtig zu würdigen wußte.

»Und?« fragte ich.

»Ich glaube, ich weiß, wer die geheimnisvolle Frau ist.«

»Alexis, du hast bereits meine hundertprozentige Aufmerksamkeit. Hör auf, mich zu quälen, als ob ich irgend so ein sturer Nachrichtenredakteur wäre. Spuck's aus!« forderte ich sie frustriert auf.

»Na gut. Weißt du noch, daß wir zwei Namen auf der Wählerliste gesehen haben? Und wir nahmen an, die andere sei seine Frau? Sie ist es nicht. Laut Gerry hat Lomax' Frau ihn vor ein paar Jahren verlassen. Mit seinen Worten: ›Nachdem sie an jedem Fenster rüschenbesetzte Jalousien angebracht und das Haus von oben bis unten neu gemacht hatte, gab es nichts mehr für sie zu tun. Also bumste sie Lomax' Maurer und brannte mit ihm zu irgendeiner griechischen Insel durch.‹ Zitat Ende.« Alexis kicherte. »Wo sie sich vermutlich über den Mangel an Fenstern beschweren wird, die man in Rüschenchintz hüllen kann, vorausgesetzt, Laura Ashley hat eine Niederlassung auf Lesbos eröffnet. Wie dem auch sei, sobald das Pärchen ausgerückt war, zog Lomax' Schwester zu ihm, weil es ein verflixt großes Haus für einen Typ allein ist, und sie hatte auch gerade ihr Haus verkauft, um das Kapital für ein eigenes Geschäft aufzutreiben.« Ich hörte, wie Alexis Rauch in ihre leidgeprüften Atemwege sog.

»Nur weiter, ich bin ganz Ohr«, sagte ich.

»Erinnerst du dich noch an den Namen?«

»Nicht auf Anhieb«, gab ich zu. Peinlich, oder? Das Kurzzeitgedächtnis läßt bereits nach, und ich bin erst siebenundzwanzig.

»Eleanor. Und wovon ist Nell wohl die Kurzform?«

»Lomax' Schwester«, flüsterte ich. »Natürlich. Was die Erklärung dafür wäre, wie sie sich kennengelernt haben. Es würde sogar erklären, weshalb Martin Cheetham mehr Geld brauchte. Sie sieht nach einer kostspieligen Frau aus; ich kann mir nicht vorstellen, daß sie sich mit einem Vorort und einmal pro Jahr vierzehn Tage an der Costa Brava zufriedengibt. Dieses Geschäft, das sie aufziehen wollte – hat dein Kumpel gesagt, was es war?«

»Ja. Sie besitzt eine dieser kleinen, auserlesenen Boutiquen, wo die Verkäuferinnen spöttisch grinsen, wenn du über Größe acht hast und weniger als fünfhundert Pfund ausgeben kannst. Liegt offenbar in der Haupteinkaufsgalerie. Nennt sich ENCHANTMENTS, kannst du dir das vorstellen?«

»Ja, kann ich. Tolle Arbeit, Alexis. Wenn sie jemals vorhaben, dich zu feuern, könnte Mortensen und Brannigan dich mit der Laufarbeit beauftragen«, sagte ich.

»Und was jetzt?« wollte sie wissen.

Ich seufzte. »Kannst du es bitte mir überlassen? Ich weiß, das hört sich nicht sehr gefällig an, aber eine Sache, an der ich seit einer Woche arbeite, klärt sich jetzt allmählich auf. Mit ein wenig Glück habe ich bis morgen nachmittag alles unter Dach und Fach, und ich verspreche dir, sobald ich frei bin, gehe ich dieser Spur nach. Okay?«

»Muß ich wohl akzeptieren«, sagte Alexis. »Geht in Ordnung, Kate, ich wußte ja, daß du unter Zeitdruck bist, als ich dich gebeten habe, dich darum zu kümmern. Jetzt will ich mich nicht beklagen. Du kümmerst dich darum, sobald du kannst, und ich versuche, Geduld aufzubringen.«

Das wollte ich erst mal sehen. Wir unterhielten uns noch kurz über die Storys, an denen Alexis gerade arbeitete, dann machte sie für diesen Abend Schluß. Ich wandte mich wieder meinem Computer zu. Zumindest hatte Alexis mich mit einigen neuen Ideen versorgt. Ich tippte ELEANOR ein, und der Bildschirm füllte sich wie durch Zauber mit einer Liste von Dateinamen. An manchen Tagen gelingt einem alles.

Ich hatte gerade erst angefangen, die Dateien durchzuarbeiten, als der Cavalier zurückkam. Jack fuhr direkt in die Garage und schloß die Tür hinter sich. Ich drehte die Lautstärke auf, und wenige Minuten später knutschten und schmusten er und Liz auf eine Art, die selbst dem hartgesottensten Privatdetektiv das Blut in die Wangen treibt. Es sei denn, man steht auf Audiosex.

Allerdings zeigte sich bald, daß Jack und Liz jeweils verschiedene Pläne hatten. Während er anscheinend vorhatte, ein Erdbeben zu entfesseln, war sie mehr damit beschäftigt, woher die nächsten fünfzig Riesen kommen sollten. »Jack, hör auf, warte mal einen Moment, ich möchte mit dir reden«, sagte sie. Und so weiter. Schließlich schien sie sich aus seiner Umklammerung zu befreien, denn ihre Stimme klang merklich schwächer als seine. »Hör zu, wir müssen über dieses Finanzierungsproblem reden. Was ist schiefgelaufen?«

»Ich weiß es auch nicht so genau. Ich weiß nur, daß Ted, als ich heute abend zur Arbeit kam, mir sagte, ich solle keine Finanzierungsanträge mehr schreiben. Er sagte, die Finanzierungsgesellschaft habe Schwierigkeiten, die Anträge zu bearbeiten, und Neugeschäfte seien vorübergehend gesperrt. Aber er war etwa so überzeugend wie das Labour-Parteiprogramm. Meiner Meinung nach steckt in Wahrheit dahinter, daß sie die säumigen Neuhypotheken leid sind«, sagte er, und zwar so gleichgültig, daß ich mir in Erinnerung rufen mußte, daß er der Verursacher des Problems war. Der Mann, dem so einige Jahre hinter Gittern im offenen Strafvollzug bevorstanden, falls er geschnappt wurde.

Liz war längst nicht so kaltblütig. »Wir müssen damit aufhören, Jack. Die Bank wird es nicht dabei belassen. Sie werden das Betrugsdezernat verständigen, und wir landen im Gefängnis!« jammerte sie.

»Nicht doch! Schau mal, als wir damit angefangen haben, wußten wir, daß es nicht ewig so weitergeht. Wir haben immer gewußt, die Finanzierungsgesellschaft würde eines Tages bemerken, daß Ted Barlows Wintergartenkunden ihren Zahlungsverpflichtungen nicht nachkommen, und dann müßten wir aussteigen«, sagte er vernünftig. »Ich hatte nur nicht gedacht, daß sie sich gleich an die Bank wenden, ohne Ted vorzuwarnen.«

»Ich habe immer gesagt, wir sollten das Risiko streuen und uns an externe Geldgeber wenden«, sagte sie erhitzt. »Ich hab gesagt, daß es Wahnsinn ist, eine Finanzierungsgesellschaft in Anspruch zu nehmen, die eine Tochtergesellschaft von Teds Bank ist.«

»Das sind wir doch alles schon durchgegangen«, sagte Jack geduldig. »Und an den Gründen, es auf meine Weise zu machen, hat sich nichts geändert. Wir ziehen keinen anderen mit hinein. Nur du und ich und ein Formular, das an eine Finanzierungsgesellschaft geht, wo man weiß, daß Colonial eine solide Firma ist. Zweitens, es geht schneller so, weil wir nie Hypothekenmaklern und Bausparkassen hinterherlaufen mußten, um einen Darlehensgeber zu finden, und dabei das Risiko eingehen, daß uns jemand entdeckt, der mich kennt. Und zum dritten habe ich Provisionen von den Einnahmen der Finanzierungsgesellschaft eingestrichen, noch mal eine ansehnliche Summe zu dem, was der Schwindel uns eingebracht hat. Und weil wir es auf meine Weise gemacht haben, sind wir immer noch in Sicherheit, auch wenn Teds Bank ihm die

Hölle heißmacht. Es gibt kein offensichtliches Muster, das ist der Knackpunkt. Vergiß nicht, wir stecken mitten in einer Rezession. Es werden auch echte säumige Hypothekenschuldner dabeisein, nicht nur wir«, sagte er beschwichtigend. Es war wirklich frustrierend, nicht ihre Gesichter und ihre Körpersprache zu sehen.

»Nur daß die noch die Wintergärten an ihren Häusern haben. Sie müssen sich nicht einmal im Monat eine ganze Nacht um die Ohren schlagen, um einen Wintergarten auseinanderzunehmen und in einen Lieferwagen zu laden, damit Jack McCafferty ihn verschwinden lassen und an einen nichtsahnenden Käufer verscherbeln kann, der ein echtes Schnäppchen zu machen glaubt! Ich sage dir, Jack, es ist höchste Zeit auszusteigen!«

»Reg dich ab«, drängte er. »Es besteht kein Grund zur Eile. Sie werden Monate brauchen, um diesen Schlamassel zu durchschauen. Hör zu, diesmal ist es ein Kinderspiel. Morgen können wir zu einem Hypothekenmakler gehen und uns eine Neuhypothek besorgen, kein Problem. Wie weit sind wir mit den beiden anderen?«

»Laß mich mal nachsehen. Du weißt ja, ich verlasse mich nicht darauf, alles im Kopf zu behalten«, sagte sie vorwurfsvoll. Ich hörte die Schlösser einer Aktenmappe aufspringen und Papier rascheln. »10 Cherry Tree Way, Warrington. Du hast die Kreditwürdigkeit überprüft, ich habe das neue Bankkonto eingerichtet, ich habe den Nachsendeantrag bei der Post storniert, und ich habe die Angaben zum Hypothekenkonto. 31 Lark Rise, Davenport. Dazu haben wir bisher nur die Kreditwürdigkeitsüberprüfung. Gestern habe ich die Nachsendung der Post storniert.« Das war der Durchbruch; die beiden Adressen, die Liz gerade vorgelesen hatte, waren identisch mit denen, die Rachel Lieberman mir bereits gegeben hatte.

»Und könnten wir diesmal schneller vorgehen? Es eher als geplant zum Abschluß bringen?« fragte Jack.

»Wir können es versuchen. Aber wenn wir erst noch externe Hypothekengläubiger suchen müssen, um die Neuhypotheken zu finanzieren, dann wird das die Prozedur mit Sicherheit verzögern.« Ich hörte die Sorge in Liz' Stimme trotz des blechernen Klangs der Übertragung.

»Keine Angst«, tröstete Jack sie. »Es wird alles glattlaufen.«

Nicht, wenn ich dabei ein Wörtchen mitzureden hatte, o nein.

21. Kapitel

Bankmanager und Politessen. Es ist ein Kopf-an-Kopf-Rennen, wer am meisten gehaßt wird. Wenn Sie die Gelegenheit hätten, jemanden zur Hauptsendezeit im Fernsehen in Verlegenheit zu bringen, würden Sie dann den Bankmanager auswählen, der es Ihnen nicht gestattet, Ihr Konto zu überziehen, oder die Politesse, die Ihnen einen Strafzettel ans Auto klemmt, wenn Sie nur kurz auf ein Sandwich zu Marks & Spencer reingehen? Ich brauchte bloß mit dem Typ zu reden, der für Ted Barlows Finanzen zuständig war, um zu erkennen, daß er das Schlimmste verdiente, wozu Jeremy Beadle imstande war.

Anfangs wollte er überhaupt nicht mit mir reden, nicht einmal, um einen Termin zu vereinbaren. »Schweigepflicht im Interesse der Kunden«, erklärte er hochnäsig. Ich teilte ihm mühsam beherrscht mit, daß ich vermutlich mehr über die gegenwärtigen Probleme seines Kunden wußte als er, da mich besagter Kunde selbst angeheuert hatte. Ich verkniff es mir, darauf hinzuweisen, daß Mortensen und Brannigan in Sachen Vertraulichkeit und Service einen Maßstab anlegte, der ein gutes Stück über dem seinen lag. Wir verkaufen unsere Kundenliste nicht an obskure Versandfirmen, die angeblich günstige Finanzierungen anbieten; wir nutzen nicht unsere Beziehungen, um Leute auszuschalten, deren Nase uns nicht paßt; und, so seltsam es auch ist, unsere Arbeitszeiten kommen eher unseren Klienten entgegen als uns.

Aber Mr. Leonard Prudhoe war nicht umzustimmen. Schließlich mußte ich aufgeben. Es gab nur eine Möglichkeit, wie ich an diesen Knaben herankommen konnte. Ich rief Ted an und bat ihn, den Termin zu vereinbaren.

»Haben Sie etwas herausgefunden?« fragte er. »Wissen Sie, was passiert ist?«

»So ziemlich«, sagte ich. »Aber was Sie auch tun, geben Sie niemandem auch nur den kleinsten Hinweis – hören Sie, niemandem –, daß sich etwas geändert hat.« Ich erklärte ihm, daß er ein Gespräch mit Prudhoe arrangieren müsse, damit wir alles zum Abschluß bringen konnten. »Wenn Sie vorher zu mir ins Büro kommen, informiere ich Sie als ersten.«

»Können Sie es mir nicht jetzt sagen? Ich sitze wie auf glühenden Kohlen.«

»Ich muß noch ein, zwei offene Fragen klären, Ted. Aber wenn Sie für heute nachmittag einen Besuch bei Prudhoe arrangieren können, müßte ich imstande sein, Ihnen dann genauestens zu berichten. Einverstanden?«

Die Erleichterung in seiner Stimme war herzerfreuend. »Ich kann Ihnen nicht sagen, wie froh ich bin, Miss Brannigan. Sie haben ja keine Ahnung, wie es war, mich ständig zu fragen, ob ich wohl alles verliere, wofür ich gearbeitet habe. Sie haben ja keine Ahnung«, sprudelte er los.

Vielleicht ich nicht, aber ich konnte mir gut denken, wer sonst. Sobald ich es geschafft hatte, mich seinen überschwenglichen Dankesbezeugungen zu entziehen, schlenderte ich ins Vorzimmer. Shelleys Finger flogen über die Tasten, sie arbeitete sich durch die Vorschläge, die Bill für unsere Klienten auf den Kanalinseln zusammengestellt hatte.

»Teds kleines Problem«, sagte ich. »Ich bin mal eben zwei Stunden weg, um noch die letzten offenen Fragen zu klären. Er soll zurückrufen, um mir Bescheid zu sagen, wann wir seinem Bankmanager einen Besuch abstatten können. Ruf mich über das Mobiltelefon an, sobald du es weißt.«

Sie musterte mich mit einem ihrer typischen Blicke, die sie sonst wohl für ihre Kinder reserviert, wenn sie glaubt, daß sie sich verdrücken wollen, ohne ihre Hausaufgaben gemacht zu haben. »Ist das dein Ernst?« fragte sie.

»Pfadfinderehrenwort«, sagte ich. »Würde ich dich über etwas, das dir so am Herzen liegt, belügen? Kennst du dich im Werk von Rudyard Kipling aus?«

Sie schaute mich an, als wollte ich in eine endlos verlängerte Mittagspause. »War das nicht der Typ, der sich ständig über die Last der Verantwortung des weißen Mannes verbreitet hat?« fragte sie argwöhnisch.

»Der nämliche. Er wußte genau, wie man die Gelben und die Schwarzen in ihre Schranken weist. Er hat auch die Charta der Privatdetektive geschrieben:

Ich habe sechs ehrliche Diener.
(Sie haben mich alles gelehrt, was ich weiß)
Ihre Namen sind Was und Warum und Wann
Und Wie und Wo und Wer.

Tja, was Teds Fall betrifft, kenne ich das Was, das Warum, das Wann, das Wo und das Wer. Ich weiß fast alles über das Wie, und nachdem ich einem meiner Kontakte einen kleinen Besuch abgestattet habe, werde ich restlos alles wissen.« Ich lächelte zuckersüß, während ich meinen Mantel überzog, und ging zur Tür. »Tschüs, Shelley.«

»Du machst mir angst, Brannigan, wirklich«, folgte mir ihre Stimme, als ich nach unten lief. Der Tag war nicht ganz vertan.

Rachel Lieberman präsidierte am Empfangstresen von DKL ESTATES, als ich durch die Tür trat. Ihr Kostüm sah aus, als wäre es annähernd soviel wert wie die Kaution auf den Verkauf eines Neubaus. Ich tat so, als studierte ich die zum Verkauf stehenden Häuser, während sie für einen potentiellen Kunden zwei Besichtigungstermine ausmachte. Fünf Minuten später ging der Mann auf Haussuche mit einer Handvoll Beschreibungen dankbar und glücklich seines Weges, und Rachel und ich waren allein. Wir standen uns am Tresen gegenüber. »Haben Sie Ihren jungen Mann verloren?« fragte ich.

»Seine Mutter sagt, er hat sich einen Virus eingefangen. Ich glaube, es hat mehr damit zu tun, daß gestern abend United gewonnen hat«, sagte sie.

»Heutzutage kriegt man einfach kein gutes Personal mehr«, sagte ich mitfühlend.

»Das kann man laut sagen. Wie dem auch sei, was kann ich für Sie tun? Immer noch auf der Suche nach Ihren geheimnisvollen Schwindelkünstlern?«

Ich war bereits zu dem Schluß gekommen, daß es nicht Rachel Lieberman war, die Jack McCafferty und Liz mit den von ihnen benötigten Informationen versorgte. Zu diesem Schluß war ich nicht rein durch weibliche Intuition gelangt. Ich ging davon aus, daß sie schon einen Weg gefunden hätte, mir höflich die Tür zu weisen, wenn sie darin verwickelt wäre. Deshalb lächelte ich sie an und sagte: »Fast am Ende. Ich hatte gehofft, Sie könnten mir noch bei ein paar offenen Fragen helfen.«

»Schießen Sie los«, sagte sie. »Sie haben mich ziemlich neugierig gemacht. Mein Sohn war hin und weg, als ich ihm erzählt habe, daß ich einer Privatdetektivin bei ihren Ermittlungen helfe. Also bin ich Ihnen meine Mitarbeit schuldig. Es ist nicht leicht für eine Mutter, einen Zehnjährigen zu beeindrucken, wissen Sie.«

»Speichern Sie sämtliche Beschreibungen Ihrer Mietobjekte in Ihrem Computer?«

»Ja, es kommt alles in den Computer, ob zur Miete oder zum Verkauf«, sagte sie.

»Und wie erhält die Warrington-Filiale Ihre Daten und umgekehrt?«

»Ich möchte ja nicht unhöflich sein, aber wie gut kennen Sie sich mit Computern aus?« fragte sie.

Ich grinste. »Wenn Sie mich eine halbe Stunde lang mit Ihrem allein lassen, könnte ich es vermutlich selbst herausfinden«, sagte ich. Ich übertrieb mit Sicherheit, aber das konnte sie ja nicht wissen. Wenn ich Bill bei mir gehabt hätte – er hätte es auf jeden Fall geschafft, noch ehe ich Zeit gehabt hätte, eine Kanne Kaffee aufzubrühen.

»Ich erspare Ihnen die Mühe«, erwiderte sie. »Zweimal am Tag, um eins und noch einmal um fünf, frage ich den Computer in der Warrington-Filiale über ein Modem ab. Die Software identifiziert jede neue Datei oder auch Dateien, die verändert wurden, seit die Geräte das letztemal miteinander kommuniziert haben. Dann sendet sie die betreffenden Dateien von meinem Gerät und lädt die aus dem Warrington-Computer. Das System warnt mich auch in dem seltenen Fall, wenn dieselbe Datei in beiden Büros modifiziert wurde.«

»Hört sich nach einem pfiffigen Programm an«, sagte ich.

»Unsere Software wurde von meinem Schwiegersohn entwickelt, deshalb mußte er dafür sorgen, daß sie ihren Zweck erfüllt, sonst hätte ich ihm die Hölle heißgemacht«, sagte Rachel. Ich konnte es mir gut vorstellen. Eine der Regeln, die ich auf dem College gelernt habe, lautet: Leg dich nie mit einer jüdischen Prinzessin an.

»Und jetzt zu der unangenehmen Frage«, sagte ich.

»Ich kann es mir denken. Wer hat Zugang zu den Computern?« fragte sie. Ich nickte. »Ist das wirklich nötig?« Ich nickte wieder. »Und ich nehme an, Sie geben sich nicht damit zufrieden, wenn ich

Ihnen sage, daß nur mein Personal Zugang hat?« Allmählich kam ich mir vor wie auf dem Tenniscourt.

»Sie wollen Namen, nicht wahr?« fragte sie.

»Fotos wären noch besser«, sagte ich.

Sie zog die Augenbrauen hoch, dann prustete sie los. »Haben Sie eigentlich schon einmal an eine Karriere in einer Immobilienagentur gedacht? Mit Ihrer Unverfrorenheit könnten Sie glatt mitten in einem heruntergekommenen Slum stehen, die Feuchtigkeit steigt vom Boden auf, alles voller Schwamm und Dreck, und Sie überzeugen die Kunden, daß das Grundstück ein einzigartiges Potential hat, das nur Sie zu entwickeln imstande sind.«

»Nett von Ihnen, aber ich mache Betrüger lieber dingfest, als selbst einer zu werden«, sagte ich.

»Angeblich soll man durch Schmeicheleien etwas erreichen, nicht durch Beleidigungen«, gab sie zurück. »Wie dem auch sei, würde es Ihnen viel ausmachen, auf das Geschäft aufzupassen, während ich versuche, Ihren Wünschen nachzukommen?«

Ich ging sogar so weit, mich hinter den Tresen zu setzen, als Rachel im Hauptbüro verschwand. Sie hätte gut die Kriminellen anrufen können, um sie zu warnen, aber ich glaubte es nicht. Zum Glück kam in der kurzen Zeit ihrer Abwesenheit niemand herein. Donnerstag morgen ist offenbar nicht viel los bei Immobilienmaklern. Rachel kam mit einem Umschlag voller Fotos zurück. »Hier«, sagte sie. »Letztes Jahr hatten wir zu Weihnachten ein Essen für das Personal. Der einzige Neue seitdem ist Jason, und den haben Sie bereits gesehen.«

Rachel überreichte mir das Fotobündel. Sie hatten in einer griechischen Taverne gefeiert, und die Bilder waren offenbar in umgekehrter Reihenfolge zurückgelegt worden, denn die ersten zeigten einen dieser organisierten Krawalle, die die Griechen, so wie die Schotten, Tanzen nennen. Niemand, den ich kannte. Ich ging die Fotos weiter durch. Dann, auf dem siebten Foto, vom anderen Ende des Tisches aufgenommen, sah ich sie. Kleines, niedliches Gesicht, spitzes Kinn, an den roten Augen breiter. Genau wie Diane Shipleys Zeichnung, nur daß ihr Haar von Natur dunkelblond war, kurz geschnitten, elfenhafte Strähnchenfrisur. Ich zeigte auf die Frau. »Wer ist das?«

Rachels Gesicht schien sich zu verschließen. »Wieso? Was veranlaßt Sie zu dieser Frage?«

»Ich glaube nicht, daß Sie eine Antwort darauf wollen«, sagte ich sanft. »Wer ist sie?«

»Das ist Liz Lawrence. Sie arbeitet an zwei Nachmittagen in der Woche in unserer Warringtoner Filiale. Seit fast drei Jahren. Ich glaube, Sie irren sich, Miss Brannigan. Sie ist... sie ist eine liebenswerte Frau. Sie arbeitet hart«, insistierte Rachel.

Ich seufzte. Manchmal komme ich mir bei diesem Job vor wie die böse Fee, die den Kindern erzählt, daß es keinen Weihnachtsmann gibt. Das Schlimmste war, daß ich, bevor der Tag vorüber war, noch einen Sack voller Enttäuschungen für jemanden bereithielt.

Teds Anzug hatte wieder einmal Ausgang. Als ich ins Büro zurückkam, hockte er auf der Kante von Shelleys Schreibtisch und sah so fröhlich aus wie ein Bluthund, dessen Opfer gerade im Fluß verschwunden ist. »Und Sie wissen ja, wie Reparaturwerkstätten sind«, hörte ich ihn im Hereinkommen sagen. »Keine Ahnung, wann die Lieferwagen wieder fahrtüchtig sind.«

»Noch mehr Probleme?« fragte ich.

»Tja, leider. Zwei von meinen drei Lieferwagen sind kaputt. Das heißt, wir können nicht so schnell arbeiten. Es ist eine Katastrophe«, sagte Ted kummervoll.

»Und Sie sind sicher, daß es reiner Zufall ist?« wollte Shelley wissen. »Das zu allem anderen, da sieht es ja allmählich so aus, als wollte Ihnen jemand schaden!«

Ted schaffte es, zugleich verletzt und verblüfft auszusehen. »Das glaube ich nicht, Shelley«, sagte er. »Es ist eben einfach Pech. Der erste parkte gerade, als es passierte. Offenbar ist jemand auf dem Parkplatz des Pubs in ihn reingefahren, während Jack drinnen beschäftigt war.«

»Jack McCafferty? Was wollte er denn mit dem Lieferwagen? Er hat doch sicher nichts mit den Installationen zu tun?« fragte ich, etwas zu scharf. Die beiden sahen mich komisch an.

»Er leiht ihn sich hin und wieder aus. Er betreibt ein kleines Discogeschäft zusammen mit seinem Schwager, und manchmal haben sie zwei Aufträge zugleich, dann leiht er sich über Nacht einen meiner Lieferwagen, um die Disco-Ausrüstung darin herumzufahren«, sagte Ted. Das letzte Stück des Puzzles fügte sich ein.

Dann fiel mir ein, welche Art Lieferwagen Colonial Conservatories benutzten. Mein Bauch fühlte sich an, als ob ich zu schnell zu viel Eis gegessen hätte. »Wann hatte er den Unfall, Ted?« fragte ich.

Ted runzelte die Stirn und schaute nach oben. »Lassen Sie mich überlegen... Es muß Montag abend gewesen sein. Ja, Montag. Weil wir nämlich am Dienstag herumfuhren wie die Wahnsinnigen, um alles zu schaffen, und das war der Grund, warum Pete am Kreisverkehr zu schnell fuhr, um rechtzeitig anzuhalten. Und jetzt fehlen uns zwei Lieferwagen, und es besteht keine Chance, daß auch nur einer von den beiden vor nächster Woche frühestens wieder startklar ist.« Aus den Augenwinkeln sah ich eine Bewegung, Shelleys Hand stahl sich zu Teds hinüber und streichelte sie.

Na gut, wenigstens war es nicht Teds weißer Transit-Lieferwagen, der mich von der Barton Bridge hatte abdrängen wollen. »Ich wünschte, ich hätte gute Neuigkeiten für Sie«, sagte ich, »aber leider sind sie ein wenig gemischt. Bei der Bank werden wir erst in einer halben Stunde erwartet. Möchten Sie nicht mit in mein Büro kommen, und ich gehe schnell alles mit Ihnen durch, ehe wir Prudhoe unseren Besuch abstatten?«

Ich dachte schon, es würde mir nicht gelingen, Ted zur Bank zu kriegen. Als ich die Geschichte von Jacks Verrat aufrollte, wurde er weiß um den Mund und ging zur Tür. Zum Glück hielt er bei dem Anblick von Shelleys erstauntem Gesicht lange genug inne, daß ich ihn am Arm packen und ihn zu einem Stuhl führen konnte. Shelley flößte ihm zu medizinischen Zwecken einen Brandy ein, und er fand seine Sprache wieder. »Ich bringe den Scheißkerl um«, stieß er zwischen zusammengebissenen Zähnen hervor. »Ich schwöre bei Gott, ich bringe ihn um.«

»Sei nicht albern«, sagte Shelley energisch. »Kate wird ihn hinter Gitter bringen, das ist viel befriedigender.« Sie nahm mich zur Seite, während Ted tief in sein leeres Glas starrte, und flüsterte: »Von welchem Scheißkerl ist hier eigentlich die Rede?«

Ich wiederholte den Schluß der Geschichte für sie, was dazu führte, daß sie sich neben Ted hockte und die Sorte Trostworte murmelte, die jedem Zeugen grundpeinlich sind. Das war natürlich genau der Moment, den Chefinspektor Della Prentice für ihr Erscheinen wählte. Ich lotste sie augenblicklich zur Tür und sagte: »Ted, wir treffen uns in fünf Minuten unten.«

Ich hatte Della angerufen, sobald Shelley mir den Termin bei Prudhoe durchgegeben hatte. Ich dachte mir, daß ich Zeit sparen könnte, wenn ich ihr und der Bank in einem den Fall schilderte. Ich wußte, daß man bei der Bank nicht begeistert sein würde, aber man würde sich damit abfinden müssen. Mir fehlten immer noch Beweise, um Brian Lomax festzunageln, und ich hatte schlicht nicht die Zeit, einen rituellen Tanz mit Teds Bankmanager über Ethik aufzuführen.

Leonard Prudhoe war ganz so, wie ich es erwartet hatte. Aalglatt, arrogant und vor allem grau. Von seinem Silberhaar bis zu den glänzenden grauen Halbschuhen eine Sinfonie in der Tonart von John Major. Der einzige Farbklecks war der rote, entzündete Pickel an seinem Hals. Ebenfalls wie erwartet, behandelte er uns wie zwei unartige Kinder, die zum Schulleiter zitiert worden sind, damit sie lernen, sich wie Erwachsene zu verhalten. »Nun, Miss Brannigan, ich habe den Eindruck, Sie glauben, über einige Informationen hinsichtlich Mr. Barlows gegenwärtigen Problemen zu verfügen. Was ich allerdings nicht begreife ist, wieso Sie die Anwesenheit von Chefinspektor Prentice für notwendig erachten, so charmant es auch ist, ihre Bekanntschaft zu machen. Ich bin sicher, sie hat nicht das geringste Interesse an unseren Schwierigkeiten...«

Ich unterbrach diesen gönnerhaften Quatsch. »Ich muß hier feststellen, daß ein Verbrechen begangen worden ist, und auf Ihre Empfindlichkeiten kann ich keine Rücksicht nehmen, fürchte ich. Was wissen Sie über betrügerische Manipulationen, Mr. Prudhoe? Werden Sie mir nach den ersten drei Sätzen überhaupt noch folgen können? Denn falls Sie sich in der Ermittlungsarbeit zu größeren Betrugsfällen nicht gut auskennen, schlage ich vor, einen Experten hinzuzuziehen. Ich bin eine sehr beschäftigte Frau, und ich habe nicht die Zeit, alles zweimal durchzugehen, was der Grund für die Anwesenheit von Chefinspektor Prentice ist«, sagte ich energisch. Er hätte nicht entgeisterter aussehen können, wenn ich auf seinen Schreibtisch gesprungen wäre und einen Tanz hingelegt hätte.

»Junge Frau«, stammelte er, »nehmen Sie bitte zur Kenntnis, daß ich Experte in finanziellen Manipulationen aller Art bin.«

»Prima. Dann spitzen Sie die Ohren und schreiben Sie mit«, gab ich zurück. Irgendwie lockt Wichtigtuerei das Rebellische in mir hervor. Das muß das Erbe meiner irischen Vorfahren sein.

Prudhoe sah beleidigt aus, aber aus den Augenwinkeln sah ich, daß Ted eine Spur weniger unglücklich wirkte. Della Prentice schien plötzlich einen bösartigen Husten zu haben.

»Es besteht wahrhaftig kein Grund für solch ein Benehmen«, sagte Prudhoe frostig.

»Hören Sie zu, Mr. Prudhoe«, unterbrach Ted. »Sie und Ihre Leute haben versucht, mir mein Geschäft wegzunehmen. Kate hat versucht, die Sache aufzuklären, und was mich betrifft, berechtigt sie das zu jedem Benehmen, das ihr verdammt noch mal gefällt.«

Der unerwartete Beistand Teds ließ Prudhoe lange genug verstummen, daß ich anfangen konnte. »Oberflächlich betrachtet sieht es so aus, als wäre das, was Ted zugestoßen ist, eine Folge unglücklicher Zufälle, die darin gipfelte, daß Sie ihm den Kredit sperrten. Aber in Wahrheit wurde Ted das Opfer eines sehr cleveren Betrugs. Und wenn die Täter nicht zu gierig geworden wären und beschlossen hätten, doppelt abzusahnen, wäre man ihnen niemals auf die Schliche gekommen. Die Betrügereien hätten ausgesehen wie echte Hypothekensäumnisse.« Ich sah, wie Prudhoes Interesse gegen seinen Willen erwachte. Vielleicht hatte er bei all seiner gönnerhaften Wichtigtuerei ja doch ein Hirn.

Ich erläuterte, warum Ted zu uns gekommen war. Della Prentice hatte ihr Notizbuch herausgeholt und schrieb eifrig mit. Als ich zu den verschwundenen Wintergärten kam, beugte Prudhoe sich tatsächlich auf seinem Stuhl vor. »Und so funktioniert es«, sagte ich, in Fahrt gekommen.

»Man braucht einen unehrlichen Vertreter, und man braucht einen Insider im Büro einer Immobilienagentur, die auf Mietobjekte gehobener Qualität spezialisiert ist. In diesem Fall benutzten sie eine Firma namens DKL ESTATES, die ebensowenig in irgendwelche kriminellen Machenschaften verwickelt ist wie Ted. Der Insider, nennen wir sie Liz, sucht Häuser aus, die zu vermieten sind, deren Besitzer ziemlich verbreitete Namen haben und sich außerdem vorzugsweise im Ausland aufhalten, entweder weil sie dort arbeiten oder beim Militär sind. Im Idealfall wünschen sie sich ein Paar, das schon seit einigen Jahren eine Hypothek abzahlt, so daß in dem Haus ein beträchtlicher Reinwert angelegt ist. Liz gibt dann in den Bürocomputer ein, daß sie jemanden gefunden hat, der das Haus mieten will und dessen Referenzen überprüft wurden.

Der Nachname des Paares, das das Haus mietet, ist identisch mit dem der wahren Besitzer, aber da sie weitverbreitete Namen ausgesucht haben, können sie sich in dem Fall, wenn irgend jemand im Büro außer Liz von der Übereinstimmung Notiz nimmt, hinstellen und sagen: ›Tja, da laust mich doch der Affe, ist das nicht unglaublich, wie klein ist doch die Welt‹ und so weiter. Da Liz Zugang zu allen Originalpapieren der Eigentümer hat, kennen sie natürlich die Originalunterschriften und verfügen möglicherweise über Infos zu Bankkonten, Hypothekenkonten, Dienstverträgen und weiteres mehr. Soweit verstanden?«

»Faszinierend«, sagte Prudhoe. »Fahren Sie fort, Miss Brannigan.«

»Der Vertreter, der über Ihre Finanzierungsgesellschaft Zugang zu Agenturen hat, die Glaubwürdigkeitsprüfungen vornehmen, läßt eine Überprüfung laufen, um zu sehen, welche anderen Informationen es noch über die Eigentümer gibt. Dann eröffnet Liz ein falsches Bankkonto im Namen des Mieters auf diese Adresse und storniert jeden Nachsendeantrag bei der Post im Namen der wahren Eigentümer. Sie verbringt einen minimalen Teil ihrer Zeit in dem Haus und zahlt eine Zeitlang Miete. Übrigens haben sie immer drei Operationen gleichzeitig in der Planung, so daß sie nie lang genug in einem der Häuser bleibt, um die Nachbarn näher kennenzulernen. Die Nachbarn denken alle, daß sie weit außerhalb arbeitet oder nachts, oder daß sie einen Freund hat, mit dem sie viel zusammen ist. Sie hat außerdem ihr Aussehen durch Perücken, Brillen und Make-up verändert, um ihre Spuren zu verwischen.

Als nächstes behauptet Jack McCafferty, Teds Spitzenvertreter, er habe einen Anruf von ihr erhalten, sie bitte um einen Kostenvoranschlag für einen Wintergarten. Am folgenden Tag kommt er mit einem Auftrag herein, finanziert durch eine Neuhypothek bei dieser Bank hier. Und wenn es einer der regelmäßig wiederkehrenden Abende war, an denen Ted den Besuch mit ihm zusammen macht, dann taten Jack und Liz einfach so, als wären sie sich noch nie begegnet, und er beschwatzte sie genauso wie jeden anderen Kunden. Schließlich ist es völlig legitim, solch ein Geschäft über eine Neuhypothek abzuschließen, und bei Ted oder anderen schrillten keine Alarmglocken, da jeder, der sein Haus momentan nicht verkaufen kann, verzweifelt bemüht ist, etwas Kapital lockerzumachen. Das alles habe ich mit Hilfe der Unterlagen des Grundbuchamts herausgefunden, und ich bin sicher, Sie können die Einzelheiten über die Neuhypotheken anhand Ihrer eigenen Unterlagen bestätigen. Ich habe den Verdacht, daß die Gauner die ganze Zeit Ihre Finanzierungsleute benutzt haben, weil sie so auch noch die Provision der Finanzierungsgesellschaft einstreichen konnten«, fügte ich hinzu.

»Aber gab es denn keine Probleme wegen der ursprünglichen Hypothek?« fragte Della. »Sobald die abbezahlt war, wurde doch bestimmt die Bausparkasse aufmerksam, weil von den echten Eigentümern nach wie vor Zahlungen eingingen, oder aber die echten Eigentümer haben bemerkt, daß ihre Hypothek nicht länger von ihrem Bankkonto abgebucht wurde.«

Daran hatte ich nicht gedacht. Doch dann fiel mir eine Erfahrung ein, die Alexis und Chris gemacht hatten, als sie damals jeweils ihr Haus verkauft hatten, um zusammenzuziehen. Alexis, die in Gelddingen unfähig war, hatte ihre alte Hypothek sechs Monate lang munter weiterbezahlt, bevor sie etwas bemerkt hatte. Ich schüttelte den Kopf. »Es hätte eine Ewigkeit gedauert, bis die Bausparkasse merkte, was los war. Und dann hätte die Firma einen Brief geschickt, und der Brief wäre in ein Schwarzes Loch gefallen, weil die Nachsendung bei der Post storniert war. Es konnte ewig so weitergehen, ehe jemand bei der Bausparkasse ernsthaft daran dachte, etwas zu unternehmen.«

Della nickte zufrieden. »Danke. Entschuldigung, fahren Sie fort. Das ist ganz faszinierend.«

»Gut. Also, wenn die Bank einen Antrag auf eine Neuhypothek überprüfte, bezogen sich wegen der Namensgleichheit sämtliche Informationen, die sie erhielt, auf die echten Eigentümer, daher gab es nie Probleme. Und das Geld wurde überwiesen. Denken Sie an die Summen, um die es hier geht. Stellen Sie sich ein Haus vor, das vor zehn Jahren für fünfundzwanzigtausend Pfund gekauft wurde und jetzt neunzigtausend wert ist. Die ausstehende Hypothek beläuft sich auf nur etwa siebzehntausend. Sie nehmen eine Neuhypothek über die vollen neunzigtausend auf, zahlen die laufende Hypothek korrekt ab, um keinen Verdacht zu erregen, und dann machen sie sich aus dem Staub. Unsere Freunde Jack und Liz haben nach Abzug der Kosten an die siebzigtausend Pfund eingenommen.

Ich schätze, sie haben denselben Schwindel mindestens ein dutzendmal abgezogen. Und der einzige Grund, aus dem ich imstande war, ihnen auf die Schliche zu kommen, ist, daß sie so gierig wurden, daß sie beschlossen, die Wintergärten nach der Installation wieder abzubauen und an einen anderen Interessenten mit einem identischen Haus zu verkaufen, zu einem Schleuderpreis von einigen Riesen.« Ich wandte mich an Ted. »Das hat Jack mit dem Lieferwagen gemacht, wenn Sie dachten, er spiele den DJ.«

Ich hatte nicht die Gelegenheit, mich an ihren Reaktionen zu weiden. Jetzt weiß ich wieder, weshalb ich mich so lange gegen ein Mobiltelefon gesträubt hatte. Sie unterbrechen immer an den besten Stellen.

22. Kapitel

Man sagt, daß die viktorianische Ära das Zeitalter der begabten Amateure war. Ich kann dazu nur sagen, ich bin froh, daß ich nicht damals Privatdetektivin war. Wenn es etwas Schlimmeres gibt als Amateure, die einem eine Ermittlung völlig verpfuschen, dann solche, die besser am Ball sind als man selbst. So wie Alexis in diesem Fall vorging, würde ich sie bald bezahlen müssen, anstatt sie mich.

Was ich zu hören bekam, als ich mich in Prudhoes Büro mit meinem Telefon in eine Ecke verzog, war keine Neuigkeit, die das Herz erfreute. »Er will verschwinden«, begann Alexis.

»Mr. Harris, meinst du?« fragte ich vorsichtig. Ich versuchte, meinen Anteil an dem Gespräch so knapp und uninformativ zu halten wie möglich. Schließlich stand ich auf einmal peinlicherweise im Mittelpunkt des Interesses. Ted oder Prudhoe bereiteten mir kein Kopfzerbrechen, doch die Anwesenheit eines Polizeibeamten erzeugt in jedem Privatdetektiv ein geradezu krankhaftes Mißtrauen, das Woody Allen vergleichsweise ausgeglichen erscheinen läßt.

»Natürlich Harris, Lomax, egal! Wer denn sonst? Er will die Kurve kratzen.«

»Woher wissen wir das?«

Es gab eine kurze Pause, während der Alexis überlegte, wie sie anfangen sollte. »Nachdem du erklärt hattest, wie beschäftigt du heute bist, habe ich meine freien Tage tauschen können. Ich dachte, wenn ich ihn im Auge behalte, dann hätten wir zumindest nichts verpaßt. Und ich hatte recht«, fügte sie trotzig hinzu.

Ich spürte, wie die Gewissensbisse kamen. Irgendwie hatte ich gewußt, daß ich den Abend nicht als Kaiserin Brannigan der Zulus zubringen und die alte Welt zivilisieren würde. »Was ist denn passiert?« fragte ich.

»Er hat sich ein Antragsformular für einen Reisepaß geholt«, verkündete Alexis triumphierend. »Ich bin ihm zur Post gefolgt. Er hat offensichtlich vor, das Land zu verlassen.«

Eine logische Schlußfolgerung. Was es uns nicht sagte war, ob er sich mit seinem Sündengeld in ein Verbrecherparadies aufmachen wollte, sobald die Flugkontrolle es erlaubte, oder ob er schlicht für seinen Winterurlaub in einem Skiparadies vorsorgte. »Wo bist du?« fragte ich.

»In einer Telefonzelle ganz in der Nähe seiner Firma. Ich sehe von hier aus den Eingang. Er hat sich nicht gerührt, seit er von der Post zurück ist.«

Ich kapitulierte. »Ich bin so bald ich kann bei dir«, sagte ich. Immerhin hatte ich Ted und Prudhoe genug Stoff für stundenlange Diskussionen geliefert. Ich beendete das Telefonat und lächelte meinem gebannten Publikum zuckersüß zu. »Es tut mir sehr leid, aber es ist etwas ziemlich Dringendes dazwischengekommen. Zweifellos haben Sie drei eine Menge zu besprechen, also wenn Sie mich entschuldigen, lasse ich Sie jetzt allein. Ted, ich lasse Ihnen so schnell wie möglich einen vollständigen schriftlichen Bericht zukommen, spätestens am Montag.« Ich stand auf. »Ich möchte nur noch sagen, daß es mir ein Vergnügen war, Mr. Prudhoe«, fügte ich hinzu und schüttelte ihm über den Schreibtisch hinweg fest die Hand. Armer Kerl, er sah immer noch aus, als hätte er einen Schlag auf den Kopf bekommen. Ich scheine stets diese Wirkung auf Männer zu haben. Besorgniserregend, oder?

Della Prentice folgte mir auf den Korridor hinaus. »Eine Wahnsinnsgeschichte, Kate. Sie haben großartige Arbeit geleistet. Wir brauchen natürlich noch eine offizielle Aussage von Ihnen«, sagte sie. »Wann können wir das erledigen?«

Ich schaute kurz auf meine Uhr. Es ging auf drei zu. »Ich weiß noch nicht, Della, ich glaube nicht, daß ich mich vor dem Wochenende mit Ihnen zusammensetzen kann, frühestens. Sie haben doch bestimmt genug, um einen Durchsuchungsbefehl für die Häuser zu erwirken, die die beiden für den Schwindel benutzen?« Ich öffnete meine Tasche, holte mein Notizbuch heraus und schrieb die Adressen auf, während ich sprach. »Hören Sie, reden Sie mit Rachel Lieberman bei DKL ESTATES. Die Frau, hinter der Sie her sind, heißt Liz Lawrence, und sie hat einen Teilzeitjob in ihrer Warringtoner Filiale. Und Ted kann Ihnen alles erzählen, was er über Jack McCafferty weiß. Ich möchte keine Schwierigkeiten machen, aber ich bin wirklich in Druck.«

»Na schön. Ich sehe, daß Sie Probleme haben. Lassen Sie mich wissen, wenn Sie frei sind. Und geben Sie mir die Nummer Ihres Mobiltelefons, damit ich Sie erreichen kann, wenn ich noch einige Hintergrundinformationen brauche«, sagte sie. Ich schrieb meine Nummer noch auf das Blatt, drückte es ihr in die Hand und hetzte los. Mir war klar, daß eigentlich kein Grund zu solch großer Eile bestand, mich mit Alexis in Kontakt zu setzen. Aber wenn ich meinen Adrenalinspiegel nicht hochgetrieben hätte, dann hätte ich es vielleicht nicht geschafft, mich wieder über die verstopfte A6 und diese Achterbahn von Straße über die Hügel nach Buxton zu quälen. Die Leute hier mußten erstaunlich kräftige Handgelenke haben.

Ich saß wieder hinter dem Steuer des Fiesta. Heute morgen hatte ich ein Taxi genommen und mich bei dem Wagen absetzen lassen, da jetzt nicht mehr die Notwendigkeit bestand, die Observierung fortzusetzen. Ich machte einen Umweg über das Büro, um den Laptop mit Cheethams Dateien mitzunehmen sowie ein paar meiner juristischen Fachbücher. Ich hatte immer noch keine Gelegenheit gehabt, die Dateien durchzuarbeiten, daher hatte ich keine Ahnung, was für unredliche Pläne der tote Anwalt geschmiedet hatte. Doch ich hatte so den Verdacht, daß man dazu ein wenig mehr Informationen über Eigentumsübertragungen brauchte, als ich im Kopf hatte. Besser, ich hatte sie statt dessen gleich in Händen.

Es war fast fünf, als ich schließlich den letzten Laster vom Steinbruch überholte und den Hügel hinunter nach Buxton hineinfuhr. Ich fuhr langsam an Lomax' Firma vorbei und erspähte Alexis in ihrem Auto. Ich mußte zugeben, daß ich selbst keine bessere Stelle hätte wählen können. Sie stand zwischen zwei geparkten Wagen, mit ungehindertem Blick durch die Fenster des Autos vor Lomax' Firma. Ich parkte um die Ecke, dann ging ich zu Fuß zurück.

Ich stieg in den Peugeot und schob einen Stapel Zeitungen und Sandwichpapier auf den Boden. »Sei lieber vorsichtig, daß die Müllmänner nicht kommen und dich mitnehmen«, sagte ich. »Irgendwas passiert?«

Alexis schüttelte den Kopf. »Da sind zwei Lieferwagen. Der, den Lomax fährt, und ein identischer zweiter Wagen. Der andere ist einzweimal rein- und rausgefahren, aber er selbst hat sich nicht gerührt.«

»Es sei denn, er liegt hinten in dem anderen Lieferwagen, als Zementsack verkleidet«, bemerkte ich. Alexis sah geknickt aus. Na toll, jetzt hatte ich noch mehr Gewissensbisse. »Keine Sorge, das ist eher unwahrscheinlich. Er weiß ja nicht, daß er beobachtet wird. Cheethams Tod wurde als Unfall verbucht. Er fühlt sich vollkommen sicher. Und jetzt kannst du nach Hause zockeln und mich meinen Lebensunterhalt verdienen lassen, anstatt mich meiner Existenzgrundlage zu berauben«, fügte ich hinzu.

»Soll ich nicht lieber noch warten? Für den Fall, daß er ausrücken will?« fragte sie fast bedauernd.

»Fahr nach Hause, zum Schmusen mit Chris. Wenn er vorhätte, sich noch heute abend aus dem Staub zu machen, dann säße er nicht in seinem Geschäft herum. Er stünde ungeduldig in der Schlange der Paßstelle«, sagte ich vernünftig. Nach Alexis' finsterer Miene zu urteilen, hält sie von Vernunft ebensoviel wie ich.

Sie seufzte, ein Seufzer aus tiefstem Herzen. »Na schön«, sagte sie. »Aber ich will nicht, daß der Typ entwischt.«

Ich öffnete die Wagentür. »Vergiß nicht, da ist noch die unbedeutende Frage der Beweise«, sagte ich. »Jetzt, wo Cheetham tot ist, kann Lomax behaupten, daß er nichts Unehrliches getan hat. T.R. Harris ist der Name eines Geschäfts, nicht mehr, nicht weniger. Er hat Interessenten einfach nur das Land gezeigt und hatte keine Ahnung, wer es kaufte oder wann. Klar, du und ich wissen es besser, aber ich möchte gern imstande sein, es zu beweisen.«

Alexis stöhnte. »Ich will nur ein Druckmittel, um unser Geld zurückzubekommen, Kate. Mir ist es gleichgültig, wenn er hinterher mit schneeweißer Weste dasteht.«

»Ich höre und gehorche, o Herrin«, sagte ich und stieg aus dem Wagen. »Jetzt beweg diese Müllkippe auf Rädern mal von hier weg und laß den Spürhund die Fährte aufnehmen.«

Sie winkte, als sie losfuhr, und ich manövrierte den Fiesta in die Lücke, die sie freigemacht hatte. Dann öffnete ich den Laptop und rief das WORK.L-Verzeichnis auf. Die Dateien waren in zwei Unterverzeichnisse geordnet. Eines hieß DUPLICAT, das andere RV. Die Dateien in RV bezogen sich jeweils auf einen Hauskauf. In manchen Fällen waren die Häuser etwa nach fünf Monaten wieder verkauft worden, jedesmal mit einem ansehnlichen Gewinn. Ich wollte gerade die Adressen in meinem Stadtplan nachsehen, da tauchte ein weißer Transit in der Toreinfahrt von Lomax' Firma auf. Meine Zielperson saß am Steuer. So schnell ich konnte schloß ich den Laptop und warf ihn auf den Beifahrersitz.

Lassen Sie sich von niemandem weismachen, daß der Job eines Privatdetektivs einen besonderen Glanz hat. Ich folgte Lomax von seiner Firma zu seinem Haus. Dann saß ich zwei Stunden lang im Wagen und ackerte mich lustlos durch Martin Cheethams Dateien. Die Häuser unter RV lagen alle in den ziemlich zweifelhaften Vierteln südlich und östlich des Stadtzentrums von Manchester – Gorton, Longsight, Levenshulme. In den Reihenhaussiedlungen, wo man heruntergekommene Immobilien billig erwerben, sie renovieren und einen bescheidenen Gewinn erzielen kann. Oder es war zumindest möglich, bis vor einigen Monaten die Immobilienpreise im Nordwesten ins Bodenlose sanken. Wenn man sich diese Dateien ansah, schien es, als hätten Lomax und Cheetham das in ziemlich großem Maßstab betrieben. Ich überschlug es schnell im Kopf und schätzte, daß sie im vergangenen Jahr an die zwei Millionen umgesetzt hatten. Da meine Fähigkeiten im Kopfrechnen meinen Kenntnissen in Quantenmechanik vergleichbar sind, kam ich zu dem Schluß, daß ich falsch gerechnet hatte, und kritzelte die Summen in mein Notizbuch. Ich erhielt das gleiche Ergebnis.

Plötzlich befanden wir uns mitten in einem neuen Spiel. Ich hatte es nicht mit einem Paar kleiner Fische zu tun, die sich durch einen zweifelhaften Landverkauf einige Riesen erschlichen. Hier ging es um viel Geld. Im letzten Jahr hatten sie vielleicht sogar eine Dreiviertelmillion verdient. Allerdings mußten sie über eine Menge Geld verfügt haben, um die Häuser überhaupt kaufen zu können. Wo zum Teufel kam das Startkapital her, um diese Art von Geschäft zu betreiben?

Während ich mit meinen Summen jonglierte, war es dunkel geworden. Ich kam mir allmählich ziemlich exponiert vor, was mich tief beunruhigte. Ich mußte daran denken, daß mich vor nicht ganz einer Woche jemand so nachhaltig hatte warnen wollen, daß er sogar das Risiko einging, mich zu töten. Wenn dieser Jemand noch da war, gab ich ein ausgezeichnetes Ziel ab, wie ich hier so allein in meinem Auto saß.

Die Antwort auf meine Angst lag gleich hinter mir. Ich stand an der Straßenseite gegenüber von Brian Lomax' Haus, etwa dreißig Meter weiter oben, vor einem soliden viktorianischen Haus mit einem »Fremdenzimmer«-Schild, das leicht in dem eisigen Wind schaukelte. Ich holte eine kleine Reisetasche aus dem Kofferraum, stopfte die Fachbücher hinein und ging die kurze Einfahrt hinauf.

Ich hätte die Wirtin jederzeit als Detektivin engagiert. Als ich für eine Nacht im voraus bezahlt und sie mich in meinem blitzsauberen kleinen Zimmer allein gelassen hatte, kam ich mir vor, als ob mir tagelang eine Verhörlampe in die Augen geschienen hätte. Es sollte einen Oscar der Privatdetektive für Lügenkünste geben. Zumindest steckte ich in einem Kostüm, was es mir erleichterte, in meiner Rolle als Handelsanwältin zu überzeugen, die einen ortsansässigen Klienten vertrat, der zwecks Geschäftserweiterung an dem Erwerb von Immobilien in Manchester interessiert war. Sie hatte die Lüge geschluckt und große Augen gemacht bei meiner knappen Weigerung, die Schweigepflicht zu verletzen. Ich war fast sicher, daß sie mich am nächsten Morgen beschatten würde, nur um auf Teufel komm raus an saftigen Ortsklatsch zu kommen.

Mein Zimmer lag, wie gewünscht, an der Vorderseite des Hauses im zweiten Stock, was mir eine bessere Sicht auf Brian Lomax' Haus verschaffte als vom Auto aus. Froh, aus der Strumpfhose und den hohen Pumps herauszukommen, zog ich statt dessen Leggings, ein Sweatshirt und Reeboks an, die in die Reisetasche für Notfälle verbannt worden waren, und bezog im Dunkeln meinen Beobachtungsposten. Ich vertrieb mir die Zeit, indem ich meine Klientenberichte für PharmAce und Ted Barlow diktierte. Das würde Shelley einige Stunden von ihrer Romanze ablenken.

Nell kam etwa gegen halb sieben nach Hause und parkte ihren

GTi in der Garage. Es war neun vorbei, ehe ich wieder etwas zu sehen bekam. Lomax erschien seitlich am Haus und ging seine Einfahrt hinunter. Er wandte sich nach rechts in Richtung Stadt. Ich war viel schneller aus dem Zimmer und die Treppe hinunter, als es mir noch vor ein paar Tagen gelungen wäre. Falls Mortensen und Brannigan jemals einen Assistenten engagieren, dann müssen wir wohl »muß schnell gesund werden können« in die Jobbeschreibung aufnehmen.

Er war noch in Sichtweite, als ich aus der Pension stürzte und mir dabei den Anschein gab, als wäre ich eine Joggerin, die schnell ihre abendliche Runde drehte. An der Ampel bog er links ab und ging den Hügel zum Marktplatz hoch. Ich war rechtzeitig an der Ecke, um ihn in einen Pub gehen zu sehen. Wunderbar. Ich hatte nicht mal eine Jacke an, und in den Pub konnte ich ihm nicht folgen, weil er nur zu gut wußte, wer ich war. Wütend spähte ich durch die Buntglastür. Durch einen blauen Dunstschleier sah ich Lomax an der Bar, wo er mit einer Gruppe anderer Männer, alle ungefähr in seinem Alter, redete und lachte. Es sah aus, als verbringe er den Donnerstagabend wie gewohnt in seiner Stammkneipe zusammen mit den Jungs, anstatt einen Geschäftskontakt zu treffen. Soweit gut. Ich trat zurück und schaute mich um. An der Ecke gegenüber gab es einen Fish-&-Chips-Laden, der nach der Reklame einen Eßraum im ersten Stock hatte. Ich hatte nichts zu verlieren.

Es ist erstaunlich, wieviel Zeit man sich lassen kann, um eine Fleischpastete, Pommes frites, Erbsenbrei, Sauce, eine Kanne Tee und einen Teller Brot mit Butter zu sich zu nehmen. Seltsamerweise machte es mir sogar Spaß, zumal ich das Mittagessen ausgelassen hatte. Am besten war der Kochpudding mit Rosinen und Vanillesoße, der schmackhafter war als alles, was meine Mutter früher gemacht hatte. Ich schaffte es, das Essen bis halb elf auszudehnen, dann hieß es zurück in die Kälte. Natürlich fing es prompt an zu regnen, als ich aus dem Imbiß kam. Ich ging zu dem Pub hinüber und warf wieder einen Blick durch das Fenster. Die Szene hatte sich kaum verändert, es war nur voller geworden. Lomax stand nach wie vor mit seinen Kumpeln an der Bar und hatte einen Bierkrug in der Hand. Ich sah keinen Sinn darin, mich naßregnen zu lassen, während er sich vollaufen ließ, daher lief ich zur Pension zurück. Mein Abendessen lag mir wie ein Betonklotz im Magen.

Er kam allein zurück, Punkt halb zwölf. Fünf Minuten später ging in einem der Zimmer oben das Licht an, und er erschien am Fenster, um die Vorhänge zuzuziehen. Weitere zehn Minuten später ging noch ein Licht an, und Nell machte dasselbe in ihrem Zimmer. Ich wartete nicht, bis ihre Lichter ausgingen. Ich wette, ich war noch vor ihnen eingeschlafen.

Ich wette, ich war auch schon vor ihnen wach. Meinen Wecker hatte ich auf sechs gestellt, und um Viertel nach sechs war ich mit dem Duschen fertig. Lomax' Vorhänge gingen um Viertel vor sieben auf, und meine Stimmung sank. Meine Gastgeberin servierte das Frühstück nicht vor acht, und es sah so aus, als sollte er dann schon aus dem Haus sein. Ich tröstete mich mit den einzeln abgepackten Roggenkeksen, die bei den Sachen zum Tee- und Kaffeekochen lagen. (Ganz prima, wenn man sterilisierte Milch mag, Teebeutel, gefüllt mit Hausstaub, und puderigen Instantkaffee, der schmeckt, wie ich mir das Aroma von Strychnin vorstelle.)

Lustlos packte ich meine Tasche und ging zum Wagen. Ich fragte mich allmählich, ob diese Observierung irgendeinen Zweck hatte. Manchmal denke ich, daß meine Schwelle für Langeweile zu niedrig ist für diesen Job. Zwanzig Minuten später tauchte die Schnauze eines weißen Sportwagens in seiner Toreinfahrt auf. Ich hatte den Jaguar an dem Abend, als ich das T.-R.-Harris-Schild entdeckt hatte, neben Nells GTi in der Garage stehen sehen. Die längliche Motorhaube des klassischen Wagens kam näher, dann sah ich, daß Lomax höchstpersönlich am Steuer saß. Er fuhr, ohne einen Blick in meine Richtung zu werfen, vorbei. Ich beobachtete im Rückspiegel, wie er um die Ecke bog, dann setzte ich schnell im Rückwärtsgang aus der Einfahrt der Pension und raste ihm nach.

Die Straße von Manchester hierher hatte ich ja schon für übel gehalten. Aber die Straße, über die wir aus Buxton herausfuhren, war wie ein Alptraum, aus dem man schweißnaß erwacht. Sie wand sich wie ein Korkenzieher in einer Reihe enger Kurven in die Höhe, auf beiden Seiten von steilen Hängen umgeben, so wie in den Alpen. Dann wurde sie zu einer schmalen, buckeligen Achterbahn, so daß ich direkt dankbar war, das Frühstück verpaßt zu haben. Hier war man entsetzlich entblößt. Ich wußte nicht zu sagen, ob ich durch Nebel oder durch Wolken fuhr, aber so oder so war ich froh darüber, daß es nicht allzu viele Abzweigungen gab, in denen der Sportwagen verschwinden konnte. Was mich ungläubig nach Luft schnappen ließ, war die Verkehrsdichte auf dieser Höllenfahrt. Lastwagen, Lieferwagen, Pkws zu Dutzenden, und alle rasten wie auf der Schnellspur der M6.

Schließlich ließen wir das grau-grüne Heideland hinter uns und tauchten in die rote Ziegellandschaft von Macclesfield ein, in richtige Straßen, mit Ampeln, Kreisverkehr und weißen Linien in der Mitte. Hinter Macclesfield fuhren wir wieder über offenes Land, doch diesmal entsprach es eher meiner Vorstellung, wie offenes Land aussehen sollte. Kein scheußliches Heideland, das sich ins Unendliche erstreckte, keine verfallenen Bruchsteinmauern aus getrocknetem Lehm mit Löchern, wo jemand die Kurve nicht hatte nehmen können, keine trostlosen Pubs, mitten im Nichts, und Bäume, die in einem Winkel von fünfundvierzig Grad gegen den immerwährenden Wind wachsen. Nein, das hier war viel besser. Ordentliche Felder, hübsche Farmhäuser, kleine Restaurants und Gartencenter, an Bäume geheftete Zettel, auf denen Handwerksmessen und Flohmärkte angekündigt wurden. Offenes Land, das einen dazu verlocken könnte, eine kleine Spritztour mit dem Wagen dorthin zu unternehmen.

Um 8:14, laut Uhr am Armaturenbrett, brausten wir über die Zufahrt zur M6. Ich wurde allmählich aufgeregt. Was Lomax auch im Schilde führen mochte, es war etwas weit Interessanteres als Regenrinnen zu reparieren. Als die Tachonadel auf neunzig Meilen kletterte, vermißte ich meinen Nova. Er mochte äußerlich nicht viel hergemacht haben, aber dafür schien er erst bei über achtzig Meilen so richtig auf Touren zu kommen. Im Gegensatz zu dem Fiesta, der zwischen zweiundachtzig und achtundachtzig ein interessantes Rütteln in der Lenkung an den Tag legte. Als wir die Spur wechselten, um auf der M62 nach Westen zu fahren, fiel mir der Telefonanruf von Alexis ein, der diese neueste Phase der Operation eingeleitet hatte. Ein Antragsformular für einen Reisepaß.

Um einen gültigen britischen Reisepaß zu erhalten, muß man ein kompliziertes Formular ausfüllen, sich seine Identität auf den Fotos durch ein angesehenes Mitglied der Gemeinde attestieren lassen, das einen seit mindestens zwei Jahren kennt, und alles zur Paßstelle schicken. Dann lehnt man sich zurück und wartet einige Wochen ab, in denen die Räder der Bürokratie sich unendlich langsam drehen. Wenn man es eilig hat, begibt man sich zu einer der fünf Paßstellen auf dem britischen Festland – in London, Liverpool, Newport, Peterborough oder Glasgow. Ich erinnere mich noch sehr gut an die Prozedur. Im Juli buchten Richard und ich einen vierzehntägigen Urlaub, wir wollten in einem Winnebago durch Kalifornien fahren. Zwei Tage vor unserem Abreisetermin erschien er am späten Morgen in meinem Büro, um zu verkünden, daß sein Reisepaß abgelaufen sei. Natürlich war er zu beschäftigt, um sich selbst darum zu kümmern, ob ich nicht möglicherweise...?

Wenn man Schlag neun dort ankommt, lassen sie sich herab, deine Papiere entgegenzunehmen, und teilen dir mit, daß du in vier Stunden wiederkommen sollst. Wenn man spät dran ist, muß man in der Schlange warten und beten, daß man vor Büroschluß noch an die Reihe kommt. Falls Brian Lomax dorthin wollte, dann war er zweifellos entschlossen, nicht den ganzen Tag in der Schlange zu stehen.

Er fuhr geradewegs ins Liverpooler Stadtzentrum und parkte um zehn vor neun seinen Wagen in dem Parkhochhaus in unmittelbarer Nähe zur Paßstelle. Ich blieb in meinem Auto und sah zu, wie er durch die Tür der India Buildings ging. Er konnte natürlich in jedes Büro auf jeder Etage gehen, nicht nur in das auf der fünften, aber ich war mir meiner Sache ziemlich sicher. Nach zwanzig Minuten war er wieder draußen, doch anstatt direkt zu seinem Wagen zu gehen, steuerte er aufs Stadtzentrum zu. Ich fluchte ununterbrochen leise vor mich hin, als ich mich an seine Fersen heftete. Solange er nicht in eine Fußgängerzone einbog, war ja noch alles gut.

Es war gut, und es war auch nicht gut. Etwa anderthalb Kilometer von der Paßstelle entfernt, marschierte Brian Lomax zielstrebig in ein Reisebüro.

23. Kapitel

Ich stürzte zur Tür hinein, kämpfte mit den Tränen und jammerte: »Wohin fährt er mit ihr? Sagen Sie es mir! Ich habe ein Recht zu erfahren, wohin er mit dieser Schlampe fährt!« Dann brach ich in

Tränen aus und sank auf den Stuhl, den Brian Lomax gerade frei gemacht hatte.

»Ich weiß, es ist dumm, aber ich liebe ihn immer noch«, schluchzte ich. »Er ist doch immer noch mein Mann.« Durch die Tränen sah ich, daß die Angestellte des Reisebüros Angst hatte. Ihr Mund ging auf und zu.

»Sagen Sie es mir! Sie sind eine Frau, Sie sollten Verständnis haben«, fügte ich vorwurfsvoll hinzu.

Eine Kollegin schob die jüngere Frau beiseite. »Was ist denn los, Kleines?« fragte sie beschwichtigend.

»Mein M-Mann«, hickste ich. »Er hat eine Freundin, ich weiß es genau. Deshalb bin ich ihm gefolgt. Als er hier reinging, dachte ich, daß er mit ihr wegfährt. Und da bin ich irgendwie durchgedreht. Sie müssen es mir sagen«, fügte ich mit schriller Stimme hinzu. Dann schluckte ich geräuschvoll.

»Sharon«, sagte die ältere der beiden Frauen. »Der Herr, der gerade hier war.«

»Lomax«, sagte ich. »Brian Lomax.«

»Mr. Lomax«, wiederholte die Frau. »Was wollte er, Sharon?«

»Ich dachte, wir sollten nicht über unsere Kunden reden«, murmelte die Jüngere.

»Hast du denn gar kein Herz, Mädchen? Wir Frauen müssen zusammenhalten«, sagte die Ältere. Dann wandte sie sich an mich. »Männer. Sie sind doch alle gleich, hm?« Dem Himmel sei Dank für das berühmte goldene Herz der Liverpooler.

Ich nickte und gab mir den Anschein, als ränge ich um Fassung, während Sharon nervös auf die Tasten ihres Computers einstach. »Hier, Dot«, sagte sie und zeigte auf den Bildschirm.

Die ältere Frau nickte weise und schwang den Bildschirm herum, damit ich selbst sehen konnte. »Was er auch vorhat, mit ihr fährt er jedenfalls nicht weg«, sagte sie. »Schauen Sie. Er hat nur für eine Person gebucht. Florida. Flug, Mietwagen und Quartiergutscheine, inklusive Zuzahlung für eine Einzelperson.« Während sie sprach, prägte ich mir alles ein. Fluglinie, Flugnummer, Preis. Abflug von Manchester am Montag abend. »Er hat bar bezahlt«, fügte Dot hinzu. »Na, das erleben wir heutzutage nur noch selten.«

»Was ist mit den Tickets?« fragte ich. »Ich wette, er läßt sie sich nicht nach Hause schicken.«

»Nein«, sagte Dot. »Da er am Montag schon fliegt, holt er sie am Ticketschalter im Flughafen ab.«

»Selbstsüchtiger Scheißkerl«, stieß ich hervor.

»Da haben Sie sicher recht«, sagte Dot. »Trotzdem, sehen Sie es doch mal von der positiven Seite. Zumindest nimmt er die Ziege nicht mit, oder?«

»Kopf hoch!« rief Dot mir hinterher, als ich aus dem Reisebüro stürzte.

Ich bog um die Ecke und stieg in den Fiesta, an dem wie durch ein Wunder kein Strafzettel wegen Falschparkens klebte. Meine Beine fühlten sich an wie Gelee, und mir zitterten die Hände. Dem Himmel sei Dank für die Solidarität von Frauen, deren Männer ihnen unrecht getan haben.

Also hatte Alexis richtig gelegen, dachte ich, als ich in gemächlicherem Tempo über die M62 zurückfuhr. Brian Lomax wollte das Weite suchen. Und das einzige Mittel, ihn daran zu hindern, war, daß ich herausfand, was genau er getan hatte. Ich beschloß, den Rest des Tages dazu zu nutzen, Martin Cheethams Dateien zu untersuchen. Doch zuvor, dachte ich, hatte ich mir noch das Frühstück verdient, das ich am Morgen ausgelassen hatte. Am Horizont sah ich die Autobahnraststätte von Burtonwood, die aufs Haar der römisch-katholischen Kathedrale von Liverpool glich. Wenn Sie hören, daß die Anwohner das Gotteshaus als den »Betonwigwam« bezeichnen, verstehen Sie vielleicht, weshalb.

Ich fuhr von der Straße ab und bog auf den Parkplatz ein. Und da stand er. Mitten auf dem Parkplatz: Brian Lomax' Sportwagen. Ich parkte meinen Wagen, dann erkundete ich vorsichtig Tankstelle und Restaurant. Im Laden war er nicht und auch nicht in der Videospielhalle. Schließlich entdeckte ich ihn in der Cafeteria vor einer Riesenpfanne mit Essen. Auf Wiedersehen, Frühstück. Seufzend ging ich zu meinem Auto zurück und fuhr auf die Zufahrtsstraße zur Autobahn. Ich hielt an den Zapfsäulen, ging schnell in den Laden und kaufte eine Flasche Mineralwasser und ein Schinken-Käse-Sandwich, was einem richtigen Frühstück so nahe kam, wie es an diesem Tag eben ging. Wieder im Wagen, ließ ich den Motor laufen, während ich mein Sandwich aß und auf Lomax wartete. Ich konnte nicht anders; da die Götter ihn mir wieder auf einem Tablett serviert hatten, mußte ich einfach sehen, was er vorhatte.

Eine Viertelstunde später befanden wir uns auf der Rückfahrt nach Manchester. Inzwischen herrschte dichter Verkehr, doch der Sportwagen war so unverwechselbar, daß man ihn leicht beschatten konnte. Am Stadtrand nahm er die M63 nach Stockport. Er bog am schäbigeren Ende von Cheadle, wo man nicht Bridge oder Golf zu spielen braucht, um ein Haus kaufen zu dürfen, ab und nahm eine Abkürzung zu der Reihenhaussiedlung am Fußballplatz von Stockport County. Ihm durch das enge Netz von schmalen Straßen zu folgen, war ziemlich knifflig, aber zum Glück ging es nicht lange so. Und Lomax verhielt sich, als sei ihm der Gedanke, verfolgt zu werden, nicht im Traum gekommen.

Er hielt vor einem Haus, wo einige Handwerker anscheinend die Fenster entfernten und ein Jugendlicher auf einer Leiter das Moos aus der Dachrinne kratzte. Ein Schild an der Leiter trug das vertraute Renew-Vations-Firmenzeichen, ebenso wie der vergammelte Lieferwagen, der mit zwei Rädern auf dem Bordstein stand. Lomax wechselte ein paar Worte mit den Handwerkern, dann ging er hinein. Zehn Minuten später tauchte er wieder auf, streckte den Daumen in Richtung der Arbeiter hoch und fuhr dann weg.

Wir spulten noch mehrmals dasselbe Ritual ab, in Reddish, dann in Levenshulme. Lauter ältere Reihenhäuser in Straßen, die aussahen, als seien sie eher auf dem aufsteigenden als auf dem absteigenden Ast. Bei dem dritten Haus klickte es bei mir. Das waren einige der jüngsten Käufe in dem RV-Verzeichnis. Ich stand vor den Häusern, die Cheetham und Lomax billig erstanden hatten, um sie zu renovieren und dann teuer weiterzuverkaufen.

Zuletzt hielt er am Rand von Burnage vor einer Doppelhaushälfte aus der Zeit zwischen den Weltkriegen, die geradezu baufällig wirkte. Aus dem Kies wuchsen Grashalme, das Tor hing nur noch an einem Scharnier. Von der Tür und den Fensterrahmen war so viel Farbe abgeblättert, man wunderte sich, daß sie noch nicht ganz aus dem Leim gegangen waren. Zwei Männer arbeiteten am Dach, ersetzten zerbrochene Schieferplatten und richteten den Schornstein. Lomax stieg aus dem Jaguar und rief den Männern etwas zu. Dann holte er einen Overall aus dem Kofferraum, zog ihn über Jeans und Sweatshirt und ging ins Haus. Einige Minuten später hörte ich das schrille Heulen einer Bohrmaschine. Ich entschied, daß ich meine Zeit sinnvoller im Büro mit den Computerdateien nutzen konnte.

Shelley war am Telefon, als ich hereinkam. Nach der Schnelligkeit zu urteilen, mit der der Kaffee auf meinem Schreibtisch erschien, hatte sie bereits von meinem Erfolg mit Teds Wintergärten erfahren. »Gute Neuigkeiten machen schnell die Runde, hm?«

»Ich weiß nicht, wovon du sprichst«, sagte sie hochnäsig. »Hast du schon die Klientenberichte für PharmAce und Ted Barlow geschrieben?«

Ich holte die Kassetten aus meiner Handtasche. »Voilà!« sagte ich und überreichte sie ihr schwungvoll. »Gott bewahre, daß wir Ted warten lassen. Wie geht es ihm übrigens? Freut er sich wie ein Schneekönig?«

»Als wäre es nicht schon schlimm genug, daß ich meine Tage mit einer Frau verbringe, die sich selbst für ein Genie hält, muß ich mir jetzt auch noch von Ted Barlow erzählen lassen, daß du ein Genie bist. Die Bank hat eingewilligt, ihm das Darlehen wieder zu gewähren, und die Finanzierungsabteilung wird auch wieder mit ihm zusammenarbeiten, außerdem hat er eine Anzeige in den EVENING CHRONICLE von Montag setzen lassen wegen eines neuen Vertreters. Gestern abend hat die Polizei die drei Häuser durchsucht und genügend Beweismaterial sichergestellt, um Jack McCafferty und Liz Lawrence zu verhaften. Sie sollen im Laufe des Tages eingesperrt werden, und Ted ist voll und ganz entlastet«, sagte Shelley, nicht imstande, das Funkeln in ihren Augen zu unterdrücken.

»Tolle Neuigkeiten. Sag mal, Shelley, wie kommt's, daß du das alles weißt?«

»Weil es mein Job ist, Telefonanrufe entgegenzunehmen, Kate«, erwiderte sie zuckersüß. »Außerdem habe ich Anrufe von einem gewissen Chefinspektor Prentice erhalten, einer Frau namens Rachel Lieberman, Alexis Lee und vier Anrufe von Richard, er wolle dich nicht stören, aber ob du die Batterie an deinem Mobiltelefon aufgeladen hättest, weil es nämlich nicht antwortet.«

Ich wußte ja, daß es einen Grund dafür geben mußte, daß ich den ganzen Morgen meine Ruhe gehabt hatte. Ich hatte sehr wohl daran gedacht, das Telefon über Nacht aufzuladen. Ich hatte nur vergessen, es heute morgen einzuschalten. Ich kam mir dumm vor, lächelte Shelley jedoch betont freundlich zu. »Ich muß wohl gerade in einem Schwarzen Loch gesteckt haben, als er mich anrufen wollte«, sagte ich.

Shelley sah mich an wie früher meine Mutter, wenn ich Stein und Bein schwor, ich hätte den letzten Keks nicht gegessen. »Wenn du so viele Probleme damit hast, sollten wir es vielleicht lieber zurückgeben«, sagte sie.

Ich zeigte ihr die Zähne. »Ich komme schon zurecht, danke. Wie geht's Ted also, jetzt, seit ihm diese Last von der Seele genommen ist? Kann er sich hundertprozentig der Aufgabe widmen, dir dabei zu helfen, das volle Potential deines Hauses auszuschöpfen?«

»Hab ich dir schon mal gesagt, welch ein Segen es für mich ist, mit dir zusammenzuarbeiten, Kate? Du bist der einzige Mensch aus meinem Bekanntenkreis, der mir bewußt macht, wie reif meine beiden Kinder eigentlich sind.« Sie drehte sich um und ging zur Tür. Ich streckte ihrem sich entfernenden Rücken die Zunge heraus. »Das habe ich gesehen«, sagte sie, ohne den Kopf zu drehen. An der Tür schaute sie sich um. »Spaß beiseite, es ist alles in Ordnung.« Dann war sie verschwunden und überließ mich dem Laptop und meinen Telefonnotizen, die ich lieber erst einmal ignorierte.

Da ich herausgefunden hatte, worum es in dem RV-Verzeichnis ging, und auch einige der betreffenden Immobilien gesehen hatte, brauchte ich nur noch den Inhalt von DUPLICAT zu enträtseln. Auf den ersten Blick machte alles einen völlig harmlosen Eindruck. Es waren Dateien, die sich auf den Erwerb verschiedener Häuser durch mehrere Einzelpersonen und die für sie arrangierten Hypotheken bezogen. Das Material schien von derselben Art zu sein wie die Sachen in dem ungeschützten WORK.C-Verzeichnis. Der einzige Unterschied war, daß es in DUPLICAT jeweils um einen anderen Hypothekengläubiger ging. In den wenigen Fällen, in denen mehr als einmal dieselbe Bausparkasse in Anspruch genommen worden war, hatten Cheethams Klienten verschiedene Zweigstellen gewählt.

Erst als ich mich durch die allerneuesten Dateien gearbeitet hatte, fiel mir schließlich etwas auf. Selbst dann mußte ich noch zweimal hinschauen und es anhand einer anderen Datei überprüfen, um mich zu vergewissern, daß mich nicht nur Langeweile und Müdigkeit narrten. Doch mein erster Eindruck stimmte. Das Objekt in der Datei war ein Einzelhaus in einer exklusiven Siedlung in Whitefield. Ein anderes Paar hatte eine Hypothek auf dasselbe

Haus aufgenommen, und ihre Adresse war keine andere als die baufällige Doppelhaushälfte, an der Brian Lomax arbeitete, als ich die Beschattung abgebrochen hatte.

Ich spürte, wie ein dumpfer Schmerz von meinem Nacken aufstieg. Die Anstrengung, auf meinen Laptop zu starren und zugleich auszuknobeln, was hier lief, setzte mir zu. Ich stand auf und streckte mich, dann ging ich durchs Büro und machte ein paar von den Aufwärmübungen, die ich im Center für Thai-Boxen gelernt hatte. Ich schwöre, daß mein Gehirn durch diese Übungen jedesmal einen Höhenflug macht. Als mein Körper seinen Rhythmus fand, ließ die Spannung in mir nach, und mein Verstand setzte zum freien Fall an.

Dann bildeten die bunt gemischten Einzelinformationen, die bisher ungeordnet in meinem Kopf herumgeschwirrt waren, ein Muster. Sogleich hörte ich auf, wie eine Winnie-der-Puh-Imitation von Michail Baryschnikow durch den Raum zu hüpfen, und ließ mich auf meinen Stuhl fallen. Ich konnte auf dem Laptop den Bildschirm nicht teilen, daher schrieb ich hastig ein halbes Dutzend der Adressen, auf die laut DUPLICAT eine Hypothek aufgenommen worden war, auf einen Zettel, zusammen mit den Namen der Käufer. Dann rief ich die Dateien von WORK.C auf, dem Verzeichnis von Cheethams sauberen Eigentumsübertragungen.

Ich brauchte nicht lange, um festzustellen, daß es zu jeder Datei auf DUPLICAT ein Gegenstück auf WORK.C gab. In jedem Fall war es dasselbe Haus, nicht aber derselbe Käufer und Hypothekengläubiger. Jetzt begriff ich, was Brian Lomax und Martin Cheetham gemacht hatten. Sie hatten die Schwachstellen des Systems für einen Betrug genutzt, der sich praktisch endlos fortsetzen ließ und ihnen einen stattlichen Profit einbrachte. Die beiden verübten das klassische Verbrechen ohne Opfer. Irgend jemand war jedoch zu gierig geworden, und diese Gier hatte zu Martin Cheethams Tod geführt.

Ich schaute auf meine Uhr. Es war gerade vier. Ich hatte immer noch keinen Beweis, daß Brian Lomax ein aktiver Mittäter war und nicht nur ein Instrument, das Martin Cheetham und möglicherweise Nell Lomax zu ihren eigenen Zwecken benutzt hatten. Andererseits war ich überzeugt, daß das, was an Cheethams sorgfältig ausgeklügeltem Plan schiefgelaufen war, geradewegs zu Lomax zurückverfolgt werden konnte. An seiner Körpersprache war so etwas, an seinem stolzierenden Gang. Brian Lomax war ebensowenig ein Opfertyp wie Warren Beatty. Und ich mußte ihn überführen, ehe am Montag abend ein gewisser Jumbojet in den Sonnenuntergang abhob.

Ich schloß den Laptop und brachte ihn in Bills Büro. Er starrte gerade auf einen DIN-A4-Block und kaute am Ende eines Bleistifts. »Ungünstiger Zeitpunkt?« fragte ich.

»Ich versuche ein speicherresidentes Programm zu schreiben, das automatisch datenaktivierte Programme aufspürt, die im Speicher des Computers versteckt sind«, sagte er. Er seufzte tief auf und ließ den Bleistift fallen. Statt dessen kaute er an seinem Bart. Ich bin ja oft versucht, seine Mutter anzurufen und sie zu fragen, welche Erfahrung als Säugling ihn so oral geprägt hat.

»Virusschutz?« fragte ich.

»Ja. Ich wollte schon seit dem Yom-Kippur-Debakel daran arbeiten, bin aber erst jetzt dazu gekommen.« Er verzog das Gesicht. Bill ärgerte sich immer noch über den Computervirus, der Anfang Oktober einem unserer Klienten zugesetzt hatte. Der Virus war darauf programmiert, sich am jüdischen Versöhnungstag zu aktivieren. Unser Klient, eine Buchprüferfirma namens Goldberg and Senior, hatte es sehr persönlich genommen, als alle seine Unterlagen in absolutes Kauderwelsch verwandelt wurden. Es war auch kein Trost für sie, als Bill ihnen erklärte, daß es sich um ein einmaliges Vorkommnis handelte, das sich in anderen Jahren nicht wiederholen würde, anders als der wirklich gemeine Freitag-der-Dreizehnte- und der Michelangelo-Virus, die immer wieder aktiv werden, bis sie endgültig unschädlich gemacht sind.

»Ich lege den Laptop in den Safe. Darauf sind die Daten von Martin Cheethams Festplatte gespeichert, und meiner Meinung nach sind sie der einzig verbliebene Beweis für das, was er und Brian Lomax auf dem Kerbholz haben«, sagte ich.

»Dann hast du es also geknackt?« Bill sah gespannt aus und hörte auf zu kauen.

»Ich denke schon. Das Problem ist nur, es wird schwer zu beweisen sein, daß Lomax aktiv an dem kriminellen Aspekt der Sache beteiligt war. Deshalb habe ich mir ein kleines Experiment ausgedacht, um es auf die eine oder andere Art aufzuklären.« Ich durchquerte das Büro und verschob den Rahmen des Drucks von Eschers BELVEDERE. Der mit einer Sprungfeder versehene Riegel öffnete sich selbsttätig, das Bild schwang an seinen Scharnieren zur Seite und gab den Bürosafe frei.

»Willst du mich nicht einweihen?« fragte Bill, als ich die Kombination eintippte. Die Tür sprang mit einem Klicken auf, und ich räumte einen Platz auf dem unteren Regal für den Laptop frei.

»Das würde ich sehr gern, aber momentan habe ich keine Zeit. Ich muß vor sechs in Buxton sein, wenn es klappen soll. Außerdem ist das keine Geschichte, die man sich am späten Freitag nachmittag zu Gemüte führen will. Gegen die Verwicklungen ist Yom Kippur so harmlos wie Space Invaders.« Ich schloß den Safe, dann sperrte ich den Wandschrank auf, der unsere Elint-Ausrüstung enthält.

»Ich möchte nicht, daß du mich für einen Macho hältst, aber du tust doch nichts Riskantes, oder?« fragte Bill beunruhigt.

»Das hatte ich nicht vor, nein. Nur eine kleine Abhöraktion in der Hoffnung, etwas Belastendes aufzuschnappen.« Ich wählte einen Richtsender mit Magnetfuß aus und fügte den Schirm hinzu, der anzeigt, in welcher Entfernung zum Empfänger der Sender sich befindet. Außerdem versorgte ich mich mit zwei winzigen Funkmikros mit integrierter Batterie, jeweils von der Größe des oberen Glieds meines Daumens, und dem dazugehörigen Empfänger. Der Kassettenrecorder befand sich noch in dem Fiesta, also wäre ich in der Lage, alles aufzunehmen, was ich mithörte. Ich schraubte die Mikros jeweils in ein Füllergehäuse aus Plastik, die außerdem ein U-förmiges Stück Draht enthielten, das als Antenne diente.

Bill seufzte. »Solange du nur aufpaßt. Wir wollen ja keine Neuauflage der Vorstellung von Freitag abend letzter Woche.« Von jedem anderen hätte das gönnerhaft geklungen. Aber ich spürte die Besorgnis, die sich hinter Bills Worten verbarg.

»Ich weiß, die Firma kann es sich nicht leisten, daß die Versicherungsprämien weiter steigen«, sagte ich. »Sieh mal, nichts deutet darauf hin, daß man es noch mal versuchen will. Vielleicht war es wirklich ein normaler Unfall. Du weißt schon, jemand war besoffen oder müde. Es sind schon merkwürdigere Dinge vorgekommen.«

»Vielleicht«, bestätigte Bill zögernd. »Wie dem auch sei, paß auf dich auf. Ich habe nicht die Zeit, einen Ersatz auszubilden.« Er grinste.

»Versprochen. Nur eine kleine Abhöraktion, weiter nichts.« Ich wollte ihn nicht aufregen. Das war auch der Grund, weshalb ich ihm lieber nicht erzählte, daß ich auszog, einen Mörder zu überführen.

24. Kapitel

ENCHANTMENTS tat's nicht. Mich entzücken, meine ich. Das Sortiment an teuren Klamotten hatte so etwas, das förmlich »Weibchen« schrie. Dort würde ich nur einkaufen, wenn ich bewußt etwas suchte, das mich aussehen ließ wie eine Mittelklasse-Tussi. Stil Babydoll. Offenbar das, was die hiesigen Kundinnen wollten, denn der Stil der bemüht eleganten Nell Lomax war es nicht. Heute fiel ihr welliges braunes Haar auf die Schultern eines klassischen Jaegerkostüms mit Bluse. Sie sah aus wie die Reklame für eines dieser sehr würzigen Parfüms, die wir Karrierefrauen angeblich so mögen.

Ich war an dem Laden vorbeigeschlendert, um zu sehen, ob sie da war, dann hatte ich die moderne Einkaufspassage aus Glas und Beton – die Boutique war zwischen eine Metzgerei und ein Schuhgeschäft gezwängt – kurz durch den Hinterausgang verlassen. Ein schneller Rundgang über den Parkplatz offenbarte, daß dort nur ein einziges weißes Golf-Kabrio stand. Unter dem Vorwand, meinen Schnürsenkel neu zubinden zu müssen, klemmte ich den Richtsender über einem Rad an die Karosserie. Auf diese Weise konnte ich Nell im Auge behalten, ohne mich direkt an ihre Fersen zu heften.

Nell saß auf einem hohen Hocker hinter dem Tresen und las in ELLE. Sie schaute auf, als ich hereinkam, dachte jedoch zweifellos, daß eine Frau, die sich außer Haus in Jogginghose, Sweatshirt und Skijacke blicken ließ, keine Beachtung verdiente. Ich hatte mein Haar zu einem Pferdeschwanz zusammengebunden, und seit meine Blutergüsse abheilten, benutzte ich Kosmetika wieder wie gewohnt nur sparsam, deshalb war es nicht weiter verwunderlich, daß sie in mir nicht die schick angezogene, stark geschminkte Privatdetektivin wiedererkannte, der sie vor ein paar Tagen Auge in Auge gegenübergestanden hatte. Außerdem war seitdem zuviel passiert, als daß sie sich an mein Gesicht erinnerte.

Während sie weiterlas, ging ich die Ständer mit der überteuerten Ware durch und überlegte, wer von den Menschen, die ich respektierte, diese Klamotten tragen könnte. Ich fand tatsächlich einen Rock, der meiner Mutter vermutlich gefallen würde, allerdings hätte sie wohl nur ein Drittel des Preises dafür bezahlen wollen, und ich muß sagen, ich hätte sie gut verstanden. Ich arbeitete mich weiter durch das Geschäft vor und behielt Nell dabei im Auge.

Schließlich näherte ich mich seitlich dem Tresen, so daß ich mich in Griffweite zu ihrem Mantel befand, der über einem Stuhl hing, und zu ihrer Handtasche, die auf dem Boden zu ihren Füßen stand. »Wir müssen uns unterhalten, Ms. Lomax«, sagte ich, ließ mich auf den Stuhl mit dem Mantel fallen und warf meine Tasche neben die ihre auf den Boden.

Sie sah erschrocken aus, ganz wie geplant. »Tut mir leid, ich glaube nicht, daß ich...?« sagte sie.

»Wir sind einander nicht vorgestellt worden«, sagte ich, beugte mich vor und öffnete meine Tasche. Ich holte eine Visitenkarte heraus und reichte sie ihr. Während sie sich die Karte mit gerunzelter Stirn ansah, tat ich so, als wollte ich meine Tasche schließen, und ließ eines der Funkmikros in ihre Handtasche gleiten.

»Ich habe immer noch keine Ahnung, wer Sie sind, Miss Brannigan«, sagte sie beunruhigt. Sie war keine gute Schauspielerin; ich sah das nervöse Zucken ihrer Augenlider, als sie log.

»Wir sind uns in der Kanzlei von Martin Cheetham begegnet. An seinem Todestag«, sagte ich, dann lehnte ich mich zurück und legte lässig den Arm auf die Rückenlehne des Stuhls. Es gelang mir, das zweite Funkmikro in eine der tiefen Taschen ihres Burberry gleiten zu lassen, ohne den Blick von ihrem Gesicht abzuwenden.

»Ich weiß nicht, wovon Sie reden«, erwiderte sie mit einem nervösen Kopfschütteln.

Ich seufzte und fuhr mir mit der Hand übers Haar. »Ms. Lomax, wir können es auf die harte Tour machen oder auf die weiche. Martin Cheetham war Ihr Freund. Er machte Geschäfte mit Ihrem Bruder. Sehr zweifelhafte Geschäfte zum Teil. Sie waren beide bei ihm zu Hause an dem Nachmittag, als er starb, aber Sie hielten es wohl nicht für angebracht, das mit der Polizei zu erörtern. Ich weiß Bescheid über den doppelten Landverkauf, ich weiß Bescheid über den Hypothekenschwindel, und ich weiß Bescheid, wie das Geld gewaschen wurde. Außerdem weiß ich, warum Martin Cheetham sterben mußte.«

Nell Lomax' elegante Fassade bröckelte, übrig blieb eine verängstigte Frau mit unstetem Blick. »Sie reden dummes Zeug«, stammelte sie. »Ich habe keine Ahnung, was das alles soll. Wie können Sie es wagen – kommen hier herein und reden so über Martin und meinen Bruder.« Ihr Versuch, mich herauszufordern, überzeugte nicht einmal sie selbst, von mir ganz zu schweigen.

»Oh, Sie wissen sehr gut, was das soll, Nell«, sagte ich. »Was Sie nicht wissen ist, daß Ihr entzückender Bruder vorhat, aus England zu verschwinden und Sie im Stich zu lassen.«

»Sie sind wahnsinnig«, sagte sie. »Ich werde die Polizei rufen.«

»Nur zu. Ich erzähle der Polizei gern, was ich weiß, und übergebe ihnen die Beweise. Sie befinden sich übrigens an einem sehr sicheren Ort, deshalb hat es keinen Zweck, mich beseitigen zu wollen, so wie Sie Martin Cheetham beseitigt haben«, fügte ich hinzu.

»Sie sollten besser gehen«, sagte sie und wich instinktiv vor mir zurück.

»Ich bin hier, um Ihnen folgendes zu sagen. Ihr Bruder und Ihr Liebhaber haben meine Klientin um fünftausend Pfund geprellt. Dasselbe haben sie in demselben Schwindel mit weiteren elf Leuten gemacht. Ich will diese sechzigtausend zurückhaben, bevor er am Montag das Land verläßt, andernfalls wartet die Polizei am Flughafen auf ihn.« Ich zeigte auf meine Karte, die sie immer noch umklammert hielt. »Sie haben ja meine Telefonnummer. Sagen Sie ihm, sobald er das Geld zusammen hat, soll er mich anrufen, und wir vereinbaren dann eine Übergabe.«

Ich nahm meine Tasche und stand auf. »Es ist mein voller Ernst, Nell. Sie sind ebenfalls in die Sache verwickelt, vergessen Sie das nicht. Das sollte Anreiz genug sein, Ihren Bruder davon zu überzeugen, daß er meine Klienten entschädigt.« Energisch durchquerte ich den Laden. An der Tür spielte ich mit dem Gedanken, mit einem Tritt einen der Kleiderständer umzuwerfen, entschied jedoch, daß die Strategie zurückhaltender Drohung vermutlich wirksamer war, als es zu übertreiben. Ich marschierte hinaus und schaute nicht zurück.

Ich setzte darauf, daß Nell den Laden schloß und ihren Bruder Brian suchen ging. Da es kurz nach halb sechs war, konnte es gut sein, daß sie direkt nach Hause fuhr, deshalb begab ich mich wieder in meine billige, bunte Pension. Die Wirtin platzte fast vor Neugier bei meiner Rückkehr, vor allem als sie die elektronische Ausrüstung bemerkte. Ich schloß fest die Tür hinter mir und richtete mich am Fenster ein, der Richtempfänger lag neben mir auf einem niedrigen Kaffeetisch. Ich steckte mir einen Kopfhörer des Mikroempfängers ins Ohr und wartete. Bisher tat sich nichts. Entweder war Nell zu weit weg, als daß ich irgend etwas empfangen konnte, oder sie hatte die Wanzen gefunden und in der Toilette hinuntergespült. Das glaubte ich allerdings kaum. In dem Zustand, in dem sie sich befand, als ich den Laden verlassen hatte, hätte sie es wohl nicht einmal bemerkt, wenn die Wanzen aus der Tasche gehüpft wären und sie gebissen hätten.

Dann begann es auf dem Schirm zu blinken. Die Wanze selbst hat einen Radius von etwa fünf Meilen, und sie überträgt zum Empfänger. Der Schirm zeigt die Richtung der Wanze zum Empfänger an, unten auf dem Schirm befindet sich ein Display, das die Distanz zwischen Wanze und Empfänger in Metern angibt. Zuerst kletterten die Zahlen immer weiter nach oben, was mich ganz nervös machte. Hatte ich falsch getippt? Fuhr sie zu irgendeiner Baustelle, wo ihr Bruder Überstunden machte? Ich war drauf und dran, in Panik zu geraten, als die Richtung sich änderte und die Zahlen kräftig heruntergingen. Als 157 angezeigt wurde, sah ich schon, wie der weiße Golf den Hügel zum Haus hochraste. Dann erwachte der Kopfhörer zum Leben, und ich hörte das Motorengeräusch.

Sie fuhr wie eine Frau, die sich nicht mehr in der Gewalt hat. Es war ein Wunder, daß ihre vordere Stoßstange nicht am Torpfosten hängenblieb, als sie in die Einfahrt schoß. Jedenfalls hörte ich ein scharfes Ratschen. Sie hielt sich nicht damit auf, den Wagen in die Garage zu fahren, sie ließ ihn einfach auf dem Asphalt vor dem Haus stehen. Ich sah und hörte, wie sie aus dem Wagen sprang, die Tür zuschlug und die Haustür aufschloß.

»Brian«, rief sie. Ich hörte ihre Schritte, das Rascheln ihrer Kleider und ihr stoßweises Atmen, als sie durch das Haus hastete und dabei seinen Namen rief. Aber sie bekam keine Antwort. Dann klang es, als habe sie ihren Mantel ausgezogen und irgendwo hingeworfen.

Ich hörte das elektronische Piepsen eines Telefons, als sie eine Nummer eingab, dann schwach das charakteristische Läuten eines Mobiltelefons. Es meldete sich jemand, doch selbst ich konnte die Störungen in der Leitung hören. »Brian?« sagte sie. »Bist du das? Brian, ich muß mit dir reden. Brian, es geht um diese Brannigan. Hallo? Hallo? Die Leitung bricht zusammen, Brian!« Es hörte sich an, als sei Nell völlig durchgedreht.

»Brian? Wo bist du?« schrie sie. Es gab eine Pause, und ich bekam nichts von dem mit, was über das Telefon zu hören war. »Du kommst besser schleunigst her, Brian. Es gibt echte Schwierigkeiten.«

Es funktionierte. Ich wartete geduldig, während Nell sich einen Drink eingoß. Zum Glück gehörte sie zu den Frauen, die wie durch eine Nabelschnur mit ihren Handtaschen verbunden sind. Ich hörte das unverkennbare Klicken eines Feuerzeugs. Als Lomax schließlich in die Einfahrt bog, war sie bei ihrer dritten Zigarette angelangt. Scheinbar unerschüttert durch den panischen Telefonanruf seiner Schwester, fuhr er den Sportwagen gelassen in die Garage und schlenderte gemächlich zur Hinterseite des Hauses.

Im nächsten Augenblick rief Nell: »Brian?«

»Was zum Teufel ist los mit dir?« hörte ich. Zunächst war die Stimme gedämpft, dann wurde sie klarer, als er näher kam.

Ein Stuhl schrammte über einen harten Fußboden und Nell sagte: »Diese Brannigan. Die Privatdetektivin, die bei Martin herumgeschnüffelt hat. Heute nachmittag ist sie ins Geschäft gekommen. Brian, sie sagt, sie weiß über alles Bescheid!« Es war, als lauschte man einem Hörspiel im Radio, und ich versuchte, mir das passende Bild dazu auszumalen. Ich überprüfte, ob das Band lief, dann konzentrierte ich mich auf das, was ich hörte.

»Und du bist auf diese Scheiße reingefallen? Himmel, Nell, ich hab dir doch gesagt, uns kann niemand etwas anhängen. Wir stehen jetzt mit weißer Weste da. Was hat sie denn überhaupt gesagt? Das kann doch bloß ein Bluff gewesen sein.« Er klang eher verärgert als nervös.

»Sie hat gesagt, sie weiß Bescheid über die Landverkäufe und den Hypothekenschwindel und wie wir die alten Häuser benutzt hätten, um das Geld zu waschen«, berichtete Nell überraschend wahrheitsgetreu.

»Mein Gott, das ist ja wirklich Scheiße. Sie muß sich das alles zusammengereimt haben. Aber selbst wenn sie richtig geraten hat, es gibt kein einziges Fitzelchen an Beweisen.« Wieder schrammte ein Stuhl über den Fußboden, und ein anderes Feuerzeug klickte.

»Sie hat behauptet, sie habe Beweise«, sagte Nell.

»Die kann sie nicht haben. Ich habe nach Martin alles beseitigt. Jeden Papierfetzen, jede Computerdiskette. Es gibt keine Beweise. Um Himmels willen, Nell, reiß dich zusammen.«

»Und was ist, wenn sie doch Beweise hat? Was ist, wenn es etwas gibt, wovon du keine Ahnung hast? Ich sage dir, Brian, sie weiß es. Und sie weiß auch, daß Martins Tod kein Unfall war.«

»Jetzt fängst du wirklich an zu spinnen«, fuhr Lomax sie an. »Hör zu, die Cops denken, es war ein Unfall. Die gerichtliche Untersuchung wird ergeben, daß es ein Unfall war. Du und ich sind die einzigen, die wissen, was passiert ist. Woher zum Teufel sollte diese Privatdetektivin irgendwas wissen? Sie war nicht dabei, oder? Oder habe ich sie übersehen? War sie etwa da und hat uns geholfen, deinen heißgeliebten Freund über das Geländer zu stoßen? Ist mir das irgendwie entgangen? Also, es ist schlicht unmöglich, daß sie irgend etwas über dieses feige kleine Arschloch weiß.«

»Sprich nicht so über ihn«, sagte Nell.

»Na, das war er doch. Sagte, er wollte nichts mit Gewalt zu tun haben«, ahmte Lomax mit weinerlicher Stimme nach. »Sagte, er werde zur Polizei gehen, wenn ich das neugierige Miststück nicht in Ruhe ließe. Als ob es nicht seine Schuld gewesen wäre, daß man überhaupt etwas gegen sie unternehmen mußte. Wenn ich den Scheißjob gleich anfangs richtig erledigt hätte, dann hätten wir jetzt keinen Scheißstunk mit dieser Ziege von Brannigan. Sie läge am Grund des verdammten Ship Canal, wo sie verflixt noch mal hingehört.«

Gegen meinen Willen fröstelte ich. Es kann einem schon speiübel werden, wenn man jemanden, der einen umbringen wollte, darüber klagen hört, daß er keinen Erfolg hatte. In etwa so, als ob man seinen eigenen Nachruf liest.

»Aber du hast ihn nicht richtig erledigt, oder? Und jetzt trumpft sie auf, sie wüßte Bescheid. Und sie will sechzigtausend von dir, oder sie geht zu den Cops«, sagte Nell. Ihre Stimme war zittrig, als ob sie sich zwang, sich ihrem Bruder gegenüber zu behaupten.

»Sechzig Riesen? Sie versucht uns zu erpressen?« Lomax' Stimme klang ungläubig.

»Nicht erpressen. Sie sagt, du hast ihrer Klientin fünftausend abgenommen, und weitere elf Personen sitzen im selben Boot. Sie will ihr Geld zurückhaben.«

»Sie will ihr Geld zurückhaben«, wiederholte Lomax und prustete fast los.

»Und sie will es haben, bevor du am Montag abend ins Flugzeug steigst. Was ist das für cin Flugzeug, Brian?« Nells Stimme versagte. Selbst aus dieser Distanz spürte ich die Spannung zwischen den beiden.

»Ich hab's dir doch schon gesagt, sie handelt mit Scheiße. Sie versucht bloß, einen Keil zwischen uns zu treiben, damit du zusammenbrichst und ihr all das erzählst, was sie nicht weiß, wovon du aber glauben sollst, daß sie es weiß«, sagte er. Er hatte ebensowenig Aussicht, den Oscar zu gewinnen, wie seine Schwester.

»Du willst mich sitzenlassen, oder?« fragte Nell. »Du willst dich mit dem ganzen Geld aus dem Staub machen, und ich soll mit dem Schlamassel allein fertigwerden.«

»Es gibt keinen Schlamassel, das sage ich dir immer wieder. Und ich mache mich auch nicht aus dem Staub«, schrie Lomax.

In mein rechtes Ohr drangen heftige Geräusche. Es hörte sich an, als schramme ein Stuhl zurück, ein Gerangel, dann ein Schlag. »Ach nein?« kreischte Nell fast. »Warum hast du dann einen verdammten Reisepaß in deiner Tasche?«

»Gib das zurück«, brüllte er.

»Du hast also gedacht, du könntest dich einfach verziehen und mich allein lassen? Du bist ein Schwein, Brian! Du hast gesagt, wir stehen das gemeinsam durch. Ich habe mir immerzu Sorgen gemacht, als du und Martin eure albernen Spielchen gespielt habt. Ich war sogar so blöd, auf dich zu hören, als du sagtest, Martin sei ein zu großes Risiko geworden. Und jetzt denkst du, du kannst mich einfach abschreiben und mit dem Geld abhauen, das mir zusteht?« Sie schrie jetzt hysterisch.

»Halt verdammt noch mal die Klappe«, explodierte Lomax. Ich hörte noch einen Schlag. »Du dummes Miststück. Du wolltest immer nur das Geld. Martin hat dich keinen Dreck gekümmert. Du warst bereit, dich dumm und dämlich zu bumsen, um ihn zum Stillhalten zu bewegen, solange nur das Geld weiter reinkam. Also verschon mich mit dem Zeug.«

Plötzlich herrschte Stille. Dann sagte Nell Lomax leise: »Aber das würde niemand glauben, nicht wahr? Dafür wird man mir sehr wohl glauben, wenn ich zusammenbreche und der Polizei erzähle, ich hätte entdeckt, daß mein Bruder meinen Verlobten umgebracht hat und jetzt mit all dem Geld, das sie unterschlagen haben, das Land verlassen will.«

»Dazu hättest du gar nicht den Mumm«, sagte Lomax verächtlich.

»Und ob«, sagte Nell bitter. »Du läßt mich nicht ohne einen Schilling sitzen, während du von meinem Geld in Saus und Braus lebst.«

Ein Krachen ertönte. »Du bist etwas zu weit gegangen, kleine Schwester«, zischte Lomax.

Die Kampfgeräusche wurden lauter. Plötzlich bekam ich Angst. Ich riß den Kopfhörer raus, sprang auf und rannte los. Ich hetzte die Treppe hinunter, zur Tür hinaus und über die Straße, zwang meine steifen Muskeln, mich vorwärtszutragen, die Einfahrt entlang, seitlich um das Haus herum. Das Blut pochte mir in den Ohren, Lomax' Stimme hallte in meinem Kopf wider.

Als ich um die Ecke des Hauses bog, erblickte ich einen Wintergarten. Dahinter sah ich die Küche. Mit einem Blick nahm ich die Szene in mich auf. Nell, wie sie vornüber auf dem Küchentisch lag und mit den Händen panisch und nutzlos nach hinten griff. Lomax, der ebenfalls vorgebeugt stand und dessen Körper den ihren verdeckte, der mit seinem größeren Gewicht auf ihr lastete und die Hände um ihren Hals gelegt hatte.

Ich probierte die Türklinke, doch die Tür war verschlossen. Schnell schätzte ich den schwächsten Punkt des Türrahmens ab. Dann stellte ich mich in Position und vollführte einen Tritt, hinter dem mein volles Gewicht lag. Die Wucht des Schlags spaltete den Rahmen und hatte nebenbei die Wirkung, daß Brian Lomax innehielt. Ich holte tief Luft, versuchte den Schmerz abzublocken, der meinen ganzen Körper erschüttert hatte, und sammelte all meine Kraft in meinem Fuß. Der zweite Tritt riß die Tür aus dem Rahmen, und sie flog nach innen auf.

Der Schwung beförderte mich in den Wintergarten hinein. Lomax hatte Nell losgelassen und kam auf mich zu. Er war größer, schwerer, stärker und in besserer Form. Ich wußte, ich hatte nur eine Chance. Ich fand mein Gleichgewicht und vollführte eine Drehung, so daß ich seitlich zu ihm stand. Mit dem einen Fuß täuschte ich an, dann, als er sich auf mich stürzte, schwang ich den anderen Fuß blitzschnell in kurzem Bogen herum. Das Knacken, als sein Oberschenkelknochen brach, war ekelerregend laut. Wie ein gefällter Baum ging er zu Boden. Sein Schmerzensschrei ließ mir die Haare zu Berge stehen.

»Auf der Barton Bridge in der Luft zu hängen war auch nicht besonders lustig«, sagte ich, während ich über ihn hinwegstieg und zu Nell ging. »Sie haben es sich selbst zuzuschreiben. Sie sind zu gierig geworden. Sie brauchten Martin Cheetham nicht zu töten.«

»Was geht Sie das an? Er war eine Null. Ich hätte Sie umbringen sollen, als ich noch die Gelegenheit dazu hatte«, hörte ich ihn sagen, als ich mich über den zusammengesackten Körper seiner Schwester beugte.

Ich fühlte an ihrem Hals nach dem Puls. Unter meinen Fingern pochte es schwach. Behutsam hob ich sie an und ließ sie auf den Fußboden gleiten. Ich lockerte ihre Bluse, dann legte ich das Ohr an ihren Mund. Ihr Atem war schwach und unregelmäßig, aber er war noch da. »Sie werden sicher mit Freuden hören, daß sie noch lebt«, sagte ich.

»Miststück«, sagte er.

Ich stand auf und ging zum Telefon. Allmählich wurde ich zittrig, meine Muskeln protestierten gegen ein solch schweres Training nach einer Woche Untätigkeit. Ich nahm den Hörer und wählte 999. »Notrufvermittlung. Welchen Dienst wünschen Sie?« Die Worte waren Musik in meinen Ohren. Ich schaute auf das heillose Durcheinander ringsum, das ich mitangerichtet hatte. Diese Küche würde in diesem Monat mit Sicherheit nicht mehr in HOMES AND GARDENS kommen.

»Geben Sie mir am besten die Polizei«, sagte ich. »Und schicken Sie sicherheitshalber gleich zwei Krankenwagen mit.«

25. Kapitel

Ich hielt in einer Nebenstraße in Bolton. »Was wollen wir eigentlich hier, Brannigan?« fragte Richard.

Ich stieg aus dem Wagen, und er kam mir nach. »Ich dachte, nach diesem Chinesen in Buxton hätten wir uns etwas ganz Besonderes verdient«, sagte ich, bog um die Ecke und zog die eine Hälfte der Doppeltür auf. Richard folgte mir eine Treppe hinunter in ein Marmorfoyer mit einem Brunnen, der mit Koi-Karpfen bestückt war. »Hier gibt es einen kaiserlichen Festschmaus mit zehn Gängen«, berichtete ich ihm, als wir ins eigentliche Restaurant gingen.

Sein Gesicht hellte sich auf. Seine Augen funkelten sogar. Ich bezweifle, daß es mir gelungen wäre, eine vergleichbar starke Reaktion bei ihm auszulösen, wenn ich auf einen der Tische gesprungen wäre und einen Strip hingelegt hätte. Ich nannte dem Ober meinen Namen, und wir folgten ihm brav zu einem Tisch, der durch hohe lackierte Wandschirme von dem Hauptteil des Eßbereichs abgetrennt war. Wie verlangt stand neben dem Tisch ein Eiskühler mit chinesischem Bier und einer Flasche Mineralwasser für mich.

»In Augenblicken wie diesem hätte ich Lust, dir ein Angebot zu machen, das du unmöglich ausschlagen könntest«, sagte Richard, als der Ober ein Bier öffnete.

»Auf ›verheiratet‹ stehe ich nicht«, rief ich ihm in Erinnerung. »›Verheiratet‹ ist etwas für Milchtassen, Masochisten und Mütter. Was ich alles nicht bin.«

»Noch nicht«, sagte er.

Ich machte ein finsteres Gesicht. »Willst du dieses Essen zu dir nehmen oder am Körper tragen?«

Richard hob die Hände. »Entschuldige!«

Das *Dim Sum* kam, und wir beide legten die erforderliche ehrfurchtsvolle Schweigeminute ein. Fünf Sekunden später gingen wir zum Angriff über.

Mit einem Bissen *Char Siu Bau* im Mund sagte Richard: »Und jetzt setz mich mal ausführlich ins Bild. Ich weiß ja nur, daß man dich neuerdings freitagabends am ehesten im Gespräch mit den Bullen antrifft.«

Der arme Kerl hatte mich endlich kurz nach zehn über mein Mobiltelefon erreicht. Ich saß in einem Vernehmungsraum im Polizeirevier von Buxton und ging die ganze Geschichte mit dem örtlichen Inspektor und Della Prentice durch. Ich hatte darum gebeten, sie wegen der Betrugssache zu verständigen. Ausnahmsweise einmal war ich dankbar, daß mir jemand bei einer polizeilichen Befragung zur Seite stand. Keiner von ihnen hatte es sonderlich lustig gefunden, als ich unterbrach, um mich am Telefon zu melden.

In den frühen Morgenstunden war ich endlich nach Hause gekommen, klebte den »Bitte nicht stören, bei Zuwiderhandlung Kastration«-Zettel an meine Schlafzimmertür und schlief bis zum Nachmittag. Bis dahin war Richard natürlich bei seinem Fußballspiel. Manchmal ist es so oder so, als ob man verheiratet wäre.

»Um die lange Geschichte abzukürzen«, sagte ich, »als ich sämtliche Computerdateien zusammennahm, begriff ich. Erinnere dich, Martin Cheetham war Experte für den Kauf und Verkauf von Häusern. Wenn er die Käufer einer Immobilie vertrat, unterließ er es einfach, alle Unterlagen an das Grundbuchamt weiterzugeben.«

»Schatz, du könntest ebensogut chinesisch sprechen«, sagte Richard. »Fangen wir lieber ganz von vorn an. Hypothekenschwindel für Anfänger.«

Ich seufzte. »So bekommt man zwei Hypotheken auf ein Objekt: Mr. und Mrs. X kaufen sich ein Haus. Sie gehen zu Martin Cheetham, Anwalt. Die Hypothek wird vereinbart. Dann sollte Cheetham eigentlich die Unterlagen ans Grundbuchamt schicken, das einen sogenannten Hypothekentitel ausstellt, der anzeigt, daß eine Hypothekschuld auf der Immobilie liegt und wer mit der Hypothek belastet ist.

Aber Cheetham ließ jedesmal einige Wochen verstreichen, bis er die Dokumente an das Grundbuchamt schickte. Dann bewarb er sich bei einem anderen Darlehensgeber um eine Tilgungshypothek, als ob die Immobilie niemals von Mr. und Mrs. X gekauft worden wäre. Laut Nell, die gar nicht mehr aufhörte zu reden, als sie sich erst erholt hatte, erschien sie zusammen mit Cheetham zu den Hypothekverhandlungen und gab sich als seine Frau aus. Solange der erste Belastungstitel nicht ausgestellt ist, gibt es in solchen Fällen noch keinerlei offizielle Eintragung, das heißt, wenn der Darlehensgeber Erkundigungen beim Grundbuchamt einzog, gab es kein Problem, und die Hypothek wurde genehmigt. Soweit alles klar?«

Richard nickte. »Ich glaube schon.«

Ich verputzte zwei Krabbenwontons und einige winzige Frühlingsrollen, bevor noch das ganze *Dim Sum* in Richards Magen verschwand. Eine mißtrauischere Natur als ich könnte sich fragen, weshalb ich stets dann die Feinheiten meiner Fälle zu erklären scheine, wenn Essen auf dem Tisch steht.

»Der zweite Schwung Unterlagen ging nirgends hin«, sagte ich. »Sie lagen in einem Safe in Cheethams Büro. Die Bausparkasse hätte mindestens ein Jahr gebraucht, um auch nur zu bemerken, daß sie nicht den entsprechenden Belastungstitel erhalten hatte, oder um gar etwas zu unternehmen. Cheetham und Lomax hatten unterdessen einen Scheck, sagen wir, über 100000 Pfund bekommen, da die Bausparkasse das Geld zugunsten des zweiten, fiktiven Käufers an Cheetham auszahlte. Solange die Hypothekenraten jeden Monat überwiesen wurden, gab es keinerlei Problem. Niemand durchschaute es vor Ablauf von mindestens einem Jahr. Multiplizier das mit zehn, und eine ganz und gar kreditunwürdige Person hat eine Million zusammen.«

»Scheiße«, flüsterte Richard.

»Nun kannst du es auf einen kurzfristigen Betrug anlegen und mit dem Geld das Weite suchen, in welchem Fall du die Polizei auf den Fersen hast. Oder du kannst tun, was Cheetham und Lomax bis vor wenigen Monaten äußerst erfolgreich praktiziert haben. Mit dem erhaltenen Geld kauften sie heruntergekommene Immobilien auf. Lomax schickte dann seine Bauarbeiter hin und ließ das Haus herrichten, und anschließend verkauften sie es mit einem beträchtlichen Gewinn, wodurch sie gleichzeitig das Geld wuschen. Sie hätten endlos so weitermachen können, wenn der Markt für Häuser nicht eingebrochen wäre, denn die erschwindelten Hypotheken hatten sie binnen eines Jahres nach Aufnahme zurückgezahlt.«

»Du meinst, bevor der Gläubiger bemerkte, daß er den Belastungstitel für das Darlehen nicht bekommen hatte, zahlte Cheetham das ganze Geld zurück?« fragte Richard.

»Genau. Und in der Zwischenzeit hatten er und Lomax mit dem Kapital an die fünfzig Prozent Gewinn erwirtschaftet. Ein Verbrechen ohne Opfer. Den Gläubigern entsteht kein Verlust; sie wissen nicht einmal, daß eine krumme Sache gedreht wurde.«

Richard lachte. »Das ist ja brillant! Hey, und sie haben sogar selbst den Anwaltskram erledigt, das heißt, sie brauchten nicht mal diese astronomischen Gebühren zu blechen. Und wie ist dann alles aufgeflogen?«

»Der Markt brach ein. Die Häuser ließen sich nicht mehr so leicht absetzen. Sie saßen auf Häusern fest, die sie nicht verkaufen konnten. Darum versuchten sie es mit diesem unsauberen Landverkauf, in den Alexis und Chris verwickelt waren. Sie brauchten unbedingt Geld. Also überredete Lomax Cheetham dazu, ein Dutzend neuer Hypotheken aufzunehmen, damit sie flüssig blieben. Er hatte nicht die Absicht, diese Hypotheken jemals zurückzuzahlen. Laut Nell ging er davon aus, daß sie so eine Million an Kapital zusammenbekommen könnten. Sie alle drei könnten das Land verlassen und zum Beispiel nach Spanien gehen. Wenn sich der Markt dann wieder erholte, könnten sie die restlichen Häuser loswerden und daraus ebenfalls Kapital schlagen. Wir reden hier übrigens von siebenundzwanzig Häusern, mit einem Durchschnittswert von siebenunddreißigtausend Pfund. Was eine weitere glatte Million ergibt.«

»Scheiße«, sagte Richard wieder. »Das ist viel Geld, Brannigan. Warum hast du dein Jurastudium eigentlich nicht beendet?«

Ich überging seine Frage und konzentrierte mich auf die wohlriechende, knusprige Ente, die gerade gebracht worden war. Ich häufte geschnetzelte Ente und Frühlingszwiebeln auf einen Pfannkuchen in reichlich Pflaumensoße. Manche Dinge sind zu wichtig, um sich davon ablenken zu lassen.

»Und warum haben sie Cheetham umgebracht? Es schien doch alles gut zu laufen. Wieso den Typ loswerden, der als einziger wußte, wie man den Betrug aufziehen muß?«

Ich spielte mit meinem Essen herum. »Das war meine Schuld, sagte Nell.«

»Wie will sie das denn plausibel machen? Hört sich nicht so an, als hätte sie Logik studiert«, sagte Richard.

»Cheetham geriet in Panik, als ich anfing, bei ihm herumzuschnüffeln«, erklärte ich. »Als er dann in Frauenkleidern bei DKL ESTATES auftrat und ich dort erschien, war er überzeugt, daß ich ihrem Hauptschwindel auf die Spur gekommen war. Deshalb sagte er Lomax, er solle mich erschrecken. Scheinbar meinte er es auch nur so. Lomax oder einer seiner Arbeiter sollte mich in einer dunklen Seitenstraße bedrohen. Statt dessen muß Lomax draußen vor

DKL auf mich gewartet haben, mir zu Teds Fabrik gefolgt sein, und auf dem Heimweg ließ er sich dann dazu hinreißen, mich von der Barton Bridge abzudrängen. Er muß völlig ausgeflippt sein, als ich gleich am nächsten Tag auf seinem eigenen Terrain aufkreuzte. Vor allem, da er gerade mit Cheetham zusammen war.«

»Und wozu der Mord an Cheetham? Wieso führten sie nicht einfach zu Ende, was sie mit dir vorhatten?« fragte er.

»Vielen Dank, Richard. Du mußt nicht gleich ganz so begeistert klingen. Der Grund, warum ich noch hier sitze ist, daß sie nicht wußten, wieviel ich wußte oder wie viele Leute wußten, was ich wußte. Doch die beiden Lomax dachten sich, daß Cheetham das schwache Glied in der Kette war, das unter Druck nachgeben würde. Sie dachten auch, daß sie, wenn er erst aus dem Weg wäre, die Beweise vernichten und sich voll entlasten könnten. Also arrangierte Nell ein Treffen mit Cheetham für ihre üblichen Spielchen. Als sie ihn gefesselt hatte, kam Brian dazu. Die beiden hängten ihn ans Geländer, damit es nach einem perversen Sexspiel aussah, das auf schlimme Weise schiefgelaufen war.«

»Und ich habe meine Ex-Frau schon für ein Miststück gehalten. Himmel. Was muß das für eine Frau sein, die ihrem Liebhaber so etwas antut?«

»Eine, die Geld vermutlich mehr liebt als ihn«, sagte ich. »Sie dachten, sie hätten sämtliche Beweise vernichtet. Aber keiner von den beiden kannte sich mit Computern aus. Sie dachten, sämtliche Daten befänden sich auf den Disketten.«

»Und bekommt Alexis denn nun ihr Geld zurück?«

»Sie wird Brian Lomax wahrscheinlich verklagen müssen. Aber zumindest weiß sie, wo er sich auf absehbare Zeit aufhalten wird. Sie wird keinerlei Probleme haben, die nötigen Unterlagen einzureichen. Ihr Geld ist sicher angelegt, in Häusern.«

VAL McDERMID

SKRUPELLOS

Kate Brannigans dritter Fall

Roman

Aus dem Englischen
von Brigitta Merschmann

Weltbild

Für meine Mutter,
in Liebe und Dankbarkeit

1. Kapitel

Wenn Nacktschnecken lächeln könnten, würden sie mühelos einen Job als Autoverkäufer finden. Darryl Day war der Beweis dafür. Seine falsche Munterkeit hatte etwas von einer klebrigen Schleimspur, als er uns durch den Ausstellungsraum folgte. Von Anfang an hatte er klargemacht, daß in seinen Augen nur Richard zählte. Ich war bloß das dumme Frauchen. Jetzt saß Darryl uns an einem Plastiktisch gegenüber und grinste wie ein Schwachsinniger mit dieser Instantfreundlichkeit, durch die Verkäufer sich vom Rest der Menschheit unterscheiden. Er zwinkerte mir zu. »Und Mrs. Barclay wird die Lederpolsterung gefallen«, meinte er anzüglich.

Unter normalen Umständen hätte ich ihm mit dem größten Vergnügen mitgeteilt, daß er sich mit seinem schäbigen Seximus gerade um die Provision aus einem Geschäft in der Größenordnung von zwanzig Riesen gebracht hatte. Doch die Umstände waren so weit entfernt davon, normal zu sein, daß ich mir allmählich vorkam wie ›Bodenkontrolle an Major Tom‹, was meine geistigen Fähigkeiten betraf. Ich lächelte, tätschelte Richards Arm und sagte ganz süßlich: »Für meinen Dick ist mir nichts gut genug.« Richard zuckte zusammen. Er wußte wohl instinktiv, daß er auf die eine oder andere Art dafür würde büßen müssen.

»Lassen Sie mich jetzt noch mal schauen, ob wir uns beide auch im klaren sind, was Sie für Ihr Geld bekommen. Sie haben das Objekt im Ausstellungsraum gesehen, wir haben eine Probefahrt gemacht, und Sie haben sich für das Gemini Turbosupercoupé GLXi in Nachtblau entschieden, mit ABS, Allradantrieb...« Darryl leierte weiter das feudale Zubehör herunter, das Richard auf meine Anweisung hin verlangt hatte, und die Augen meines Partners wurden glasig. Er tat mir fast leid. Richards auserwähltes Auto ist ein klappriges, frisiertes Käfer-Kabrio in knalligem Pink. ASR hält er für ein neues hochwertiges Aufnahmesystem. Und ist ABS nicht diese Dance-Band aus Wythenshawe...?

Darryl wartete. Ich trat Richard gegen den Knöchel. Allerdings nur ganz sanft. Bisher hatte er seine Sache nämlich gut gemacht. Er kam mit einem Ruck zu sich und sagte: »Hm, ja, klingt gut. Entschuldigung, ich war gerade mit den Gedanken woanders, ich hab mir schon vorgestellt, wie es sein wird, den Wagen zu fahren.« Bravo, Richard.

»Sie sind ein richtiger Glückspilz, wenn ich so sagen darf«, schmeichelte Darryl und starrte auf die Rundung meiner Wade in den Leggings aus Leopardenfell, die ich als passendes Attribut für meine spannende neue Rolle der Mrs. Richard Barclay ausgewählt hatte. Dann riß er seinen Blick los und kramte in seinen Papieren. »Ein Spitzenmodell, eine wahre Schönheit. Aber kommen wir jetzt zum schmerzlichen Teil. Sie haben mir bereits gesagt, daß Sie Ihr altes Fahrzeug nicht in Zahlung geben wollen, richtig?«

Richard nickte. »Ja, richtig. Mein Auto wurde mir geklaut, die Versicherungssumme kann ich als Anzahlung benutzen. Das heißt, ich brauche noch sechs Riesen. Soll ich mich um ein Bankdarlehen kümmern oder so was?«

Darryl sah so aus wie der Herzog von Edinburgh, wenn er einen Hirsch im Visier hat. Er schätzte Richard ab, mich streifte er mit einem flüchtigen Blick. »Da gibt's nur ein Problem, Richard. Es wird ein paar Tage dauern, bis Ihr netter Sachbearbeiter von der Bank nebenan in die Gänge kommt. Dagegen können Sie, wenn wir hier und jetzt zu einer Regelung kommen, diesen eleganten Schlitten schon morgen am späten Nachmittag mitnehmen.« Der klassische Verkaufstrick, zur Nachahmung empfohlen.

Richards Mienenspiel ließ eine ganze Skala von Gefühlen Revue passieren, von Enttäuschung bis Vorfreude. »Könnten wir es dann gleich perfekt machen, Darryl?« fragte er eifrig.

Darryl hatte die Formulare bereits vorbereitet. Er schob sie Richard über den Schreibtisch hin. »Wir haben eine Absprache mit einer Finanzierungsgesellschaft, die uns einen ungemein günstigen Zinssatz einräumt. Wenn Sie die Formulare jetzt ausfüllen, können wir per Anruf sofort alles erledigen. Wenn Sie dann morgen einen Scheck über Ihre Anzahlung mitbringen, können wir den Papierkram abschließen, und der Wagen gehört Ihnen.«

Ich spähte auf das Formular, kein leichtes Unterfangen, weil Darryl es wieder an sich genommen hatte, um die verbliebenen Lücken auszufüllen. Richmond Credit Finance. Adresse und Telefonnummer in Accrington. Es war nicht das erste Mal, daß ich im Verlauf dieser Ermittlungen auf den Namen stieß. Ich hatte vorgehabt, die Firma zu überprüfen, war jedoch bisher noch nicht dazu gekommen. Ich prägte mir ein, mich bei erstbester Gelegenheit darum zu kümmern. Als Darryl fragte, auf welche Weise Richard seinen Lebensunterhalt verdiente, klinkte ich mich wieder ein. Das war jedesmal das Sahnestück.

»Ich bin freier Musikjournalist«, klärte Richard ihn auf.

»Ach?« sagte Darryl. Interessant, wie offen sein Gesicht wurde, wenn er ein echtes Gefühl wie Begeisterung verspürte. »Heißt das, Sie interviewen all die Berühmtheiten und so? Wie Whitney Houston und Beverley Craven?«

Richard nickte verdrossen. »Ab und an.«

»Mann, was für ein toller Job! Hey, wer war der größte Star, den Sie jemals interviewt haben? Sind Sie mal Madonna begegnet?«

Richard schauderte. Diese Frage haßt er am meisten. Es gibt nicht viele Rockstars, vor denen er Respekt hat, als Mensch oder als Musiker, und davon gelten nur eine Handvoll als Superstars. »Kommt drauf an, was Sie unter Star verstehen. Springsteen. Elton John. Clapton. Tina Turner. Und Madonna bin ich einmal begegnet.«

»Wow! Und ist sie wirklich, Sie wissen schon, so, na ja geil, wie sie rüberkommt?«

Richard lächelte gezwungen. »Nicht vor meiner Frau, ja?« Ich war gerührt. Er gab sich wirklich Mühe, überzeugend zu wirken.

Darryl fuhr sich mit der Hand durch sein ordentlich frisiertes braunes Haar und knipste ein Auge zu. An einem Erwachsenen hätte es lüstern gewirkt. »Alles klar, Richard. Nun zu Ihrem Jahreseinkommen. Wie hoch ist es etwa?«

Ich schaltete wieder ab. Storys, selbst die Meisterwerke, sind nicht mehr spannend, wenn du sie zum x-tenmal liest. Darryl war einer von der schnellen Truppe. Er hielt sich nicht damit auf, Richard unbedeutende Details wie Jahreszinssätze zu erläutern, und zehn Minuten später hatte er die Finanzierungsgesellschaft in der Leitung und arrangierte unseren Autoanschaffungskredit. Dank der Wunder der Computertechnologie können Kreditfirmen einen Kunden fast in Sekundenschnelle überprüfen und grünes oder rotes Licht geben. Was immer auf dem Computer von Richmond Credit Finance erschien, es überzeugte die maßgeblichen Leute davon, daß ein Darlehen an Richard eine sichere Sache war. Aber wenn man sich auf Computer stützt, darf man natürlich nicht aus den Augen verlieren, daß das, was man aus ihnen herausholt, ganz davon abhängt, was zuvor jemand anders eingegeben hat.

Zwanzig Minuten später verließen Richard und ich den Ausstellungsraum als stolze Besitzer, zumindest auf dem Papier, des schicksten Schlittens, den die Leo Motor Company bis jetzt auf die Straße gebracht hatte. »Na, war ich nicht gut, Mrs. Barclay?« fragte Richard gespannt. Wir bogen um die Ecke und gingen zu dem Peugeot 205, den Mortensen & Brannigan nach jenem Tag vor sechs Monaten leaste, als mein letzter Firmenwagen, einer Plastik aus der Tate Gallery täuschend ähnlich, sein unrühmliches Ende gefunden hatte.

»Das hättest du wohl gern«, zischte ich. »Überteib's nicht, Barclay. Eins sage ich dir, je länger ich so tue, als ob ich deine Frau wäre, desto besser verstehe ich, weshalb deine erste Ehe in die Brüche gegangen ist.«

Ich stieg in den Wagen und ließ den Motor an. Richard stand auf dem Gehweg, mit Sündermiene, und seine Hornbrille rutschte ihm an der Nase herunter. Aufgebracht drückte ich auf den Knopf, mit dem man das Seitenfenster öffnet. »Um Himmels willen, steig endlich ein«, sagte ich. »Du warst große Klasse. Danke.«

Er lächelte und sprang zu mir hinein. »Du hast übrigens ganz recht.«

»Das hab ich meistens«, sagte ich, nur halb im Scherz, während ich den Wagen behutsam in den dichten Verkehr auf der Bolton Richtung Blackburn einfädelte. »In welchem besonderen Punkt?«

»Daß der Beruf einer Privatdetektivin aus fünfundneunzig Prozent Langeweile und fünf Prozent Angst besteht. Als wir die Nummer das erste Mal abzogen, hatte ich die Hosen voll. Ich dachte, und wenn ich meinen Text vergesse und sie wittern, daß wir ihnen was anhängen wollen?«

»Davon wäre die Welt auch nicht untergegangen«, erwiderte ich geistesabwesend, weil ich auf die Straßenschilder achtete, um die Abzweigung nach Manchester nicht zu verpassen. »Wir haben es hier ja nicht mit der Mafia zu tun. Die Autofritzen hätten dich nicht zappelnd und schreiend nach draußen geschleift und dir ins Knie geschossen.«

»Nein, aber du vielleicht«, sagte Richard. Er meinte es ernst.

Ich lachte. »Von wegen. Ich hätte abgewartet, bis wir zu Hause sind.«

Richard wirkte kurz irritiert. Dann gelangte er zu dem Schluß, daß es ein Witz sein sollte. »Egal, inzwischen bin ich keine Spur mehr nervös. Die Gefahr ist nur noch, daß ich aus purer Langeweile Mist baue, weil es sich so stumpfsinnig wiederholt.«

»Ich hoffe, daß es nicht mehr allzuoft nötig sein wird«, sagte ich und brauste die Rampe zur Schnellstraße entlang. Der kleine Peugeot, den ich selbst ausgesucht habe, verfügt über einen 1,9-Liter-Motor, doch seit ich den Händler überredet hatte, die Kubikangaben abzumontieren, sieht er so harmlos aus wie der Einkaufswagen einer Hausfrau. Ich bedauerte es, mich von ihm trennen zu müssen, aber sobald ich diesen Auftrag erledigt hatte, stand mir ein funkelnagelneues flottes Leo-Hecktürmodell zu. Gratis.

»Schade eigentlich. Ich gebe es nicht gerne zu, Brannigan, aber es hat mir Spaß gemacht, mit dir zusammenzuarbeiten.«

Keine zehn Pferde hätten mich dazu gebracht, es über die Lippen zu bringen, aber mir hatte es auch Spaß gemacht. In den zwei Jahren unserer Beziehung hatte ich Richard immer gern als Resonanzboden für meine Theorien zu den laufenden Ermittlungen benutzt. Mit seiner abgedrehten Logik liefert er so manche aufschlußreiche Einsicht in die Fälle von Wirtschaftskriminalität, die das Gros der Aufträge ausmachen, die ich zusammen mit meinem Geschäftspartner Bill Mortensen übernehme. Doch die Gelegenheit für eine aktivere Rolle hatte sich für Richard vor diesem Auftrag nie ergeben. Und ich hatte mich auf Bills Vorschlag, ihn einzuspannen, auch nur deshalb eingelassen, weil ich hundertprozentig sicher war, daß kein Risiko bestand. Denn wie konnte ich einen Mann der Gefahr aussetzen, der Diskretion für eine Duftnote von Calvin Klein hält?

Dieser Auftrag war, was wir in unserer Branche eine Zielgerade nennen. Die einzige Unregelmäßigkeit bestand darin, wie wir ihn an Land gezogen hatten. Eine zweiköpfige Agentur in Manchester ist nicht unbedingt die erste Wahl für einen internationalen Autoriesen wie die Leo Motor Company. Wir machten das Rennen, weil der neue Obermufti von Accredited Leo Finance (ALF) der Schwager von Clive Abercrombie, einem vornehmen Juwelier aus Manchester, war. Und wir hatten nicht nur Abercrombies Sicherheitssystem installiert, wir hatten auch einen Fälscherring ausgehoben, der den Chef-Uhrmachern der Nation schlimme Kopfschmerzen bereitete. In Clives Augen waren Mortensen & Brannigan daraufhin die Experten für einen kniffligen, diskreten Auftrag.

Als Tochter eines Multis konnte ALF sich natürlich nicht so weit herablassen, selbst an unsere Tür zu klopfen und uns direkt anzuheuern. Alles hatte auf einem Empfang begonnen, der vom Konsortium für die Bewerbung zur Ausrichtung der Olympischen Spiele in Manchester veranstaltet wurde. Erinnern Sie sich an das Konsortium? Es wollte sämtlichen ortsansässigen Firmen Geld zur Finanzierung des glorreichen Vorhabens abknöpfen, den Einstand in das neue Jahrtausend durch Abhaltung der Spiele in der Regenstadt zu feiern. Bill und ich operieren in solch kleinem Maßstab, daß wir ein wenig verwundert waren, als man auch uns einlud, aber ich habe eine Schwäche für Gratis-Räucherlachs, und außerdem schätzte ich, es könne nicht schaden, einige potentielle neue Auftraggeber mit meinem Lächeln zu beglücken. Daher ging ich hin, um das Banner von Mortensen & Brannigan zu schwenken.

Ich hatte gerade mein erstes Glas australischen Schampus (ein überzeugender Grund, die Olympischen Spiele an Sydney zu vergeben) zur Hälfte ausgetrunken, als Clive schleimig lächelnd mit einem Mann neben mir auftauchte. »Kate«, tönte er, »welch entzückende Überraschung.«

Ich war sogleich auf der Hut. Clive und ich waren uns nicht ganz grün, wohl weil ich mich nicht überwinden kann, sozialen Aufsteigern gegenüber mehr als professionelle Höflichkeit an den Tag zu legen. Daher wußte ich, als der Edmund Hillary der Szene von Cheshire so freudestrahlend das Wort an mich richtete, auf Anhieb, daß etwas im Busch war. Ich lächelte, schüttelte ihm die Hand, zählte meine Finger und sagte: »Schön, Sie zu sehen, Clive.«

»Kate, darf ich meinen Schwager vorstellen, Andrew Broderick? Andrew, das ist Kate Brannigan, Teilhaberin der vorzüglichsten Sicherheitsberatung von Manchester. Kate, Andrew ist geschäftsführendes Vorstandsmitglied von ALF.« Ich muß ein verständnisloses Gesicht gemacht haben, denn Clive fügte eilig hinzu: »Sie wissen doch, Kate: Accredited Leo Finance. Die Kreditabteilung von Leo Motor Company.«

»Danke, Tonto«, sagte ich.

Clive war verwirrt, doch Andrew Broderick lachte. »Wenn ich der ›Lone Ranger‹ mit der Silbermine bin, müssen Sie Tonto sein. Alter Witz«, erklärte er. Clive begriff dennoch nicht. Broderick und ich gaben uns die Hand und musterten einander. Er war nicht viel größer als meine einssiebenundfünfzig, sah jedoch aus wie ein Mann, der auf dem Rugbyfeld kämpfen gelernt hat, nicht im Konferenzzimmer. Nur gut, daß er es sich leisten konnte, seine Anzüge nach Maß anfertigen zu lassen; von der Stange gab es diesen Brustumfang nicht. Seine Nase war mehr als einmal gebrochen, und seine Ohren paßten etwa so gut zueinander wie Danny De Vito und Arnold Schwarzenegger. Seinen scharfen grauen Augen entging allerdings nichts. Während der zehn Sekunden, in denen er mich taxierte, schien er alles Wesentliche an mir zu registrieren.

Das Gespräch begann ganz harmlos, wir diskutierten über die Olympischen Spiele. Wie nebenbei erkundigte er sich dann, was für einen Geschäftswagen ich fuhr. Ich erzählte ihm von Bills neuem Saab-Kabrio, von unserem Arbeitspferd, dem Little-Rascal-Transporter, den wir für Überwachungen benutzen, und dem um ein Haar tödlichen Unfall, bei dem mein Nova draufgegangen war. Ich wunderte mich über mich selbst. Normalerweise spreche ich nicht mit Leuten, die ich nicht kenne.

»Noch nie einen Leo gefahren?« fragte er mit einem feinen Lächeln.

»Noch nie«, bestätigte ich. »Aber ich lasse mich gern überzeugen.«

Broderick nahm mich am Arm, entließ Clive mit einem Lächeln und lotste mich in einen ruhigen Winkel hinter dem Büffet. »Ich habe ein Problem«, sagte er. »Dazu brauche ich einen Spezialisten, und ich habe mir sagen lassen, daß Ihre Firma mir helfen könnte. Interessiert?«

Auch wenn Sie mich für ein Flittchen halten, wenn's ums Geschäft geht, kann ich Angeboten kaum widerstehen. »Ja, interessiert«, sagte ich. »Hat das Zeit, oder wollen Sie es gleich loswerden?«

Es stellte sich heraus, daß Geduld nicht zu Andrew Brodericks

Stärken gehörte. Fünf Minuten später saßen wir im Salon des Ramada und hatten Drinks bestellt. »Was wissen Sie über Autofinanzierung?« fragte er.

»Kostet am Ende immer mehr, als man denkt«, sagte ich bedauernd.

»Das ist alles, ja?« entgegnete er. »Na schön. Ich erklär's Ihnen. ALF, meine Firma, ist eine hundertprozentige Tochtergesellschaft von Leo Motor Company. Unsere Aufgabe besteht darin, Darlehen bereitzustellen für Leute, die Autos von Leo kaufen wollen und nicht über ausreichend Bargeld verfügen. Aber die Leo-Autohändler sind nicht verpflichtet, alle ihre Kunden an uns zu verweisen, deshalb müssen wir Mittel und Wege finden, uns für die Händler attraktiv zu machen. Eines dieser Mittel besteht darin, ihnen besonders günstige Kredite anzubieten.«

Ich nickte, bis dahin konnte ich ihm folgen. »Und diese Niedrigzinskredite sind wofür genau?«

»Die Händler müssen bei Abnahme der Lieferung eines Wagens von Leo bezahlen. ALF gewährt ihnen neunzig Tage lang einen zinsgünstigen Kredit, um den Großhandelspreis des Wagens zu decken. Danach erhöht sich der Zinssatz wöchentlich. Sobald der Wagen verkauft ist, soll der zinsgünstige Kredit zurückgezahlt werden. Das steht im Vertrag.

Aber wenn ein Händler mit uns Kredite für Wagen vereinbart, die er bereits mit Hilfe einer anderen Finanzierungsfirma an den Mann gebracht hat, wissen weder ALF noch Leo, daß das Auto verkauft wurde. Der Händler kann das Geld für den Rest der neunzig Tage auf ein Hochzinskonto legen und einen ordentlichen Zinsgewinn einstecken, bevor der Kredit zurückgezahlt werden muß.« Die Getränke wurden gebracht, wie aufs Stichwort für eine kleine Pause, damit ich seine Worte verarbeiten konnte.

Ich goß die kleine Flasche Grapefruitsaft zu meinem Wodka hinzu und ließ die Eiswürfel im Glas kreisen, um den Drink zu mixen. »Und Ihnen mißfällt das, weil Sie Ihre eigene Gewinnspanne beschneiden, um die Niedrigzinskredite bereitstellen zu können, und keinen Nutzen daraus ziehen?«

Broderick nickte und trank einen kräftigen Schluck von seinem Wein mit Soda. »Die Firma Leo ist auch nicht erbaut davon, weil auf diese Weise die Zahlen zum Marktanteil verzerrt werden, insbesondere in Monaten mit hohen Umsätzen wie August«, fügte er hinzu.

»Und wo komme ich ins Spiel?« fragte ich.

»Ich habe mir ein alternatives Vertriebssystem ausgedacht«, verkündete er. Also, alles, was ich über das Autogeschäft weiß, habe ich von meinem Dad gelernt, einem Vorarbeiter am Fließband bei Rover in Oxford. Aber selbst das Wenige reichte, um zu kapieren, daß Andrew Brodericks Vorhaben so etwa der Ankündigung des Premierministers entsprach, er wolle den öffentlichen Dienst abschaffen.

Ich schluckte. »Wir machen keinen Personenschutz«, sagte ich.

Er lachte, was mich zum erstenmal an seinem Geisteszustand zweifeln ließ. »Es ist so einfach«, sagte er. »Anstatt die Ausstellungsräume mit Autos vollzustellen, die sie dann umgehend verkaufen müssen, sollen die Händler nur noch ein Exemplar eines Modells führen. Der Kunde soll Farbe, Motorleistung, Benzin oder Diesel, Sonderzubehör und so weiter selbst bestimmen. Anschließend wird die Bestellung an eines von mehreren regionalen Lieferzentren gefaxt, in dem das gewünschte Leo-Modell vorrätig ist.«

»Sagen Sie nichts, lassen Sie mich raten. Leo wehrt sich mit Zähnen und Klauen dagegen, weil damit erhebliche Investitionen für den Ausbau der regionalen Lieferzentren anfallen«, sagte ich resigniert.

»Und an diesem Punkt kommen Sie ins Spiel, Miss Brannigan. Ich will Leo beweisen, daß mein System für uns beide von größtem finanziellen Nutzen wäre. Wenn ich beweisen kann, daß mindestens eine unserer größeren Handelsketten auf dieser Betrugsmasche reitet, dann kann ich den Betonköpfen in der Firma vielleicht einhämmern, daß eine enorme Summe, die eigentlich in unser Geschäft fließen sollte, auf diese Weise abgeschöpft wird. Und dann werden sie vielleicht, nur vielleicht, erkennen, daß ein modernisierter Vertrieb jeden zunächst anfallenden Penny wert ist.«

Und so kam es, daß Richard und ich in den Ausstellungsräumen Englands das traute frischvermählte Paar mimten. Zunächst schien es eine gute Idee zu sein. Drei Wochen später schien es immer noch eine gute Idee zu sein. Was nur mal wieder zeigt, wie selbst ich mich irren kann.

2. Kapitel

Am folgenden Nachmittag war ich im Büro und legte letzte Hand an den Routinebericht zu einer Schadenersatzforderung nach vorgetäuschtem Privatunfall, zu der ich im Auftrag einer örtlichen Versicherungsgesellschaft recherchiert hatte. Als ich fertig war, schaute ich auf die Uhr. Fünf nach halb drei. Wunder über Wunder, Richard verspätete sich. Ich speicherte den Bericht auf Diskette ab, dann schaltete ich meinen Computer aus. Die Diskette brachte ich ins Vorzimmer, wo Shelley Carmichael gerade einen Bestellschein für Bürobedarf ausfüllte. Wenn es Ehrungen für gute Büroorganisation gäbe, müßte Shelley in den Adelsstand erhoben werden. Es ist die Frage, vor wem ich größeren Respekt habe – vor Shelley oder dem Rottweiler des nahen Pubs.

Sie sah auf, als ich hereinkam. »Er ist wieder mal spät dran, wie?« fragte sie. Ich nickte. »Soll ich einen Weckruf starten?«

»Ich glaube nicht, daß er zu Hause ist«, sagte ich. »Heute morgen hat er in seinen Bart gemurmelt, er wolle zu einem Bistro in Oldham, wo mittags Rockabilly live gespielt wird. Es klang so unwahrscheinlich, daß es stimmen muß. Hast du schon überprüft, ob die Bank den Scheck heute ausgestellt hat?«

Shelley nickte. Saublöde Frage. »Er liegt in der Zweigstelle King Street«, sagte sie.

»Dann geh ich ihn mal eben abholen. Wenn der Wunderknabe auftaucht, sag ihm, er soll hier auf mich warten. Nichts von wegen ›ich geh mal schnell zum Tante-Emma-Laden rüber und guck mir die neue Auslage an‹.«

Ich verschmähte den Fahrstuhl und lief zu Fuß nach unten. Dergleichen Übungen erhalten mir die Illusion, daß ich fit bin. Als ich die Oxford Street hochtrabte, war ich mit der Welt versöhnt. Es war ein heller, sonniger Tag, wenn auch kühl, wie im Mai nicht anders zu erwarten. Es ist ein Gerücht, daß es in Manchester immerzu regnet – das erfinden wir nur, um die Kotzbrocken im Süden mit ihrem Verbot von Rasensprengern zu ärgern. Ich hörte das ferne Fauchen von Straßenbahnen. Die Straßen waren weniger verstopft als sonst, und manch einer meiner Fußgängerkollegen lächelte sogar. Aber vor allem war der ALF-Job reibungslos über die Bühne gegangen, und mit ein wenig Glück war dies der letzte Bankscheck, den ich abholen mußte. Seit Bill und ich beschlossen hatten, Richard hinzuzuziehen, um den Autokäufen mehr Glaubwürdigkeit zu geben, war es geradezu ein Kinderspiel gewesen. Wahrscheinlich war es das erste Mal in seinem Leben, daß man Richard bezichtigte, glaubwürdigkeitssteigernd zu wirken. Unser Hauptzielobjekt war eine Handelskette mit fünfzehn über den ganzen Norden verteilten Filialen. Richard und ich waren bei acht davon vorstellig geworden, von Stafford bis York, außerdem bei vier unabhängigen Händlern, die Andrew in Verdacht hatte, an der Schiebung beteiligt zu sein.

Unsere Methode war völlig unkompliziert. Richard und ich tanzten als angebliches Ehepaar bei den Autohändlern an und erstanden an Ort und Stelle einen Wagen aus dem Angebot im Ausstellungsraum. Broderick hatte einige Gefälligkeiten von Freunden in Kreditbüros eingefordert, deren Dienste Darlehensgeber in Anspruch nahmen, um ihre Opfer zu überprüfen. Daher erfuhren die Autoverkäufer, wenn sie von den Finanzierungsfirmen die von Richard angegebenen Namen und Adressen überprüfen ließen, daß er über ein ausgezeichnetes Kreditverhalten verfügte, ein Bündel Kreditkarten hatte und bis auf seine Hypothek keine Außenstände. Die Bewilligung des Darlehens war dann nur noch Formsache. Der einzige Stolperstein war, daß Richard im Kopf behalten mußte, wie sein jeweiliger Falschname und die Adresse lauteten.

Am nächsten Tag gingen wir dann zur Bank und holten den Bankscheck ab, den Broderick uns beschafft hatte. Von da ging's weiter zum Händler, wo Richard die restlichen Papiere unterschrieb, damit wir den Wagen gleich mitnehmen konnten. Irgendwann im Laufe der nächsten zwei Tage erschien ein kleiner Mann von ALF und nahm den Wagen wieder mit, vermutlich wurde er dann als Vorführmodell verkauft. Interessanterweise hatte Andrew Broderick voll ins Schwarze getroffen. Nicht einer der Händler, bei denen wir ein Auto gekauft hatten, bot uns eine Finanzierung durch ALF an. Die Kette hatte alle unsere Käufe über Richmond Credit Finance abgewickelt, während die unabhängigen Händler sich an verschiedene Darlehensgeber wandten. Jetzt, mit einem Dutzend hieb- und stichfester Fälle in der Hand, konnte Broderick Druck machen, bis die Händler zugeben mußten, daß sie in die eigene Tasche gearbeitet hatten. Dann war die große Abrechnung in den Autohäusern fällig.

Während ich in der Bank Schlange stand, spielte das Wetter wieder mal verrückt. Plötzlich war Wind aufgekommen, der mir auf dem Rückweg ins Büro nadelspitze Regentropfen ins Gesicht trieb. Zum Glück trug ich Stiefeletten mit flachen Absätzen und Baumwoll-Leggings im Reithosenlook, so konnte ich zum Büro joggen, ohne ernsthaften Schaden für meine Gelenke wie für meine persönliche Würde befürchten zu müssen. Mein erster Fehler an diesem Tag. Nichts bereitet Richard größeres Vergnügen als der Anblick einer durch Wind und Wetter ramponierten Brannigan. Nicht, weil es ihn etwa antörnt, nein, sondern weil es ihm den seltenen Genuß verschafft, mir um eine Nasenlänge voraus zu sein.

Als ich im Büro eintrudelte, naß, mit hochrotem Gesicht, außer Atem und mit strähnigen Haaren, saß Richard bequem in einem Sessel, schlürfte ein Glas von Shelleys Kräutertee und sah geradezu mustergültig aus in der italienischen Lederjacke, die ich ihm am letzten Tag unseres Winterurlaubs in Florenz gekauft hatte. Mit seinen haselnußbraunen Augen sah er mich über den Rand seiner Brille hinweg an und war dabei, den Kampf gegen ein Grinsen zu verlieren.

»Sag ja nichts«, warnte ich ihn. »Es sei denn, du legst es darauf an, daß dein erster Ausflug in deinem funkelnagelneuen Turbocoupé im Krankenhaus endet.«

Er grinste immer noch. »Mir ist schleierhaft, wie du mit dieser puren Aggression klarkommst, Shelley«, sagte er.

»Wenn du erst begriffen hast, daß Kate so ihr schwach ausgebildetes Selbstwertgefühl kompensiert, dann ist es keine große Kunst mehr.« Shelley hat einen Abendkurs in Psychologie belegt. Ich bin nur heilfroh, daß sie das Fach nicht noch studiert hat.

Ich achtete nicht weiter auf die beiden und marschierte durch mein Büro geradewegs in den Wandschrank, der eine Doppelfunktion als Dunkelkammer und Damenklo erfüllt. Ich rubbelte mein Haar leidlich trocken, dann trug ich eine übertrieben dicke Schicht Wimperntusche, Lidschatten, Rouge und Lippenstift auf, wie die Rolle von Mrs. Barclay es verlangte. Ich starrte die Fremde im Spiegel kritisch an. Undenkbar für mich, das ganze Leben hinter solch einer Tarnmaske zu verbringen. Aber ich war ja auch nie darauf aus, unwiderstehlich auf Autoverkäufer zu wirken.

Wir langten kurz nach vier beim Autohaus an. Das glänzende, nachtblaue Gemini Turbosupercoupé stand einsam auf dem Betonstreifen seitlich des Autohauses. Darryl war ganz aus dem Häuschen vor Freude, als er die Zahlungsanweisung der Bank in der Hand hielt. Der Kraftfahrzeughandel steckt dieser Tage derart in der Krise, daß zahlender Kundschaft mehr Verehrung entgegengebracht wird als der Queen Mum, allen voran solcher Kundschaft, die keinen dreitägigen Zermürbungskrieg führt, um den Preis noch um fünfhundert Pfund zu drücken. Er war so glücklich, daß er sich nicht einmal die Mühe machte, uns etwas vorzuschwindeln. »Ich bin entzückt, Sie in diesem wunderschönen Wagen wegfahren sehen zu können«, gestand er, hielt den Bankscheck mit beiden Händen umfaßt und verschlang ihn mit Blicken. Dann fing er sich wieder und schenkte uns sein Schleimlächeln. »Es freut uns selbstverständlich, wenn Sie zufrieden sind.«

Richard hielt mir die Beifahrertür auf, und ich stieg strahlend ein. »Welch ein Luxus«, rang ich mir um Darryls willen ab und streichelte das schwarzgraue Leder. Er sollte mich für hundertprozentig unterbelichtet halten. Richard stieg an der anderen Seite ein und knallte die Tür zu. Er drehte den Schlüssel im Zündschloß und ließ mit einem Knopfdruck sein Fenster herunter. »Danke, Darryl«, sagte er. »Es war mir ein Vergnügen, dieses Geschäft mit Ihnen abzuschließen.«

»Das Vergnügen war ganz auf meiner Seite, Mr. Barclay«, schleimte Darryl und wich fast mit einem Kratzfuß zur Seite aus, als Richard auskuppelte und das Auto anrollte. »Und denken Sie an mich, wenn Mrs. Barclay der Sinn nach einem neuen fahrbaren Untersatz steht!«

Statt einer Antwort gab Richard Gas. Zehn Sekunden später war Darryl Day nur noch eine böse Erinnerung. »Wow«, rief er, als er im dichten Verkehr auf der Bolton die Gänge durchprobierte. »Ein heißes Gefährt! Elektrische Seitenspiegel, elektrisches Schiebedach, elektrische Sitzverstellung...«

»Bald haben wir auch noch den elektrischen Fahrer«, sagte ich.

Bis wir zu Hause ankamen, war Richard bis über beide Ohren verliebt. Wenn das Gemini-Coupé auch der zwölfte Wagen von Leo war, den wir »gekauft« hatten, dies war unser erstes Exemplar des frisch lancierten sportlichen Superstars. Wir hatten uns jedesmal auf das beschränken müssen, was gerade vorrätig war, und gewöhnlich die behäbigen Luxuslimousinen verlangt, durch die Leo zu einem der Hauptlieferanten von Firmenwagen in Großbritannien geworden war. Als wir vor dem Doppelbungalow hielten, in dem wir wohnen, erging Richard sich immer noch in Schwärmereien über den Gemini.

»Ein Traum«, begeisterte er sich und drückte auf den Knopf der Fernbedienung, durch den der Wagen verriegelt und die Alarmanlage eingeschaltet wurde.

»Das sagtest du bereits«, grummelte ich, während ich Kurs auf mein Haus hielt. »Zweimal.«

»Nein, im Ernst, Kate, so einen Schlitten hab ich noch nie gefahren.« Richard ging rückwärts neben mir.

»Das ist wohl kaum verwunderlich«, sagte ich, »wenn man bedenkt, daß du noch gar nichts gefahren hast, was nach Porsches Erfindung des Käfers im Jahre 1936 konstruiert wurde. Seit der Zeit hat sich die Kraftfahrzeugtechnik ein gutes Stück weiterentwickelt.«

Er folgte mir ins Haus. »Brannigan, bis zu diesem Schlitten hatte ich auch nie das Verlangen danach.«

»Kann ich daraus entnehmen, daß ich Andrew Broderick überreden soll, dir den Gemini zu einem Sonderpreis zu verkaufen?« fragte ich und öffnete den Kühlschrank. Ich gab Richard ein kaltes Jupiler-Bier und holte noch eine Flasche frisch gepreßten rosaroten Grapefruitsaft heraus.

Er zog die Schublade auf, in der der Flaschenöffner lag, und entfernte den Bierverschluß mit untröstlicher Miene. »Nein, danke. Kann ich mir nicht leisten, Brannigan.«

Mir fiel nicht im Traum ein, einen Mann umstimmen zu wollen, der eine Exfrau und einen Sohn zu unterhalten hatte. Ich stecke meine Nase nie in Richards finanzielle Angelegenheiten, und umgekehrt wäre Neugier auf meinen Kontostand das allerletzte, was jemals die kurze Reise durch seinen Kopf antreten würde. Dank dieser und anderer Lebensmaximen brauchen wir nie über Geld zu streiten. Wir wohnen in angrenzenden Häusern, verbunden durch einen Wintergarten, der hinten an beide angebaut ist. Insofern verfügen wir über sämtliche Vorteile des Zusammenlebens, unter Ausschaltung fast aller Nachteile.

Ich öffnete das Eisfach und holte eine Flasche polnischen Wodka heraus. Er war so kalt, daß die Bläschen an der Innenseite der Flasche so sämig waren wie Sirup. Ich goß zwei Fingerbreit in ein Longdrinkglas und füllte es mit Saft auf. Es schmeckte wie Nektar. Ich stellte mein Glas ab und umarmte Richard. Er rieb zärtlich sein Kinn oben an meinem Kopf und massierte sacht meinen Nacken.

»Mmm«, machte ich. »Irgendwas vor heute abend?«

»Leider ja. In der Stadt steigt eine Benefizveranstaltung für die Freundin des Typs, der vorigen Monat in Moss Side über den Haufen geschossen wurde. Erinnerst du dich? Der unbeteiligte Zuschauer, der in die Drogenschießerei draußen vor einem Café geraten ist? Tja, sie ist im vierten Monat schwanger, darum haben sich die hiesigen Bands zusammengetan, um ein kleines Konzert zu geben. Ich kann mich nicht drücken, tut mir leid.«

»Aber jetzt mußt du doch noch nicht weg, oder?« fragte ich und fuhr mit den Fingern über seine Schulterblätter, auf eine Art, die ihn erfahrungsgemäß von solchen Nebensächlichkeiten wie Arbeit ablenkt.

»Noch lange nicht«, erwiderte er und knabberte wie geplant an meinem Nacken. Ein Hoch auf die männlichen Schwächen!

Allerdings war ich nicht die einzige, die die Gunst der Stunde nutzte. Als ich meinen Drink nahm und wir seitwärts in Richtung Schlafzimmer tänzelten, murmelte Richard: »Kann ich heute abend eventuell den Gemini nehmen?«

Ich wachte mit einem Ruck auf, erschrocken und mit weit aufgerissenen Augen, die typische Reaktion, wenn man noch nicht lange geschlafen hat. Das Licht brannte, und mir tat der Arm weh, als ich ihn von der ›Computerspiele‹-Hochglanzzeitschrift löste, über deren Lektüre ich eingeschlafen war. Ich griff nach dem schrillenden Telefon und fauchte »Brannigan« in den Hörer, gleichzeitig sah ich auf den Wecker: 00:43.

»Hab ich dich geweckt?« fragte Richard.

»Na, was glaubst du wohl?«

»Sorry. Das beantwortet dann wohl die Frage«, sagte er geheimnisvoll.

Mein Kopf war dieser nächtlichen Denksportaufgabe nicht gewachsen. »Welche Frage, Richard?« wollte ich wissen. »Welche

Frage ist so überaus wichtig, daß sie nicht Zeit hat bis morgen früh?«

»Ich hab mich bloß gefragt, ob du noch arbeitest. Anscheinend nicht, deshalb komme ich wohl besser nach Hause und rufe von dort die Cops an.«

Ich war noch genauso schlau wie zuvor. Mit der freien Hand massierte ich meine Stirn, doch bevor ich ihm mehr entlocken konnte, ertönte das Freizeichen. Ich erwog kurz, wieder schlafenzugehen, sah jedoch ein, daß das ein frommer Wunsch war. Man wird nicht Privatdetektivin, weil es einem an Neugier hinsichtlich der Umtriebe seiner Mitmenschen fehlt. Vor allem nicht, wenn sie so unberechenbar sind wie mein geschätzter männlicher Nachbar. Was Richard auch im Schilde führen mochte, mich hatte er jetzt mit hineingezogen. Seufzend stieg ich aus dem Bett und quälte mich in meinen Morgenmantel. Ich ging in mein Wohnzimmer, sperrte die Terrassentür auf und ging weiter durch den Wintergarten in Richards Haus.

Wie gewöhnlich sah es in seinem Wohnzimmer aus, wie ein Teenager sich das Paradies vorstellt. Eine Nintendokonsole lag oben auf einem Haufen alter Zeitungen neben dem Sofa. CD-Stapel türmten sich auf jeder verfügbaren Fläche, die nicht von leeren Bierflaschen und benutzten Kaffeebechern mit Beschlag belegt war. Neben dem Fernseher stapelten sich Rockvideos. Über einem Sessel lagen kunterbunt durcheinander Promotion-T-Shirts und -Sweatshirts von Rockbands, und auf einem Tabakpäckchen mit Silk Cut neben einem Paket Rizlas auf dem Couchtisch thronte ein Klumpen Hasch. Sollten einmal Vandalen über die Wohnung herfallen, wird Richard es wahrscheinlich erst nach zwei Wochen bemerken. Zu Anfang unserer Beziehung hatte ich noch hier aufgeräumt. Inzwischen habe ich mir antrainiert, das Chaos zu übersehen.

Zwei Schritte weit in den Flur wußte ich bereits, was mir in der Küche blühte. Alle paar Wochen gelangt Richard zu der Einsicht, daß seine Küche ein Gesundheitsrisiko darstellt, und setzt seine Vorstellungen von einem Frühjahrsputz in die Tat um. Dazu gehört, daß er Geschirr, Besteck und Eßstäbchen in die Spülmaschine steckt. Alles übrige auf den Arbeitsflächen wandert in einen schwarzen Müllsack aus Plastik. Er kauft eine Flasche Bleichmittel, ein Paar Spülhandschuhe und eine Schachtel Topfkratzer und schrubbt

Zentimenter für Zentimeter, das Innere der Mikrowelle eingeschlossen. Zwei Tage lang ist der Raum blitzsauber und riecht wie ein öffentliches Schwimmbad. Dann kommt er mit Essen vom Chinesen nach Hause, und alles ist wieder wie gehabt.

Ich öffnete die Spülmaschine und holte die Kanne der Kaffeemaschine heraus. Den Kaffee nahm ich aus dem Kühlschrank. Richards Kühlschrank enthält im wesentlichen vier Sorten von Lebensmitteln: seine internationale Biermarkensammlung, Schokoriegel für den Heißhunger nach dem Marihuanagenuß, gemahlenen Kaffee und Viertelliterpackungen Milch. Während ich wartete, bis der Kaffee durchgelaufen war, versuchte ich, nicht über den Grund dafür nachzudenken, daß Richard nach Hause kam, um die Polizei anzurufen.

Mein Alptraum wurde wahr, als ich draußen im Hof das Rumpeln eines Taxidieselmotors vernahm. Ich spähte durch die Jalousie. Tatsächlich – Richard bezahlte gerade den Fahrer. Mich beschlich die entsetzliche Vorahnung, daß der Grund, warum er in einem Taxi kam und nicht in dem Gemini, nicht die Alkoholmenge war, die er sich zu Gemüte geführt hatte. »Heilige Scheiße«, grummelte ich, während ich einen zweiten Becher aus der Spülmaschine holte und ihn mit starkem Java-Kaffee vollgoß. Ich ging durch den Flur und hielt Richard den Kaffee hin, als er zur Haustür hereinkam.

»Du wirst es nicht glauben«, begann er und nahm den Becher. Er trank hastig einen großen Schluck. Zum Glück hat er einen Asbesthals. »Prost.«

»Sag nichts, laß mich raten.« Ich folgte ihm ins Wohnzimmer, wo er nach dem Telefon griff. »Als du aus dem Club kamst, war der Wagen verschwunden.«

Er nickte anerkennend. »Hast du schon mal daran gedacht, Detektivin zu werden, Brannigan? Man wählt nicht 999, um einen Autodiebstahl zu melden, oder?«

»Nur, wenn sie dich dabei überfahren haben.«

»Als ich kapierte, daß der Wagen auf der Vermißtenliste steht, hab ich mir fast gewünscht, es wäre so«, sagte er. »Ich dachte, wenn Brannigan mir nicht den Hals umdreht, dann die Typen von Leo. Hast du die Nummer der Bullen?«

Ich sagte die allseits bekannte Nummer der Polizeizentrale von

Großmanchester auf. Entgegen dem weitverbreiteten Mythos über Privatdetektive unterhalten Bill und ich gute Arbeitsbeziehungen zur Polizei. Na ja, meistens. Sehen wir den Tatsachen ins Auge, die Cops sind heutzutage derart mit Arbeit überlastet, daß sie eine geradezu peinliche Dankbarkeit an den Tag legen, wenn man ihnen einen Stapel Beweise in die Hand drückt, die es ihnen ermöglichen, Ermittlungen gegen einen Gauner einzuleiten und ihn auf absehbare Zeit aus dem Verkehr zu ziehen.

Richard kam fast sofort durch. Während er am Telefon kurz die näheren Umstände durchgab, überlegte ich, ob ich Andrew Broderick anrufen und ihm die Hiobsbotschaft verkünden sollte. Ich entschied mich dagegen. Es ist schlimm genug, eine Ware im Wert von zwanzig Riesen einzubüßen, ohne auch noch um den Nachtschlaf gebracht zu werden. Das muß ich Richard gelegentlich mal verklikkern.

3. Kapitel

Zwei Nächte darauf passierte es wieder. Ich wollte gerade Kevin Costner in einem Fantasyturnier den Garaus machen, als ein elektronisches Piepsen unseren Zweikampf störte. Costner löste sich in bläulichem Dunst auf, ich kämpfte mich aus dem Traum frei und tastete blind nach dem Telefon. Mein Arm fühlte sich so schwer an, als steckte ich tatsächlich in einer gewichtigen mittelalterlichen Ritterrüstung. Das kommt davon, wenn man vor dem Schlafengehen am Computer spielt. »Brannigan«, ächzte ich ins Telefon.

»Kate? Entschuldige, daß ich dich aufwecke.« Die Stimme war mir bekannt, aber so aus dem Schlaf geschreckt, brauchte ich einen Augenblick, um sie zuzuordnen. Die Stimme und ich lieferten gleichzeitig die Antwort. »Ruth Hunter!«

Ich stützte mich auf einen Ellbogen und knipste die Nachttischlampe an. »Ruth. Warte mal kurz, ja?« Ich legte den Hörer hin und suchte nach meiner Tasche. Ich holte Block und Stift heraus und notierte mir die Uhrzeit. 2 : 13. Wenn mich um diese Zeit eine Strafverteidigerin anrief, mußte es um etwas Ernstes gehen. Welcher der Klienten von Mortensen & Brannigan auch entschieden haben mochte, daß mein Schönheitsschlaf unwichtiger sei als seine Bedürfnisse, würde dafür teuer bezahlen müssen. Ich würde ihm jede einzelne Sekunde in Rechnung stellen. Ich nahm den Hörer wieder auf und sagte: »Gut. Du hast meine ungeteilte Aufmerksamkeit. Was ist passiert, das keinen Aufschub duldet?«

»Kate, ich kann es dir nicht auf schonende Weise sagen. Tut mir leid. Ich habe gerade mit dem diensthabenden Sergeanten des Polizeireviers Longsight gesprochen. Sie haben Richard festgenommen.« Ruths Stimme klang schuldbewußt, aber sie hatte recht. Diese Nachricht konnte man einem nicht schonend beibringen.

»Was hat er angestellt? Hat er zuviel getrunken und sich in eine Schlägerei eingemischt?« fragte ich und wußte zugleich, daß ich maßlos optimistisch war. Wenn es nur das wäre, dann hätte Richard sich lieber in einer Zelle aufs Ohr gehauen, als Ruth von den Cops rufen zu lassen.

»Leider nicht, Kate. Es geht um Drogen.«

»Ist das alles?« Ich mußte fast loslachen. »Wir leben in den Neunzigern, Ruth. Wieviel können sie ihm schon für einen Klumpen Hasch aufbrummen? Er trägt nie mehr bei sich als die Menge, die er braucht, um sich ein, zwei Joints zu drehen.«

»Kate, es geht nicht um Cannabis.« Ruth sprach in dem Tonfall, den Schauspieler in einer Krankenhausserie anschlagen, wenn sie jemandem mitteilen, daß einer seiner Lieben möglicherweise nicht durchkommt. »Glaub mir, wenn es nur Cannabis wäre, dann hätte ich dich bestimmt nicht extra angerufen.«

Ich hörte zwar ihre Worte, konnte mir jedoch keinen Reim darauf machen. Die einzige Droge, die Richard jemals konsumiert, ist Hasch. In den zwei Jahren unserer Beziehung hat er meines Wissens nicht eine einzige Ecstasy-Pille eingeworfen, trotz der großen Zahl an Feten und Gigs, die er regelmäßig besucht. »Dann muß man es ihm untergeschoben haben«, sagte ich zuversichtlich. »Jemand hat ihn auf dem Kieker und hat ihm was in die Tasche geschmuggelt.«

»Das glaube ich nicht, Kate. Es geht um zwei Kilo Crack.«

Crack. Das extrem suchtfördernde, potentiell tödliche Kokainderivat verursacht jedem in der Rauschmittelprävention Tätigen eine Gänsehaut. Im ersten Augenblick konnte ich es nicht fassen. Ich weiß zwar, daß zwei Kilo Crack nicht gerade wuchtig sind, aber man würde es auf jeden Fall bemerken, wenn es am Körper getragen wird. »Er ist mit zwei *Kilo* Crack in den Tachen herumgelaufen? Das kann nicht stimmen, Ruth«, stieß ich hervor.

»Nicht herumgelaufen. Gefahren. Ich habe noch keine näheren Einzelheiten, aber er wurde von zwei Jungs von der Verkehrsstreife aufgegriffen. Ich fürchte, es kommt noch schlimmer, Kate. Anscheinend war der Wagen, den er fuhr, gestohlen.«

Ich war aus dem Bett gesprungen und riß Slips und Strumpfhosen aus der obersten Schublade der Kommode. »Und mit wem war er zusammen? Er kann nicht gewußt haben, daß er in einem heißen Auto saß!«

Mir wurde flau im Magen, als Ruth erwiderte: »Er war allein. Ohne Mitfahrer.«

»Das ist ja ein Alptraum«, sagte ich. »Du kennst ihn doch. Kannst du dir Richard als gewieften Autodieb und Drogendealer vorstellen? Wo bist du jetzt, Ruth?« fragte ich.

»Ich bin auf dem Weg zur Tür. Je eher ich bei ihm bin, um so schneller können wir die Sache aufklären. Du hast völlig recht. Richard ist kein Verbrecher«, sagte sie beschwichtigend.

»Wohl wahr. Danke, Ruth, daß du mir Bescheid gesagt hast. Das ist lieb von dir.« Ich hakte meinen BH zu und ging zum Kleiderschrank.

»Ich halte dich auf dem laufenden«, sagte sie. »Bis bald.«

Bald ist eher, als du glaubst, sagte ich mir, während ich einen cremefarbenen Rollkragenpullover aus Baumwolle überstreifte. Ich schnappte mir meinen Lieblingshosenanzug, eine leichte Kreation aus einem Wollgewebe in Grau und Moosgrün. Da ich mich im Laufen anzog, verfingen sich meine Füße natürlich in den Hosenbeinen, als ich in den Flur stürzte, ich landete der Länge nach auf dem Fußboden und knallte mit dem Gesicht gegen die Fußleiste, wobei ich zwangsweise feststellte, daß seit dem letzten Hausputz zuviel Zeit ins Land gegangen war. Unter einem Schwall monotoner Flüche arbeitete ich mich zur Terrassentür vor und fischte ein Paar flacher Halbschuhe aus dem Schuhschrank. Auf dem Weg nach draußen fiel mir wieder ein, welchen Plan ich gefaßt hatte, und ich hetzte zurück ins Wohnzimmer, wo ich die schmale schwarze Ledermappe aufhob, die ich dazu benutze, etwaige Kunden mit meiner Geschäftstüchtigkeit zu beeindrucken.

Als ich den Wagen anließ, stellte ich fest, daß Richards Käfer nicht an seinem gewohnten Platz stand. Was in Gottes Namen ging hier vor? Wenn er in seinem eigenen Wagen weggefahren war, wieso kurvte er dann mitten in der Nacht in einem geklauten Fahrzeug und mit einem Paket harter Drogen auf den Straßen herum? Noch wichtiger war, wußte der Besitzer des Stoffs, wer mit seiner Ware das Weite gesucht hatte? Falls ja, rechnete ich Richard keine großen Chancen aus, seinen nächsten Geburtstag zu erleben.

Wenig später hielt ich auf dem Besucherparkplatz des Polizeireviers Longsight. So spät in der Nacht herrschte hier kein großer Andrang. Ich wußte, daß ich mindestens noch eine Viertelstunde totzuschlagen hatte, da Ruth die ganze Strecke von ihrem Haus in Hale zurücklegen mußte. Gewöhnlich fällt es mir nicht schwer, mich während einer Observierung zu beschäftigen. Vielleicht liegt es daran, daß ich nicht allzuoft in diese Situation komme, bei der Art von Aufträgen, auf die Mortensen & Brannigan spezialisiert sind. Viele Privatdetekteien sind darauf angewiesen, ein Gros ihrer Einkünfte durch stumpfsinnige Beschattungsarbeit zu verdienen, bei der nicht nur die Hirnzellen, sondern auch der Hintern abstirbt. Aber da wir überwiegend mit Computerkriminalität und Wirtschaftsbetrug befaßt sind, leisten wir einen weit größeren Teil unserer Plackerei in den Büros anderer Leute ab als draußen vor ihren Häusern. Heute kamen mir die siebzehn Minuten, die ich damit zubrachte, auf die schmutzigroten Backsteine und die hohen, unpersönlichen Fenster des weitläufigen Polizeireviers in pseudogotischem Stil zu starren, allerdings wie Stunden vor. Ich nehme an, ich war besorgt. Auf meine alten Tage werde ich wohl mürbe.

Ich sah Ruths Auto gleich, als sie auf den Parkplatz einbog. Ihr Mann ist in der Textilbranche und fährt einen weißen Bentley Mulsanne Turbo. Wenn man Ruth mitten in der Nacht aus dem Bett holt, nimmt sie gern den Bentley. Die Cops sind dann nur halb so nervig. Ihre Stammkunden lieben ihn heiß und innig. Als die grellen Scheinwerfer in meinem Rückspiegel erloschen, war ich im Handumdrehen draußen und winkte Ruth zu.

Mit einem fast unhörbaren Summen ging das Fenster an der Fahrerseite herunter. Sie steckte den Kopf nicht nach draußen; sie wartete, bis ich bei ihr war. Ich lächelte. Ruth nicht. »Du wirst dich auf eine lange Wartezeit gefaßt machen müssen, Kate«, sagte sie warnend.

Ich ging nicht auf die Warnung ein. »Ruth, wir wissen beide, daß du die beste Strafverteidigerin in der Stadt bist. Und wir wissen beide ebenfalls, daß es eine ganze Palette von Handlungsmöglichkeiten gibt, an die du als zugelassene Anwältin nicht einmal denken darfst. Bei dem Riesenärger, den Richard sich da allem Anschein nach eingehandelt hat, braucht er jemanden, der sich auf die Hinterbeine stellt und alles tut, was nötig ist, um die Informationen zu beschaffen, durch die er seinen Kopf aus der Schlinge der Cops und der Drogenhändler ziehen kann. Dieser Jemand bin ich, und es ist sinnvoll, wenn ich an eurer Besprechung und der Vernehmung durch die Polizei teilnehme.«

Das muß man ihr lassen, Ruth hörte mich zu Ende an. Sie zählte sogar bis fünf, um den Eindruck zu erwecken, daß sie über meinen Vorschlag nachdachte. Dann schüttelte sie langsam den Kopf. »Kommt nicht in Frage, Kate. Du kennst doch die Bestimmungen des PACE ebensogut wie ich.«

Ich lächelte bedauernd. Der *Police and Criminal Evidence Act*, das Gesetz zur Beweiserhebung, war zwar nicht meine Bettlektüre gewesen, als es in Kraft trat, dennoch war ich durchaus vertraut mit seinen Bestimmungen. Ich wußte sehr gut, daß die einzige Person, die ein Verdächtiger zur Vernehmung durch die Polizei hinzuziehen durfte, sein oder ihr Anwalt war. »Es gibt eine Möglichkeit, die Bestimmungen zu umgehen«, sagte ich.

Das Denken von Strafverteidigern folgt seinen eigenen Gesetzen. Sie können kaum widerstehen, wenn es ein neues Schlupfloch im Recht zu entdecken gilt. Halt ihnen die Möglichkeit wie eine Karotte unter die Nase, und sie beißen dir schneller den Arm ab als ein Hungers sterbender Esel. »Na, sag schon«, forderte Ruth mich verhalten auf. Ich schwöre, daß ihre Augen glitzerten.

»Praktikanten, die gerade mit Strafsachen anfangen, lernen gewöhnlich von der Pike auf, indem sie sich einer erfahrenen Anwältin wie dir an die Fersen heften. Und dazu gehört auch die Teilnahme an Vernehmungen bei der Polizei.«

Ruth lächelte süßlich. »Nicht mitten in der Nacht. Und du bist keine Praktikantin, Kate.«

»Richtig, Ruth, aber ich habe zwei Jahre Jura studiert. Und wie du vor nicht einmal fünf Minuten selbst sagtest, kenne ich mich im PACE aus. Ich werde nicht aus Unkenntnis von verfahrenstechnischen Fragen Mist bauen.« Ich konnte mich nicht erinnern, wann ich das letztemal soviel Überredungskunst hatte aufbieten müssen. Wenn ich nicht aufpaßte, würde ich gleich noch Männchen machen. Dies würde die am teuersten erkaufte nächtliche Spritztour werden, die Richard Barclay jemals gemacht hatte.

Ruth schüttelte entschlossen den Kopf. »Kate, wenn wir einander schon zitieren müssen, dann darf ich dich wohl an deine Eröffnungsworte erinnern. Es gibt eine ganze Reihe von Handlungsmöglichkeiten, an die ich als vor Gericht zugelassene Anwältin nicht einmal denken darf. Ich fürchte, das gehört dazu.« Noch während sie sprach, ging das Fenster wieder hoch.

Ich trat zurück, damit Ruth die Tür öffnen und ihrem Wohnzimmer auf Rädern entsteigen konnte. Sie ließ die Tür mit einem leisen, teuren Klicken zufallen. Dann holte sie tief Luft und dachte nach. Während ich darauf wartete, daß sie etwas sagte, konnte ich nicht umhin, ihrer äußeren Erscheinung Bewunderung zu zollen. Ruth sah nicht im entferntesten so aus wie ein Frau, die durch einen nächtlichen Anruf aus dem Bett geholt und um den Schlaf gebracht worden war. An ihrem dezenten Make-up war nichts dem Zufall überlassen, ihre langen blonden Haare waren am Hinterkopf zu einem ordentlichen Zopf geflochten, die distinguierten Silbersträhnen an ihren Schläfen schimmerten im Licht der Straßenlaternen. Sie war schon Mitte Dreißig, doch der einzige Hinweis darauf war ein feines Netz von Lachfältchen in ihren Augenwinkeln. Sie trug einen weiten schwarzen Mantel über einem cremefarbenen Seidenhemd mit umgeschlagenem Kragen, schwarze Leggings und schwarze Stiefeletten mit Pfennigabsätzen. Die zusätzlichen Zentimeter überspielten, daß sie wohl mindestens Größe sechsundvierzig hatte. Wir waren befreundet, seit sie damals als Gastrednerin vor meiner Jurafrauengruppe an der Universität aufgetreten war, und ich hatte sie nie anders als in tadellosem Aufzug gesehen. Wenn ich sie nicht so gern hätte, dann würde ich sie hassen.

Jetzt legte sie eine erstaunlich schmale Hand auf meinen Arm. »Kate, du weißt, daß ich mit dir fühle. Wenn das da drinnen Peter wäre, würde ich Himmel und Hölle in Bewegung setzen, um ihn herauszuholen. Ich habe nicht den geringsten Zweifel, daß Richard als erstes von mir verlangen wird, daß ich dich hinzuziehe. Und ich bin hundertprozentig dafür. Aber laß mir den Spielraum, das zu tun, was ich am besten kann. Sobald ich hier fertig bin, komme ich sofort vorbei und informiere dich, das verspreche ich dir.«

Ich schüttelte den Kopf. »Das reicht mir nicht. Wenn ich tun will, was *ich* am besten kann, dann muß ich einige Fragen stellen, die nicht unbedingt in die Richtung gehen, was du wissen willst. Ruth, es ist im Interesse deines Klienten.«

Ruth legte den Arm um meine Schultern und drückte mich an sich. »Gut pariert, Kate. Du hättest wirklich bei Jura bleiben sollen, weißt du. Du wärst eine ausgezeichnete Anwältin geworden. Aber die Antwort lautet trotzdem nein. Wir sehen uns später.«

Sie ließ mich los und ging über den Polizeiparkplatz zum Eingang, die Absätze ihrer Stiefel klapperten auf dem Asphalt. »Worauf du Gift nehmen kannst«, sagte ich leise.

Es war wieder mal an der Zeit für meine spezielle Methode, etwas durchzukonjugieren. In diesem Fall lautete die geeignete Konjugation: Ich habe Phantasie, du übertreibst, er/sie/es ist ein/e pathologische/r Lügner/in. Ich gab Ruth zehn Minuten, um die Formalitäten zu erledigen. Dann ging ich zur Tür hinüber und drückte auf die Gegensprechanlage. »Hallo?« kam es knisternd aus dem Lautsprecher.

Ich gab meine beste Vorstellung eines in Panik geratenen Greenhorns. »Ich arbeite bei Hunter Butterworth. Ich sollte mich hier mit Miss Hunter treffen; ich bin die Praktikantin, aber mein Wagen wollte nicht anspringen, und ich bin zu spät gekommen, und ich hab draußen schon ihren Wagen gesehen. Können Sie mich reinlassen? Ich soll nämlich dabeisein, wenn sie Klientengespräche führt. Als sie mich anrief, sagte sie, Mr. Barclays Fall höre sich so an, als könnte ich eine Menge daraus lernen«, rasselte ich ohne Unterbrechung herunter.

»Miss Hunter hat nichts davon gesagt, daß sie eine Praktikantin erwartet«, erwiderte die verzerrte Stimme.

»Sie hat wahrscheinlich nicht mehr mit mir gerechnet. Ich sollte mich schon vor zwanzig Minuten mit ihr treffen. Bitte, lassen Sie mich rein. Ich werde schon genug Probleme kriegen, weil ich mich so verspätet habe.«

Ich hatte den richtigen Ton getroffen. Die Tür summte, ich trat ein und stieß die Gittersperre auf. Der diensthabende Sergeant grinste mir hinter seinem Schreibtisch zu. »Ich bin froh, daß ich nicht in Ihrer Haut stecke«, sagte er. »Sie kann ein richtiger Tyrann sein, Ihre Chefin. Ich hatte mal eine Lehrerin wie sie. Miss Gibson. Allerdings hat sie mich durch die Prüfung zur Mittleren Reife in Französisch gepaukt, und das war kein kleines Kunststück.«

Er fragte nach meinem Namen, und ich gab mich als Kate Robinson aus. Er machte eine Notiz im Besucherprotokoll, dann führte er mich durch einen hellerleuchteten Korridor. Ich achtete darauf, nicht über die rissigen Vinylfliesen zu stolpern, deren Kanten sich allmählich einrollten. Schwer zu sagen, welche Farbe sie ursprünglich gehabt hatten; ich konnte mir nicht vorstellen, daß jemand tatsächlich Schlachtschiffgrau, mit Khaki und Galle getüpfelt, ausgewählt hatte. Auf halber Höhe des Flurs blieb er vor einer Tür mit der Aufschrift »Vernehmung 2« stehen, klopfte und öffnete, noch bevor jemand antwortete. »Ihre Praktikantin ist hier, Miss Hunter«, verkündete er, dann trat er zur Seite, um mich durchzulassen.

Wie ein echter Profi zuckte Ruth mit keiner Wimper. »Danke«, sagte sie verbissen. Es war Richard, der um ein Haar alles auffliegen ließ. Typisch. Dieses vertraute Lächeln, das nach wie vor meinen ganzen Hormonhaushalt durcheinanderwirbelt, ließ sein ganzes Gesicht aufleuchten.

Er kam nur bis »Was –«, bevor Ruth unterbrach.

»Ich hoffe, es stört Sie nicht, Mr. Barclay, aber meine Kollegin ist Praktikantin, sie muß erst noch unser Handwerk erlernen«, sagte sie laut. »Ich würde sie gern an unserer Besprechung teilnehmen lassen, es sei denn, Sie haben Einwände.«

»N-nein«, stammelte Richard mit verblüffter Miene.

Ich trat in den Raum, und der Sergeant schloß fest die Tür hinter mir.

Richard sagte: »Ich begreife das nicht«, und gleichzeitig knurrte Ruth leise: »Ich sollte auf der Stelle hier verschwinden und euch eurem Schicksal überlassen.«

»Ich weiß. Entschuldige. Ich konnte nicht anders. Es ist zu wichtig. Sieh es doch mal von der positiven Seite; wenn ich mir den Zutritt zum Vernehmungsraum eines Polizeireviers erschleichen kann, solltest du da nicht froh sein, daß ich zu deinem Team gehöre?« fügte ich mit schuldbewußtem Lächeln hinzu.

Ehe Ruth sich eine Antwort auf diese Dreistigkeit ausdenken konnte, sagte Richard leidend: »Ich begreife nicht, warum du hier bist, Brannigan.«

»Ich bin hier, weil du Hilfe brauchst, Richard. Ich weiß, du lebst die meiste Zeit in einer anderen Welt, aber hier auf der Erde hält man es für ein ziemlich ernstes Vergehen, in einem geklauten Auto herumzukutschieren, mit ausreichend Crack, um halb Manchester in angenehme Träume zu versetzen«, erklärte ich ihm.

»Hört mal, ich weiß, es sieht so aus, als säße ich tief in der Scheiße. Aber so ist es nicht.« Er fuhr sich mit der Hand durchs Haar und runzelte die Stirn. »Ich versuche die ganze Zeit, es allen klarzumachen. Es war kein geklautes Auto. Es war *unser* Auto. Der Wagen, den wir am Dienstag in Bolton gekauft haben.«

4. Kapitel

Bevor ich nachhaken konnte, schaltete Ruth sich ein. »Einen Augenblick mal. Kate, du bist hier, weil ich dich hier dulde. Ich meinerseits bin hier, weil Richard mich hergebeten hat. Ich muß meine Arbeit tun, und ich bin weiterhin entschlossen, sie zu tun, trotz deiner Einmischung. Also laß mich meine Fragen stellen, und wenn wir dann irgendwas unberücksichtigt gelassen haben, bist du an der Reihe.«

Das war kein Vorschlag, es war ein Befehl. Ich wußte, was ich getan hatte, war total daneben. Ich hatte meine Freundschaft mit Ruth einer schweren Belastungsprobe ausgesetzt, und ich wollte unsere Beziehung nicht noch weiter belasten. Außerdem sehe ich gern Leuten zu, die ihr Metier beherrschen. »Einverstanden«, sagte ich.

»Du meinst, eigentlich darf sie gar nicht hier sein?« fragte Richard und konnte sich ein Grinsen nicht verkneifen, trotz Ruths strenger Miene.

»Wenn man nicht solch schwere Anschuldigungen gegen dich erheben würde, dann hätte ich sie einfach zur Tür hinausbefördert. Mir scheint es nicht der rechte Zeitpunkt zu sein, noch mehr Verdacht zu erregen. Also, Richard, legen wir los. Ich hab nicht die ganze Nacht Zeit.« Ruth zückte ihren Stift und begann zu schreiben. »Fangen wir ganz von vorn an. Was ist heute abend passiert?«

Richard wirkte unsicher. »Na ja, es hat nicht erst heute abend angefangen. Ich meine, je nachdem hat es entweder am Dienstag abend oder vor drei Wochen angefangen.«

Jetzt war ich dran mit dem Grinsen. Ich beneidete Ruth nicht um ihre Aufgabe. Ich liebe ihn von Herzen, aber Richard kann nur dann eine Geschichte in gerader Linie von Anfang bis Ende erzählen, wenn er vor seinem Computer sitzt, mit der Aussicht auf ein hübsches kleines Honorar zum Ausklang des Tages.

Ruth kniff sich in den Nasenrücken. »Vielleicht könntest du mir die Kurzfassung erzählen, und ich unterbreche dich, wenn ich etwas nicht verstehe.«

»Es geht um einen Auftrag von Kate. Ich hab ihr dabei geholfen. Wir müssen diese Autos kaufen, weißt du, anschließend geben wir sie dem Autohersteller zurück.« Richard hielt inne.

Ruths graue Augen hefteten sich auf mich. »Vielleicht möchtest du das näher ausführen...?«

Ich nickte. »Mein Klient ist die Finanzabteilung der Leo Motor Company. Die Bosse haben einige Händler in Verdacht, sie zu betrügen. Unsere Aufgabe ist es, die entsprechenden Beweise zu liefern, darum haben Richard und ich uns als Ehepaar ausgegeben und mit von Leo bereitgestelltem Geld Autos gekauft, die Leo dann wieder bei uns abholt«, sagte ich.

»Danke. Also, ihr habt diese Autos gekauft. Was war dann am Dienstag abend?« fragte sie.

»Wir hatten eine Wahnsinnskarre abgeholt, das Gemini Turbosupercoupé«, sagte Richard schwärmerisch. »Ich mußte in die Stadt und hatte beschlossen, mir den Spaß zu gönnen und in dem Coupé hinzufahren, weil wir es ja nur ein, zwei Tage behalten konnten. Als ich aus dem Club kam, war der Wagen verschwunden. Also bin ich nach Hause gefahren und hab ihn bei der Polizei als gestohlen gemeldet.«

Ruth schaute von ihrem Notizblock auf. »Hat man jemanden vorbeigeschickt?«

»Ja, ein Cop kam etwa eine Stunde später vorbei, und ich habe ihm den Hergang geschildert«, sagte Richard.

»Und ich habe meinen Klienten gleich Mittwoch früh informiert, wenn das irgendwie nützt«, fügte ich hinzu.

Diesmal blickte Ruth mich nicht finster an. Sie machte sich nur eine weitere Notiz und sagte: »Und weiter?«

Richard nahm seine Brille ab und starrte an die Decke. Zwischen seinen Brauen entstand eine Falte, als er konzentriert nachdachte. »Heute abend bin ich gegen neun in die Stadt gefahren. Ich mußte mich mit zwei Frauen im Paradise Factory treffen. Sängerinnen einer Jazzband, die gerade ihren ersten Plattenvertrag unterschrieben haben. Ich schreibe für eines der Hochglanzmagazine eine Story über sie. Im Factory war es so laut, daß man sein eigenes Wort nicht verstehen konnte, deshalb gingen wir wieder, rüber ins Manto's.« Typisch Richard, den Abend in so einer Yuppie-Bar zu verbringen. Als ich mir sein Outfit ansah, war ich überrascht, daß die Modepolizei ihn überhaupt hereingelassen hatte. »Wir blieben bis zur Sperrstunde«, fuhr er fort. »Die Mädchen zogen weiter ins Hacienda, aber ich hatte keine Lust mehr, deshalb ging ich, wollte mein Auto holen. Ich hatte es an der Ecke Portland Street geparkt, und als ich an dem Park auf der Sackville Street vorbeikam, entdeckte ich den Wagen.« Er setzte die Brille wieder auf und sah Ruth gespannt an.

»Welchen Wagen, Richard?« fragte Ruth geduldig.

»Das Coupé«, sagte er im beleidigten Tonfall eines Menschen, der denkt, er habe sich bereits mehr als deutlich ausgedrückt. Arme irregeleitete Seele.

»Du sahst den Wagen, den du Dienstag nacht als gestohlen gemeldet hattest?«

»Genau«, sagte er. »Nur war ich nicht auf Anhieb sicher, ob er es war. Es war der richtige Typ und die richtige Farbe, aber es waren neue provisorische Kennzeichen dran.«

»Provisorische Kennzeichen«, wiederholte Ruth, während sie mitschrieb. Ich war fasziniert. Jeder Autodieb, der auf sich hielt, hätte sogleich gefälschte Nummernschilder an ein geklautes Auto gepappt. Ich konnte mir beim besten Willen nicht erklären, wozu der Dieb ein anderes Paar der rot-weißen Schilder angebracht hatte, die die Autohäuser benutzen, um Wagen ohne Zulassung von einem Ort zum anderen zu schaffen. Damit legte er es förmlich darauf an, Aufmerksamkeit zu erregen.

»Ja, neue provisorische Kennzeichen«, sagte Richard ungeduldig. »Ich ging zu dem Wagen, hob das neue Schild vorn an, und darunter war dieselbe Nummer wie an dem Auto, das am Dienstag abend geklaut wurde«, sagte Richard triumphierend. Er setzte seine Brille auf und lächelte uns beide nervös an. »Es wird sich doch alles aufklären, oder?«

Ruth nickte. »Wir kriegen das schon hin, Richard. Also, bist du absolut sicher, daß es derselbe Wagen war?«

»Ich hatte noch die Schlüssel an meinem Schlüsselbund«, sagte er. »Da war eines dieser kleinen Pappschildchen dran, mit der Nummer des Wagens, das heißt, ich hab mich nicht bloß auf mein Gedächtnis verlassen. Die Nummer war identisch. Außerdem konnte ich mit meinem Schlüssel aufschließen, und im Kassettendeck steckte noch eines meiner Bänder. Ist das nicht Beweis genug?«

»Irgendwie glaube ich nicht, daß der Wagen die entscheidende Frage ist«, murmelte ich. Ruth warf mir einen Blick zu, der eine Piña Colada hätte gerinnen lassen können.

»Hast du die Polizei angerufen und gemeldet, daß du den Wagen gefunden hast?« fragte Ruth.

»Na ja, ich dachte, wenn ich losziehe und ein Telefon suche, könnte der Typ, der ihn geklaut hat, ihn mit Leichtigkeit wieder wegschaffen, während ich noch mit den Bullen rede. Daher beschloß ich, ihn einfach selbst zu konfiszieren und die Cops anzurufen, sobald ich wieder zu Hause war«, erklärte Richard. Das war gar nicht so unlogisch. Selbst ich mußte das zugeben.

»Was hast du als nächstes getan?« fragte Ruth.

»Na ja, was jeder vernünftige Mensch getan hätte«, sagte Richard. Mich verließ der Mut. »Ich hab die neuen provisorischen Kennzeichen abgenommen und sie in den Rinnstein geschmissen.«

»Du hast sie in den Rinnstein geschmissen?« fragten Ruth und ich im Chor, Kopf an Kopf im Ungläubigkeitsrennen.

»Na klar. Sie gehörten mir nicht. Ich bin doch kein Dieb«, sagte Richard in einer Mischung aus Selbstgerechtigkeit und Naivität, bei der es mich in den Fingern juckte, ihm den Hals umzudrehen.

»Du kamst nicht auf die Idee, daß sie ein nützlicher Hinweis für die Polizei sein könnten, um die Autodiebe zu fassen?« sagte Ruth gefährlich sanft.

»Nein, tut mir leid. Ich bin nicht so wie ihr beide. Ich denke nicht wie ein Krimineller.«

Ruth sah aus, als wollte sie mir beim Lynchen Gesellschaft leisten. »Nur weiter«, sagte sie mit eisiger Stimme. »Was hast du gemacht, nachdem du dich deiner entlastenden Indizien entledigt hattest?«

»Ich stieg ein und fuhr los. Ich war fast schon zu Hause, da sah ich das Blaulicht in meinem Rückspiegel. Zuerst bin ich nicht mal links rangefahren, weil ich nicht zu schnell fuhr oder so. Wie dem auch sei, an der Ampel auf der Upper Brook Street haben sie mir den Weg abgeschnitten, und da ging mir auf, daß sie hinter mir her waren. Also hielt ich. Ich drehte das Fenster ein Stück runter, aber ehe ich was sagen konnte, machte einer der Bullen die Tür auf und zog mich aus dem Auto. Im nächsten Augenblick liege ich breitbeinig über der Motorhaube, mit Handschellen gefesselt, und sein Kumpel hat den Kofferraum aufgemacht.

Sie erzählten mir immer wieder, daß der Wagen gestohlen sei, und ich sagte ihnen immer wieder, ja, das wüßte ich, weil man ihn mir gestohlen hätte, aber sie wollten einfach nicht auf mich hören. Dann kommt der Kerl, der in den Kofferraum gesehen hatte, mit dieser Tragetasche von Sainsbury's um den Wagen herum, wedelt mir damit vor dem Gesicht rum und sagt: ›Und die Bösewichter, die deinen Wagen geklaut haben, wollten dir wohl ein kleines Dankeschön dalassen?‹ Na ja, ich hatte ja keine Ahnung, was im Kofferraum war. Das hab ich ihnen dann auch gesagt, und sie lachten bloß, verfrachteten mich in ihren Wagen und brachten mich hierher. Dann weiß ich nur noch, daß sie mir wegen einem Paket Crack zusetzten. Und da dachte ich, oje, ich brauch 'nen Anwalt.«

Richard lehnte sich zurück und sah uns beide an. »Ein unerwarteter Glücksfall, auch noch Brannigan dazuzukriegen. Wie schnell kannst du mich aus diesem Dreckloch rausholen, Ruth?« fragte er und umfing mit einer Handbewegung den schäbigen Vernehmungsraum.

»Das hängt von mehreren Faktoren ab. Um ganz ehrlich zu sein, Richard, ich bin nicht sehr optimistisch, daß ich sie davon abhalten kann, dich unter Anklage zu stellen, und das heißt, du bleibst hier, bis ich dich vors Magistratsgericht bringen und Freilassung gegen Kaution beantragen kann, was wir voraussichtlich bis morgen früh schaffen können. Ich habe allerdings noch ein paar Fragen. Hast du irgendwann mal den Kofferraum des Coupés geöffnet?«

Richard runzelte die Stirn. »Ich glaube nicht«, sagte er zögernd. »Nein, ich bin ziemlich sicher, daß ich es nicht getan habe. Wieso sollte ich auch?«

»Du hast ihn nicht überprüft, als du den Wagen kauftest? Nachgesehen, ob ein Ersatzrad und ein Wagenheber da waren?« fragte Ruth.

»Der Verkäufer hat uns alles gezeigt, als wir eine Probefahrt machen wollten«, warf ich ein. »Ich kann mich jedenfalls nicht erinnern, daß Richard etwas angefaßt hätte.«

Er brachte ein Lächeln zustande. »Wir hatten ihn ja nicht lange genug da, als daß Brannigan damit hätte einkaufen fahren können, deshalb brauchten wir den Kofferraum nicht.«

»Gut«, sagte Ruth. »Diese Tragetasche, die sie aus dem Kofferraum geholt haben. Hattest du die vorher schon mal gesehen?«

Richard zuckte die Achseln. »Keine Ahnung. Es war 'ne ganz normale Tragetasche von Sainsbury's. Brannigan hat eine ganze Schublade voll davon. Die sehen alle gleich aus. Als dieser Sülzheini uns den Wagen am Montag vorgeführt hat, war sie nicht im Kofferraum. Und ich habe sie nicht da reingelegt. Also kann ich wohl mit gutem Recht sagen, daß ich sie noch nie gesehen habe.«

»Hast du sie irgendwie angefaßt?«

»Wie denn? Ich sagte doch, ich habe sie vorher nie gesehen«, sagte Richard leidend.

»Der Beamte hat sie dir nicht zugeworfen oder in die Hand gedrückt?« bohrte Ruth.

»Das konnte er ja wohl schlecht. Sein Kumpel hatte mir bereits Handschellen angelegt«, erwiderte Richard.

»Ja, darüber bin ich auch ein wenig erstaunt. Hast du dich gewehrt? Oder bist du verbal vielleicht ein bißchen übers Ziel hinausgeschossen?« fragte Ruth behutsam.

»Na ja, ich war nicht gerade beglückt, gewaltsam aus, rein formal gesehen, meinem eigenen Wagen gezerrt zu werden, wo ich nicht mal zu schnell gefahren war und die ganze Nacht nur Cola light getrunken hatte. Deshalb war ich wohl leicht säuerlich«, gab

Richard zu. Hätte der Mut mich nicht vorher schon verlassen, dann wäre es spätestens jetzt passiert. Widerstand gegen die Staatsgewalt konnten wir also auch noch auf die Liste setzen, dachte ich bedrückt.

Ruth war offenbar ebenso begeistert von dieser Neuigkeit wie ich. »Aber du bist doch nicht gewalttätig geworden?« fragte sie, und ihr hoffnungsvoller Ton war so auffällig wie ein City-Fan in einem United-Bus.

»Nein«, wies Richard das empört zurück. »Wofür hältst du mich?«

Diplomatischerweise antwortete keine von uns darauf. »Die Schlüssel zu dem Coupé – hattest du beide Ausfertigungen?«

Richard schüttelte den Kopf. »Nein, die andere hatte Brannigan.«

»Hast du sie noch?« fragte sie mich.

Ich nickte. »Sie sind in der Küchenschublade. Nur wir beide hatten Zugang dazu.«

»Gut«, sagte Ruth. »Diese beiden Frauen, mit denen du zusammen warst – kannst du mir ihre Namen und Adressen geben? Ich werde ihre Aussage brauchen, um zu belegen, daß ihr nicht etwa in einer dunklen Ecke gehockt und einen Drogendeal abgewickelt, sondern über ihren Plattenvertrag geredet habt.«

»Was ich jetzt sage, wird dir nicht gefallen«, prophezeite Richard. Zu Recht, wie sich herausstellte. »Ich kenne nur ihre Künstlernamen. Lilith Annsdaughter und Eve Uhuru. Ich habe auch keine Adressen, bloß eine Telefonnummer. Die steht in meinem Notizbuch, aber die Jungs in Blau haben es mir abgenommen. Sorry.« Er versuchte sich an einem Lächeln, aber der Zauber wirkte auf uns beide nicht.

Ruth ließ das erste echte Anzeichen von Müdigkeit erkennen. Die Augen fielen ihr kurz zu, und sie ließ die Schultern hängen. »Überlaß das mir«, sagte sie, und ihre Stimme war kaum mehr als ein Seufzen. Dann holte sie tief Luft, straffte die Schultern und holte eine Schachtel extralanger Menthol-Zigaretten aus ihrer Mappe. Sie bot uns ebenfalls davon an, wurde jedoch abschlägig beschieden. »Was meint ihr, zählt die als Nummer elf von Donnerstag oder Nummer eins von Freitag?« fragte sie. »So oder so ist es gegen die Vorschrift.« Sie zündete die Zigarette an, überraschenderweise mit einem Streichholz von einem Restaurantblättchen. Ich hätte bei Ruth auf ein Dunhill-Feuerzeug getippt.

»Nur noch eines«, sagte Ruth. »Du hast doch einen Sohn, Richard.«

Richard runzelte verblüfft die Stirn. »Ja. Davy. Wieso?«

»Wie sieht er aus?«

»Wozu willst du das wissen?« fragte Richard. Zum Glück, so brauchte ich es nicht zu tun.

»Dem diensthabenden Sergeanten zufolge fanden seine Kollegen bei einer gründlicheren Untersuchung des Wagens ein Polaroidfoto, das seitlich vom Rücksitz heruntergerutscht war. Es zeigt einen kleinen Jungen.« Ruth holte tief Luft. »In einer ziemlich unerfreulichen Pose. Ich denke, sie werden dir dazu auch einige Fragen stellen wollen.«

»Was meinst du damit, eine ziemlich unerfreuliche Pose?« wollte ich wissen.

»Er ist bis auf die Unterhose ausgezogen und mit Handschellen an ein Bett gefesselt«, sagte Ruth.

Richard sah aus wie vom Donner gerührt. Ich konnte mir vorstellen, wie ihm zumute war. »Und du meinst, das hat etwas mit *mir* zu tun?« stieß er entrüstet hervor.

»Die Polizei vielleicht«, sagte Ruth.

»Das kann gar nichts mit uns zu tun haben«, mischte ich mich ein. »Keiner von uns hat sich am Rücksitz zu schaffen gemacht, nachdem wir den Wagen abgeholt hatten. Der einzige, der meines Wissens auf dem Rücksitz saß, war der Verkäufer, während der Probefahrt.«

»Schon gut, schon gut«, sagte Ruth. »Regt euch ab. Ich dachte ja nur, daß es möglicherweise eine ganz harmlose Erklärung für das Foto geben könnte, daß es dein Sohn sein könnte.«

»Und wie sieht dieser Junge aus?« fragte Richard aggressiv.

»Ich würde sagen, etwa zehn Jahre alt, dunkles, welliges Haar, mager.«

Richard stieß einen Seufzer aus. »Tja, da scheidet Davy schon mal aus. Er ist erst acht, durchschnittlich groß für sein Alter, sein Haar ist so glatt wie meins und hat die gleiche Farbe. Hellbraun.« Die Farbe von Karamelbonbons, um genau zu sein.

»Gut. Ich bin froh, daß wir das geklärt haben«, sagte Ruth. »Noch Fragen, Kate?«

Ich nickte. Nicht, daß ich mir brauchbare Antworten davon versprach. »Richard, als du im Manto's warst, hast du da irgend jemanden gesehen, der dir von neulich aus dem Club bekannt vorkam? Eine eher schrille, eher undurchsichtige Person, eben der Typ, der den Schlitten geklaut haben könnte?«

Richard kniff konzentriert die Augen zusammen. Dann schüttelte er den Kopf. »Du kennst mich, Brannigan. Ich geh nicht in Kneipen, um die Kundschaft unter die Lupe zu nehmen«, sagte er entschuldigend.

»Hast du vor irgendwem mit dem Auto geprahlt?«

»Ich hab den Wagen keiner Menschenseele gegenüber erwähnt. Schon nächste Woche hätte ich ja total behämmert dagestanden, wenn ich wieder mit meinem eigenen Gefährt aufgekreuzt wäre«, sagte er mit seltener Einsicht.

»Ich nehme an, du hast keine Ahnung, wer dieser Tage in der Stadt die großen Dinger dreht?«

Richard beugte sich vor und sah mir fest in die Augen. Ich spürte sein Unbehagen. »Ich habe keinerlei Interesse daran«, sagte er mit angespannter Miene. »Ich gebe mir sogar alle Mühe, auch nicht den Hauch von Interesse zu zeigen. Hör zu, du weißt, wieviel Zeit ich in Moss Side und Cheetham Hill bei neuen Bands verbringe. Jeder weiß, daß ich Journalist bin. Wenn ich das leiseste Interesse an den Gangs und Drogen zeigen würde, wäre ich ein toter Mann, auf den Stufen irgendeiner Zeitungsredaktion niedergeschossen, als Warnung an andere Zeitungsschreiber, sich nur ja keine blöden Pläne für eine Kampagne zur Säuberung Manchesters in den Kopf zu setzen. Frag Alexis. Sie ist doch die Kriminalreporterin. Frag sie nach dem letzten ernsten Zwischenfall in Moss Side oder Cheetham Hill, wo sie mehr getan hat, als zur Pressekonferenz der Polizei zu dackeln! Glaub mir, wenn ich auch nur eine Sekunde lang annehmen würde, daß die Gang, der dieser Stoff gehört, weiß, daß ich es war, der damit abgedüst ist, würde ich weit, weit weg von Manchester um Schutzhaft bitten. Nein, Brannigan, ich hab keine Ahnung, wer die großen Dinger dreht, und um unser beider Gesundheit willen schlage ich vor, daß du im selben Zustand der Unwissenheit verharrst.«

Ich zuckte die Achseln. »Du willst vor der Sache davonlaufen? Das kannst du nur, wenn wir ihnen einen Ersatzmann liefern.« Ich wandte mich an Ruth. »Hab ich nicht recht?«

»Mal abgesehen davon, wirst du wahrscheinlich noch einige Tage in Polizeigewahrsam zubringen müssen«, warnte Ruth ihn.

Richard machte ein mutloses Gesicht. »Besteht keine Möglichkeit, mich vorher hier herauszuholen? Ich muß hier raus, ganz dringend«, sagte er.

»Richard, meiner Ansicht nach wird die Polizei dich des Drogenbesitzes erster Klasse mit dem Vorsatz der Verbreitung beschuldigen, und bei dieser Beschuldigung sind Magistratsrichter nicht geneigt, eine Freilassung gegen Kaution zu bewilligen. Ich werde mein Möglichstes tun, aber wir haben kaum eine Chance. Es tut mir leid, aber so sieht's aus.« Ruth hielt inne, um den letzten Zug von ihrer Zigarette auszukosten, bevor sie sie widerstrebend ausdrückte.

»Scheiße«, sagte Richard. Er nahm seine Brille ab und polierte sie sorgsam an seinem Paisley-Seidenshirt. Er seufzte. »Dann werd ich mich wohl damit abfinden müssen. Aber da ist noch ein kleines Problem, das ich noch nicht erwähnt habe und das Brannigan anscheinend vergessen hat«, sagte er verlegen und blickte kurzsichtig in meine Richtung.

Jetzt kam ein Seufzer von mir. »Raus damit«, sagte ich.

»Davy soll heute abend mit der Sieben-Uhr-Maschine ankommen. Erinnerst du dich? Ferien.«

Als ich begriffen hatte, stand ich auf und schüttelte den Kopf. »O nein, kommt nicht in Frage. Nicht ich.«

»Bitte. Du weißt, wieviel es mir bedeutet.«

»Soviel Knete gibt es auf der ganzen Welt nicht«, sagte ich panisch.

»Bitte, Kate. Dieses Miststück wartet doch nur auf einen Vorwand, um mich kaltzustellen«, bettelte er.

»So spricht man nicht über die Frau, die man mal geheiratet hat, die Mutter deines Kindes, die einstige Freude deiner Existenz und das Feuer deiner Lenden«, sagte ich und verfiel dabei abwehrhalber in unseren gewohnt frotzeligen Umgangston. Es hatte keinen Zweck. Als ich zu dem armen Kerl hinunterschaute, wußte ich, daß ich bereits kapituliert hatte. Zehn Jahre effiziente Verhängnisverhütung, und was hast du davon? Das Kind eines anderen.

5. Kapitel

Bei der auf Band aufgezeichneten Vorvernehmung Richards durch Beamte des CID, des regionalen Dezernats für Verbrechensaufklärung, mußte ich die ganze Geschichte ein zweites Mal über mich ergehen lassen. Ruth hatte Richard angewiesen, volle Kooperationsbereitschaft zu demonstrieren, in der Hoffnung, daß sich die Polizei dann geneigt zeigte, seinen Antrag auf Freilassung gegen Kaution nicht anzufechten. Nach dem Mienenspiel der Beamten zu urteilen, während sie Richards zugegebenermaßen unwahrscheinlich klingender Geschichte lauschten, schätzte ich seine Aussicht, in nächster Zeit frische Luft zu schnuppern, nicht sehr hoch ein.

Nach der Vernehmung berieten Ruth und ich uns noch kurz. »Hör zu, Kate, wir müssen davon ausgehen, daß er morgen nicht gegen Kaution freigelassen wird. Die besten Aussichten, ihn hier herauszuholen, haben wir, wenn du Beweise finden kannst, die seine Geschichte stützen und Hinweise auf die wahren Drahtzieher liefern.« Ich hielt den Mund; Ruth gehört zu den wenigen Menschen, von denen ich mir etwas sagen lasse.

»Angesichts der Menge des Stoffs, die man in dem Wagen gefunden hat, ist das Entscheidende, daß wir ihn aus dem regulären Gefängnissystem heraushalten, damit er nicht in Kontakt mit Kriminellen kommt, die Beziehungen zur Drogenszene haben. Ich werde dem CID folgendes vorschlagen: Sie sollen unter Berufung auf das ›gestohlene‹ Auto und das möglicherweise pornographische Foto Paragraph fünf der Haftordnung zur Anwendung bringen«, fuhr sie fort.

Ich muß völlig verständnislos ausgesehen haben, so wie mir zumute war, denn sie ließ sich zu einer Erklärung herbei. »Wenn der Verdächtige für ein Vergehen eingesperrt wird und die Polizei Anhaltspunkte für seine Verwicklung in andere Vergehen hat, können sie einen sogenannten Aufschub beantragen. Mit anderen Worten, er bleibt bis zu drei Tagen in Polizeigewahrsam, damit zu den anderen Vergehen ermittelt werden kann. Das verschafft uns eine kleine Atempause, da die Uhr erst ab dem Tag nach der Vorverhandlung läuft. Also haben wir Samstag, Sonntag, Montag und Dienstag. Am Mittwoch wird er noch mal vor Gericht erscheinen, und bis dahin solltest du genug erreicht haben, daß ich auf Haftentlassung plädieren kann.«

»Hurra«, sagte ich. »Ein derart enger Zeitplan, und dazu auch noch ein Achtjähriger. Ich werde im Dreieck springen. Na ja, dann mal an die Arbeit, Ruth.«

Ich überließ Ruth kurz nach halb fünf ihrem Gemauschel mit dem CID und fuhr ins Stadtzentrum. In Chinatown ging es noch hoch her, die Nachtschwärmer verloren ihr letztes Hemd in den Kasinos oder stopften betrunken chinesisches Essen in sich hinein, nachdem die Clubs schon geschlossen hatten. Weniger als eine Meile entfernt, in dem Schwulenviertel rings um die Bushaltestelle Chorlton Street, waren einige wenige Stricher und Nutten, die in einem Triumph der Hoffnung über die Erfahrung an den frühmorgendlichen Straßenecken herumlungerten, das einzige Lebenszeichen. Ich fuhr langsam über die Canal Street, wo sich in den leeren Fenstern von Manto's lediglich mein Peugeot spieglte. Nicht mal einen schlafenden Penner sah ich, bis ich in die Minshull Street Richtung Technische Universität einbog.

Die Straßen waren still. Ich hielt in einer freien Parkbucht mit Parkuhr. Nur noch drei andere Wagen standen hier, einer davon Richards Käfer. Ich würde morgen früh wieder herkommen und ihn abholen müssen, bevor eine übereifrige Politesse das Auto abschleppen ließ. Zumindest stützte sein Vorhandensein Richards Geschichte, falls die Polizei überhaupt geneigt war, sie zu überprüfen. Ich holte meine Nikon-Taschenkamera aus dem Handschuhfach, sah nach, ob der Datumsstempel eingeschaltet war, und schoß zur Sicherheit einige Fotos vor dem Käfer.

Langsam ging ich zur Sackville Street hinüber und hielt in Türeingängen und Abfalltonnen Ausschau nach den provisorischen Kennzeichen. Ich machte mir keine großen Hoffnungen. Sie waren eine zu verlockende Beute für jeden Gauner, der zufällig vorbeikam, ganz zu schweigen von den Jungs, die sie ursprünglich über der alten Nummer an dem Coupé befestigt hatten. Wie nicht anders zu erwarten, war auf der Straße nichts zu finden. Auf gut Glück ging ich in das kleine Parkviereck auf der Sackville Street und suchte entlang der Mauer und im Gesträuch, wobei ich es tunlichst vermied, in die unerfreuliche Ausbeute an benutzten Kondomen zu fassen. Ohne Erfolg. Erschöpft wankte ich zu meinem Auto zurück und fuhr nach

Hause. Die Aussicht, mich um Davy kümmern zu müssen, lastete schwer auf mir, außerdem wollte ich unbedingt mit der Arbeit anfangen, dem Ziel näher kommen, Richards Unschuld zu beweisen. Aber meine Vernunft sagte mir, daß ich mitten in der Nacht nichts tun konnte. Und wenn ich nicht bald etwas Schlaf bekam, wäre ich bei Tageslicht nicht fit genug, um zu tun, was zu tun war.

Ich stellte meinen Wecker auf halb neun und drehte die Telefone und den Anrufbeantworter leiser. Leider ließen sich meine Gehirnzellen nicht so einfach abstellen. Ich wälzte mich im Bett herum, den Kopf voller Sorgen, die keine Ruhe geben wollten. Ich hoffte inständig, daß Ruths Kriegslist aufgehen würde. Solange Richard sich in Polizeigewahrsam befand, war er relativ sicher. Sollte er jedoch unter Anklage gestellt und ins Gefängnis überführt werden, sah es düster für ihn aus. Wie sehr sich die Polizei auch bemühen mochte, die Sache unter Verschluß zu halten, so schnell wie Informationen im Gefängnis durchsickerten, würde es nicht lange dauern, bis die falschen Leute erfuhren, weshalb er einsaß. Und falls der Stoff einer der Manchester-Gangs gehörte, würde irgendwo irgendein Kriegsherr bestimmen, daß Richard auf eine Art bestraft werden sollte, der die Justiz schon seit langem abgeschworen hatte.

Wir waren beide mit Blessuren von ehemaligen Beziehungen in unsere Partnerschaft gegangen. Wir waren von Anfang an ehrlich hinsichtlich unserer Verletzungen und Ängste gewesen. Folglich hatten wir in stillschweigendem Einvernehmen nie zuviel Tiefgang angestrebt. Irgendwann bei Tagesanbruch gestand ich mir jedoch ein, daß ich mich selbst nicht mehr ertragen könnte, wenn ich zuließ, daß ihm etwas zustieß. Ein echtes Miststück, die Liebe.

Ich döste nur, als der Wecker klingelte. Als erstes überprüfte ich den Anrufbeantworter. Sein freundliches rotes Lämpchen blinkte, daher drückte ich auf die Wiedergabetaste. »Hallo, Kate, hier ist Ruth.« Ihre Stimme klang netter, als ich es verdient hatte. »Es ist kurz vor sechs, und ich dachte, du würdest dich über die Nachricht freuen, daß ich den Oberinspektor, der die Untersuchung leitet, davon überzeugen konnte, daß eine Überführung am ehesten zu erreichen wäre, wenn er Richards Verhaftung geheimhält. Also hat er zugestimmt, wenn auch widerstrebend, keine Pressekonferenz abzuhalten und die Presse nicht über die Sicherstellung einer größeren

Menge von Drogen zu informieren. Er ist nicht begeistert, aber was tut's. Ich bin schließlich nicht auf der Welt, um Polizisten glücklich zu machen. Er ist auch empfänglich für die Idee, einen Aufschub zu erwirken, er will jedoch bis morgen, das heißt heute, mit der endgültigen Entscheidung warten. Wie dem auch sei, ich hoffe, du kannst etwas schlafen, da es dem Interesse meines Klienten wenig dienlich sein wird, wenn du bis zum Umfallen arbeitest. Wie wär's, wenn du mich heute am späten Nachmittag anrufst – wenn wir beide vielleicht schon eine Spur schlauer sind? Bis dann, Liebes. Es kommt alles wieder in Ordnung.« Ich wünschte mir, ich könnte ihre forschfröhliche Zuversicht teilen.

Während der Kaffee aufbrühte, rief ich meinen freundlichen Mechaniker an und bat ihn, Richards Käfer abzuholen, wobei ich versprach, die Schlüssel unter dem Blumenkasten am Küchenfenster zu hinterlegen. Ich meldete mich auch im Büro und erzählte Shelley, was geschehen war. Natürlich galt ihr ganzes Mitgefühl Richard. Unwichtig, daß mir mein Schlaf vorenthalten worden war und ich eine Aufgabe am Hals hatte, die unter Umständen selbst Clint Eastwood kurzzeitig ins Trudeln gebracht hätte. O nein, das war schließlich mein Beruf, erinnerte mich Shelley. »Tu du mal schön, was nötig ist, um den armen Jungen aus dem Knast zu holen«, sagte sie streng. »Schon der Gedanke, daß Richard mit dem Abschaum der Menschheit zusammen in eine stinkende Zelle gesperrt ist, macht mich ganz krank.«

»Ja, Boß«, grummelte ich aufsässig. Shelley gibt mir stets das Gefühl, ein störrischer Teenager zu sein, wenn sie ihren Gluckenton anschlägt. Weiß der Himmel, welche Wirkung er auf ihre beiden halbwüchsigen Kinder hat. »Sag Bill Bescheid, was los ist. Ich bin über mein Mobiltelefon zu erreichen, falls ihr mich dringend braucht«, fügte ich hinzu.

Ich spülte zwei dicke Scheiben Toast mit zwei Bechern siedendheißem Kaffee hinunter. Toast, weil ich Kohlehydrate brauchte, Kaffee als attraktivere Alternative zu einem operativen Eingriff, um meine Augen offenzuhalten. Ohne vorher zu duschen, schlüpfte ich in Jogginghose und ein Sweatshirt und fuhr zur Halle für Thai-Boxen in Südmanchester, wo ich meinen Körper in so regelmäßigem Turnus schinde, wie die Verbrechensbekämpfung es zuläßt. Es ist nicht das Hilton, erfüllt jedoch meine Zwecke. Dort ist es sauber, es ist billig, die Geräte sind in gutem Zustand, und man bleibt zum Glück von muskelbepackten Machos verschont, die glauben, sie verfügten über den Körper und den Charme von Sylvester Stallone, während sie in Wahrheit nicht mal die Matschbirne von Rocky haben.

Ich war nicht die einzige, die an diesem Morgen an den Gewichten trainierte. Die Luft war bereits mit Schweißgeruch geschwängert. Sechs Männer und zwei Frauen mühten sich ab, den geflügelten Wagen der Zeit aufs Abstellgleis zu schieben. Wie ich gehofft hatte, war mein alter Kumpel Dennis O'Brien, der Gemeindeeinbrecher, wie angeschweißt an die Maschine für die Brustmuskulatur und bewegte mehr Metall fort, als ein durchschnittlicher Nissan Micra enthält. Er schwitzte kaum. Die Bank neben ihm war frei, daher nahm ich einen Satz Hanteln und legte mich hin, um einige Trizepsübungen zu machen. »Hallo, Kleine«, sagte Dennis beim nächsten Ausatmen. »Wie geht's, wie steht's?«

»Frag bloß nicht. Und bei dir?«

Er grinste wie ein Walt-Disney-Wolf. »Ich mach immer noch die Arbeit der Polizei. Gestern abend hatte ich 'n echtes Erfolgserlebnis.«

»Na, dann hatte wenigstens einer Glück«, sagte ich und genoß das Gefühl, wie meine schlaffen Muskeln sich strafften, als ich die Gewichte hob und senkte.

»Vierzehn Riesen hab ich ihm abgenommen«, berichtete Dennis. »Das nenn ich ein lohnendes Opfer.«

Er wollte die Geschichte offenbar unbedingt loswerden, darum lieferte ich ihm das bißchen Ansporn, das er brauchte. »Klingt nicht schlecht. Wie hast du das hingekriegt?«

»Ich hab gehört, daß so 'ne Firma von außerhalb sich nach einer Fuhre Turnschuhe umtut. Also vereinbare ich ein Treffen mit ihnen und sag ihnen, daß ich eine ganze Wagenladung Reeboks besorgen kann, ja? Zwei Abende später treffen wir uns wieder, und ich zeig ihnen ein Muster aus dem Lastwagen, den ich angeblich gekapert habe, ja? Nur, ich hab ihn nicht gekapert, ich bin einfach zum Großhandel gefahren und hab ein Paar gekauft.« Während er seine Geschichte erzählte, hielt Dennis im Training inne. Er ist rein körperlich nicht imstande, eine Geschichte ohne Mithilfe seiner Hände zu erzählen.

»Und sie fallen natürlich drauf rein. Wir vereinbaren ein Treffen für gestern abend, draußen vor der Autobahnraststätte Sandbach. Mein Kumpel Andy und ich sind schon zwei Stunden vor dem Treffen da und peilen die Lage. Als diese beiden Knalltüten kommen, hat Andy sich hinter einem Lastwagen ganz am andern Ende des Lkw-Parkplatzes versteckt, und als die Knalltüten neben meinem Auto halten, sorge ich dafür, daß sie mitkriegen, wie ich ihm das Signal gebe, und er kommt rüber zu uns, tut so, als wär er gerade aus dem Laster gestiegen, hat die Schlüssel in der Hand, das ganze Drum und Dran.« Dennis kicherte zwischendurch wie ein kleiner Junge, der einen Streich vom Spielplatz erzählt.

Ich setzte mich auf. »Und was passierte dann?«

»Ich sag zu diesen beiden Schwachköpfen: ›Dann zeigt mal das Geld her. Ihr schiebt das Geld rüber, dann schiebt euch mein Kumpel die Schlüssel für den Laster rüber.‹ Und sie schieben lammfromm ihre vierzehn Riesen rüber. Ich zähle das Geld, und als ich fertig bin, nicke ich Andy zu, und er wirft ihnen die Schlüssel rüber. Wir springen ins Auto und jagen los. Ich kann dir sagen, ich seh noch, wie die beiden Spinner neben dem Laster auf und ab hüpfen, und ihre Münder gehen auf und zu wie bei Goldfischen.« Als er mit seinem Bericht zu Ende war, krümmte Dennis sich vor Lachen. »Du hättest sie sehen sollen, Kate«, keuchte er. »Das Dennis-O'Brien-Programm zur Verbrechensbekämpfung hat einen weiteren bedeutenden Erfolg zu verzeichnen.«

Als er mir das erstemal damit kam, war ich doch reichlich verblüfft. Ich begriff nicht, inwiefern es Verbrechensbekämpfung sein sollte, jemanden um eine Summe von mehreren Riesen zu prellen. Also hatte Dennis es mir erklärt. Die Leute, die er hereinlegte, verfügten über eine größere Geldsumme, die sie in gestohlenen Waren anlegen wollten. Aber wenn Dennis sie um ihre Knete erleichterte, hätten sie kein Geld mehr für Diebesgut, daher war der Raubüberfall, den es hatte geben sollen, überflüssig geworden. Verbrechensbekämpfung – was zu beweisen war.

Ich ging zu einem Gerät hinüber, das meinen Quadrizeps aufbauen sollte, und stellte die Gewichte ein. »Eine ganze Menge Geld, vierzehn Riesen«, sagte ich. »Hast du keine Angst, daß sie sich auf deine Fährte setzen?«

»Nee«, sagte er verächtlich und machte sich wieder an seine

Übungen. »Sie sind von außerhalb. Sie wissen nicht, wo ich wohne, und kein Mensch in Manchester wär so blöd, ihnen zu sagen, wo sie mich finden können. Außerdem war ich gleich heute früh bei Collar Di Salvo's Gebrauchtwagenhandel und hab den BMW eingetauscht. Sie werden sich nach einem Typ in einem roten BMW umhören, nicht in einem silbernen Mercedes. Ich geb dir 'nen Tip, Kate – kauf dir in den nächsten paar Tagen keinen roten BMW bei Colar. Ich will ja nicht, daß du das Opfer einer Verwechslung wirst!«

Wir stemmten beide eine Weile schweigend Gewichte. Ich arbeitete mich durch die Maschinen und achtete darauf, daß ich den verschiedenen Muskelpartien die ihnen gebührende Aufmerksamkeit widmete. Um zehn schwitzte ich, Dennis sprang Seilchen, und nur wir beide waren noch da. Ich ließ mich auf die Matte fallen und hatte meine helle Freude am Protest meiner Bauchmuskeln, als ich einige langsame Übungen zum Abkühlen machte. »Ich hab ein Problem«, sagte ich zwischen zwei Sprüngen von Dennis.

Kaum hatte ich das gesagt, waren die ganze Angst und das Elend wieder da. Ich starrte auf die mattweißen Wände und versuchte, aus den schmutzigen Handabdrücken, den schwarzen Gummispuren und den von zu energisch geschwungenen Hanteln abgestoßenen Stellen ein Muster herauszulesen. Dennis stoppte ab und ging zu den Regalen mit dünnen Handtüchern hinüber, die in den Augen des Managements für uns dicke reichen. Wie ich schon sagte, es ist billig hier. Vermutlich war das ihre Art der Verbrechensbekämpfung; niemand, der seine fünf Sinne beisammen hat, würde diese Handtücher klauen. Dennis nahm sich zwei, legte sie um seine breiten Schultern und setzte sich auf die Bank mir gegenüber. »Willst du darüber reden?«

Ich seufzte. »Ehrlich gesagt, ich weiß nicht, ob ich's kann.« Nicht, daß ich Dennis mißtraut hätte. Ganz im Gegenteil. Ich vertraute fast zu sehr auf seine Zuneigung zu mir, um ihm zu erzählen, was Richard zugestoßen war. Man konnte nie wissen, wie weit Dennis gehen würde in dem Versuch, jemanden auszuschalten, der eine Bedrohung für mein Glück und Wohlergehen darstellte. Trotz unseres unterschiedlichen Blickwinkels auf Recht und Gesetz finden wir uns doch öfter auf derselben Seite wieder als nicht. Aus irgendeinem Grund, den keiner von uns ganz durchschaut, wissen wir, daß wir uns aufeinander verlassen können. Und was ebenso wichtig ist, wir mögen uns auch.

Dennis tätschelte meinen linken Knöchel, die einzige Stelle, die er bequem erreichen konnte. »Wenn du soweit bist, daß du ein geneigtes Ohr brauchst, laß es deinen Onkel Dennis wissen. Was brauchst du momentan?«

»Das weiß ich auch nicht so genau.« Ich fuhr mir mit dem Handrücken über Mund und Oberlippe und schmeckte den scharfen, salzigen Schweiß. »Dennis. Wieso könnte man provisorische Kennzeichen an einem gestohlenen Fahrzeug anbringen anstelle gefälschter Nummernschilder?«

»An was für einem gestohlenen Fahrzeug? Für eine Spritztour, auf Bestellung geklaut oder nur deshalb, weil man irgendwie nach Hause kommen muß?«

»An einem brandneuen Leo Gemini Turbosupercoupé. Höchstens fünfzig Kilometer gefahren.«

Er dachte kurz nach. »Als vorübergehende Maßnahme? Um mir die Cops vom Hals zu halten, bis ich es abgeliefert habe, wo es hin soll?«

»In diesem Fall war es zwei Tage, nachdem das Auto geklaut wurde. Also reichlich Zeit, um es bei wem auch immer abzugeben, würde ich meinen«, sagte ich und schüttelte den Kopf.

»Unter diesen Umständen hast du es wahrscheinlich mit einem richtig dicken Verbrechen zu tun«, erwiderte er und rieb sich mit einem der Handtücher den Nacken.

»Und das wäre?« fragte ich.

Dennis zog eine Schachtel Bensons und ein Einwegfeuerzeug aus der Tasche seiner Jogginghose und steckte sich eine an. »Hier drinnen gibt's keinen einzigen blöden Aschenbecher«, beschwerte er sich, während er sich umsah. Die Absurdität entging ihm offenbar. »Ein Profi-Autodieb macht sich mit genauen Vorstellungen von dem gewünschten Fahrzeug an die Arbeit. Er überläßt nichts dem Zufall. Er hat in der Regel einen Satz Kennzeichen dabei, die er bereits auf den Wagen eines bestimmten Herstellers und Modells abgestimmt hat, damit er, wenn irgend so ein superschlauer Verkehrscop ihn durch den Computer jagt, eine weiße Weste hat. Deshalb braucht er keine provisorischen Kennzeichen. Der Amateur dagegen könnte provisorische Kennzeichen benutzen, um durch die

Stadt zu seinem Hehler zu fahren. Aber so leicht kommt man nicht an die Dinger ran. Alles klar bis hierher?«

Ich stand vom Fußboden auf und hockte mich auf eine niedrige Bank. »So klar wie der Kristall aus Edinburgh, den du mir vor einem Monat angeboten hast«, sagte ich.

»Dein Schaden, Kate«, sagte er. »Nun, auf der anderen Seite würde ich, wenn ich einen schnellen Wagen für einen einmaligen Job brauche, genau das machen, was der Typ, an dem du interessiert bist, getan hat. Ich würde einen tollen Schlitten klauen, provisorische Kennzeichen von meinem freundlichen, nicht ganz astreinen Mechaniker dranpappen, und sie dann wegwerfen, sobald ich den Job erledigt hätte.«

»Wenn du ›richtig dickes Verbrechen‹ sagst, was schwebt dir dann genau vor?« fragte ich.

»Die Dinger, die ich nicht drehe. Schwerer bewaffneter Raubüberfall. Professioneller Mord.«

Ich wünschte allmählich, ich besäße die Klugheit, keine Fragen zu stellen, deren Antworten mir nicht gefielen. »Und Drogen?«

Er zuckte die Achseln. »Würde mir nicht auf Anhieb dazu einfallen. Andererseits verkehre ich ja auch nicht mit solchem Gesocks. Ich schätze mal, das würde sich nur lohnen, wenn du ein Paket Stoff über eine einigermaßen große Entfernung zwischen zwei Händlern verschieben müßtest. Sagen wir, von London nach Manchester. Ansonsten wären so viele Autos mit provisorischen Kennzeichen unterwegs, daß selbst die Bullen es spitzkriegen würden. Außerdem sind provisorische Kennzeichen auf der Autobahn witzlos. Und brandneue Fahrzeuge mit oder ohne provisorische Kennzeichen fallen in den Sozialsiedlungen, wo der Löwenanteil der Drogen verschoben wird, auf wie ein bunter Hund. Wenn du dich heutzutage bekiffen willst, brauchst du nur irgendwo in Moss Side zu parken, in einem Vehikel, das noch nicht ganz so alt ist, daß es zum TÜV muß«, fügte er bitter hinzu.

»Was würdest du sagen, wenn ich dir erzähle, daß zwei Kilo Crack im Kofferraum des Wagens waren?«

Dennis stand auf. »Hat mich gefreut, Kate. Bis irgendwann mal. Das würde ich sagen.«

Ich verzog das Gesicht und stand ebenfalls auf. »Danke, Dennis.«

Dennis legte seine warme Hand auf mein Handgelenk und griff gerade so fest zu, daß ich nicht daran dachte, mich loszumachen. »Mir ist es nie ernster gewesen, Kate. Laß die Finger von den Drogenbossen. Die würden selbst *mich* zum Frühstück verspeisen. Dich würden sie nicht mal beim Schlucken bemerken. Überlaß diese Sache dem kleinen Nager.«

»Dem kleinen Nager?« Das kannte ich noch nicht.

»Der weißen Maus.«

Ich lächelte. »Ich bin vorsichtig. Das verspreche ich.« Und ich dachte, ich hätte mir abgewöhnt, Versprechen zu geben, die ich nicht halten kann. Offenbar hatte ich mich getäuscht.

6. Kapitel

Als ich ins Büro kam, ragte mein Partner Bill vor Shelley auf wie in einer Szene aus dem ›Dschungelbuch‹. Bill ist groß und kräftig, blond und zottelig, die Antithese zu Shelley, zierlich, schwarz und tadellos zurechtgemacht bis zu den Spitzen ihrer vollendet geflochtenen Haare. Bill blickte auf und brach mitten im Satz ab, sein Finger zeigte noch auf Shelleys Bildschirm.

»Kate, Kate, Kate«, rief er dröhnend und durchquerte das Zimmer, um mich zu umarmen, wobei ich mir immer vorkomme wie ein kleines Mädchen. Normalerweise entziehe ich mich recht und schlecht, aber an diesem Morgen tat es gut, mich einen Augenblick geborgen zu fühlen, wenn es auch nur eine Illusion war. Mit der einen Hand streichelte Bill meinen Rücken, mit der anderen zerwühlte er mir das Haar. Schließlich ließ er mich los. »Shelley hat mir alles erzählt. Ich wollte dich gerade anrufen«, sagte er, ging zur Kaffeemaschine und machte sich daran, einen Cappuccino für mich aufzubrühen. »Diese Sache mit Richard. Was kann ich da für dich tun?«

Auf dem Papier mag Bill der Seniorteilhaber von Mortensen & Brannigan sein. In der Praxis, wenn jemand von uns an einem großen Fall bastelt und die Hilfe des anderen braucht, ist es keineswegs so, daß ich die Laufarbeit mache, nur weil ich die Juniorpartnerin bin. Wer den Stein ins Rollen gebracht hat, der hat das Sagen. Und dies war, da mein Liebster in der Tinte saß, mein Fall.

Ich nahm den schaumigen Kaffee, den er mir reichte, und ließ mich auf einen der Klientenstühle fallen. »Ich weiß nicht, was du tun kannst«, sagte ich. »Wir müssen rauskriegen, wer das Auto gestohlen hat, wem der Stoff gehört und überzeugendes Belastungsmaterial sammeln, damit die Polizei einsieht, daß sie Mist gebaut hat. Sonst bleibt Richard im Kittchen, und wir müssen tatenlos zusehen, wie das Lamm zur Schlachtbank geführt wird.«

Bill setzte sich mir gegenüber. »Shelley«, sagte er über seine Schulter hinweg, »schalt den Anrufbeantworter ein, schnapp dir einen Espresso, komm her und laß uns in den Genuß deines Einfallsreichtums kommen. In dieser Sache brauchen wir jeden verfügbaren Kopf.«

Das ließ Shelley sich nicht zweimal sagen. Sie setzte sich hin, den unvermeidlichen Notizblock auf den Knien. Bill lehnte sich zurück und verschränkte die Hände hinter dem Kopf. »Also«, sagte er. »Erste Frage. Zufall oder Absicht?«

»Zufall«, sagte ich sofort.

»Wieso bist du so sicher?« fragte Bill.

Ich trank einen Schluck Kaffee und überlegte, was mich so sicher machte. »Na gut«, sagte ich. »Zunächst mal waren zu viele Unwägbarkeiten enthalten, als daß es Absicht war. Wenn jemand bewußt versuchte, Richard, oder auch mich, reinzureißen, dann hätte er sich nicht die Mühe mit den neuen provisorischen Kennzeichen gegeben. Er hätte das Auto einfach mit den alten provisorischen Kennzeichen dort abgestellt, so auffällig, daß Richard es nicht übersehen konnte. Wozu überhaupt der ganze Aufwand, wo man den Stoff doch jederzeit in eines unserer Autos hätte schmuggeln können?«

Shelley nickte. »Ich finde bemerkenswert, daß es eine ungeheure Menge Rauschgift wäre für eine solche Falle. Sie hätten doch dasselbe Resultat mit viel weniger als zwei Kilo Crack erzielen können. Ich weiß kaum was über die großen Drogendealer, aber ich kann mir nicht vorstellen, daß sie grundlos soviel Stoff vergeuden, aus dem sie viel Geld herausschlagen könnten, nur um jemanden reinzureißen.«

»Außerdem«, ergänzte ich, »warum in Gottes Namen sollte jemand Richard etwas anhängen wollen? Manchmal habe ich zwar selbst nicht übel Lust, ihn umzubringen, aber ich bin ein Sonderfall. Nicht mal seine Exfrau hat ein Interesse daran, daß er die nächsten zwanzig Jahre sitzt, mal ganz abgesehen von der Summe, die sie für den Stoff hätte hinblättern müssen, an die – wieviel, zweihundert Riesen?«

Bill nickte. »So ungefähr«, sagte er.

»Selbst sie würde nicht soviel Geld ausgeben, nur um sich an ihm zu rächen, mal angenommen, er zahlte ihr so viel Unterhalt, daß sie es sich leisten könnte. Er ist auch kein Enthüllungsjournalist. Die einzigen, die an dem, was er schreibt, Anstoß nehmen, sind die Manager der Plattenfirmen, und wenn einer von denen zwei Kilo Crack in die Hände bekäme, würde es in seine Nase wandern, nicht in den Kofferraum von Richards Auto.« Meine Stimme zitterte, und plötzlich war bei mir die Luft raus. Mir war endgültig bewußt geworden, daß dies für mich nicht einfach ein Fall von vielen war. Das, was ich in den nächsten Tagen tat, würde sich unwiderruflich auf mein ganzes Leben auswirken.

Zum Glück merkte Bill es nicht. Ich glaube nicht, daß ich in diesem Augenblick weiterem Mitgefühl gewachsen gewesen wäre. »Na gut. Zufall. Synchronismus. Was für Anhaltspunkte gibt es dafür?«

»Warum muß einer immer genau die Frage stellen, auf die man keine Antwort weiß«, sagte ich entmutigt.

»Hat sein Anwalt schon der Polizei auf den Zahn gefühlt?« fragte Bill. »Wer vertritt ihn denn eigentlich?«

»Er hat Ruth engagiert. Falls die Cops überhaupt schon etwas herausgefunden haben, dann haben sie es nicht weitergegeben. Aber Ruth hat mich gebeten, heute nachmittag bei ihr anzurufen.« Ich rührte den Schaum unter den Kaffee und beobachtete, wie sich seine Farbe veränderte.

»Und wo können wir ansetzen?«

»Keine Ahnung«, gab ich zu. »Offen gestanden, Bill, es gibt nicht mal genug Indizien, um eine Person zu beschäftigen, geschweige denn uns beide.«

»Was hattest du denn geplant?« fragte er.

»Im Drogendezernat kenne ich niemanden gut genug, um dort an Informationen zu kommen. Damit bleibt nur Della.«

Bill nickte. »Sie wird dir ebenso gern helfen wie Shelley und ich.«

»Das will ich ihr auch geraten haben«, sagte ich. Detective Chief Inspector Della Prentice war mir nicht nur in beruflicher Hinsicht einen großen Gefallen schuldig, für die Umwandlung einiger Gauner zu Gefängnisinsassen. Im Laufe der letzten Monate war sie zu dem kleinen Kreis von Frauen hinzugekommen, die ich als meine Freundinnen betrachte. Wenn ich mit ihrer Unterstützung nicht rechnen konnte, dann mußte ich meine Menschenkenntnis an den Hersteller zurückschicken. »Sonst fällt mir nur noch ein, heute abend das Stadtzentrum abzufahren und nach dem nächsten teuren Schlitten mit provisorischen Kennzeichen Ausschau zu halten.«

»Mit dem Hintergedanken, daß sie nach dem Verlust des Wagens einen neuen brauchen?« fragte Bill. »Auch wenn der Stoff verschwunden ist?«

»Mehr kann ich nicht anbieten. Ich hoffe nur, daß unser Mann seine Fühler ausstreckt, um herauszufinden, wer unerlaubterweise ein Paket Crack in seinem Besitz hat. Aber das ist sozusagen ein Einfraujob, Bill. Hör zu, hinterlaß mir immer eine Nummer, unter der ich dich erreichen kann, Tag und Nacht. Ich verspreche dir, sobald ich irgend weiterkomme und Hilfe brauche, melde ich mich sofort bei dir.«

»Und das ist wirklich und wahrhaftig der einzige Anhaltspunkt, den du hast?« fragte er mißtrauisch.

»Glaub mir, Bill, wenn ich denken würde, daß du irgend etwas tun kannst, dann würde ich dich auf Knien darum bitten«, sagte ich, nur halb im Scherz.

»Nun, dann warten wir mal ab, was Della dazu sagt. In Ordnung, Leute, an die Arbeit!«

Er schlenderte zu Shelleys Schreibtisch zurück. »Dieses Stück hier, Shelley. Können wir das weiter vorn in den Bericht setzen, damit ihnen das ganze Elend gleich zu Beginn ins Auge springt?«

Shelley verdrehte die Augen und stand auf. Als sie auf dem Weg zu ihrem Schreibtisch an mir vorbeikam, drückte sie aufmunternd meinen Arm. »Laß mich mal sehen, Bill«, sagte sie dann und ließ sich auf ihrem Stuhl nieder.

Als ich in mein Büro ging, blickte Bill auf und lächelte. Das sollte mir wohl Mut machen. Tat es aber nicht. Ich schloß die Tür hinter mir und fiel wie ein Stein auf meinen Stuhl. Ich streckte die Hand aus, um meinen Computer einzuschalten, doch das machte nicht viel Sinn. Statt dessen drehte ich mich auf meinem Stuhl um und schaute durch das Fenster auf die Skyline der Stadt. Die zitronengelbe Geranie auf der Fensterbank ließ den Kopf hängen. Meine beste Freundin Alexis, die meine Vorgeschichte mit Pflanzen kannte, hatte mir die Geranie geschenkt mit der zuversichtlichen Prophezeiung, sie sei nicht totzukriegen. Ich versuchte, ihr nah bevorstehendes Ableben nicht als böses Omen zu deuten, und wandte mich ab. Die Zeit verstrich, und ich schien nicht imstande, mich zu irgendeiner Aktivität aufzuraffen, um der Frustration Luft zu machen, die in meinem Innern wie Sodbrennen schwelte.

»Na los, Brannigan«, feuerte ich mich an und griff zum Telefonhörer. Zumindest konnte ich das Unangenehme schon mal hinter mich bringen. Als sich jemand meldete, sagte ich: »Andrew Broderick, bitte.«

Kurz darauf hörte ich die vertraute Stimme: »Broderick.«

»Andrew, hier ist Kate Brannigan. Ich habe eine frohe Botschaft und eine Hiobsbotschaft«, sagte ich. »Die frohe Botschaft ist, wir haben den Wagen gefunden, heil und unversehrt.«

»Das ist ja großartig«, sagte er mit offensichtlichem Erstaunen. »Wie haben Sie das denn geschafft?«

»Purer Zufall, leider«, sagte ich. »Die Hiobsbotschaft lautet allerdings, daß die Polizei ihn beschlagnahmt hat.«

»Die Polizei? Ja, warum denn das?«

Ich seufzte. »Es ist ziemlich kompliziert, Andrew.« Brannigans Beitrag zum Wettbewerb der Untertreibung des Jahres. Als ich mit meinem Bericht fertig war, hatte ich einen todunglücklichen Klienten.

»Das gibt es einfach nicht«, knurrte er. »Woher nehmen die sich das Recht, ein Auto festzuhalten, das meinem Unternehmen gehört?«

»Es ist ein Beweismittel in einem großen Drogenfall.«

»Herrgott noch mal«, explodierte er. »Wenn ich das Auto nicht zurückkriege, dann wird mich diese Operation annähernd genausoviel kosten wie der Schwindel. Wie in drei Teufels Namen soll ich das abrechnen?«

Darauf wußte ich keine Antwort. Ich gab einige Beschwichtigungsformeln von mir und machte dann so schnell wie möglich Schluß. Als ich an die Wand starrte, fiel mir eine letzte offene Frage zu Brodericks Auftrag ein, daher rief ich meinen freundlichen Börsenmakler an.

Josh Gilbert und ich haben ein Abkommen: Er überprüft zweifelhafte Kundschaft für mich, und ich lade ihn oft zum Essen ein. Die Hilfe, die er uns ansonsten anzubieten hat, bezahlen wir in harter Währung.

Es stellte sich heraus, daß Josh unterwegs war, dafür war seine Assistentin Julia da. Ich erklärte, was ich von ihr wollte, und sie sagte: »Kein Problem. Ich kann nicht versprechen, daß ich noch heute dazu komme, aber bis Donnerstag mittag faxe ich es auf jeden Fall. Geht das in Ordnung?«

Es mußte. Der einzige kostenlose Gefallen, den Josh mir je erwiesen hatte, war, mich mit Detective Chief Inspector Della Prentice bekannt zu machen. Mein nächster Anruf ging an ihre Nummer. Sie meldete sich beim zweiten Läuten. »DCI Prentice«, sagte sie knapp.

»Della, hier ist Kate.« Selbst ich merkte, wie erschöpft meine Stimme klang.

»Kate! Danke, daß du zurückrufst«, sagte sie.

»Wie bitte? Ich hatte keine Ahnung, daß du versucht hast, mich zu erreichen.« Ich wühlte in den Papieren auf meinem Schreibtisch, für den Fall, daß ich eine Nachricht übersehen hatte.

»Ich habe vor etwa einer Stunde auf deinen Anrufbeantworter gesprochen. Sobald ich hörte, was Richard passiert ist«, sagte Della. »Ich wollte dich nur wissen lassen, daß ich kein Wort davon glaube.«

Ich hatte einen Kloß im Hals, deshalb schluckte ich mühsam und konzentrierte mich angestrengt auf das Glas mit Kugelschreibern neben meinem Telefon. »Ich auch nicht«, sagte ich. »Del, ich weiß, du bist nicht zuständig, aber ich brauche jede nur mögliche Hilfe.«

»Versteht sich doch von selbst, Kate. Es wird nicht leicht sein, aber ich werde tun, was ich kann«, versprach sie.

»Das ist lieb von dir. Steck dabei nur nicht den eigenen Kopf in die Schlinge«, fügte ich hinzu. Wieviel Geld auch für Reklame ausgegeben wird, um uns ein anderes Bild zu vermitteln, jeder, der im wirklichen Leben mit Polizeibeamten in Berührung kommt, weiß, daß der angebliche Traumberuf sich nach wie vor in einer weißen, patriarchalen, rigide hierarchischen Organisation abspielt. Das macht es insbesondere den Frauen schwer, die sich nicht in das

Getto der Öffentlichkeitsarbeit abdrängen lassen wollen, die mit der schmutzigen Seite der Verbrechensbekämpfung zu tun haben.

»Mach dir keine Sorgen um mich. Ich werde herausfinden, wer im Team ist, und sehen, wen davon ich kenne. Kann ich dir in der Zwischenzeit noch mit etwas Bestimmtem helfen?«

»Ich brauche allgemeine Informationen über Crack. Wieviel im Umlauf ist, wo es auftaucht, wer das Zeug angeblich auf den Markt bringt, wie es vertrieben wird. Alles, was vorliegt, inklusive Gerüchte. Ganz inoffiziell, natürlich. Geht das?« fragte ich.

»Laß mir ein paar Stunden Zeit. Können wir uns gegen sieben treffen?«

Ich verzog das Gesicht. »Nur, wenn du zum Flughafen kommen kannst«, sagte ich. »Ich muß jemanden vom Flugzeug abholen.«

»Kein Problem.«

»O doch. Es geht um Richards Sohn. Und er darf eines nicht erfahren, nämlich, daß sein Dad wegen Drogenbesitzes im Knast sitzt.«

»Ah«, sagte Della. Es war ein kurzer, abgehackter Ausruf.

»Ich nehme an, diese Antwort bedeutet, du willst dich an dem Babysitting nicht beteiligen?«

»Korrekt. Streich mich von der Liste. Hör zu, ich bringe in Erfahrung, was ich kann, und wir treffen uns dann bei den Inlandsflügen, Terminal 1, an der Kaffeebar, gleich wenn man reinkommt. Gegen Viertel vor sieben, ja?«

So lange wollte ich eigentlich nicht warten, aber Della war auch nicht der Typ, der grundlos etwas aufschob. Wenn sie mich um Viertel vor sieben treffen wollte, dann konnte sie mir auch erst um Viertel vor sieben die gewünschten Informationen liefern. »Bis dann also. Ach, noch eins. Ich glaube nicht, daß es etwas mit dem Stoff zu tun hat, aber da lag auch das Polaroidfoto eines kleinen Jungen in Handschellen, du weißt schon, im S/M-Stil, im Wagen. Vermutlich hat es einer der Dealer verloren. Vielleicht könntest du dich mal umhören, ob die Sitte irgend jemanden wegen Pädophilie im Computer hat, der auch in Zusammenhang mit Drogen erfaßt ist.«

»Mach ich.«

»Della?«

»Mmm?«

»Danke.«

»Du weißt doch, wie man so schön sagt. Ein Freund in der Not...«

»Fällt einem auf den Wecker«, ergänzte ich. »Bis später.« Ich legte auf. Endlich hatte ich das Gefühl, daß Bewegung in die Sache kam.

Das Gespräch mit Della hatte mich an den Aspekt des Problems erinnert, den ich bewußt verdrängt hatte. Davy. Nicht, daß er an sich ein Problem war. Nein, nur hatte ich schon, als ich selbst acht war, kein großes Talent gezeigt, achtjährige Jungs glücklich zu machen, und mit den Jahren habe ich nicht dazugelernt. Richard zufolge war Davy das einzig Gute, was bei seiner dreijährigen Ehe herausgekommen ist, und seine Exfrau Angie schien mit jedem Jahr entschlossener, seinen Umgang mit dem einzigen Kind, das er wohl jemals haben würde, wenn er mit mir zusammenblieb, einzuschränken. Daher war es unabdingbar, daß Davy nicht mit Horrorgeschichten über seinen Daddy im Kittchen aus den Ferien nach Hause kam.

Was einfach klang, wenn man es ganz schnell sagte. Falls wir Richard nicht in den nächsten ein, zwei Tagen rausholen konnten, würde es jedoch extrem schwierig werden. Richard und ich hatten uns für den Anfang auf eine Lüge geeinigt, durch die wir wohl ein, zwei Tage die Stellung halten konnten. Danach ging es richtig los. Wenn Davy vielleicht noch glauben mochte, daß sein Dad überraschend wegen eines dringenden Auftrags, wie er sich nur einmal im Leben bietet, ins Ausland reisen mußte, so würde es schwerhalten, eine Erklärung dafür zu finden, warum Richard nicht wieder nach Hause kam. Es mag ja Gebiete auf der Welt geben, wo die Verkehrswege aufgrund von Krieg und Hunger wenig zuverlässig sind, aber leider führen die Wege meistens nicht zu großen Rockclubs. So oder so, ob es nun Stunden oder Tage dauerte, würde ich einige Hilfsersatzmütter brauchen, wenn auch nur, um den Babysitter zu spielen, während ich die Straßen der Innenstadt nach schnellen Autos mit provisorischen Kennzeichen abgraste. Und es gab nicht sehr viele Leute, denen ich das zumuten konnte.

Ich griff wieder nach dem Hörer und tippte die Nummer von Alexis Lee in der Redaktion ein. »*Chronicle*, Kriminalressort«, informierte mich die Stimme eines jungen Mannes.

»Alexis, bitte.«

»Is' nich' da«, lautete die schnippische Antwort.

»Ich muß sie umgehend sprechen. Sie wissen nicht zufällig, wo ich sie erreichen kann?« fragte ich und krallte mich förmlich an meinen guten Manieren fest. Meine Granny Brannigan pflegte immer zu sagen, Höflichkeit koste nichts. Auf der anderen Seite war sie nie der Demütigung ausgesetzt, sich mit Typen abgeben zu müssen, die es immer noch für erstrebenswert hielten, sich wie ein Yuppie aufzuführen.

»Geht's um 'ne Geschichte?« wollte er wissen. »Dann können Sie's auch mir sagen.«

»Nicht direkt«, sagte ich mit zusammengebissenen Zähnen. Ich hörte, wie mein Oxford-Akzent immer akademischer wurde. »Jedenfalls noch nicht. Hören Sie, ich weiß, Sie sind ein vielbeschäftigter Mensch, und ich will auf keinen Fall Ihre kostbare Zeit vergeuden, aber es ist extrem wichtig, daß ich mit Alexis rede. Wissen Sie, wo sie ist?«

Es gibt eine ganze Generation junger Kerle, die entweder so schlecht erzogen oder so dickfellig sind, daß sie es nicht mal bemerken, wenn man sie herablassend behandelt. Der Typ am Telefon hätte in einer Soziologievorlesung als Studienfall dieser Spezies dienen können. »Sie is' bei Tisch«, leierte er.

»Und wissen wir auch, wo?«

»Wollte zum Inder.«

Mehr brauchte ich nicht zu wissen. Auf der anderthalb Kilometer langen Currymeile an der Wilmslow Road in Rusholme liegen etwa dreißig indische Restaurants, aber jeder hat sein Lieblingslokal. Alexis' derzeitige erste Wahl war mir nur allzugut bekannt. »Danke, junger Mann«, sagte ich. »Ich werd an Sie denken, wenn ich an den Weihnachtsmann schreibe.«

Ich war vom Stuhl aufgesprungen, bevor ich den Hörer richtig aufgelegt hatte. Mit fünf Schritten durchquerte ich mein Büro und betrat das Vorzimmer. »Shelley, ich bin drüben im Golden Ganges. Und ehe du fragst, wie ich in solch einem Moment ans Essen denken kann, verkneif's dir. Verkneif's dir einfach.«

7. Kapitel

Auch wenn die Götter mich beim Betreten des Golden Ganges mit Blindheit geschlagen hätten, ich hätte Alexis gefunden. Ihre unverkennbare Liverpooler Stimme, die Zeugnis ablegte von Scotch- und Nikotingenuß, übertönte deutlich das Klimpern des Sitar, das schwach aus den Lautsprechern des Restaurants tröpfelte, obgleich Alexis ziemlich weit von der Tür entfernt saß. Ihre Lautstärke sagte mir, daß sie nicht arbeitete, nur gewohnheitsmäßig vor ihrer Begleitung renommierte. Wenn sie mit einem ihrer Kontakte verhandelt, geht ihr Geräuschpegel so weit herunter, daß es selbst dem M 15 schwerfallen würde, etwas aufzuschnappen.

Alexis entdeckte mich, ohne ihren Erzählfluß zu unterbrechen. Als ich näher kam, hob sie den Finger, so daß ich stehenblieb, und sagte: »Einen Augenblick noch, Kate, jetzt kommt die Pointe.« Sie wandte sich wieder ihrer Begleiterin zu. »Thomas Wynn Ellis, ein alter walisischer Name, sollte man doch meinen, ja? Sie steht zwar nicht gerade auf Waliser, aber zumindest besteht eine gute Chance, daß er Englisch spricht, ja? Also füllt sie alle Formulare für neue Patienten aus, dann darf sie zu ihm, um sich wegen ihres Rückens untersuchen zu lassen. Sie geht ins Sprechzimmer, und was sehen da ihre Augen? Dr. Thomas Wynn Ellis, frisch aus Karachi, ein Produkt des christlichen Waisenhauses, von der Farbe einer Flasche Pfeffersauce! Sie war bitter enttäuscht!«

Alexis' Begleiterin kicherte. Ich konnte darüber nicht lachen, und das nicht nur, weil ich erlebt hatte, wie sie sich über den Gelegenheitsrassismus ihrer Kollegen lustig machte. Ich setzte mich an den Tisch. Zum Glück waren sie bereits beim Kaffee. Ich glaube nicht, daß ich es am selben Tisch wie ein Currygericht ausgehalten hätte, ganz zu schweigen davon, eines zu essen. Ich kannte die junge Frau nicht, die mit am Tisch saß, doch Alexis klärte mich umgehend auf. »Kate, das ist Polly Patrick, sie tritt in Kürze eine Stelle an der Universität an. Sie forscht dort am psychologischen Profil von Serientätern. Polly, das ist meine beste Freundin Kate Brannigan, Berufskürzel PD. Jetzt rate mal.«

Polly sah mich interessiert an. Ich verzog das Gesicht, denn ich wußte, was jetzt kam. »Sind Sie Privatdetektivin?« fragte Polly.

»Nein«, mischte sich Alexis ein, die der Versuchung nicht widerstehen konnte, ihren Witz des Monats anzubringen. »Sie ist politisch defekt!« Sie brach in fröhliches Gelächter aus. Bei jedem anderen würde mich so was ziemlich in Rage bringen, aber Alexis' Humor ist so unschuldsvoll kindisch, daß sie es irgendwie schafft, liebenswert und nicht aufreizend zu wirken.

Diesmal gelang es mir, ein Lächeln zustande zu bringen. »Ja, ich bin Privatdetektivin. Und ich würde mich sehr gern mal mit Ihnen darüber unterhalten, was Sie machen.«

»Ich auch«, sagte Polly. Ungewohnterweise für eine Psychologin hatte sie Takt, denn sie verstand den leisen Wink. »Aber es muß ein andermal sein. Ich muß los. Vielleicht können wir drei ja bald mal zusammen Mittag essen.«

Wir gaben alle die angemessenen Abschiedsfloskeln von uns, nach dem Motto »wir sehen uns«, und wenig später war Polly nur noch eine Erinnerung. Alexis hatte irgendwann im Verlauf der Abschiedszeremonie Kaffee nachbestellt, und ich saß da und starrte auf den Schaum in meiner Tasse, während sie sich eine Zigarette ansteckte und sich bequem auf ihrem Stuhl zurücklehnte. »Also, Sherlock«, sagte sie. »Wo brennt's?«

Ich überlegte, daß ich im Begriff stand, sie um etwas zu bitten, was unsere Freundschaft extrem belasten würde. Andererseits war ich, als sie mich das letztemal um einen größeren Gefallen gebeten hatte, dadurch fast ums Leben gekommen, daher fand ich, daß ich mir deswegen nicht allzu große Vorwürfe zu machen brauchte. Ich holte tief Luft und sagte: »Ich muß über etwas Wichtiges mit dir sprechen. Es betrifft mich persönlich, es ist riskant, und es muß unter uns bleiben. Kannst du damit leben?«

»Wir sind doch Freundinnen, oder?«

»Ja, und hilfst du mir, so helf ich dir, doppelt und dreifach.«

»Na los, Mädchen, raus mit der Sprache«, sagte Alexis. Sie öffnete ihre Schultertasche, die nur geringfügig kleiner war als meine eigene, und drückte demonstrativ auf den Knopf, mit dem ihr Minirecorder ausgeschaltet wurde. »Dein Geheimnis ist bei mir sicher aufgehoben.«

»Wie kommst du darauf, daß ich mich durch so einen Spruch einschüchtern lasse?« sagte ich, ein schwacher Versuch, unser gewohntes Gefrotzel aufzunehmen.

Alexis fuhr sich mit der Hand durch ihre wilde schwarze Haarmähne. Ihr Haar im Verein mit ihrer blassen Haut und den dunklen Ringen unter ihren Augen bringt mich manchmal auf den Gedanken, daß sie auf beunruhigende Weise Draculas Opfern in der Filmfassung von Francis Ford Coppola ähnelt. Zum Glück treibt ihre sprachliche Derbheit einem gewöhnlich ziemlich schnell solche Anwandlungen aus. »Scheiße, KB, wenn du so lahm bist, dann ist es ganz offensichtlich was Ernstes«, sagte sie. »Komm schon, Mädchen, raus damit.«

»Man hat Richard verhaftet«, sagte ich. »Er hat genaugenommen einen gestohlenen Wagen gefahren, in dessen Kofferraum zwei Kilogramm Crack lagen.«

Alexis starrte mich nur an. Sie achtete nicht einmal mehr auf ihre brennende Zigarette. Die Frau, die schon alles gehört hatte, war also doch noch aus der Fassung zu bringen. »Und deine Ermittlungen laufen auf Hochtouren«, sagte sie schließlich.

Ich schüttelte den Kopf. »Ich wünschte, es wäre so.« Ich erzählte ihr die ganze Geschichte. Es dauerte nicht lange. Die ganze Zeit schüttelte sie ungläubig den Kopf und rauchte so stark, als müsse sie sich an den Zigaretten festhalten. Nachdem ich sie ins Bild gesetzt hatte, rauchte sie weiter, und ihr Kopf schnellte hin und her wie der eines Zuschauers in Wimbledon.

»Das konnte auch nur Richard passieren«, sagte sie endlich mit allen Zeichen der Verwunderung. »Wie macht er das nur? Der arme Kerl!« Alexis und Richard erwecken stets den Anschein, sich von ganzem Herzen zu verabscheuen. Ich soll eigentlich nicht wissen, daß es ein Spiel ist; es mußte schon schlimm stehen, wenn Alexis mir zeigte, daß sie sich etwas aus ihm machte. »Ich nehme an, du willst, daß ich mich mal umhöre, was draußen so geredet wird?«

»Ich will nicht, daß du ein Risiko eingehst«, sagte ich und meinte es ernst. »Du weißt ebensogut wie ich, daß die Drogenbosse in dieser Stadt dich bei der kleinsten Provokation wegpusten können. Bitte, tritt niemandem auf die Zehen. Es reicht, wenn ich Richard auf dem Gewissen habe. Ich will was ganz Praktisches.« Ich ließ die Bombe von Davys bevorstehender Ankunft platzen.

»Klar, wir helfen dir. Ich mag Davy. Er ist ein lustiger kleiner Kerl. Außerdem verschafft es Chris und mir eine tolle Ausrede, mal ein Wochenende die Arbeit zu schwänzen und uns statt dessen zu amüsieren.« Alexis und ihre Liebste Chris, eine Architektin, sind an einem Eigenbauprojekt beteiligt, und das heißt, sie bringen den Löwenanteil ihrer Freizeit damit zu, Schubkarren mit Zement über schwankende Holzplanken zu schieben. Zu etwa zehn Leuten haben sie ein Stück Land gekauft, und Chris hat im Austausch gegen die Fertigkeiten anderer Leute auf solch exotischen Gebieten wie Klempnern, Stromleitungen legen, Maurern und Dachdecken die Häuser entworfen. In meinen Augen ist das die reinste Hölle, aber sie machen es gern, wenn auch wieder nicht so gern, daß sie nicht ab und zu mal mit Freuden einen Vorwand nutzen, um abzutauchen. Ich wußte, daß Davy perfekt in ihr Schema paßte; es war ein ausreichend karitatives Element enthalten, um etwaige Gewissensbisse wegen ihres Fernbleibens von der Baustelle zu mindern.

Als ich Alexis solchermaßen meine Hoffnungen bestätigen hörte, mußte ich doch lächeln. »Also kannst du heute gegen acht bei mir zu Hause sein?«

Alexis runzelte die Stirn. »Nicht heute abend. Ich bin zum Essen verabredet.«

»Keine Möglichkeit, einen neuen Termin auszumachen?«

»Sorry. Der Typ ist nur ein paar Tage hier.« Sie drückte ihre Zigarette aus und spülte den Geschmack mit einem Schluck Kaffee weg. Offenbar sah sie sich unter Rechtfertigungszwang, denn als ich nichts erwiderte, fuhr sie fort: »Ich war mit ihm zusammen auf dem College, und wir haben uns nicht aus den Augen verloren. Er ist ein typischer Überflieger, ein Superhirn in Sachen Zoll, wenn das nicht an sich ein Widerspruch ist. Auf jeden Fall ist er zu einer Einsatzbesprechung mit der Sitte in Manchester. Anscheinend ist eine ganz neue Spielart von Kinderpornos, Zeitschriften und Videos, im Umlauf, echtes Hardcore-Zeug, und sie vermuten die Quelle irgendwo im Nordwesten. Stell dir vor, wir exportieren diese Scheiße sogar nach Amsterdam und Dänemark, so heavy ist das Zeug. Mein Kumpel Barney ist hier, um den Blauen zu erzählen, wonach sie die Augen offenhalten sollen, und ich hab ihn überredet, sich von mir zum Abendessen einladen zu lassen. Tut mir leid, Kate, aber ich hab dem Herausgeber einen Aufmacher versprochen und ein Feature für die Montagsausgabe, das eine Kampagne lancieren soll.«

Ich zuckte die Achseln. »Macht doch nichts. Für heute abend

treibe ich jemand anders auf. Du kannst einspringen, wenn du frei bist.«

»Kein Problem. Heute abend kommt Chris zu dir, ganz bestimmt. Sie hat nur einen Abend vor der Glotze und ein Bad mit einer Flasche Muscadet geplant. Hast du deinen Sprechstein dabei?« Alexis streckte die Hand aus, und ich reichte ihr mein Mobiltelefon. Ich überlegte, daß ich es ganz und gar nicht schätzen würde, wenn Richard mich als Babysitter anpries, während ich mich auf einen gemütlichen Abend zu Hause mit ›Coronation Street‹ und einem Überraschungspäckchen vom Body Shop freute.

»Alles klar, Darling?« leitete Alexis das Gespräch ein. »Hör mal, Kate verlangt es heute abend nach deinem Körper... Schön wär's, Mädchen. Nein, es ist eine Art Notfall. Ich erzähl's dir später. Sie braucht eine verläßliche Person, die drüben bei Richard für sie auf Davy aufpaßt... Um acht, sagt sie, geht das in Ordnung?... Darling, der Himmel wird's dir lohnen. Bis um sechs zu Hause. Ich liebe dich auch.« Alexis drückte schwungvoll auf den »Ende«-Knopf. »Geklärt. Ich geb ihr meinen Schlüssel für dein Haus, damit sie reinkann.« Sie klappte das Telefon zusammen und gab es mir zurück.

»Das ist lieb von euch«, sagte ich. Und das war mein Ernst. Hoffentlich konnte ich auf die Hilfe meiner Freunde bauen, bis ich es geschafft hatte, Richard aus dem Gefängnis zu holen. »Noch eins – wenn du auf deinen Porno-Experten einredest, kannst du ihn dann mal fragen, ob es irgendeinen Hinweis auf eine Verbindung zum Drogengeschäft gibt?«

»Wieso denn das?« wollte Alexis wissen, und ihre braunen Augen waren plötzlich wachsam.

Ich stöhnte auf. »Da ist keine Story drin, glaub mir. Es besteht lediglich eine minimale Chance, daß der Typ oder einer der Typen, die in diese Sache mit Richard verwickelt sind, pädophil sein könnte.«

»Wie kommst du darauf?« fragte sie, argwöhnisch, daß ihr etwas entgehen könnte, wodurch ihr Name fettgedruckt auf die Titelseite des ›Chronicle‹ kam.

»Es wäre grausam, es dir zu erzählen«, sagte ich. »Du würdest dich nur ärgern, weil du es nicht verwenden könntest.«

Alexis schüttelte den Kopf, ein bedauerndes Lächeln spielte um ihre Lippen. »Du kennst mich viel zu gut, Mädchen.«

Ich stand draußen vor dem Golden Ganges auf dem Gehsteig und sah zu, wie Alexis' Wagen in einer todesverachtenden Kehrtwende vom Bordstein wegfuhr. Die Luft war mit Autoabgasen und dem würzigen Geruch von Curry geschwängert, der Himmel trüb und verhangen, und das Geräusch ferner Sirenen von Polizei- und Krankenwagen vermischte sich mit dem Geheul der Alarmanlage eines Autos ganz in der Nähe. Ich bog um die Ecke in die Seitenstraße, wo ich meinen Wagen gelassen hatte, und das Geheul wurde stärker. Es dauerte einen Augenblick, bis mir klar wurde, daß es mein Auto war, auf das die beiden schwarzen Typen mit dem schnurlosen Handbohrer es abgesehen hatten.

»Hey, ihr Schweine«, brüllte ich und rannte instinktiv los.

Sie blickten auf, die Ratlosigkeit stand ihnen ins Gesicht geschrieben. Nach wenigen Sekunden hatten sie die Situation eingeschätzt und beschlossen, das Weite zu suchen. Wäre es schon dunkel gewesen, dann hätten sie mir wahrscheinlich die Stirn geboten und versucht, mir eine ordentliche Tracht Prügel zu verabreichen, weil ich es wagte, ihnen das Recht auf meinen Stereorecorder streitig zu machen. Jammerschade, wirklich. In mir hatte sich so viel Frustration aufgestaut, daß ich mich über die Gelegenheit gefreut hätte, an ihnen zu beweisen, daß meine Künste im Thai-Boxen nicht nur dazu dienten, mich fit zu halten.

Als ich am Wagen anlangte, waren sie schon hinter der nächsten Ecke verschwunden. Das pürierte Metallschloß würde nie wieder Musik mit dem Schlüssel machen. Ich drückte auf den Kontrollknopf, das Sirenengeheul brach ab. Seufzend zog ich die Tür auf und stieg ein. Zumindest würde das Auswechseln des Schlosses eine der Stunden füllen, für die ich keine nutzbringende Beschäftigung wußte. Bevor ich den Motor anließ, rief ich Handbrake, den Mechaniker, an, vergewisserte mich, daß er den Käfer abgeholt hatte, und teilte ihm mit, daß ich ein neues Schloß für die Fahrertür brauchte. Auf diese Weise brauchte ich nicht in seiner Werkstatt den Telefondienst zu machen, während er loszog, um das Ersatzteil zu besorgen.

Auf der Oxford Road bog ich links ab und fuhr vom Stadtzentrum weg. In wenigen Minuten lag die Currymeile hinter mir, und ich war direkt im Herzen des Uni-Viertels mit den Universitätswohnungen und Studentenbuden. Ich drückte auf den Auswurfknopf des Recorders. Adieu, Julia Fordham. Schwermut und Trübsal konnte ich jetzt wahrlich nicht gebrauchen. Ich wühlte in meinen Kassetten und rammte ›Discography‹ von den Pet Shop Boys in den Schlitz. Perfekt. Ein energischer Rhythmus, der mich vorwärts- und aufwärtstrug, in einen Gefühlszustand knapp unter dem Gefrierpunkt. An der Ampel Wilbraham Road fuhr ich nach Kingsway und weiter nach Heaton Mersey, wo Handbrake seine Geschäfte in zwei Garagen hinter einem heruntergekommenen Mietshaus tätigte. Handbrake ist ein Kumpel von Dennis und schon seit einigen Jahren Hausmechaniker von Mortensen & Brannigan. Und zur Belohnung darf er auch mal mit Richards Käfer spielen. Er heißt Handbrake, weil er früher Fahrer bei bewaffneten Raubüberfällen war und Spezialist für 180-Grad-Kehrtwenden, wenn die Verfolger seinem Trupp zu dicht im Nacken saßen. Anfang der Achtziger saß er sechs Jahre im Knast, und seitdem ist er sauber. Nun ja, bis auf ein paar kleine Flecken hier und da.

In einer von Handbrakes Garagen stand ein Volkswagen Golf. Als ich hielt, kam Handbrake unter der Motorhaube zum Vorschein. Man kann sich nur schwer jemanden vorstellen, der strenggenommen weniger für die anonyme Rolle des Fahrers eines Fluchtautos in Frage kommt. Er hat flammendrote Locken, so kraus wie die Dauerwelle einer Rentnerin, und das Gesicht eines traurigen Clowns. Bei einer Gegenüberstellung hätte er nicht den Hauch einer Chance, es sei denn, die Cops würden eine Busladung Ronald McDonalds heranklarren. Handbrake wischte sich die Hände an seinem Overall ab und schenkte mir ein Lächeln, das ihn aussehen ließ, als wollte er in Tränen ausbrechen.

»Haben sie dich erwischt?« begrüßte er mich.

»Ich hab sie rechtzeitig gestellt, um mein Kassettendeck zu retten«, sagte ich und ließ die Tür hinter mir auf.

»Dann hast du dir also ein paar Mäuse gespart. Der Junge muß jeden Augenblick mit dem Schloß kommen.« Handbrake unterzog die Tür einer fachmännischen Prüfung. »Saubere Arbeit, wirklich.«

»Kein Problem mit dem Käfer?«

Er schüttelte den Kopf. »Nee. 'n Kinderspiel. Ich hab ihn draußen vor deiner Haustür abgestellt, die Schlüssel liegen in deinem Briefkasten. Mr. Music ist ausgeflogen, wie?« Die Ankunft eines schwarzen Jungen auf einem Mountainbike bewahrte mich vor einer Lüge. »Alles klar, Dobbo?« rief Handbrake ihm zu.

Der Junge riß den Lenker hoch, um abzustoppen. »Null Problemo«, versicherte er. Dann streifte er einen feinen Lederrucksack ab und holte einen neuen Satz Schlösser für meinen Peugeot heraus. Er gab ihn Handbrake, nannte einen erstaunlich niedrigen Preis und schlug einen Zehner für die Auslieferung drauf. Handbrake zog ein Geldbündel aus seiner Gesäßtasche und zählte die Scheine ab. Der Junge verstaute das Geld in seinem Lederbeutel und radelte wieder los. An der Ecke hielt er und holte etwas heraus, das wie ein Mobiltelefon aussah. Er wirkte keinen Tag älter als vierzehn Jahre.

»Nimm es nicht persönlich, Handbrake, aber diese Ersatzteile sind doch nicht zufällig geklaut?« Ich spiele äußerst ungern die Zimperliese, aber ich kann es mir nicht leisten, mit einem Wagen erwischt zu werden, der aus gestohlenem Zubehör zusammengebaut ist.

Handbrake schüttelte den Kopf. »Nee. Er und seine Kumpel haben ein Abkommen mit der Hälfte der Schrotthändler von Manchester. Ein Ergebnis der Rezession. Weniger Stoff im Umlauf, weniger Knete, die man damit verdienen kann, ihn von einem Ende der Stadt zum anderen zu schaffen, deshalb haben Dobbo und zwei seiner Kumpel einen Teil ihres Sündengelds in einen Computer gesteckt. Einer von ihnen macht jeden Morgen auf den Schrottplätzen die Runde, sieht sich um, was für neue Lieferungen reingekommen sind. Und wenn Kunden wie ich ein Ersatzteil brauchen, rufen wir an, der Einsatzleiter findet heraus, wo es zu kriegen ist, und schickt einen der Radfahrer los. Tolle Idee, was?«

»Allerdings.« Ich sah zu, wie Handbrake die Überbleibsel des Schlosses aus meiner Wagentür schälte. »Handbrake? Kennst du irgendwen in der Drogenszene, der seine Ware in geklauten Autos transportiert?«

Handbrake prustete. »Frag mich nicht. Ich versuche, null über die Drogenszene in dieser Stadt zu wissen. Wie heißt es – Halbbildung ist gefährlich, und Wissen ist der Tod.« Hat Handbrake sein Abitur gemacht, während er saß? Wer sagt, daß das Gefängnis einen Menschen nicht ändern kann?

»Na schön. Wie kommt man an einen Satz provisorische Kennzeichen heran?«

»Du meinst, wenn man nicht dazu berechtigt ist?«

»Wieso sollte ich dich nach Leuten fragen, die dazu berechtigt sind?«

Er prustete wieder. »Na ja, du kannst sie nicht einfach in einer illegalen Werkstatt zusammenbasteln. Nur das Straßenverkehrsamt stellt sie her, und die Nummern sind in das Metall eingeprägt, anders als bei den regulären Nummernschildern. Man müßte sie sich leihen oder stehlen. Es sind genug davon in Umlauf. Du könntest sie aus einer Werkstatt oder während des Fahrzeugtransports klauen, obwohl sie dann als gestohlen gemeldet werden und dir nicht viel nützen. Leih oder miete sie dir von einem Zustellfahrer. Am besten leiht man sie sich bei einer nicht ganz sauberen Werkstatt. Wieso, brauchst du welche?«

Handbrake ärgert mich gern, indem er so tut, als wäre er die Unschuld vom Lande und ich der Bösewicht. Aber momentan war ich nicht dazu in der Stimmung. »Nein«, fauchte ich. »Aber ich glaube, gleich konfisziere ich sie bei jemandem.«

»Dann sei lieber vorsichtig, wo du sie benutzt.«

»Warum?«

»Weil du sonst im Kittchen landest, darum. Die Verkehrsbullen halten dich an, wenn du provisorische Kennzeichen am Auto hast. Nicht so sehr auf der Autobahn, aber Vorsicht, wenn du nur so spazierenfährst. Bei dem leisesten Verdacht, daß du sie zu was anderem benutzt als zu Probefahrten, Fahrstunden oder zur Auslieferung, bist du dran. Deshalb leg dir lieber 'ne gute Ausrede zurecht.«

Ich war froh über den Tip. Dies war beileibe nicht das passende Wochenende für ein Stelldichein am Straßenrand mit den Verkehrscops.

8. Kapitel

Ich drehte fast eine Stunde Däumchen in Ruths Wartezimmer, während sie mit einem Klienten beschäftigt war. Ich hätte Besseres mit meiner Zeit anzufangen gewußt, zum Beispiel Schlaf nachholen. Nachdem ich eine gepfefferte Schimpfkanonade wegen meines unsäglichen Verhaltens im Longsight-Revier über mich hatte ergehen lassen, starrten wir einander mißgelaunt über ihren chaotischen Schreibtisch hinweg an, deprimiert von dem Mangel an Informationen, mit dem wir uns konfrontiert sahen. »Ich habe den Verdacht, die Beamten, die den Fall untersuchen, glauben Richard kein Wort«, sagte Ruth. »Ich ernte immer wieder nur ein gönnerhaftes Zwinkern, wenn ich andeute, daß sie, wenn sie einen großen Drogenring auffliegen lassen wollen, mit jedem Spitzel telefonieren sollten, der jemals in seinem Leben Gras gekifft hat. Daß sie alles tun sollten, um einen Hinweis auf die Autodiebe zu bekommen. Aber sie glauben natürlich nicht an die Autodiebe«, fügte sie zynisch hinzu. »Das einzig Erfreuliche für uns bisher ist, daß keiner der Polizeibeamten, mit denen wir es zu tun hatten, die Verbindung zwischen Richard und dir hergestellt hat. Wenigstens ist der Oberinspektor bereit, der Idee mit dem Aufschub zuzustimmen, wenn er auch betonte, es sei zum Wohle seines Teams, nicht meinetwegen.«

Ich stand auf. »Ich denke, es ist ein Schritt in die richtige Richtung. Ich gebe dir Bescheid, sobald ich irgendwas herausgefunden habe«, sagte ich grimmig.

Draußen auf der Straße ging alles seinen gewohnten Gang. Ich begab mich über Deansgate zur Barton Arcade mit ihrer viktorianischen Glaskuppeleleganz und mischte mich anschließend unter das Knäuel der eifrigen Käufer, die den Designerboutiquen am St. Anne's Square zustrebten. Niemand hatte den Straßenmusikanten vor der Börse gesagt, daß dies kein Tag zum Feiern war, und ihr munterer Countryrock folgte mir spöttisch über den Platz und in die Cross Street. Ich hatte den Wagen auf einem einzelnen gelben Streifen hinten an der Nat West Bank stehenlassen, und zu meiner Überraschung hatte ich keinen Strafzettel kassiert. Es war das erste Mal an diesem Tag, daß für mich Gnade vor Recht erging. Ich mußte es als gutes Vorzeichen deuten.

Zu Hause überprüfte ich Richards Anrufbeantworter und speicherte die wenigen Nachrichten ab. Zwei der dringenderen Anrufe erwiderte ich und erklärte, daß er kurzfristig die Stadt habe verlassen müssen und ich nicht wüßte, wann er zurück sei. Ich sah auch in seinem Kalender nach und sagte zwei Interviews ab, die er für Anfang der kommenden Woche vereinbart hatte. Zum Glück hatte er wegen Davys Besuch nicht viel vorgehabt. Nur die Götter wußten, wie er die Zeitschriftenkolumne für diese Woche schreiben wollte. Offen gestanden war das meine geringste Sorge.

Die Rushhour von Manchester scheint Altersspeck angesetzt zu haben. Als ich gerade in die Stadt gezogen war, dauerte sie klar meßbare neunzig Minuten, morgens wie abends. Inzwischen scheint sie nachmittags um vier anzufangen und bis halb acht anzudauern. Und freitags ist es besonders arg. Selbst auf dem Princess Parkway, einer breiten Schnellstraße, war es ein großes Wagnis, den dritten Gang einzulegen. Es war geradezu eine Erleichterung, am Flughafen anzukommen. So schlimm war es.

Ich kam zehn Minuten zu früh zu unserem Treffen, aber Della saß bereits mit einem Kaffee in der Inlandshalle. Als sich die automatische Tür zischend vor mir öffnete, blickte sie von ihrem ›Evening Chronicle‹ auf. Selbst aus dieser Entfernung sah ich den besorgten Ausdruck in ihren tiefliegenden grünen Augen. Sie sprang auf und zog mich an sich, sobald ich bei ihr war. »Du Ärmste«, sagte sie gefühlvoll und lotste mich sanft zu einem Stuhl. Ihr Mitgefühl gab mir den Rest. Als Della die Tränen in meinen Augen sah, klopfte sie mir verlegen auf die Schulter und sagte: »Warte mal kurz auf mich, ich hole dir einen Kaffee.«

Als sie wiederkam, war ich wieder so abgebrüht wie Philip Marlowe. »Hübsche Frisur«, bemerkte ich. Ihr glänzendes kastanienbraunes Haar, das normalerweise zu einem zwei Zentimeter dicken Zopf gebändigt war, lag lose um ihre Schultern, durch ein breites Stirnband aus Wildleder und Seide aus dem Gesicht gehalten.

»Danke.« Sie schnitt eine Grimasse. »Meinst du, die Frisur wird Eindruck auf einen vierzig Jahre alten Handelsbanker machen?«

»Geschäftlich oder zum Vergnügen?«

»Er glaubt, zum Vergnügen, ich meine, geschäftlich.«

Detective Chief Inspector Della Prentice ist die Einsatzleiterin des Betrugsdezernats bei der Regionalen Verbrechensbekämpfung. Sie hat in Cambridge studiert und verfügt über sämtliche damit einhergehenden Umgangsformen, und das heißt, wenn sie einen korrupten Geschäftsmann im Fadenkreuz hat, wird er diese hinreißende Frau, die sich so fasziniert von seiner Arbeit zeigt, eher für eine Headhunterin halten als für eine Polizistin. Der Haken ist, wie Della mir einmal seufzend erklärt hat, daß die besten Betrüger oftmals auch die charmantesten Männer sind.

»Wir schlafen wohl nie, wie?« frotzelte ich.

»Nicht mit Leuten, die wir verdächtigen, in für uns interessante schmutzige Geschäfte verwickelt zu sein«, sagte Della. »Auch wenn er mich zum Abendessen ins Thirty-Nine Steps eingeladen hat.« Ich verspürte einen Anflug von Neid. Da Richard immer nur chinesisch essen will, bietet sich mir kaum die Gelegenheit, im besten Fischrestaurant von Manchester zu speisen. Als habe sie meine Gedanken gelesen, sagte Della: »Genug von meinen Problemen. Irgendwas Neues über Richard?«

»Kein Fitzelchen. Ich bin derart frustriert. Ich habe einfach keinen Anhaltspunkt, an dem ich ansetzen kann. Du hast wohl auch nichts für mich?« fragte ich mißmutig.

»Tja... ja und nein«, sagte Della vorsichtig und zündete sich mit ihrem abgenutzten alten Zippo eine Zigarette an.

Die Windschutzscheibe ohne Strafzettel war tatsächlich ein Vorzeichen gewesen. »Ja?« bohrte ich.

»Die Spezialistin für Fingerabdrücke, die sich Richards Wagen vorgenommen hat, hat mal vor einer Weile für mich gearbeitet, als ich mit gefälschten Versicherungspolicen zu tun hatte, und wir haben uns ziemlich gut angefreundet. Also hab ich ihr ein Mittagessen spendiert.«

»Was hat sie gefunden?« fragte ich.

»Wichtig ist, was sie nicht gefunden hat. Sie hat sich ziemlich vorsichtig ausgedrückt. Begreiflicherweise, weil sie bisher noch keine Zeit hatte, alle Abdrücke gründlich zu analysieren. Aber es sieht so aus, als gäbe es Fingerabdrücke von Richard an sämtlichen Stellen, wo man sie erwarten würde – an Türgriff, Schalthebel, Lenkrad, der Kassette im Deck. Aber es waren keine Abdrücke von ihm am Kofferraum oder der Tragetasche oder den Plastikhüllen, in die das Crack gepackt war. An all dem waren überhaupt keine Abdrücke. Nur Schmierflecke, wie von Latexhandschuhen. Und Richard trug keine Handschuhe bei sich, noch lagen welche im Auto.« Della lächelte zögernd, und ich merkte, wie ich das Lächeln erwiderte.

»Weißt du, daß das die erste gute Nachricht ist, die ich heute zu hören kriege?«

Della sah mich bedauernd an. »Es ist nicht viel, aber es ist immerhin ein Anfang. Wenn mir noch etwas zu Ohren kommt, sage ich dir Bescheid. Und jetzt zu der anderen Sache. Ich hab was gut bei dir, Kate – als ich das Betrugsdezernat West Yorkshire verließ, dachte ich, daß ich nie wieder mit einem gönnerhaften, sexistischen Mann aus Yorkshire einen trinken gehen müßte. Heute habe ich entdeckt, daß sie sogar noch schlimmer sein können, wenn sie auf der falschen Seite der Pennines im Exil leben. Laut DCI Geoff Turnbull vom Drogendezernat ist es nur zu begreiflich, daß eine nette Frau wie ich sich für Drogen interessiert. Schließlich, auch wenn es mir nicht gelungen sei, vor meiner Scheidung meine weibliche Rolle zu erfüllen, indem ich mich reproduziere, müsse ich doch gleichaltrige Freunde haben, deren Kids im gefährlichen Alter sind.« Della biß die Zähne zusammen.

»Oje«, sagte ich mitfühlend. »Und wann genau wird er aus der Intensivstation entlassen? Ich kenne einen Chor, in dem noch Sopranstimmen fehlen.«

Della brachte ein halbherziges Lächeln zustande. »Als er mit dem herablassenden Getue fertig war, hat er mir tatsächlich noch einige brauchbare Informationen geliefert. Offenbar kam Crack hierzulande anfangs in relativ kleinen Mengen und in ganz bestimmten Gegenden in Umlauf. Das läßt eindeutig den Schluß zu, daß an Einfuhr und Vertrieb nur eine Handvoll Leute beteiligt waren, und obgleich das Auftauchen der Droge Anlaß zur Sorge gab, war es wegen des kleinen Verbreitungsradius so beunruhigend wieder nicht. In den letzten Monaten allerdings sind kleine Mengen Crack im ganzen Land aufgetaucht, zusammen mit einigen ausgefallenen Designerdrogen. Das Beunruhigendste daran ist, daß diese Funde bei Routineeinsätzen gemacht wurden.«

Ich wußte nicht, worauf sie hinauswollte. »Warum ist das denn so beunruhigend?« fragte ich.

»Es tauchte auf, wo man es nicht vermutet hätte. Die Einsätze zielten jeweils auf etwas anderes ab, zum Beispiel Ecstasy oder Heroin, und am Schluß hat man auch kleine, aber nicht unbedeutende Mengen von Crack zutage gefördert. Und nicht auf bestimmte Orte begrenzt. Es kursiert überall.« Della sah ernst aus. Ich verstand, wieso. Wenn unerwartet kleine Proben gefunden wurden, sprach vieles dafür, daß es sich lediglich um die Spitze eines riesigen Eisbergs handelte.

»Irgendeine geographische Besonderheit in der Verteilung?« fragte ich.

»Man kriegt es praktisch im ganzen Land. Aber es ist meist doch auf den rechtsfreien Raum konzentriert, so möchte ich es nennen.«

»Und das heißt?« fragte ich.

»Verrottete Innenstadtsiedlungen, Sozialsiedlungen an der Peripherie von Großstädten oder größeren Ortschaften. Traditionelle Arbeiterviertel, wo man früher die Schule abbrach und in die einheimische Industrie ging, nur daß es dort keine Industrie mehr gibt, so daß man jetzt direkt stempeln geht, trinkt und Drogen nimmt und schließlich die damit Hand in Hand gehende Kleinkriminalität betreibt.« Della drückte wütend ihre Zigarette aus.

»Ich wette, dein Detective aus Yorkshire hat es etwas anders ausgedrückt.«

»Wie hast du das erraten?« sagte Della zynisch. »Wie dem auch sei, unterm Strich heißt das, es sieht ganz so aus, als stehe uns eine Crackepidemie ins Haus. Und es besteht der Verdacht, daß diejenigen, die mit dem Crack handeln, über ein sehr effizientes Verteilernetz verfügen.«

Damit kam die Post schon mal nicht in Frage. »Und die Polizei glaubt, Richard steckt da mit drin?«

»Danach habe ich nicht gefragt. Auf jeden Fall hält man ihn für wichtig genug, um sich mächtig ins Zeug zu legen.« Della seufzte. »Es sieht nicht gut aus, Kate, das muß ich leider gestehen.«

Ich nickte. Das brauchte sie mir nicht erst zu sagen. »Irgendwelche Vorschläge, wo ich ansetzen könnte?«

Della sah mich an. Ihr Blick war ernst. »Es wird dir nicht gefallen, aber ich finde, du solltest nirgends ansetzen. Es geht um hochgefährliche Leute. Sie bringen dich um, wenn sie in dir eine wie auch immer geartete Bedrohung sehen.«

»Meinst du, das weiß ich nicht? Was für eine Alternative habe ich denn, Della? Wenn ich die wahren Gangster nicht hinter Gitter bringen kann, werden sie Richard töten. Sobald sie erfahren, wer mit ihrem Crackpaket ausgerückt ist. Das weißt du. Sie können gar nicht anders, sonst denkt jeder miese Dealer in der Stadt, daß er sie an der Nase herumführen kann.« Ich kippte den Rest meines Kaffees hinunter. Ich hätte lieber Kamillentee nehmen sollen. Es war grundfalsch, mich noch mehr aufzuputschen.

»Konntest du dich nach dem Polaroidfoto erkundigen?« Nur ja keine weitere düstere Prophezeiung provozieren.

»Ich habe mit einem weiblichen Detective Sergeant bei der Sitte gesprochen. Sie sagte, so auf Anhieb falle ihr niemand ein, aber sie wollte sich mal umhören. Der auf Richards Fall angesetzte DCI scheint sich nicht sonderlich dafür zu interessieren, wohl weil es an und für sich, genaugenommen, nicht obszön ist.« Della zündete sich wieder eine Zigarette an, doch ehe sie mehr sagen konnte, strömten Menschen durch die Türen zu den Inlandsflügen herein. Nach dem hohen Anteil von Männern in Anzügen zu urteilen, mit Aktenmappen, die nach den Konferenzen eines arbeitsreichen Tages so schwer wie Schiffsanker aussahen, war die Maschine aus London gelandet. Ich stand auf. »Ich glaube, das ist Davys Flug«, sagte ich.

Della war wie der Blitz neben mir. Sie umarmte mich kurz, warf einen Blick über die Schulter, um sich zu vergewissern, daß noch kein kleiner Junge hinter ihr stand, und sagte: »Melde dich mal. Ich rufe dich an, wenn ich was erfahre.« Dann war sie verschwunden.

Der erste Ansturm hatte sich gelegt, übrig waren nur noch die Nachzügler, die auf Gepäck aus dem Frachtraum warten mußten. Nach einer Weile, die mir extrem lang vorkam, gab die aufschwingende Doppeltür eine Frau in der Uniform von British Airways frei, die eine kleine Reisetasche trug. An ihrer Seite trottete Davy, der aussah, als wolle er für die Kinderrolle im nächsten Spielberg-Film vorsprechen. Das Haar fiel ihm in einem leicht zerzausten Pony in die Stirn, seine großen braunen Augen blickten gespannt. Er trug stolz ein Outfit, das er bei seinem letzten Besuch zusammen mit seinem Dad ausgewählt hatte, und darüber die New-York-Mets-Jacke, die Richard ihm kürzlich von einer Reise in die Staaten geschickt hatte, noch viel zu weit für seinen stämmigen kleinen Körper. Dann sah er mich.

Augenblicklich wirkte er erst verwirrt, dann enttäuscht. Er schaute sich wieder um, und als ihm klar wurde, daß Richard wirklich nicht da war, winkte er mir unsicher lächelnd zu. Mich verließ der Mut. In Davys Augen war ich eindeutig ein schwacher Ersatz. Als hätte ich die Bestätigung noch gebraucht.

Es lief viel besser, als ich erwartet hatte. Auf dem Weg zum Parkplatz tischte ich Davy die Lüge auf, die Richard und ich uns zuvor zurechtgelegt hatten. Sein Dad sei in Bosnien; er hätte ganz plötzlich fliegen müssen, weil er den exklusiven Tip erhalten habe, daß Bob Geldof sich dort aufhielt, um eine Art Bosnia Aid zu organisieren. Als ich mit meiner Erklärung fertig war, glaubte ich fast selbst daran. Davy nahm sie sehr gelassen auf. Nach acht Jahren hatte er sich wohl allmählich an einen Dad gewöhnt, der sich nicht so wie die Väter anderer Kinder verhält. Wenigstens ist er nicht schüchtern; davon zumindest hat ihn der Umgang mit Richard und seinen abgedrehten Freunden aus dem Rockgeschäft und dem Journalismus kuriert. »Erinnerst du dich noch an Chris und Alexis?« fragte ich ihn, als wir aus dem Flughafen heraus in Richtung M56 fuhren.

Er nickte. »Alexis ist witzig. Und Chris kann gut zeichnen und malen und Sachen aus Legosteinen bauen. Ich mag sie.«

»Sie werden mir dabei helfen, mich um dich zu kümmern, weil ich am Wochenende noch arbeiten muß.«

»Kann ich nicht mit dir zur Arbeit kommen, Kate?« schmeichelte er. »Ich will auch Privatdetektiv werden. Ich hab 'nen Film gesehen, in Schwarzweiß, und da ging es um einen amerikanischen Detektiv, Mum sagt, er heißt Humpty Sowieso, und der hatte eine Waffe. Hast du auch eine Waffe, Kate?«

Ich schüttelte den Kopf. Deprimierenderweise sah er enttäuscht aus. »Ich brauche keine, Davy.«

»Und wenn du mit einem bösen Mann kämpfen mußt, und er hat eine Waffe? Dann bräuchtest du eine«, sagte er triumphierend.

»Wenn ich gegen einen Bewaffneten kämpfen würde und er wüßte, daß ich eine Waffe hätte, dann müßte er mich erschießen, um den Kampf zu gewinnen. Aber wenn er weiß, daß ich unbewaffnet bin, braucht er mich nur zu schlagen. So bleibe ich am Leben. Und alles in allem ziehe ich es wohl vor, am Leben zu bleiben.«

Chris wartete schon, als wir nach Hause kamen. Ich hatte sie vor zehn Minuten angerufen, um sie vorzuwarnen, daher servierte sie gerade selbstgemachte Cheeseburger, als wir hereinkamen. Ich hätte sie küssen können. Wir drei setzten uns an die Frühstücksbar, futterten und erzählten uns die Art Witze, die Achtjährige mögen. Sie wissen schon: Warum summen Bienen? Weil sie die Worte vergessen haben. Na ja.

Nachdem wir uns den Bauch vollgeschlagen hatten, zeigte ich Davy das neueste Commander-Keen-Spiel, das ich für uns beide besorgt hatte. Ich luchste ihm das Versprechen ab, daß er binnen einer halben Stunde ins Bett gehen würde, wenn Chris es ihm sagte, und ließ ihn dann in Ruhe auf seinem elektronischen Springstock durch Slug Village hüpfen. Zehn Minuten, auf Bad und Schlafzimmer aufgeteilt, reichten mir, um mich für den Abend zurechtzumachen. Meine leichten Wanderstiefel; meine löcherige Tapezierjeans über bunten Leggings; ein Bob-Marley-T-Shirt, das ich bei einem Rockwohltätigkeitsessen gewonnen hatte; und ein weites Flanellhemd, das meinem Granddad gehört hatte und das ich aus Nostalgie behielt. Meine rotbraune Mähne stopfte ich unter eine giftgrüne Baseballmütze, außerdem klatschte ich mir eine Portion Make-up ins Gesicht, die mir das Aussehen eines anämischen Flüchtlings aus Transsylvanien verlieh. Grunge trifft Acid House. Ich fand Chris vor dem Fernseher, wo sie sich die Nachrichten ansah. Zum Glück zuckte sie beim Anblick der Erscheinung mit keiner Wimper. »Das finde ich wirklich lieb von dir. Glaub mir, Richard wird ein Darlehen aufnehmen müssen, um seine Dankbarkeit zu zeigen, wenn das alles ausgestanden ist. Ich nehme an, Alexis hat dich ins Bild gesetzt?« fragte ich leise und hockte mich auf die Sofalehne.

»Ja, und es ist furchtbar. Wie steht's denn? Irgendwelche Fortschritte?« Das war wohl der kürzeste Beitrag zu einem Gespräch, den ich je von Chris gehört habe.

»Kaum. Deshalb muß ich jetzt auch los. Ich hab ein, zwei Anhaltspunkte, denen ich nachgehen kann. Kannst du hier die Stellung halten?«

Chris klopfte mir aufs Knie. »Wir bleiben hier, bis alles geklärt ist. Ich hab eine Tasche mit Zeug dabei, und ich hab uns in Richards Zimmer einquartiert, hoffentlich geht das in Ordnung, aber es schien am logischsten, weil Danny so in seinem gewohnten Bett bei Richard schlafen kann. Und du kannst kommen und gehen, wie und wann du willst, ohne dir Sorgen machen zu müssen, einen von uns aufzuwecken, und dann sind wir an Ort und Stelle, um Babysitter zu spielen, wie und wann du uns brauchst.« Ich schwöre, sie ist der einzige Mensch, den ich kenne, der gleichzeitig sprechen und atmen kann.

Ich umarmte Chris kurz und stand auf. »Danke. Dann sehen wir uns morgen früh.« Ich verließ das Haus, zum erstenmal, seit Ruth bei mir angerufen hatte, mit dem Gefühl, ein festes Ziel zu haben.

9. Kapitel

Ich fing mit dem Delta an, bei Richard und seinen Freunden aus naheliegenden Gründen als das »Lousy Hand« bekannt. Dort war er an dem Abend gewesen, als das Auto gestohlen wurde. Das Lousy Hand erstreckte sich über einen größeren Abschnitt einer schmalen Sackgasse zwischen dem GMEX-Ausstellungszentrum und dem Hacienda Club. Da es erst halb zehn war, stand keine Schlange draußen, und ich ging geradewegs hinein.

Die Ausstattung im Lousy Hand ist nach wissenschaftlichen Kriterien ersonnen, um dich glauben zu machen, daß du eine Acidpille eingeworfen hast, auch wenn du clean bist. Weiß der Himmel, was sie bei den Kids hervorruft, die wirklich auf dem Trip sind. Wo ich auch hinsah, mischten sich bizarre psychedelische Formen wahllos mit schwarz-weißen Pop-art-Spielereien im Trompe-l'œil-Stil von Bridget Riley. So früh waren nur wenige Dutzend Gäste da, die meisten schon auf der Tanzfläche, sinnlos glücklich, wie man es nur mit einem High von Ecstasy sein kann. Die Hopserei war ein Anblick für die Götter. Mit ihren kaum koordinierten Bewegungen sahen die Tänzer aus wie eine bunt zusammengewürfelte Marionettenschar, die von einem fünfjährigen Puppenspieler mit der Eleganz und Geschicklichkeit von Skippy, dem Buschkänguruh, hin und her gezerrt wurde. Die Musik war von der nervtötenden Beharrlichkeit einer Schmeißfliege, die immer wieder gegen eine Fensterscheibe stößt, der schwere Baßrhythmus so laut, daß er in meiner Brust zu pochen schien. Ich hätte meine Seele dafür verkauft, mit einem schönen, erholsamen Video wie ›Terminator 2‹ zu Hause zu sitzen.

Mit dem Gefühl, hundertfünf Jahre alt zu sein, ging ich zur Bar hinüber. Neben den gängigen Designerbieren, den gut sichtbaren Spirituosen und den Cocktail-Spezialitäten wie Malibu und Byzance, bot das Lousy Hand stolz die vielleicht – abgesehen von der Harrods-Lebensmittelabteilung – größte Auswahl an alkoholfreien Getränken. Von Karottensaft bis zu einem obskuren peruanischen Mineralwasser, hier war alles zu haben. Nein, Officer, selbstverständlich haben wir hier keine Probleme mit Drogen. Von unseren Kunden denkt keiner auch nur im Traum daran, illegale Substanzen zu mißbrauchen. Und ich bin Marie von Rumänien.

Das Barpersonal sah aus wie ein Überbleibsel aus dem durchschnittlichen Yuppie-Nachtclub der Achtziger. Frauen und Männer trugen übereinstimmend am Hals offene weiße Abendshirts mit Ekkenkragen und enganliegende schwarze Abendhosen. Der Hauptunterschied war, daß die Männer wohl geringfügig mehr Gel, Wachs und Mousse im Haar hatten und modischere Ohrringe trugen. Ich stützte mich mit den Ellbogen auf den Tresen und wartete. Es waren nicht genug Gäste da, um die ganze Belegschaft in Atem zu halten, dennoch mußte ich die obligatorischen dreißig Sekunden absitzen. Der Himmel sei davor, daß ich dachte, sie hätten nichts Besseres zu tun, als mich zu bedienen.

Der schöne Junge, der vor mir stehenblieb, hob die Augenbrauen. »Nur eine Cola light, bitte«, sagte ich. Er sah enttäuscht aus, weil etwas so Konventionelles verlangt wurde. Er drehte sich auf den Zehenspitzen um, zog die Tür eines Eisschranks auf und nahm eine Dose von einem Regal, alles in einer einzigen anmutigen Bewegung. Ich weiß nicht, wozu er sich die Mühe gab. Ich sah beim besten Willen nicht wie eine Talentsucherin von MTV aus.

»'n Glas?« fragte er, während er die Dose vor mich hinstellte. Ich schüttelte den Kopf und bezahlte.

Als er mit meinem Wechselgeld zurückkam, fragte ich: »Kennen Sie die Gegend? Ist es sicher, hier draußen auf der Straße zu parken? Ich hab nämlich in der Sackgasse geparkt, und da sind keine Laternen, und ich hab mich gefragt, ob da draußen wohl oft Autos geklaut werden.«

Er zuckte die Achseln. »Es werden überall Autos geklaut. Hier ist es auch nicht schlimmer als anderswo in der Stadt. In Manchester werden tausend Autos in der Woche geklaut, haben Sie das gewußt?« Ich schüttelte den Kopf. »Und zwei Drittel davon werden nie gefunden. Ich wette, das haben Sie nicht gewußt.«

Trotz seines Mr.-Cool-Images hatte dieser Typ das Herz eines Pfadfinders.

Ich ging nicht darauf ein und fuhr fort: »Es ist nämlich eigentlich nicht mein Wagen, er gehört meinem Freund, und der würde mich umbringen, wenn was damit passiert.«

»Was ist es denn für ein Auto?« fragte er.

»Ein Peugeot 205. Nichts Edles, nur das Standardmodell.«

»Dann haben Sie bestimmt nichts zu befürchten.« Er stützte die

Ellbogen auf den Tresen und kreuzte elegant die Beine. Ich machte mich auf eine Vorlesung gefaßt. »Vor sechs Monaten konnten Sie nirgends zwischen Stockport und Bury einen heißen Schlitten parken und sich darauf verlassen, daß Sie ihn nachher wiederfinden. Aber seit dem neuen Versicherungsausgleich ist der Gebrauchtmarkt für Machoautos zusammengebrochen. Deshalb haben die Profiautoknacker die Sportwagen abgeschrieben und sich statt dessen darauf verlegt, langweilige alte Familienkutschen zu klauen. Ist auch weniger riskant. Ich meine, würden Sie als Bulle etwa denken, daß am Steuer des Nissan Sunny, der da gerade an Ihnen vorbeifährt, ein Autodieb sitzt?«

Ich kicherte. Nicht weil es lustig war, sondern weil er das ganz offensichtlich von mir erwartete. »Dem Kumpel meines Freundes«, schob ich nach, »wurde nämlich neulich abends hier draußen der Wagen geklaut, und er war stinksauer, weil er ihn gerade erst an dem Tag gekauft hatte. Und es war ein Prachtstück. Ein brandneues Leo Gemini Turbosupercoupé.«

»Davon hab ich gehört«, sagte er und stemmte sich wieder hoch. »Das war doch an dem Abend, als das Benefizkonzert stattfand.«

»Keine Ahnung.«

»Ja, stimmt. Das Konzert war zu Ende, wir hatten die Bar nämlich schon geschlossen, und das Licht war aus. Der Typ kam wieder hier reingestürzt, schimpfte wegen seines kostbaren Autos und verlangte ein Telefon.« Soviel dazu, daß er das Auto keinem Menschen gegenüber erwähnt hatte. »Das war dann wohl Ihr Kumpel, wie?« fragte der Barkeeper.

Ich nickte. »Der Kumpel meines Freundes. Er nimmt an, jemand hat beobachtet, wie er parkte und hier reinging. Er meint, der Dieb wäre auch im Club gewesen, was hätte er sonst in der Sackgasse zu suchen gehabt?«

Der Barkeeper lächelte zum erstenmal unbefangen. »Tja, an dem Abend war hier die Auswahl an zwielichtigen Gestalten groß. Halb Moss Side war hier. Drogenbarone, Autoschieber, was das Herz begehrt.«

Er warf seinen Pferdeschwanz zurück, dann war er verschwunden, um dem nächsten Glückspilz seine Statistiken an den Kopf zu werfen. Ich kippte die Cola hinunter und schaute mich um. Während ich an der Bar stand, hatte sich ein steter Strom von Gästen hinter mir eingefunden. Das Lokal war bedeutend voller als bei meiner Ankunft. Wenn ich mit den Rausschmeißern sprechen wollte, bevor sie wichtigere Dinge im Kopf hatten, sollte ich mich lieber beeilen.

Zwei standen im Foyer, zu beiden Seiten der schmalen Türöffnung, die in die Holzfassade geschnitten war. Sie trugen beide die Uniform der Rausschmeißer: schlechtsitzender Smoking; Samtfliege, die schon bessere Tage gesehen hatte. Als ich näher kam, schlüpfte der ältere und massigere durch die Tür auf die Straße. Neugierig geworden, ließ ich mir den Stempel auf die Hand drücken und folgte ihm. Er ging etwa fünfzig Meter die Sackgasse hinunter. Ich drückte mich in die Schatten hinter dem Club und beobachtete ihn. Er sah sich um, dann machte er wieder kehrt und ging zurück, am Club vorbei und noch einmal ungefähr fünfzig Meter weiter, bevor er wieder hineinschlenderte.

Ich steckte den Kopf in die Tür und sagte: »Wo kann man hier in der Gegend am besten parken? Ich will nämlich nicht, daß der Wagen geklaut wird. Er gehört meinem Freund.«

Der kleinere Rausschmeißer warf seinem Kollegen einen Blick zu nach dem Motto »da haben wir ja die Richtige erwischt«. »Süße, du siehst nicht aus wie ein Mädchen, die einen Freund mit einem Auto hat, das zu klauen sich lohnen würde«, sagte er und strich mit süffisantem Grinsen seine Haare zurück.

»Paß auf, daß du das Toupet nicht kaputtmachst«, zischte ich als Antwort und zeigte auf seinen Kopf. Obgleich er erst Anfang Zwanzig war, wurde sein dunkles Haar bereits schütter; mit Sicherheit war es ein wunder Punkt.

Voll ins Schwarze getroffen. Er machte ein finsteres Gesicht. »Verpiß dich«, gab er geistreich zurück.

»Weiß die Geschäftsführung, daß Sie so hilfsbereit gegenüber Kunden sind, die nur vermeiden wollen, daß der Club einen noch schlechteren Ruf kriegt, als er schon hat?« fragte ich zuckersüß.

»Treib's nicht zu weit«, sagte der Rausschmeißer mit dem Wandertrieb kalt und sah drohend auf mich hinunter. Jetzt, da ich ihn im Licht sah, kam er mir bekannt vor, ich konnte ihn allerdings nicht einordnen, was mich überraschte. Ich vergesse nur selten solche einschüchternden Kerle. Er war gut einsachtzig groß, mit dichtem dunklen Haar, das hinten und an den Seiten fast militärisch kurz geschnitten war. Er sah nicht übel aus, wenn man die weiße Narbe übersah, die sich wie ein Faden vom Ende seiner linken Augenbraue bis knapp unter sein Ohrläppchen zog. Aber seine Augen machten jede Illusion von Attraktivität zunichte. Sie waren kalt und leer. Sie zeigten soviel Verbundenheit mit dem Rest der Menschheit wie zwei Kameralinsen.

»Hören Sie, ich will bloß nicht, daß mein Auto geklaut wird, ja?« brabbelte ich. »Das kommt hier in der Gegend ja anscheinend öfter vor.«

Der massige Rausschmeißer nickte, befriedigt, daß ich klein beigab. »Wenn Sie auf Nummer sicher gehen wollen, lassen Sie ihn auf einer der Hauptstraßen stehen, wo es eine anständige Beleuchtung gibt.«

»Und wenn Sie null Risiko eingehen wollen, fahren Sie erst gar nicht mit dem Wagen in die Stadt. Ja, warum tun Sie uns nicht den Gefallen und bleiben selber auch zu Hause?« höhnte der kahl werdende Mr. Charmant.

Ich zwinkerte und legte mit dem Finger auf ihn an wie mit einer Pistole. »Vielleicht nehme ich mir Ihren Rat sogar zu Herzen.« Ich ließ die Tür hinter mir zuknallen und ging zu meinem Wagen zurück. Selbst wenn jemand im Lousy Hand etwas Näheres über das Verschwinden des Coupés wußte, ich sah keine Möglichkeit, die Leute zum Reden zu bringen. Es war ohnehin ein Schuß ins Blaue gewesen. Seufzend stieg ich in den Wagen und machte mich daran, die Straßen der Innenstadt abzufahren. Für den chronisch Vergnügungssüchtigen gab es eine große Auswahl an Clubs und noch mehr Restaurants, die die Nachtschwärmer mit Speis und Trank versorgten, was für mich hieß, daß ich im Kriechtempo eine große Auswahl an Bordsteinkanten abfahren mußte. Ich hoffte inständig, daß die Sitte nicht eine ihrer gelegentlichen Überraschungsrazzien im Rotlichtbezirk vornahm. Das hätte mir gerade noch gefehlt, einem Cop erklären zu müssen, aus welchem Grund ich mich als Voyeurin betätigte.

Ich fuhr gut zwei Stunden systematisch die Straßen und Hintergassen ab, ohne auch nur ein einziges rot-weißes Nummernschild zu entdecken. Wäre ich im Auftrag eines Klienten hiergewesen, dann hätte ich an diesem Punkt aufgegeben. Aber diesmal lag die Sache anders. Der Fall war persönlich, und der Mann, der in einer Zelle lag und sich das Hirn wegen der gegen ihn erhobenen Anschuldigungen zermarterte, war der Mann, den ich ausgewählt hatte, um mein Leben mit ihm zu teilen. Wenn ich hier draußen auch nicht weiterkam, ich konnte ebensowenig einpacken und mich zu Hause ins Bett legen, wie ich Richard mit einem großen Befreiungsschlag herauspauken konnte.

Kurz vor Mitternacht merkte ich, daß ich Heißhunger hatte. Ich hatte den ganzen Abend solch hohen Blutdruck gehabt, daß ich durch den Abfall meines Blutzuckerspiegels dicht vor einem Insulinschock stand. Ich gab telefonisch eine Bestellung durch, dann fuhr ich durch Chinatown zurück, parkte in zweiter Reihe draußen vor dem Yang Sing und holte Salz-und-Pfeffer-Rippchen, in Papier gewickelte Shrimps und Schweinefleischbällchen ab. Ich konnte nicht umhin, Gewissensbisse zu verspüren, als ich ans Gefängnisessen und Richards Überzeugung dachte, daß, was nicht aus China oder von Burger King stammt, nicht genießbar sein kann.

Ich fuhr zum Lousy Hand zurück. Wenn der Autodieb ein Stammrevier hatte, konnte ich ihn eventuell auf frischer Tat ertappen. Mein Essen konnte ich ebensogut hier wie anderswo verzehren. Ich fuhr langsam die Sackgasse hoch und hielt Ausschau nach einer Lücke. Nichts. Am Ende drehte ich und fuhr wieder zurück. Ich hatte Glück. Gerade machte jemand einen Parkplatz frei, als ich vorbeikam. Ich stellte den Wagen dicht an die Bordsteinkante und öffnete das Schiebedach, damit der Geruch der chinesischen Speisen nicht die nächsten sechs Monate im Wagen hing. Mit den Krabben fing ich an, da ich sie verputzen wollte, ehe sie matschig wurden.

Während ich aß, sah ich mich um. Es tat sich nicht viel. Draußen vor dem Lousy Hand stand eine kurze Schlange, die jedoch auf der Stelle zu treten schien. Der einzige Wagen weit und breit, den zu stehlen sich lohnen könnte, war ein neuer Ford Escort Cosworth, aber sein lächerlicher Spoiler, der aussah wie die Schwanzflosse eines Blauwals, war so auffällig, daß es vermutlich nur wenige Diebe gab, die den Mumm hatten, ihn aufs Korn zu nehmen. Außerdem war er knallrot, und Sie wissen ja, was man so über rote Flitzer und sexuelle Probleme von Männern sagt...

In meinem Außenspiegel bemerkte ich, daß der menschliche Berg von einem Rausschmeißer wieder aus dem Lousy Hand kam. Offenbar war ein weiterer Rundgang angesagt. Als er die Straße auskundschaftete, kam er mir wieder auf irritierende Weise bekannt vor, aber mir fiel nicht ein, woher ich ihn kannte, es sei denn, wir waren uns einmal flüchtig begegnet, als ich mit Richard einen draufmachte. Immerhin wechseln Rausschmeißer etwa so schnell die Clubs wie Cocktailkellnerinnen, und ich war nicht immer voll zurechnungsfähig, wenn wir in den frühen Morgenstunden aus einem Club krochen.

Er kam in meine Richtung. Instinktiv rutschte ich tiefer auf meinem Sitz, bis mein Kopf unter dem Fenster war. Ich hörte seine Schritte auf dem Pflaster, dann, als er sich auf meiner Höhe befand, blieb er stehen. Ich hielt den Atem an. Ich weiß nicht, was ich erwartete, auf keinen Fall jedoch das mir vertraute elektronische Signal eines Mobiltelefons, von dem aus ein anderes angewählt wird. Ich schob mich vorsichtig hoch, bis ich ihn im Blick hatte. Er stand mit dem Rücken zu mir und hielt ein abgespecktes Telefon an sein Ohr.

»Hi«, sagte er mit gedämpfter Stimme. »Ford Escort Cosworth. Foxtrot Alarmanlage. Ist seit etwa zehn Minuten drinnen... Kein Problem.« Das Telefon piepte einmal, als er den Anruf beendete. Ich rutschte wieder unter Augenhöhe, als er sich dem Club zuwandte. Von Wachdienst auf Parkplätzen hatte ich ja schon gehört. Aber von Späherdiensten zum Autoklau?

Ich beobachtete ihn im Außenspiegel, bis er wieder drinnen war, dann nahm ich die knallige Mütze ab und stieg aus dem Peugeot, das Essen vom Chinesen noch in der Hand. Ich verschmolz mit den Schatten einer tiefen Türnische. Kaum zu glauben, daß der Platz nicht schon von einem der Pappkarton-Kids der Innenstadt besetzt war. Ich brauchte nicht lange zu warten. Ich hatte noch die Hälfte meiner Rippchen übrig, als ein schwarzes Taxi die Sackgasse hochschnaufte. Es blieb vor dem Lousy Hand stehen, und ein Mann stieg aus. Im Licht des Clubeingangs erhaschte ich einen Blick auf ihn. Um die Dreißig, von mittlerer Größe, schlanke Figur. Er ging zügig in den Club, wie ein Mensch, der etwas anderes vorhat, als zu tanzen, zu trinken oder jemanden aufzureißen.

Wenig später war er wieder draußen, in der Hand eine kleine Reisetasche. Er ging flott zu dem Cosworth hinüber. Als er näher kam, sah ich einen dichten dunklen Haarschopf, hohe Wangenknochen, eingefallene Wangen, überraschend volle Lippen, einen Zweireiher, der fiel wie maßgeschneidert. Er blieb ein paar Meter von dem Cosworth entfernt stehen, sah sich schnell und wachsam um, dann ging er in die Hocke. Durch die Lücke zwischen zwei Autos konnte ich gerade noch sehen, daß er etwas aus der Reisetasche holte. Es sah wie eine altmodische TV-Fernbedienung aus, sperrig, mit Knöpfen. Einzelheiten konnte ich nicht erkennen, er schien jedoch auf Knöpfe zu drücken und an der Seite einen Schieberegler einzustellen. Diese Tätigkeit nahm fast eine volle Minute in Anspruch. Dann kamen drei schrille elektronische Signale von dem Cosworth, die Warnblinkleuchten blitzten zweimal auf, und ich hörte, wie die Verriegelung auf »offen« sprang. Er warf den schwarzen Kasten wieder in die Reisetasche und holte zwei provisorische Autokennzeichen heraus.

Der Mann stand auf und sah sich wieder mit diesem schnellen, wachsamen Blick um. Die Luft ist noch rein, dachte er wohl. Ein Schild kam an das Heck des Wagens. Das andere befestigte er über dem regulären vorderen Kennzeichen, dann stürzte er zur Fahrertür. Er saß im Handumdrehen am Steuer. Nach knapp einer Minute sprang der Motor an. Der Wagen schoß aus der Parklücke. Anstatt zum Ende der Sackgasse zu fahren und eine zeitaufwendige volle Drehung auszuführen, wie ich erwartet hatte, jagte er einfach im Rückwärtsgang die Straße hinunter.

Kalt erwischt, stürzte ich zu dem Peugeot hinüber. Bis der Mann im Rückwärtsgang auf die Hauptstraße gelangt war und in Richtung Oxford Road davonzog, war ich hinter ihm, weit genug, daß er nicht nervös wurde. Interessanterweise fuhr er den Cosworth nicht wie ein Amateurrennfahrer. Wenn überhaupt, dann fuhr er wie mein Vater, ein Mann, der in dreiundzwanzig Jahren als Autofahrer keinen einzigen Unfall gebaut hatte. Sicher, in seinem Rückspiegel hat er zig Unfälle beobachtet... Die Tachonadel kletterte nicht über vierzig Stundenkilometer, er blieb bei Gelb stehen und unternahm keinen Versuch, an den Ampeln irgendwelche Grand-Prix-Mätzchen abzuziehen. Wir kreuzten die Oxford Road und fuhren dann gemächlich weiter über die Whitworth Street, in die Aytoun Street und am Piccadilly-Bahnhof vorbei. Dann war es Zeit für einen kurzen Spurt durch die Seitenstraßen, bevor er vor Sacha's Nachtclub stehenblieb und auf die Hupe drückte. Zum Glück hielt ich genügend Abstand, um an der Ecke in Deckung zu gehen. Ich schaltete meine Scheinwerfer aus und wartete.

Nicht lange. Nach der Schnelligkeit ihrer Reaktion zu urteilen, war Geduld nicht die starke Seite ihres Freundes. Deprimierenderweise sah sie so aus, als käme sie direkt vom Fließband für künstliche Blondinen. Marke kostspieliges Dummchen, aber eben leider Dummchen. Dummchen sind die letzten Frauen auf dieser Welt, die verkrüppelnde Pfennigabsätze und ein Make-up tragen, das die Tarnung für einen Leopard-Panzer abgeben könnte. Dieses spezielle Exemplar hier mußte sich genügend Haarspray auf ihre gekonnt zerzausten Locken haben sprühen lassen, um eine chinesische Truhe damit zu lackieren, da sich in dem frischen Wind, der vor etwa einer Stunde aufgekommen war, kein Härchen regte.

Sie hüpfte in den wartenden Cosworth, und los ging's. Er fuhr immer noch wie der Traum eines Verfolgers. Ich gab den Pet Shop Boys den Laufpaß und ließ mich statt dessen von Annie Lennox unterhalten. Um den Piccadilly herum, über die Portland Street, hinunter nach Deansgate, über die Regent Road stadtauswärts. Ich mußte jetzt weit zurückbleiben, weil hier ziemlich wenig Verkehr herrschte, und der Dieb fuhr so vorschriftsmäßig, daß ihn jeder vernünftige Autofahrer schon vor langer Zeit überholt hätte. Am Ende der Schnellstraße bog er, anstatt weiter geradeaus über die Autobahn zu fahren, nach links ab, in Richtung Salford Quays. Ich kann nicht behaupten, daß ich überrascht war. Er sah dementsprechend aus.

Die Quays hießen früher ganz unromantisch Salford Docks. Dann kamen die Achtziger, und Hafenviertel waren plötzlich angesagt. London, Liverpool, Glasgow, Newcastle, Manchester. Sie alle entdeckten, wie leicht es war, Dummköpfen das Geld aus der Tasche zu ziehen, wenn man den Blick auf ein wenig verschmutztes Wasser gratis dazugab. Die Salford Quays waren die Manchester-Version begehrlichen Schicks. Das Viertel hat alles: den Kinopalast, das internationale Klon-Hotel für Jet-set-Geschäftsleute, mehr Saunas pro Kopf der Bevölkerung als Skandinavien, sein ganz eigenes World Trade Centre in Kleinformat für Yuppie-Verlierer in Kleinformat und mehr Ausgaben von ›Penthouse‹ als Penthouse-Türme. Das einzige, was ihm fehlt, ist jegliche Form menschlicher Wärme.

Ich stellte fest, daß der Cosworth langsamer fuhr. Ich bog auf den Parkplatz eines kleinen Wohnblocks und schaltete gerade meine Scheinwerfer aus, als er anhielt. Er war vor einem langen Block schmaler dreistöckiger Wohnhäuser mit Garage im Erdgeschoß stehengeblieben.

Er stieg aus dem Cosworth, aber ein Wölkchen aus Auspuffgasen in der kalten Nachtluft verriet mir, daß der Motor noch lief. Er streckte die Hand zur Garagentür aus, die sich langsam hob und den Blick auf einen etwa zwei Jahre alten schwarzen Toyota Supra freigab. Er tauschte die Wagen um, ließ den Supra auf dem Seitenstreifen stehen und verstaute den Cosworth sicher in der Garage.

Ich beobachtete noch etwa zwanzig Minuten, wie das Licht in verschiedenen Räumen an- und ausging. Als es im ganzen Haus dunkel war, dachte ich, wenn Richards Dieb ein Recht auf Schlaf hatte, dann ich auch.

Ich kam kurz nach zwei zu Hause an. Im Haus war es still, das Bett war eiskalt. Wenn ich ihn nicht bald aus dem Gefängnis holen konnte, würde ich mir eine Wärmflasche anschaffen müssen.

10. Kapitel

Ich träumte, daß ich durch einen Korridor voller Frühstücksflocken ging, und bei jedem Schritt machte es knack, knister und knirsch. Vorsichtig öffnete ich ein Auge. Es war nicht nur ein Traum. Davy saß auf der Bettkante und ließ sich geräuschvoll eine Schale voll von Richards Frühstücksflocken schmecken, neben ihm auf dem Nachttisch stand ein Glas Orangensaft. Er beobachtete mich, und als er das sich hebende Augenlid bemerkte, lächelte er unsicher.

»Hab ich dich geweckt?« fragte er. »Ich wollte dich nicht verpassen.«

Ich stemmte mich auf einem Ellbogen hoch und schüttelte den Kopf. »Eigentlich nicht«, log ich. Es stand übel genug, ohne daß ich Davy auch noch übel mitspielte. Ich warf einen Blick auf die Uhr. Fünf nach sieben. Ich brachte nicht mal die Energie für ein Stöhnen auf.

»Mußt du heute arbeiten?« fragte er.

»Leider ja«, sagte ich.

Er sah geknickt aus. »Kann ich nicht mitkommen?« fragte er bedauernd. »Ich könnte dir helfen.«

»Tut mir leid, Schatz, heute nicht. Aber ich muß erst in ein, zwei Stunden los, also könnten wir vorher noch am Computer spielen, wenn du Lust hast.«

Das ließ er sich nicht zweimal sagen. Als Chris und Alexis kurz nach halb neun durch den Wintergarten gestolpert kamen und aussahen wie die Schöne und das Tier, waren Davy und ich in das Spiel der Lemminge vertieft. Alexis drohte damit, den Stecker aus der Buchse zu ziehen, wenn wir nicht zum normalen englischen Sprachgebrauch zurückkehrten. Wer von beiden ist wohl das Tier?

Ich stand auf und sagte, daß ich mich fertigmachen müsse. Ehe Davys Enttäuschung zu Mißmut mutieren konnte, fragte Alexis, ob er seine Badehose mitgebracht hätte und ob er nicht Lust hätte, den Nachmittag in einem netten Schwimmbad zu verbringen. Mich lud niemand ein, und das war vermutlich ganz gut so. Die Versuchung, auf den Rutschen zu spielen und im Wellenbad zu surfen, wäre vielleicht zu groß gewesen.

Ehe wir Erwachsenen beraten konnten, wie wir ihn bis zum Mittagessen bei Laune halten sollten, löste Davy dieses Problem selbst. »Kate, kann ich heute morgen zum Spielen rausgehen?« erkundigte er sich.

»Mit wem?« fragte ich und versuchte, wie ein verantwortungsvoller Elternteil zu tun. Nach Davys Gesichtsausdruck zu urteilen, befürchtete er, daß ich mich in die böse Stiefmutter verwandelte.

»Mit Daniel und Wayne, aus der Siedlung. Ich spiele immer mit ihnen, wenn ich meinen Dad besuchen komme.«

Ich hatte nichts dagegen, und kaum war der Handel besiegelt, da war Davy auch schon verschwunden. »Ich muß mich auch beeilen«, sagte ich und ging in Richtung Dusche.

»Wie steht's denn mit Richard?« wollte Alexis wissen und folgte mir durch den Flur, während Chris in die Küche verschwand und neuen Kaffee aufbrühte.

»Er wird des Drogenbesitzes beschuldigt, mit dem Vorsatz der Verbreitung«, rief ich über das Geräusch von Brause und Pumpe meiner neuen Powerdusche hinweg.

»Heilige Scheiße«, sagte Alexis.

»Ich hoffe stark, daß wir die Sache unter Verschluß halten können«, sagte ich. »Sind heute morgen irgendwelche Reporter im Magistratsgericht?«

»Na ja, wenn ich nicht hingehe, ist vom ›Chron‹ niemand vertreten«, sagte Alexis. »Und wegen des Feiertags wird es sich die Gerichtsagentur vermutlich auch schenken, Leute zu schicken. Ihr könntet es tatsächlich schaffen. Wenn ihr allerdings Pech habt, finden zwei Gerichtssitzungen statt. Falls sich ein Reporter dort herumtreibt, bitte deine Anwältin, den Fall in dem einen Saal verhandeln zu lassen, während der Reporter sich im anderen aufhält. Dürfte eigentlich kein Problem sein. Ich nehme an, Plan A ist, daß du bis zum nächsten Gerichtstermin Beweise findest, die Richard entlasten?«

»Volltreffer«, sagte ich. »Und falls du keine superschlaue Idee hast, wie ich das anstellen soll, zieh Leine und laß mich in Ruhe duschen.«

Alexis kicherte. »Na gut. Ich fahre gleich zur Redaktion, um aus meinen Notizen vom Abendessen gestern einen Artikel zu basteln. Das ist mein Alibi dafür, daß ich die Gerichtstermine sausenlasse. Wenn jemand fragt, werd ich sagen, daß ich es mit dem Protokollführer abgeklärt habe und nichts Interessantes auf dem Programm stand. Ich bin bis Mittag an meinem Schreibtisch, falls du mich brauchst.«

»Danke. Ich könnte eventuell auf dein Angebot zurückkommen. Wie war dein Abend übrigens?«

Alexis verzog das Gesicht. »Das hängt davon ab, ob du die kaltherzige, skrupellose Journalistin fragst oder das menschliche Wesen. Für die Journalistin war es ein Mordscoup. Irgendwo in Großmanchester operiert ein großer Kinderporno-Ring, und ich bin die einzige Journalistin, die davon weiß. Wir haben es mit einer Industrie zu tun, die Millionen umsetzt. Barney hat mir einige Kostproben ihrer Produktpalette gezeigt. Und als menschliches Wesen muß ich sagen, es war eine der übelsten Erfahrungen meines Lebens. Ich war scheißfroh, daß ich keine eigenen Kinder habe, um die ich mich ängstigen muß.«

»Ich brauche keine Kinderpornos, um mich zu ängstigen«, sagte ich düster. »Mir reicht es völlig, vorübergehend das Sorgerecht für Davy zu haben. Hast du den Typ nach irgendwelchen Verbindungen zur Drogenszene gefragt?«

»Ja, und falls es welche gibt, weiß er nichts darüber. Höchstwahrscheinlich ist einer eurer Drogenhändler ein Perverser. Was dir nicht viel weiterhilft, oder?«

Ich liebe es, wenn der Tag mit der guten Nachricht anfängt.

Samstag morgen, Magistratsgericht Manchester. Der einzige Tag in der Woche, an dem die Marmorkorridore des Gerichts nicht der Tiefkühltruhe im Supermarkt ähneln – kaum ein gerupftes Huhn in Sicht. Die einzigen Fälle, die im Samstagsgericht verhandelt werden, sind nächtliche Delikte – öffentliche Ruhestörung, Erregung öffentlichen Ärgernisses wegen Trunkenheit, Prostitution, gelegentlich ein tätlicher Angriff. Und Richard. Da gegen ihn eine solch schwere Beschuldigung erhoben wurde und man ihn nach Mitternacht verhaftet hatte, war der Polizei nicht daran gelegen, den Papierkram so schnell zu erledigen, daß er noch freitags vor Gericht erscheinen konnte, also wurde er in den Samstag hinübergenommen. Wenn es Richard vielleicht auch nicht so vorkam, hatte das seine Vorteile. Wie Alexis bestätigt hatte, bestand eine gute Chance, daß er der Aufmerksamkeit der Presse entging. Und das bedeutete, daß die Leute, mit deren Stoff Richard auf und davon gefahren war, morgen, wenn sie ihren ›Evening Chronicle‹ von draußen hereinholten, auf der Titelseite keine Riesenschlagzeile mit den Worten »Rockjournalist schweren Rauschgiftdelikts beschuldigt« lesen würden.

Ruth zufolge hatte man Richard in der Nacht zuvor vom Longsight-Knast in die hochgesicherten Arrestzellen im Gebäude des Amtsgerichts verlegt. Wie wir vereinbart hatten, begab ich mich zum Besprechungsraum des Pflichtverteidigers im fünften Stock. Normalerweise drängen sich hier um Viertel vor zehn am Morgen eines Verhandlungstages Beklagte, ihre Familien, ihre Kids und ihre geplagten Anwälte. Die Luft ist gewöhnlich geschwängert mit Zigarettenqualm und Vorwürfen. Heute dagegen war es viel ruhiger als in der Woche, wenn auch nicht so still wie im Foyer der Vorstandsetage eines Multis.

Ich schob die Glastür des kleinen Büros auf und setzte mich an das entfernte Ende des runden Tisches, von wo ich das Foyer draußen vor den Gerichtssälen im Blick hatte. Es war fast zehn, als Ruth in mein Blickfeld gerauscht kam, ein nervös wirkender Mann lief beinahe, um Schritt mit ihr zu halten. Ruth schob die Tür auf und ließ sich mit einem Stoßseufzer auf den Stuhl mir gegenüber sinken. »Himmel, dieses Gebäude macht mich wahnsinnig depressiv«, beschwerte sie sich, während sie sich eine Zigarette anzündete. »Kate«, fügte sie hinzu und stieß gleichzeitig einen Schwall Rauch aus, »das ist Norman Undercroft, der Pflichtverteidiger. Norman, Kate Brannigan, die Partnerin meines Klienten.«

Norman zog höflich den Kopf ein und blickte mich unter mausbraunen Augenbrauen hervor an. Aus der Nähe sah er weit älter aus als nach meinem ersten Eindruck. Seine pergamentene Haut war von einem Netz feiner Fältchen überzogen, was mich dazu veranlaßte, ihn auf Ende Vierzig zu schätzen. Er öffnete den Mund und setzte zum Sprechen an, doch Ruth kam ihm zuvor. »Na schön, Kate. Hör gut zu, ich hab keine Zeit, es noch mal zu wiederholen. Heute morgen wird Richard hier von Norman vertreten. Norman wird dem Gericht erklären, daß es sich um einen höchst komplizierten Fall handelt und daß sein Klient noch nicht die Gelegenheit hatte, sich eingehend mit seiner Anwältin zu beraten. Daher wird Norman den Antrag stellen, daß Richard übers Wochenende in Untersuchungshaft bleibt. Der Anklagevertreter wird aufspringen und erwidern, daß Richard eine Gefahr für die Gesellschaft darstellt und daß die Polizei noch zu anderen schwerwiegenden Anschuldigungen gegen ihn ermittelt. Er wird einen Aufschub beantragen, damit der Klärungsbedarf gedeckt werden kann. Und die Richter werden freundlich lächelnd zustimmen. Irgendwelche Fragen?«

»Wann kann ich ihn sehen?« fragte ich.

»Zwischen sieben und neun Uhr abends. Alle Besuche hängen vom Ermessen des diensthabenden Inspektors ab, also sei nicht pampig. Du gehst zum Hintereingang auf der Gartside Street, dem Parkplatz gegenüber. War's das? Entschuldige, daß ich so kurz angebunden bin, aber ich erwarte zwanzig Gäste zum Mittagessen, und Peter hat den Dreh nicht raus, wie man die Leute vom Partyservice scheucht.« Sie stand auf. »Hast du übrigens irgendwas erreicht?«

»Es ist noch nicht spruchreif, aber ich glaube, allmählich sehe ich Land.«

»Gut. Hör zu, ich hab für morgen früh eine Besprechung mit Richard arrangiert. Wie wär's, wenn wir uns danach treffen? Sagen wir, um elf im Ramada. Du kannst mich zum Brunch einladen.«

»Sagen wir lieber in Salford Quays«, rief ich ihr nach. »Vielleicht muß ich zu der Zeit dort sein.«

»Dann eben die Quays«, rief sie über die Schulter und verschwand auch schon um die Ecke. Der Raum schien doppelt so groß zu werden, jetzt, da nur noch Norman und ich übrig waren. Ich lächelte ihm freundlich zu.

»Überwältigend«, sagte ich.

»Mmm«, machte Norman. »Aber gut. Ich würde mich an sie wenden, wenn man mich jemals eines Vergehens bezichtigte, besonders wenn ich es getan hätte.«

Ich hoffte, daß nicht alle Richard für schuldig halten würden, nur weil er die beste Strafverteidigerin der Stadt engagiert hatte. Müde folgte ich Norman zu Saal 9. Es schien kein Journalist im Gerichtssaal anwesend zu sein, es sei denn, die Gerichtsagentur hatte sich darauf verlegt, ältere Frauen zu engagieren, die nur um weniges besser als Pennerinnen aussahen und über ein solch ausgezeichnetes Erinnerungsvermögen verfügten, daß sie kein Notizbuch benötigten.

Ich setzte mich auf einen der Klappsitze ganz hinten im Gerichtssaal. Auf der Bank saßen zwei Richter, ein Mann und eine Frau, beide in mittlerem Alter, beide entschieden Mittelklasse. Nach zwei öffentlichen Ruhestörungen und einem Fall von Prostitution gelangte ich zu dem Schluß, daß sie der Typ Lehrerin war und er der Typ kleiner Geschäftsmann. Sie hatte diese unverkennbare Haltung, als wollte sie allen sagen, sie sollten sich gefälligst benehmen, und er trug die Unverblümtheit des Selfmade-Mannes zur Schau, der sich nicht erklären kann, warum nicht alle anderen so sein können wie er.

Richard war der letzte Fall des Morgens. Als ich ihn zur Anklagebank gehen sah, wurde mir bewußt, wie schwer es ist, vor Gericht Gerechtigkeit zu finden. Nach sechsunddreißig Stunden Untersuchungshaft, in derselben Kleidung, unrasiert und ungeduscht, sah er selbst für mich wie ein übler Kunde aus, und ich war doch auf seiner Seite. Schon die Gestaltung des Gerichtssaals ließ den Angeklagten automatisch wie eine Art Desperado aussehen. Richard stand auf der gesicherten Anklagebank hinter einer Schranke aus massiven Acrylglasplatten, die Tür zum Gerichtssaal war abgeschlossen, um jeder Möglichkeit einer Flucht vorzubeugen. Hinter ihm stand ein wachsamer Gefängnisbeamter. Das System stellte unmißverständlich klar, wer hier der Sünder war.

Obgleich er aus seiner Zeit als Lokaljournalist einigermaßen vertraut mit Gerichtsverfahren war, schaute Richard sich so verwundert im Saal um wie ein Tier, das im Dschungel eingeschlafen ist und im Zoo aufwacht. Sein Haar schien über Nacht strähnig und leblos geworden zu sein, und er schob es sich mit einer Geste aus der Stirn, die ich schon hundertmal an ihm gesehen hatte, wenn er arbeitete. Als er mich entdeckte, zuckte einer seiner Mundwinkel, und er lächelte. Das war mehr, als ich zustande brachte.

Richard hatte nicht einmal die Gelegenheit, seine Unschuld zu beteuern. Er wurde behandelt wie ein Paket, das abgefertigt werden muß. Wie Ruth prophezeit hatte, erhoben die Richter keine Einwände dagegen, Richard in Untersuchungshaft zu behalten. Der Staatsanwalt erklärte entgegenkommenderweise, daß die Polizei nicht nur weitere Ermittlungen anstelle, sondern auch daran interessiert sei, Richard von anderen Häftlingen fernzuhalten, um jede Absprache mit seinen mutmaßlichen Mitverschwörern zu verhindern. Sie sahen alle aus, als wäre allein der Gedanke an einen Antrag auf Freilassung gegen Kaution bei einer Anschuldigung wie dieser der beste Witz, den sie gehört hatten, seit Margaret Thatcher verkündet hatte, der Staatliche Gesundheitsdienst wäre bei ihr in sicheren Händen. Das Ganze dauerte neuneinhalb Minuten. Als sein Bewacher ihn von der Anklagebank führte, wandte Richard der Richterbank den Rücken zu, wedelte mit den Fingern und warf mir eine Kußhand zu. Ich hätte heulen können.

Statt dessen bedankte ich mich höflich bei Norman Undercroft für seine Bemühungen und ging schnell nach draußen an die frische Luft. Da es nur ein Katzensprung zu Alexis' Redaktion war, ging ich über den Crown Square und betrat das Gebäude über den unterirdischen Parkplatz. Ich hatte Alexis schon vor Jahren die Kombination des Türschlosses abgeschmeichelt; man weiß ja nie, wann man mal um vier Uhr früh ein Schinkensandwich braucht, und das Motto des Kantinenpersonals des ›Morning Sentinel‹ und des ›Evening Chronicle‹ von Manchester lautet »Wir sind immer für Sie da«.

Ich nahm den Aufzug zur Redaktionsetage. Dort ging es heute recht gemütlich zu. Der Großteil der Sportreporter war noch nicht erschienen, und der Samstag ist ein so nachrichtenarmer Tag, daß in der Nachrichtenredaktion immer nur ein Notteam anwesend ist. Alexis saß in einem stillen Winkel, der von dem Rest des Raums durch ein üppiges Dickicht aus verschiedenem interessanten Grünzeug abgetrennt war, über ihre Tastatur gebeugt. Ich erkannte Teufelskralle und Baumlieb alias Philodendron wieder. Ich habe schon Ableger von beiden um die Ecke gebracht. Vorsichtig ging ich um die Pflanzen herum. Alexis wedelte mit der Hand, was soviel hieß wie, ich solle mich hinsetzen und die Klappe halten. Das tat ich.

Hektisch tippend, beendete Alexis ihren Gedankengang, lehnte sich zurück, kniff die Augen zusammen und las ihren letzten Absatz noch einmal durch, dabei griff sie zerstreut nach der Zigarette in ihrem Aschenbecher. Sie war bereits bis auf den Filter heruntergebrannt, und Alexis sah sie erstaunt an. Erst dann war ich ihrer Aufmerksamkeit wert. »Alles klar?« fragte sie.

»Wie vorausgesagt. Bis Mittwoch bleibt er in Untersuchungshaft, um polizeiliche Ermittlungen zu weiteren schweren Straftaten zu ermöglichen. Und wenn die Gerichtsagentur sich nicht darauf verlegt hat, für die Samstagsschichten den Unsichtbaren zu engagieren, sind wir in dem Punkt auch aus dem Schneider.«

»Es ist nur eine Frage der Zeit, bis jemand ein Gerücht aufschnappt«, warnte Alexis mich. »Die Story ist zu gut, als daß die Polizei stillhält. Es kommt nicht jeden Tag vor, daß man ein Drogenpaket dieser Größe sicherstellt.«

»Also beeilen wir uns«, sagte ich.

»Was soll dieses ›wir‹? Reicht unbezahltes Babysitting noch nicht?«

»Das ist erst der Anfang. Ich muß mir eure Kopie der Wählerliste ansehen.«

Alexis nickte und kippte gefährlich mit ihrem Stuhl nach hinten, bis sie an den Aktenschrank hinter sich herankam. Sie zog die unterste Schublade auf. »Bedien dich«, sagte sie. Ich weiß nicht, wie sie es schafft, aber Alexis hat immer eine aktuelle Kopie der städtischen Wählerliste in ihrem Besitz. Sie bewahrt sie zusammen mit anderen interessanten Dokumenten auf, die einmal hinten von einem British-Telecom-Transporter herunterfielen, zum Beispiel einer Namen- und Adressenliste von Großmanchester, nach Telefonnummern geordnet. Mit anderen Worten, wenn du die Nummer hast, kannst du Adresse und Name des Teilnehmers nachschlagen. Überaus praktisch, besonders wenn du es mit solch zwielichtigen Figuren zu tun hast wie denen, gegen die Alexis und ich immer antreten müssen.

Ich schlug die entsprechende Straße in der Wählerliste nach und entdeckte, daß als Bewohner ein Terence Fitzgerald aufgeführt war. Im Telefonbuch stand kein Eintrag zu Terence Fitzgerald, doch ich fragte über mein Mobiltelefon bei der Fernsprechauskunft nach und erfuhr, daß es einen mobilen Anschluß auf seinen Namen gab.

»Fündig geworden?« fragte Alexis.

»Kann sein«, sagte ich. Denn ich hatte noch ein Stück Arbeit vor mir, bis ich sicher sein konnte, daß der Autodieb und Terence Fitzgerald ein und dieselbe Person waren. Dank dem Kopfsteuerdebakel ist die Wählerliste kein bombensicherer Anhaltspunkt mehr dafür, wer tatsächlich unter einer bestimmten Adresse lebt.

»Zeit für einen Kaffee?« fragte Alexis.

Ich schüttelte den Kopf. »Ich muß los, hab noch jede Menge zu erledigen. Trotzdem danke.«

Einen flüchtigen Moment wirkte sie besorgt. »Paß auf dich auf, KB.«

»Mir kann nichts passieren«, log ich. Dann winkte ich zum Abschied und ging zu den Aufzügen. Als ich aus dem Parkhaus hinausfuhr, starrte ich an der trostlosen Betonfassade des Gerichtsgebäudes hinauf und versuchte mir nicht vorzustellen, wie Richard in einer fensterlosen Zelle saß und nichts anderes zu tun hatte, als an die Wände zu starren und in Angstschweiß auszubrechen. Ich hatte einmal eine Stippvisite hinter Gefängnisgittern gemacht, als ich noch dachte, daß die Profession der Rechtsanwältin eine vernünftige Beschäftigung für eine erwachsene Frau sei. Ein befreundeter Strafverteidiger hatte mir erlaubt, ihm einen Arbeitstag lang wie ein Schatten zu folgen. Noch Wochen später war ich schweißnaß aufgewacht.

Zum Glück ließ mir der Kampf mit dem Stadtverkehr nicht viel Zeit für Grübeleien. Es war kurz nach elf, als ich mich auf den kleinen Parkplatz zwängte, von dem aus ich das Wohnhaus von Terence Fitzgerald hervorragend im Blick hatte. Der schwarze Supra stand nach wie vor in der Einfahrt, und die Vorhänge im Schlafzimmer waren auch noch zugezogen.

Ich holte meine Nikon aus dem Handschuhfach und setzte ein

kurzes Teleobjektiv auf. Dann machte ich mich daran, zu warten und die Augen offenzuhalten. Die Spur war weiß Gott schwach. Aber mehr hatte ich nicht. Ich gab mir den heutigen Tag, um zu sehen, was sich so tat. Falls nichts dabei herauskam, sah es so aus, als sei ein kleiner Einbruch angesagt.

11. Kapitel

Ich habe Freunde, die glauben, daß wir psychische Energie aussenden können, die sich auf andere Menschen überträgt und sie zu bestimmten Handlungen veranlaßt. Sie hätten sich in ihrer Theorie bestätigt gesehen, als die Schlafzimmervorhänge von Terence Fitzgerald fünf Minuten, nachdem ich vor seinem Haus Posten bezogen hatte, aufgingen. Ich meinesteils glaube, daß es wohl mehr mit Terence' Wecker zu tun hatte als mit den von mir erzeugten emotionalen Wellen.

Zwanzig Minuten später kam Terence heraus, das Haar noch feucht vom Duschen. Er trug ein schokoladenbraunes Lederblouson zu einer ausgebeulten braunen Hose, ein cremefarbenes Shirt und einen bunten Schlips. Ich schoß ein paar Fotos, als er in den Wagen stieg, dann ließ ich meinen Motor an. Er fuhr an mir vorbei, ohne mich weiter zu beachten, und als wir auf die Hauptstraße kamen, fädelte ich mich zwei Wagen hinter ihm in den Verkehr ein. Er fuhr in Richtung Stadt, bog jedoch bei dem großen neuen Fish-&-Chips-Laden, einem Harry Ramsden's, in Castlefield ein, einer Gegend am Rand des Stadtzentrums, das die da oben unbedingt von einer postindustriellen Einöde in eine Touristenattraktion umwandeln wollen. Bisher haben sie den Frittenladen, ein, zwei Museen und Granadaland, Manchesters verstaubte Antwort auf Disneyland und die Universal Studios. Und natürlich die teuren Hotels, die britische Touristen sich eigentlich gar nicht leisten können.

Ich hielt an der Tankstelle gleich hinter dem Harry Ramsden's und tat so, als überprüfte ich meinen Reifendruck. Nach ein paar Minuten kam er mit einem offenen Karton aus dem Außer-Haus-Verkauf, den er vorsichtig auf den Beifahrersitz stellte, als er wieder in den Wagen stieg. Schon bei dem Gedanken an Fish & Chips lief mir das Wasser im Mund zusammen.

Er stürzte sich wieder in den Verkehr, und ein wenig später brausten wir die Hyde Road hinunter. Kein Opa-Fahrstil heute. Meine Tachonadel fiel nur an den Ampeln unter siebzig. Ich verlor ihn fast, als er an einer gelben Ampel, die auf Rot sprang, durchfuhr, trat jedoch aufs Gas und holte ihn an der nächsten Ampel, kurz vor der Autobahn, wieder ein. Es sah aus, als wollten wir über den Woodhead Pass nach Sheffield. Heute hatte ich keine Gelegenheit, die herrliche Aussicht auf mich wirken zu lassen. Ich war zu beschäftigt damit, den Wagen auf der Fahrbahn zu halten, als ich im Kielwasser des Supra um die Kurven und die langgestreckten Hänge des Heidelands hinaufjagte. Wir erreichten gegen eins den Stadtrand von Sheffield, und Terence fuhr langsamer, ganz offensichtlich war er mit der Stahlstadt weniger vertraut als mit Manchester.

Wir umgingen Hillsborough und fuhren jetzt vorsichtiger, da die Polizei bereits wegen eines Sheffield-Heimspiels am Mittwoch ausgeschwärmt war. Mir ist unbegreiflich, wie sich heutzutage noch jemand in Sheffield ein Fußballspiel ansehen kann. Ich meinesteils werde niemals die Zeitungsfotos sterbender Liverpool-Fans vergessen, von denen an die hundert an einem sonnigen Frühlingsnachmittag just wie diesem zu Tode gequetscht wurden. Ich versuchte die makabren Erinnerungen abzuschütteln, indem ich mich auf das Heck des Supra konzentrierte, das, du siehst mich und du siehst mich nicht, wie ein Kaninchenschwanz um die nächste Ecke verschwand.

Wir fuhren durch von leeren, stillen Gebäuden gesäumte Seitenstraßen, Zeugnisse einer Industrie, die einst die ganze Stadt mit Arbeit versorgt und den Sheffield-Stahl weltberühmt gemacht hatte. Die Industriekapitäne behaupten, daß in Sheffield mehr Stahl erzeugt wird denn je zuvor, und das mit einem Viertel der alten Arbeitskraft. Bloß hat man, wenn man hier durchfährt, den Eindruck eines Industriefriedhofs.

Hinter den Fabriken ging es steil aufwärts. Wie Rom ist die Stadt Sheffield auf sieben Hügeln erbaut. Der Unterschied ist, in Sheffield bekommst du bessere Pizza. Bald waren wir von einer wild wuchernden Sozialsiedlung umschlossen, Reihenhäuser und niedrige Apartmentblocks aus den Sechzigern, so weit das Auge reichte.

Terence schien sich jetzt auszukennen, denn er legte wieder an Tempo zu und trieb mit seinem Fahrstil die Straßenkatzen in die Flucht. Es wurde immer schwieriger, eine unauffällige Beschattung durchzuführen, da praktisch jeder Wagen in Sichtweite aussah, als stünde er bereits mit mindestens einem Rad im Grab.

Der Supra zeigte an, daß er rechts abbiegen wollte, als er sich einer großen asphaltierten Fläche neben einem niedrigen viereckigen Gebäude näherte. Ich fuhr weiter geradeaus und dann in die erste Seitenstraße hinein. Ich gab ihm ein paar Minuten, dann fuhr ich wieder zurück. Zweihundert Meter von dem Gebäude entfernt hielt ich, vergewisserte mich, daß die Alarmanlage eingestellt war, und legte den Rest des Weges zu Fuß zurück. Im Näherkommen sah ich ein verbeultes Schild, dem ich entnahm, daß Suzane eine Schlampe war, Wayne großartig bumste und das Fairwood Gemeindezentrum 1969 eröffnet worden war. Alles, was der zufällige Besucher wissen mußte, in der Tat.

Draußen vor dem Zentrum befand sich eine Tafel, umringt von einer Horde Teenager, die wie der Beitrag Sheffields zum Jahreswettbewerb asozialer Jugendlicher aussahen. Ich hätte mich bedroht gefühlt, hätte ich nicht gewußt, daß ich jedem beliebigen von ihnen mit einem einzigen Tritt die Beine unter dem Körper wegziehen konnte. Dennoch war ich auf der Hut und mied jeden Augenkontakt, als ich einen Blick auf die Tafel warf. Darauf stand in riesigen Großbuchstaben »Hier zur Auktion anstellen. 15 und 18 Uhr. Schnäppchen in Hülle und Fülle.« An eine Ecke war ein Bündel Handzettel geheftet. Im Vorbeigehen riß ich einen ab und stopfte ihn in meine Tasche.

Ich bog um die Ecke des Gemeindezentrums, begleitet von einem anzüglichen Pfiff und einigen Andeutungen, was die Jugend von Sheffield gern mit mir tun würde. Auf dem Parkplatz standen neben dem Supra noch ein Cavalier und ein Dreitonner. Der Lkw war mit dem Heck bis dicht an die Halle gefahren, die Türen standen parallel zur Hauswand offen. Ich ging in die Hocke, um meinen Schnürsenkel neu zuzubinden, und warf heimlich einen Blick unter den Transporter. Hinter ihm befand sich eine Doppeltür, die ebenfalls offen war, anscheinend der Notausgang der Halle. Es gab keine Möglichkeit festzustellen, was der Lkw enthielt, es sei denn, ich wäre unter ihm hindurch in die Halle gekrochen.

Ich wollte gerade zum Auto zurückgehen, als mein Telefon piepste. Ich kam mir völlig ungeschützt dabei vor, hier an Ort und Stelle in ein Mobiltelefon zu sprechen, daher ging ich schnell auf die andere Seite des Lkw. Zumindest konnte man mich jetzt von der Straße aus nicht sehen. Ärgerlich auf mich selbst, weil ich dummerweise vergessen hatte, das Telefon im Wagen zu lassen, schnauzte ich »Brannigan« in den Hörer.

»Kate? Wo bist du? In der Nähe von Zuhause?« Es war Alexis, aber Alexis, wie ich sie nie zuvor gehört hatte. Selbst aus diesen wenigen Worten sprach Panik. Und Panik konnte nur eines bedeuten.

»Davy?« sagte ich, und meine Angst steigerte sich augenblicklich so hoch wie ihre.

»Kate, kannst du nach Hause kommen? Jetzt gleich?«

»Was ist passiert?« Ich ging bereits hinten um das Gemeindezentrum herum, überquerte einen mit Sträuchern überwucherten Sportplatz und marschierte zum Wagen zurück. »Er ist doch nicht... plötzlich verschwunden?« Mein erster schrecklicher Gedanke war, daß wer weiß wer irgendwie herausgefunden hatte, wer mit den Drogen auf und davon gefahren war, und daß man Davy entweder als Geisel genommen oder als potentielles Opfer einer grausamen Vergeltungaktion vorgesehen hatte.

»Nein, nein, das nicht. Er ist bloß...«

Ich hörte Chris im Hintergrund sagen: »Um Himmels willen, Alexis, gib mir das Telefon, du regst sie nur auf.« Dann ersetzte Chris' Stimme die von Alexis. »Keine Panik«, sagte sie. »Davy ist nach Hause gekommen, und er ist ziemlich durchgedreht, als ob er von irgendwas high wäre. Ich glaube, man hat ihm Drogen gegeben oder so, und ich finde, wir sollten ihn ins Krankenhaus bringen. Wie lange brauchst du bis nach Hause?«

Ich war beim Wagen angelangt, schaltete die Alarmanlage aus und steckte den Schlüssel ins Zündschloß, alles wie ferngesteuert, während ich verdaute, was Chris da sagte. Mir war, als hätte mir jemand einen Schlag in die Magengrube versetzt. Davy ins Krankenhaus bringen – das war das reinste Horrorszenarium. Das konnten wir unmöglich tun, ohne daß alles herauskam. Angie würde nicht nur erfahren, daß ihr Exmann im Gefängnis saß, sondern auch, daß ihr Sohn von der feinen Frau besagten Exmannes und ihren lesbischen Freundinnen in Gefahr gebracht worden war. Die Chance, daß Richard seinen Sohn noch einmal ohne Begleitung durch einen Sozialarbeiter zu sehen bekam, schrumpfte zum Umfang des Gewissens eines Terroristen zusammen.

Chris stoppte meine Gedankenflut. »Hallo? Kate? Bist du noch da?«

»Ja, ich bin hier«, sagte ich und brauste schon in Richtung Manchester Road die Straße hinunter. »Hör zu, ihr könnt ihn nicht ins Krankenhaus bringen. Scheiße, das wäre das allerschlimmste... Warte mal einen Moment.« Ich dachte fierberhaft nach. Andererseits, wenn er ernstlich krank war, mußten wir ihn ins Krankenhaus bringen. Eines würde Richard mir niemals verzeihen: wenn ich zuließ, daß Davy um die Hilfe gebracht wurde, die er brauchte. Mal abgesehen davon, würde es mir selbst schwerfallen, mir zu verzeihen. »Wie schlimm ist es denn?« fragte ich.

»Mal fröstelt er, dann schwitzt er wieder. Er hat immer wieder diese irren Kicheranfälle und zeigt auf Dinge, die nicht da sind, kichert und kuschelt sich dann an uns«, sagte Chris. Aus ihrer sorgsam beherrschten Stimme klang doch Verzweiflung.

Mein Verstand hatte endlich die relevanten Informationen aufgenommen. »Gib mir fünf Minuten, Chris«, sagte ich.

»Ich weiß nicht«, sagte sie. »Es geht ihm überhaupt nicht gut, Kate.«

»Bitte. Fünf Minuten, Maximum.« Ich unterbrach die Verbindung, ehe Chris weitere Einwände erheben konnte. Ich hielt mit quietschenden Reifen und zu lautem Gehupe von dem Wagen hinter mir. Ich schlug mein Filofax auf und fand die Nummer, nach der ich suchte. Ich gab die Zahlen in das Telefon ein und ordnete mich wieder in den Verkehr ein. Eine Sünde, ich weiß, aber zu Davy zu gelangen lag mir mehr am Herzen als die Interessen anderer Verkehrsteilnehmer.

Wenn mir jemand helfen konnte, dann Dr. Beth Taylor. Beth teilte ihre Zeit zwischen einer Gemeinschaftspraxis in der Innenstadt und einer halben Stelle als Dozentin für medizinische Ethik an der Universität. Vor ein paar Jahren hatte sie eine Affäre mit Bill, die etwa drei Monate anhielt, was für meinen Geschäftspartner wohl einen Rekord darstellt. Jetzt ist sie die erste Anlaufstelle von Mortensen & Brannigan, wann immer wir zu Schadenersatzforderungen an Krankenversicherungen ermitteln. Außerdem flickt sie von Zeit zu Zeit die Einzelteile von Brannigan wieder zusammen.

Der Anrufbeantworter schaltete sich beim zweiten Läuten ein. »Hier ist Beth Taylor«, sagte die distanzierte Stimme. »Ich bin momentan nicht da, aber wenn ich zurückrufen soll, können Sie nach dem Signalton eine Nachricht hinterlassen. In dringenden Fällen können Sie es unter der Nummer meines Mobiltelefons versuchen, sie lautet...« Ich gab die Nummer in mein Telefon ein, noch während sie sie aufsagte, dann beendete ich das Gespräch und wählte ihr Mobiltelefon an, wobei ich zu Gott betete, daß sie es nicht nur bei sich hatte, sondern sich auch in einem anständigen Empfangsbereich befand.

Das Telefon läutete einmal, zweimal, dreimal. »Hallo, Beth Taylor.« Nie war mir der Klang einer Stimme willkommener gewesen.

»Beth? Hier ist Kate Brannigan.«

»Hallo, Kate! Lange nicht gesehen. Was vermutlich ein gutes Zeichen ist, in deinem Fall. Ist das ein beruflicher Anruf? Ich bin nämlich gerade auf dem Weg zu einem Hockeyspiel. Ich bin im Team.«

Ich unterdrückte mühsam einen frustrierten Seufzer. »Es ist ein Notfall, Beth.«

»Was hast du diesmal angestellt?« Aus der Herzlichkeit in ihrer Stimme hörte man unverkennbar die Sorge heraus.

»Es geht nicht um mich. Es geht um den Sohn meines Partners. Die Freundinnen, die auf ihn aufpassen, glauben, daß man ihm Drogen gegeben hat.«

»Dann solltest du dich nicht an mich wenden, Kate, sondern an die Unfallstation im Krankenhaus. Das müßtest du eigentlich wissen.«

»Beth, das geht nicht. Hör zu, ich kann es jetzt nicht erklären, nicht weil ich nicht will, sondern weil keine Zeit bleibt. Bitte, Beth, ich brauche deine Hilfe. Ich bin gerade auf dem Weg nach Hause, und sobald ich dort ankomme, erkläre ich dir, warum ich ihn nicht ins Krankenhaus bringen kann, es sei denn, es wäre eine Sache auf Leben und Tod«, bat ich.

»Wenn Drogen im Spiel sind, dann könnte das gut sein«, warnte Beth mich.

»Ich weiß, ich weiß. Aber bitte, du bist die einzige Ärztin, die ich gut genug kenne, um ihr in dieser Sache zu vertrauen.«

Es herrschte einen Augenblick Stille. »Ich sollte das nicht tun«, sagte sie dann und seufzte. »Das sagt mir mein gesunder Menschenverstand.«

»Du kommst?«

»Ich komme. Wo ist er?«

»Bei mir zu Hause. Weißt du noch, wo das ist?«

»Ja, weiß ich noch«, sagte Beth. »Ich bin in etwa zehn Minuten da. Ach, Kate?«

»Ja?«

»Du schuldest dem Crumpsall Damenhockeyclub pro fünf Minuten, die ich mich zu dem Spiel verspäte, eine Runde Drinks.« Die Verbindung war unterbrochen, bevor ich Beth sagen konnte, daß es mir jeden Penny wert sein würde.

Ich rief gleich Chris zurück und teilte ihr mit, daß Beth auf dem Weg zu ihnen war. Die Erleichterung in ihrer Stimme zeigte mir deutlich, welch große Angst sie überspielt hatte, als sie vorhin mit mir sprach. »Gott sei Dank!« rief sie. »Er hat sich gerade übergeben. Wir sind geradezu in Panik, Kate.«

»Es ist nicht eure Schuld, Chris. Das wäre so oder so passiert, ob Richard nun da war oder nicht, glaub mir. Hör zu, ruf mich an, wenn sich irgendwas Neues ergibt, ja? Ich bin da, sobald ich kann.«

Schon auf der Hinfahrt nach Sheffield hatte ich wohl sämtliche Rekorde gebrochen. Auf der Rückfahrt überbot ich mich noch.

Ich stürzte zur Haustür hinein wie Batman auf Speed. Nirgends war ein Laut zu hören, und binnen weniger Sekunden war mir klar, daß hier niemand war. Ich rannte durch den Wintergarten und riß die Terrassentür auf, die in Richards Wohnzimmer führte. Noch immer niemand. Inzwischen war ich überzeugt, daß sie Davy überstürzt ins Krankenhaus hatten bringen müssen. Den ganzen Heimweg hatte mich eine Vision gequält, wie Davy im gedämpften Licht der Intensivstation lag und mehr Röhren in und aus seinem kleinen Körper führten als aus den Stationen der Londoner U-Bahn.

Mit fünf Schritten hatte ich das Zimmer durchquert und stieß die Tür auf, prallte gegen Chris, die nach hinten gegen Beth auswich, die den Dominoeffekt mit Alexis wiederholte. »Schsch«, machte Beth, bevor ich ein Wort sagen konnte. Ich ging rückwärts wieder ins Wohnzimmer, und die drei anderen folgten mir. Alexis schloß die Tür.

»Wie geht's ihm? Was ist los?« wollte ich wissen.

»Beruhige dich«, befahl Beth. »Dreimal tief durchatmen.« Ich tat wie geheißen. Ich setzte mich sogar hin. »Davy kommt wieder in Ordnung. Ich habe ihm gerade ein leichtes Sedativum gegeben, und das hat ihn beruhigt und einschlafen lassen. Bis morgen früh wird er mehr oder weniger hinüber sein. Morgen wird er sich dann vielleicht noch ein bißchen groggy fühlen, aber im großen und ganzen ist er dann okay.«

»Was war denn los? Was ist passiert?« fragte ich.

»Er wirkte wie jemand, der eine beträchtliche Dosis Halluzinogene absorbiert hat«, sagte Beth. »Nichts Lebensbedrohliches, Gott sei Dank.«

»Aber wie? Woher hatte er es? Er ist nur rausgegangen, um mit zwei Kids aus der Siedlung zu spielen! Wer flößt Kindern solche Drogen ein?«

»Ich habe bewußt das Wort ›absorbiert‹ gewählt«, sagte Beth. Sie fuhr sich mit der Hand durch ihr stacheliges blondes Haar und runzelte die Stirn. »Kennst du diese abwaschbaren Tattoos, die Kids benutzen? Sie befeuchten das Abziehbild, und es überträgt sich auf ihre Haut?«

Ich nickte ungeduldig. »Ja, ja, Davy mag sie sehr. Manchmal, wenn er abends ins Bad geht, sieht er aus wie eine Illustrierte.«

»Hatte er heute morgen irgendwelche Abziehbilder an seinem Körper, als er rausging?«

»Nicht, daß ich wüßte«, sagte ich. »Habt ihr gestern abend welche gesehen?«

Chris und Alexis schüttelten beide den Kopf.

»Er muß jetzt an die dreißig oder vierzig an Armen und Brust haben«, sagte Beth. »Und das ist der Ursprung des Problems, nehme ich an. Ich habe von solchen Fällen gehört, wenn ich es selbst auch noch nicht erlebt habe.«

»Aber ich begreife das nicht. Es kann doch bestimmt nichts an den Abziehbildern sein. Er hat sehr oft die ganzen Arme und die Brust voll davon. Er steht auf die Dinger, wie gesagt. Er pappt sich so viele an, wie Richard bereit ist zu kaufen.«

Beth seufzte. »Du hast ja recht, es sind nicht die Abziehbilder als solche. Es liegt daran, was man damit gemacht hat. Man hat ihnen etwas beigemischt. Sie wurden mit einer Droge präpariert, ganz ähnlich wie Acid oder Ecstasy, vermutlich eine, die ein leichtes Euphoriegefühl erzeugen soll, allgemein gute Stimmung und Energie. Aber in der Dosis, die Davy anscheinend absorbiert hat, erzeugt sie auch Halluzinationen. Wir haben ihn in die Badewanne gesteckt und alles abgewaschen, damit er nicht noch mehr absorbiert, und zum Glück scheint er einen angenehmen Trip gehabt zu haben, keinen Horrortrip.«

Beths Worte schienen noch lange nachzuhallen. Keiner von uns schien eine angemessene Antwort einzufallen. Schließlich war es Alexis mit ihrem journalistischen Instinkt, die schaltete und mich mit meinem Privatdetektivinneninstinkt überholte. »Wie sehen die aus, diese Abziehbilder?« fragte sie.

»Manche haben eine geometrische Form. Blaue und goldene Sterne, etwa von der Größe eines Zehnpencestücks, auch rote und pinkfarbene Dreiecke. Dann gibt es Bilder von Clowns, Autos, Batman- und Superman-Logos und Dinosauriern. Der einzige Unterschied zwischen diesen Dingern und den normalen ist die Verpakkung, hab ich mir sagen lassen. Offensichtlich kommen die präparierten in kleinen Zellophanpäckchen, so wie diese einzelnen Kekse, die man im Flugzeug kriegt. Tut mir leid, mehr als das weiß ich nicht.«

»Unglaublich, daß mir darüber noch nichts zu Ohren gekommen ist«, empörte Alexis sich.

»Sie ist Journalistin«, erklärte ich Beth.

»Wieso wird nicht davor gewarnt?« fuhr Alexis fort. »Das ist doch ein Skandal.«

»Vermutlich wollten die da oben keine Panik auslösen«, sagte Beth. »Ich kann das verstehen, schließlich scheint das ja ganz selten vorzukommen.«

»Jetzt vergiß mal deine Story, Alexis. Was ist mit Davy? Kommt er bestimmt wieder in Ordnung?« wollte Chris wissen.

»Er wird wieder ganz gesund, das verspreche ich euch. Achtet in Zukunft darauf, daß er sich eine andere Clique zum Spielen sucht. Also, ich muß jetzt los. Mein Hockeyspiel fängt in zehn Minuten an. Morgen früh schaue ich noch mal vorbei, nur zur Sicherheit, aber am besten laßt ihr ihn einfach in Ruhe ausschlafen.«

Nach Beths Aufbruch saßen wir in verlegenem Schweigen da. Alexis brach es. »Niemand von uns hat Schuld«, sagte sie. »Wir können uns prügeln, wir können darum kämpfen, wer den Kopf hinhält, aber niemand hat Schuld.«

»Ich weiß«, sagte ich und stand auf. »Ich will nur kurz zu ihm reinschauen.« Ich ging durch den Flur zum Gästezimmer und schob die Tür auf. Davy lag auf dem Rücken, die Arme über dem Kopf, die Beine in dem Federbett verheddert. Er lächelte im Schlaf. Ich bückte mich und deckte ihn zu. Er regte sich leicht, ächzte. Ich wußte nicht, was ich sonst noch tun sollte, deshalb ging ich verlegen rückwärts aus dem Zimmer und schloß die Tür hinter mir.

Ich ging ins Wohnzimmer zurück. Alexis saß allein da und drehte sich einen bescheidenen Joint aus Richards Vorrat. »Meinst du nicht, für heute sind hier genug Drogen konsumiert worden?« fragte ich. Ich machte Spaß, aber nur so eben noch.

Alexis zuckte die Achseln. »Mein Arzt sagt, zuviel Streß bekommt mir schlecht. Chris kocht Kaffee. Hast du Zeit für 'ne Tasse, bevor du wieder dahin zurückfährst, wo du warst?«

»Ich hatte nicht vor, wieder wegzufahren.«

»Wieso? Warst du schon fertig?«

»Eigentlich nicht«, gab ich zu.

»Dann mach dich mal wieder auf den Weg. Hier kannst du nichts tun. Beth sagte, Davy schläft bis morgen früh. Auf ein schlafendes Kind kann jeder aufpassen. Dagegen bist du die einzige, die Dick aus dem Knast holen kann.«

»Nenn ihn nicht Dick«, sagte ich automatisch. »Du weißt, wie mich das deprimiert.« Ich schaute auf meine Uhr und seufzte. Ich hatte noch reichlich Zeit, nach Sheffield zu fahren und pünktlich zu der Sechs-Uhr-Auktion da zu sein. Mit Glück wäre die Veranstaltung so früh zu Ende, daß ich rechtzeitig nach Manchester zurückkam, um Richard zu besuchen. Ich stand gerade auf, als Chris mit einem Kaffeetablett hereinkam.

»Bleibst du nicht auf eine Tasse?« fragte sie.

Ich setzte mein FBI-Gesicht auf. »Du erwartest von mir, daß ich in einem solchen Moment Kaffee trinken kann?« fragte ich streng. »Himmel, ich habe zu tun!«

Chris kicherte. Alexis lachte schallend. Ich weiß nicht, woran es liegt, daß die Leute mich partout nicht ernst nehmen.

12. Kapitel

Einige Literaturkritiker vertreten die These, daß Privatdetektive gesellschaftliche Außenseiter sind. Das mag im Los Angeles der vierziger Jahre zutreffend gewesen sein, im Großbritannien der neunziger ist es ein Witz. Wenn man heutzutage als Privatdetektivin überleben will, muß man über die Instinkte eines Chamäleons verfügen. Schnüffler, die sich von einer Menschenmenge abheben, nützen dem Klienten in etwa soviel wie eine Pappnase. Ich hatte schon in alle möglichen Rollen schlüpfen müssen, von der Anwältin bis zur Aushilfssekretärin, inklusive Edelnutte und Journalistin, machmal in mehrere am gleichen Tag. Zumindest hatte ich den Austragungsort des heutigen Abends bereits inspiziert und daher ein ziemlich klares Bild der Kleidervorschrift.

Ich zog den zerknitterten Handzettel aus meiner Tasche und musterte ihn. Wer auch immer ihn zusammengestellt hatte, einen Preis für Grammatik oder Grafikdesign würde er nicht gewinnen. Die eintägige Auktion verhieß einmalige Sonderangebote – Videorecorder für 69,99 £, Camcorder für 99,99 £, Mikrowellen für 49,99 £ plus Hunderte anderer exklusiver, einzigartiger etc. Artikel. Bereits hier wurden uns, und das gratis, mehr Ausrufezeichen präsentiert, als ein vernünftiger Mensch in einem Jahrzehnt gebrauchen konnte. Mit all dem im Hinterkopf, zog ich mich dem Anlaß entsprechend an. Enge verwaschene Levis, ein schwarzes Tina-Turner-Simply-the-Best-T-Shirt (weil ich in Schwarz immer aussehe, als litte ich unter schwerem Vitaminmangel) und Richards drei Nummern zu große Washington-Red-Sox-Jacke. Ergänzt wurde das Ensemble durch ein Paar weißer Stöckelschuhe mit Fünf-Zentimeter-Absätzen, erstanden einzig zu beruflichen Zwecken. Mein rotbraunes Haar faßte ich zu einem Knoten oben auf dem Kopf zusammen und umwickelte ihn mit einem Elastikband aus Goldlurex. Die Klassefrau war nicht angesagt, statt dessen sah ich spottbillig aus. Ich würde in die Gesellschaft passen wie ein Floh in den Sack.

Gegen halb sechs war ich wieder in Sheffield. Ich stellte den Wagen in einem Parkhaus des Stadtzentrums ab und fand ein Taxi, das mich zur Sozialsiedlung rausfuhr. Dem Fahrer gab ich einen Fünfer als Trinkgeld, womit ich ihn bewegen konnte, mich später wieder abzuholen. Um Viertel vor sechs reihte ich mich in die Schlange ein, die sich draußen vor dem Gemeindezentrum auf dem Gehsteig gebildet hatte. Es waren an die hundert Interessenten da, und kein einziger sah aus, als ob er die Chance hätte, einen Organspenderausweis zu erhalten, ganz zu schweigen von einer goldenen Kreditkarte. Ich schätzte die Jüngsten auf unter zwei Jahre, sie schliefen mit offenem Mund in ihren Sportwagen. Die Ältesten waren gut und gern um die Siebzig. Der Rest bestand unter anderem aus verhärmten Frauen, die schon mit fünfundzwanzig verbraucht wirkten, und Typen, die man auf fünfzehn schätzte, bis man ihre Augen sah. Mein Kalkül ging auf. Niemand schenkte mir besondere Beachtung.

Um zehn vor sechs öffneten sich die Türen, und wir strömten hinein. Die Halle war hell erleuchtet, leer bis auf ein erhöhtes Podium vor dem Notausgang-Schild. Auf diesem Podium stand ein hoher Tresen, der noch höher wirkte durch Pappkartons, die laut Aufschrift angeblich Mikrowellen, Camcorder, Video- und Fernsehgeräte enthielten. Auf anderen Kartons klebten knallbunte Bilder von Topfsets, Servicen, Spielkonsolen, Besteckkästen, Radioweckern, Toastern, Ladegeräten und Mehrfachsteckdosen. Hier sah es aus wie in einer Billigversion von Aladins Höhle. Hinter den Kartonstapeln erblickte ich einen kräftigen Mann mit einer Dauerwelle wie ein Fußballer aus den Siebzigern. Wenn sein Anzug nur eine Spur enger gewesen wäre, hätte man ihn wegen unerlaubten Waffenbesitzes eingesperrt. Er fummelte an einem Mikro herum und klemmte es an seine schrille Krawatte, so daß ich unwillkürlich auf einen kreischenden Rückkoppelungseffekt gefaßt war. »Ladies und Gentlemen«, lockte er, »nicht so schüchtern. Kommen Sie doch nach vorn, wo ich Sie sehen kann, und ich meine ganz speziell Sie, meine entzückenden Damen, damit sich meine Augen an Ihrem Anblick weiden können, denn auch wenn ich hier oben stehe und, meine Damen und Herren, Ihnen gegenüber zur Fairneß verpflichtet bin, bin ich doch nur ein Mensch. Und ich müßte ein Übermensch sein, um manch einer der reizenden jungen Damen hier widerstehen zu können.« Unglaublich. Noch unglaublicher, sie gehorchten. Wie die Lemminge.

Ich ließ mich von der Menge vorwärtsschieben und versuchte gleichzeitig, zur Seite hin auszuweichen. Dabei hielt ich Ausschau nach Terence. Wenig später entdeckte ich ihn unter mehreren Männern, die das Podium flankierten. Sie waren zwischen knapp unter Zwanzig bis Anfang Vierzig. Keinem von ihnen würde ich meinen Hund anvertrauen, wenn ich aufs Klo ging. Ich war seitlich an der Wand angekommen und blieb etwa drei Meter vom Podium entfernt stehen. Ich schaute mich eingehend um. Die Leute waren angespannt, viele tasteten nach ihren Hosen- oder Jackentaschen, wo sie ihr Geld hatten, um sich zu vergewissern, daß es noch da war. Lange würde es nicht mehr da sein, vermutete ich, und dabei dachte ich nicht etwa an Taschendiebe.

Inzwischen schwärmte ein Großteil der Männer von der Plattform, darunter auch Terence, in die Menge aus, wobei sie den Auktionator im Auge behielten, während er das Publikum mit einem ununterbrochenen Wortschwall »unterhielt«, der aus pikanten Anspielungen, alten Witzen und scherzhaften Aufforderungen bestand, nach vorn zu kommen und sich auf einen amüsanten Abend einzustellen. Ich hörte wieder genauer hin. »Versprechen Sie mir heute abend eines, Ladies und Gentlemen. Versprechen Sie mir, sich einmal etwas Gutes zu tun. Heute abend werden Ihnen hier die Schnäppchen Ihres Lebens angeboten, und halten Sie sich nicht zurück, weil Sie meinen, sie nicht verdient zu haben. Meine Aufgabe hier heute abend ist es, Sie zu verwöhnen, und Sie müssen mir versprechen, keine Angst davor zu haben, sich verwöhnen zu lassen. Gilt das Versprechen? Wollen Sie mir den Gefallen tun?«

»Ja«, brüllte alles zurück. Ich konnte es nicht fassen. Der Typ sah aus, als hätte man das Wort »schleimig« eigens für ihn erfunden, aber die Kunden schluckten es wie Freibier.

»Also, wer will heute abend mit mir den Stein ins Rollen bringen? Wer braucht ein Feuerzeug?« Ein paar Hände reckten sich hoch. »Wer könnte einen Fünferpack Leerkassetten gebrauchen?« Ein Wald von Händen kam hinzu. »Und ist da draußen jemand, der gern einen Dreierpack brandneuer Videokassetten hätte?« Ich war wohl die einzige im Raum, die nicht wild mit den Händen fuchtelte. Ich schluckte meinen Stolz hinunter und hob die Hand. Der Verkäufer grinste. »Also, wenn's nach mir ginge, ich würde diese Artikel alle verschenken, aber leider verbieten es mir die geltenden Bestimmungen, meine angeborene Großzügigkeit auszuleben. Deshalb müssen Sie mir einen symbolischen Preis für diesen kleinen Vorgeschmack auf die kommenden Attraktionen zahlen.«

Er legte um des dramatischen Effekts willen eine Pause ein. Die Menge hing an seinen Lippen, so verzückt wie eine Gemeinde des neunzehnten Jahrhunderts im Banne eines irren visionären Geistlichen. »Ich werde so fair sein wie nur möglich. Meine Jungs behalten Sie sorgfältig im Auge, um zu sehen, wer in Frage kommt. Also, ich hab hier zwanzig von diesen Einwegfeuerzeugen, und die ersten zwanzig, die die Hand heben...« Er hielt wieder inne, und fünfzig Arme schossen in die Höhe. »Die ersten zwanzig, die die Hand heben, nachdem ich das Kommando gegeben habe, diese Glücklichen können ein Feuerzeug für nur einen Penny erwerben. Na, fairer geht's doch nicht, oder?«

Die Menge war offenbar seiner Meinung. Der Verkäufer schwenkte einen lächerlichen Hammer in der Luft. »Also, ich schlag dreimal mit meinem kleinen Hammer auf, und wenn ich das drittemal auf den Tresen haue, ist das das Kommando. Dann kommen die glücklichen Zwanzig in den Genuß des Vorrechts, ein Feuerzeug für nur einen Penny zu kaufen.« Es folgte eine bedeutungsschwere Pause. Der Hammer senkte sich einmal, zweimal. Die Hälfte der Hände im Saal ging in dem Augenblick hoch, als der Hammer zum drittenmal hätte fallen sollen. Verlegen ließen die Leute die Hände wieder sinken. »Jetzt seien Sie mal nicht so gierig«, tadelte der Verkäufer. »Ich verspreche Ihnen, jeder, der heute abend ein Schnäppchen machen will, kriegt auch eins.« Als er den Satz beendet hatte, schlug der Hammer zum drittenmal, und ein Gestrüpp aus Händen ragte in die Luft. Der Verkäufer gab sich den Anschein, als sähe er in die Runde, wer die ersten waren, und nickte theatralisch, wenn er Blickkontakt mit seinen im Saal verteilten Handlangern aufnahm. Zwanzig Kunden wurden für das Feuerzeug-Sonderangebot ausgewählt. Für mich sah es so aus, als seien sie aufs Geratewohl ausgewählt worden. Als wir mit den Kassetten (fünfzig Pence), den Videos (ein Pfund) und Teflonpfannen, einem Nebenprodukt des amerikanischen Raumfahrtprogramms (zwei Pfund), fortfuhren, wurde eine ebenso willkürliche Auswahl getroffen. Die Helfer des Verkäufers scnienen ausschließlich daran interessiert, den Inhalt der Brieftaschen der Leute zu überprüfen.

Inzwischen fraß das Publikum dem Verkäufer aus der Hand. Die anfänglichen Lockartikel hatten die Leute überzeugt, daß sie heute abend echte Schnäppchen machen würden. Der Verkäufer warf seine Locken zurück und machte den obersten Knopf an seiner Jacke zu, wie zum Zeichen, daß es jetzt ernst wurde. »Ladies und Gentlemen, ich werde hier heute abend nicht Ihre Intelligenz beleidigen. Ich wette, Sie sehen sich alle ›Nepper, Schlepper, Bauernfänger‹ an. Sie wissen, daß es da draußen skrupellose Menschen gibt, die Sie um Ihr Geld erleichtern wollen. Na, ich bin nicht so einer. Deshalb mache ich folgendes. Wenn Sie jetzt Vertrauen in mich setzen, will ich dafür sorgen, daß Ihr Vertrauen belohnt wird. Ladies, jetzt kommt etwas, das Ihr Leben verändern wird. Gentlemen, es kommt etwas, durch das Sie Ihr Glück machen werden. Von Zeit zu Zeit erfinden Männer in weißen Kitteln in den Laboratorien von Paris etwas, das imstande ist, Frauen sensationell zu verwandeln. Mit dem richtigen Parfüm kann jede Hausfrau dem Mann in ihrem Leben das Gefühl geben, sie wäre Liz Taylor, Joan Collins und Michelle Pfeiffer in einem. Das ist eine wissenschaftliche Tatsache. So geschehen mit Chanel No. 5. So geschehen mit Giorgio. Und jetzt geschieht es hiermit!«

Er schwenkte eine Schachtel in der Luft. Bonbonrosa und silbern gestreift. »Hier ist es, Ladies und Gentlemen. Mein Bruder ist im Import-Export-Geschäft, und er hat eine Kiste dieses einzigartigen Pariser Parfüms für meine Kunden erstanden, bevor es auf den Markt kommt. Dieses exklusive Parfüm, Eau d'Ego, wird den ganzen Sommer über Gegenstand einer großen Werbekampagne sein, Ladies und Gentlemen. Zu Weihnachten wird es der heißeste Verkaufsschlager der Saison sein, das verspreche ich Ihnen. Und heute abend können Sie die ersten sein, die in Großbritannien eine Flasche Eau d'Ego besitzen.«

Ich hatte meine liebe Not, ernst zu bleiben. Mit meinem Französisch mochte es ja nicht weit her sein, aber als Richard und ich einmal ein romantisches Wochenende in Paris verbrachten, hatten wir einen Rundgang durch die städtische Kanalisation gemacht. Ich glaube nicht, daß man viele schicke Pariserinnen und Pariser findet, die ein Parfüm benutzen, dessen Name verdächtig nach Eau d'égout – Abwasser – klingt.

Der Verkäufer war jedoch nicht zu bremsen. »Na, heute abend

haben wir hier ja eine riesige Auswahl an Schnäppchen. Aber leider haben wir nie genug von unseren beliebtesten Artikeln dabei. Mein Chef setzt mir Obergrenzen. Ich meine, wie viele von Ihnen würden gern einen Camcorder für unter hundert Pfund kaufen?«

Fast die Hälfte der Leute winkte ihm wie wild geworden zu. Er grinste befriedigt. »Genau. Also, mein Chef würde mich feuern, wenn ich mehr als drei unserer günstigen Camcorder an einem Abend verkaufte. Deshalb muß ich Sie kurzhalten. Also, ich hab heute abend hier auf dieser Plattform fünfzig Flaschen Eau d'Ego. Wenn Sie mir das Vertrauen schenken, eine Flasche dieser exklusiven Pariser Duftnote zu erwerben, räume ich Ihnen ein Vorkaufsrecht auf die Posten ein, die ich hier heute abend noch verkaufe. Ich sage damit nicht, daß Sie keinen Camcorder kaufen *dürfen*, wenn Sie nicht das Parfüm kaufen, denn das wäre gesetzwidrig, Ladies und Gentlemen. Nein, ich will damit sagen, daß die Leute, die mir das Vertrauen schenken, jetzt meine Kunden zu sein, den Vorrang haben, wenn es um den Erwerb der Posten geht, die wir in begrenzter Stückzahl da haben. Nun, ich glaube, Sie werden mir zustimmen, fairer geht's nicht.« Sein Tonfall duldete keinen Widerspruch. Es war keine besonders clevere Verkaufsmasche, und er war auch nicht der Welt größter Redner, aber die Leute waren begeistert.

»Ich warne Sie, meine Damen, wenn Sie eine Vorliebe für Eau d'Ego entwickeln, werden Sie nie wieder als leicht zu haben gelten. Wenn dieses fabelhafte Parfüm erst im Handel ist, wird man einen empfohlenen Preis von 49,95 £ dafür verlangen. Na, ich erwarte nicht von Ihnen, daß Sie heute abend 49,95 £ bezahlen. Schließlich haben Sie die Anzeigenkampagne noch nicht gesehen, Sie haben die vielen Zeitschriften noch nicht gelesen, die davon schwärmen, Sie haben nicht die Wirkung gesehen, die es auf mich hat. Sie haben nur mein Wort. Und wenn ich Ihnen sage, daß meine Frau sich eine Flasche genommen hat und ich seitdem jeden Abend nach Hause komme, dann sollte Ihnen das zu denken geben!« Er zwinkerte. Mir war schlecht.

»Ich verlange nicht mal, daß Sie den halben Preis für das Privileg zahlen, diese Duftnote zu tragen. Zehn Pfund, mehr nicht. Für nur einen Zehner können Sie zu den ersten Frauen gehören, die ein Parfüm benutzen, das dazu prädestiniert ist, der Duft der Stars zu werden. Also, wenn mein Hammer zum drittenmal fällt, lassen meine

Assistenten ihre Adleraugen schweifen, und die ersten fünfzig Hände, die oben sind, kommen in den Genuß dieser einmaligen Gelegenheit.« Diesmal gab es keine Pause. Der Hammer schlug einmal, zweimal, dreimal an. Das Publikum war der lebende Beweis für das Pawlowsche Reiz-Reaktions-Schema, sobald der Hammer fiel, reckten sich die Hände hoch in die Luft.

Die Assistenten liefen herum, verteilten das Parfüm und schnappten sich die Zehner. Terence schien genau dasselbe zu machen wie die anderen. Zumindest konnte ich keinen Unterschied feststellen. Ich fragte mich allmählich, ob ich hier meine Zeit verschwendete.

Der Verkäufer war von dem Parfüm zu anderen Dingen übergegangen. Inzwischen stellte er Warenbündel zusammen. Ich schätzte, daß ich die gleichen Artikel auf jeder beliebigen Geschäftsstraße in diesem Land für weniger erwerben konnte, als er dafür haben wollte. Aber der gesunde Menschenverstand war den Leuten irgendwann im Verlauf der Tiraden abhanden gekommen, er hatte ihm mit seinen Sprüchen den Garaus gemacht. Die Käufer kämpften förmlich darum, für wertloses Zeug, das binnen weniger Wochen explodieren, in Stücke gehen, anlaufen, zerbrechen würde, oder alles zusammen, Liebhaberpreise zu bezahlen.

Die Hysterie steigerte sich noch, als er die Farce abzog, Schnäppchenlose an fünf handverlesene Opfer zu verkaufen. Ich konnte ihm einen gewissen Respekt nicht versagen, als er sie um zwischen hundertfünfzig und dreihundert Pfund für Warenbündel erleichterte, die sie zu einem kräftigen Preisnachlaß gekauft zu haben glaubten. Dabei ging ich jede Wette ein, daß sie am Schluß der Versteigerung keineswegs die erworbenen Schnäppchen erhalten würden. Statt dessen würden sie Waren erhalten, die bedeutend weniger wert waren, als sie gezahlt hatten, und dazu die blauäugige Versicherung, das Paket, daß sie »gekauft« hätten, sei an die (nicht existente) Person gleich hinter ihnen gegangen... Ich sah aufmerksam zu und hatte trotzdem den Überblick verloren, was hier abging. Die Käufer hatten keine Chance.

Aber der Clou des Ganzen stand erst noch bevor. »Bin ich heute abend gut zu Ihnen gewesen, oder bin ich heute abend nicht gut zu Ihnen gewesen?« wollte der Verkäufer wissen. Seine Antwort war ein einigermaßen freundliches Gemurmel. »Halten Sie mich für einen Mann, dem man vertrauen kann? Sie, Madam – würden Sie mir trauen?« Er wandte sich nacheinander an fünf weitere Mitglieder des Publikums, nagelte sie mit dem Blick fest, forderte Loyalität von ihnen ein. Jeder einzelne von ihnen blökte ein »Ja«. Wie Schafe.

Er lächelte und enthüllte dabei, wofür er einen Teil des Gewinns investiert hatte. »Ich hab Ihnen doch vorhin von meinem Bruder erzählt? Der im Import-Export-Geschäft ist? Der weiß, wie gern ich euch Leute verwöhne, deshalb ist er stets auf der Suche nach Schnäppchen, die ich an meine Kunden weitergeben kann. Also, viele von diesen Sachen kommen von außerhalb der EU, und laut EU-Bestimmungen dürfen wir sie nicht auf die gleiche Weise wie die anderen präsentieren. Daher stellen wir sie zu Paketen zusammen. Selbst ich weiß nicht, was in diesen Paketen ist, weil wir sie ganz nach Zufall zusammenstellen. Aber ich kann Ihnen garantieren, daß jedes dieser Pakete Waren in einem Wert enthält, der weit über das hinausgeht, was ich dafür verlange. Sie bitte ich nur, daß Sie die Waren mit nach Hause nehmen und erst da auswickeln. Nicht, weil Sie die Katze im Sack kaufen sollen, sondern weil der Inhalt so unterschiedlich ist. Wenn ihr Nebenmann sieht, daß Sie eine modernste Mixmaschine für einen Zehner bekommen haben, er jedoch nur einen Sandwichgrill, einen Set Elektrolockenwickler und einen Radiowecker, kann das Eifersucht erregen, und wir wollen ja schließlich nicht, daß es zu Rangeleien kommt, weil einige unserer Angebote so unerhört preisgünstig sind. Also, ich beginne mit Paketen für zehn Pfund. Wer hat heute abend hier bei mir schon etwas gekauft und möchte sich meine irrsinnige Großzügigkeit zunutze machen?«

Ich konnte nicht dagegen an. Mein Unterkiefer klappte herunter. Etwa zwanzig Leute schwenkten ihre Parfümflaschen in der Luft. Die meisten von ihnen sahen aus, als sei das größte finanzielle Ereignis ihres Lebens der monatliche Scheck vom Sozialamt. Und doch blätterten sie sauer Erspartes für einen schwarzen Müllsack hin, der eine Tüte Zucker und einen Ziegelstein enthalten konnte. Hätte mir jemand davon erzählt, ich hätte es nicht geglaubt. Dann, als der Verkäufer zu Grabbelsäcken à fünfzig Pfund überging, bemerkte ich eine Veränderung in dem Muster. Sie war kaum wahrnehmbar, doch es reichte. Zum erstenmal an diesem Abend begann ich zu glauben, daß ich zur rechten Zeit am rechten Ort war.

13. Kapitel

Ich fuhr nach Manchester zurück, spulte noch einmal vor mir ab, was ich gerade gesehen hatte, und fragte mich nach der Bedeutung. Wäre ich nicht voll konzentriert gewesen, wie leicht hätte ich die winzige Abweichung von dem Muster übersehen. Es war passiert, kurz nachdem die Lose zu fünfzig Pfund angekündigt wurden. Terence war mit einem schwarzen Müllsack hinter der Plattform aufgetaucht, so wie alle anderen. Dann hatte er sich durch die Menge zu einem kleinen Typ Anfang Zwanzig mit einer roten Baseballmütze und schwarzer Lederjacke geschlängelt. Obgleich der Typ die Hand gar nicht hochhielt, hatte Terence ihm im Austausch gegen einen dicken braunen Umschlag den Sack überreicht. Für mich sah es so aus, als enthalte der Umschlag bedeutend mehr als fünfzig Pfund, es sei denn, der Typ mit der roten Mütze bezahlte in Rubeln.

Sie wechselten kein Wort miteinander, und die Übergabe dauerte nicht länger als die anderen Transaktionen, nur wenige Sekunden. Gleich darauf bediente Terence weitere Kunden. Aber anders als die betrogenen Käufer blieb der Typ mit der roten Mütze nicht da. Er drehte sich um, sobald er seinen Schnäppchensack in Empfang genommen hatte, drängte sich durch die Menge zur Tür, nahm die rote Mütze ab und stopfte sie in seine Jacke. Ich erwog, ihm zu folgen, aber ich hatte keinen fahrbaren Untersatz, und außerdem wollte ich Terence weiter beobachten, um zu sehen, was er sonst noch im Schilde führte.

Die Antwort lautete, nichts. In der kurzen Zeit, die noch blieb, machte er haargenau dasselbe wie die anderen Ordner, verteilte schwarze Müllsäcke im Tausch gegen zerknitterte Geldscheine und wehrte Kunden ab, die glaubten, sie hätten nicht die Behandlung erfahren, die man ihnen zu Beginn des Abends verheißen hatte.

Verblüffend plötzlich war dann alles vorbei. Während der Verkäufer noch sprach, widmeten seine Assistenten ihre Aufmerksamkeit nicht mehr dem Publikum, sondern dem Podium. In erstaunlichem Tempo verschwanden die auf der Plattform verbliebenen Kartons hinten in dem Transporter. Als der Verkäufer sein Schlußwort gesprochen hatte, war die Plattform so leer gefegt wie mein Kühlschrank am Tag, bevor ich in den Supermarkt einfalle.

Ich bahnte mir den Weg zur Tür, zusammen mit den Kunden, die langsam wieder auf die Erde zurückkamen, mit der deprimierenden Erkenntnis, daß man sie geschickt ausgenommen hatte, auf völlig legalem Wege, ohne Möglichkeit der Reklamation. Bevor ich draußen war, hatte sich das zufriedene Gemurmel bereits in unzufriedenes Gemurr verwandelt, das immer lauter wurde, als die Leute anfingen, den Inhalt ihres blinden Großeinkaufs zu untersuchen. Mein Taxi wartete, und ich blieb nicht länger, um zu beobachten, wie sie sich zusammenrotteten, um Rache zu nehmen. Die Auktionscrew ebensowenig. Als mein Taxi von der Bordsteinkante wegfuhr, sah ich den Transporter und die beiden Autos über den Parkplatz brausen. Bevor die Menge wütend genug war, um etwas zu unternehmen, wären die Kerle schon halb über die Pennines.

Ich dachte die ganze Fahrt nach Manchester nach. Es war immer noch fast zu dürftig, um auch nur als Indizienkette zu gelten, aber sämtliche Instinkte sagten mir, daß ich auf der richtigen Spur war. Ich war ziemlich sicher, daß ich gerade Zeugin der Übergabe eines Pakets illegaler Substanzen geworden war. Blieb nur zu hoffen, daß es nicht reines Wunschdenken war, was meine Instinkte auf die Fährte von Terence Fitzgerald hetzte.

Es war zwanzig vor neun, als ich den Peugeot auf einem gelben Doppelstreifen zwei Straßen von dem weitläufigen Gerichtskomplex am Crown Square entfernt stehenließ. Das war knapp, denn die Besuchszeit endete um neun. Ich hatte mich durch einen Anruf auf der Fahrt von Sheffield hierher angekündigt, indem ich dem diensthabenden Inspektor sagte, ich sei durch einen Platten aufgehalten worden, würde aber auf jeden Fall noch innerhalb der Besuchszeit kommen. Man hätte mir ohnehin nur eine Viertelstunde zugestanden. Ich streifte die Flittchenschuhe ab und zog die Reeboks an, die ich stets im Wagen habe, löste das Haarband und schüttelte meine wellige rotbraune Mähne. Ich schnappte mir die Plastiktüte, die ich in Richards Bungalow gepackt hatte, dann lief ich zur Rückseite des Gerichtsgebäudes.

Als ich den überdachten Fußweg betrat, der ins Erdgeschoß des Gebäudes führt und in das Sichtfeld der Videokameras, ging ich langsamer. Ich wollte ja nicht den Eindruck erwecken, das Gericht zu stürmen. Ich drückte auf den Knopf der Sprechanlage an der Tür.

»Kann ich Ihnen behilflich sein?« fragte eine Stimme mit mehr Statik als im Taxifunk.

»Ich möchte einen Häftling besuchen. Richard Barclay. Ich bin seine Freundin«, sagte ich.

»Gehen Sie durch die Doppeltür zum Aufzug und drücken Sie auf den Knopf für die siebte Etage«, sagte mir die Stimme. Die Tür summte, und das Schloß wurde entsichert.

Die Aufzugtür öffnete sich in eine ganz andere Welt als die der feinen, gepflegten Gerichtssäle. Hier gab es weder Holztäfelung noch kühle Marmorböden. Der Anstrich war abgeblättert und schmutzig, die Fußböden mit Brandlöchern von Zigaretten übersät, der einzige Wandschmuck waren Polizeiplakate, zur Einschüchterung der Besucher. Ich wurde von einem munteren Polizeibeamten registriert, der mich anschließend in eine winzige Kabine mit zwei niedrigen, an den Fußboden geschraubten Hockern führte. Die Kabine war durch einen Metalltresen und eine dicke Acrylglasscheibe mit einer Schalteröffnung zweigeteilt. Auf beiden Seiten des Schalters befand sich je ein Telefonhörer. Ich starrte durch die Scheibe. Die andere Seite war identisch, nur daß die Tür innen keine Klinke hatte. Ich konnte jederzeit aufstehen und wieder gehen, der Häftling nicht. Ich schaute auf meine Uhr. Es war gerade Viertel vor.

Die Tür ging auf, und Richard kam herein, mit einem kleinen deprimierenden Winken. Er setzte sich, und ich merkte, wie mir alles an ihm auffiel, was ich sonst als selbstverständlich hinnahm. Seine ruhigen, flüssigen Bewegungen. Die Art, wie sein Lächeln von seinem linken Mundwinkel ausgeht, bevor es dann symmetrisch wird. Ich blinzelte heftig und zwang ein Lächeln auf mein Gesicht. Sein Mund bewegte sich, aber ich hörte nicht das Mindeste. Ich nahm den Telefonhörer und zeigte auf seinen. »Ich dachte allmählich schon, du kommst nicht mehr«, hörte ich durch die Hörmuschel. Es war kein Vorwurf. Seine Stimme klang seltsam, körperlos und doch nah, nicht wie bei einem normalen Telefongespräch.

»Sorry, aber an meiner Verspätung bist du selbst schuld. Ich war draußen in der feindlichen Welt Pflastertreten, für dich«, sagte ich. Es war ein schwacher Abklatsch unseres gewohnten Wortgeplänkels.

»Wie geht's Davy?« fragte er.

Ich schluckte. »Ihm geht's gut«, log ich und hoffte, daß man es nicht merkte. »Er liegt im Bett und schläft.« Zumindest das entsprach der Wahrheit.

Er hob die Brauen zu vollendeten Bögen, so wie Paul McCartney. »Vor neun Uhr? An einem Samstagabend?«

»Alexis führt ein strenges Regiment«, sagte ich zuversichtlich. »Das Babysitting macht ihr solchen Spaß, daß sie ihn erschöpft hat. Kino, Computerspiele, Schwimmen, genug Milchshakes, um den Milchberg der EU abzutragen. Oder sollte ich Milchsee sagen?«

»Fehle ich ihm?«

»Wenn er Zeit hat zu merken, daß du nicht da bist«, sagte ich trocken. »Mir fehlst du.«

Diesmal geriet sein Lächeln nur halb. »Ich komme mir vor wie Tom Jones mit ›The Green, Green Grass of Home‹«, sagte er. Er fuhr sich mit der Hand übers Gesicht. Er sah erschöpft aus.

»Gott sei Dank siehst du nicht aus wie er«, erwiderte ich. »Behandeln sie dich einigermaßen?«

Er zuckte die Achseln. »Ich glaub schon. Ich hab eine Zelle für mich allein, gegenüber letzter Nacht eine tausendprozentige Verbesserung. Und das Essen ist fast genießbar. Aber die Langeweile. Die macht meinen Kopf kaputt. Ich könnte einen Mord begehen für ein anständiges Buch und ein sauberes Hemd.«

Ich schwenkte die Plastiktüte. »Sauberes Hemd, Boxershorts, Socken und ein paar Bücher. Alexis hat sie ausgesucht.« Er sah verwirrt aus. Das überraschte mich nicht. »Sie sagt, du solltest dir aber nichts darauf einbilden«, fügte ich hinzu.

Er entspannte sich. »Gott sei Dank. Ich kann ja viel ertragen, aber ob ich es aushalten würde, Alexis für den Rest meines Lebens dankbar zu sein, weiß ich nicht. Danke, Brannigan.«

»Normalerweise mache ich so was nicht für meine Klienten, weißt du. Du wirst bis Weihnachten schuften müssen, nur um mich zu bezahlen.« Ich brachte ihn auf den neuesten Stand, wobei ich betonte, wie wenig abgesichert alles noch war. Das hinderte ihn nicht daran, ein Gesicht zu machen wie ein Kind, das vom Weihnachtsmann ein Mountainbike mit zehn Gängen und ein Sega Megadrive erwartet.

»Alles klar, ich hab verstanden. Kommen wir zum springenden Punkt. Holst du mich bald hier raus, damit ich noch eine Weile mit

Davy zusammensein kann?« fragte er. Das Vertrauen, das ich in seinen Augen sah, jagte meinen Streßlevel bis hinauf in die Stratosphäre.

»Das hoffe ich doch stark.« Mich beschlich die entsetzliche Ahnung, daß mein Versagen, wenn ich es nicht schaffte, mehr als ein enttäuschtes Kind zur Folge haben würde.

Der Abschied von Richard war kein Vergnügen. Dafür jedoch die frische Luft draußen vor dem Gerichtsgebäude. Ich atmete tief durch und schaute zum Himmel hoch, ohne mich an dem feinen Regendunst, der in der Luft lag, zu stören. Ich konnte mich nicht erinnern, wann ich mich das letztemal so mies gefühlt hatte. Ich meldete mich bei den Babysitterinnen, und Chris berichtete mir, daß Davy immer noch tief und fest schlief. Dann fuhr ich bei Terence Fitzgerald vorbei, das Haus lag jedoch im Dunkeln, und draußen stand kein Wagen. Ich erwog einen kleinen Einbruch, wußte allerdings, daß das Wahnsinn war. Die zweite Regel eines erfolgreichen Einbrechers lautet: Sorg immer dafür, daß du ihre Lebensgewohnheiten so weit kennst, um zu wissen, wann sie nach Hause kommen. Über Terence' schlechte Angewohnheiten wußte ich längst nicht genug. Und mir behagte der Gedanke nicht, im obersten Stockwerk in der Falle zu sitzen, ohne erkennbare Fluchtmöglichkeit.

Ich hatte noch keine Lust, nach Hause zu fahren. Ich brachte den Motor auf Touren und fuhr langsam in die Innenstadt zurück. Fast ohne nachzudenken, schlug ich die Richtung nach Strangeways ein. Im langen Schatten des viktorianischen Gefängnisses blüht das Geschäft. In den engen Straßen drängen sich Großhandelslager, Werkstätten und Läden, in denen Freizeitkleidung, Elektrogeräte, Schmuck, Kosmetika und Möbel verkauft werden. Es sind überwiegend Familienbetriebe, und vom Alter her gleichen die Geschäfte den Erdschichten auf einer geologischen Karte. Die Juden kamen zuerst her, dann die Zyprioten, dann die Asiaten, dann eine Handvoll Boatpeople. Wir rechnen jetzt jeden Tag mit den Bosniern.

Ein Großteil der Geschäfte, die in Strangeways getätigt werden, sind ganz legal. Ein anderer Großteil nicht. Ein eifriger Beamter von der Gewerbeaufsicht, der einen Sonntag hier herumschnüffeln würde, könnte genügend Gesetzesübertretungen sammeln, um ein

Gericht eine Woche lang mit Arbeit zu versorgen. Das geschieht regelmäßig. Nur folgt nie jemand den Vorladungen.

Samstagabends wirkt Strangeways so verlassen, dunkel und unwirklich wie eine Hollywoodkulisse. Das heißt, bis auf das jüdische Café. Offiziell trägt es den Namen Warehouse Diner, und es ist ein bescheidenes Lokal, in dem Händler, kleine Kriminelle und Gelegenheitsgäste wie ich verkehren. Es ist auch das einzige anständige Eßlokal außerhalb von Chinatown, das bis vier Uhr früh geöffnet hat, und darum aus vielerlei Gründen äußerst praktisch. Zudem bereiten sie dort die besten Pökelrindsandwiches in der Stadt zu und die besten Bratteller. Irgend so ein Schwachkopf hat es einmal in einem dieser Billig-&-Gemütlich-Restaurantführer aufgeführt, mit der Konsequenz, daß von Zeit zu Zeit eine Touristengruppe auftaucht und die Stammgäste angafft. Mir hat die Atmosphäre immer gefallen, wenn man auch, falls man gewisse Speisen möchte, den richtigen Zeitpunkt wählen muß. Der Rabbi ist Stammgast, und an den Tagen, wenn er kommt, gibt es keine Schinkenstullen und nur Rindswürste.

Ich hatte eine Flaute erwischt; die Frühaufsteher hatten schon gegessen und waren gegangen, die Nachtschwärmer waren noch nicht eingetroffen. Wie ich erwartet hatte, waren einige bekannte Gesichter im Lokal zu sehen. Das Gesicht, über dessen Anblick ich mich am meisten freute, gehörte Dennis. Er winkte mich zu sich und seinen beiden Kumpeln herüber, doch das, was ich besprechen wollte, war nur zum privaten Gebrauch gedacht. Ich schüttelte den Kopf und setzte mich an einen eigenen Tisch. Als mein Tee und das Sandwich kamen, kam auch Dennis. »Was sagt man dazu, Kate!« begrüßte er mich und zog den Stuhl mir gegenüber heraus. »Wie geht's?«

»Nicht besonders. Das Leben ist so schon hart, und dann stirbt man auch noch«, sagte ich müde.

»Nee«, sagte er. »Das Leben ist so schon hart, und dann heiratet man auch noch.«

»So redet man nicht über die Liebe seines Lebens.«

Er grinste. »Meine Frau und ich sind moderne Menschen. Machen jeden neuen Trend mit. Das erhält eine Ehe lebendig. Neuerdings haben wir eine S/M-Beziehung.«

Ich wußte, daß ich ihm auf den Leim ging, aber ich fragte trotzdem. »S/M?«

»Sex und Mahlzeiten.« Dennis brüllte vor Lachen. So witzig war es gar nicht, aber es war eine großartige Tarnung. Jetzt würde jeder mich bloß für eine der Zielscheiben von Dennis' Anekdoten halten.

»Netter Witz. Kennst du einen Kerl namens Terence Fitzgerald? Wohnt in den Quays. Fährt einen schwarzen Toyota.«

»Terry Fitz? Wir waren zusammen in Durham.« Er meinte nicht in den Ferien. Das Durham-Gefängnis ist eines der übelsten, trostlosesten Löcher, in dem man seine Strafe absitzen kann. Wegen eines unbezahlten Strafzettels landet man dort allerdings nicht.

»Weswegen saß er?«

»Raubüberfall mit Ballermann. Er war der Fahrer. So wie Handbrake, nur gemeiner. Sie haben ihn nie dafür drangekriegt, aber er hat ein altes Muttchen überfahren, als sie sich nach einem Ding in Skelmersdale aus dem Staub machen mußten, und er hielt nicht an. Widerling«, fügte Dennis verächtlich hinzu.

»Ist er schon lange wieder draußen?«

Dennis zuckte die Achseln. »Etwa ein Jahr. Ich weiß nicht, was er momentan so treibt.«

»Aber ich«, sagte ich. »Er arbeitet als Ordner für einen Verein, der in Auktionen macht.« Ich reichte Dennis den zerknitterten Handzettel. »Für diesen Verein hier.«

Dennis nickte weise. »Das ist das Team seines Schwagers. Tank Molloy. Er hat Fitz' Schwester Leanne geheiratet. Ein gutes Geschäft hat er da aufgezogen. Scheffelt einen Haufen Geld. Und alles strikt legal. Er melkt die Leute, aber er melkt sie nach den Buchstaben des Gesetzes. Die BBC hat ihn mal wochenlang von einem Team begleiten lassen, um ihm was nachzuweisen, aber hinterher hatten sie nichts gegen ihn in der Hand, abgesehen von seiner Geldgier, deshalb mußten sie von ihm ablassen. Kräftiger Kerl, Haare wie ein Pudel, hundsmiserabler Geschmack in Krawatten – das ist unser Tank. Er ist gewöhnlich selbst der Kopf.«

Ich hob eine Augenbraue. »Der Kopf?«

»Der Auktionator, der die Sprüche klopft.«

Ich nickte. »Scheint er zu sein. Irgendwelche Verbindungen zur Drogenszene?«

Dennis sah schockiert aus. »Was? Tank Molloy? Unmöglich. Der ist ein altmodischer Schurke. So wie ich. Würde Drogen noch nicht mal mit 'ner Kneifzange anfassen. Ich meine, was bringt das denn auch schon?«

»Und Terry Fitz?«

Dennis zündete sich in Ruhe eine Zigarette an. »Fitz kennt keine Skrupel. Und ihm ist es scheißegal, mit wem er zusammenarbeitet. Wenn er mit den Drogenjungs zusammenhängt, misch dich lieber nicht ein. Er ist gerissen, unser Fitz. Der einzige Punkt, wo's bei ihm aussetzt, sind Ballermänner. Er hält sie für normales Handwerkszeug. Er würde dich bedenkenlos umnieten, wenn du zwischen ihm und einem sorgenfreien Leben auf Hawaii stehst.«

14. Kapitel

Rechtsanwältin oder Ärztin, Computersystemanalytikerin oder Buchhalterin zu sein ist ein Kinderspiel. Die Bibliotheken sind voll mit Büchern, die dir sagen, wie man's macht. Die einzigen Lehrbücher für Privatdetektivinnen stehen auf den Belletristikregalen, und ich kann mich nicht erinnern, jemals gelesen zu haben, wie man einen Achtjährigen befragt, ohne sich vorzukommen wie bei der Gestapo. Es half auch nicht gerade, daß Alexis in der Tür stand wie eine Liverpooler Boadicea, mit verschränkten Armen und mit finsterer Miene, bereit einzuschreiten, sobald ich einen Schritt zu weit ging.

Davy saß im Bett und sah ein bißchen blaß, aber ansonsten normal aus. Ich dachte mir, wenn es ihm gut genug ging, um Rühreier und Cabanossi-Käse in sich hineinzustopfen, dann ging es ihm auch gut genug, mir ein paar harmlose Fragen zu beantworten. Irgendwie funktionierte es jedoch nicht, wie ich dachte. Ich setzte mich aufs Bett, und schließlich einigten wir uns schon mal darauf, daß es ihm einigermaßen ging, daß ich es seiner Mum nicht sagen würde und daß wir über seinen Dad zu einem späteren Zeitpunkt verhandeln würden. Danach war ich bereits erschöpft.

»Woher hattest du die Abziehbilder?«

»Von einem Jungen«, sagte er.

»Kanntest du den Jungen?« fragte ich.

Davy schüttelte den Kopf. Er riskierte unter seinem Pony hervor einen Blick auf mich. Ich sah jetzt schon, daß er als Erwachsener ebenso gefährlich verführerisch sein würde wie sein Vater. Wie dem auch sei, da ich meine mütterlichen Instinkte erst noch entdecken muß und nicht auf kleine Jungen stehe, bevor sie alt genug sind, um eine eigene Kreditkarte zu besitzen, verfehlte sein Charme seine Wirkung auf mich. Ich blieb fest und unnachgiebig. »Du nimmst gewöhnlich doch keine Geschenke von Fremden an, oder, Davy?«

Wieder ein Kopfschütteln. Diesmal murmelte er noch: »Er war kein richtiger Fremder.«

»Wie meinst du das?« hakte ich nach.

»Daniel und Wayne kannten ihn«, sagte er trotzig. »Ich wollte erst nicht, aber sie sagten, es ist nichts dabei.«

»Hattest du mit Daniel und Wayne gespielt?«

Diesmal nickte er. Sein Kopf ging hoch, und er sah mir in die Augen. Jetzt fühlte er sich sicherer. Daniel und Wayne gehörten zu den Kids aus der Sozialsiedlung. Er wußte, daß ich wußte, von wem er sprach. Ich stand auf. »Na schön. Nimm in Zukunft nichts mehr von Leuten an, es sei denn, du kennst sie. Ist das abgemacht?«

Er nickte, doch seine Miene war eher stur als einsichtig. »In Ordnung«, sagte er gedehnt.

»Ich bin im Grunde nicht geschaffen für diesen Beruf«, murmelte ich Alexis im Hinausgehen zu.

»Das merkt man«, grummelte sie. Als ich durch den Korridor ging, hörte ich sie sagen: »Willst du den ganzen Tag in deiner Falle liegen, kleiner Kerl? Bei Ice World wartet nämlich ein Paar Schlittschuhe auf dich, und wenn du in einer halben Stunde nicht fertig bist, muß ich allein gehen.«

»Können wir nicht später gehen, Alexis?« hörte ich Davy fragen.

»Du willst doch nicht den halben Tag verpennen, oder?«

»Nein. Ich will heute morgen dem Fußballteam von meinem Dad beim Spielen zusehen. Wir gehen immer hin, wenn ich hier bin.«

Stille. Ich wette, es entsprach ebenso Alexis' Vorstellung vom Fegefeuer wie meiner, in der Eiseskälte an der Seitenlinie zu stehen und zuzusehen, wie die Mannschaft des hiesigen Pubs recht und schlecht einen Ball über einen matschigen Platz dribbelte. Ich lächelte, als ich durch den Wintergarten in meine eigenen vier Wände zurückging. Es war gut zu wissen, daß selbst Alexis hin und wieder ihr Waterloo erlebte. Ich zog die Jeans von gestern abend an. Dann öffnete ich den Kleiderschrank und stellte fest, daß ich meine Verabredung mit dem Bügeleisen nicht viel länger würde verschieben können. Ich würde ja jemanden dafür anstellen, aber wie ich aus Erfahrung weiß, handele ich mir damit nur noch mehr Kummer ein, weil sie nie, aber auch nie die Falten an die richtigen Stellen setzen.

Gereizt schnappte ich mir ein Black-Watch-Karoshirt, ein Überbleibsel von meinem kurzen Abstecher in die Grunge-Mode, den ich eiligst beendet hatte, als Della mir sagte, ich sähe aus wie einer irischen Folkgruppe entsprungen. Zumindest lieferte es mir einen Vorwand, um die abgewetzten alten Cowboystiefel zu tragen, die bequemer sind als sämtliche Turnschuhe, die ich besitze. Unter dem Karoshirt zog ich ein weißes T-Shirt an und ging zur Tür hinaus, um Daniels und Waynes Mum ausfindig zu machen.

Ich überquerte die Rasenfläche und steuerte auf die Siedlung vierstöckiger Sozialhäuser zu, in der Cherie Roberts wohnte. Selbst nach so langer Zeit kann mich der Kontrast zu der hübschen kleinen Enklave, in der ich lebe, noch überraschen. Auf die Gefahr hin, daß ich mich anhöre wie Methusalem mit achtundzwanzig – ich kann mich noch an Sozialsiedlungen erinnern, wo keine Rottweiler aus Gründen der Sicherheit paarweise patrouillierten. Oxford ist nicht unbedingt berühmt für vorbildlichen sozialen Wohnungsbau, aber ich hatte Schulfreundinnen, die draußen in Blackbird Leys wohnten, als Blackbird Leys die größte Sozialsiedlung Westeuropas war, und die Häuser waren ganz in Ordnung. Ich erinnere mich nicht, daß überall obszöne Graffiti waren, die Aufzüge voller Pisse und Scheiße, und daß in den Häuserschluchten so viel Abfall herumflog, daß man sich irrtümlich auf der städtischen Müllkippe wähnte. Vielen Dank, Mrs. Thatcher.

Ich ging weiter zur Ecke und blickte in die schmale Gasse zwischen den Häuserreihen, wobei ich mich zu erinnern versuchte, in welchem Block sich Cheries Wohnung befand. Ich wußte noch, daß es die oberste Etage war und die linke Seite. Ich würde es wiedererkennen, wenn ich davorstand, aber wenn ich es vermeiden konnte, vier Stockwerke hochzukraxeln, wäre mir das weitaus lieber. Es war niemand da, den ich fragen konnte. Um halb zehn an einem Sonntag morgen ist nicht viel los in dem Viertel, wo ich wohne. Ich machte mich an den Aufstieg und ließ mir noch einmal durch den Kopf gehen, was ich von Daniels und Waynes Mum wußte.

Cherie war eine blasse Dreißigjährige, die aussah wie Vierzig, außer wenn sie lächelte und ihre hellblauen Augen leuchteten. Sie lächelte nicht sehr oft. Sie war alleinstehende Mutter. Das war praktisch nie anders gewesen, obgleich sie acht Jahre mit Eddy Roberts verheiratet gewesen war. Eddy war Fallschirmspringer und hatte sich in die Gewalt verliebt, lange bevor Cherie auf der Bildfläche erschien. Sie hatten in einem Augenblick geistiger Umnachtung geheiratet, als er darauf wartete, zu den Falklandinseln verschifft zu werden, um Mrs. Thatcher zu ihrer zweiten Amtsperiode zu verhelfen. Als Rückkehrer hatte er den Kopf voll mit Uniformen und Stechschritt und war gerade verrückt genug, um für dienstuntauglich erklärt zu werden. Er blieb so lange, wie es nötig war, um Cherie zu schwängern. Daniel war nicht viel mehr als eine kleine Kaulquappe, da war Cheries Glücksritter schon wieder weg und kämpfte in einem fremden Krieg in Südafrika. Ein Jahr später ließ er sich noch einmal kurz blicken, verpaßte ihr mehrere Veilchen und ein zweites Baby und verschwand dann nach Mittelamerika.

Der Grund, warum ich das alles weiß, ist Davy. Er war einige Monate lang regelmäßig zu Besuch gekommen, als Cherie eines Abends vor meiner Tür stand. Davy hatte offenbar mit meinen brillanten Fähigkeiten als Privatdetektivin angegeben, denn Cherie hatte einen Auftrag für mich. Sie erklärte gleich zu Beginn, daß sie es sich nicht leisten könne, mich mit Geld zu bezahlen, bot mir jedoch einen Tauschhandel an. Ihr Putzen und Bügeln gegen meine Ermittlungsarbeit. Ich war versucht anzunehmen, bis sie mir Näheres über den Job erzählte. Sie wollte, daß ich Eddy fand. Nicht, weil sie ihn zurückhaben wollte, sondern weil sie die Scheidung wollte.

Ich hatte ihr behutsam erklärt, daß Mortensen & Brannigan keine Vermißtenfälle übernimmt, was im übrigen die volle Wahrheit ist. Ich merkte, daß sie mir nicht glaubte, obwohl ich mir eine Stunde Zeit nahm, ihr Vorschläge zu machen, wie und wo sie ihren fahrenden Ehemann aufspüren könnte. Unsere Beziehung wurde nicht besser, als der Name der Agentur zwei Monate später wegen eines sehr schlagzeilenträchtigen Vermißtenfalls, den ich gelöst hatte, in allen Zeitungen stand... Seither war sie, wenn wir uns in der Post oder auch im Wartezimmer des Zahnarztes begegneten, kühl-höflich und ich wohl mehr oder weniger förmlich. Keine sehr vielversprechende Vorgeschichte für ein erfolgreiches Gespräch.

Beim dritten Versuch war mir das Glück hold. Ich erkannte Cheries Tür gleich, als ich auf dem Treppenabsatz anlangte. Daniels Ninja-Turtle-Stickers waren unverkennbar und offenbar schwer zu entfernen. Nichts ist einem Halbwüchsigen peinlicher als die Spuren seines Kults vom letzten Jahr. Ich holte tief Luft und klopfte. Keine Reaktion. Ich ließ den Deckel des Briefschlitzes fallen und wurde mit einem leisen Trippeln hinter der Tür belohnt. Der Knauf drehte sich, die Tür ging ein paar Zentimeter auf, mit vorgelegter Kette, und der Lärm eines Fernsehers schlug mir entgegen, aber ich konnte niemanden sehen. Dann sagte ein Stimmchen: »Hallo«, und ich korrigierte meine Blickhöhe nach unten.

»Hallo, Daniel«, sagte ich zu der Gestalt im Schlafanzug. Die Chance, daß ich recht hatte, stand fünfzig zu fünfzig.

»Ich bin Wayne«, sagte er. Hoffentlich war das kein Zeichen der Götter.

»Entschuldige. Hallo, Wayne. Ist deine Mum da?«

Er zuckte die Achseln. »Sie ist im Bett.«

Bevor er noch mehr sagen konnte, sah ich im Hintergrund eine blaßblaue Silhouette und hörte Cherie scharf sagen: »Wayne. Komm da weg. Wer ist das?«

Ich schob meinen Kopf in den Türspalt und sagte: »Hallo, Cherie. Ich bin's, Kate Brannigan. Entschuldige, wenn ich dich geweckt habe, aber könnte ich kurz mit dir sprechen?«

Cherie erschien in einem verschossenen Frotteebademantel in der Tür und schob Wayne zur Seite. »Ich hab nicht geschlafen.«

Da war ich aber froh. Sie hätte ernstlich schwerhörig sein müssen, um bei der Lautstärke, nach der ihre Kinder anscheinend süchtig waren, schlafen zu können. »Ja, gut«, sagte ich diplomatisch.

»Worum geht's?« fragte sie.

»Ich wollte mit dir sprechen. Ähm... Kann ich reinkommen?«

Cherie wirkte mißtrauisch. »Wenn du willst«, stieß sie unwillig hervor.

»Ich will nicht, daß das ganze Haus mithört«, sagte ich in dem

Bemühen, nicht den Anschein zu erwecken, als wollte ich sie terrorisieren.

»Ich habe mich für nichts zu schämen«, sagte sie trotzig. Sie löste die Kette und zog die Tür so weit auf, daß ich hineingehen konnte. Sie streckte hinter mir den Kopf heraus und schaute rasch nach rechts und links, ob mich jemand auf dem Treppenabsatz gesehen haben könnte.

Ich drückte mich gegen die Wand, damit sie an mir vorbeigehen und mich ins Wohnzimmer führen konnte. »Raus«, sagte sie knapp. Daniel rappelte sich widerstrebend vom Sofa auf und ging aus dem Zimmer. Cherie schaltete den Fernseher aus und starrte mich angriffslustig an. »Willst du 'ne Tasse Tee?« Es war eine Herausforderung.

Ich nahm das Angebot an. Während sie in der Küche war, sah ich mich um. Der Raum war peinlich sauber und so ordentlich wie meine Wohnung an einem guten Tag. Dafür, daß sie zwei Kinder hatte, war es beeindruckend. Nur schade, daß sie nicht genug Geld hatte, um die schäbige Einrichtung zu ersetzen. Der Kunstlederbezug des Sofas war an einigen Stellen mit Packklebeband ausgebessert, an anderen war er völlig durchgescheuert. Die Wände waren mit einer Vinyltapete in verschiedenen Mustern beklebt, ganz augenscheinlich Restrollen. Aber die Farbe war noch weiß, wenn auch nicht mehr ganz gestochen, und sie hatte den Geschäftsführer eines Videoladens überredet, ihr einige Filmposter zu überlassen, um die Wohnung aufzupeppen.

»Genug gesehen?« wollte Cherie wissen, als sie auf bloßen und leisen Füßen aus der Küche zurückkam. Ich hätte nichts über ihr Heim sagen können, das nicht gönnerhaft geklungen hätte, deshalb sagte ich nichts und nahm nur brav den Becher Tee, den sie mir hinhielt. »Kein Zucker da«, sagte sie. »Ich hab keinen mehr.«

»Ist schon gut, ich brauche keinen.«

Die Tür ging einen Spalt auf und der Kopf und eine Schulter von Daniel tauchten auf. »Wir gehen zu Jason rüber und gucken uns ein Video an«, sagte er.

»Na schön. Benehmt euch, hörst du?«

Daniel grinste. »Das hättest du wohl gern, Mum«, sagte er kichernd. »Bis später.«

Cherie wandte sich wieder mir zu. Sie hatte schnell ihr schulterlanges mausbraunes Haar gebürstet, doch sehr viel hatte das an ihrer äußeren Erscheinung nicht geändert. Sie sah nach wie vor eher aus wie eine Frau am Ende ihres langen Tagewerks als am Anfang. »Also worüber wolltest du mit mir sprechen?«

Ich trank einen Schluck von dem starken Tee und sprang gleich ins kalte Wasser. »Etwas, das gestern passiert ist, macht mir große Sorgen, und dir wird es vermutlich ebenso ergehen. Davy ist für eine Woche hier. Gestern morgen war er draußen spielen, und als er wieder reinkam, war er in schlimmem Zustand. Er war völlig überdreht, ihm war übel, und er hatte Fieber. Ich habe eine Freundin, die Ärztin ist, kommen lassen, damit sie ihn sich ansieht. Kurz und gut, er war vollgepumpt mit Drogen.«

Kaum hatte ich ausgesprochen, da legte Cherie auch schon los. »Und das muß was mit meinen Kindern zu tun haben, ja? Es können nicht welche von diesen netten Mittelklassekids aus deiner Straße gewesen sein, nein? Was glaubst du wohl, wie die Kids hier an das Geld für Drogen rankommen sollen?«

Auf diese Frage war ich nicht vorbereitet. Wenn ich ihr die Überfälle, Einbrüche und den Mißbrauch von Sozialleistungen ins Gedächtnis rief, die ganz unten zum täglichen Leben gehören, würde ich auf keinen Fall die Antworten erhalten, auf die ich aus war. »Ich gebe deinen Jungs nicht die Schuld, Cherie. Soweit ich weiß, sind sie ebenso die Opfer wie Davy.«

Das war auch nicht die richtige Antwort. »Unterstell meinen Jungs ja nicht, sie nähmen Drogen«, sagte sie drohend, und ihre Augen glitzerten wie schwarzes Eis. »Im Vergleich zu dir besitzen wir vielleicht nicht viel, aber ich kümmere mich um meine Kinder. Du schämst dich wohl gar nicht, wie?«

An diesem Punkt konnte ich mich nicht mehr zurückhalten. »Wirst du mir um Himmels willen mal zuhören, Cherie?« fauchte ich. »Ich bin nicht hier, um dir oder deinen Kindern das Leben schwerzumachen. Davy ist etwas Schlimmes, etwas Gefährliches passiert, und ich will nicht, daß es anderen Kindern passiert. Nicht deinen, nicht denen anderer Leute. Wenn du und ich uns gegenseitig unsere Vorurteile an den Kopf knallen, ist das keine Lösung.«

In der darauffolgenden Stille musterte Cherie mich eingehend. Allmählich verschwand der verdrossene Ausdruck von ihrem Gesicht. Aber ihr Blick blieb mißtrauisch. »Na schön. Ich hab mich an dir abreagiert. Neulich waren diese Mistkerle vom Sozialamt bei mir, sie zogen ihre Nummer ab, daß Eddy keinen Unterhalt zahlt, und ich müßte doch wissen, wo er steckt.«

Ich verzog das Gesicht. »Da kann man sich einen beliebigen Krieg aussuchen.«

»Das hab ich ihnen auch mehr oder weniger gesagt. Na ja, was hat diese Sache mit Davy mit mir zu tun?« Ihr Blutdruck hatte sich wieder normalisiert, und ihre Augen mit den dunkelblauen Ringen darunter blickten wieder stumpf. Sie setzte sich auf die Armlehne des Sofas und sah mich fest an.

»Die Droge wurde durch die Haut absorbiert. Von diesen Abziehtattoos, mit denen die Kids sich überall bekleben. Der Ärztin, meiner Freundin, zufolge sind die Tattoos mit Stoff präpariert. Ich weiß nicht, warum. Vielleicht, um die Kids auf den Geschmack zu bringen. Du weißt schon, ein paar Gratisproben, damit sie sich daran gewöhnen, dann heißt es, sorry, du mußt schon ein bißchen Kleingeld rüberschieben.«

Cherie holte eine Schachtel Billigzigaretten aus der Tasche ihres Morgenmantels und steckte sich eine an. »Ich hab meine zwei auch schon mit Abziehbildchen gesehen«, gab sie zu. »Ich weiß, daß sie die von einem der anderen Kids gekriegt haben müssen, weil ich ihnen die Sticker nicht kaufe, und manchmal hatten sie welche, obwohl sie kein Geld hatten. Aber ich hab sie nie high gesehen oder so was. Na ja, so wie die sich gegenseitig hochpuschen, kann man wohl nie wissen«, fügte sie hinzu. Ein verbissen vorgetragener Scherz, aber ein Scherz.

Ich erwiderte ihr zaghaftes Lächeln. »Das Problem scheint zu sein, daß Davy eine Überdosis Abziehbilder und damit von der Droge abbekommen hat. Er schwärmt dafür. Wenn man ihn ließe und ihm das Taschengeld für ein Jahr gäbe, würde er sich von Kopf bis Fuß damit zupflastern. Besonders wenn es welche von ›Thunderbird‹ sind. Davy sagt, gestern habe er mit Wayne und Daniel gespielt. Ein Junge, den er nicht kannte, gab ihm die Abziehbilder, und er scheint ihm so viele gegeben zu haben, wie Davy wollte. Er sagt, er dachte, es sei in Ordnung, weil Wayne und Daniel den Jungen kannten.«

»Du willst meine zwei fragen, wer dieser Junge war?« sagte Cherie mit der resignierten Haltung einer Frau, die daran gewöhnt ist, daß ihre Autonomie beständig von den Mittelklasse-Scheißtypen mit Füßen getreten wird. Früher hätte ich mich beleidigt gefühlt, für eine Vertreterin der Mittelklasse gehalten zu werden, aber sogar mir selbst kann ich nicht mehr vormachen, daß ich eine Heldin der Arbeiterklasse bin.

Ich schüttelte den Kopf. »Wenn es dir nichts ausmacht, möchte ich lieber, daß du sie fragst. Du wirst wahrscheinlich eher die Wahrheit aus ihnen herausholen als ich. Sie würden bloß denken, daß ich sie ausquetschen will.«

Cherie prustete. »Bei mir werden sie wissen, daß ich sie ausquetschen will. Na schön, ich frag sie, wenn ich sie sehe. Bis dahin wird es allerdings noch ein paar Stunden dauern. Wenn sie sich erst mit einem Haufen Videos eingeigelt haben, vergessen sie völlig die Zeit.«

»Großartig. Wenn du irgendwas rauskriegst, kannst du mir Bescheid sagen? Ich bin viel unterwegs, aber vermutlich ist jemand nebenan bei Richard. Oder schieb einfach einen Zettel unter der Tür durch. Ich wäre dir wirklich dankbar.« Ich stand auf.

»Willst du die miesen Typen den Cops ausliefern?« fragte Cherie. Hinter ihrer kaltschnäuzigen Fassade spürte ich Angst.

»Ich finde nicht, daß Leute, die an Kinder Drogen verteilen, frei herumlaufen sollten, du?«

Cherie schüttelte den Kopf, sie machte ein mutloses Gesicht. »Wenn man einen einsperrt, nehmen zehn neue seinen Platz ein.«

»Dann sollen wir sie einfach weitermachen lassen?«

»Quatsch. Ich dachte nur, du kennst Leute, die ihnen das Dealen mit Drogen ein für allemal austreiben könnten. Und auch allen anderen, die es für eine aussichtsreiche Karriere halten.«

Die Menschen haben komische Ideen, mit was für Leuten eine Privatdetektivin so verkehrt. Mich beunruhigte dabei nur, daß Cherie völlig recht hatte. Ich wußte genau, an wen ich mich wenden konnte.

15. Kapitel

Ruth war nicht müßig gewesen, während sie auf mich wartete. Ich entdeckte sie am anderen Ende des Hotelcafés hinter dem ›Independent on Sunday‹. Auf dem Tisch vor ihr standen bereits ein Korb mit Croissants und eine Platte mit kaltem Braten und verschiedenen Sorten Käse. Schlagsahne in der Form eines Alpenpanoramas zerschmolz in ihrer heißen Schokolade, und irgendwie hatte sie es geschafft, einen ganzen Krug frisch gepreßten Orangensaft für sich allein zu bekommen. Zum Glück hatte sie einen Tisch am Fenster ausgewählt, von dem man die Quays im Blick hatte. Auf dem Weg zu dem Treffen mit ihr war ich an Terry Fitz' Haus vorbeigefahren und hatte zu meiner Erleichterung gesehen, daß der Supra in der Einfahrt stand und die Vorhänge noch zugezogen waren. Vom Hotel aus könnte ich beobachten, ob er das Haus verließ.

Ich setzte mich und sagte: »Wenn ich plötzlich verschwinde, dann hat das nichts mit dir zu tun.«

Sie ließ die Zeitung sinken und stöhnte. »O Gott, doch kein Melodrama beim Sonntagsbrunch? Offen gestanden, ich begreife jetzt, warum du vor Jura gekniffen hast. War nicht aufregend genug, um dich bei der Stange zu halten.«

»Ich ziehe keine Schau ab«, gab ich gereizt zurück. »Ich versuche, Richard aus dem Knast zu holen.«

»Das versuchen wir beide«, sagte Ruth gelassen, legte ihre Zeitung weg, griff nach einem Croissant und tunkte ihn in ihre Schokolade. Mir war leicht übel. »Irgendwelche Fortschritte?« fragte sie.

Ich brachte sie auf den neuesten Stand. Damit füllte ich nicht mal die Zeitspanne, bis mein Kaffee und der Vollkorntoast, den ich bestellt hatte, kamen. Ruth hörte aufmerksam zu, während sie ihren matschigen Croissant aß. »Faszinierend. Eine ganz neue Art, Drogen unter die Leute zu bringen. Klingt vielversprechend für Richard«, sagte sie, als ich verstummte. »Aber du wirst mehr Beweise brauchen, damit wir das Drogendezernat davon überzeugen können, daß Richard völlig ahnungslos war.«

»Was steht als nächstes auf dem Programm, aus deiner Sicht?« fragte ich.

»Das hängt bis zu einem gewissen Grad von dir ab. Wenn du bis

Dienstag morgen genug in der Hand hast, um das Drogendezernat auf Trab zu bringen, dann habe ich eine kleine Chance, am Mittwoch eine Freilassung gegen Kaution zu erwirken.«

»Wie klein?« fragte ich.

Ruth musterte den kalten Braten und spießte eine Scheibe Räucherschinken auf die Gabel. »Ich müßte lügen, wenn ich behauptete, daß es gut für uns aussieht. Wenn das fehlschlägt, kann ich es noch mit einem kurzen Aufschub versuchen, sagen wir eine Nacht oder zwei Tage, mit dem Argument, daß Ermittlungen laufen, die innerhalb von vierundzwanzig Stunden ein bedeutend anderes Bild ergeben könnten. Wenn das Drogendezernat dann eine erfolgreiche Operation aufgrund deiner Informationen durchführt, besteht die Chance, daß wir Richard gegen Kaution freibekommen. Zu erreichen, daß die Anklage fallengelassen wird, dauert ein wenig länger, aber zumindest braucht er nicht im Gefängnis zu schmachten, während ich daran arbeite.« Sie brach einen Croissant durch und belegte ihn mit Schinken und einer Scheibe Käse. Ich beneidete sie um ihren Appetit. Mißmutig starrte ich auf den Toast und goß mir eine Tasse Kaffee ein.

Mir blieb nicht einmal mehr Zeit, Milch hinzuzufügen. Ein Lichtblitz, als sich die Sonne auf der Windschutzscheibe von Terry Fitz' Wagen brach, schreckte mich auf. Er bog aus seiner Einfahrt. Ich rannte sofort los. »Entschuldige!« rief ich Ruth noch zu. »Schick mir die Rechnung.«

»Keine Sorge«, rief sie. »Ich setze es auf die Spesenrechnung meines Klienten.«

Und ich dachte, ich frisierte schon meine Rechnungen. Eines hat der Umgang mit Rechtsanwälten für sich: Man kommt sich selbst wie ein richtiger Tugendbold vor.

Diesmal fuhren wir über die M 6. Zuerst hatte ich keinerlei Probleme mit der Beschattung, da der halbe Nordwesten Englands offenbar beschlossen hatte, den Sonntag unbedingt in einem Verkehrsstau auf der Autobahn zuzubringen. Hinter Blackpool wurde es besser, aber auch hier waren noch viele Familien unterwegs, die den traditionellen Sonntagsstreit auf der Strecke zu den Seen ausfochten. Der Supra drängelte ungeduldig auf der Außenspur mit aufgeblendeten Scheinwerfern, aber er hatte wenig Möglichkeiten, so richtig loszulegen, bis der Verkehr nach der Windermere-Abfahrt dünner wurde. Dann drehte er voll auf. Ich hoffte inständig, daß Terry Fitz seine Augen nach Verkehrskontrollen offenhielt, als ich sah, wie die Tachonadel über hundertsechzig Sachen kletterte. Ein Fahrverbot hatte mir jetzt gerade noch gefehlt.

Er verlangsamte sein Tempo, als wir uns der Abfahrt nach Carlisle näherten, und ich hielt mich zurück, um erst im letzten Augenblick in seinem Kielwasser von der Autobahn in die Ausfahrt abzubiegen. Sein Ziel war nur fünf Minuten Fahrt von der Autobahn entfernt, ein weitläufiger Betonbunker von Pub, genau zwischen einer Nachkriegssozialsiedlung kleiner Reihenhäuser, die wie Doppelhäuser aussehen sollten, und einer Siedlung bescheidener Eigenheime aus den Siebzigern, deren Bewohner – Handelsvertreter, Fabrikmeister und Verkaufsleiter – sich für die Hypotheken abstrampelten. Ich rollte am Harvester Moon Inn vorbei und beobachtete, wie der Supra neben dem Transporter hielt, den ich vom Tag zuvor wiedererkannte. Ich stoppte, drehte meinen Rückspiegel herum und sah, wie Terry Fitz aus dem Wagen stieg, einen schwarzen Müllsack vom Rücksitz nahm und in den Pub hineinging.

Ich parkte um die Ecke und ging zurück zum Pub. Die Tafel stand draußen vor dem Haupteingang, sie kündigte die heutigen Auktionen für vierzehn und siebzehn Uhr im Gesellschaftsraum des Pubs im oberen Stockwerk an. Schon beim bloßen Gedanken daran deprimiert, schleppte ich mich hinein. Es war ein großes, scheunenartiges Lokal, willkürlich durch einen Holzschirm in Kopfhöhe in Bar und Gastraum unterteilt. Nun ja, Kopfhöhe für eine Person, die ein wenig größer war als meine einssiebenundfünfzig. Das ganze Lokal bedurfte dringend einer Überholung, doch nach dem verzweifelten Ton der Mitteilungen an den Wänden zu schließen, warf es nicht genügend Geld ab, um die Brauerei zu der nötigen Geldspritze zu bewegen. Montagabends stieg »Das tollste Remmidemmi in der Stadt«, dienstags war »Offener Dartswettbewerb, Preise in Bargeld«, mittwochs war »Damenabend! Mit den Spezialcocktails des Hauses«, der Donnerstag bot »Laser-Karaoke, die echte Gelegenheit für Talente!«, während freitags »Disko! Tanzt Lambada mit Lenny. Der König der heißen Scheiben im Harvester« angesagt war. Und da sagt man, daß Manchester ein Provinznest ist.

Die Kundschaft machte einen geringfügig besseren Eindruck als die heruntergekommene Einrichtung. Natürlich waren es mehr Männer als Frauen, da ja jemand das Hähnchen in den Ofen schieben mußte. Ich kam mir fehl am Platz vor, nicht aufgrund meines Geschlechts, sondern weil ich als einzige aus den Stammesritualen der Einheimischen ausgeschlossen war. Die Gäste saßen oder standen in Grüppchen zusammen und pflegten eine Geselligkeit, die augenscheinlich eine feste Sonntagmittagstradition war, mit gleichbleibendem Teilnehmerkreis. Ich ging weiter, an der Bar vorbei, wobei ich einige neugierige Blicke auf mich zog, und durch eine Hintertür, auf der »Harvester Saloon« stand. Sie führte in ein kleines Foyer mit einer Treppe nach oben und einer Doppeltür zum Parkplatz. Da es bis zur Auktion noch eine halbe Stunde dauerte, war ich der Bevölkerung von Carlisle offenbar zuvorgekommen.

Ich ging wieder zum Auto zurück und fuhr durchs Stadtzentrum, bis ich auf einen China-Imbiß neben einem Tante-Emma-Laden stieß. Auf der Rückfahrt mampfte ich Hähnchen süßsauer, das verdächtig würfelförmig aussah, und hatte eine Tüte Äpfel für hinterher, um mein Gewissen zu beruhigen. Ich reihte mich nur wenige Minuten vor Beginn in die Schlange für die Auktion ein. Diesmal blieb ich zurück, als alle hintereinander eintraten, so daß ich mir die Kunden genauer ansehen konnte. Die Auktion lief nach dem gleichen Muster ab wie am Abend zuvor. Der einzige Unterschied war, daß Molloy, der Kopf, nur vierzig Flaschen Parfüm anbot. Ich schrieb das der etwas kleineren Menge zu, die sie auf die Beine gebracht hatten. Als wir zu den Katze-im-Sack-Losen kamen, behielt ich Terry Fitz genau im Auge.

Gestern abend hatte ich nicht nur Glück gehabt. Sobald Molloy die Fünfzig-Pfund-Lose ankündigte, erschien Terry mit einem schwarzen Müllsack, der mit den anderen identisch war. Aber er brachte ihn direkt zu einem Kunden hinüber, den ich bereits als den wahrscheinlichsten Kandidaten ausgeguckt hatte. Ebenso wie auf der Veranstaltung des gestrigen Abends trug er als Erkennungszeichen eine schwarze Lederjacke und eine rote Baseballmütze. Es war ein anderer Mann, zweifellos. Aber die Kleidung war die gleiche.

Sobald ich Zeugin der Übergabe geworden war, schlängelte ich mich aus dem Publikum und rannte nach unten. Ich schlüpfte durch die Tür zum Gastraum und hielt sie einen Spalt auf. Wie ich erwartet hatte, kam Rotkäppchen kurz nach mir. Er nahm sich nicht einmal die Zeit, sich umzusehen, sondern ging direkt hinaus auf den Parkplatz. Ich war hinter ihm, bevor er hundert Meter zurückgelegt hatte.

Es war nicht schwer, ihn zu beschatten. Er wippte beim Gehen prahlerisch auf seinen teuren hohen Turnschuhen, seine rote Mütze hüpfte keck hin und her. Über den Parkplatz, über die Straße und in die Sozialsiedlung. Wir gingen etwa eine halbe Meile durch die Siedlung, bis wir zu drei Blöcken niedriger Wohnhäuser in H-Form kamen. Rotkäppchen hielt auf den mittleren Block zu und verschwand in einem Treppenhaus. Vorsichtig ging ich ihm hinterher und hielt mich eine ganze Etage unter ihm, als er hinaufstieg. Ich sah flüchtig seine Jacke, als er im dritten Stock das Treppenhaus verließ, und rannte bis zum letzten Stock. Als ich von der Treppe auf die Galerie kam, sah ich gerade noch eine Tür hinter ihm zufallen. Ich versuchte so zu tun, als gehörte ich hierher, und schlenderte die Galerie entlang. Es war die dritte Tür gewesen. Das Glas war überstrichen, und schwere Vorhänge verdunkelten die Fenster. Ich machte kehrt und ging zurück, wobei ich Ausschau nach einem günstigen Beobachtungspunkt hielt.

Ein Flügel der Anlage erweckte den Eindruck, als werde dort renoviert oder abgerissen. Die meisten Fenster waren mit Brettern zugenagelt, und es war kein Zeichen von Leben zu entdecken. Ich lief die Treppe hinunter und hinüber zu dem leerstehenden Block. Natürlich war das Treppenhaus ebenfalls verrammelt. An der Tür hatte man ein Vorhängeschloß angebracht, das Gehäuse war jedoch schon vor einiger Zeit, wie es aussah, aufgebrochen worden. Ich zog die Tür so weit auf, daß ich hindurchschlüpfen konnte, und stieg im Halbdunkel vorsichtig die Stufen hoch. Nach dem wenigen, was ich ausmachen konnte, sah es nach einer HIV-Brutstätte aus, unter meinen Füßen glitschten Kondome und knirschten Spritzen. Als ich die erste Etage hinter mir gelassen hatte, wurde es heller und sauberer. Ich ging bis zum vierten Stock hoch und kam auf einer in schiefem Winkel zu Rotkäppchens Tür liegenden Galerie hinaus. Dann machte ich mich ans Warten.

Nach einer halben Stunde war viermal Besuch in die Wohnung gekommen: zwei einzelne Jugendliche, ein Pärchen unter Zwanzig und zwei Jungen mit einem Mädchen im Schlepptau. Rotkäppchen hatte allen selbst geöffnet, und sie waren hineingeschlüpft, nur um nach weniger als fünf Minuten mit weitaus glücklicheren Gesichtern wieder herauszukommen. Ich habe schon Apotheken mit weniger Kundschaft gesehen. Nach dem vierten Besuch dachte ich, daß es an der Zeit war, ein paar hieb- und stichfeste Beweise zu sammeln, Risiko hin oder her, daher verließ ich meinen Ausguck und lief zum Auto. Ich fuhr in die Eigenheimsiedlung, so dicht wie möglich an die Sozialsiedlung heran. Ich wollte den Wagen nicht an einem so ungeschützten Ort wie dem Parkplatz des Pubs stehenlassen. Ich parkte in einer ruhigen Seitenstraße und öffnete meine Kameratasche. Dann zog ich die khakifarbene Weste an, die Richard mir von einer Geschäftsreise nach L. A. mitgebracht hatte. Sie hat mehr Taschen als ein ganzer Snookerklub. In eine davon steckte ich meine Nikon mit Motorantrieb und schob mein Teleobjektiv in eine Innentasche.

Binnen zehn Minuten war ich wieder im vierten Stock, das Teleobjektiv ruhte auf dem Geländer des Balkons, eingestellt auf Rotkäppchens Haustür, bei eingeschaltetem Motor. Ich brauchte nicht lange zu warten. In knapp einer Stunde hatte ich sechs getrennte Besuchergruppen auf den Film gebannt. Wenn ich nicht den Preis der Frau des Jahres vom Drogendezernat gewann, dann lohnte sich die Teilnahme nicht.

16. Kapitel

Um halb fünf brach ich die Observierung ab und ging zum Wagen zurück. Ich steckte die Kamera weg und wählte statt dessen eine japanische Mini, die in eine bestimmte Tasche der Weste paßt. Die Tasche hat ein Loch, das der Linse der Kamera entspricht. Ich belud die Kamera mit einem superschnellen Film, damit sie ohne Blitzlicht fotografieren konnte, stöpselte das Fernauslösekabel ein und fädelte es so durch das Futter, daß der Knopf sicher in der Tasche lag, in die ich meine Hand stecken würde. Bevor ich mich auf den Weg zu der Fünf-Uhr-Auktion machte, rief ich noch zu Hause an. Keine Reaktion, weder bei mir noch bei Richard, daher nahm ich an, daß sich alle einen schönen Tag machten.

Die Fünf-Uhr-Auktion verlief nach dem gleichen Schema. Wenn ich das noch öfter durchmachen mußte, könnte ich den Job des Auktionators übernehmen. Diesmal stand ich fast ganz vorn in der Schlange und wartete, bis die rote Mütze und die schwarze Lederjacke auftauchten. Diesmal war es kein Mann. Schön zu sehen, daß die Chancengleichheit endlich auch in kriminellen Kreisen ihren Einzug hält. Sie war etwa in meinem Alter, größer, wasserstoffblond und so fahl wie Butter aus der Normandie. Ich schlängelte mich durch die Menge, bis ich seitlich von ihr stand, in perfekter Position für meine Kamera. Die Übergabe vollzog sich wie aufs Stichwort, der dicke Umschlag wurde gegen einen schwarzen Müllsack eingetauscht. Diesmal zwinkerte Terry Fitz. Ich weiß nicht, ob deswegen, weil sie eine Frau war oder weil er sie kannte, zumindest war es das erstemal, daß er sich gegenüber dem glücklichen Empfänger seiner kleinen Pakete etwas anmerken ließ.

Ich erwog, der Frau zu folgen, entschied mich jedoch, lieber bei Terry Fitz zu bleiben. Ich wußte jetzt, an wen der Stoff ging; hingegen wußte ich nicht, von wem er kam. Bei seinem Vorstrafenregister konnte ich mir nicht vorstellen, daß Terry Fitz bereit war, ihn in seinem Haus zu lagern. Ich wartete, bis die Frau mit der roten Baseballmütze einen guten Vorsprung hatte, dann sauste ich vor dem großen Ansturm hinaus und bezog im Wagen Position auf halber Strecke zwischen dem Pub und der Autobahn.

Kurz vor acht brauste Terry Fitz in skandalösem Tempo an mir vorbei. Auf dem Rückweg steckten wir wieder im Wochenendverkehr fest, dennoch waren wir gegen halb zehn in Salford. Als wir auf die Quays einbogen, vergrößerte ich den Abstand. Ich war gut eine halbe Meile hinter ihm, als er vor seinem Haus auf der Straße hielt. Er sprang aus dem Wagen, marschierte den Weg hoch und öffnete die Garage. Sekunden später tauchte er am Steuer des Escort Cosworth wieder auf, der immer noch die provisorischen Kennzeichen trug.

Ich wartete, bis er an mir vorbeisauste, wobei er sich wie eine Concorde mit Frosch im Hals anhörte, erst dann wendete ich den Peugeot und raste in seinem Kielwasser los. Zurück auf die Autobahn, weiter auf die M 63, diesmal nach Süden in Richtung Stockport. Als wir über die Barton Bridge fuhren, den erhöhten Abschnitt über dem Manchester Shit Canal (so genannt wegen der Kläranlagen, die sich an seinen Ufern drängen), blieb ich direkt auf der Schnellspur. Eines Nachts hätte ich auf der Barton Bridge um ein Haar erfahren, ob es ein Leben nach dem Tode gibt oder nicht, und das hatte mein Vertrauen in die Leitplanken doch ziemlich erschüttert.

Als wir von der Brücke abfuhren, atmete ich wieder aus. Bis hinter Trafford Park und Sale hing ich an seinen Rücklichtern, verlor ihn jedoch fast, als er quer über drei Verkehrsspuren fuhr, um auf die Zufahrtsstraße zur M 56 und zum Flughafen zu brausen. Wir blieben nicht lange auf der Autobahn. An der Kreuzung zu der weitläufigen Sozialsiedlung Wythenshawe bog er ab, umfuhr das Einkaufszentrum und hielt auf das entfernte Ende des Flughafens zu, drüben bei den Frachthallen. Die Sache wurde allmählich haarig.

Der Cosworth bog rechts in einen schmalen Fahrweg ein, der längs der Umzäunung des Flughafens verlief. Ihm dort zu folgen, war ein riskantes Unternehmen. Seufzend löschte ich mein Licht und fuhr hinterher. Mein Wagen war schwarz, das hieß, daß ich weniger Angst vor Entdeckung zu haben brauchte. Der Nachteil war, daß jeder, der mir entgegenkam, mich auch nicht sehen würde. Was wir so alles aus Liebe tun.

Der Fahrweg verlief recht gerade, deshalb schaffte ich es mühelos, die Lichter des Cosworth etwa über eine Meile im Blick zu behalten, dann, ganz unvermittelt, verschwanden sie scharf nach rechts. Zeit für ein Glücksspiel. Da rechts der Flughafen war, glaubte ich nicht, daß Terry Fitz auf einen weiteren kleinen Fahrweg abgebogen war. Ich kam zu dem Schluß, daß er am Treffpunkt angekommen war. Ein paar hundert Meter weiter vorn auf der linken Seite entdeckte ich ein Weidegatter, fuhr hindurch und stellte den Motor ab. Ich stieg aus dem Wagen und schob sacht die Tür zu. Das Klicken des Schlosses ließ mich zusammenzucken, aber ich sagte mir, daß es wohl nicht weit zu hören war, nicht so dicht am Flughafen.

Ich sah mich ausgiebig um, bevor ich den Fahrweg überquerte und mich vorsichtig zu der Stelle begab, wo der Cosworth verschwunden war. In der Hecke gab es eine schmale Lücke, und ich schob meinen Kopf hindurch. Ein zerfurchter, steiniger Pfad führte einige Meter von der Straße weg und dann in scharfem Winkel zu der Doppeltür eines Holzgebäudes. Kleiner Schuppen, große Garage, wie man will. Der Cosworth stand draußen, er war neben einem Mercedes 300 SL mit dem persönlichen Kennzeichen TON 1 K geparkt. Oben an der Tür sah ich einen dünnen gelben Lichtstreifen, jedoch sonst nichts. Die eine Seite des Schuppens war nur wenige Meter vom Flughafenzaun entfernt.

Wo ich momentan stand, kam ich mir extrem ungeschützt vor, deshalb lief ich um die Biegung der Hecke und untersuchte sie dabei. An ihrem Ende war eine weniger dichte Stelle, ich zwängte mich ins Gesträuch und versuchte, nicht an all die nachtaktiven Lebewesen zu denken, die das englische Land bevölkern. Wenn man mich fragt, würde mich das Aussterben von Mäusen, Ratten und den meisten anderen kleinen Pelztieren mit scharfen Zähnen nicht sonderlich betrüben. Ganz zu schweigen von den Krabbeltierchen, die nach einem Blick auf meine Haare beschließen könnten, dort eine weit gemütlichere Wohnstätte zu finden als in dem wirren Labyrinth der Hecke.

Ich schauderte unwillkürlich, und von der Hecke kam ein Rascheln, das wie eine Kreuzung aus ›Die Sturmhöhe‹ und ›Der Wind in den Weiden‹ klang. »Reiß dich zusammen«, murmelte ich vor mich hin. Ich holte tief Luft, und meine Nase füllte sich mit Staub. Wie vorauszusehen, spürte ich, so wie eine zimperliche Romanheldin allerschlimmster Sorte, wie ein Niesen in meiner Nase aufstieg. Ich kniff mir so fest in die Nasenwurzel, daß meine Augen tränten, doch nicht so sehr, daß ich übersehen hätte, wie die Garagentür sich öffnete. Terry Fitz erschien in der Tür und rief nach hinten: »Kein Problem, ich melde mich unter der Woche bei dir«, und ging flink zu seinem Cosworth.

Er hatte drei Tragetaschen von Sainsbury's bei sich, und ich glaubte nicht, daß er die ganze Strecke zum Flughafen gefahren war, um Lebensmittel abzuholen. Er öffnete den Kofferraum. Im Schein der Innenleuchte sah ich, wie er den Teppich anhob und die Tragetaschen darunter verstaute. Wie es aussah, hatte er sie in die Mulde gestopft, in der der Ersatzreifen stecken sollte. Fitzgerald warf den Kofferraum zu und stieg ein. Er wendete, dann brauste er los und hinterließ eine Staubwolke, die im Mondlicht schwebte. Ich dachte nicht eine Sekunde lang daran, ihm zu folgen.

Statt dessen wartete ich, um zu sehen, wer sonst noch in der Garage war. Ich glaubte nicht, daß jemand, der ein solches Fahrzeug besaß, die Nacht da drinnen verbringen würde. Außerdem wußte ich, da Richard hinter Gittern saß, nichts Besseres mit meinem Sonntagabend anzufangen.

Es verstrich eine lange halbe Stunde ohne ein Lebenszeichen. Plötzlich schwang die Tür auf. Bevor ich sehen konnte, wer herauskam, ging das Innenlicht aus. Ein großer, stämmiger Mann in einem Überzieher trat heraus und wandte mir den Rücken zu, als er zwei dicke Vorhängeschlösser an den massiven Stahlstangen befestigte, die die Tür sicherten. Immer noch mit dem Rücken zu mir, ging er dann zu dem Mercedes. Ich kämpfte mich rückwärts aus der Hecke, trat auf den Pfad hinaus, wo er mich nicht sehen konnte, und rannte zum Fahrweg zurück, als sein Motor ansprang. Ich schätzte, daß mir zwei Minuten blieben, während er den großen Wagen wendete. Mit ein wenig Glück würde er in die Richtung fahren, in die mein Wagen zeigte, und ich könnte ihn einholen. Wenn ich ihn verlor, könnte ich zumindest mit dem Autokennzeichen etwas anfangen.

Ich duckte mich hinter das Lenkrad des Peugeot, als seine Scheinwerfer gegenüber der Lücke über die Hecke schwenkten. Die Götter waren mir wohlgesonnen. Er fuhr von mir weg, daher ließ ich den Motor an und fuhr ohne Licht hinterher. Ich kam mir allmählich vor, als spielte ich die Rolle des Deppen in einem miserablen Roadmovie.

Wir waren nur eine Meile von der Hauptstraße entfernt. Ich ließ ihm einen Vorsprung, bevor ich das Licht einschaltete und mich wieder in den Club der ehrbaren Fahrer einreihte.

Hoffentlich wurde dies keine lange Verfolgungsjagd, denn meine Benzinuhr wies mich darauf hin, daß mir bald der Treibstoff ausging. Zumindest war der Mercedes-Mann kein Raser. Man braucht sich wohl nichts mehr zu beweisen, wenn man in soviel Geld herumfährt.

Wir zockelten durch Wilmslow, die Stadt, wo Autohändler nichts verkaufen dürfen, das weniger als eine fünfstellige Summe kostet. Hier sind alle vertreten – Rolls Royce, Porsche, BMW, Mercedes, Jaguar, sogar Ferrari. Knapp vor dem Stadtzentrum bog der Mercedes rechts ab und hielt ein paar hundert Meter weiter auf dem Vorplatz eines kleinen Autohauses. EMJ Autoverkauf. Selbst die Gebrauchtwagen waren weniger als drei Jahre alt.

Der Fahrer stieg aus dem Wagen, schloß die Eingangstür auf und ging in den Ausstellungsraum. Licht flammte drinnen auf. Jetzt wußte ich zumindest, wie Terry Fitz an seine provisorischen Kennzeichen gekommen war. Und wieso er anscheinend auf sündhaft teure Autos stand. Fünf Minuten später ging das Innenlicht aus und der Fahrer stieg wieder in seinen Mercedes. Ich hatte ihn noch immer nicht deutlich genug gesehen, um ihn wiedererkennen zu können. Wir fuhren ins Stadtzentrum zurück. Es herrschte kaum Betrieb; nicht einmal die Designerboutiquen hatten späte Kundschaft angelockt. Wir passierten den Bahnhof und fuhren aus der Stadt hinaus. Inzwischen hatte ich einen Verdacht, wo wir hinfuhren.

Prestbury hat den Statistikfreaks zufolge mehr Millionäre pro Kopf der Bevölkerung als jeder andere Ort in England. Wenn man auf der Geschäftsstraße steht, kann man das nur anhand der Autos, die vor dem Deli und dem Chocolatier geparkt sind, erraten. In Orten wie Prestbury gibt es keine von Asiaten geführten Bonbonläden. Hier gibt es gar nichts, was nicht hundertprozentig auf jahrhundertealte englisch-konservative Tradition zurückgeht. Auf der anderen Seite sieht man in Prestbury auch keine VIPs des Typs Nouveau millionaire, bei deren Anblick die Paparazzi Herzklopfen kriegen. Hier regieren die Industriekapitäne, die grauen Eminenzen, die hohen Tiere, deren Namen den Leuten außerhalb sehr exklusiver Kreise nichts sagen. Man bemerkt allerdings die Vornehmheit. Es gibt keine Gehsteige und Straßenlaternen. Wozu auch, wenn man überall im Auto oder mit dem Pferd hinkommt?

Etwa eine Meile hinter dem Ortskern blinkte der Mercedes, daß er links abbiegen wollte. Ich schaltete den rechten Blinker ein, dann machte ich mein Licht aus und fuhr auf den Seitenstreifen. Morgen früh würde jemand einen mittleren Nervenzusammenbruch kriegen, wenn er meine Reifenspuren sah. Ich sprang aus dem Wagen und sprintete zu dem Tor, das er durchfahren hatte. Dort kauerte ich mich hinter den Torpfosten. Die tief eingemeißelten Buchstaben informierten mich, daß ich mich vor Hickory Dell befand, einem Ort von prunkvoller Häßlichkeit. Das Haus war seitlich an einen Hang gebaut, eine Scheußlichkeit mit Zwischenstock, die die Hälfte aller Obdachlosen von Manchester und dazu noch eine ganze Hochzeitsgesellschaft hätte beherbergen können. Eine Garage für vier Wagen, größer als jedes Haus in meiner Siedlung, stand zu einer Seite. Eine der Garagentüren war geöffnet, die Auffahrt davor von wattstarken Sicherheitsscheinwerfern beleuchtet. Ich hörte leise eine Wagentür zufallen, dann kam der vierschrötige Mann zum Vorschein. Als er sich umdrehte, um zu überprüfen, ob die Tür sich hinter ihm schloß, konnte ich sein Gesicht deutlich sehen.

Ich hatte ihn schon einmal gesehen, kein Zweifel. Das Problem war nur, ich hatte keine Ahnung, wo oder wann.

17. Kapitel

Ich hörte auf zu rennen und ließ mir einige Sekunden Zeit, um herauszufinden, wo ich war. Ich spürte die Schweißtropfen unter meinem Helm, als ich den Kopf hin und her drehte. Ich bog scharf nach rechts und fing wieder an zu laufen. Als ich die nächste Ecke umrundete, verließ mich der Mut. Ich hatte zu lange gezögert. Der Panzer kam direkt auf mich zu und versperrte die ganze Fahrbahn. Verzweifelt machte ich kehrt und sah gerade noch, wie der Helikopter mir den Rückweg abschnitt, indem er einen Steinblock, der wie Granit aussah, auf die Straße fallen ließ.

Ich ergab mich in meine Niederlage, nahm den Helm ab und zog die Handschuhe aus. An der benachbarten Spieleinheit saß Davy unter seinem Helm, eine Hand an dem Joystick, der den Panzer steuerte, die andere Faust stieß er triumphierend in die Luft. Ich hasse Kinder. Sie sind immer besser in Computerspielen, für die Hand-Auge-Koordination wesentlich ist.

Ich klopfte oben auf seinen Helm und löste die Riemen. Widerstrebend ließ er den Joystick los und kletterte von seinem Stuhl. »Die Zeit ist um, Cybernaut«, sagte ich nach einem Blick auf meine Uhr. »Hier wird gleich zugemacht.« Das brandneue VIRUS Centre (Virtual Reality UniverSe, das ist kein Witz) hatte sich als das beste Mittel erwiesen, Davy abzulenken, ohne meinen Kopf anstrengen zu müssen. Es hatte erst vor einem Monat eröffnet, und insgeheim hatte ich danach gelechzt, die zwanzig Spielszenarien auszuprobieren, die in der Hochglanzbroschüre versprochen wurden. Ich hatte zunächst Bedenken, an einem Montag hinzugehen, aber es war überraschend ruhig. Das muß an den Eltern liegen. Nicht, daß ich mich etwa beschwere – ihre Abwesenheit eröffnete mir und Davy mehr Möglichkeiten, uns zu amüsiern.

Ich hätte mich wohl schuldig fühlen sollen, weil ich mich mit Rittern und Magiern vergnügte, während Richard nach wie vor im Gefängnis schmachtete, aber er fand es ja ebenso wichtig, seinem Sohn schöne Stunden zu bereiten, wie seine Freilassung zu erwirken. Außerdem mußte Alexis ohnehin ins Büro, um letzte Hand an das Kinderporno-Exposé anzulegen, das die neueste Kampagne des ›Chronicle‹ ins Rollen bringen sollte. Wenigstens hatte ich sie dazu überredet, Nachforschungen anzustellen, wer auf Hickory Dell lebte.

Wir gingen über den Souvenirladen zum Auto zurück. »Hat's dir Spaß gemacht?« fragte ich. Ziemlich überflüssige Frage eigentlich.

»Es war super. Megageil.« Ich nahm an, daß das eine Zustimmung war. »Es war um Klassen besser als Ice World«, sagte er schlau. »Schlittschuh laufen wird nach einer Weile immer langweilig. Die Knöchel tun dir weh. Und die anderen Sachen waren ziemlich öde. Du weißt schon, die Entdeckung des Südpols und so. Die Puppen sind richtig blöd, und sie machen nichts. Kein Wunder, daß es da so leer war«, fügte er hinzu und fegte damit Alexis' Versuche, für seine Unterhaltung zu sorgen, vom Tisch.

»War das so?« fragte ich, mehr um irgend etwas zu sagen als aus Interesse.

»Da war keine Schlange«, sagte er empört. »Überall, wo es sich lohnt, stehen sonst Schlangen.« Er sah sich im Andenkenladen um, dessen einzige Kunden wir waren. »Ausgenommen dieses Geschäft«, räumte er ein.

Wie bizarr, zu einer Generation zu gehören, für die Warteschlangen ein Zeichen des Erfolgs sind. Ich würde Geld bezahlen, um das Schlangestehen zu vermeiden. Ich bin die Autofahrerin, die keiner leiden kann, die aus der Autoschlange auf der Autobahn ausschwenkt und sich wieder hineindrängt, wo die drei Spuren sich zu zwei verengen. Beinahe hätte ich etwas dazu gesagt, doch Davy wühlte bereits in einer Schachtel mit Abziehbildern.

Ich überließ ihn seinem Gekrame und schlenderte zu dem Schwarzen Brett an der Tür hinüber. Dort hingen Farbfotos von Initiatoren und Stammpersonal des Virus Centre, mit ihren Namen und Positionen versehen. Sie sahen genauso aus wie die Konterfeis am Schwarzen Brett im hiesigen Supermarkt. Ich drehte mich nach Davy um, und plötzlich schaltete mein Unterbewußtsein. Keine Schlange bei Ice World, das Schwarze Brett – beide im Verein hatten meiner Erinnerung endlich auf die Sprünge geholfen. Die Antwort war die ganze Zeit dagewesen, ich war nur zu dusselig gewesen, sie zu sehen.

Als wir zurückkamen, saß Alexis in meinem Wintergarten und tat so, als wäre sie in die Abendzeitung vertieft. Ich wußte, daß es nur Schau war; Chris verriet sie. »Du hattest recht«, sagte sie in überraschtem Ton zu Alexis. »Es war tatsächlich Kates Wagen. Hallo, ihr beiden. War's schön?«

Ein Mehr an Ermutigung brauchte Davy nicht. Er setzte zu einer ausführlichen Schilderung des Virus Centre an. Chris lotste ihn wie ein rettender Engel in die Küche und verführte ihn mit der Verheißung von Fischstäbchen und gebackenen Bohnen. Ich ließ mich aufs Sofa fallen und stöhnte. »Dem Himmel sei Dank, daß es Empfängnisverhütung gibt«, murmelte ich.

»Ich weiß nicht, was du hast«, sagte Alexis. »Er ist doch ein Goldstück. Du solltest mal einen Tag mit meinem Neffen verbringen. Er ist hyperaktiv, und seine Mutter gehört zu der Sorte, die ihre Kinder mit Zusatzstoffen abfüllen. Noch eine Klage von dir, und ich sage dir nicht, was ich heute herausgefunden habe.«

Ich schloß die Augen und lehnte mich zurück. »Der Bewohner von Hickory Dell ist Eliot James«, deklamierte ich. »Der federführende Mann bei Tonik Leisure Services. Besitzer von, unter anderem, Ice World. Das, falls stimmt, was Davy sagt, in Schwierigkeiten steckt. Wenn du an einem kalten Sonntagmorgen kaum Kundschaft hast, wirst du die Rezession nicht ewig überstehen.« Ich öffnete halb ein Auge. Alexis Mienenspiel wandelte sich von Wut über Enttäuschung zu Belustigung. Zu meinem Glück blieb es dabei.

»Keiner kann Klugscheißer leiden«, grummelte sie. »Na schön, Superhirn. Was hast du sonst noch über Jammy James ausgegraben, während du angeblich unseren Kleinen unterhalten hast? Ich weiß nicht, wozu ich mich abrackere, wenn du ohnehin losziehst und alles selber machst!«

Ich setzte mich auf und versuchte, ein schuldbewußtes Gesicht zu machen. »Ich habe nirgends gegraben, das schwöre ich dir. Wie ich heute morgen sagte, ich wußte, daß ich ihn schon mal gesehen hatte, ich wußte nur nicht wo. Dann erzählte mir Davy, daß in Ice World soviel Leben war wie in der Antarktis, woraufhin ich überlegte, wie diese Themenparks wohl ihre Geschäftskosten decken, wenn die Kunden nicht mehr genug Geld haben, um am Wochenende mit der Familie einen Ausflug zu machen. Wir waren im Andenkenladen, und da hängt ein Schwarzes Brett mit den schmeichelhaften Fotos der großen Nummern, die dir weismachen sollen, daß das Unternehmen kundenfreundlich ist. Ich starrte darauf, und dann fiel mir ein, daß ich den Kerl, den ich verfolgt habe, an einem solchen Schwarzen Brett gesehen hatte. Dazu kommt das persönliche Kennzeichen an dem Wagen...«

»Welches persönliche Kennzeichen?« protestierte Alexis. »Du hast mir nie was von einem persönlichen Kennzeichen gesagt!«

Ich lächelte schuldbewußt. »Ich... äh... Ich hab vergessen, es zu erwähnen. TON 1 K. Sorry. Ich hab soviel um die Ohren.«

Alexis schüttelte den Kopf. »Ich weiß nicht. Es ist schlimmer, für dich zu arbeiten, als für meine gehirnamputierte Nachrichtenredaktion. Und was ist dir sonst noch eingefallen?«

»Das war's«, beteuerte ich. »Hast du noch irgendwas?«

Alexis verzog das Gesicht. »Kleinigkeiten. Eigentlich nichts. Aber in einer halben Stunde habe ich ein Treffen mit einem meiner Kontakte, und er hat mir ausführliche Infos zu Jammy versprochen. Ach, übrigens – Ruth kommt um neun Uhr zum Kriegsrat. Und Della.«

»Was?« schrie ich.

Alexis zuckte die Achseln. »Della rief an, nachdem Ruth ihr Kommen angekündigt hatte. Da dachte ich, sie könnten ebensogut zusammen kommen, damit wir nicht alles zweimal durchkauen müssen.«

»O Gott«, stöhnte ich. »Dir ist nicht zufällig der Gedanke gekommen, daß ich vielleicht nicht will, daß sie genausoviel wissen.«

Alexis wirkte amüsiert. »Wen wolltest du denn belügen – die Anwältin oder den weiblichen Bullen?«

Ich ließ Davy bei Alexis und Chris und fuhr zum Büro, um die Filme, die ich in Carlisle verschossen hatte, zu entwickeln. In der kühlen

Stille der Dunkelkammer konzentrierte ich mich auf die anstehende Arbeit und zwang mich, die Wenns und Abers des Falls auszublenden. Auf diese Weise, so hoffte ich, würde mein Unterbewußtsein die Informationen in Ruhe verarbeiten können und einige nützliche Anregungen liefern.

Ich schob die fertigen Abzüge in einen Hefter und ging nach unten in das mexikanische Restaurant, um mich für einen weiteren herzzerreißenden Besuch im Knast zu stärken. Das Lokal war leer bis auf einen Typ, der ziemlich hinten allein an einem Tisch saß. Er warf mir kurz einen Blick zu, als ich hineinkam, dann wandte er sich wieder der Zeitschrift zu, die er neben seiner Chiliterrine aufgestellt hatte. Verblüfft erkannte ich den bedrohlichen Rausschmeißer aus dem Lousy Hand. Wenn er hier Stammgast war – und ich sah keinen anderen Grund, warum er an einem Montag das Lokal besuchen sollte, da das Essen so toll auch wieder nicht ist –, erklärte das, warum er mir im Club bekannt vorgekommen war. Erleichtert, weil ich diese Frage beantwortet hatte, setzte ich mich an einen Fenstertisch, mit dem Rücken zu seinen kalten Augen, und bestellte Guacamole und einen Teller Frijoles. Während ich aß, dachte ich an den bevorstehenden Abend.

Jetzt, da ich ruhiger geworden war, freute ich mich, daß Alexis das Brainstorming einberufen hatte, weil ich vermutete, daß die Dynamik zwischen uns vier Frauen unter Umständen den Anstoß zu einigen neuen Ideen geben würde. Ich dürstete nach jedem neuen Einblick, der uns dem Ziel, Richard aus dem Gefängnis zu holen, einen Schritt näherbrachte. Das Schlimmste am Erwachsensein ist die Einsicht, daß es keine Zauberformel gibt, um die geliebten Menschen vor Kummer zu bewahren. Vielleicht mag ich deshalb Computerspiele so sehr; man kann Gott spielen.

Die Mädels warteten schon, als ich vom Knast zurückkam. Alexis hatte in meiner Abwesenheit die Leitung übernommen. Ich erkannte mein Wohnzimmer nur mit Mühe wieder. Von irgendwoher war ein Skizzenblatt auf einer Staffelei aufgetaucht, und sie hatte die Stühle so angeordnet, daß wir alle das Blatt im Blick hatten. Sie hatte auch meinen versteckten Vorrat an australischem Chardonnay aufgestöbert und die beiden anderen mit Gläsern versorgt. Ich murmelte, daß ich bei Wodka bleiben würde, und verschwand in die Küche, um mir einen Absolut mit frisch gepreßtem rosarotem Grapefruitsaft zu mixen. Als ich zurückkam, übertrug Alexis ein kompliziertes Bäumchen aus ihrem Notizbuch auf das Skizzenblatt. Ruth und Della sahen ebenso perplex aus wie ich.

»Alexis, ich will ja nicht schwierig sein, aber...«

»Chris bringt Davy gerade ins Bett, also brauchst du dir keine Sorgen zu machen, daß er hereinplatzen könnte, wenn dir das zu schaffen macht«, sagte sie, ohne innezuhalten.

»Das war's eigentlich nicht. Ich hab mich gefragt, was du da machst.«

»Ich brauche dieses Diagramm, um Jammys Imperium beschreiben zu können«, sagte Alexis in dem herablassenden Ton, den ich bei kleinen Kindern anschlage und sie bei neuen Nachrichtenredakteuren.

»Vielleicht könnte uns Kate auf den neuesten Stand bringen«, sagte Ruth. »Dann hätten wir einen Anhaltspunkt, worauf du hinauswillst, Alexis.« Die ewige Diplomatin.

Es nahm eine peinlich kurze Zeit in Anspruch, sie über meine Wochenendaktivitäten ins Bild zu setzen. »Ich habe gewartet, bis James ins Haus ging, dann bin ich nach Hause gefahren«, schloß ich. »Ach, und ich habe die Filme, die ich in Carlisle verschossen habe, entwickelt und Abzüge gemacht.«

Es entstand eine kleine Pause. Ich sah, wie Alexis ansetze, in die Bresche zu springen, als Ruth sagte: »Ich bin beeindruckt, Kate. Als du mir sagtest, wie wenig wir in der Hand haben, dachte ich, wir hätten etwa so viele Chancen, die Identität der wahren Täter aufzudecken, wie ich, Lordoberrichter zu werden.«

»Du hast recht, Kate hat ausgezeichnete Arbeit geleistet, aber im Drogendezernat wird man das mit gemischten Gefühlen aufnehmen«, sagte Della bedauernd. »Sie jagen dieser Crackepidemie jetzt schon eine ganze Weile hinterher, und viele werden stinksauer sein, weil sie von einem Privatdetektiv vorgeführt werden. Und dazu noch von einem weiblichen Privatdetektiv.«

»Was du nicht sagst«, seufzte ich.

»Und dann ist da die Person unseres Verdächtigen«, fuhr Della fort. »Ich bin erst seit wenigen Monaten in Manchester, aber lange genug, um zu wissen, daß Eliot James ein Name ist, der für Geld, Macht und Einfluß steht.«

Alexis gelang es endlich, sich einzuschalten. Sie sprang auf. »Und an dieser Stelle komme ich ins Bild«, verkündete sie. »Ich hab einiges zu Mr. Eliot James zusammengetragen.« Sie nahm ihren Marker und stürzte sich auf die Skizze. Eine volle Viertelstunde lang blendete sie uns mit ihrem Wissen, machte mit uns einen Crashkurs über Jammy James' Freizeit- und Immobilienimperium, seine hartnäckigen Bemühungen, sich Zutritt zu dem Olympiakonsortium zu verschaffen, den prekären Zustand seiner Ehe und die Schulden, Darlehen und Hypotheken, die ihn, alles in allem, in eine Situation brachten, die Bauunternehmer euphemistisch als passive Bilanz bezeichneten.

»Wie bei Maxwell, dem Medienzar«, schloß sie schwungvoll. »Oberflächlich betrachtet, sieht es so aus, als wäre alles in schönster Ordnung. Aber darunter lauert ein riesiger Eisberg aus Schulden, der jederzeit gegen Jammys Bug prallen und aus Tonik die Titanic machen kann.«

»Dieses Mädchen kann wirklich mit Worten umgehen«, sagte ich. »Hast du schon mal daran gedacht, zur schreibenden Zunft zu wechseln, Alexis?«

Della schüttelte verblüfft den Kopf. »Ich glaube, ich kann mir eine Kugel durch den Kopf jagen«, sagte sie. »Zuerst macht Kate die Arbeit des Drogendezernats. Und jetzt machst du meine Arbeit. Es sieht ganz danach aus, als betreibe unser Mr. James weiter seine Geschäfte, obwohl er insolvent ist, das heißt, eine strafbare Handlung haben wir schon mal. Ich glaube, wenn die Jungs vom Drogendezernat fertig mit ihm sind, werd ich auch noch was dazu zu sagen haben.«

Ruth, die ungewohnt still gewesen war, sagte: »Das erklärt jedenfalls, wozu er die Finanzspritzen durch den Drogenhandel braucht. Allerdings verursacht mir das ein kleines Problem.«

»Du bist doch nicht sein Rechtsbeistand?« fragte ich, die kalte Panik drückte mir die Brust zusammen.

»Gott sei Dank nein«, sagte Ruth. »Aber er spielt Golf mit Peter. Mit meinem Mann«, fügte sie an Della gewandt hinzu. Peter war nicht auf der Weihnachtsparty von Mortensen & Brannigan gewesen, wo die beiden Frauen sich kennengelernt hatten. »Und er soll am Samstag zum Abendessen kommen.«

»Mit wem?« wollte Alexis frech wissen. »Mit der Ehefrau oder

der Geliebten? Beide heißen zufällig Sue. So vermeidet er das Risiko, im Bett den falschen Namen zu sagen.«

»Achtet nicht auf sie; ihr ist zu Kopf gestiegen, daß sie ausnahmsweise mal etwas richtig gemacht hat«, sagte ich.

»Ja, warte nur, bis ich diese kleine Perle morgen in der Zeitung bringe!« rief Alexis.

»Auf keinen Fall!« rief Ruth.

»Untersteh dich!« brüllte Della gleichzeitig. »Wir wollen, daß die Anklage gegen Jammy James wasserdicht ist, keine hektische Vorverurteilung durch die Medien.«

»Keine Sorge«, schaltete ich mich ein. »Mir persönlich ist schnurzegal, ob Jammy James angeklagt wird. Hier geht's doch darum, Richard aus dem Gefängnis zu holen. Und das erreichst du nicht dadurch, daß du saftige Storys im ›Chronicle‹ abdrucken läßt, also schlag dir das aus dem Kopf, Alexis, ja? Wie geht's jetzt weiter, Ruth?«

Ruth wägte ihre Worte ab. »Kate hat recht, Alexis. Ich glaube, es hätte katastrophale Folgen für Richard, wenn du einen Artikel darüber schreibst.«

Alexis verzog das Gesicht. »Na schön«, seufzte sie. »Aber wenn ich später darüber schreiben darf, will ich, daß ihr alle ganz offiziell mit mir sprecht.«

Wir nickten alle erschöpft. »Ruth?« fragte ich.

»Kate, du wirst mit der Polizei sprechen müssen. Du wirst sie auch davon überzeugen müssen, daß sie schnell etwas unternehmen; je eher, desto besser, von Richards Blickwinkel aus.«

Della unterbrach. »Sie werden wissen wollen, wie aktuell deine Informationen sind. Heutzutage ändern die meisten Drogenhändler ihr Verteilungssystem alle paar Wochen. Eliot James' Team mag das vielleicht nicht tun, aber gegenüber dem Drogendezernat mußt du betonen, daß das allerneueste Infos sind und die Situation sich jeden Tag ändern könnte. In deiner Beweiskette ist allerdings eine wesentliche Lücke, die sie zur Vorsicht veranlassen könnte.«

»Und das wäre? Etwas, das ich in der verbleibenden Zeit noch ausbügeln kann?« fragte ich besorgt. Ich hatte richtiggelegen mit der Entscheidung, daß ich in diesem Fall die Ansicht anderer brauchen würde.

Della verzog das Gesicht. »Es ist genaugenommen keine Zeitfrage. Es ist eine Frage der Rechtsgültigkeit von Ermittlungen. Wir wissen nicht, was sich in diesem Schuppen draußen am Flughafen befindet. Wenn er leer ist, wird es nicht leicht sein, eine direkte Verbindung zwischen James und Fitzgerald nachzuweisen. Ein guter Anwalt würde argumentieren, daß James aus Gründen hinfuhr, die in keinem Zusammenhang mit Drogengeschäften stehen; er könnte sogar eine hypothetische dritte Partei geltend machen, mit der die beiden sich dort treffen sollten.«

Ich nickte, dankbar für den Rat. »Angenommen, ich verfüge über diese Informationen, wie schnell ist schnell in Begriffen des Drogendezernats?«

Della zuckte die Achseln. »Ich kenne den Haufen nicht gut, aber mit deinen Infos sollten sie imstande sein, sofort eine Observierung einzuleiten. Wenn dieser Ring so aktiv ist, wie dein Material es erscheinen läßt, könnten sie das Gerüst ihrer Beweiskette in vierundzwanzig bis achtundzwanzig Stunden zusammenhaben.«

»Und das heißt, auf Richards Haft bezogen?« fragte ich Ruth.

Sie verschaffte sich Zeit, indem sie sich eine Zigarette ansteckte. »Im günstigsten Fall sprichst du so schnell wie möglich mit dem Drogendezernat, und sie sagen vor Gericht aus und unterstützen meinen Antrag auf Freilassung gegen Kaution. Die Chancen dazu: nahezu null. Im schlimmeren Fall nutzen sie deine Informationen, nehmen eine Reihe von Verhaftungen vor und weigern sich, davon auszugehen, daß Richard ein ahnungsloses Opfer war. Die Chancen dazu: vermutlich gering. Am wahrscheinlichsten ist, wenn du morgen zum Drogendezernat gehst und ich am Mittwoch Freilassung gegen Kaution beantrage, daß diese abgelehnt wird, die Magistratsrichter jedoch einem kurzen Aufschub zustimmen, sagen wir bis Donnerstag oder Freitag, um der Polizei die Gelegenheit zu geben, die neuen Beweise auszuwerten.«

Meine Enttäuschung mußte mir anzumerken sein, denn Alexis umarmte mich, und Ruth zuckte bedauernd die Achseln. »Tja, dann beschaffen wir dir am besten jetzt erst mal einen Termin beim Drogendezernat, oder?« sagte Della energisch. »Wo ist das Telefon?«

Ich zeigte es ihr, und sie ging mit dem Apparat in den Wintergarten. Ich beobachtete sie durch die Terrassentür. Ihre Mimik war lebhaft, ihre freie Hand gestikulierte ausdrucksvoll. Was sie auch sagen mochte, sie bat um nichts. Als sie den Anruf beendete, fiel mir noch ein Punkt ein, über den ich mit dem Drogendezernat reden wollte. Ich wandte mich an Alexis. »Weißt du, ob Cherie Roberts heute hier war? Oder ob sie mir eine Nachricht hinterlassen hat?«

Alexis schüttelte den Kopf. »Nicht, daß ich wüßte. Chris hat nichts gesagt.«

Typisch, dachte ich. Nur gut, daß ich nicht von Cherie abhängig war, um Richard aus dem Gefängnis zu holen.

18. Kapitel

Es wurde Mitternacht, bis ich das Haus wieder für mich hatte. Sosehr ich ihre Gesellschaft auch genieße, ich konnte es kaum erwarten, daß die drei nach Hause gingen. Ironischerweise dachten sie wohl, sie täten mir einen Gefallen, indem sie mich davon abhielten, über Richards Abwesenheit nachzugrübeln. Und natürlich konnte ich nicht erklären, warum ich sie loswerden wollte; schließlich waren zwei von ihnen Staatsbeamte. Daß ich nach meinem ersten Wodka aufgehört hatte zu trinken, half auch nicht gerade gegen meine Ungeduld. Wenn die Entdeckung, was sich in dem Schuppen befand, der Schlüssel zu Richards Freilassung war, dann mußte ich dort eindringen. Vorzugsweise vor meinem Neun-Uhr-Termin mit Detective Geoff Turnbull vom Drogendezernat.

Ich ging ins Schlafzimmer und zog das schwarze Sweatshirt an und die schwarzen Leggings, die ich mir für die Gelegenheiten aufspare, wenn mich niemand zu Gesicht bekommt, auf den ich Eindruck machen will; illegale nächtliche Streifzüge, Renovierungen und dergleichen. Ich hatte keine schwarzen Turnschuhe, dafür hatte ich ein Paar Hockeystiefel aus schwarzem Segeltuch, die ich vor Jahren in einem Anfall geistiger Umnachtung gekauft hatte, als es flüchtig so aussah, als sollten sie das nächste unverzichtbare Modeaccessoire werden. Damals war ich Studentin im ersten Jahr, eine ebenso gute Entschuldigung wie jede andere. Ich stopfte meine Haare unter eine schwarze Skimütze, und schon war ich fertig. Ich weiß, daß die *Famous Five* Kork verbrannten und sich mit der Asche die Gesichter einrieben, aber etwas so Lächerliches zu tun, brachte ich nicht über mich. Außerdem mußte ich direkt durch die Stadt fahren, um zum Flughafen zu gelangen, und meine Chancen, einen eventuell vorbeifahrenden Verkehrspolizisten davon zu überzeugen, daß ich auf dem Weg zu einer Halloweenparty war, schätzte ich eher gering.

Auf dem Weg zur Tür legte ich einen Zwischenstop in meinem Arbeitszimmer ein und schnappte mir eine dieser Minischürzen mit zig Taschen, die Handwerker mit obskurem Werkzeug vollstopfen. Meine enthielt einen Satz Dietriche, einen Glasschneider, einen Pfeil für Kinder mit einer Saugglocke am Ende, zwei Paare Latexhandschuhe, ein Schweizer Armeemesser, eine kleine Kamera mit einem neuen Film, eine Zange, eine leistungsstarke kleine Taschenlampe, einen Satz Schraubenschlüssel für Juweliere, zwei gewöhnliche Schraubenschlüssel, einen Kaltmeißel, eine Gartenschere und einen kleinen Hammer. Fragt mich nicht. Bevor ich aufbrach, füllte ich einen Minikessel mit Wasser, der sich an den Anzünder im Auto anschließen läßt. Wie gesagt, fragt mich nicht.

Knapp eine halbe Stunde später fuhr ich den Fahrweg entlang, auf dem ich am Abend zuvor gewesen war. Ich hielt wieder an dem Gatter und stöpselte den Kessel ein. Als das Wasser kochte, hob ich den Deckel, so daß der Wagen sich mit Dampf füllte. Ich stieg aus und sah mir befriedigt die Fenster an. Jeder Passant würde eher eifersüchtig als mißtrauisch sein.

Ich ging los und drückte mich dabei sicherheitshalber an die vielbevölkerte Hecke. Vorsichtig trat ich auf den Pfad und sah erleichtert, daß draußen vor dem Schuppen keine Autos standen. Langsam schlich ich am Rand der Lichtung entlang, bis ich auf gleicher Höhe mit den großen Eingangstüren war. Ein rascher Blick in die Runde, dann glitt ich durch den Schatten des Schuppens. Ich holte meine Taschenlampe heraus und beleuchtete das tiefere der beiden Vorhängeschlösser. Der Mut verließ mich. Manche Schlösser kann man nach zehnminütiger Übung knacken. Manche Schlösser bereiten selbst Experten Kopfzerbrechen. Dieses gehörte nicht zu den leichten Fällen. Ich wünschte, ich hätte Dennis mitgenommen. Ich gab mir zwanzig Minuten, dann waren meine Hände so schweißnaß in den Latexhandschuhen, daß ich die Dietriche nicht mehr richtig greifen konnte. Völlig frustriert trat ich gegen die Tür. Sie sprang nicht auf. Ich hatte nur einen äußerst schmerzenden Fuß davon.

Ich hielt die Taschenlampe auf das andere Vorhängeschloß, aber es war ein Zwilling des ersten. Die Stahlstäbe sahen auch nicht sehr vielversprechend aus. Ich murmelte die Worte, vor denen mich meine Mutter immer gewarnt hat, ging um die Ecke des Schuppens und steuerte auf die Rückseite zu. Obgleich es nicht großartig aussah, war es ein sehr solides Gebäude. Ich hätte erwartet, irgendwo auf eine gelockerte Planke zu stoßen, vielleicht sogar ein zerbrochenes Fenster. Aber dieser Schuppen sah aus, als wäre er sorgfältig von dem hiesigen Beamten für Verbrechensvorbeugung überprüft worden. Auf der Seite zum Flughafen gab es zwar ein Fenster, es war jedoch vergittert, und hinter dem Gitter befand sich eine trübe, mit Draht verstärkte Glasscheibe. Ich langte an der anderen Ecke an, konnte jedoch wegen des heimtückischen Unterholzes nicht am rückwärtigen Teil entlanggehen. Offen gestanden bezweifle ich, ob selbst Mickymaus durch dieses Gestrüpp hätte schlüpfen können. Seufzend machte ich kehrt. Es war zwecklos. In diesem Augenblick nagelte mich das Scheinwerferlicht an die Wand.

Zumindest dachte ich das im ersten Moment. Ich erstarrte wie eine Tänzerin im Lichtkegel, wagte nicht einmal zu blinzeln. Dann, als das Licht über mich hinwegstrich und mein Gehirn wieder tickte, ging mir auf, daß es nur der Zyklopscheinwerfer eines Sattelschleppers im Frachtbereich war. Ich warf mich auf die Erde und robbte zur Vorderseite des Schuppens zurück. Keine Sekunde zu früh. Als ich die Tür erreichte, schaltete sich eine Batterie von Flutlichtern ein und tauchte eine Stelle in fünfzig Metern Entfernung in grelles, blendendes Licht. Ein Lkw schleppte einen Zug mit Containern von einer Frachthalle zur anderen. Dies war nicht die rechte Zeit noch der rechte Ort für einen Einbruch, befand ich.

Ich schob mich auf dem Bauch rückwärts zu der kurzen Auffahrt zum Fahrweg. Und in diesem Augenblick entdeckte ich das Oberlicht. Es reflektierte die Lichter wie ein Spiegel und glänzte in der Schwärze des Dachs. Obgleich es sich gut drei Meter über dem Erdboden befand, war das Aufregende an ihm der fünf Zentimeter breite Spalt. Es stand offen. Ich schätzte die Entfernungen ab und begriff, daß es einen Zugang zum Schuppen gab.

Die Schwierigkeit war, wieder hinauszukommen, merkte ich, als ich am Rand des Oberlichts hing, die Taschenlampe zwischen den

Zähnen. Ich versuchte, den Strahl nach unten zu richten, um zu sehen, wo ich landen würde, wenn ich losließ. Ich sah etwas, das wie das Chemielabor einer Pennerin wirkte. Wenn ich mich von hier fallen ließ, würde ich entweder von einem Bunsenbrenner aufgespießt oder von den Splittern Tausender Teströhrchen zerfetzt. Das erklärte vermutlich, warum das Oberlicht an der sonst fensterlosen Seite des Dachs geöffnet war. Trotz Rauchabzugshauben ist das Zusammenbrauen von Designerdrogen ein übelriechendes Geschäft. Der Chemiker hatte zweifellos beschlossen, daß der Wunsch nach frischer Luft wichtiger war als der Sicherheitswert einer hermetischen Verriegelung. Zumindest bedeutete der Umstand, eine Fabrik mitten im Nichts zu haben, daß es keine Nachbarn gab, die sich über den Gestank beschweren konnten.

Ächzend lockerte ich meine protestierenden Schultermuskeln und stemmte mich wieder hoch nach draußen. Ich saß auf der Kante des Oberlichts und spähte in die Nacht hinaus. Ich hatte mich ohnehin nur über die Kante hinuntergelassen, weil meine Taschenlampe nicht genug Saft hatte, um den Inhalt des Schuppens zu beleuchten. Und wenn es der Taschenlampe nicht gelang, dann dem Blitzlicht vermutlich auch nicht. Ich mußte mir etwas anderes einfallen lassen, und zwar schnell. Ich hatte schon eine Stunde warten müssen, bis der Frachtbereich wieder dunkel wurde, und ich wußte nicht, wie lange es dauern würde, bis sie sich in den Kopf setzten, die Frachtcontainer erneut umzuschichten.

Mir fiel nur eine einzige Möglichkeit ein. Seufzend ließ ich mich am Oberlicht hinuntergleiten, bis meine Füße in der Regenrinne standen. Mit gespreizten Beinen schob ich mich weiter zum Ende des Dachs. Langsam und vorsichtig rutschte ich an dem gewellten Asbest hinunter, bis ich hockte und mein Gewicht größtenteils von der Regenrinne gehalten wurde. Ich klammerte mich an ihrem Rand fest und rollte halb vom Dach hinunter, streckte die Beine so weit, wie ich konnte. Dann ließ ich mich langsam hinab und dankte dabei dem Himmel für die unzähligen Trainingsstunden im Thai-Boxen, die ich absolviert hatte. Ich konnte das Dach des Peugeot nicht unter den Zehen spüren. Ich würde einfach beten müssen, daß ich an der richtigen Stelle war. Ich ließ meinen Halt los.

Der Sprung war nur wenige Zentimeter tief, doch er schien minutenlang zu dauern. Ich hatte die Luft angehalten, schlitterte an der

Hecktür hinunter auf himmlisch festen Grund, atmete durch und öffnete die Ladefläche. Ich hob den Teppich an, und da, in den Ersatzreifen gestopft, war die Antwort auf meine Gebete. Ich schnappte mir das Abschleppseil, wickelte es um mich wie ein Bergsteiger, schloß leise die Klappe und kletterte wieder auf den Wagen und von da weiter aufs Dach.

Ich befestigte das Seil an einem Abflußrohr, das passenderweise dicht neben dem Oberlicht verlief, und ließ es durch die Öffnung fallen. Wieder biß ich auf die Taschenlampe und begann langsam den gefährlichen Abstieg. Unnötig zu sagen, daß das Abschleppseil nicht lang genug war, um ganz bis zum Boden zu reichen, aber es blieb nur noch ein leicht zu überwindender Abstand, und ich wäre imstande, es wieder zu fassen zu kriegen, wenn ich einen Laborhokker darunterstellte.

Die Klippe des Einsteigens war umschifft. Mit der Kamera zu arbeiten war vergleichsweise leicht. Ich fing einfach bei den Türen an und arbeitete mich durch den Schuppen vor, fotografierte die abgenutzte Ausrüstung, die Gläser mit Chemikalien, die Listen mit Anweisungen, die über den Bänken an der Wand klebten, und die Plastiktüten mit weißem, kristallinem Pulver, die meinen Mund trocken werden ließen. Ich weiß nicht viel über die Welt der Drogen, aber für mich sah es so aus, als ob viel, sehr viel Crack aus der Küche von Jammy James kam.

Was fehlte, waren Papiere. Keine Aktenschränke, kein Safe, nichts. Wo auch immer Jammy James seine Unterlagen aufbewahren mochte, hier jedenfalls nicht. Ich beschloß, daß ich genug Steuern bezahlte. Ich hatte den Löwenanteil der Arbeit erledigt; es war an der Zeit, daß das Drogendezernat seinen Teil beisteuerte.

Erschöpft rückte ich einen Laborhocker unter das Seil und kletterte darauf. Meine Schultern protestierten schmerzhaft, als ich mich am Seil hochzog und über das Fenstersims hievte. Ich schob behutsam das Oberlicht zu, stellte seine vorherige Lage wieder her, bis auf etwa einen oder zwei Millimeter Unterschied. Dann band ich das Seil los und legte wieder meine Krebsnummer längs des Dachs hin. Diesmal ging die Verlagerung meines Gewichts von den Füßen auf die Arme nicht so glatt vonstatten; meine Schultern waren zu müde für ein allmähliches Hinunterlassen, meine Arme knackten unangenehm in den Gelenken, so daß ich eher loslassen mußte, als ich wollte. Ich fragte mich, wie ich der Autovermietung die Delle im Dach erklären sollte.

Mein Körper wollte so bald wie möglich ins Bett, doch mein Verstand sang eine andere Melodie. Ich hatte zwei Filme aus dem Schuppen, die entwickelt werden mußten. Es würde meine Version der Ereignisse stützen, wenn ich Turnbull die Abzüge zeigen konnte. Der Teufel in meinem Nacken sagte mir, ich solle nach Hause fahren und mich ein paar Stunden aufs Ohr legen, dann früh ins Büro fahren, um meine Filme zu entwickeln. Aber ich kannte mich gut genug, um zu wissen, wie ich reagieren würde, wenn der Wecker mich um sieben aus dem Schlaf riß. Ich würde nicht frisch und munter aus dem Bett springen, danach lechzend, ins Büro zu düsen und meine Lunge mit den ätzenden Dünsten der Fotochemikalien zu füllen. Ächzend schob ich ›The Best of Blondie‹ in den Kassettenrecorder und drehte die Fenster ganz herunter. Wenn die kalte Luft und der mitreißende Gesang von Debby Harry mich nicht wachhalten konnten, dann konnte nichts und niemand es schaffen.

Ich brachte es auf fast vier Stunden Schlaf. Mal abgesehen davon, was mir Richard an Honorar schuldete, er schuldete mir mehr Schlaf, als ich jemals aufholen konnte. Ausnahmsweise war es nicht Davy, der mich weckte. Es war Chris. Sie steckte den Kopf zur Schlafzimmertür herein, gefolgt von einer Hand, die einen Kaffeebecher schwenkte wie eine weiße Fahne. »Komm rein«, grummelte ich. »Wie spät?« Ich hätte mich ja umgedreht, um selbst auf die Uhr zu sehen, fand aber nicht die Kraft dazu.

»Es ist Viertel nach acht«, sagte sie schuldbewußt, schlüpfte durch die Tür und hielt den Becher auf Armeslänge von sich. Alexis hatte sie offenbar vorgewarnt, daß ich frühmorgens nicht gerade in bester Stimmung bin.

»Scheiße!« knurrte ich, während ich aufschnellte. Oder es besser gesagt versuchte. Gleich bei der ersten Bewegung verfielen meine Schultern in krampfartiges Zucken, und ich stieß einen erstickten Schmerzensschrei aus. Es gelang mir, mich weit genug aufzurichten, um ohne Strohhalm trinken zu können, und griff dankbar nach dem Becher. »Entschuldige, daß ich gebrüllt habe. Ich hab Schmerzen, und ich muß gleich schon im Bootle-Street-Revier sein, und mein

Gehirn muß auf Hochtouren laufen. Damit ist es allerdings nicht sehr weit her.«

Chris versuchte sich an einem Lächeln, das zu einer *Spitting Image*-Grimasse geriet. »Ich dachte bloß, ich sag dir Bescheid, daß ich jetzt zur Arbeit fahre«, sagte sie. Verspätet stellte ich fest, daß sie sich in Schale geworfen und das Haar zu einer Art Skulptur geföhnt und gesprüht hatte, die Frank Lloyd Wright in eine Kunstgalerie gestellt hätte. »Davy hat geduscht und gefrühstückt, und er ist angezogen und sitzt vorm Frühstücksfernsehen, was ihn gut zwölf Minuten ruhigstellen müßte, bis die nächste Nachrichtensendung fällig ist.«

»Ist Alexis schon weg?« Sinnlose Frage. Alexis ist stets um sieben bei der Arbeit.

»Ja, leider«, entschuldigte sich Chris. »Sie sagte, sie werde wohl gegen drei fertig sein und daß du sie in der Redaktion anrufen sollst, wenn sie Davy später abholen soll. Es tut mir wirklich leid, daß wir dir heute nicht aushelfen können.«

»Nicht nötig«, sagte ich. Meine Sprachkünste schienen mit dem zweiten Schluck Kaffee zurückgekehrt zu sein. »Ihr beide habt mehr als genug getan. Richard steht in eurer Schuld.«

Chris lächelte, ein ungekünsteltes Lächeln diesmal. »Du wirst es vielleicht nicht glauben, aber es hat uns Spaß gemacht. Ich lebe mit Alexis zusammen, vergiß das nicht, deshalb bin ich es gewohnt, mit den Ansprüchen kleiner Kinder umzugehen, und sie hat gern einen Spielkameraden.«

»Du wirst doch nicht etwa kinderlieb?« fragte ich mißtrauisch. Schlimm genug, daß alle meine Hetero-Freunde wild entschlossen scheinen, die Welt zu bevölkern, ohne daß die Lesben auch noch einfallen.

»Ein Hausbau ist mehr als genug Streß«, erwiderte Chris, während sie zur Tür hinausging. Im Korridor drehte sie sich noch einmal um und warf mir ein spitzbübisches Lächeln zu. »Frag mich in ein paar Jahren noch mal.«

Wäre mein Nacken nicht völlig verkrampft gewesen, ich hätte mich wieder umgedreht. So kippte ich den Rest des Kaffees hinunter und hievte langsam und unter Schmerzen meinen Körper aus dem Bett und in eine aufrechte Haltung. Steif wie ein Wachsoldat ging ich ins Badezimmer. Leider hatte ich zu lange geschlafen, um ein

Bad zu nehmen, deshalb mußte ich mich mit einer Dusche begnügen. Ich versuchte zu entspannen, als das heiße Wasser herunterprasselte, aber ich war erst ein paar Minuten drin, als ich Davys Stimme vor der Tür hörte.

»Kate?« rief er. »Darf ich mit deinem Computer spielen?«

»Nicht hier, Davy. Ich muß gleich zur Arbeit. Vielleicht würdest du ja gern an meinem Gerät im Büro spielen«, prustete ich.

Stille. Das war entnervender als alles, was er hätte sagen können. Ich drehte die Dusche ab, wickelte mich in ein Badelaken und öffnete die Tür. Er stand an die Wand gelehnt und sah niedergeschlagen aus. Seine Körperhaltung, der Winkel seines Kopfes, das leichte Stirnrunzeln machten ihn seinem Vater so ähnlich, daß es weh tat. Er schaute durch seine langen Wimpern auf. »Wann kommt mein Dad nach Hause?« fragte er.

Ich schaffte es, wieder normal zu atmen. »Erst in ein paar Tagen, glaube ich. Ich hab gestern abend am Telefon mit ihm gesprochen, als du schon geschlafen hast. Er sagte, du fehlst ihm und daß er zurückkommt, sobald er ein Flugzeug kriegen kann. Es tut mir leid, ich weiß, mit mir ist es nicht sehr lustig.« Ich umarmte ihn. Überraschenderweise verzog er nicht das Gesicht und machte sich nicht los. Er drückte mich auch.

»Das ist es nicht«, sagte er. »Ich hab großen Spaß. Ich wünschte nur, er wäre auch hier.«

Das wünschen wir uns beide, Kumpel, dachte ich, sagte es jedoch nicht.

Ich hatte meine persönliche Bestzeit zu Land übertroffen, als ich an diesem Morgen aus dem Haus ging. In knapp fünf Minuten angezogen, in weniger als einer Minute die zweite Tasse Kaffee hinuntergekippt, zum Frühstück eines der Obsttörtchen, die ich für Davy gekauft hatte. Es schmeckte nach mit Zucker überzogenem Styropor, aber wenigstens erhöhte es den Blutzuckerspiegel. Als ich schließlich auf dem gelben Streifen um die Ecke vom Büro parkte, war ich fast funktionsfähig.

Ich trieb Davy die Stufen hoch und in mein Büro und sah auf die Uhr, als ich durch die Tür ging. Siebzehn Minuten blieben mir noch. Shelley saß bereits an ihrem Schreibtisch, mit Kopfhörern auf, ihre Finger flogen über die Tastatur. Ich ging mit einem kleinen Winken an ihr vorbei und scheuchte Davy in mein Büro. Dort schaltete ich meinen PC ein, zeigte ihm das Spieleverzeichnis und nahm ihm das Versprechen ab, sich an keiner der anderen Dateien, die sich auf dem Gerät befanden, zu schaffen zu machen. Er ließ seinen Rucksack neben den Schreibtisch fallen und war schon in Lemminge 2 vertieft, ehe ich wieder hinausgehen konnte. Ich schloß die Tür zu meinem Büro hinter mir, hockte mich auf Shelleys Schreibtisch und setzte ein, wie ich hoffte, bittendes und mitleiderregendes Lächeln auf.

»Nein, Kate.« Sie hatte nicht mal von ihrem Bildschirm aufgesehen. »Ich bin kein Babysitter, und dies ist ein Büro, keine Kinderkrippe.«

»Ich weiß, daß es keine Krippe ist. Krippen gibt's nur zu Weihnachten.«

»Überhaupt nicht lustig«, gab sie zurück. Sie hatte nicht einmal lange genug innegehalten, um ihren Sinn für Humor zu aktivieren.

»Bitte, Shelley. Er macht keine Schwierigkeiten. Nur heute morgen. Nur bis ich vom Gericht zurückkomme. Ich verspreche, daß ich mir für morgen etwas anderes überlege.«

»So was wie einen achtjährigen Jungen, der keine Schwierigkeiten macht, gibt es nicht. Ich bin Mutter, vergiß das nicht. Ich habe dieselben Lügen verbreitet, wie du sie jetzt verbreitest.«

»Shelley, bitte, ja? Ich habe in zehn Minuten einen Termin beim Drogendezernat. Richards Freilassung hängt davon ab. Ich glaube nicht, daß sie megabeeindruckt sein werden, wenn ich mit Davy im Schlepptau aufkreuze.« Ich machte praktisch Männchen. In letzter Zeit hatte ich das so oft getan, daß es mir allmählich zur zweiten Natur wurde. Noch eine schlechte Angewohnheit, die auf Richards Konto ging. Viel schlimmer ist, daß es nicht funktioniert.

Ich stand vom Schreibtisch auf und ging in Bills Büro, wo ich mir seinen tragbaren Fernseher, ein Geschenk von einem Kunden, der Mortensen & Brannigan für die Aufklärung eines kleinen Problems mit Software-Piraten zu Dank verpflichtet war, unter den Nagel riß. Ich marschierte durchs Vorzimmer, kämpfte mit der Türklinke und taumelte in mein Büro, wo ich ihn auf einen meiner Schränke stellte. »Da ist der Fernseher, falls du den Computer leid wirst«, sagte ich zu Davy. Ich kann es nicht beschwören, aber ich glaube, er schaute nicht mal hin.

Ich stolzierte wieder ins Vorzimmer und wies mit dem Daumen über meine Schulter. »Sieh dir das an. Du willst mir weismachen, daß du damit überfordert bist? Himmel, Shelley, bin ich enttäuscht von dir.«

Wenn alles andere versagt, pack die Leute bei ihrem Ego. Das einzige Problem ist, manchmal schlägt das Ego zurück. Shelley lächelte wie der Weiße Hai und sagte zuckersüß: »Nur dieses eine Mal, Kate. Und übrigens hat Andrew Broderick sich wieder gemeldet. Er sagt, wenn er nicht bald seinen Wagen zurückbekommt, wird er mit dir über eine Honorarkürzung reden müssen.«

Es geht doch nichts über freundlichen Kundendienst. Ich überprüfte im Hinausgehen das Faxgerät, doch von Julia war nichts gekommen. Hoffentlich hieß das nicht, daß heute einer dieser gewissen Tage werden würde. Wo als nächstes doch eine Begegnung weiß Gott welcher Art mit dem Drogendezernat auf dem Programm stand.

19. Kapitel

Frage: Was ist der Unterschied zwischen einer Uhr und einem Polizisten? Antwort: Uhren halten sich an die Zeit. Bis Detective Geoff Turnbull sich dazu herabließ, mich in seinen vollen Terminkalender einzufügen, hatte ich in die Bodenfliesen des Vorzimmers eine Furche getreten. Ich war überdrehter als eine überdrehte Uhr.

Als er schließlich auftauchte, bedurfte es all meiner Selbstkontrolle, um ihm nicht den Kopf abzubeißen. Statt dessen lächelte ich und folgte ihm brav durch die Tür in die real existierende Welt des Innenstadtreviers. Wir blieben vor einer Tür stehen, auf der stand »DROGENDEZERNAT – PRIVAT«. Ich hielt es zuerst für einen Witz, bis ich sah, wie Turnbull einen Schlüssel hervorzog, um aufzuschließen. Er sah, was ich sah, und sagte: »Man kann nicht vorsichtig genug sein, bei den Sachen, die wir hier aufbewahren. Heutzutage haben wir mehr ziviles Hilfspersonal als Cops, und manche sind ihren Bankkonten mehr verpflichtet als ihrem Job.«

Wie man sich Freunde schafft und Leute beeinflußt, dachte ich mit einem Lächeln, das, wie ich hoffte, als Zustimmung und Anerkennung gedeutet werden konnte. Ich folgte ihm in ein Büro mit lauter Schreibtischen, Terminals, überquellenden Aktenordnern und keinem einzigen Beamten in Sicht. Die Wände waren reich geschmückt mit Farbfotos von Bösewichtern. Nach der Qualität der Bilder zu schließen, waren es überwiegend Schnappschüsse, so wie meine. Wenn überhaupt, waren meine schärfer. Vielleicht wäre Turnbull so beeindruckt von meiner Arbeit, daß er mir einen Job als Polizeifotografin anbot.

Turnbulls persönliches Büro war in einer Ecke abgeteilt. Es war ihm gelungen, das einzige Fenster zu ergattern, kein großer Gewinn, da man nur auf eine einen Meter fünfzig entfernte Ziegelmauer sah. Er quetschte seinen Rugbyspieler-Körper hinter den beladenen Schreibtisch und fixierte mich mit seinen kleinen, scharfen blauen Augen. Er hätte meiner Vorstellung eines Beamten des Drogendezernats nicht unähnlicher sein können. Ich hatte einen abgemagerten Hippieverschnitt in abgetragener Lederjacke und Jeans erwartet. Oder einen protzigen, mit Schmuck behängten Typ, der als Drogendealer durchgehen konnte. Aber Turnbull sah allenfalls nach Anabolika aus. Er machte seinem Namen alle Ehre: kurzes lockiges Haar mit einer Tolle wie ein Charollais-Rind, ein nicht erwähnenswerter Hals, dazu der Bauch eines Mannes, dessen Bauchmuskeln den ungleichen Kampf gegen Boddingtons Bitter aufgegeben haben. Ich schätzte ihn auf Ende Dreißig, auf dem besten Wege in die Herzchirurgie.

Er rieb sich mit seiner fleischigen Hand übers Kinn, massierte seine schlaffe Haut. »Also Sie sind Miss Kate Brannigan«, sagte er nachdenklich. Er schaffte es, dem »Miss« einen obszönen Beiklang zu geben. »Viel dran ist an Ihnen ja nicht, wie?«

Ich zuckte die Achseln. »Es reicht, um meine Arbeit zu tun. Ich kriege selten Beschwerden.«

Er grinste anzüglich. »Das glaube ich gern.«

Ich hob die Augenbrauen und tat gelangweilt. »Detective Prentice sagte mir, Sie seien der richtige Ansprechpartner. Ich habe Informationen für Sie zu einem Ihrer Fälle. Richard Barclay?«

»O ja«, sagte er mit bewußt übertriebenem Yorkshire-Tonfall. »Der Freund.« Er griff zu seinem Telefon und wählte eine interne Nummer. »Tommo? Jetzt gleich.« Er legte den Hörer wieder auf und schüttelte den Kopf. »Ich nehme an, Sie erwarten von mir, daß ich glaube, man hätte Ihrem Freund das Crack untergeschoben? Tja, da muß ich Sie leider enttäuschen. Es waren keine Beamten vom Drogendezernat, die ihn aufgegriffen haben, sondern Verkehrspolizisten, und selbst wenn die ihm Drogen hätten zustecken wollen, hätten Sie keinen Zugriff auf eine solche Menge Stoff gehabt. Also bellen Sie den falschen Baum an.«

»Ich glaube nicht, daß man ihm das Crack untergeschoben hat«, sagte ich geduldig. »Aber der Stoff im Wagen hatte nichts mit Richard zu tun, und je eher Sie das einsehen, desto niedriger fällt der Schadenersatz für die ungerechtfertigte Verhaftung aus.«

Turnbull lachte schallend. »Soll das eine Drohung sein? Heiliger Bimbam, Miss Brannigan, Sie leben gern gefährlich.«

Ehe ich antworten konnte, ging eine Türklingel. Turnbull lehnte sich zurück und drückte auf einen Knopf an der Wand hinter ihm. Ich hörte, wie eine Tür hinter meinem Rücken aufging. Ich widerstand der Versuchung, mich umzudrehen und nachzusehen, wem die schwerfälligen Füße gehörten, die sich näherten.

Irgendwie war ich nicht allzu überrascht, als der diensthabende Sergeant von Longsight in Turnbulls Büro kam. »Ist sie das?« fragte Turnbull.

Der Sergeant nickte. »Ganz ohne Frage, Sir. Das ist die Frau, die sich als Miss Hunters Praktikantin ausgegeben hat. Sie hat behauptet, ihr Name wäre Kate Robinson.«

»Vielen Dank, Sergeant. Ich rede später noch mit Ihnen.«

»Sir«, sagte der Sergeant.

Wir schwiegen beide, bis er das Büro des Drogendezernats verlassen hatte. Turnbull starrte mich an, um seine Puttenlippen spielte ein triumphierendes kleines Lächeln. Ich sah ihm in die Augen, entschlossen, keine Schwäche zu zeigen. Als die Tür sich hinter dem diensthabenden Sergeanten schloß, sagte Turnbull ätzend: »Nicht nur ihr Amateure könnt eure Schlüsse ziehen. Ich wollte ohnehin mit Ihnen reden, Miss Brannigan. Der Anruf von Detective Prentice hat es mir nur ein wenig leichter gemacht, Sie hierher kommen zu lassen, ohne daß ein Anwalt auf jedes Wort achtet, das wir sagen. Vor allem da Ihre Anwältin sich dem Vorwurf standeswidrigen Verhaltens ausgesetzt hat. Ich bin sicher, die Anwaltskammer würde mit Interesse von ihrer Auslegung des Berufsethos erfahren. Und jetzt, da wir beide wissen, daß ich Ihnen ein Verfahren anhängen kann, können wir den Scheiß vielleicht mal lassen und zur Sache kommen.«

Ich sagte nichts. Wenn sein Triumphgefühl verebbte, würde er mich entweder verhaften oder gehen lassen müssen. So oder so würde er sich anhören müssen, was ich ihm zu sagen hatte. Und ich war ziemlich sicher, daß seine Drohungen gegen Ruth weniger Inhalt hatten als die Flasche eines Penners. Das letzte, was Cops wie er wollen, ist, sich mit dem verschworenen Club von Strafverteidigern anzulegen. Turnbull fuhr fort, mich anzustarren, und fing an, mit den Fingern auf den Schreibtisch zu trommeln. Dann zog er seine Schreibtischschublade auf und holte eine Schachtel Zigarren heraus. Wenn ich erst die Welt regiere, dann wird der Europäische Gerichtshof für Menschenrechte den Erhalt von Geständnissen durch die Zigarren- und Pfeifenrauchfolter ächten.

Er zündete seine lange Zigarre an, das einzig Schlanke an ihm, und sagte: »Sobald ich die Geschichte dieses Wagens hörte, sobald ich hörte, daß formal Sie die Verantwortung dafür hatten, wollte ich mit Ihnen sprechen. Welch bessere Tarnung gibt es schließlich für das Fahrzeug eines Drogendealers, als daß der Wagen angeblich zur Ermittlung eines dummen Autofinanzierungsschwindels dient? Schätzen Sie sich glücklich, daß Sie das Wochenende nicht im Gefängnis verbracht haben, so wie Ihr Freund.«

Ich schüttelte den Kopf. Ganz klar, mit Freundlichkeit und Rücksicht würde ich hier nicht weit kommen. Höchste Zeit, nicht mehr auf lieb Kind zu machen. »Es ist nicht zu fassen, was ich da höre«, zischte ich. »Ich bringe Ihnen genügend Informationen, um einem ganzen Drogenring das Handwerk zu legen und Sie mit einem Stapel von Haftbefehlen zu versorgen, und Sie behandeln mich, als ob ich die Kriminelle wäre? Himmel, kein Wunder, daß Ihr Haufen ständig jammert, Sie erführen keine Unterstützung durch die Bevölkerung. Wenn Sie jedem, der Ihnen einen Tip geben will, mit Verhaftung drohen, ist es ein verdammtes Wunder, daß überhaupt noch jemand mit Ihnen spricht.«

Er beugte sich vor und grinste höhnisch. Ich wette, das hätte er lieber unterlassen, wenn er hätte sehen können, wie dringend seine Zähne gereinigt werden mußten. Ich staunte, daß sein Atem nicht den Zahnschmelz abschliff. »Sie haben doch neulich die Anwältin gespielt. Da sollte ich Ihnen nicht sagen müssen, daß es gegen das

Gesetz verstößt, Informationen zu einer Straftat zurückzuhalten. Also raus damit, Miss Brannigan, oder ich lasse Sie so schnell einlochen, daß Ihnen schwindelig wird.«

Ich stand auf und beugte mich über Turnbulls Schreibtisch. Ich war es allmählich leid, mich von den Behörden herumstoßen zu lassen. »Hören Sie, Turnbull«, sagte ich kalt. »Noch eine Drohung, dann gehe ich zu dieser Tür hinaus, und Sie kriegen kein einziges Wort aus mir heraus, bevor Sie mich nicht offiziell verhaftet, mich über meine Rechte belehrt und mir gestattet haben, mit meinem Anwalt zu reden. Ich mag keine ausgebildete Juristin sein, aber ich gehe jede Wette ein, daß ich bei der PACE-Prüfung mehr Punkte erzielen würde als Sie. Also, sprechen wir jetzt wie Erwachsene miteinander, oder spielen wir weiter Dumme-Jungen-Spiele?«

»Eines steht fest«, sagte er, immer noch nicht bereit, die Machonummer aufzugeben. »Ich lasse mich auf keinen Handel mit Ihnen ein. Nach dem Motto: ›Ich zeige Ihnen meine Sachen, und Sie lassen meinen Freund raus‹, läuft gar nichts. In meinen Augen steckt Mr. Richard Barclay bis zu seiner feinen Hornbrille in dieser Sache drin.«

Ich verdrehte die Augen zur Zimmerdecke und seufzte. »Ich liebe Männer ohne vorgefaßte Meinung. Mr. Turnbull, wenn Sie mich zu Ende angehört haben, werden Sie darauf brennen, Richard freizulassen, denn falls nicht, stehen Sie als Trottel des Jahres da, wenn die Zeitungen erst fertig sind mit Ihnen. Und das ist keine Drohung, sondern meine wohlüberlegte Meinung.«

»Setzen Sie sich«, knurrte er. »Hören wir uns an, was Sie zu sagen haben.«

Ich achtete nicht auf seinen Befehl und lehnte mich an die Wand. Ich holte meinen Minirecorder aus meiner Tasche und drückte auf den Aufnahmeknopf. »Da Sie nicht geneigt scheinen, unser kleines Geplauder aufzuzeichnen, mache ich es für Sie«, sagte ich. »Das erspart es mir, später noch mal wiederkommen zu müssen, um eine Aussage zu machen. Ich weiß, alles in Ihnen sträubt sich dagegen, auch nur ein Wort von dem zu glauben, was ein Untersuchungshäftling sagt, aber in diesem Fall hätten Sie darauf hören sollen. Das habe ich nämlich getan. Der einzige Hinweis in Richards Geschichte, soweit ich sehen konnte, war die Sache mit den provisorischen Kennzeichen. Daher tat ich, was jeder gute Cop tun sollte: Ich vertraute auf meinen Instinkt.«

Turnbull sah aus, als wollte er mich erwürgen, aber zugleich brannte er offenbar darauf zu erfahren, was ich ausgegraben hatte, und momentan war seine Neugier stärker als seine Streitlust.

Ich ging es mit ihm von Anfang bis Ende durch und ließ nur aus, wie ich in Wahrheit an die Fotos von Jammy James' Chemieküche gekommen war. »Unvorsichtig von denen, die Tür unverschlossen zu lassen, aber heutzutage kommt man ja einfach nicht an das richtige Personal«, schloß ich, holte die Bilder aus meiner Tasche und breitete sie fächerförmig auf Turnbulls Schreibtisch aus.

Er tippte mit der Spitze eines Kugelschreibers auf die Bilder, als könnte er sich die Finger daran schmutzig machen. Dann schüttelte er den Kopf. »Sie erwarten von mir, daß ich diesen Quatsch glaube?« fragte er verächtlich. »Eliot James? Der Eliot James, der mit dem Chief Constable Golf spielt? Eliot James, der in seinen Freizeitzentren Wohlfahrtsprogramme für benachteiligte Kinder organisiert? Dieser Eliot James?«

»Der nämliche«, sagte ich. »Freunde an höchster Stelle zu haben heißt nicht, daß man kein Betrüger ist. Sehen Sie sich die Guinness-Prozesse an. Und wenn Wohltätigkeit eine Garantie wäre, nicht ins Gefängnis zu kommen, dann würden die Krays nach wie vor London kontrollieren. Sehen Sie, James hält sein Imperium nur noch mit Hängen und Würgen zusammen. Überprüfen Sie es. Nehmen Sie Ice World, Dinosaur Adventure, Laser Land oder jeden anderen seiner Freizeitkomplexe unter die Lupe. Sie sind alle leer. Seine Kasse nicht. Der einzige Grund, warum Detective Prentice keine Betrugsermittlungen gegen den Schmutzfink anstrengt, ist, daß sie denkt, die Drogenbehörden seien als erste am Zug. Aber wenn Sie kein Interesse haben, weiß ich, daß sie sich wie ein Bluthund auf James' Spur heften wird.«

Turnbull lehnte sich in seinem Stuhl zurück. Die Stuhlbeine hörten sich an wie ein avantgardistisches Streichquartett. »Es ist doch komisch, wie Sie es zuwege gebracht haben, das alles so mühelos herauszufinden, während wir seit einer Ewigkeit versuchen, etwas gegen diese Mafia in die Hand zu kriegen«, dachte er laut nach. »Wenn ich ein mißtrauischer Mensch wäre, könnte ich auf den Gedanken kommen, es läge daran, daß Sie und Ihr Freund bis zum

Hals in der Sache drinstecken und beschlossen haben, den Rest der Mannschaft auszubooten, um ihn reinzuwaschen. Sie wären nicht der erste Privatschnüffler, den die Rezession einholt und der daraufhin beschließt, sein begrenztes Wissen über kriminelle Machenschaften für sich zu benutzen.«

Das einzige, was mich davor bewahrte, wegen tätlichen Angriffs auf einen Polizeibeamten eingesperrt zu werden, war die Einsicht, daß ich, wenn ich ebenfalls hinter Gittern landete, für Richard von etwa ebenso großem Nutzen wäre wie ein Schokoladensoldat. Daher lächelte ich nur zu dieser Beleidigung. »Wenn ich mich kriminellen Machenschaften zuwenden wollte, Mr. Turnbull, dann bräuchte ich dieses Gebäude nicht zu verlassen. Computerkriminalität. Damit ist heutzutage das echte Geld zu machen, ohne großes Risiko. Und ich habe schon mehr über Computer vergessen, als Sie jemals wissen werden. Hören Sie, ich bitte Sie nicht um einen Gefallen. Ich habe nicht ein einziges Mal gesagt, ich erzähle Ihnen, was ich weiß, wenn Sie dafür Richard aus dieser Sache rauslassen. Ich reiche Ihnen das alles auf einem Silbertablett, und ich verlange dafür nur, daß Sie sich nicht gegen Ruth Hunters Antrag auf einen kurzen Aufschub stellen, damit Sie anfangen können, den Wert dessen, was ich Ihnen geliefert habe, zu überprüfen.«

»Und das ist alles, ja?« fragte er, und der Unglaube verseuchte seine Stimme wie ein Virus einen Computer.

»So ziemlich, ja. Sehen Sie, Mr. Turnbull, trotz Ihrer Vorstellung heute morgen halte ich Sie zufällig für einen ehrlichen Cop. Ich glaube nicht, daß Sie unschuldige Menschen eingelocht sehen wollen, nur um Ihre Aufklärungsquote aufzumöbeln. Und ich weiß um die Stichhaltigkeit meines Materials. Ich glaube, nach Ablauf von achtundvierzig Stunden werden Sie dasselbe Gefühl haben wie ich, nämlich daß Richard unschuldig ist, und ich glaube nicht, daß Sie dann gegen eine Freilassung gegen Kaution eintreten werden. Aber ich verlange keinerlei Versprechen.«

»Ist auch besser so«, grummelte er, »weil Sie nämlich keins bekommen würden.« Er starrte auf die Fotos auf seinem Schreibtisch, ging sie langsam durch und schätzte das, was er sah, mit den Augen eines Experten ab. Schließlich blickte Turnbull auf. »Also, was hat Ruth Hunter gesagt, was sollen Sie verlangen?«

»Ich will, daß Sie den Staatsanwalt anrufen und ihn darum bitten, daß er Ruths Antrag auf einen kurzen Aufschub nicht widerspricht.«

»Mehr nicht?«

»Mehr nicht. Also, revanchieren Sie sich nun, oder soll ich in einen Zustand hundertprozentiger Amnesie bezüglich der Ereignisse der vergangenen drei Tage verfallen?«

Er grinste. »Wissen Sie, für ein Mädchen haben Sie ganz schön viel Mumm. Na schön, ich mach's. Fairer geht's doch nicht, oder?«

»Das ist gut«, sagte ich. »Es stört Sie doch nicht, wenn ich dableibe, während Sie anrufen?«

Diesmal lachte er vergnügt, seine Hand vollführte eine Geste, die besagte, daß er mir, wäre ich ein Kerl, einen Schlag auf den Rücken verpaßt hätte, von dem mir das Frühstück hochgekommen wäre. »Sie sind nicht zufällig aus Yorkshire, oder? Nein? Schade.«

Ich wartete, während er telefonierte. Er war zu dem Staatsanwalt nicht charmanter als zu mir, schien jedoch das richtige Ergebnis zu erhalten. Auf dem Weg zur Tür sagte ich: »Übrigens – Mr. Broderick will wissen, wann Sie seinen teuren Schlitten freigeben.«

Turnbull schnaubte. Ich rechnete fast damit, daß er mit den Füßen scharren würde. »Der sitzt Ihnen auch im Nacken, wie? Sagen Sie Ihrem Mr. Broderick, daß er sein tuntiges Fahrgestell zurückhaben kann, wenn ich hundertprozentig sicher bin, daß es mir keine Anhaltspunkte mehr liefert. Und das könnte erst nach dem Prozeß Ihres Freundes sein. Jetzt schieben Sie ab, und lassen Sie mich arbeiten. Oh, und lassen Sie mir diese Kassette da, ja? Wie Sie richtig sagten, das erspart es mir, Sie den ganzen Tag hierzubehalten, damit Sie Ihre Aussage zu Protokoll geben.«

Ich händigte ihm das Band mit einem verbissenen kleinen Lächeln aus. »Noch eines«, sagte ich. »Hat nichts mit Richard zu tun. Sie kennen vielleicht diese Abziehbilder, die die Kids benutzen – solche Klebetattoos, die sich abwaschen lassen?«

Turnbull nickte. »Ich hab einen Siebenjährigen, der sieht aus wie ein Handelsmatrose, wenn er in die Badewanne steigt. Was ist damit?«

»Haben Sie schon mal gehört, daß die mit Drogen präpariert werden und man sie dazu benutzt, um Kids high zu machen?«

Turnbull verzog das Gesicht. »Gerüchteweise, ja, aber mir ist noch kein solcher Fall untergekommen. Das ist doch einer dieser

Alltagsmythen. So was passiert immer dem Freund eines Cousins eines Freundes von einem Köter. Heiße Luft, wenn Sie mich fragen. Wenn ich Kids stoned machen wollte, würde ich einfach was in Süßigkeiten oder Brause geben. Verdammt viel einfacher. Wieso fragen Sie?«

»Wie Sie richtig sagten, ein Alltagsmythos. Der Freund eines Cousins eines Freundes von einem Köter hat eine Ärztin danach gefragt, die ich kenne. Sie sagte dasselbe wie Sie.« Ich ging weiter. »Tut mir leid, wenn ich Sie aufgehalten habe. Danke. Für den Anruf.« Und draußen war ich, verzog mich, solange ich noch Oberwasser hatte. Seien wir ehrlich, Geoff Turnbull von Davys Begegnung mit dem Halluzinogen zu erzählen war der falsche Weg, um seinen Daddy aus dem Knast zu holen.

20. Kapitel

Schlag zwölf kam ich wieder zur Bürotür hinein. Die Tür zu meinem Zimmer war geschlossen. Ich hob an Shelley gewandt fragend die Augenbrauen. Sie spitzte die Lippen und sagte: »Ich mußte die Tür zumachen für den Fall, daß ein Klient kommt.«

Neugierig öffnete ich die Tür einen Spalt und steckte meinen Kopf hindurch. Ich verstand auf Anhieb, was sie meinte. Davy saß immer noch konzentriert am Computer, doch jetzt saß Bill neben ihm und hielt seinen eigenen Joystick. Beim Geräusch der Tür sah keiner von beiden auf. Ich räusperte mich. Bill blickte hoch. Als ihm aufging, daß es nicht Shelley mit irgendeiner lästigen geschäftlichen Angelegenheit war, riß er sich förmlich von dem Spiel los. Er stand auf und sagte: »Ich muß gehen und mit Kate reden, Davy. Danke für das Spiel«

Davy schaute nicht einmal auf, während er sagte: »Aber Bill, du hast noch ein Leben!«

»Nun, da du noch vier hast, muß ich mich wohl geschlagen geben. Du hast gewonnen«, sagte Bill und tat pikiert.

Im Schein des Bildschirms grinste Davy, sein Körper zuckte seltsam auf dem Stuhl, als er unter seine Kontrolle brachte, was auch immer gegenwärtig das Universum eroberte. Bill lotste mich aus dem Zimmer und weiter in sein Büro. »Er ist ein netter Junge«, sagte Bill. »Überhaupt keine Nervensäge.« Ich fragte mich allmählich, ob ich irgendeine Macke hatte. War ich der einzige Mensch auf diesem Planeten, der gern in einer kinderfreien Zone lebte?

Bill setzte sich und streckte seine langen Beine vor sich aus. »Also, wie ist es gelaufen?«

Ich setzte ihn über die Ereignisse des Wochenendes ins Bild. Vielleicht sollte ich einfach Richard Branson anrufen und ihn bitten, meinen Bericht auf einer CD zu veröffentlichen. Dadurch würde ich mir eine Menge Zeit sparen. Dann rekapitulierte ich mein Gespräch mit Geoff Turnbull.

»Du meinst, er wird Richard wirklich unvoreingenommen beurteilen?« fragte Bill.

»Ich habe da meine Zweifel. Ich glaube, seine einzige Chance besteht darin, daß Turnbull einen Schwung Verhaftungen vornimmt. Wenn er einsieht, daß keiner von den Kandidaten auch nur Richards Namen kennt, muß er ihn aus seinen Klauen lassen.«

»Aber er hat sich dem Antrag auf kurzen Aufschub angeschlossen?«

»Sicher, aber damit vergibt er sich ja nichts, oder?« Meine verfrühte Euphorie darüber, daß ich Turnbull dazu gebracht hatte, sich meine Beweiskette genauer anzusehen, hatte sich verflüchtigt. Ich überlegte kurz, wie wohl die Familien der Vier von Guildford und der Sechs von Birmingham all die Jahre, die es gedauert hatte, bis ihre Lieben freigelassen wurden, mit dieser Aufschiebeprozedur zurechtgekommen waren. Ich holte tief Luft. »Und nun«, sagte ich, »möchte ich dich um einen Gefallen bitten.«

»Nur zu«, sagte er. »Soll ich den Hacker spielen? Einen Virus einschmuggeln? Dein Wunsch ist mir Befehl.«

»Nichts dergleichen. Ich hab für heute genug Streß gehabt. Würdest du Andrew Broderick anrufen und ihm ausrichten, was Turnbull zu dem Wagen gesagt hat? Es ist schwer genug für mich, einen kühlen Kopf zu bewahren, ohne mich auch noch mit seiner Enttäuschung beschäftigen zu müssen.«

Bill sprang auf und drückte mich an sich, sein dichter blonder Bart kitzelte mich am Ohr. »Arme alte Katy«, sagte er leise. »Es ist nicht immer leicht, so zäh zu tun, wie?«

Ich überließ mich seiner Umarmung, genoß die Illusion von Sicherheit. Bill hat etwas sehr Tröstliches. Mir war zumute, als bekäme ich eine beruhigende Infusion. Wenig später machte ich mich los und stellte mich auf die Zehenspitzen, um seinen Bart zu küssen. »Danke«, sagte ich. »Jetzt gehe ich mit Davy erst mal schwimmen und eine Pizza essen, und dann wollen wir zwei uns einen Stapel Videos ausleihen und richtig versumpfen.«

»Das hast du dir verdient«, sagte Bill. »Du hast verdammt gute Arbeit geleistet, wenn man bedenkt, daß du praktisch bei Null angefangen hast. Richard ist ein Glückspilz.«

»Wie meinst du das, Glückspilz? Wenn er unsere Rechnung zu Gesicht bekommt, wird er sich wünschen, wieder im Knast zu sitzen«, sagte ich. »Bis morgen früh, Bill. Es sei denn, du möchtest vorbeikommen und heute abend mit Davy am Computer spielen?«

»Ich passe«, sagte er. »Heute abend stehen ganz andere Spiele bei mir auf dem Programm. Abstinenz macht ein liebevolles Herz, weißt du.« Irgendwie konnte ich nicht ganz glauben, daß das Organ, um das es ging, das Herz war. Ich fragte mich, wer in dieser Woche wohl die Glückliche war. Eines Tages wird er eine kennenlernen, die über eine bessere Beinarbeit verfügt als er, und das wird dann ein sehenswerter Kampf werden. Bis dahin arbeitet er sich durch die intelligente weibliche Bevölkerung von Nordengland. Einmal hat er mir erzählt, daß er nie mit einer Frau das Bett geteilt hat, die ihm nicht etwas beibrachte. Er sprach nicht über Sex – glaube ich zumindest.

In Gorton waren nur etwa zwanzig Leute am Pool, daher tummelten Davy und ich uns ausgiebig auf den Rutschen und in den Wellen und behandelten die Halle wie unseren höchsteigenen Vergnügungspark. Wenn meine Schultern auch anfangs Protest schrien, schien die Wassertherapie doch zu helfen. Hinterher machten wir uns beide halbverhungert über Riesenpizzen und genügend Salat für eine Batterie Karnickel her. Dann fielen wir in den Videoladen ein und suchten uns mehr Filme aus, als wir uns würden ansehen können. Mich kümmerte es nicht. Ich war in einer Art Urlaubsstimmung. Ich hatte alles getan, was in meiner Macht stand, um Richards Freilassung zu erwirken. Jetzt konnte ich nur noch warten, und ich war es Davy schuldig, die Warterei so munter über die Bühne zu bringen wie nur möglich.

Als wir über die Upper Brook Street auf die Brunswick Street fuhren, herrschte nur noch Kriechverkehr. Ich konnte nicht erkennen, woran es lag, nur daß uns keine Autos entgegenkamen. Schließlich, als ich den Hals reckte, sah ich, daß die Straße vor uns abgeriegelt war und der Verkehr von einem uniformierten Polizisten auf die Kincardine Road umgeleitet wurde. Neugierig geworden, scherte ich aus der Schlange aus und signalisierte dem Polizisten, daß ich rechts abbiegen wolle. Er nickte mir zu, ich bog um die Ecke und parkte. Ich konnte nicht anders. Unmöglich, etwas so Interessantes zu ignorieren, wenn es vor meiner eigenen Türschwelle passierte. Es sah so aus, als ob jemand zumindest die hiesige Post geplündert hätte. Manchmal frage ich mich, ob ich meinen Beruf ausgesucht habe oder er mich. Ich wandte mich an Davy und sagte: »Warte hier. Ich will nur mal eben nachsehen, was da los ist.« Er sah kurz zum Himmel, seufzte und holte ein Comicheft aus seinem Rucksack.

Ich stieg aus dem Wagen und schloß ab, dann nahm ich die Abkürzung durch die Sozialsiedlung, um an der Mündung einer schmalen Seitenstraße auf die Brunswick Road herauszukommen, allerdings ein Stück hinter der Absperrung. Ich war fast gegenüber dem Zebrastreifen und konnte sehen, daß es in der anderen Richtung in einiger Entfernung eine zweite Absperrung gab. In der Fußgängerzone des kleinen Einkaufszentrums auf der anderen Straßenseite standen zwei Streifen- und ein Krankenwagen, letzterer mit geöffneten Türen, dicht vor der Post. Ringsum wimmelte es von verwirrt aussehenden Leuten, und die Polizeibeamten versuchten, sie von der Person fernzuhalten, über die sich die Sanitäter beugten. Das Jammergeschrei eines Kindes schwoll an und ab wie eine Sirene. Während ich zusah, trafen noch zwei weitere Streifenwagen ein.

Einer der Sanitäter richtete sich auf und schüttelte den Kopf, während sein Kollege weiter auf der Erde hockte. Im Kern der Menge gab es ein Durcheinander, dann wurde eine Bahre in den Krankenwagen geladen. Die Zuschauermenge teilte sich, und die Ambulanz wendete auf der Straße und brauste davon. Die Menge blieb lange genug zurück, daß ich eine Polizistin sehen konnte, die zwei kleine Jungen auf den Rücksitz eines Streifenwagens scheuchte, der im Kielwasser der Ambulanz davonschoß, mit blinkendem Blaulicht. Aus dieser Entfernung konnte man nur schwer sicher sein, aber sie sahen auf erschütternde Weise Wayne und Daniel ähnlich.

Inzwischen war ich ein wandelndes Fragezeichen. Ich hatte auch eine vertraute schwarze Haarmähne am Rand der Menge auf und ab hüpfen sehen, die dazugehörige Person klopfte Leuten auf die Schulter und hielt ihnen ein Mikrophon vors Gesicht. Ich vergewisserte mich, daß keiner der Cops in meine Richtung sah, dann tauchte ich lässig aus der Seitenstraße auf, überquerte die Fahrbahn und steuerte auf Alexis zu. Hätte mich jemand aufhalten wollen, dann hätte ich insistiert, daß ich zu einem Zahnarzttermin im Einkaufszentrum wolle. Falls die Polizei so mißtrauisch wäre, es zu überprüfen, kannte Howards Sprechstundenhilfe mich gut genug, um meine Behauptung zu bestätigen.

Im Näherkommen sah ich, daß die Polizeibeamten sich durch die Menge arbeiteten, Namen und Adressen aufnahmen, anstatt Aussagen festzuhalten. Ich hörte Gesprächsfetzen, in schockiertem Ton: »...alles in ein paar Sekunden vorbei...«; »...eine Kapuzenmütze auf dem Kopf...«; »...dachte, es wäre eine Fehlzündung...«; »...die Polizei sollte etwas gegen diese Dealer unternehmen...«. Alexis stand auf der anderen Seite und hielt ihr Mikrophon einem uniformierten Inspektor unter die Nase. Ich holte mein Notizbuch und meinen Kassettenrecorder aus meiner Handtasche und eilte um die Menge herum zu Alexis. Ich langte rechtzeitig an, um den Inspektor gehetzt sagen zu hören: »Ich kann Ihnen jetzt nicht mehr sagen, Sie werden sich gedulden müssen, bis wir selbst ein klareres Bild haben.« Als er mich sah und auf meine Instantverkleidung hereinfiel, fügte er hinzu: »Und ich hab keine Zeit, das alles noch mal durchzugehen. Lassen Sie sich die Einzelheiten von ihr geben.« Er zeigte mit dem Daumen auf Alexis. Sie drehte sich um und fixierte mich. Ihr Gesicht, das bereits bleicher war als gewöhnlich, wurde noch weißer.

»Um Himmels willen, was machst du denn hier?« zischte sie.

»Dasselbe könnte ich zu dir sagen. Was ist passiert? Hat jemand die Post beschossen? Und wo ist die restliche Meute?«

»Noch auf dem Weg hierher, wenn sie überhaupt davon wissen. Ich kam gerade zufällig vorbei, wollte zu dir, als es losging. Kate, du mußt hier verschwinden! Auf der Stelle! Na los!« Alexis wollte mich wegschieben, zurück zu der Seitenstraße, in der ich meinen Wagen stehenlassen hatte.

»Wieso?« protestierte ich. »Was hat das mit mir zu tun?«

»Wo ist Davy?« wollte sie wissen, während sie mich weiter von der Menge weg und über die Straße scheuchte.

»Er ist im Wagen.« Wir waren an der Mündung der Seitenstraße angelangt, und ich ging ein Stück hinein, dann blieb ich wie angewurzelt stehen. Ich würde keinen Schritt weitergehen, bevor sie mich nicht aufklärte. »Was ist hier los, Alexis? Was ist da drüben passiert?«

Sie fuhr sich mit der Hand durch ihr widerspenstiges Haar und holte eine zerknautschte Zigarettenschachtel aus ihrer Tasche. Sie steckte sich eine an, nahm einen tiefen Zug, bevor sie sprach. »Tut mir leid, aber auf schonendere Weise kann ich es dir nicht beibringen. Cherie Roberts wurde gerade umgebracht«, sagte sie.

Mir war, als hätte man mir einen Schlag vor die Brust verpaßt. Die Luft entwich aus mir wie aus einem zerplatzten Ballon. »Ein Raubüberfall? Stand sie im Weg?« fragte ich.

Meine Miene mußte meine Hoffnung verraten haben, daß dies nur ein entsetzlicher Unfall war, ein tragischer und übler Schicksalsschlag, denn Alexis wandte das Gesicht ab und schüttelte den Kopf. Rauch strömte in Zwillingsfahnen aus ihren Nasenlöchern. »Nein. Es war ein Mordanschlag.«

Ich drückte mit den Fingern gegen meinen Nasenrücken. Ich wollte nicht glauben, was Alexis da sagte. »Das kann nicht sein«, sagte ich matt. »Scheiße noch mal, sie war doch keine wichtige Person. Sie war bloß eine von vielen alleinstehenden Müttern, die über den Tag kommen und ihre Kids aus Schwierigkeiten heraushalten wollen.«

»Ich hab im Laufe der letzten Jahre so viele Storys dieser Art in Moss Side und Cheetham Hill erlebt«, sagte Alexis bedrückt. Sie bezog sich auf den gewalttätigen Drogenkrieg, durch den sich die Mordrate von Manchester praktisch verdoppelt hat. »Laut Augenzeugen kam Cherie gerade aus der Post, wo sie ihr Kindergeld eingelöst hatte. Auf der anderen Straßenseite war ein Auto geparkt. Als sie herauskam, startete der Wagen, schoß quer über die Straße, fuhr auf den Gehsteig und raste auf sie zu. Als sie nur noch wenige Meter von ihr entfernt waren, wurde sie durch das Rückfenster aus beiden

Läufen einer Schrotflinte beschossen. Es war je nachdem ein metallicblauer Sierra, ein silberner Toyota, ein grauer Cavalier, und niemand gibt zu, das polizeiliche Kennzeichen gesehen zu haben.«

Ich schloß die Augen und lehnte mich an die Mauer. Ich spürte den rauhen Backstein unter meinen Fingerspitzen. »Du lieber Gott«, flüsterte ich. Ich hatte sie gebeten herauszufinden, wer ihren Kids in Drogen getränkte Abziehbilder gegeben hatte. Und zwei Tage darauf war Cherie Roberts nun auf dem Weg in die Leichenhalle, mit den bekannten Markenzeichen eines Mordes im Drogenmilieu versehen. Plötzlich riß ich die Augen auf. »Davy!« keuchte ich, machte auf dem Absatz kehrt und rannte die Seitenstraße entlang, die Panik trieb meinen Blutdruck in die Höhe, bis mein Herzschlag mir in den Ohren pochte.

Ich lief um die Ecke, meine Phantasie entwarf Szenen voller Blutvergießen und Gewalt, vor denen selbst Sam Peckinpah zurückgescheut wäre, und ich schloß alle möglichen lächerlichen Abkommen mit einem Gott, an den ich nicht glaube. Ich kam schlitternd neben dem Wagen zum Stehen und kam mir zutiefst blöd vor, als Davy mir zuwinkte und hinter der Scheibe mit den Lippen »Hallo« formte. Alexis kam hinter mir angehastet, leicht außer Atem. »Wir müssen uns unterhalten«, sagte sie. »Worum hast du Cherie am Sonntag gebeten?«

»Offenbar um das Falsche«, sagte ich bitter. »Ich bat sie, die Kids zu fragen, von wem sie die Abziehbilder hatten. Das war alles. Sie muß darüber hinausgegangen sein. Scheiße, Alexis, ich brauche einen Drink. Bist du hier fertig, oder mußt du noch mit mehr Leuten sprechen?«

»Für die Spätausgabe bin ich ohnehin zu spät dran. Ich hab die Augenzeugen für die morgige Ausgabe im Kasten. Es wird noch eine Weile dauern, bis die Polizei eine Erklärung abgibt. Fahren wir zu dir, ja?« Sie drückte mitfühlend meinen Arm. »Es ist nicht deine Schuld, KB. Nicht du hattest den Finger am Abzug.«

Warum fühlte ich mich dann so schuldig?

In knapp einer Minute waren wir bei mir zu Hause. Ich parkte in der Bucht draußen vor Richards Haus und ging zu meinem Eingang hinüber. Davy blieb zurück, sprang am Ende des Weges auf und ab und wartete darauf, daß Alexis ausstieg, damit er ihr die von uns ausgewählten Videos zeigen konnte. Von den Parkbuchten aus kann man meine Veranda nicht sehen. Eine einsachtzig große, goldgrüne Konifere steht im Weg. Bisher hatte ich nie groß darüber nachgedacht. Aber an diesem Nachmittag war ich froher, als ich sagen kann, daß der Baum da war.

Ich ging an dem Baum vorbei und warf einen Blick auf mein Haus. Was ich sah, ließ mich stolpern und fast hinfallen. Ich fing mich wieder und ging ein paar Schritte näher heran, um mich zu vergewissern, daß meine Augen mir keinen Streich spielten. Dann wurde mir übel. Das weiße PVC an der unteren Türhälfte war mit Hunderten kleiner schwarzer Löcher übersät. Das Glas in der oberen Hälfte war geplatzt, es hatte dem Schlag, der ihm aus nächster Nähe versetzt worden war, nicht standgehalten. Die Mörder von Cherie Roberts hatten mir ihre Visitenkarte hinterlassen.

21. Kapitel

Ich fuhr blitzschnell herum und lächelte mühsam, als ich zu Alexis und Davy zurückging, die die Köpfe über den Videos zusammensteckten. »Gehen wir durch Richards Haus rein«, sagte ich und versuchte forsch-fröhlich zu klingen. »Ich muß später noch Bürokram erledigen, und ihr braucht euch dann keine Sorgen zu machen, daß ihr mich stört.«

Es klappte nicht ganz. Alexis sah mich scharf an, als meine Stimme kurz versagte. »In Ordnung«, sagte sie dann gelassen. »Sein Videogerät ist so gut wie deins, und da haben wir's näher zum Eis.«

Ich lotste sie den Weg hoch und benutzte vorsichtig meinen Körper, um Davy von dem Anblick meiner Haustür abzuschirmen. Aber er war so in sein Gespräch mit Alexis vertieft, daß er nicht einmal in die Richtung sah. Sie allerdings schon, und ich erkannte daran, wie sie kurz die Lippen zusammenpreßte, daß sie den Schaden entdeckt hatte. Ich sperrte die Tür auf, und Davy rannte vor uns ins Haus. »Was zum Kuckuck ist hier los, KB?« wollte Alexis wissen.

»Da bin ich genauso überfragt wie du«, zischte ich. »Meinst du, so was passiert ständig?«

Alexis legte den Arm um meine Schultern und drückte mich. »Na schön, entschuldige. Aber wir müssen ihn von hier wegbringen«, murmelte Alexis. »Hier ist er nicht sicher.«

»Meinst du, das weiß ich nicht? Was sollen wir tun? Wohin können wir ihn bringen?« fragte ich.

»Ich überrede ihn, mit mir ins Kino zu gehen, dann nehme ich ihn mit zu uns nach Hause. Fülle ihn mit Hamburgern und Popcorn ab und laß ihn bei uns pennen, während du dich um das hier kümmerst«, sagte sie leise.

»Mensch, danke«, sagte ich, meine Frustration kochte über. »Und was schlägst du vor, wie ich das anfangen soll?«

»Reg dich ab, Mädchen«, protestierte Alexis. »Ich hab davon gesprochen, die Tür ausbessern zu lassen, nicht die Geheimnisse des Universums zu lösen.«

Ich seufzte. »Tut mir leid. Ich bin ziemlich nervös, weißt du.«

Alexis legte auch den anderen Arm um meine Schultern und umarmte mich kurz. »Ich geh Davy holen, bevor er sich an einem der Videos festbeißt.« Sie ging durch den Flur. Ich lehnte mich gegen die Wand und holte in regelmäßigen Abständen tief Luft, eine Übung zur geistigen Entspannung, die meine Trainerin im Thai-Boxen mich gelehrt hat. Ich hörte Alexis sagen: »Hey, kleiner Kerl, du kannst dir keinen Film ohne Popcorn ansehen. Ich sag dir was, gehen wir in ein richtiges Kino, ja? Anschließend können wir zu dem Drive-In von McDonald's bei mir in der Nähe fahren, uns Hamburger holen und uns dann deine Videos angucken.«

»In welchen Film gehen wir denn?« wollte Davy wissen.

»Warte einen Moment«, sagte Alexis. Sie kam aus dem Wohnzimmer. »Hab ich nicht eben das lokale Wochenblatt zusammengeknüllt auf der Veranda liegen sehen? Die drucken doch das Programm der Kinocenter ab, oder?«

»Ich glaube schon«, sagte ich und stieß den letzten von zwanzig Atemzügen aus.

Alexis schob sich an mir vorbei und hob die zerknüllte Zeitung auf, die man unerwünschterweise irgendwann im Laufe des Wochenendes durch Richards Briefschlitz gesteckt hatte. »Weißt du, ich hab wirklich was dagegen, daß man Bäume fällt, nur damit ohne meine Erlaubnis und gegen meinen Wunsch solcher Abfall auf meiner Veranda landen kann«, grummelte ich.

»Ich hasse die Wochenblätter auch«, sagte Alexis, während sie blätterte. »Weil sie an alle Haushalte verteilt werden, erzählen die Werberedakteure lauter Lügen darüber, wie viele Menschen die blöden Dinger lesen, damit die örtlichen Geschäfte ihre begrenzten Budgets dafür ausgeben, in Altpapier zu inserieren, anstatt eine Anzeige im ›Chronicle‹ zu schalten. Deshalb geht bei uns die Zahl der gedruckten Seiten zurück, deshalb stellen wir nicht mehr so viele Journalisten ein. Und die Anzeigenblätter kriegen den Zuschlag, aber nicht aufgrund ihres Scheißredaktionsteils«, fügte sie noch hinzu.

»Nicht, daß du etwa voreingenommen wärst«, murmelte ich. »Hast du die Programme schon gefunden?« Noch während ich das sagte, glitt ein zerknittertes Blatt blaues Schreibpapier aus den Seiten der Zeitung und flatterte auf den Fußboden.

»Mmm«, machte Alexis und runzelte konzentriert die Stirn, als sie wieder in den Korridor ging.

Zerstreut bückte ich mich und hob das Blatt auf. Es war ein Blatt von einem Schreibblock, in der Mitte gefaltet. Darauf, in einer Handschrift, die ich nicht kannte, las ich »Kate Brannigan«. Noch ehe ich es auseinanderfaltete, wußte ich, von wem es war. Ich schloß die Augen, bis der Schwindelanfall nachließ, dann faltete ich es langsam und besorgt auseinander.

Die Handschrift war unsicher, aber gut leserlich. »Kate – ich war am Montag nachmittag da, aber es war keiner zu Hause. Ich habe die Jungs gefragt, woher sie die Abziehbilder hatten, und sie haben mir erzählt, wer sie verteilt. Ich habe mit dem Burschen gesprochen und erfahren, woher er sie hat, und es steckt mehr dahinter als die Drogen. Du hast recht, es darf nicht so weitergehen, und ich gehe heute abend hin, um ihm das zu sagen. Wenn du mitkommen willst, komm gegen sieben Uhr zu meiner Wohnung. Viele Grüße, Cherie.«

Ich rutschte an der Wand hinunter, bis ich wie ein Häufchen Elend dasaß. Ich hatte Cherie im Stich gelassen. Ich war so damit beschäftigt gewesen, durch die Gegend zu hetzen und die Heldin für Richard zu spielen, daß ich keine Zeit gehabt hatte, mich bei ihr zu melden. Und nun war sie tot, und das nur, weil ich es nicht geschafft hatte, sie daran zu hindern, den Kopf in ein Hornissennest zu stekken.

Ich hätte vermutlich ewig so dagesessen, wenn ich vom Wohnzimmer nicht Aufbruchsgeräusche gehört hätte. Davy kreischte vor Entzücken über irgendeinen Film, und Alexis' gedämpfte Begeisterung bildete dazu einen gemäßigteren Kontrapunkt. »Dann komm jetzt, ich bin schneller am Auto als du«, hörte ich sie sagen. Ich zwang mich, aufrecht zu stehen, und es gelang mir auch, so etwas ähnliches wie ein Lächeln aufzusetzen, als Davy nah genug war, um es zu merken.

»Bis später dann, ihr beiden Pfadfinder«, sagte ich, als sie vorbeihasteten.

»Wir sind später bei mir«, sagte Alexis. »Ruf Chris an und sag es ihr, ja? Aber erzähl ihr nicht, warum, sie hätte nur Verlustängste. Ich sag's ihr, wenn sie nach Hause kommt.«

Ich sah hinter ihnen her, wie sie mit dem Wagen wegfuhren. Ich glaube nicht, daß ich es schon jemals so bedauert hatte, daß Alexis wegfuhr. Mit der Unterstützung eines Wodka mit Grapefruitsaft riß ich mich zusammen und ging durch den Wintergarten in mein Haus. Der Herausforderung, von vorn reinzugehen, fühlte ich mich nicht gewachsen. Mich erstaunte eigentlich, daß das Haus nicht von Polizei wimmelte. Andererseits liegt mein Bungalow am Ende der Häuserzeile. Niemand hat einen Blick auf die Vorderseite, und obgleich er eine Postleitzahl hat, die meine Versicherungsprämie in schwindelerregende Höhe getrieben hat, liegt er dennoch in einer Gegend, wo die Leute einen lauten Knall für die Fehlzündung einer der TÜV-Nieten halten, die überall in der Sozialsiedlung aufgebockt sind, und nicht für Schießübungen.

Von drinnen sah die Haustür fast ebenso tödlich aus. Höchste Zeit, ein Dankgeschenk einzufordern. Ich rief im Büro an und eröffnete Shelley, ich sei auf dem Weg zu ihnen. »Ach, Shelley? Ich möchte einen Beitrag zu deiner Haushaltskasse leisten.«

»Du willst was?«

»Ich brauche eine neue Haustür. Und zwar dalli. Ich meine, noch heute abend. Kannst du dafür sorgen, daß Ted sich darum kümmert?« Ted Barlow ist der Mann, über den Shelley steif und fest behauptet, sie lebe eigentlich und praktisch nicht mit ihm zusammen. Sie verliebten sich ineinander, als er ganz verzweifelt in unserem Büro auftauchte, weil die Bank im Begriff war, sein Wintergartengeschäft zu pfänden. Während ich mich abplagte, um das

Durcheinander zu klären, schauten die zwei einander in die Augen und flüsterten sich süße Nichtigkeiten ins Ohr. Jetzt hat Shelley einen Wintergarten, der gut die Hälfte ihres Hinterhofs mit Beschlag belegt, und Ted hat es sich zur Gewohnheit gemacht, schon frühmorgens an ihr Telefon zu gehen.

»Was ist los? Hat man bei dir eingebrochen?«

»Ich wünschte, es wäre so«, sagte ich mit Gefühl. »Leider war es ein wenig persönlicher. Ich erzähle dir alles, wenn ich da bin.«

»Was ist mit dem Schlüssel? Soll er ins Büro kommen und ihn hier abholen?«

Ich rief mir die Tür vor Augen. »Ich glaube, ein Schlüssel wäre ein bißchen akademisch«, sagte ich. »Falls ich den Schlüssel reinkriege, lasse ich die Außentür unverschlossen, ja? Also wenn noch abgesperrt ist, weiß er, daß er sie einfach aufbrechen soll.« Ich konnte nicht fassen, was da aus meinem Mund kam. Ich gab Anweisung, meine Tür aufzubrechen? Früher oder später würde jemand für all das bezahlen. Dafür, mir Angst einzujagen, für den Mord an Cherie, dafür, kleinen Kindern Drogen zu geben.

Im Büro fühlte ich mich sicherer. Unlogisch, ich weiß, aber Angst und Logik haben selten etwas miteinander zu tun. Ich hockte auf dem Rand des Ledersofas in Bills Büro und berichtete ihm über die jüngsten Vorfälle. »Tut mir leid, daß ich das bei dir ablade«, entschuldigte ich mich, »aber ich muß darüber reden.«

In seinen blauen Augen lag ein Lächeln. »Wir sind doch Partner, oder? Es ist genauso meine Sache wie deine.«

»Ich weiß, aber ich hab das Gefühl, daß immer ich es bin, die bis zum Hals im Schlamassel steckt. In letzter Zeit scheinen sich die Unfälle bei mir zu häufen. Ich erinnere mich an Zeiten, als unsere dramatischsten Aktionen darin bestanden, in die Datenbank von jemandem einzudringen. Jetzt dagegen scheine ich mein halbes Leben in Angst und Schrecken zu verbringen.«

Bill kaute an seinem Bart und zuckte die Achseln. »Dann laß doch die Finger davon.« Er sah die prompte Empörung in meinen Augen und grinste. »Siehst du?« frotzelte er. »Du magst Antworten zu gern, Kate. Aber diesmal, finde ich, sollten wir uns wirklich zurückziehen. Das ist ein Fall für die Cops.«

Ich schüttelte vehement den Kopf, meine nervösen Finger fältelten die Papierschlangen im Papierkorb seines Reißwolfs. »Das geht nicht, Bill. Sorry.«

Bill ging im Zimmer auf und ab wie ein großer blonder Bär, der vergessen hat, wo sein Honigtopf ist. »Das Risiko ist zu groß«, insistierte er. »Diese Leute meinen es ernt, Kate. Sie haben dir eine Warnung zukommen lassen. Wenn sie denken, daß du sie in den Wind schlägst, werden sie dir im Handumdrehen dieselbe Behandlung verpassen wie dieser armen Frau. Und offen gestanden, ich habe jetzt nicht die Zeit, mir eine andere Partnerin zu suchen.«

»Ich kann nicht zur Polizei gehen, Bill. Ich bin nicht nur stur!«

»Es wäre nicht das erste Mal«, sagte er, und sein ironisches Lächeln milderte seinen bitteren Unterton.

Ich stand auf, seine Ruhelosigkeit hatte mich angesteckt. Ich ging zu seinem Schreibtisch hinüber, hockte mich auf die Kante und erklärte es. »Bill, das Drogendezernat überprüft vermutlich die Infos, die ich ihnen gegeben habe, und wenn sie sich als stichhaltig erweisen, wird Richard am Donnerstag morgen gegen Kaution auf freien Fuß gesetzt. Wenn ich jetzt zu den Bullen gehe und sage: ›Entschuldigt mal, der Killer irgend so eines Drogenbosses ist gerade mit einer Schrotflinte zu meiner Haustür marschiert, aber es hat rein gar nichts mit der Tatsache zu tun, daß ihr meinen Partner wegen Drogenbesitzes eingelocht habt‹, werden sie sich vor Lachen auf dem Boden wälzen. Sie werden auf jeden Fall eine Beziehung sehen zu dem, was Richard passiert ist, und das wäre das Ende seiner Aussichten, freigelassen zu werden.«

Bill hörte auf umherzutigern und ließ sich aufs Sofa fallen. Er stieß die Luft durch die Nase aus. »Kate, ich möchte nicht, daß du das falsch auffaßt, aber hast du nicht auch die Möglichkeit in Betracht gezogen, daß diese Geschichte mehr mit Richards Fall zusammenhängen könnte als mit Cheries Tod?«

»Mir fällt es schwer, in den Kopf zu kriegen, daß zwei Irre mit einem Gewehr gleichzeitig durch Ardwick gezogen sein sollen. Die einzig plausible Erklärung ist, daß Cherie, als sie den, der diese Drogen an Kids ausgibt, zur Rede stellte, meinen Namen erwähnt hat. Sie hat mich vielleicht sogar als Versicherungspolice benutzt. Du weißt schon, nach dem Motto: ›Falls mir etwas zustößt, weiß Kate Brannigan, wo sie den Täter zu suchen hat.‹ Wenn es so abgelaufen ist, dann war es sehr kosteneffektiv, einen Psychopathen mit einer

Schrotflinte zu engagieren, um Cherie zu töten. So wird man nicht nur jemanden los, der mehr weiß, als der Drogenboß will, es dient auch als Warnung, mich da rauszuhalten und nicht mit den Cops zu reden, die zu dem Mord ermitteln. Und es macht jedem, der sonst noch im Drogengeschäft ist, deutlich, was ihm blüht, wenn er sich vorwagt. Ein richtiges Schnäppchen, wenn man recht überlegt«, fügte ich wütend hinzu.

Bill sagte: »Ich glaube nicht notwendigerweise, daß zwei Psychopathen mit einem Gewehr in Ardwick unterwegs waren. Manchester ist nicht L.A. Eine Waffe in deinem Handschuhfach zu haben oder unter deinem Autositz, damit die Mädchen wissen, daß du eine große Nummer bist, und die Typen, daß sie einen weiten Bogen um dich machen sollten, ist ein Paar Schuhe, als bezahlter Killer zu operieren ein ganz anderes. Es könnte doch sein, daß es ein Killer war, der zwei Auftraggeber hatte. Das würde erklären, wieso Cherie getötet wurde und du nur eine Warnung erhalten hast.«

Plötzlich sah ich den Fehler in Bills Theorie. »Es war meine Haustür«, sagte ich.

»Ja?« sagte Bill.

»Nicht Richards. Es war meine Haustür. Verstehst du nicht?« Ich war jetzt aufgeregt, schlug mit der Faust auf den Schreibtisch. »Wenn Sie mich von dem Fall hätten abbringen wollen, dann hätten sie doch Richards Tür zerschossen. Er ist doch derjenige, dem sie etwas anhaben können, er ist derjenige, der sich mit einem Haufen Schurken angelegt hat, er ist derjenige mit dem achtjährigen Druckmittel. Außerdem weiß nur einer, daß eine Verbindung zwischen Richard und mir besteht, und das ist das Drogendezernat.«

Bill sackte auf seinem Bürostuhl zusammen und kaute an einem Bleistift. »Und wir vertrauen darauf, daß das Drogendezernat keine undichte Stelle hat? Wir glauben, daß es dort keine korrupten Beamten gibt, die zufällig Mitglied in Eliot James' Golfclub sein könnten?«

Ich seufzte. »Ich vertraue Geoff Turnbull nicht gerade. Auch nicht auf Dellas Versicherung hin. Aber er ist ein ehrgeiziger Mann, und Eigeninteresse ist eine der stärksten Antriebskräfte überhaupt. Ich wette, der Gedanke, einen aalglatten Gauner wie Eliot James festzunageln, ist für einen Mann wie Turnbull ein größeres Aphrodisiakum als Austern. Und er wird den ganzen Verdienst für sich allein wollen; ich bezweifle stark, daß er auch nur einer Menschenseele verraten hat, daß er seine Informationen von einer Privatdetektivin hat.«

»Da kann ich nicht widersprechen«, sagte Bill, und die Resignation stand ihm ins Gesicht geschrieben. »Und was jetzt?«

Ich sagte es ihm. Und da seine einzige Alternative darin bestand, mich zu verraten, indem er hinter meinem Rücken zur Polizei ging, willigte Bill widerstrebend ein, mir nach besten Kräften zu helfen.

Mein Hauptproblem war jetzt, daß ich mir jede Chance ausgeredet hatte, mich sicher zu fühlen. Wenn ich geglaubt hätte, daß der Mord an Cherie etwas mit Jammy James und seiner Bande zu tun hatte, dann hätte ich zumindest die Gewißheit gehabt, daß das Drogendezernat jedwede künftige Aktion aus dieser Richtung unterbinden würde. Jetzt hingegen mußte ich mit der unangenehmen Tatsache leben, daß irgendeinem völlig Unbekannten da draußen so stark daran gelegen war, mich zur Aufgabe der Ermittlungen zu bewegen, daß er eine Myriade Löcher in meine Haustür hatte blasen lassen. Wenn ich ihn davon abhalten wollte, dasselbe mit mir zu machen, dann mußte ich herausfinden, wer er war. Und zwar schnell.

22. Kapitel

Der Rushhour-Verkehr hatte schon begonnen, als ich das Büro verließ. Ich schmorte in dem Stau oben auf der Plymouth Grove und hörte Radio GMR, das munter über die Gefahrenstellen im Verkehr plauderte. Ich wäre schneller zu Fuß durch die Stadt gekommen als mit dem Auto. Ich sah zu, wie die Sekunden auf meiner Uhr dahintickten, und grummelte finster vor mich hin, wie die Verkehrspolitik aussehen würde, wenn ich die Welt regierte. Es war zwanzig vor fünf, als ich die Stockport Road hochgekrochen war und auf den Parkplatz hinter dem Longsight District Centre einbog. Ich parkte vorschriftswidrig so dicht an der Sozialstation, wie es ging. Ich wollte mich vergewissern, daß ich meine Zielperson nicht verpaßte.

Wie alle anderen städtischen Sozialarbeiter macht auch die Familienpflegerin theoretisch um halb fünf Feierabend. Aber wie die meisten ihrer Kollegen weiß Frankie Summerbee, daß der einzige Weg, auch nur annähernd mit ihrem Arbeitspensum klarzukommen, der ist, noch lange, nachdem die Rathausbürokraten nach Hause gegangen sind, im Büro zu kleben. Daher ist Frankie, auch so wie die meisten ihrer Kollegen, chronisch übermüdet, überanstrengt und anfällig dafür, Entscheidungen zu treffen, die im kühlen Tageslicht betrachtet nicht immer allzu gut aussehen. Darauf verließ ich mich an diesem Nachmittag.

Ich kenne Frankie fast schon so lange, wie ich Richard kenne. Bevor er neben mir einzog, wohnte er in Chorlton-cum-Hardy, dem Vorort von Manchester, dessen Trendquotient im Verein mit dem Wähleranteil der Grünen Partei steigt und fällt. Er lebte im Erdgeschoßapartment eines edwardianischen Reihenhäuschens. Frankie hatte die Wohnung im Obergeschoß. Zum Glück für sie schloß das den Dachboden mit ein. Ich weiß nicht, ob sie dort schon immer ihr Schlafzimmer gehabt hatte, aber nachdem Richard unten eingezogen war, wurde es wohl zu einem Muß, daß sie mindestens zwei Stockwerke von seinem Stereogerät entfernt schlief.

Natürlich konnte sie als Sozialarbeiterin nicht umhin, ihm zu helfen; sie kochte ihm hin und wieder eine Mahlzeit, holte seine Wäsche aus dem Waschcenter, schnappte sich ab und zu einen Stapel Pizzen für ihn, wenn sie während ihres wöchentlichen Einkaufs im Supermarkt an der Tiefkühltruhe vorbeischwirrte. Ich glaube nicht, daß er sich je richtig revanchierte, aber er lud sie einige Male zum Abendessen ein, und so wurde sie ein weiteres Opfer seines berühmten Lächelns.

Ihre Bumsphase dauerte nicht sehr lange. Ich vermute, sie erkannten beide schon nach dem ersten Mal, daß es ein dicker Fehler war, sie sind jedoch beide auch viel zu lieb, um die Gefühle des anderen zu verletzen, indem sie dies sagten. Zum Glück hat Frankie aber manchmal auch die rücksichtslose Ader der guten Sozialarbeiterin, sonst würden sie wahrscheinlich immer noch jeden Samstag abend bis Ultimo zusammenhängen, weil liebe Leute sich selbst immer an die zweite Stelle setzen. Unter normalen Umständen war ich froh, daß sie eine Rückkehr zu unkomplizierter Freundschaft erzwungen hatte, so daß er ungebunden war, als wir uns kennenlernten. Nach den Ereignissen der letzten paar Tage war ich nicht mehr so sicher.

Ich hätte die Wartezeit kurzschließen können, indem ich mein Mobiltelefon zur Hand nahm und Frankies Durchwahl eintippte, aber ich war froh über die Verschnaufpause, um meine Gedanken in eine annähernde Ordnung bringen zu können. Doch eine längere Pause war mir nicht vergönnt.

Ich parkte kaum zehn Minuten dort, als Frankies stacheliges schwarzes Haar wie eine Bühnenperücke über einem Aktenstapel erschien. Der Stapel schwankte über schwarzen Leggings und smaragdgrünen hohen Turnschuhen aus Wildleder. Ich sprang aus dem Wagen und eilte ihr zu Hilfe. »Hallo, Frankie«, sagte ich und streckte die Arme aus, um die Akten aufzufangen, als sie wie angewurzelt stehenblieb.

Das Haar neigte sich auf die Seite, und zwei neugierige braune Augen spähten um den Aktenstapel herum. Ihre Großmutterbrille rutschte ihr langsam an der Nase hinunter, jedoch nicht so weit, daß sie mich nicht erkannte. »Hallo, Brannigan«, sagte sie. Das klang nicht überrascht, aber schließlich ist sie seit gut zehn Jahren Sozialarbeiterin. Frankie überrascht nichts mehr.

»Ich helfe dir«, sagte ich.

»Der Wagen steht da drüben«, sagte sie, und ihre Stimme klang leicht verblüfft, als ich die obere Hälfte ihrer Akten packte. »Der rote Astra.«

Ich trug die Akten zum Auto, und wir machten Small talk, während sie mit ihren Schlüsseln kämpfte und den Kombi aufschloß. Es war nicht einfach, das Thema von Richards Verhaftung zu umgehen, aber es gelang mir, indem ich nach zwei Sätzen das Gespräch auf Davys Besuch brachte. Wir beluden den Kofferraum, und Frankie schlug ihn zu, dann lehnte sie sich dagegen und stand mir Auge in Auge gegenüber. Das schaffen nicht viele Menchen, aber Frankie und ich sind uns körperlich so ähnlich, daß ich, wenn ich jemals als Hauptdarstellerin eines Films mit Nacktszenen engagiert werde, sie zu meinem Körperdouble machen kann. »Das soll doch keine Bestechung sein, oder?«

Ich schüttelte verlegen den Kopf. »Tut mir leid.«

Sie seufzte. »Das würde ich dir auch nicht raten.«

»Es ist nichts Berufliches, Frankie«, führte ich zu meiner Verteidigung an. »Es geht um etwas Persönliches, und zwar nicht um mich.«

Sie hob die Augenbrauen und sah skeptisch aus. Ich konnte es ihr nicht verdenken. »Ich hab's eilig«, sagte sie. »Heute abend hab ich eine Sitzung. Ich wollte gerade noch schnell ein Curry essen, weil ich das Mittagessen schon habe ausfallen lassen. Wenn du glaubst, daß es Zweck hat, mir zu erzählen, worauf du aus bist, fahr mir zum Tandoori Kitchen nach. Du bezahlst. Abgemacht?«

»Abgemacht«, sagte ich. Mir hat das Tandoori Kitchen schon immer gefallen. Das Essen ist durchweg gut, aber das Allerbeste sind die Lollis mit Schokogeschmack, die man mit der Rechnung bekommt. Ich war nicht sehr hungrig, bestellte jedoch Zwiebelbhajis und Pakora, um mich zu beschäftigen, während Frankie sich durch das größte Pilzebiryani kämpfte, das ich je gesehen hatte.

»Also, was für einen Gefallen soll ich dir tun, Brannigan?«

»Wer hat was von einem Gefallen gesagt?« fragte ich unschuldsvoll.

»Man braucht keinen überdurchschnittlichen Intelligenzquotienten, um zu merken, daß du mehr willst als freundlich plaudern, wenn du auf der Schwelle des Büros auftauchst. Worauf bist du aus?« beharrte Frankie.

Soviel zu einem eleganten Übergang. Ich sprang kopfüber ins kalte Wasser. »Du hast heute nachmittag zwei Kids übernommen. Daniel und Wayne Roberts. Ihre Mum wurde doch auf der Brunswick Street erschossen?«

Frankie nickte vorsichtig. »Mmm?«

»Ich kannte Cherie recht gut, weil Davy immer mit Daniel und Wayne spielt, wenn er bei Richard ist. Ich habe ihr außerdem einmal geholfen, als sie die Scheidung von Eddy, ihrem Ex, wollte.« Ich legte eine Pause ein, aber Frankie schaute nicht von ihrem Curry auf.

Also weiter im Text. »Ich war mit Davy heute nachmittag auf dem Heimweg, kurz nachdem Cherie erschossen wurde. Im Einkaufszentrum wimmelte es von Polizei und Sanitätern, und wir sahen, wie die Jungs in einem Streifenwagen weggebracht wurden. Als wir nach Hause kamen, sprachen alle Nachbarn darüber, daß Cherie erschossen wurde. Kurz und gut, Davy ist deswegen furchtbar aufgeregt. Er hat Angst, weil Cherie erschossen wurde, aber noch mehr ängstigt ihn, daß Daniel und Wayne in einem Streifenwagen weggekarrt wurden.«

»Überrascht mich eigentlich nicht«, sagte Frankie mitfühlend. »Der arme Davy. Also, was soll ich für dich tun?«

»Ich habe überlegt, ob du es eventuell arrangieren könntest, daß Davy heute abend in meiner Begleitung Daniel und Wayne besuchen kann. Ich weiß, es ist gegen die Vorschrift und so, aber ich wüßte nicht, wie ich ihn sonst dazu bringen kann zu schlafen. Er geht die Wände hoch. Er denkt, Daniel und Wayne sind in den Knast gewandert, weißt du.« Ich seufzte und zuckte die Achseln. »Ich hab versucht, es ihm zu erklären, aber er will mir nicht glauben.«

»Ich möchte wissen, warum«, sagte Frankie trocken. Sie warf mir einen argwöhnischen Blick zu. »Bist du sicher, daß du für Davy fragst und nicht für dich?«

»Jetzt mach aber mal halblang, Frankie«, beschwerte ich mich. »Du weißt, ich ermittle nicht in Mordfällen. Mortensen & Brannigan hat ausschließlich mit Wirtschaftsdelikten zu tun.«

Sie schnaubte, kein kluger Schachzug mit Currygewürzen im Mund. Nachdem sie sich ausgeprustet und ausgeniest hatte, sagte sie: »Und Patrick Swayze macht nur in klassischem Tanz. Na schön. Ich glaube dir. Der Himmel weiß, warum. Aber wenn ich herausfinden sollte, daß du mich belogen hast, Brannigan, werde ich ungeheuer enttäuscht von dir sein.«

Nur gut, daß ich keine Katholikin bin, sonst würde ich morgens nie aus dem Bett kommen, bei der Last von Schuldgefühlen auf meinen Schultern. Ich lächelte sanft und sagte: »Du wirst es nicht bereuen, Frankie.«

»Wo ist Davy jetzt?« fragte sie. »Ist er bei Richard?«

»Meine Freundin Alexis kümmert sich um ihn. Sie wollte ihn ins Kino mitnehmen, um ihn davon abzulenken, was passiert ist.« Ich sah auf meine Uhr. »Sie müßten in etwa einer halben Stunde zurück sein.«

Frankie fuhr sich mit der Hand durch ihr Stachelhaar. »Ich hoffe zu deinem Besten, daß ich es nicht mein Leben lang bereuen werde, Brannigan. Aber ich werd dir sagen, was mir die Sache erleichtern würde.«

»Und das wäre?« fragte ich, bereit zu allem, was halbwegs vernünftig klang, solange ich dabei die Chance hatte, den Jungs ein paar Fragen zu stellen.

»Mir würde es die Sache unheimlich erleichtern, wenn Richard mit Davy käme, nicht du. So könnte ich sicher sein, daß kein geheimer Plan dahintersteckt«, sagte Frankie gleichmütig.

Ich hoffte, daß die Bestürzung, die ich empfand, nicht sichtbar war. Ich verzog das Gesicht und sagte: »Das wäre mir auch lieber. Aber der Wunderknabe ist heute abend unterwegs. Er ist in Birmingham, um sich irgendeinen internationalen Superstar im NEC anzugucken, von dem ich noch nie gehört habe. Er ist heute am frühen Nachmittag losgefahren. Er weiß nicht mal von der Sache mit Cherie.«

Frankie seufzte. »Dann werd ich mich wohl damit abfinden müssen. Na schön. Wir haben Wayne und Daniel zu Notpflegeeltern in Levenshulme gebracht. Normalerweise dauert es einige Tage, einen Besuchstermin zu organisieren, wir müssen die Papiere der Person überprüfen, die behauptet, mit den Kindern befreundet oder verwandt zu sein, aber in diesem Fall wüßte ich nicht, wieso wir die Mühlen der Bürokratie nicht ein wenig beschleunigen sollten, da ich sowohl dich als auch Davy kenne. Außerdem könnte es den Jungen dabei helfen, sich einzugewöhnen, sich weniger verlassen zu fühlen. Nach dem Essen suche ich einen Münzfernsprecher und rufe die Pflegeeltern an, mal sehen, wann es ihnen zeitlich paßt.«

Ich stellte mein Mobiltelefon auf den Tisch. »Ruf auf meine Rechnung an«, sagte ich und schob es ihr hin.

Frankie schüttelte den Kopf und lächelte ironisch. »Seit ich dich kenne, ist mit klargeworden, worin die wesentliche Eigenschaft einer Privatdetektivin besteht.« Sie nahm den Hörer.

»Ja?«

»Du übersiehst einfach den Punkt, an dem der Rest der Welt lokkerlassen würde«, sagte sie. »Also wie muß ich dieses Ding bedienen?«

Es war kurz nach sieben, als Davy und ich draußen vor einer schmucken Doppelhaushälfte aus der Vorkriegszeit an der Slade Lane hielten. Es war eine ruhige Straße; eine der wenigen in der Gegend, die Autofahrer, vom Verkehr um den Verstand gebracht, nicht als eine Abkürzung irgendwohin ansahen. Ich hatte eine schwierige halbe Stunde mit Davy hinter mir, in der ich ihm erklären mußte, was Cherie und den Jungs zugestoßen war. Ich dachte, ich sollte behutsam vorgehen, um ihn nicht zu verängstigen, aber ich hatte vergessen, wie sehr kleine Jungen blutrünstige Geschichten mögen. Er hatte es nicht mit eigenen Augen gesehen, darum war es nicht realer, nicht furchterregender als ein Cartoon oder ein Video. Ich war froh, daß Frankie eine Sitzung hatte; einen Menschen, der weniger einem verängstigten Nervenbündel glich als Davy, konnte man sich nur schwer vorstellen.

Das ließ sich von Daniel und Wayne nicht behaupten. Sie saßen zusammengekauert auf einem kleinen Sofa im Vorderzimmer. Der Fernseher lief, und sie sahen nicht auf, als die Pflegemutter Davy und mich ins Zimmer führte, doch als sie sprach, wandten uns beide den Kopf zu, mit verblüffter Miene. Sie hatten den fassungslosen, verzweifelten Blick, an den wir uns alle aus den immer wiederkehrenden Fernsehfilmen über Flüchtlinge aus Katastrophengebieten gewöhnt haben.

»Hallo, Jungs«, sagte ich. »Davy und ich wollten wissen, ob ihr Lust habt, in die Eisdiele zu gehen.«

Wayne stand auf und kurz darauf auch Daniel. Ich kam mir vor wie ein Ungeheuer, weil ich diese beiden am Boden zerstörten Kids aus dem einzigen Heim, das sie wohl jemals noch haben würden, wegzerrte, einzig, um meine Neugier zu befriedigen. Dann sah ich Davy an und erinnerte mich an meine Haustür. Das rief mir ins Gedächtnis, daß es hier um weit mehr ging als meine Neugierde. »Wir können auch woanders hingehen, wenn ihr wollt«, bot ich an.

»Es ist schön da«, sagte Davy eifrig, erschüttert vom Schweigen seiner Freunde.

»Ich will nach Hause«, sagte Wayne. »Da will ich hin.«

Die Pflegemutter, eine massige, angenehme Frau Ende Dreißig, ging an mir vorbei und nahm Wayne in den Arm. »Ihr müßt eine Weile bei uns bleiben, Wayne«, sagte sie beschwichtigend. »Ich weiß, es ist nicht dasselbe wie euer Zuhause, aber morgen gehen wir zu euch und holen eure Kleider und eure übrigen Sachen, und dann könnt ihr hier euer Zuhause haben, ja?«

»Dann gehen wir eben in die Eisdiele«, sagte er widerstrebend zu mir. Wayne schüttelte den Arm der Frau ab und schob sich an ihr vorbei in den Korridor, wo er an der Tür wartete. Daniel folgte ihm und, nach einem kurzen erlaubnisheischenden Blick auf mich, Davy ebenfalls.

»Ich bringe sie in einer Stunde wieder«, versprach ich.

»Machen Sie sich keine Sorgen deswegen«, sagte sie. »Offen gestanden, meine Liebe, je erschöpfter sie heute abend sind, um so besser.«

In den ersten zwanzig Minuten sagte ich nichts über Cherie oder den Mordanschlag. Wir pumpten Münzen in die Wurlitzer, wir erörterten die relativen Vorzüge eines jeden Artikels auf der Eiskarte. Dann lehnte ich mich zurück und sah zu, wie die Jungs riesige Eisbecher verschlangen und allmählich zu einem annähernd normalen Verhalten zurückfanden, wenn auch mit einem Anflug von Hysterie. Ich beteiligte mich sogar an ihren Späßen, kramte in meinem Gedächtnis nach alten und abartigen Witzen. Als ich den Punkt erreichte, an dem mir nur noch der mit dem Rottweiler und dem Sozialarbeiter einfiel, schätzte ich, daß es an der Zeit war, eine neue Taktik einzuschlagen.

»Davy hat sich gestern eine Menge neue Abziehbilder geholt, hast du doch, oder?« sagte ich munter.

»Wo warst du denn?« fragte Daniel.

»Im VIRUS«, sagte Davy und ging dazu über, von dem Virtual-Reality-Center zu schwärmen.

»Vielleicht können wir mal alle zusammen hingehen, wenn Davy das nächstemal wieder herkommt«, schlug ich vor. »Zeig ihnen deine Tattoos, Davy.«

Er zog sein New-York-Blouson aus, um Tattoos zu offenbaren, die von seinen Handgelenken ausgingen und schließlich unter den Ärmeln seines T-Shirts verschwanden. Wayne und Daniel studierten die intergalaktischen Krieger und Dinosaurier und versuchten angestrengt, nicht beeindruckt auszusehen.

»Hm«, machte Wayne schließlich. »Ich hatte welche, die waren genausogut.«

»Woher denn?« wollte Davy wissen.

»Von Woody aus der Siedlung. Du weißt schon, der hat dir letzte Woche doch eine Ladung gegeben.«

Es gibt doch einen Gott. »Ich glaube nicht, daß ich Woody kenne«, warf ich ein. »Wo wohnt er?«

»Ganz oben. Beim Apollo. Wo der Pommeswagen hält«, sagte Daniel bestimmt.

»Wollte eure Mum nicht gestern abend zu ihm?« fragte ich mit einem Gefühl, wie auf Eiern zu gehen. Es war das erstemal, daß

Cherie erwähnt wurde, und ich wußte nicht, wie sie reagieren würden.

Wayne starrte in seinen Eisbecher und kratzte ihn mit seinem Löffel aus. Aber Daniel schien es nichts auszumachen. »Nee«, sagte er verächtlich. »Zu Woody wollte sie nicht. Sie war schon bei Woody gewesen und hatte ihm gehörig die Meinung gesagt, weil er uns die Dinger gegeben hatte. Und Woody hat gesagt, er tut bloß, was man ihm sagt, und sie hat gesagt, er ist nicht die Luft wert, die er einatmet, und wer es ihm gesagt hätte, und er hat gesagt, der Typ in dem Haus an der Ecke. Und dahin ist sie gegangen.«

»Was für ein Typ ist das, wißt ihr das?«

Daniel schüttelte den Kopf. »Ich kenn seinen Namen nicht. Wir waren nie da.«

»Welches Haus ist es?«

»Ich hab Ihnen doch erklärt, wo Woody wohnt, ja? Also, wenn Sie an dem Pommeswagen stehen und in die Richtung über die Straße gucken«, sagte er und zeigte mit seinem rechten Arm, »dann ist es das Eckhaus. Dahin ist meine Mum gestern abend gegangen«, fügte er hinzu.

Ich war beeindruckt. »Wart ihr bei eurer Mum, als sie zu Woody ging?« fragte ich. Daniels Information schien fast zu gut, um wahr zu sein.

»Natürlich nicht«, sagte Wayne verächtlich. »Sie wußte ja nicht mal, daß wir weg waren. Wir sind ihr nachgegangen. Wir gehen ihr immer nach. Sie sagt, wir sind die Männer in der Familie, und sie braucht uns, damit wir auf sie aufpassen, deshalb gehen wir ihr nach, aber sie hat keine Ahnung. Wir gucken zu und hören zu, damit wir wissen, ob ihr jemand was getan hat und wir es ihm später heimzahlen müssen. Sie hat uns nie gesehen«, fügte er stolz hinzu.

»Ich wünschte, ich könnte den Leuten so gut hinterhergehen«, sagte ich. »In meinem Beruf wäre das wirklich praktisch. Irgendwann müßt ihr mir mal Nachhilfe geben. Wo habt ihr eure Tricks gelernt? Aus dem Fernsehen?«

Wayne schüttelte den Kopf, er schwang ihn gewichtig hin und her. »Unser Dad hat es uns gezeigt. Er hat uns beigebracht, wie man auf leisen Sohlen den Tod bringt, wie die Fallschirmspringer.«

Mir wurde kalt ums Herz. Cherie zufolge war Crazy Eddy seit Jahren nicht mit den Kids in Berührung gekommen. »Wann war das?« fragte ich beiläufig.

»Immer wieder. Er kommt einfach auf die Wiese, wo wir mit unseren Rädern hinfahren, nimmt uns mit nach Levenshulme und bildet uns aus. Aber wir mußten ihm versprechen, es keinem zu sagen, weil er nicht wollte, daß Mum es weiß. Aber jetzt ist Mum nicht mehr da, und es spielt keine Rolle mehr, wenn wir's sagen, oder?« Waynes Gesicht verzog sich, er rieb sich mit den Fäusten heftig die Augen.

»Nein, es spielt keine Rolle mehr. Euer Dad muß sehr stolz auf euch sein. Wann habt ihr ihn das letztemal gesehen?«

»Wir haben ihn gestern gesehen«, sagte Daniel. »Aber er ist schon ewig in der Gegend. Er ist Ostern zurückgekommen.«

23. Kapitel

Ich wußte, wenn ich meine Überraschung zeigte, würde ich Daniel oder Wayne kein einziges Wort mehr entlocken. Ich mußte äußerlich gelassen bleiben angesichts der Neuigkeit, daß Crazy Eddy wieder in der Stadt war. Ich atmete sacht und dachte an etwas Erholsames; konkret an einen frisch perlweiß gestrichenen Raum. »Ich dachte, euer Dad arbeitet irgendwo anders«, sagte ich.

Daniel streckte die Brust raus wie ein Sergeantmajor. »Tut er auch. Er ist ein Krieger, mein Dad. Er bringt ganzen Armeen bei, so zu kämpfen wie er. Aber wenn sie gelernt haben, wie er das macht, dann kommt er nach Hause und besucht uns.«

»Kommt er oft nach Hause?« fragte ich.

»Ein- oder zweimal im Jahr«, murmelte Wayne. »Das erste Mal war kurz nach meinem fünften Geburtstag. Wir spielten in der Pause auf dem Spielplatz der Schule, da kam ein Soldat auf uns zu, er hockte sich neben uns und sagte: ›Ihr wißt doch, wer ich bin, oder?‹ Und natürlich wußten wir das, weil Mum sein Bild auf ihrer Kommode stehen hatte.« Bei der Erwähnung der Fotografie machte in meinem Kopf etwas klick. Wayne sah auf und fing meinen Blick auf. »Meinen Sie, wir können jetzt bei ihm leben? Soldat werden wie er?«

»Danach müßt ihr eure Pflegemutter fragen«, erwiderte ich, in Gedanken noch bei der Information, die sich gerade dem Puzzle eingefügt hatte. »Wo wohnt euer Dad, wenn er hier ist?« Ich versuchte einen beiläufigen Ton anzuschlagen.

»In Moss Side. Bei einem Mann, der früher einer seiner Leute war«, sagte Daniel. »Er hat uns nie dahin mitgenommen. Er ist zu beschäftigt damit, uns auszubilden.«

»Natürlich. Es ist harte Arbeit, ein guter Soldat zu sein.« Aus den Augenwinkeln sah ich, daß Davy zappelig wurde. Ich tat streng. »Und ihr Soldaten laßt jetzt mächtig locker.« Alle drei sahen verblüfft aus. »Wißt ihr, was an dem Bild nicht stimmt?« fragte ich und deutete auf den Tisch. Sie hielten alle die Luft an und schüttelten den Kopf. »Leere Teller!« brüllte ich spaßhaft. »Zeit für Nachschub! Wer will noch was?«

Ich brauchte nicht zweimal zu fragen. Nachdem die Bedienung die zweite Runde Eiscreme gebracht hatte, sagte ich: »Und was habt ihr gestern mit eurem Dad trainiert?«

»Verfolgen und spähen«, berichtete Daniel. »Wir haben Dad bei der Wiese getroffen, und dann haben wir uns drüben an der Hauptstraße versteckt, auf dem Ödland. Wir hatten Feldstecher, und wir haben die Apartments von außen beobachtet und gewartet, bis Mum rauskam, dann haben wir sie verfolgt und ausspioniert, wie sie mit Woody sprach. Dad sagte, sie soll sich aus den Angelegenheiten anderer Leute raushalten, als wir ihm erzählten, daß sie wegen der Abziehbilder Stunk macht.«

»Dann hat er von den Abziehbildern gewußt?« fragte ich, den Mund voller Schoko-Haselnuß. Beim zweitenmal hatte ich kapituliert.

»Na klar«, sagte Wayne wieder verächtlich. »Er hat uns doch gesagt, wir sollen die Abziehbilder von Woody nehmen und die anderen Kids auch dazu bringen. Er hat gesagt, alle würden welche wollen, und dann würden sie alles machen, was wir ihnen sagen. Aber wir benutzen die Dinger von Woody nicht. Dad sagte, das wär ein Zeichen von Schwäche, deshalb tun wir's nicht.«

Eddy hatte nicht unrecht, daß die Abziehbilder ein Zeichen der Schwäche waren. Ich konnte nicht umhin, mich zu fragen, wieviel genau er darüber wußte, was in dem Eckhaus vor sich ging. Es war höchste Zeit, daß ich dort einen Besuch machte. Aber vorher mußte ich noch einen Teil des Handels erfüllen, den ich mit mir selbst abgeschlossen hatte. Meine Wünsche waren erfüllt; nun waren Daniel und Wayne dran. Ich steckte die Hand tief in meine Tasche und warf eine Handvoll Münzen auf den Tisch. »Wer will spielen?« fragte ich und wies mit dem Daumen auf die Auswahl an Videospielen am anderen Ende der Eisdiele.

Ich behielt sie halbwegs im Auge, während ich mit der Tragweite dessen kämpfte, was Wayne mir ohne sein Wissen verraten hatte. Jetzt wußte ich, warum mir der massige Rausschmeißer im Lousy Hand so bekannt vorkam. Es lag nicht daran, daß er Stammgast in dem mexikanischen Restaurant unten beim Büro war.

Ich hatte die Fotografie, die Cherie in ihrem Schlafzimmer aufbewahrte, einmal gesehen. Sie hatte sie mir gezeigt, als sie mich bat, ihren Mann ausfindig zu machen. Er war in Uniform, das rotbraune Barett der Fallschirmspringer saß flott auf seinem Kopf. Und er war zehn Jahre jünger gewesen. Doch seine Narbe gab den Ausschlag. Der Mann, der Autos für Terry Fitz ausspähte, war kein anderer als Crazy Eddy Roberts.

Es braucht mehr als Trauer, um kleine Jungs vom Spielen abzulenken. Nachdem sie in den Straßen gekämpft, mehrere Grand Prix gefahren waren, ein, zwei Runden Golf und oft genug Terminator gespielt hatten, um uns allen einen Job als Kammerjäger zu sichern, hatte sich die traumatische Wirkung der heutigen Ereignisse merklich abgeschwächt. Als wir alle wieder in meinen Wagen stiegen, war der gequälte Blick aus ihren Augen verschwunden. Ich bezweifelte nicht, daß es nur eine vorübergehende Erholung war, aber selbst das reichte, um meine Gewissensbisse, daß ich mir die Situation zunutze gemacht hatte, zu lindern.

Ich setzte sie ab und versprach, daß wir in Kontakt bleiben würden, dann fuhr ich Davy wieder zu Alexis. Natürlich platzte er vor Neugier, warum sie wieder bei sich zu Hause waren und warum er bei ihnen bleiben sollte, anstatt bei mir in Cloverley Close. Zum Glück war er müde genug, um sich mit der Ausrede abspeisen zu lassen, daß Alexis und Chris jetzt, da sie wieder arbeiteten, zu Hause wohnen mußten, weil sie dort alle ihre Kleider und Sachen hatten. Alexis empfing ihn wie einen lang vermißten Freund und scheuchte ihn ins Gästezimmer, in das sie den Videorecorder und den tragbaren Fernseher aus ihrem Schlafzimmer gebracht hatte. Ich machte den Kaffee, während sie dafür sorgte, daß er sich zum zehntenmal in ›Karate Kid‹ vertiefte.

»Alles klar mit dir, Mädchen?« fragte Alexis, als sie wiederkam. »Du wirkst ungefähr so lebendig wie eine Nacktschnecke in einem Salzstock.«

»Mensch, danke. Erinnere mich daran, daß ich dich anrufe, wenn mein Selbstbewußtsein das nächste Mal im Keller ist. Ich bin bloß müde, mehr nicht. Seit letztem Mittwoch hab ich keine Nacht anständig durchgepennt.«

»Warum legst du dich nicht hier aufs Ohr? Du kannst das Schlafsofa im Arbeitszimmer haben.«

»Danke, aber nein. Ich muß wieder los und im Dunkeln vor einem Haus warten.«

»Hey, so schlecht ist das Schlafsofa gar nicht«, protestierte Alexis zum Spaß. »Ich hab selbst schon darauf geschlafen.«

»Tut mir leid, das zu hören, Alexis«, sagte ich und tat tiefbesorgt. »Ich wußte gar nicht, daß eure Beziehung in so miserablem Zustand ist.«

»Hey, mach nur so weiter und krieg alles in den falschen Hals, vielleicht hast du dann Chancen auf einen Job bei der Klatschspalte des ›Chronicle‹.«

»Ts, ts«, machte ich. »Erzählst du mir nicht immer, wie ungerecht es ist, daß man euch Schreiberlinge wegen eurer Ungenauigkeiten so fertigmacht. Wie dem auch sei. Ich habe zu arbeiten, und du mußt Babysitter spielen. Ich ruf dich später an.« Ich ging zur Tür. »Ach, Alexis. Ich weiß, du denkst vermutlich, daß ich überreagiere, aber mach keinem auf, es sei denn, du kennst ihn.« Ich war zur Tür hinaus, ehe sie widersprechen konnte.

Ich stieg ins Auto, brachte laut den Motor auf Touren und bog um die Ecke. Ich ließ einige Minuten verstreichen, dann fuhr ich zurück in Alexis' Straße und hielt an, sobald ich den Weg zum Haus im Blick hatte. Ich nahm mein Mobiltelefon und wählte eine bekannte Nummer. Es läutete, dann hörte ich: »Hallo?«

»Dennis? Hier ist Kate. Bist du heute abend beschäftigt?«

»Nicht unbedingt«, sagte er, seine Stimme knisterte zu stark, als daß ich hören konnte, ob er genervt war oder nicht.

»Ich muß dich um einen großen Freundschaftsdienst bitten.«

»Kein Problem. Wo?«

Ich gab ihm eine kurze Beschreibung und richtete mich aufs Warten ein. Na gut, dann war ich eben paranoid. Aber wie man so schön sagt, das heißt nicht, daß sie nicht wirklich hinter dir her sind. Ich würde diese Straße erst verlassen, wenn ich sicher war, daß Davy, von Alexis und Chris ganz zu schweigen, einen Aufpasser hatte. Und es gab keinen Wächter, dem ich mehr vertraut hätte als Dennis. Außerdem hatte er noch einen Vorzug. In all den Jahren, in denen er seinen Lebensunterhalt als Einbrecher verdient hatte, hatte er die erstaunliche Kunst ausgebildet, noch wach und aufmerksam zu bleiben, wenn wir übrigen schon längst schnarchend mit dem Kopf auf dem Lenkrad liegen. Sobald er in seinem Wagen draußen vor dem Haus saß, würde mir der Gedanke, daß Jammy James möglicherweise mich oder Davy als Druckmittel gegen Richard benutzen wollte, weit weniger Kopfzerbrechen bereiten. Nicht daß ich auch nur eine Minute lang annahm, die Demolierung meiner Tür wäre eine Botschaft von James gewesen. Ich hielt es lediglich für besser, auf Nummer Sicher zu gehen. Oder so ähnlich.

Während ich wartete, überlegte ich, wie Richard wohl zurechtkam. Ich fühlte mich unwohl, weil ich den Besuchstermin heute abend ungenutzt ließ, aber ich dachte mir, daß er es verwinden konnte, mich mal einen Tag nicht zu sehen. Wohingegen er, wenn ich nicht alles unternahm, was in meinen Kräften stand, um die Leute ausfindig zu machen, die für die Löcher in meiner Tür verantwortlich waren, sich vielleicht an den Gedanken würde gewöhnen müssen, mich überhaupt nicht wiederzusehen. Nie mehr. Es war kein tröstlicher Gedanke.

Das Haus an der Ecke des Oliver Tambo Close war nicht der ideale Ort für eine Observierung. Die Anwesenheit des Pommeswagens hatte ein unablässiges Kommen und Gehen von Kunden in der Straße zur Folge, außerdem war da die Jugendgang der Gegend, die Abend für Abend an dem Wagen herumhing. Dazu kam die allgemeine Ausdünstung von Armut und Schäbigkeit an diesem Ende der Siedlung, und ich wußte, ohne groß nachzudenken, daß der Peugeot auffallen würde wie ein bunter Hund, sobald das abendliche Rockpublikum aus dem Apollo nach Hause gegangen war. Ich fuhr bei unserer Bürogarage vorbei und nahm den Little Rascal Transporter, den wir an die Erfordernisse der Überwachungsarbeit angepaßt haben.

Ich hielt hinter dem Pommeswagen, kaufte Fisch, Fritten und Cholesterin und fuhr den Little Rascal demonstrativ wieder von der Ecke weg auf die Straße, die im rechten Winkel zum Oliver Tambo Close verlief. Vom getönten Rückfenster des Transporters hatte ich einen idealen Blick auf das Haus, inklusive Haustür. Ich zog einen der gepolsterten Klappsitze nach unten und öffnete mein aromatisches Paket. Mir war zumute, als hätte ich den ganzen Tag nichts getan als zu essen, doch sobald ich Fisch und Fritten roch, war ich heißhungrig. Manchmal denke ich ja, daß wir bereits im Mutterleib mit diesem speziellen Aroma imprägniert werden.

Während ich zulangte, musterte ich das Haus. Ich war einmal in einem anderen Haus in dieser Siedlung gewesen, als ich Maßnahmen gegen den Kerl einforderte, der so sozial gewesen war, mein Autofenster einzuschlagen und mit meinem Radiorecorder abzuhauen. Sparky, der in dieser Gegend die Autodiebstähle kontrolliert, war nicht sehr erbaut von diesem Alleingang in seinem Revier, vor allem durch jemanden, der so dumm war, nicht zwischen Freiwild zu unterscheiden und solchen Autos, die Anwohnern gehörten. Übrigens wird er nicht Sparky genannt, weil er helle ist, sondern weil er eine Zündkerze benutzt, die er an einem Stück Schnur schwingt, um Autofenster einzuschlagen. Wie dem auch sei, ich hielt es für plausibel, davon auszugehen, daß dieses Haus denselben Grundriß hatte wie Sparkys. Von außen sah es genauso aus, und das Wohnungsamt der Stadtverwaltung von Manchester City war noch nie für seine Phantasie bekannt.

Die Haustür öffnete sich demnach auf einen schmalen Durchgang, mit der Küche zur Rechten und dem Wohnzimmer zur Linken. Hinter der Küche befand sich das Treppenhaus, darunter ein Vorratswandschrank. Ich war damals nach oben gegangen, um das Bad zu benutzen, und hatte zwei weitere Türen bemerkt, die vermutlich in Schlafräume führten. Das stimmte mit dem, was ich jetzt von dem Eckhaus sehen konnte, überein. Die Vandalen, die die Straßenlaterne vor dem Haus zertrümmert hatten, erleichterten mir die Arbeit nicht gerade. Ich sah, daß vor jedem Fenster schwere Vorhänge zugezogen waren, selbst in der Küche. Das war an und für sich schon ungewöhnlich. Wenn du am Oliver Tambo Close vor allen Fenstern Vorhänge hast, kommen die Schnüffler der Sozialversicherung vorbei und fragen dich, woher dein Extraeinkommen stammt.

An zwei Fenstern war ein Lichtstreifen zu sehen, sonst gab es bis fast halb elf kein Zeichen von Leben. Dann ging die Haustür einen halben Meter weit auf, und eine Lichtzunge ergoß sich auf den Fußweg. Zunächst war niemand auf der Türschwelle zu sehen, doch dann stürzten zwei Kids, so plötzlich wie Kobolde in einem Videospiel, durch den Flur und nach draußen auf den Weg. Es waren Jungen, beide hatten das gute Aussehen, aus dem die meisten Typen mit der Pubertät herausgewachsen sind. Zum Pech der weiblichen Teenager. Ich hätte sie auf etwa neun oder zehn geschätzt, aber ich bin nicht sehr firm im Schätzen, wie alt Kinder sind. Einer hatte dunkle Locken, der andere mausbraunes Haar, eine von diesen modischen Frisuren, mit geraden Linien und buschigem Pony, die mich an die Dickens-Verfilmungen des BBC-Fernsehens erinnern.

Die beiden Jungs schienen in aufgedrehter, ausgelassener Stimmung zu sein, sie schubsten einander, taumelten, kicherten und alberten überhaupt herum. An der Ecke blieben sie stehen und zogen Schokoladenriegel aus den Taschen ihrer Jeans. Sie standen eine Zeitlang da, mampften Schokolade, dann liefen sie die Straße entlang bis zu dem Mietsblock, wo Cherie Roberts versucht hatte, ihre Kinder so anständig großzuziehen, wie sie es eben vermochte. Schon beim Auftauchen der Kids, allein zu einer nächtlichen Zeit, die in diesem Stadtteil alles andere als ungefährlich war, stieg Wut in mir auf. Mal abgesehen von allem übrigen, ist diese Gegend abends voll mit Fremden, da der größte Rockclub des Zentrums nur eine Straße weiter liegt. Wenn hier ein Kind entführt würde, müßte die Polizei mehr fremde Autos überprüfen, als im Rotlichtbezirk herumfahren.

Ich unterdrückte meine Wut und setzte meine Observierung fort. Etwa zwanzig Minuten später öffnete sich die Tür wieder, diesmal weiter, und ein junger Mann erschien. Er konnte nicht größer als einsfünfundsechzig sein, war schmal gebaut, blond, Ende Zwanzig und hatte ausgeprägte Wangenknochen. Er hatte den Kragen seiner Jacke hochgeschlagen und die Ärmel aufgekrempelt. Offensichtlich hatte ihm niemand gesagt, daß ›Miami Vice‹ ein alter Hut ist. Er stolzierte angeberisch zu einem Toyota MR2, der am Bordstein parkte. Ich erwog, ihm zu folgen, verwarf es jedoch. Ich wußte ja nicht, ob er etwas mit den Drogen zu tun hatte, die den Kids angedreht wurden, und außerdem ist die Verfolgung eines Sportwagens in einem Lieferwagen in etwa so lustig wie der Alptraum, in dem du eine Prüfung machen mußt und keine einzige der Fragen verstehst und dann auch noch merkst, daß du splitterfasernackt bist.

Daher blieb ich auf meinem Posten. Er ließ den Motor des MR2 laut genug aufheulen, um den Neid der Gang am Pommeswagen zu erregen, dann brauste er los. Zehn Minuten später ging die Tür erneut auf. Diesmal erlosch das Flurlicht. Zwei Männer kamen heraus. In dem Halbdunkel war kaum etwas zu erkennen, nur daß beide anscheinend einen Bauch hatten und mittleren Alters waren. Sie kamen auf meinen Transporter zu, und ich konnte sehen, daß sie beide Sellafield-Anzüge trugen – diese teuren italienischen Dinger, die praktisch im Dunkeln leuchten. Überraschenderweise stiegen sie in einen ziemlich alten Ford Sierra, der sich perfekt in die hiesige Umgebung einfügte, und fuhren davon.

Ich hielt weiter Wache. Soweit ich sehen konnte, brannte nirgendwo mehr Licht, aber ich ging davon aus, daß noch jemand im Bad sein könnte oder im Schlafzimmer hinten im Haus. Der Pommeswagen machte um Mitternacht dicht, die Gang verzog sich, um jemand anderes zu ärgern. Um halb eins hatte es angefangen zu nieseln, und die Straße war so still, stiller ging's nicht. Im Haus regte sich immer noch nichts. Ich schloß den Sicherheitskasten am Boden des Transporters auf und rüstete mich mit dem wesentlichen Handwerkszeug aus. Dann zog ich ein Paar Operationshandschuhe aus Latex über.

Ich stieg aus und ging auf die schmale Straße zu, die an der Hinterseite der Häuser des Oliver Tambo Close verläuft, damit die Müllmänner mehr Spielraum haben, um den Inhalt geplatzter schwarzer Müllsäcke im Viertel zu verstreuen. So unauffällig wie möglich vergewisserte ich mich, daß ich nicht beobachtet wurde, bevor ich blitzschnell in die Seitenstraße sauste. Das Eckhaus hatte einen stabilen, etwa einen Meter fünfzig hohen Zaun, mit einem massiven Tor auf halber Strecke. Zum Glück war einer der Nachbarn ein vertrauensvoller Mensch. Zwei Türen weiter stand eine Mülltonne. Ich holte die Tonne und kletterte hinauf.

Der rückwärtige Teil des Hauses lag im Dunkeln, daher kletterte ich über den Zaun und ließ mich in ein Gewirr aus russischem Wein fallen. Nach dem nuklearen Weltuntergang wird es nur noch das geben: Schaben und russischen Wein. Ich strampelte mich frei, stand am Rand eines büscheligen Rasens und starrte am Haus hoch. An der Giebelseite befand sich der Kasten einer Alarmanlage, ich vermutete jedoch, daß es eine Attrappe war. Das sind die meisten hier. Selbst wenn sie echt war, ich machte mir keine allzu großen Sorgen. Es würde fünf Minuten dauern, bevor jemand die Cops rief, und bis sie hier eintrafen, wäre ich zu Hause, in meinem Bett eingemummelt.

An der Hintertür befanden sich zwei Schlösser, ein Sicherheits- und ein Steckschloß. Die Verandatüren sahen vielversprechender aus. Man kann eine Verandatür häufig innerhalb von Minuten aus ihren Laufschienen heben. Man braucht dazu lediglich ein Brecheisen am rechten Ort. Das Problem war nur, mir waren gerade die Brecheisen ausgegangen. Seufzend machte ich mich mit den Dietrichen an die Arbeit. Für das Steckschloß brauchte ich fast zwanzig Minuten, doch zumindest hatte der Regen den Vorteil, daß niemand, der bei Sinnen war, mit einem neugierigen Hund, der über einen hochentwickelten Geruchssinn und mächtige Stimmbänder verfügte, Gassi ging. Als das Schloß zurückschnappte, streckte ich die Arme und bewegte meine müden Finger. Das Sicherheitsschloß war ein Kinderspiel, wenn ich es auch nicht mit einer alten Kreditkarte aufschieben konnte, sondern einen Dietrich benutzen mußte. Vorsichtig drehte ich den Knauf und drückte die Tür auf.

Stille. Schwärze. Ich glitt in die mit Teppich ausgelegte Halle und ließ die Tür eingeklinkt. Langsam und mit äußerster Vorsicht bewegte ich mich vorwärts, mit meiner rechten Hand fuhr ich an der Wand entlang, um gewarnt zu sein, wenn ich die Tür zum Wohnzimmer erreichte. Als sich meine Augen allmählich an die Dunkelheit gewöhnten, sah ich zur Linken eine weniger schwarze Stelle. Die Treppe. Als ich dort anlangte, blieb ich stehen und hielt die Luft an. Ich hörte keinen Laut. Etwas entspannter setzte ich meinen Weg fort.

Die Tür zum Wohnzimmer stand offen. Ich trat zögernd über die Schwelle, voller Angst, über Möbel zu stolpern, und schloß leise die Tür hinter mir. Ich knipste die große Gummitaschenlampe an, die ich aus dem Handschuhfach des Transporters genommen hatte, und schwenkte sie langsam durchs Zimmer.

Es sah aus wie zwei verschiedene Räume, die in der Mitte zusammengeklebt waren. Am anderen Ende waren die Wände cremefarben gestrichen. Dort standen ein cremefarbener Ledersessel, zwei Schultische mit Stühlen in Kindergröße und zwei Etagenbetten, komplett mit Satinlaken. Wo eine Lampe hätte von der Decke hängen sollen, befand sich ein Mikrofon. Im Mittelpunkt des Raums stand ein Camcorder auf einem Stativ, mit je einem Fotoscheinwerfer zu beiden Seiten.

Die andere Hälfte des Zimmers, in der ich stand, war wie die Vertriebsstelle einer Videoproduktionsfirma. Dort stand eine dieser großen Videokopiermaschinen, die ein Dutzend Kopien gleichzeitig erstellen, ein Schreibtisch zum Schneiden von Homevideos, Kisten mit Polsterumschlägen und Regal um Regal mit Videobändern, einem Titel pro Fach. Titel wie ›Nachsitzen!‹, ›Bedtime Stories‹ und ›Zeig du mir deins, dann zeig ich dir meins‹... Außerdem waren da versiegelte Päckchen mit Fotos. Jetzt begriff ich allmählich, zu welchem Zweck die Kids Gratisproben von Rauschgift bekamen. Der Stoff sollte ihre Hemmungen hinwegfegen und ihnen die spaßige Seite der absoluten Ausbeutung zeigen. Mir fiel nur eine einzige Erklärung ein, was hier vor sich ging, und allein der Gedanke war derart ekelerregend, daß ich am liebsten darauf verzichtet hätte, die Beweise in Augenschein zu nehmen. Das einzige, was mich dazu trieb, es doch zu tun, war die Vorstellung, daß irgend so ein Klugscheißer vom Drogendezernat die Masche, »wenn Sie sich die Videos nicht angesehen haben, woher wissen Sie dann, daß es nicht Bugs Bunny war«, mit mir abziehen würde.

Ich nahm wahllos einen Titel heraus und schob die Kassette in das Abspielgerät auf dem Schneidetisch. Ich schaltete den Monitor ein. Während ich darauf wartete, daß der Vorspann erschien, schlitzte ich einen der Packen mit Fotos auf. Zwölf 12 × 14-Farbfotos glitten auf meine Hand. Um ein Haar kotzte ich Fisch und Fritten aus. Ich erkannte den blonden Mann wieder, der vorhin in dem Toyota weggefahren war, die Kinder auf den Schnappschüssen waren, Gott sei Dank, Unbekannte für mich. Ich wäre schon ziemlich angewidert gewesen, Erwachsene in einigen der Posen zu sehen, bei Kindern ging meine Reaktion weit über Ekel hinaus. Ich verstand auf Anhieb jene Eltern, die Selbstjustiz übten, wenn Autofahrer, die ihre Kinder in angetrunkenem Zustand getötet hatten, den Gerichtssaal als freier Mann verließen.

Wenn die Fotos schon schlimm waren, das Video war unbeschreiblich viel schlimmer, und das um so mehr wegen der Vorortszenerie, in der die abstoßenden Handlungen stattfanden. Ich hielt kaum fünf Minuten durch. Mein Instinkt befahl mir, einen Kanister Benzin auf dem Teppich auszugießen und das Haus bis auf die Grundmauern abzubrennen. Dann gewann mein gesunder Menschenverstand wieder die Oberhand und rief mir ins Gedächtnis, daß es vorzuziehen wäre, wenn nicht ich, sondern diese Mistkerle hinter Gittern landeten. Ich schaltete das Gerät aus und ließ die Kassette herausspringen. Dann sammelte ich die Fotos ein und stopfte sie in meine Jacke. Ich nahm noch zwei Videos vom Regal. Die Nachtschicht im Longsight-Polizeirevier hatte interessante Stunden vor sich.

Ich stand auf und hörte ein ekliges Knirschen. Mir wurde rot vor Augen, durchschwirrt von gelben Meteoren. Eine Sternenexplosion breitete sich schmerzhaft von meinem Hinterkopf aus. Und alles wurde schwarz.

24. Kapitel

Eine Stechmücke. Unverkennbar. Ein Sirren, das meinen Kopf umkreist, von einem Ohr zum anderen. Eine Schmeißfliege. Ein tiefes, stotterndes Summen, das sich in das Mückengesirr mischt. Man sollte nicht meinen, daß zwei kleine Insekten genug Lärm veranstalten können, um dir rasende Kopfschmerzen zu machen, dachte ich vage, als ich zu mir kam.

Dann schlug der Schmerz zu. Kennen Sie das, wenn Sie sich den Finger in einer Tür einklemmen? Stellen Sie sich vor, daß Sie das mit Ihrem Kopf machen, und Sie sind ungefähr im Bilde. Der scharfe Schmerz setzte mein Gehirn mit einem Ruck wieder in Gang. In den winzigen Pausen zwischen den Wellen von Schmerz und Übelkeit fiel mir langsam wieder ein, wo ich war und was ich getan hatte, als mir brutal die Erinnerung abgeschnitten wurde.

Sobald diese wiederhergestellt war, fingen auch meine Sinne langsam wieder an zu arbeiten. Ich konnte immer noch nicht die Augen öffnen, mein Gehör hatte sich jedoch von dem Ausfall erholt. Ich hörte keine Stechmücke und keine Schmeißfliege mehr. Ich hörte eine Stimme. Die Worte wurden lauter und wieder leiser, wie in einem Piratensender am Rand seines Übertragungsgebiets. »Ich hab verdammt keine Ahnung, wie sie reingekommen ist«, hörte ich. »Ich hab verdammt noch mal geschlafen, ja? Hör zu, es ist deine Aufgabe, mit solchen Problemen fertigzuwerden...« Die Stimme verstummte. Die Stille war paradiesisch.

Wenig später fing die Stimme wieder an zu labern. Diesmal merkte ich, daß es ein Mann war. »Mir ist scheißegal, was du tust. Hör zu, du wirst dafür bezahlt, dich um diese Dinge zu kümmern. Mich bezahlt man nur dafür, Videos zu kopieren und hier anwesend zu sein, nicht um Leuten mit dem Stativ eins über den Schädel zu geben. Beweg lieber auf der Stelle deinen Hintern hierher, und kümmere dich um diese Alte.« Wieder Stille. Dann die Stimme, höher, wütend: »Du hast Geld gekriegt, um sie einzuschüchtern, und es hat nichts gebracht, oder? Also komm gefälligst her und erledige deinen Job, sonst muß ich Colin anrufen und ihm sagen, daß du keine Lust hast, dich hier blicken zu lassen, und es wird ihm nicht gefallen, daß du dich um diese Zeit nicht stören lassen willst.«

Endlich dämmerte mir, daß ich es war, über die er da redete. Hätte ich die Energie besessen, mich zu fürchten, dann hätte ich geschnattert vor Angst. So stärkte die unmittelbare Aussicht, hingerichtet zu werden, meine Konzentration. Meine Augen wollten sich immer noch nicht öffnen lassen, doch allmählich spürte ich einen ziehend heißen Schmerz in meinen Schultern und schaffte es, meine Lage zu überdenken. Ich war an den Handgelenken aufgehängt, mit etwas Warmem und Festem angebunden, das mir ins Fleisch schnitt. Meine Hände waren gegen etwas gepreßt, das sich nach Kalt- und Warmwasserleitungen anfühlte. Mein Körper baumelte herab, meine Beine waren unter mir eingeknickt, trugen mein Gewicht so gut wie gar nicht.

Bevor ich ausprobieren konnte, ob ich möglicherweise mein Gewicht auf die Füße verlagern konnte, ohne ein Geräusch zu machen, fing die Stimme wieder an zu jammern. »Hör mal, du trägst die Verantwortung dafür. Das mit ihr muß geklärt werden, und zwar jetzt gleich. Sie hat die Videos gesehen, um Himmels willen. Du hast ja vielleicht Lust, dich die nächsten zehn Jahre im Knast von irgend so einem Neandertaler herumstoßen zu lassen, ich aber nicht.« Er hielt inne. »Gut. Du tanzt hier an, oder ich hänge gleich an der Strippe und rede mit Colin. Und wenn du noch mal so eine Lohntüte haben willst wie heute, möchtest du das doch wohl lieber vermeiden.« Ich hörte ein Geräusch, als ob jemand einen Telefonhörer auf die Gabel knallte. Das Scheppern schnitt durch meinen Kopf wie eine stumpfe Axt. Meine Augen gingen schlagartig auf.

Ich drückte sie sofort wieder bis auf kleine Schlitze zu, um den Eindruck zu erwecken, daß ich noch k.o. war. Wenn ich eine Chance hatte, von hier zu entkommen, bevor der Killer eintraf, dann indem ich mich totstellte und hoffte, daß mein Gefangenenwärter mich allein ließ. Durch die Wimpern sah ich, daß ich in der Küche war, das fluoreszierende Licht stach mir in die Augen. Am anderen Ende des Raums stand der Mann, der das Wandtelefon benutzt hatte. Er drehte sich zu mir um. Er war groß und schlank, sein rötliches Haar vom Schlaf zerzaust. Er hatte einen ordentlich gestutzten, vollen Schnäuzer, der über den dünnen Lippen und einem spitzen Kinn vorsprang wie ein Sims. Die verschlafenen Augen, die er auf mich heftete, verengten sich gefährlich. »Miststück«, sagte er und zog grimmig den Gürtel seines Frotteebademantels enger.

Ich kannte ihn. Nicht etwa seinen Namen oder so, aber ich kannte ihn. Ich hatte ihn in der Gegend gesehen, in den hiesigen Läden und im Manto's, bei einer der wenigen Gelegenheiten, als ich dort auf Richard gewartet hatte. Wir nickten einander zu, wenn wir uns begegneten, sprachen in Tante-Emma-Laden-Manier über das Wetter. Es fiel mir schwer, in meinen Kopf zu kriegen, daß jemand, den ich kannte, mich so verschnürt hatte. Ich hatte nie auch nur den leisesten Wunsch, S/M kennenzulernen, und ich wollte auch auf keinen Fall jetzt damit anfangen.

Er wandte sich von mir ab und nahm den Kessel. Er füllte ihn mit Wasser und stöpselte ihn ein. Während er darauf wartete, daß das Wasser kochte, kam er zu mir herüber. Ich ließ meine Lider ganz zufallen und versuchte, nicht auf die Krämpfe zu achten, die Schmerzwellen von den Muskeln unten an meinem Rücken durch meine Schultern und wieder hinunter in meinen Trizeps jagten. Ich ließ meinen Körper schlaff hängen. Es war alles gut, bis er mir in die Rippen trat.

Ich glaube, ich wurde kurze Zeit wieder ohnmächtig, denn als ich das nächste Mal die Augen einen Spalt öffnete, goß er gerade kochendes Wasser in eine Teekanne. Ich hatte das komische Gefühl, daß er mir keine Tasse anbieten würde. Als er mir den Rücken zuwandte, ergriff ich die Gelegenheit, um meine Lage zu sondieren.

Ich war mit Handschellen an Wasserrohre gefesselt, jedes etwa von zwei Zentimetern Durchmesser. Was mich aufrecht hielt, waren die Klammern, die zur Befestigung der Rohre an die Wand geschraubt waren. Am meisten beunruhigte mich, daß ich weder meine Jacke noch meinen Baumwollpullover trug. Ich war bis auf meinen Sport-BH ausgezogen, und meine Arme waren der Länge nach mit abwaschbaren Tattoos bedeckt. Kein Wunder, daß ich daneben war. Durch den überflüssigen Tritt hatte ich das vage Gefühl, daß ich eigentlich zornig, so richtig zornig sein sollte, aber ich schien nicht auf Touren kommen zu können. Andererseits war ich weit davon entfernt, voll und ganz stoned zu sein.

Vielleicht hatte die fehlende Blutzirkulation in meinen Armen und Händen den Absorptionsprozeß verlangsamt. Wie lange genau trug ich die Tattoos wohl schon, wieviel Zeit blieb mir noch, bis ich zu einer albern kichernden Irren wurde?

Während ich mir darüber den Kopf zerbrach, brühte Schnäuzer seinen Tee auf. Er goß sich einen Becher ein, warf mir einen letzten Blick zu und ging aus dem Zimmer. Nach dem Schlurfen seiner Slipper zu schließen, war er nicht weiter als bis ins Wohnzimmer gegangen.

Ich wußte, daß mir nicht viel Zeit blieb. Der Killer war auf dem Weg hierher, und bis dahin mußte ich mich befreit und aus dem Staub gemacht haben. Ich holte tief Luft und drehte mich herum, so daß meine Fußsohlen den Boden berührten. Nach und nach verlagerte ich mein Gewicht von den Schultern auf meine Beine. Für kurze Zeit verschwanden die Schmerzen in meinen Schultern wie durch Zauber. Dann kamen die Nadeln und Heftzwecken. Von den Händen bis zu den Schultern zuckte ich unter einer Million Stiche. Ich biß mir auf die Unterlippe, um das Wimmern zu ersticken, das ich nicht unterdrücken konnte.

Langsam, Zentimeter um vorsichtigen Zentimeter, streckte ich die Beine und entlastete meine Arme und Schultern. Es schien unendlich lange zu dauern, vor allem da ich das alles völlig geräuschlos machen mußte und das Pochen in meinem Kopf stärker zu werden schien, anstatt nachzulassen. Als ich aufrecht stand, nahm ich erneut eine Lagebeurteilung vor. Die Rohre sahen recht stabil aus, waren jedoch an zwei Stellen gekrümmt, was auf Schwachpunkte hindeuten mochte. Das Problem war, daß meine Arme keine Kraft hatten, meine Muskeln vor Schmerz zuckten. Auf der anderen Seite hatte ich nichts zu verlieren, da der Killer bereits auf dem Weg war.

Ich holte einmal tief Luft und hob ein Bein, stemmte meine Fußsohle in Hüfthöhe gegen die Wand. Mit zusammengebissenen Zähnen lehnte ich mich dann zurück, verlagerte mein Gewicht wieder auf meine Arme und schwang mein anderes Bein in die Höhe, stützte es auf der anderen Seite des Rohrs an der Wand ab. Unter Aufbietung aller meiner Kräfte streckte ich die Beine, riß so heftig, wie ich konnte, an den Handschellen, wobei mein Gewicht meinen Bemühungen maximale Zugkraft verlieh.

Zuerst passierte gar nichts. Die Handschellen gruben sich in meine Hände, Gott sei Dank an einer anderen Stelle als den Einschnitten von meiner Hängepartie, aber es tat sich nichts. Dann, ganz plötzlich, sprang eine der Klammern von der Wand ab. Eine weitere Klammer folgte, und das Rohr löste sich von der Wand, bog sich dramatisch zu mir hin. Ich ging leicht in die Knie, bereitete mich auf eine letzte, entscheidende Kraftanstrengung vor. Mit einem Grunzen, auf das selbst Monica Seles stolz gewesen wäre, streckte ich die Beine wieder und zerrte mit allem, was ich hatte. Gerade als ich dachte, ich würde mir die Schultern auskugeln, sprang das Rohr etwa eineinhalb Meter über dem Fußboden ab, und ich ging krachend zu Boden.

Das Prasseln des herausschießenden Wassers mischte sich mit dem Wutgebrüll hinter mir. Ich hievte mich hoch und zog blitzschnell die Hände von dem abgebrochenen Rohrende. Dennoch stürzte sich Schnäuzer schon auf mich, als ich zu ihm herumwirbelte. Er hatte sich den erstbesten Gegenstand in Reichweite gegriffen, den Kessel, den er um meinen zerschlagenen Kopf schwenkte. Ich vollführte einen taumeligen Ausweichschritt, ebenso, um dem kochenden Wasserstrahl des Heißwasserrohrs zu entgehen, wie auch, um dem Kessel auszuweichen. Schnäuzer bekam das heiße Wasser voll ins Gesicht, als ihn die Wucht seines Schlages aus dem Lauf an mir vorbei gegen die Wand beförderte.

Sein Schrei wäre Musik in meinen Ohren gewesen, wenn mein Kopf nicht fast geplatzt wäre. Statt dessen wollte ich ihn nur noch zum Schweigen bringen. Ich versetzte ihm einen Tritt aus dem Repertoire des Thai-Boxens in die Kniekehle. Es war ein ziemlich schwacher Tritt, doch er verlor trotzdem die Balance. Er fiel auf die Knie wie ein Sack Kartoffeln, und ich ließ meine gefalteten Hände mit den üblen Kanten der Handschellen auf seinen Nacken niedersausen. Ächzend wie eine ausgemusterte Orgel sank er gegen die Wand und rutschte in die anschwellende Wasserlache hinunter wie in einem Tom-und-Jerry-Cartoon.

Ich lehnte mich gegen die Spüle und versuchte, zu Atem zu kommen. Dabei sah ich auf den gekrümmten Körper, der reglos zu meinen Füßen lag, und wußte, daß ich nur wegzugehen brauchte, um ihm diesen Gratistritt in die Rippen heimzuzahlen. Bei dem Tempo, mit dem das Wasser sich in die Küche ergoß, würde es nicht lange dauern, bis Schnäuzer endgültig goodbye, cruel world, sagte.

Nennen Sie mich ruhig einen Feigling, aber ich konnte es nicht. Ich ging in die Hocke, packte ihn am Haar und zerrte seinen Kopf aus dem Wasser. Ich hievte ihn auf den Rücken und lehnte ihn in sitzender Haltung zwischen Wand und Spüle. Ich bin eben zu gut für die Welt.

Ich behielt ihn im Auge, während ich rückwärts durch die Küche zum Telefon ging. Mit beiden Händen nahm ich den Hörer ab und klemmte ihn an meine linke Schulter. Ich tippte eine bekannte Nummer ein und horchte auf das Läuten. Beim dreizehnten Läuten geriet ich langsam in Panik, es ist nicht leicht, Geduld zu haben, wenn du weißt, daß jemand unterwegs ist, um dich ins Krematorium zu befördern.

Als ich gerade aufgeben und mich aus dem Staub machen wollte, hörte es auf zu läuten, und eine schlaftrunkene Stimme murmelte: »Hallo?«

»Della? Hier ist Kate. Es ist ein Notfall! Bist du wach?«

Ein Ächzen war zu hören, dann sagte Della: »So langsam. Was ist los?«

»Della, da kommt gleich ein Typ, der mich umbringen will. Es dauert zu lange, dir jetzt alles zu erklären, aber er ist der Killer, der Cherie Roberts auf dem Gewissen hat, die alleinerziehende Mutter, die heute nachmittag niedergeschossen wurde. Er ist hinter mir her!« Ich konnte hören, wie meine Stimme schrill wurde, und mich übermannte eine überwältigende Lust zu kichern.

»Kate? Bist du voll?« fragte Della ungläubig.

»Nein, aber ich glaube, man hat mich unter Drogen gesetzt«, sagte ich. »Ich schwöre, das ist kein Scherz, Della. Ich weiß, es ist nicht dein Revier, aber du mußt sofort ein Aufgebot herschicken, ganz dringend. Dieser Typ ist ein bezahlter Killer. Und er ist hinter mir her!« Selbst in meinen Ohren klang meine Stimme nach Minniemaus.

»Na schön, beruhige dich. Wo genau bist du?«

»Ich bin in einem Haus an der Ecke Oliver Tambo Close, in der Nähe des Apollo. Das Haus ist voll von Kinderpornos. Sie haben die Kids unter Drogen gesetzt, um sie zum Mitspielen zu überreden«, brabbelte ich.

»Später, Kate, später«, unterbrach Della. »Ich lege jetzt auf und lasse die örtliche Dienststelle sofort den Streifenwagen hinschicken. Und ich komme selbst, so schnell ich kann. Aber ich will, daß du sofort von dort verschwindest. Bleib nicht länger da. Verschwinde einfach. Fahr nach Hause, dann sehen wir uns da.«

Ich prustete albern los. »Ich kann da nicht hinfahren«, kicherte ich. »Er weiß, wo ich wohne. Er hat bereits meine Tür durchlöchert.« Bevor sie einen neuen Vorschlag machen konnte, war die Leitung tot. Nicht so, wie wenn dein Gesprächspartner einfach auflegt. Nein, richtig tot, leer, ein Vakuum. Plötzlich war mir überhaupt nicht mehr nach Kichern zumute. Irgendwo da draußen vor dem Haus war der Mann, den man geschickt hatte, mich zu töten. Und sein erster Schritt war automatisch, jegliche Verbindung zur Außenwelt abzuschneiden.

Ich suchte in meinen Taschen nach den Schlüsseln für den Transporter, doch sie waren nicht da. Panisch sah ich mich in der Küche um. Ich entdeckte sie auf einer der Arbeitsflächen, zusammen mit meiner Brieftasche. Ich watete durch das Wasser und nahm sie an mich, stopfte die Brieftasche in meine Hosentasche. In der Küchentür zögerte ich, während das Wasser wie ein Frühlingsbach meine

Knöchel umspülte, und versuchte zu entscheiden, ob der Killer von vorn oder von hinten kommen würde.

Ich überlegte nicht lange. Mit einem Krachen, das meinen Schädel vibrieren ließ, knallte die Hintertür gegen die Wand. Ich nahm mir nicht einmal die Zeit nachzusehen. Ich fuhr zur Vordertür herum. Die Götter waren auf meiner Seite, denn der Schlüssel steckte im Schloß. Ich drehte ihn, zog ihn heraus und riß die Tür auf. In der Zeit, die der Killer brauchte, um den Flur entlangzulaufen, war ich hindurch und hatte sie zugezogen. Ich schob den Schlüssel ins Schloß und drehte ihn um. Dann stolperte und wankte ich den Weg hinunter, mein Atem kam in abgehacktem Schluchzen.

Ich war auf dem Bürgersteig angelangt, als die Nacht in zwei verhängnisvollen Krachern zerbarst. Ich drehte mich zum Haus um. Die Tür hing schief an nur einem Scharnier, und die Silhouette eines Mannes schob sie zur Seite. In der rechten Hand hielt er eine abgesägte Schrotflinte. Ächzend vor Entsetzen schnappte ich nach Luft und rannte um mein Leben.

Jetzt torkelte ich bewußt wie eine Betrunkene, als ich auf meinen Transporter zuhielt. Ich drückte auf den Knopf der Alarmanlage an der Fernbedienung, der sowohl die Türen entriegelt, als auch die Sirene ausschaltet. Ich stand am Heck des Wagens, als ich hörte, daß er aufholte. Dann setzten seine Schritte plötzlich aus. Ich wußte, daß er zielte. Verzweifelt warf ich mich – halb Rolle, halb Salto – hinten um den Transporter herum zur Beifahrerseite und hatte so den Wagen zwischen ihm und mir.

Weinend vor Angst, schwitzend trotz der kalten Nachtluft auf meiner neu aufgeschürften Haut, rappelte ich mich auf und wankte seitlich am Wagen entlang zur Beifahrertür. Ich umklammerte den Türgriff wie eine Rettungsleine und zog mich in die Fahrerkabine hoch. Ich hatte die Geistesgegenwart, die Türen hinter mir zu verriegeln. Beim zweiten Versuch gelang es mir, den Schlüssel ins Zündschloß zu fummeln.

Ich war immer noch mit Handschellen gefesselt, deshalb würde es nicht leicht sein zu fahren. Ich drehte mich herum und legte den ersten Gang ein, dann lockerte ich die Handbremse. Eine Bewegung am Rand meines Sichtfelds ließ mich zum Fenster an der Fahrerseite herumfahren. Der Schock, den der Anblick mir versetzte, ließ mich fast den Motor abwürgen. Ich lockerte die Handbremse zu hastig, und der Transporter ruckte in mehreren Sätzen vor, wie ein Känguruh auf Dope.

In meinem Außenspiegel sah ich ihn instinktiv zurücktreten, damit seine Füße nicht unter die Hinterräder des Transporters gerieten. Crazy Eddy Roberts stolperte und hielt sein Gewehr umklammert, wie Mütter ein verängstigtes Kind umklammert halten. Ein Mann, der den Kontakt zu menschlichen Empfindungen verloren hatte, bis zu dem Punkt, an dem es ihm nichts mehr ausmachte, weit mehr als dreißig Silberlinge dafür zu nehmen, die Mutter seiner Kinder umzubringen.

Einen Sekundenbruchteil lang begegneten sich unsere Blicke. Der Motor schrie seinen Protest, weil er noch im ersten Gang war, ich nahm die Hände vom Lenkrad, um in den zweiten zu schalten. Als ich wieder in den Außenspiegel sah, glitzerte der Doppellauf des Gewehrs stumpf im Licht der fernen Laternen, als Eddy zu mir herumschwenkte. Ich trat aufs Gas und packte das Lenkrad. Ich spürte, wie das Heck des Transporters ausscherte, als ich das Lenkrad herumriß, um die nächste Kurve zu nehmen.

Ich hörte das Dröhnen des Gewehrs, als das Fenster zersplitterte. Fast sofort hatte ich die Kontrolle über den Wagen verloren. Ich landete in vollem Tempo auf dem Gehsteig und säbelte einen Laternenpfahl um. Das letzte, was ich sah, als der Transporter auf die Seite kippte, waren zwei blinkende Blaulichter.

25. Kapitel

Unglaublich, wie blau das Meer war. Es glitzerte im mediterranen Sonnenlicht wie einer dieser Kristalle, die New-Age-Fanatiker in ihrem Wohnzimmer herumliegen haben. Ich stützte mich auf einen Ellbogen und beobachtete die schwerfälligen Erntekettenfahrzeuge weiter unten am Strand, wie sie das Gewürz pflückten und verkleinerten, das der Anlaß der Planetenkriege gewesen war, die ›Dünenland‹ über eine Generation verwüstet hatten. Plötzlich bewegte sich nur wenige Meter von meinem Bein entfernt der Sand, und der Kopf eines riesenhaften fleischfressenden Sandwurms reckte sich in die Höhe. Die furchterregenden Kiefer öffneten sich und enthüllten Schnäuzers Gesicht.

Ich trieb durch die verschiedenen Ebenen des Bewußtseins empor, vom Traum zu geistiger Klarheit über jenen Zustand, wenn du weißt, daß du gerade geträumt hast, jedoch noch nicht ganz wach bist. Mein Kopf fühlte sich an wie ein überdimensionaler Steinblock, wenn die Schmerzen anscheinend auch nicht so schlimm waren wie vor dem Unfall. Der Unfall!

Meine Augen gingen auf. Ich war in einem kleinen Raum, trüb beleuchtet von dem Licht, das vom Flur draußen durch eine matte Glasscheibe hereinschien. Ich versuchte den Kopf zu heben, aber das war zuviel der Anstrengung. Statt dessen bewegte ich meine Füße, um zu überprüfen, ob ich vom Hals abwärts noch lebte. Du ziehst dein linkes Bein an, du streckst dein linkes Bein aus... Ja, die unteren Glieder beherrschten den Tanz noch. Ich atmete tief durch. Von Rippen und Brust gingen Schmerzen aus, aber nichts fühlte sich gebrochen an, was ein wahres Wunder war, wenn man in Betracht zog, daß ich meinen Sicherheitsgurt nicht angelegt hatte, als ich mit dem Transporter umkippte. Ich hob den rechten Arm, und er schien in Ordnung zu sein, mal abgesehen von den geschwollenen Blutergüssen, die sich um Hand und Handgelenk zogen wie Designerklammern vom Marquis de Sade. An meinem linken Arm befand sich keine Uhr, nur Abschürfungen von der Schulter bis zum Handgelenk und ein Tropf, der in meinen Handrücken mündete, was ich doch als ziemlich beunruhigend empfand.

Ich drehte den Kopf zu einer Seite, um nachzusehen, ob irgendwo eine Uhr war. Zu meiner Überraschung saß Della auf einem Plastikschalenstuhl neben meinem Bett, tief und fest eingeschlafen. Ich war gelinde empört. Heute nacht hatte jemand versucht, mich umzubringen, da hätte sie drüben im Polizeirevier sein und sich durch das Paragraphendickicht von PACE schlagen müssen, um zu garantieren, daß Crazy Eddy die absehbare Zukunft auf Kosten des Steuerzahlers in einem Raum mit einem Pißeimer und Gitterstäben vor den Fenstern zubrachte. Dann kam mir ein entsetzlicher Gedanke. Und wenn es Eddy Roberts gelungen war, diesem Schicksal zu entgehen? Wenn Della als Leibwache der Polizei von Großmanchester hier saß? Wenn Crazy Eddy nach wie vor frei herumlief, mit einer

Doppellaufflinte schußfertig im Arm und vollgepackt mit Patronen, auf denen mein Name stand?

Ich öffnete den Mund. Mein Verstand sagte: »Della?«, doch mein Mund war zu trocken, um mitzumachen. Ich bekam nur eine Art ersticktes Krächzen heraus.

Sie mußte nur gedöst haben, denn sofort gingen ihre Augen auf. Flüchtig hatte sie den verwirrten Blick eines Menschen, der vergessen hat, wo er ist. Dann schaltete sich ihr Verstand ein, und sie setzte sich aufrecht hin, starrte mich mit unverhüllter Erleichterung an. »Kate?« sagte sie leise. »Kannst du mich hören?«

Ich versuchte zu nicken, aber das gehörte noch nicht wieder zu meinem Repertoire. Ich wies mit dem Arm in die Richtung des Nachtschranks, auf dem ein Krug Wasser und eine Flasche Orangensaft standen. »Trinken?« formte ich mit dem Mund.

Della sprang auf und schenkte ein Glas Wasser ein. Sie beugte sich über mich und hielt mir das Glas an die Lippen. Der Löwenanteil des Wassers lief mir an der Wange hinunter aufs Kissen, aber es war mir egal. Mir ging es nur darum, wenigstens ein paar Tropfen in meinen ausgetrockneten Mund zu bekommen. Das Wasser war warm und abgestanden und wohltuend. Ich wollte nicht schlucken, es nur im Mund behalten. Della warf mir einen besorgten, ängstlichen Blick zu, als ich abwinkte.

Schließlich ließ ich das Wasser in meine Kehle rinnen. »Danke«, sagte ich mit annähernd normaler Stimme. »Was machst du hier? Solltest du nicht im Gefängnis sein und aus diesem irren Bastard mit der Schrotflinte ein Geständnis herausprügeln?« Sie warf mir einen komischen Blick zu. »Ihr habt ihn doch erwischt, oder?« wollte ich wissen. Panik drückte mir die Luft ab.

»Ja, wir haben ihn«, sagte Della grimmig. »Die Beamten von Longsight haben leicht mit ihren Schlagstöcken übertrieben, als sie merkten, daß er bewaffnet war. Dein Attentäter hat ein gebrochenes Schlüsselbein und ein zertrümmertes Handgelenk, wie ich dir wohl zu deinem Leidwesen sagen muß.«

»Bist du deshalb hier und nicht drüben auf dem Revier, um seine Aussage aufzunehmen?« fragte ich.

Della wirkte verlegen. »Eigentlich nicht«, sagte sie und rutschte auf ihrem Stuhl herum. »Kate, es ist nicht mehr derselbe Tag«, stieß sie hastig hervor.

Ich runzelte die Stirn. »Nicht derselbe Tag? Was soll das heißen?«

»Du hast mich am Mittwoch in den frühen Morgenstunden angerufen.« Sie schaute auf ihre Uhr. »Jetzt ist es Viertel vor fünf morgens am Donnerstag. Du warst mehr als vierundzwanzig Stunden bewußtlos.«

»Mehr als vierundzwanzig Stunden?« wiederholte ich dumpf. Ich faßte es nicht. Ich hatte keine Erinnerung, daß ich einen Tag meines Lebens verloren hatte. Mir war, als wäre ich nach kurzer Ohnmacht aus einem seltsamen Traum erwacht. Fühlten sich Menschen so, wenn sie nach Wochen oder Jahren aus dem Koma erwachten? Kein Wunder, daß sie desorientiert waren. Ich hatte nur einen Tag verloren, und mir war schon zumute, als wäre ich in eine Folge von ›Twilight Zone‹ hineingeraten. Ich brachte ein verzerrtes Lächeln zustande. »Weißt du, es ist schon schlimm, wenn du Schlaf nur nachholen kannst, indem du bewußtlos wirst.«

»Ich bin froh, daß du darüber Witze machen kannst. Wir haben uns allmählich ernste Sorgen gemacht. Die Ärzte haben dein Gehirn durchleuchtet und sagten, es scheine unverletzt zu sein, aber sie konnten nicht sagen, wie lange du bewußtlos sein würdest.«

»Weiß Richard Bescheid?« fragte ich.

»Ich hab mich mit Bill und Ruth beraten, und wir haben beschlossen, es ihm erst nach dem Gerichtstermin heute zu sagen. Das schien uns die beste Lösung zu sein.«

»Ja.« Ich seufzte. »Er hätte sowieso nichts tun können, und sie hätten ihn auch nicht rausgelassen, es sei denn, ich hätte tatsächlich an der Schwelle zum Tod gestanden. Es hätte ihn nur aufgeregt. Und eine Anklage wegen tätlichen Angriffs auf einen Polizeibeamten kann er jetzt wahrhaftig brauchen.« Das einzig Gute, was ich an dem Verlust eines ganzes Tages entdecken konnte, war, daß ich nicht mehr so lange zu warten brauchte, bis ich Richard wiedersah. Mit Glück wäre er gegen Mittag gegen Kaution frei.

»Wie fühlst du dich?« fragte Della.

»Hast dir Zeit gelassen mit dieser Frage, wie?« frotzelte ich.

Della sah flüchtig gekränkt aus, bis ihr aufging, daß ich langsam wieder die alte war. »Hör zu, Brannigan«, sagte sie und tat ganz streng, »ich muß nicht hier sein. Ich bin nicht im Dienst. Ich bin aus reiner Gutmütigkeit hier.«

»Danke«, sagte ich und meinte es auch so. »Ich bin beeindruckt. Ich wüßte nicht, wann du schon jemals so lange freiwillig ohne Zigarette ausgehalten hast. Eigentlich fühle ich mich nicht allzu schlecht. Ein wenig beduselt, mehr nicht. Und mein Kopf dröhnt. Jetzt, wo ich wach bin, werden sie mir wahrscheinlich was dagegen geben. Wenigstens weiß ich, daß ich in ein paar Tagen hier raus bin. Wie geht Crazy Eddy damit um, daß er in eine Zelle gesperrt ist?«

Della war wieder angespannt. Ihr Gesichtsausdruck wandelte sich von besorgter Freundin zu wachsamem Cop. »Du weißt, wer der Typ ist?«

»Wieso? Ihr nicht?«

Sie sah peinlich berührt aus. »Ehrlich gesagt, nein. Er will kein Wort sagen. Er hatte nichts dabei, wodurch man ihn identifizieren könnte, und seine Fingerabdrücke scheinen nicht in der Kartei zu sein. Wer ist er?«

»Sein Name ist Eddy Roberts. Er ist ein Exfallschirmspringer. Ein paar Jahre nach dem Falklandkrieg wurde er entlassen, weil er zum Mittagessen ging und nicht zurückkam. Angeblich hat er überall auf der Welt als Söldner gewirkt. Seit Ostern ist er wieder in Manchester. Offenbar um als bezahlter Killer zu arbeiten. Unter anderem.« Ich brach ab, plötzlich erschöpft.

»Kate, ich weiß, was du durchgemacht hast, und es tut mir leid, daß ich dir so zusetzen muß. Dies ist nicht der rechte Augenblick, um eine offizielle Aussage zu machen, aber es handelt sich um äußerst wichtige Informationen. Woher weißt du das alles? Hast du ihn verfolgt?« Sie besaß soviel Anstand, ein verschämtes Gesicht zu machen.

Ich gab ein Lachen von mir, das sich mittendrin in ein Husten verwandelte. »Nein, Della. Er hat mich verfolgt, wie du dich erinnern wirst. Ich weiß soviel über Crazy Eddy, weil seine Frau und seine Kinder es mir erzählt haben. Eddy Roberts war früher mit Cherie Roberts verheiratet. Der Frau, die er am Dienstag draußen vor der Post niedergeschossen hat.«

Diese Eröffnung reichte, um Dellas offizielle Gelassenheit zuschanden zu machen. »Du meinst, es war kein professioneller Mord? Es war eine persönliche Angelegenheit?«

»Es war durchaus professioneller Mord. Cherie hatte von dem Kinderporno-Geschäft erfahren. Und ich glaube, sie drohte damit, mir die Geschichte zu erzählen. Der Umstand, daß Eddy früher ihr Mann war, spielte wohl keine Rolle. Wenn überhaupt, dann war es noch ein zusätzlicher Reiz für ihn.«

»Und so wurdest du da hineingezogen? Durch Cherie?«

Ich wurde mit jedem Moment erschöpfter, rang mir jedoch ein Lächeln ab. »Ich dachte, das hier ist keine Aussage?« Della wollte sich entschuldigen, ich winkte jedoch ab. »War nur ein Witz, ehrlich. Nein, ich wurde hineingezogen, weil Davy völlig stoned nach Hause kam.« Ich lieferte Della die Dreißig-Sekunden-Version der Ereignisse rund um den Oliver Tambo Close. Ich war gerade bei dem Gespräch mit Wayne und David angelangt, als wir unterbrochen wurden.

Die Nachtschwester war erst Mitte Zwanzig, doch eisern. »Ist die Patientin wach?« wollte sie wissen. »Chief Inspector, ich habe Ihnen strengste Anweisung gegeben, nach einer Schwester zu läuten, wenn die Patientin Anzeichen erkennen läßt, daß sie zu sich kommt. Sie haben kein Recht, sie ohne meine Erlaubnis auf meiner Station zu vernehmen.«

»Es ist meine Schuld«, mischte ich mich ein. »Ich wollte wissen, was passiert ist.«

Die Schwester machte sich an meinem Puls zu schaffen. »Sie sind nicht in dem Zustand, das zu erörtern«, sagte sie entschlossen. »Chief Inspector, ich muß Sie bitten zu gehen. Sie können wiederkommen, wenn Mr. Rocco die Patientin in Augenschein genommen hat und entscheidet, daß sie vernehmungsfähig ist.«

Della stand brav auf und zwinkerte mir zu. »Dann bis bald, Kate«, sagte sie.

»Hoffentlich«, seufzte ich. »Oh, Della – bevor du gehst... Schwester, kann ich dem Officer eine Frage stellen?«

Die Schwester lächelte unerwartet. »Wenn es sein muß. Aber machen Sie es kurz«, fügte sie hinzu, mit einem ostentativ finsteren Blick zu Della.

»Der Transporter. In welchem Zustand ist er?«

»Erstaunlicherweise ist der Schaden nur oberflächlicher Natur. Es wird dich freuen zu hören, daß es kein Totalschaden ist, laut Bill gestern abend.« Sie ging zur Tür. »Danke für deine Hilfe, Kate.«

Ich sah ihr nach, während die Schwester energisch schwesterliche Dinge mit meinen Reflexen anstellte. Sie fragte mich, wer Premierminister sei, und ich erzählte ihr von den Schmerzen, deshalb gab sie mir einige Pillen, nachdem sie ihre neurologische Untersuchung beendet hatte. Als ich langsam einschlief, empfand ich als letztes Dankbarkeit, weil ich den Little Rascal nicht zu Schrott gefahren hatte. Es war erst sieben Monate her, seit ein anderer mordlüsterner Spinner meinen letzten Firmenwagen zum großen Schrottplatz am Himmel gesandt hatte. Noch so eine Geschichte und die Versicherungsprämie wäre höher als der Preis für ein neues Fahrzeug.

Als meine Augen das nächste Mal aufgingen, glaubte ich zu halluzinieren. Dort saß, auf dem unbequemen Stuhl, das braune Haar in der Stirn, mit konzentriertem Blick hinter den Brillengläsern – Richard. Als er sah, daß ich wach war, breitete sich langsam ein freudiges Lächeln auf seinem Gesicht aus. Nie war mir ein Anblick willkommener gewesen. »Hi, Brannigan«, sagte er. »Man kann dich einfach nicht alleine lassen, wie?« Er streckte den Arm aus und packte fest meine rechte Hand. Die Prellungen sandten über sämtliche Frequenzen eine Protestnote, doch ich scherte mich nicht darum.

»Das mußt du gerade sagen«, erwiderte ich. »Es ist alles im übrigen deine Schuld.«

»Ich hatte schon so eine Ahnung«, sagte er grinsend. »Wie ich sehe, hat der Schlag auf deinen Kopf dein logisches Denkvermögen nicht verbessert. Ich hab mir sagen lassen, daß dein Gehirn nichts abgekriegt hat, aber ich mußte dem Facharzt widersprechen. An dem Zustand von vor dem Unfall könnten sie nichts ändern, hat er gemeint. Also muß ich wohl damit leben.«

»Bist du aus der Haft entlassen, oder hast du dich freigeschossen?«

»Die Polizei hat ihre Einwände gegen die Haftverschonung zurückgezogen, sie haben mich ohne Auflagen gehen lassen. Ruth sagt, sie lassen die Anklage fallen, sobald sie die wahren Täter festgenagelt und meine Unschuld bewiesen haben. Ich bin gleich hergekommen. Ich war nicht mal zu Hause, um mich umzuziehen und mir einen Joint zu genehmigen. Du hast ausgezeichnete Arbeit geleistet, Brannigan.« Er ließ meine Hand los und fiel auf die Knie, die Hände wie ein Bittsteller gefaltet. »Wie kann ich das je wiedergutmachen?«

»Ich werd mir was einfallen lassen«, sagte ich. »Fürs erste kannst du mir einen Kuß geben.«

Er sprang auf. »Dann muß ich die Augen zumachen«, sagte er in gespieltem Ernst.

»So schlimm sehe ich aus?« wollte ich wissen, plötzlich von einer neuen Sorge übermannt. Ich betastete meinen Kopf und spürte einen dicken Verbandsturban, der sich bis halb in meine Stirn zog.

»Zwei schöne schwarze Augen, zwei schöne schwarze Augen«, sang er. »Und einen mordsgroßen Bluterguß am Kinn. Linda Evangelista wird sich vorläufig keine Sorgen machen müssen, daß du ihre Stelle auf dem Laufsteg einnimmst.« Bevor ich noch etwas sagen konnte, bückte er sich und küßte mich sanft auf die Lippen.

»Das nennst du Kuß?« fauchte ich.

Danach wurde es besser.

Als er schließlich wieder Luft holte, sagte er leise: »Ich liebe dich, Brannigan.«

»Werd mir jetzt bloß nicht weich«, murmelte ich. »Das sagst du doch bloß, weil ich dich aus dem Kittchen geholt habe.«

»Und du hast dich um meinen Kleinen gekümmert. Ich habe alles erfahren. Bill war heute morgen im Gericht und hat mir erzählt, wie du hier drinnen gelandet bist.«

»Apropos«, unterbrach ich, bevor er noch hoffnungslos sentimental wurde, so wie es nur zynische Journalisten können, »wo steckt Davy?«

»Alexis hat sich freigenommen, um auf ihn aufzupassen. Sie sind heute morgen in irgend so eine Spielhalle gefahren. Sie hat Bill gesagt, daß sie sich hier mit mir trifft...« Er sah auf seine Uhr. »In etwa zehn Minuten.«

»Himmel, du läßt ihn lieber nicht hier rein, wenn ich wirklich ein so scheußlicher Anblick bin, wie du zu denken scheinst. Er wird wochenlang Alpträume haben.«

»Brannigan, du sprichst von einem Jungen, der ›Dracula‹ für einen Witzfilm hält. Ich glaube nicht, daß ein paar Blutergüsse und ein supergeiles Kopftuch ihn ausflippen lassen. Er weiß, daß du einen Unfall hattest. Meine einzige Sorge ist, was er seiner Mutter erzählen wird.«

Epilog

Am ersten Tag von Davys Sommerferien kicherten wir drei den ganzen Weg die Promenade von Blackpool entlang auf dem offenen Oberdeck einer Straßenbahn. Ich trug eine Baseballmütze, auf der stand »Küß mich langsam«. Schmalzig, ich weiß, aber sie bedeckte die ungleichmäßig nachwachsenden Haare. Wenigstens waren es keine Stoppeln mehr. Ich war alles andere als erfreut gewesen, als ich feststellte, daß ich einen kahlen Fleck hatte, wo man mir den Kopf hatte rasieren müssen, um das Loch zu nähen, das Schnäuzers Dreifuß an meinem Hinterkopf hinterlassen hatte. Das Haar scheint ganz gut über die Narbe zu wachsen, aber das alles hatte meinen Versuch zunichte gemacht, mir die Haare lang wachsen zu lassen. Ich bin wieder bei kurz und krisselig. Passé, klar, aber ich hatte ja kaum eine Wahl. Und ich sah auch nicht mehr sehr nach Punk aus, seit die Blutergüsse endlich abheilten.

Davy hatte darauf bestanden, im Sommer wieder in den Norden zu kommen, weil er in den Halbjahrsferien soviel Spaß gehabt hatte. Ich kann nur vermuten, daß er seiner Mutter eine stark überarbeitete Fassung der Ereignisse geliefert hatte, da sie keine Einwände erhob. Wir hatten fast den ganzen Tag im Pleasure Beach verbracht und erst dann mit den Achterbahnfahrten aufgehört, als Richard nach einem atemberaubenden Trip um den Grand National sein Mittagessen eingebüßt hatte.

Jetzt waren wir auf dem Weg zum Tower. Richard war zu dem Schluß gelangt, die beste Art zu feiern, daß er mit dem morgigen Tage ein freier Mann war, sei, sich physisch über die Welt zu erheben. »Ich kann es kaum erwarten«, sagte er, als wir uns am Lift anstellten.

»Ich dachte, du stehst nicht auf Panorama«, sagte ich.

»Nein, morgen, du Dummkopf. Ich kann's kaum erwarten, wie der Staatsanwalt sagt, daß sie sämtliche Anschuldigungen gegen mich fallenlassen.«

Ich drückte seine Hand. »Ich auch.« Wir hatten einige interessante Wochen hinter uns. Trotz seiner Vorbehalte gegenüber meinen Informationen hatte Geoff Turnbull die lückenlose Überwachung von Terry Fitz, Jammy James und der Chemieküche angeordnet. Die Polizei hatte in den frühen Morgenstunden des Freitag zugeschlagen. Sie hatten Terry Fitz tatsächlich in flagranti erwischt, in einem gestohlenen Mazda MX 5 auf halbem Weg über die M 40, mit provisorischen Kennzeichen und fünf Kilo Crack im Kofferraum. Beim Gerichtstermin am Samstag morgen waren an die zehn Mann in Haft genommen worden. Ruth zufolge war in den Vernehmungen nichts zur Sprache gekommen, was auch nur im entferntesten auf Richard oder mich hindeutete. Der Polizei war es sogar gelungen, die Bestätigung dafür zu erhalten, daß James und sein Dealer-Team noch immer nicht die geringste Ahnung hatten, wer in dem geklauten Auto mit einem Kofferraum voller Crack davongefahren war. Am allerbesten war, daß die Polizei davon auszugehen schien, mich nicht als Zeugin vor Gericht aussagen lassen zu müssen, was, so schätzte ich, meine Chance, meinen dreißigsten Geburtstag zu feiern, wesentlich erhöhte. Schließlich war Crazy Eddy nicht der einzige Killer in Großmanchester.

Apropos Crazy Eddy, er wurde wegen Mordes an Cherie und Mordversuchs an mir unter Anklage gestellt. Della zufolge sah es so aus, als würden ihm auch noch einige andere Mord ein Moss Side kurz nach Ostern zur Last gelegt werden. Er zog nach wie vor die Trappistennummer mit den Cops ab, die ihn bis zum Umfallen verhörten. Er hatte nicht mal um einen Anwalt gebeten. Interessanterweise stellte sich heraus, daß Terry Fitz zusammen mit Crazy Eddy bei den Fallschirmspringern gewesen war, und so war Eddy auch als Späher für die Autodiebstähle angeheuert worden. Die Polizei hatte außerdem den Verdacht, daß die Truppe von Jammy James ihn den Kinderporno-Händlern als Killer empfohlen hatte.

Es gab noch eine weitere Querverbindung zwischen den beiden Teams. Es stellte sich heraus, daß James' Mafia die Designerdrogen für die Kids an die Kinderporno-Gang lieferte, im Austausch gegen Videos, die sie über ihr eigenes Netzwerk weiterverkaufen konnte. Oder, wie im Falle eines von Terry Fitz' Kumpeln, zu eigenen üblen Zwecken gebrauchte. Was das geheimnisvolle Polaroidfoto erklärte, das in dem Gemini-Coupé seitlich vom Sitz gerutscht war.

Das Haus auf dem Oliver Tambo Close hatte sich für das Drogendezernat als eine wahre Goldgrube erwiesen. Sie hatten nicht nur dem dortigen Treiben ein Ende gesetzt, sie hatten auch die Versandliste der Porno-Hersteller gefunden, deren Überprüfung gegenwärtig von Land's End bis John O'Groats für Ehestreitigkeiten sorgte; oder anders gesagt, von einer Eigenheimsiedlung in Penzance bis zu einer Klitsche auf den Shetlandinseln. Geschah ihnen ganz recht so. Die einzige traurige Nachricht war, daß die beiden Mistkerle mittleren Alters, die den Löwenanteil des Gewinns aus diesem schmutzigen Geschäft eingenommen hatten, beim ersten Anzeichen von Ärger getürmt waren. Es heißt, daß sie irgendwo an der Algarve sind und Golf spielen.

Und die Polizei hatte endlich das Leo Gemini Turbosupercoupé von Andrew Broderick freigegeben. Ich an seiner Stelle hätte mich ziemlich geärgert, daß man mir so lange eines der Flaggschiffe meines Konzerns vorenthalten hatte, aber Andrew war bester Stimmung. Mehr als zwei Monate waren ins Land gegangen, seit Richard und ich die Vorarbeit zur Aufdeckung der Schiebung in den Autohäusern geleistet hatten. Nicht ein einziger der von uns erstandenen Wagen war seiner Finanzierungsgesellschaft als gekauft gemeldet worden. Was bedeutete, daß Andrew völlig recht gehabt hatte mit seinem Verdacht, und mit jedem weiteren Tag, an dem die Autos nicht gemeldet wurden, verfügte er über mehr Munition, um die Schlacht für sein neues Vertriebssystem zu schlagen.

Nicht nur das, auch die dunkle Ahnung, die ich gehabt hatte, machte sich vielfach bezahlt. Über dem ganzen Wirbel hatte ich komplett vergessen, daß Julia mir ja ein Fax schicken sollte. Als ich schließlich aus dem Krankenhaus kam, lag es in meinem Eingangskorb, unter einem Stapel anderer Briefe vergraben, die Shelley sorgfältig für mich aufgehoben hatte.

Ich hatte Julia um eine Überprüfung sowohl der Richmond Credit Finance als auch der Autohandelskette gebeten, die das Hauptobjekt unserer Ermittlungen gewesen war. Es war nicht weiter schwierig, an die Informationen zu gelangen. Der Grund, warum wir sie nicht selbst on line haben, ist, daß es für uns kostengünstiger ist, die Infos von Josh zu beziehen, als die entsprechende Datenbank zu abonnieren. Wie dem auch sei, sobald ich fähig war, geradeaus zu gucken, hatte ich die beiden Aufsichtsräte verglichen. Große Überraschung. Der geschäftsführende Direktor und Mehrheitseigner von Richmond Credit Finance war die Frau des geschäftsführenden Direktors und Mehrheitseigners der Kette, ein interessanter Zufall, der gegenwärtig einen Teil der Arbeitszeit von Detective Chief Inspector Della Prentice mit Beschlag belegt.

Aus diesem Grund lag Andrew daran, anstatt einen Preisnachlaß auszuhandeln, uns das Gefühl zu vermitteln, daß Mortensen & Brannigan angemessen für seine Bemühungen entlohnt wurde. Dagegen hatte ich keine Einwände.

Nach dem Tower standen selbstverständlich Fish & Chips auf dem Programm. Ich schlug vor, das Schlangestehen zu vermeiden, indem wir zum Harry Ramsden's in Manchester fuhren, und die Idee wurde mit zwei Stimmen gegen eine angenommen. Um Davy von seiner Enttäuschung abzulenken, forderten wir ihn zu einem Wettrennen zum Auto heraus. Wir ließen ihn selbstverständlich gewinnen. Er sah viel reizvoller aus als die Silberlady von Rolls Royce, die auf der Motorhaube meines leicht ramponierten nachtblauen Leo Gemini Turbosupercoupés GLXi saß. Manchmal zieht man eben das große Los.